Sinhá Braba

AGRIPA VASCONCELOS

Sinhá Braba

ROMANCE DO CICLO AGROPECUÁRIO NAS MINAS GERAIS

PREFÁCIO DE
HUGO DE CASTRO MACHADO

ITATIAIA

ENCONTRE MAIS
LIVROS COMO ESTE

Copyright desta obra © IBC - Instituto Brasileiro De Cultura, 2024

Reservados todos os direitos desta produção, pela lei 9.610 de 19.2.1998.

1ª Impressão 2024

Presidente: Paulo Roberto Houch
MTB 0083982/SP

Coordenação Editorial: Priscilla Sipans
Coordenação de Arte: Rubens Martim (capa)
Produção Editorial: Eliana S. Nogueira
Ilustrações: Yara Tupynambá
Revisão: Mariângela Belo da Paixão

Vendas: Tel.: (11) 3393-7727 (comercial2@editoraonline.com.br)

Foi feito o depósito legal.
Impresso na China

www.instagram.com/agripavasconcelosescritor
www.facebook.com/agripavasconcelosescritor

Dados Internacionais de Catalogação na Publicação (CIP)
de acordo com ISBD

V331s   Vasconcelos, Agripa

           Sinhá Braba / Agripa Vasconcelos. – Barueri :
           Editora Itatiaia, 2024.
           368 p. ; 15,1cm x 23cm.

           ISBN: 978-65-5470-028-3

           1. Literatura brasileira. I. Título.

2023-3722   CDD 869.8992
                             CDU 821.134.3(81)

Elaborado por Vagner Rodolfo da Silva - CRB-8/9410

IBC — Instituto Brasileiro de Cultura LTDA
CNPJ 04.207.648/0001-94
Avenida Juruá, 762 — Alphaville Industrial
CEP. 06455-010 — Barueri/SP
www.editoraonline.com.br

SUMÁRIO

Prefácio 7
A Vida de Dona Joaquina 11
I — Os Canguçus da Serra 13
II — A Bocaina 41
III — Fruta do Galho Azedo 66
IV — Botão de Rosa 81
V — Pompéu 96
VI — Sumituma 145
VII — Os Bagaços 184
VIII — O Intendente do Ouro 211
IX — Carta-Branca 246
X — Madeira Não se Rende! 278
XI — Chuva de São Romão 302
XII — Mundurunga 318
XIII — Os Pirilampos 334
XIV — Bens do Vento 351
Elucidário 357
Bibliografia 367

PREFÁCIO

A grandeza da história de Minas Gerais é caminho para se entender o Brasil, seja pelas riquezas minerais ou naturais, seja pela rica cultura e pelos fatos ocorridos nessas alterosas, que, de certa forma, traçaram os caminhos que culminaram em decisões que vieram influenciar nossa nação.

Personagens das Minas e das Gerais, em seus papéis originais como lavradores, mineradores, fazendeiros, sacerdotes, mães de família e outros forjaram a identidade e as bases desse Estado ainda tão pouco conhecido diante da grandeza cultural e geográfica dessas plêiades.

Grandes autores mineiros como Augusto de Lima Junior, Diogo de Vasconcelos, João Camilo de Oliveira Torres, Salomão de Vasconcelos, Waldemar de Almeida Barbosa, dentre outros, legaram-nos obras de grande vulto que salvaguardam a memória histórica de Minas Gerais, de acordo com pesquisas sólidas que embasam, sem exagero algum, a epopeia da mineiridade!

Agripa Vasconcelos, em *Sinhá Braba — Dona Joaquina do Pompéu*, apresenta-nos um romance histórico recheado de fatos verídicos de grande importância, que norteiam o entendimento do avanço do matriarcado mineiro neste período da história, que é narrado do início do século XVIII, com a descoberta do ouro em Pitangui, até o falecimento da grande Dama do Sertão e Heroína Mineira da Independência do Brasil, no ano de 1824.

Joaquina Bernarda da Silva de Abreu Castelo Branco, a Sinhá Braba, foi uma das mais importantes figuras femininas do Brasil no final do século XVIII e início do século XIX.

Nascida a 20 de agosto de 1752 na então efervescente cidade de Mariana, Capital da Capitania de Minas Gerais, que, na época, ainda vivia o grande entusiasmo pela recente criação do Bispado Primaz das Minas Gerais (1745), era filha de Dr. Jorge de Abreu Castelo Branco — um advogado português de Viseu, formado pela muito afamada Universidade de Coimbra — e Dona Jacinta Tereza da Silva — natural da Ilha do Faial. Jacinta falece, deixando a

PREFÁCIO

menina Joaquina com pouco mais de dez anos de idade. Esse fato transformou a vida da família, que se muda para Pitangui. Lá, Joaquina se casa e constrói um grande legado ao lado do marido, o Capitão Inácio de Oliveira Campos, membro de uma das famílias fundadoras da 7ª Vila do Ouro de Minas Gerais, com quem teve dez filhos. O casal constituiu uma das maiores proles levantadas por meio de pesquisas genealógicas deste País. Seus herdeiros receberam como herança cerca de um milhão de alqueires que abrangiam o que é hoje o Município de Pompéu e parte dos atuais Municípios de Abaeté, Martinho Campos, Papagaios, Pitangui, Paracatu e Unaí.

O romance histórico aborda muito além da saga do que foi o primeiro grande e conceituado núcleo agropastoril das Gerais, responsável por abastecer a corte recém-chegada à colônia devido aos embargos napoleônicos, em 1808, e prover tropas nas batalhas pela Independência em 1822 e 1823. Pompéu, local de reuniões importantes, centro convergente e aglutinador de lideranças do sertão, ponto de parada de viajantes, como de conhecidos naturalistas, é também exemplo da conquista do verdadeiro empoderamento feminino na pessoa de Dona Joaquina que, com postura de uma grande dama, sempre foi fiel aos seus instintos e preceitos religiosos nos quais foi criada.

Os quatorze capítulos, que se iniciam com as entradas dos primeiros desbravadores a descobrir o minério dourado tão cobiçado pela humanidade, descortinam uma trama fascinante em um universo envolvente que nos transporta para aquele período da história, fazendo-nos sentir a brisa dessas paragens, os sons da natureza em sua exuberância, desde a corredeira dos rios, do bater das asas dos pássaros, até os passos de uma onça, pisando como pluma nas folhas do cerrado. Traz-nos os diálogos dos jantares faustosos servidos no sobradão, palco de tantos acontecimentos, que são apreendidos até mesmo pelo menos atento dos leitores, culminando no crepúsculo da vida da matriarca mineira e na saudade por ela deixada aos que com ela conviveram.

Agripa Vasconcelos, tetraneto de Dona Joaquina do Pompéu e Capitão Inácio de Oliveira Campos, deve ser reverenciado por ter ajudado a resguardar a memória e propagar esta história que se mantém viva no imaginário do centro-oeste mineiro, a ponto de as pessoas tratarem e se lembrarem desses casos como fatos ocorridos recentemente, de tão viva memória nessas bandas.

Faz-se necessário aqui justificar a licença literária do autor que preencheu as lacunas encobertas até a época da produção desta obra com histórias e narrativas fabulosas, a ele relatadas em suas andanças e pesquisas, como se verdadeiras fossem. Uma vez que se trata de um romance histórico, devemos ter a leveza de percorrer as páginas, saboreando a graça da inspiração que

PREFÁCIO

nos é oferecida pelo escritor e admirando as belas ilustrações inspiradoras de Yara Tupynambá, que, com sua genialidade, deu forma a toda *Saga do País das Gerais*.

Viajar pelas páginas de *Sinhá Braba — Dona Joaquina do Pompéu* é, sem dúvida alguma, uma possibilidade de entender em detalhes a formação de uma das estruturas socioculturais de Minas Gerais com reflexos impressos fortemente até os dias atuais.

Hugo de Castro Machado
Presidente do Instituto Histórico e Geográfico de Pompéu,
associado do Instituto Histórico e Geográfico de Minas Gerais e curador do Museu Genealógico e Histórico/Centro Cultural Dona Joaquina do Pompéu.

À memória de meu Pai,
Dr. Ulysses Gabriel de Castro Vasconcelos.

A VIDA DE DONA JOAQUINA...

A vida de Dona Joaquina Maria Bernarda da Silva de Abreu Castelo Branco Souto Maior de Oliveira Campos[1] *é a afirmação mais definitiva do matriarcado rural nas Minas Gerias, dos séculos XVII e XIX.*

Mulher desaparecida há 141 anos, a tradição oral de sua larga descendência conserva-a através dos tempos como viva, tal a predominância de seu caráter inamolgável.

Todos nós no Brasil de escassos arquivos nos apegamos um pouco às páginas "desse livro sem folhas que se chama tradição", conforme disse muito bem o Conde de Sabugosa.

Nas Minas Gerais, onde a erosão das idades transforma as próprias rochas, passado um século e quase meio, insinuações políticas à sua raça fazem de Dona Joaquina do Pompéu, como a chamou o Regente do Reino, depois Dom João VI, mulher de perversos instintos.

Só eram bons para os escravos quem não os possuía.

Para administrar sozinha seu latifúndio, era preciso energia, mas a fama de má, conforme aqui se verifica, decorre da confusão entre a marianense e sua inimiga Dona Maria Felisberto Alvarenga da Cunha, a Maria Tangará.

Dona Joaquina jamais permitiu que cativos nascidos ou criados em suas senzalas crescessem analfabetos, nem que vivessem brancos ou pretos amancebados em suas terras.

Suas prerrogativas de realeza e fidalguia fazendeira vinham da benemerência com que serviu ao Príncipe do Brasil, Regente Dom João, futuro Dom João VI, e a Dom Pedro, como Príncipe Regente do Reino Unido de Portugal, e Algarves, e vindouro Imperador pedro I.

Tão grande foi seu patriotismo nativista que adoeceu para sempre, em explosão de júbilo ao receber a notícia da vitória do Exército Imperial que ela tanto ajudara, a 2 de julho de 1823, na Bahia.

Mas este romance exato não revela apenas a vida valorosa da mineira, e também o que foi a sua fazenda em movimento, com as terras, currais, os rios, as lagoas, as serras... Entreouve-se aqui, muitas vezes, o majestoso farfalho das florestas primitivas.

Rastreiam-se nestas alturas as pegadas de André de Leão e seus asseclas que primeiro pisaram, subindo de Piratininga, as terras virgem da que seria a região do Pitangui. Nele palpitam dentro de fatos autênticos a lavra furtiva dos quilombolas, o Arraial de taipa e a Vila de Nossa Senhora da Piedade do Pitangui, de onde brotaram muito ouro e ondas de sangue dos pioneiros valentes de 1720.

---

1 Era esse seu nome familiar. Seu nome oficial foi Joaquina Bernarda da Silva de Abreu Castelo Branco.

Surgem nestas recordações episódios da vida colonial; perfis humanos e desumanos, comboieiros, cativos, enforcados, assombrações...

O Pompéu foi o primeiro núcleo organizado da civilização agrária das Gerais, de onde corriam a pé escravos correios para Vila Rica e São Sebastião do Rio de Janeiro, e de que partiam, gemendo, tropas e tropas carregadas de gêneros para matar as fomes da Corte. Vice-reis da Colônia, capitães-generais, governadores da Capitania, o Príncipe Regente Dom João e o Príncipe Regente Dom Pedro é que pediam à sertaneja a mercê de os servir...

Com a matemática do tempo desapareceram da memória dos contemporâneos os nomes de condes, generais, almirantes, ministros, desembargadores, fidalgos cavaleiros da Casa Real, dignitários das Comendas da Ordem de Cristo, badamecos, intrometidos, apaniguados, amantes de princesa do Reino e intrigantes do Primeiro Império, mas a lembrança de Dona Joaquina vive, como indelével marco de uma aristocracia moral intocável.

Aqui, os episódios e nomes, até dos escravos, são legítimos.

O que parece inverossímil revela apenas que Dona Joaquina e o Pompéu foram grandes demais para o seu tempo e esplendor. Nada se inventou: foi tudo, antes, tirado da cinza das eras, com a marca de fidelidade.

Porque afinal de contas, a história para nós deve ser hoje como foi para Michelet — uma ressurreição.

Certas maiúsculas aqui presentes, já fora da moda, lembram a etiqueta, a polidez e a ingenuidade dos escribas nossos antepassados.

A.V.

"E assim, irmãos, estai firmes, e conservai as tradições que aprendestes, ou de palavra ou por escrito."

S. Paulo — II Carta aos Tessalonicenses.

I
OS CANGUÇUS DA SERRA

Quem descobriu o ouro dos ribeirões do Pitangui foram assustados quilombolas. Desde a entrada pioneira do grande *língua* Francisco Bruza Espinosa, vindo da Capitania de Porto Seguro até ao Norte mineiro começaram a fugir cativos para a vida selvagem, com liberdade. Os índios tinham horror ao negro, que desconheciam, mas deixavam de hostilizar, vendo neles, com medo contagioso, encarnações de sua mitologia, de antropófagos homens-macacos. Valorosas tribos inteiras corriam, em desordem, ao defrontarem um negro fugido num pé de serra.

É que não havia índios pretos nas Minas dos Cataguás e só com o tempo e a convivência se deu o cruzamento, resultando os caborés. Do mesmo modo procederam os gentios levados para a nau Capitânia de Cabral, e que não se assustando de armas, fardões, metais polidos e guerreiros duros, fugiram apavorados ao verem uma galinha.

As sucessivas entradas favoreceram a fuga de escravos e as Leis Coloniais estabeleceram que era crime de cabeça a aglomeração de mais de 9, em sítios que chamaram *quilombos*.

Com o trucidamento do fidalgo Dom Rodrigo de Castelo Branco em São João do Sumidouro, sua guarda pessoal muito maior que a de Borba Gato, que o assassinou, temerosa por não ter defendido à altura o chefe que o Regente de Portugal Dom Pedro mandara como Administrador das Minas fugiu para o sertão, levando armas e gado. Esse gado, que viera das Ilhas de Cabo Verde, foi a origem dos rebanhos do centro mineiro. Porque o norte das Gerais já estava cheio de gado, trazido pelos volantes *curraleiros* baianos. Os fugitivos estabeleciam-se nas margens dos rios pobres currais com poucas reses e esses currais foram a madre das fazendas, pois a agricultura já engatinhava nos primeiros roçados de mandioca, milho e feijão. Era o início ainda fluido da civilização longínqua. Os currais precisavam de escravos que, insubmissos a senhores sem alma, assim que conheciam o sertão, davam para fugir.

Ainda mal ajustados ao duro cativeiro escapavam, mesmo arrostando a morte. Aglomeravam-se em quilombos, na segurança da selva. Cada vez mais numerosos na proporção das entradas dos brutos, mateiros façanhudos do litoral, reuniam-se em diversos pontos, em sociedade livre, voltando à organização de suas tribos africanas.

No *rush* do ouro, eles que sabiam onde estava o ouro da aluvião começavam a viver da lavagem, vendendo longe o minério apurado. Sabiam plantar, bateiar. Nos covis da mata semeavam para a subsistência, completando a caça, a pesca e a derrubada dos palmitos.

Tiveram fama de brabeza na região do Pitangui, então e depois os mocambos do Cavalão, Quilombinho, Reduto, Palmito e o Quilombo Grande sustentados mais ou menos sob normas e influxo da fortificada república dos Palmares, nos sertões nordestinos.

Quando estavam ainda virgens de pés de entrantes as alongadas terras do Sertão do Pitangui, os quilombolas já faiscavam nos córregos sem nome de suas Serras. Foram os descobridores do ouro precioso que excitava a paulista. Sim, dos rios ainda inominados, as mãos da canalha arribada, desses valentes egressos do cativeiro, é que arrancaram do barro o ouro que também esfomeava a goela insaciável do Reino.

Havia uma alucinação coletiva em São Paulo do Piratininga de São Vicente pela riqueza dos Matos-Gerais, avivada pela fantasia do bugre preado e pelos bandeirantes que regressavam pobres e febrentos.

As constantes entradas eram influídas pelo Reino, que prometia benesses, tenças, pensões, Hábitos de Cristo, foros de Fidalguia, tabelionatos e padrões nobiliárquicos hereditários a quem descobrisse lavras de ouro, ágata, pedras coradas, prata... Em geral, as bandeiras, subidas do abençoado planalto do Piratininga, não visavam apenas riqueza, mas a gratidão de El-Rei Seremíssimo em títulos de linhagens que enobrecessem o sangue e de sua raça.

Fracassados nesse ideal para ressarcir a fazenda desfalcada preavam tapuios, que vendiam na sede da Capitânia de Martim Afonso por um mil-réis a peça, exatamente o preço de um carneiro.

As mais ricas bandeiras vindas do plaino de São Vicente eram de aventureiros de São Francisco das Chagas de Taubaté, gente arriscada, gente de sangue bravo. O primeiro ouro das Minas dos Cataguás foi retirado em 1693, pelo taubateano Antônio Rodrigues Arzão, pesando 3 oitavas, de que fizeram duas alianças de casados. Em 1694, mais uma leva chegava farejando minérios da terra maravilhosa. Achou pouco ouro, coisa de 12 oitavas e os chefes se desentenderam por esse ouro do Rio Casca. E dissolveram em Itaverava a desorganizada bandeira, que viera sob os felpudos pulsos do Capitão-de-Tropa Bartolomeu Bueno de Siqueira, cunhado de Arzão, de quem recebera o roteiro; Miguel Garcia e do abalizado Carlos Pedroso da Silveira.

Brigados os sócios da empresa, briga feia que cheirou a defunto, Bartolomeu Bueno de Siqueira com um troço miserável de índios amansados, negros cativos e bandidos escopeteiros contratados por dia desceu para o Sertão do Paraopeba, tentando desencovar ouro.

Mateiro destemido, de truculenta saúde governada por vontade de ferro, empurrou sua gente através da Serra do Curral até o vale paraopebano, por onde desceu. A rampa do Paraopeba, já tantas vezes descida e ciscada às pressas, não revelou todo o ouro que guardava. O taubateano caminhou para as Terras do Poente, onde estaria, no parecer de todos, a maior revelação da fortuna fácil de encher mãos, arcas e Reinos.

Só à noite o cansaço e o sono logravam diminuir a sede de ouro, que renascia na madrugada, com obsessão delirante.

De olhos gulosos nos cabeços dos morros, marcava rumos, desprezando os perigos, doido por enterrar as mãos em montes do metal amarelo.

Atravessava afinal um ribeiro espraiado em cujas barrancas percebeu breves cicatrizes de alviões de pau (trabalho dos fugidos), quando avistou à direita um píncaro.

— Acolá, um morro alto e agudo!

Delineava-se, na distância, o perfil enevoado de um monte esguio. Foi por essa baliza, pisando o cascalho duro, a fraldear outro córrego, até entrar em vasta bocaina de pedras cabeludas de mato. Defrontando um rio raso de areias finas, deu com uma tribo que sesteava à margem.

Os índios tinham justo temor das bandeiras, cuja presença queria dizer matança e escravidão. Os caboclos correram, alarmados, só ficando na água uns meninos. Um índio carregador de bruacas da comitiva gritou, jubiloso, ao ver o rio e as crianças no banho:

— Pitang-i!

Esse rio era o *rio dos meninos* — Pitangui.

O paulista abarrancado à direita, acampou na colina de mato ralo. Não tardou a provar a lama e, de olhos esbugalhados na bateia, exclamou, gritando:

— Mas isto é ouro!

Apanhou uma palheta de aço e, esfaimado, mordeu-a, provando-a com a ponta da língua.

— Ouro bom! Ouro virgem, de 24 quilates!...

Estrondaram lazarinas para o ar; chapéus de couro foram atirados para cima. Os bandeirantes abraçavam-se, no transporte da mesma alegria.

Pesou-se o ouro bateado e Bueno, cego e trêmulo de ambição, falou com voz transtornada:

— Uma onça e oito oitavas!

Eram 28 gramas e 68 centigramas de ouro apurado. Ouviram de novo estrondos de pedreiras, repercutidos pelas lapas e covancas da serra.

Bueno, com o ouro apertado na mão, repetia delirando:

— Uma onça e oito oitavas!

Essa medida de peso daria nome ao futuro Arraial de Nossa Senhora da Conceição da Onça.

Naquele ano de 1695 estavam de novo "descobertas" as minas do Pitangui, já exploradas há tantos pelos pretos fugidos. Bartolomeu Bueno de Siqueira, inexplicavelmente não foi adiante; regressou a São Vicente, com o fito de buscar povo e instrumental para extração do ouro.

Nunca mais voltou.

Estava nas Minas do Ouro, acompanhado do seu primo Juan Leite Bueno, Bartolomeu Bueno da Silva, o futuro *Anhanguera*, como respeitado senhor do Arraial da Barra do Sabará, ou Sabará-Buçu.

Bartolomeu Bueno da Silva se apoderara das terras do sertão do Rio das Velhas, que compreendia o vão do Paraopeba, de modo que as bandeiras só entravam aí por ordem ou acordo com ele.

— No Sertão Novo quem manda e desmanda sou eu!

Ora, estadiavam também em Sabará-Buçu os paulistas Bernardo e José de Campos Bicudo e o genro deste, Antônio Rodrigues Velho, o Cabo-de-Tropa Domingos Rodrigues do Prado Filho e outros aventureiros de igual naipe.

Domingos Rodrigues do Prado já conhecia o outro lado do sertão mineiro, pois acompanhara a comitiva do fidalgo castelhano Dom Rodrigo de Castelo Branco em 1678, vindo por ordem real, ao encontro de Fernão Dias.

O senhor de Sabará-Buçu negou-lhes licença de procurarem as terras de seu domínio, para entrada de conquista.

Os paulistas, ofendidos com o conterrâneo, resolveram largar para o sertão de São Francisco, procurando as Terras do Poente, onde sabiam haver muito ouro. A marcha de Bartolomeu Bueno de Siqueira não deixara vestígios e as picadas por ele abertas, em 13 anos, foram apagadas pela exuberância do mato.

Vivia em Sabará-Buçu um guia mameluco, que andara em antigas bandeiras errantes, à cata de minérios e indiada.

Os que iam viajar precisavam desse homem. Com o fito de o contratarem para a aventura, José de Campos Bicudo conversou muitas vezes com o mestiço.

— Mas vosmecê conhece as Terras do Poente?

— Conheço os rumos e os trilhos do bugre. Saiba Vossa Senhoria que naveguei com outros fidalgos; atravessei a Serra da Marcela até Paracatu e mais longe, na batida de Sô Lourenço Castanho, que chegou a Goiás.

Bicudo, entretanto, duvidava:

— Lourenço Castanho Taques varou o sertão há muitos anos, senhor!

O velho calou-se; o tom de sua palavra fora de homem de bem. Contrataram-no.

Estava acesa a Guerra dos Emboadas e a Capitania de São Paulo e das Minas do Ouro vivia cheia de discórdias sectárias, entre a população adventícia que correra para as montanhas e os naturais da região mineral.

Mesmo assim, depois das chuvas de 1708 os forasteiros abalaram, entrando a terra.

Não tinham ponto determinado para destino: faziam roças quando acabavam os mantimentos. Deus daria remédio contra os fracassos. Estavam entregues à conquista, caminhando para diante, só estagiando para arrancar o barro, girar as bateias nos fundos das águas.

Os rios estavam cheios naquele fim de inverno e eram penosas as travessias com armas, surrões de gêneros e pólvora.

Com alguns dias de marcha verificaram que o guia era homem cauto, merecia-lhes confiança.

Bom marcador de rumos, agia bem ponderado, sempre atento, embora pensativo e de poucas palavras.

Uma tarde acamparam na vasta bocaina já alcançada por Bartolomeu Bueno de Siqueira e à vista de córrego de águas muito frias.

Antônio Rodrigues Velho farejou o ar fino da paragem:

— Parece que estamos em montanha. O ar é leve e fresco.

Os outros concordaram.

Palmeiras altas flabelavam as copas, lá em cima. Ventos gélidos queimavam as carnes.

José Bicudo balançou a cabeça leonina, aprovando:

— Vosmecê diz bem, estes ares são de altura.

No outro dia batearam, sem resultado, vários pontos do ribeirão. Não tardou que Bernardo se dissuadisse do esforço:

— Ainda não chegamos às terras almejadas. Este chão é maninho de ouro!

Ao escurecer os bateeiros voltavam silenciosos:

— Nada?

— Nada!

Antônio Rodrigues Velho apalpava o guia com alguma aspereza:

— Vosmecê está certo de seus rumos, amigo?

À beira do fogo noturno conversavam sobre a marcha, faziam prognósticos. Bernardo Bicudo estava obstinado:

— Fernão Dias meteu-se pelas brenhas, chegou a rios caudalosos que ainda não vimos e achou esmeraldas. Bruza Espinosa esteve região de muitas pedras coradas. Matias Cardoso ficou nababo em chão. Borba Gato nadou em ouro. Estamos no mesmo quadrante.

Chegaremos também à Terra da Promissão.

Antônio Velho balançou a cabeça com tristeza:

— Canaã... Canaã. Poucos dos que partiram do Egito chegaram lá. Creio que só Josué e Calebe...

Os mais estavam desapontados. E naquele serão ao ar livre, diante do braseiro avivado pelos ventos resolveram retomar a marcha, para a frente.

Recolheram-se aos ranchos, como de costume, para madrugarem prontos para a caminhada.
Alta noite, porém, um escravo gritou, assombrado:
— Bicho-mau mordeu o guia!
Bernardo estremeceu:
— Funesto presságio, sô Antônio Rodrigues!
— Será o que Deus quiser.
Foram ver o companheiro.
Na tolda de palhas onde dormiam, um escravo acendeu a candeia, assoprando um tição do borralho.
Sentado no girau, o guia com as mãos apertava o pé, abarcando os tornozelos. Estava calmo. José Bicudo atarantado:
— Que sente?
— Nada, senhor. Dói um pouco...
Aproximaram a luz, para verem o pé. No lado externo da articulação, dois pontos apenas avermelhados.
— Que lhe deram a beber?
— Aguardente, senhor.
E para os presentes:
— Fervam depressa um pouco de sebo e tragam uns trapos.
Bernardo pôs-lhe a mão na testa:
— Não há de ser nada, amigo! Maria Santíssima vela por nós, pecadores.
Um escravo trouxe os panos e o sebo quente. Enquanto Bernardo fazia o curativo, o negro enfiou pela cabeça do ofendido um patuá de bentos encardidos de suor.
O doente começou a vomitar. Vomitava verde, espumoso.
— Beba um pouco de água. Façam um chá!
Todos da comitiva estavam presentes. O vento entrava pelo rancho de folhas, apagando a luz, sempre espevitada com mais azeite. O guia suava, agitado. Com os dedos, assoou-se. Era sangue, saía-lhe sangue das narinas. As mãos tremiam-lhe, tremia o corpo todo. Veio o chá, de que tomou um gole, vomitando.
A agitação crescia, estava pior. Mais sangue pelo nariz. Deitou-se para se erguer de novo, respirando mal. Bernardo pôs-lhe de novo a mão na testa, sentindo o suor gelado.
Levava os dedos trêmulos aos olhos, procurando limpá-los:
Antônio Rodrigues, um pouco ríspido, interveio:
— Como se sente, melhor?
— Vista embaçada... falta de ar!
O bandeirante gritou com autoridade:
— Façam depressa um chá de canela!

Enquanto vasculhavam o surrão, buscando canela, o guia arquejava sentado com os braços hirtos para trás do girau, procurando sustentar o corpo.
Veio o chá que não pôde engolir.
— Ai... aiii...
— Que estais sentindo, dizei!
— Tonto. A vista foge.
Bernardo encarou-o, chegando a candeia a seus olhos:
— Virgem das Candeias, rogai por nós!
O moribundo, a custo, puxou do bolso da calça um lenço enrolando coisas de estimação. Com dificuldade entenderam que ele pedia entregassem aquilo à sua mulher, em Sabará-Buçu.
Depois foi serenando, deitou-se a agitar sem nexo as mãos.
Gemia, sem fôlego. Era o gargalho da agonia.
Não demorou a morrer.
António Rodrigues Velho fechou-lhe as pálpebras.
— E agora, senhor meu sogro?
O outro não respondeu. Encararam-se, em silêncio. E caminharam para a barraca dos chefes.
Bernardo Bicudo, que se acocorara a um canto, de cabeça baixa, ergueu-se com lentidão:
— Qual foi a cobra?
— Urutu; o preto matou-a. Está ali, olhem, tem uma cruz amarela na cabeça.
Fazia frio e ventava. Um luar algente dormia sobre a bocaina. Súbito lá em cima da serra urrou uma pintada.
Um índio da tropa surgiu, de olhos espantados:
— Tem onça aí!
— Acendam as fogueiras!
E rápido, Antônio Rodrigues apanhou um bacamarte, estrondando um tiro para o ar. Os dois urros, da onça e do bacamarte ecoaram pelos socavões das pedreiras, acordando a noite.
Enterrado o companheiro, com a madrugada ainda escura, Bernardo procurava uma aberta no meio dos amigos:
— E agora?
— Vamos consultar o cabo-da-tropa.
— Já o fiz; não dá parecer. Anda nervoso com sua gente. Só vive a contar suas proezas na Guerra dos Emboabas para onde, creio, deseja voltar.
Não podemos contar com ele. Depois estamos em plena floresta, não conhecemos os rumos. Como prosseguir?
Antônio Rodrigues Velho suspirou, corajoso:
— O que Deus fez está bem feito. Quem tomou a carga mais pesada que aguente com ela. Acho que não nos resta nada mais a fazer senão voltar.

O sogro encarou-o nos olhos:
— E para onde, senhor meu genro?
— Para Sabará-Buçu ou para São Vicente.
E assim foi.
Almoçaram ainda sem sol.
O cativo cozinheiro preparara um prato de erva amargosa, que nem todos conheciam. O negro sorriu, respeitoso:
— É caruru, comida boa. Tem na beirada do corgo.
Também para o porvir aquele ribeirão teve o nome de Caruru.
Tudo pronto para o regresso, uma grande dúvida anuviava aqueles olhos percucientes, prontos a verem o duro sertão. Bernardo, que era o mais velho, tocou a buzina de chifre, no centro da matulagem pronta para arrancar, no regresso.
Quando já estava a bagagem nas costas dos índios e os instrumentos de garimpagem na cabeça dos negros, Bernardo Bicudo indagou, decidido:
— Tudo pronto?
— Tudo pronto!
Ainda parados, os chefes tiraram o chapéu de couro, numa breve oração. E amparados em toscos varapaus começaram a marcha pelas picadas da vinda, rumo a Sabará-Buçu.
Vingaram uma rampa de piçarra vermelha e, já na esplanada, em fila indiana, retomaram os pontos por onde chegaram. Antônio Rodrigues Velho, que ia ponteiro, parou de repente junto a um buraco de tatu, com terra fresca tirada pelo bicho no furar o chão. Deteve-se, abaixando-se e, com a mão cheia de terra úmida parou, os olhos assombrados no pugilo da piçarra:
— Oh! Oh! Aqui del-Rei!...
Todos surpresos detiveram a marcha, olhando para o paulista que parecia estar louco.
— Ouro! Ouro bom! Mui-to ou-ro!
Acorreram a trote os mais, agarrando punhados de terra que provavam com a língua. Bernardo esgoelava muitas vezes:
— Louvado seja Nosso Senhor Jesus Cristo! Ou-ro!...
E caiu de joelhos, soluçando alto.
Os carregadores depuseram os mata-homens e capangas de couro cru. Um alvião de pau feriu o chão, cavando polegadas abaixo.
— Meu Deus, ouro!
Antônio Rodrigues, também de joelhos dignamente chorava, limpando as lágrimas com as mãos sujas. E largando, de dedos trêmulos o chapeirão na cascalheira:
— Que sejais louvada por toda a eternidade, Nossa Senhora da Penha!

Os outros chefes também ajoelharam, rezando sem palavras. Havia pela colina montes de terra, empurrados de dentro para fora. Um chuço de pau abriu um deles. Era ouro! Ouro em pepitas grandes, de muitas onças, maiores, menores...

José Bicudo de mãos postas para o céu exclamou, em transporte:
— Ouro em tumbas, como as batatas! É um batatal de ouro. Ouro empurrando a terra solta! Sede bendito, Grande Justo, bendita pelos séculos, Nossa Senhora da Penha!

E de mãos ainda unidas, Antônio Rodrigues prometeu com caráter firme:
— Neste mesmo lugar hei de, por minha fé, construir, por eterna gratidão, uma Capela à milagrosa Nossa Senhora da Penha, por ser hoje seu dia, no Calendário da Santa Igreja de Jesus Cristo!

Ao escurecer daquele dia já estavam começados os primeiros ranchos de paus a pique de taipa, onde iam morar os paulistas. O maior, mais espaçoso, de dois lanços era o de Antônio Rodrigues Velho, junto ao qual naquele mesmo ano iniciou a ereção da Capela de Nossa Senhora da Penha, inaugurada em 1709.

Quando o luar das montanhas clareou a paisagem severa havia muita colheita catada, muito ouro em pó lavado no ribeirão vizinho, que tomou o nome de Lavagem.

Bartolomeu Bueno de Siqueira achara uma onça de ouro a duas léguas dali, não explorando, por manifesta má sorte o chão milionário do *Batatal*. A pequena bandeira dos Bicudos trabalhou dois anos, sem intromissão de aproveitadores do descoberto. O ouro ali estava à flor da terra ou logo abaixo da superfície: podia-se retirar com as mãos nuas, dispensando qualquer instrumento. Apalpando a terra com os dedos, só pelo tato, mesmo sem ver, retiravam as pepitas maiores e só lavavam a areia de ouro! A posse desses terrenos se deu à vontade de cada um, sendo que Antônio Rodrigues Velho e José de Campos Bicudo ficaram com o Batatal. Os mais assenhorearam-se do Lavrado, morro próximo e de outras lavras logo abertas.

O ouro do Pitangui foi o melhor das Minas. Nem um de tão fino quilate, nem de tão fácil extração. O ouro ali era de veio, no leito dos córregos e também em grupiaras como no Lavrado e Batatal, e ainda de tabuleiro, por se achar em leitos perdidos de rios desviados pela erosão milenar. Quando queriam apurar o ouro fino das bateias, os escravos derramavam um pouco de suco das folhas do maracujá, de jurubeba ou assa-peixe e o ouro em pó instantaneamente se precipitava, no fundo da gamela.

Aos escravos era permitido nos dias de folga legal, aos sábados, estender um lençol e baeta no raso dos rios, preso por pedras ou varas fincadas. O ouro da aluvião carregado pelas águas detinha-se nas felpas da baeta, misturado à areia. O trabalho era só batear, à tarde, apanhando ouro em pó, que guardavam em gomos de bambu ou em garrafas.

O rumo da penetração sanfranciscana ficava muito à direita e os bandeirantes, na região dos índios araxás, não se animavam a enfrentar o extenso território que levava às terras do Araguaia, dominadas por Goiás e Caiapós. Pitangui estava no roteiro imaginário das Terras do Poente, e nem Lourenço Castanho lhe vira os cimos, ao passar pelo Oeste, pois seguiu muito à esquerda, pelo Vale do Paranaíba, onde seria mais tarde o Arraial de Santo Antônio dos Patos. O picadão para Goiás não tocava Pitangui e Lourenço Castanho só transpôs a Serra da Marcela nos contrafortes paracatuenses.

Agora estava o chão pitanguiense fuçado por paulistas e gente de Taubaté...

As constantes viagens desses faiscadores para vender ouro e comprar mercadorias no Arraial da Barra do Sabará, Arraial do Ribeirão do Carmo e Arraial do Tripuí chamavam a atenção de muita gente para os mateiros abastados, que vendiam ouro tão bom. Embora suas lavras estivessem sob segredo, acabaram por saber do descoberto.

Já em 1711 chegavam a Pitangui os primeiros *hostis*, intrusos, para garimpagem. Eram também paulistas, cristãos velhos de sangue limpo, sem rumor em contrário.

SINHÁ BRABA

As minas eram porém ali de propriedade irregular dos descobridores, que não pagavam Quintos Reais, nem deram as datas obrigatórias ao Rei de Portugal e ao Senado da Câmara da Capitania de São Vicente, a que pertenciam às terras das Minas do Ouro. Contra o *Regimento das Minas*, aqueles bandeirantes tinham as faisqueiro como coisa sua.

Os primeiros intrusos ali chegados eram velhos conhecidos dos posseiros e foram consentidos a explorar as terras, depois chamadas Brumado, São João, Onça, São Juanico e mais chãos vizinhos. Acontecia, porém, um caso muito grave: os bandeirantes eram, em maioria, de São Vicente e havia perigosa rivalidade entre os naturais de São Francisco das Chagas de Taubaté e os da Vila de São Paulo. Os de Taubaté eram caçadores de ouro que, se fracassassem na garimpagem ganhavam na venda dos escravos vermelhos. Eram primordialmente preadores de índios. Os paulistas eram ávidos, fanáticos por agradar ao Rei; queriam Hábitos de Cristo, honras e amizade do Altíssimo Soberano. Sertanejavam para ser nobres, pois eram, em geral, gente abastada, homens bons de haveres.

Na leva recém-chegada vieram, entre muitos, os paulistas Gaspar Barreto, José Ferraz de Araújo, Francisco Bueno, Lorenço Rausso do Prado, José Rodrigues Betim, gente boa, gente de mãos limpas.

Já trabalhavam nas terras aposseadas muitos taubateanos, entre os quais Domingos Rodrigues do Prado Filho, em quem a abundância do ouro azedava ainda mais o gênio perigoso.

Na impossibilidade de trabalharem nas lavras já abertas, os hostis abriam novas bocas-de-serviço, reclamando porém, às claras, deblaterando contra o monopólio dos que chegaram primeiro. As coisas iam mal.

Havia constantes bate-bocas, nos encontros pelo povoado:
— As minas são do Rei!
— Temos direito! Descobrimos!
— O ouro é de regalia régia!
— O ouro é de quem achar!
— O ouro é de El-Rei, Nosso Senhor!
— O ouro é de quem o tem amealhado...
— Usurpadores! Capitães da rapinagem!
— Cuidado com os nossos trabucos, intrometidos...
— Vilões! Vilões! Cuidado com os pescoços! Que a corda não vos sapeque as barbas!
— Respeitai nossos bacamartes!
Os hostis estavam irados, provocavam sem medo:
— Ladrões de terras reguengas! As terras são reguengas... O ouro é reguengo...

Mas os posseiros não ficavam por baixo:
— Adulões! Salafrários, invejosos filhos de Caim!
Por essas alturas, Domingos Rodrigues do Prado via, ouvia e, silencioso, esperava maré.

O povoado ribeirinho já era uma aldeia. A lavoura mineral garantia até ali a pólvora e a paz dos lares. O povo ensoberbecera.

Pelas beiras dos ribeirões, no plano escasso da bocaina e até nas fraldas da serra erguiam-se malhadas de barro, choças leves, ranchos de taipa, cafuas de sopapo, casinholas de tábuas, tudo coberto de sapé, folhas de coqueiros, lajes de pedra, cascas de pau. O aldeamento cresceu com a chegada dos últimos paulistas que, por desgraça, trouxeram alguns clérigos especializados em tranças difíceis de se desenredarem. Gulosos de metais, com a Carta-de-Seguro das sotainas imiscuíam-se nas vidas dos grupos rivais, cochichando, instigando odiosas vinditas, mas sempre hábeis ao apresentarem Deus como testemunha.

Ninguém plantava, não havia tempo para roçados nem cuidavam das escassas reses criadas à solta.

Viviam no tijuco, remexendo água, areias e cascalhos.

Havia um clamor exaltado contra a cobrança do Quinto Real, que era de 8 oitavas de ouro por bateia. A arrecadação desse tributo começou a vigorar em 1700, quando foram mandados Guardas-Mores para distribuir as datas pelos mineradores de Serra-Acima.

Espalharam Casas de Registros pelo caminho de São Sebastião do Rio de Janeiro, São Paulo, Bahia e Pernambuco, por onde não passava ouro sem guia de que fosse quintado.

Quem conduzisse ouro sem guia estava condenado a perder o ouro e ter todos os bens confiscados, além do degredo por 10 anos para Angola ou Índia.

Foi por essas alturas que os paulistas, os hostis, reclamaram do Capitão--General Antônio Albuquerque Coelho de Carvalho contra os usurpadores do Quinto. Instigavam, faziam atoarda contra os taubateanos, senhores das melhores lavras. No Batatal, numa arrancada de terra, Antônio Rodrigues Velho encontrara uma pepita de 300 oitavas! No Lavrado, Bernardo Bicudo de Campos e o irmão José tiraram outra, de 290!

O ouro manava, fluía, era um dilúvio amarelo.

Em vista das repetidas denúncias dos despeitados, o Capitão-General Albuquerque nomeou os hostis Gerônimo e Antônio Pedroso de Barros para distribuírem datas no terreno aurífero.

As datas eram 30 braças em quadro para os mineradores que possuíssem 12 escravos e 2 e meia braças de comprido e 30 de largura para os que tivessem menos de 12 cativos. Para quem tivesse um escravo, apenas 2 braças e meia, quadradas.

Como por Lei do Reino os portugueses tivessem direito de escolher as mais ricas datas, como as melhores sesmarias, os descobridores das minas não estavam dispostos a ceder as suas posses. O Rei mandava, o Capitão-General Governador mandava, mas os taubateanos não obedeciam.

Domingos Rodrigues do Prado era taubateano. Mateiro assomado, de caráter irritável, nunca foi acomodatício a obedecer ordens. Partira de São Francisco das Chagas de Taubaté para as Minas do Ouro em 1700, como coronheiro, garantindo entradas. Sujeito irrequieto, já passado dos 50 anos, fugira de sua terra por haver matado, na estrada, Carlos Pedroso da Silveira, o entrante da bandeira Bartolomeu Bueno de Siqueira.

Este bandeirante era rico homem de muito prol, tendo sido ouvidor e capitão-mor de São Paulo. Rodrigues do Prado por esse homicídio, com culpa formal, procurou se entrometer em bandeiras, fugindo à Justiça Reinol. Já estivera na Guerra dos Emboabas, atraído pelo sangue. Chegando a Pitangui agradou do descoberto onde, com grande cópia de escravos se apossou de chãos, cercado de parentes e aderentes sujeitos à sua disciplina sanguinária.

Não viu com bons olhos o companheiro Antônio Rodrigues Velho, nomeado Capitão-Mor das Minas do Pitangui, comandante, pois, da Companhia das Ordenanças ali presente por determinação do Capitão-General Governador Antônio de Albuquerque. Nas lavras trabalhava e enriquecia, ganhando prestígio na plebe, que sabia convencer. Mantinha-se porém distanciado das lutas, acumulando as forças prestes a rebentar:

Quando o arraial se alvoroçou com a notícia exata da cobrança do Quinto, o caudilho perdeu a cabeça e assumiu a chefia dos descontentes, com aquela brutalidade corajosa com que agia quando preciso

— Pois ninguém paga, mesmo, o Quinto!

A atoarda do ouro a rodo saído das catas levava ao arraial ondas de aventureiros, facinorosos, foragidos da Justiça, mariolas, bandalhos, matadores de estrada, mendigos, mulheres perdidas. Uma incrível desordem fazia da aldeia um fervedouro da rafameia errante pelo sertão. O burburinho dessa ralé ameaçava céus e terra, intrigava, jogava, bebia, pouco se importando com a autoridade do Capitão-Mor Comandante da Companhia das Ordenanças. Os paulistas hostis falavam de língua solta contra as datas que lhes couberam, as piores, longe da lavagem, nos peraus dos morros. Pois diante de tudo isso, Domingos Rodrigues do Prado assumiu a liderança do povo, dizendo que só povo mandava, e ele, o taubateano, o dirigia! Ora, a Coroa fazia o estanco de muitos gêneros necessários à Colônia, tais como o vinho, o bacalhau, o azeite e o açúcar, menos o de Pernambuco, deixado fora de contrato. Estanco era um privilégio que El-Rei concedia a uma sociedade de judeus que se reservava o direito de elevar preços, cobrar carretos e vender a mercadoria onde lhe conviesse. Alguns padres chegados às Minas do Pitangui conseguiram do rei a inclusão, no estanco, do mel de cana. Não almejavam favorecer ao povo, mas vender essa inclusão aos judeus. Assim, a cachaça que era vendida a 300 réis a canada, triplicava o preço.

Era demais. O povo, capitaneado por Domingos, revoltou-se. O chefe berrava para quem quisesse ouvir:

— Não se paga o aumento. A cachaça é gênero de primeira necessidade. Fora o rei! Fora os padres negocistas!

Era sério. O povo em peso aplaudia Domingos e saiu para as ruas carregando garrafas de cachaça, nas quais batiam, insultando as autoridades. O Capitão-Mor Antônio Rodrigues quis intervir, aplacar a ira do povo. Foi vaiado:

— Fora o adulão! Morra o vendido!...

A Companhia das Ordenanças tentou cercar a turba ameaçadora, que insultava o rei. Foi apedrejada, escorraçada, correu... Os padres provocadores do estanco desapareceram, amoitaram-se, pois estavam certos da desforra.

Domingos Rodrigues desacatava as forças de El-Rei, insultava, nas barbas, as autoridades da Colônia.

— Ponham tudo no estanco, menos a cachaça. Quem trabalha no barro precisa dela! A cachaça é a vida do escravo!

O povo concordava, rebelado. As autoridades humilharam-se, pois as praças eram poucas e a questão era de vida ou morte.

Mas o Capitão-General foi informado da rebelião, que se chamou o Motim da Cachaça.

Foi nesse ambiente de anarquia que em 1713 chegaram às lavras os cobradores do quinto do rei, orçados em 6 arrobas de ouro para as Minas do Pitangui. Domingos do Prado que estava ainda com a garganta quente de gritar no Motim da Cachaça surgiu nos arruados da aldeia, turbulento, chamando às armas a população válida dos garimpos. Estava pronto a resistir às forças do rei!

— Ninguém paga! O Quinto é roubo!...

Os amotinados esgoelavam a plenos pulmões:

— Não pagamos! Ninguém paga! Não somos escravos de El-Rei!

— Para longe os fiscais! Estamos tão apertados com a vida que vamos acabar rebentados pelas costas, como as cigarras.

— Temos pólvora e bacamartes!

— Fora os espias! O rei reina é em Portugal!

— Neste continente mandamos nós!

A turba ululante corria às catas, arrebanhando gente.

— Viva Domingos do Prado! Viva Domingos do Prado!...
Os complicados meganhas da Companhia das Ordenanças de novo apareceram. Faziam muro à massa humana irada, tentando aplacar ódios, sem ferir, como determinava o Capitão-Mor Comandante. Os prés pareciam anjinhos diante dos arreganhos homicidas da choldra dirigida por Domingos do Prado.
Ouviam berros por todos os ângulos do lugar:
— Ninguém paga!
Bramiam, no meio da matula vozeirões atordoantes:
— Quem pagar o Quinto morrerá em nossas mãos! É crime de cabeça pagar ao rei!
A revolta agravava-se. A multidão ameaçava matar quem pagasse o imposto da Coroa!
O bando ululante percorria o lugarejo e, ao entrarem no bairro das Cavalhadas, encontraram os cobradores do Quinto, Jerônimo e Valentim Pedroso, que tentavam falar aos povos:
— Ouvi, gentes boas, o Quinto é da Lei!
Os amotinados envolveram-nos, babando, injuriando:
— Violência! Somos cobradores de El-Rei D. João V!
A plebe colérica avançou aos urros contra os irmãos, ferindo Jerônimo e matando Valentim Pedroso.
O populacho bramava, já fora dos eixos:
— Morra a opressão! Morra a opressão!...
Jerônimo Pedroso, debaixo da roda de pau, vendo o irmão morto, pôs-se a esgoelar, protegendo com as mãos a cabeça sangrenta:
— Aqui del-Rei! Aqui de Viana!...
O vozerio do poviléu abafou-lhe os gritos. Jerônimo caiu, ferido, a protestar, uivando:
— Ah, mulatos safados, ah, corja...
Escapou por milagre.
Chegava o Capitão-Mor Antônio Rodrigues Velho, tentando jogar água benta no diabo:
— Calma, povo meu, calma!...
Ele que, no íntimo, era também sedicioso, nada obtinha da população desembestada. Seus prés das Ordenanças não eram gente para enfrentar a turba convulsionada. O potentado paulista José Soares Betim procurou-o:
— Prendeu os assassinos, *sô* Capitão-Mor Antônio Rodrigues Velho?
— Prender toda uma população?! Como prender todos os povos da República?
Betim, cheio de azedume, batendo duro, o bastão no solo:
— Isto é obra de Domingos Rodrigues do Prado!

— É um levante do povo todo, *sô* José Soares Betim!
Amotinavam-se contra o imposto. Não era uma rebelião local contra o Quinto, era uma gravíssima sedição nativista, a primeira, a mais importante que se levantava nas Minas do Ouro e na Colônia contra o Capitão-General Governador e El-Rei! Não era coisa só de palavras. Municiou-se o povo, dos principais do arraial aos pés-rapados das grotas; armaram-se mulheres e meninos contra a tirania de um soberano absoluto, governando sem cortes.
Seguiram próprios urgentes para a nova Leal Vila de Nossa Senhora do Carmo, sede da Governadoria, com o relatório dos acontecimentos das Minas do Pitangui. Vendo as coisas malparadas, o Capitão-General assinou muitos papéis, expedindo ordens draconianas, tão a gosto de seu Monarca.
Uma coisa ficou bem clara para o Reino: Pitangui não pagou os Quintos.
O Governador Albuquerque houve por bem perdoar os sediciosos. O rei concordou com o perdão.
Estavam perdoados os sediciosos, mas havia entre eles alguém que a Justiça há muito procurava, por toda a Colônia: era Domingos do Prado.
O covarde assassino desaparecido era matador cruel e, em fizeram-se muitíssimas indagações sobre seu paradeiro. A viúva segredo, do bandeirante Mestre-de-Campo Carlos Pedroso da Silveira, trabucado no caminho de sua fazenda de Mombaça estava atenta à notícia de seu reaparecimento e vivia em contato com faiscadores das Minas do Ouro, para saber se o bandido andava por aqui. Domingos era considerado o mais bárbaro homem de São Paulo e, depois da revolta contra a cobrança das 6 arrobas de ouro do Pitangui, compreendeu que estava descoberto e portanto, perdido. Desapareceu pelas picadas de Goiás, deixando a família no sertão mineiro.
Nesse ano de 1713, o então Capitão-General Governador era Dom Brás Baltasar da Silveira, substituto de Antônio de Albuquerque. O novo administrador extinguiu os Quintos da Coroa, pelo imposto de 30 arrobas anuais de ouro.
Em 1711 Albuquerque criara as primeiras municipalidades, como a Vila Carmo de Albuquerque, confirmada em Leal Vila de Nossa Senhora do Carmo, Vila Rica de Albuquerque, fixada em Vila Rica e a Vila Real de Nossa Senhora do Pilar do Sabará. Dom Brás seguiu-lhe os passos, criando a Vila Nova da Rainha, a Vila do Príncipe, a Vila de São João del-Rei e finalmente a 9 de junho de 1715 a Vila Nova do Infante das Minas do Pitangui, confirmada em Vila de Nossa Senhora da Piedade do Pitangui.

Na manhã clara reuniram-se no Largo do Pelourinho, onde se erguera esse indispensável sinal de Justiça, as autoridades chegadas na véspera para a instalação, e que representavam os Poderes Reais.

O poderoso Fernando Dias Falcão foi o representante oficial do Capitão-
-General Governador Dom Brás Baltasar da Silveira. Vinha encarregado de
instalar a Vila em nome de Dom João V, o Rei, depois de verificar, em pessoa,
se fora levantado o pelourinho.

Inspecionou-o, indagando do almotacé:

— Tem cepo e argola?
— Tem cepo e argola, Excelência!
— Tem ganchos para pendurar cabeças?
— Tem ganchos para pendurar cabeças, Excelência!

Era condição essencial do pelourinho ter cepo, argola e ganchos.

Em torno da vasta mesa colocada no largo, para que todos assistissem à cerimônia, sentaram-se Sua Excelência, o Representante do Rei; o Dr. Bernardo Pereira de Gusmão Noronha, Ouvidor-Geral e Corregedor da Comarca do Rio das Mortes, Juiz dos Feitos da Coroa e Auditor-Geral da Gente da Guerra; o Capitão-Mor Comandante da Companhia das Ordenanças; o 1.º Tabelião de Notas para escritura; o Dr. Juiz de Fora e todas as pessoas capazes do Termo, inclusive os **homens-bons** da nova Vila.

Estava formado no largo o Regimento de Cavalaria dos Dragões coloniais, tropa de linha ida da Leal Vila de Nossa Senhora do Carmo, Capital da Capitania, e um Regimento de Cavalaria da Nobreza da Comarca do Rio das Velhas, que fazia parte das Milícias Auxiliares das Minas Gerais.

O fardamento da Cavalaria da Nobreza chamava a atenção de todos: jaqueta preta, colete, calções curtos de seda preta, meias brancas compridas, sapatos pretos, chapéu-capacete com plumas vermelhas, dragonas de ouro, peitilho amarelo e gravata de retrós branco.

Atrás da mesa perfilara-se com farda de grande gala o Regimento das Ordenanças. Sua luzida farda salientava colete alvo, gola amarela, punhos verdes, faixa vermelha, dragonas prateadas, meias brancas e capacete encimado por pluma vermelha, pendida para diante.

Bimbalhavam nos ares frios os sinos alegres da Igreja de Nossa Senhora da Penha, erguida pelo voto de Rodrigues. Toda a população assistia ao insólito acontecimento. Chegavam, de cadeirinha, Dona Escolástica Betim, esposa de Antônio Betim Taques, rico-homem respeitado pela clara nobreza. Dona Maria Pires Camargo desceu de um palanquim de cortinas escarlates. Era mulher de Antônio do Prado da Cunha, que andara na bandeira de Fernão Dias. Chegavam Dona Catarina Pais Leite, casada com João da Silva Rabelo; Dona Potência Leite, com o esposo, Manoel Cabral Teixeira, além de outras notáveis matronas de grande prol.

Diante do silêncio do povo inteiro, o Dr. Ouvidor-Geral Bernardo Pereira de Gusmão Noronha convidou aos Juízes Ordinários Antônio Rodrigues

Velho, ex-Capitão-Mor e já apelidado *Velho da Taipa*, e Bento Pais da Silva para tomarem posse dos cargos, pois foram eleitos pelas Justiças.

Prestaram juramento, estendendo a mão direita sobre os Evangelhos e receberam as varas vermelhas, símbolos de suas autoridades.

Empossaram-se em seguida os Vereadores João Cardoso, Lourenço Francisco do Prado e José Luís Monteiro, sendo procurador Antônio Rodrigues da Silva. Na crescente emoção de todos, o Ouvidor, ainda de pé, circunvagou os olhos pelos prédios ainda pobres, de cujas janelas espiavam senhoras curiosas e que não puderam sair. E, solene, ordenou ao Escrivão a seu cargo:

— Senhor Escrivão, leia o transunto da Carta de Mercê. O Escrivão, em voz muito elevada:

— O Ilustríssimo e Excelentíssimo Senhor Capitão General Dom Brás Baltasar da Silveira, Governador-Geral da Capitania de São Paulo, por Ordem Régia de Sua Real Majestade Fidelíssima Senhor Dom João V, por graça de Deus Rei de Portugal e dos Algarves daquém e dalém-mar; em África Senhor da Guiné e da Conquista, Navegação e Comércio da Etiópia, Arábia, Pérsia e da Índia, especial Carta de Mercê cria no Arraial das Minas do Pitangui no Distrito mineiro das Gerais a Vila de Nossa Senhora da Piedade do Pitangui, sendo edital e ordem de Sua Majestade acolhidos em livros próprios.

Todos os corações batiam, com febre. Os mais velhos choravam de júbilo patriótico.

O Ouvidor, sempre de pé, com a cabeleira empoada de branco descendo em cachos para os ombros, ainda exclamou:

— Senhor Meirinho-Mor da Correição, cumpra o seu dever!

O Meirinho, espevitado, gritou inchando as cordoveias do pescoço:

— Real! Real! Real! Viva o Nosso Rei Fidelíssimo Senhor Dom João V, de Portugal!

Alguns da multidão, evidentemente ensaiados, repetiram os gritos, com ênfase:

— Real! Real! Real! Viva o Nosso Rei Fidelíssimo, Senhor Dom João V, de Portugal!

Abraçaram-se todos, com expansão. Formou-se em torno da mesa um grupo tão compacto que impedia o Escrivão-Geral da Correição lavrar a ata, com pena de ganso. Assinaram-na depois as pessoas mais graduadas.

Foi notado que dois terços da população deixou de aplaudir, e não segundou a voz do Meirinho-Geral.

Murmuravam sem medo:

— Viva, por quê? Por querer o suor do nosso rosto, em ouro, nas balanças?!

— Com esse aparato de vila será pior.

— Sim. Espero que a abolição do Quinto vá trazer coisa mais dura. Essa história de 30 arrobas de ouro é mil vezes mais opressiva. Pra Portugal, o povo é merda...
Uma banda militar explodiu em marcha guerreira. Fogos de vista se desfaziam em cores no ar fluido da serra. Palitos de fogo espocavam por toda a Vila, que acabava de nascer.
O Ouvidor e mais autoridades foram para o Senado da Câmara, inaugurando a sede do governo local.
Quanto ao Ouvidor, ao se recolher do *Te Deum*, segredou ao Capitão dos Dragões:
— Talvez me engane, mas pela instalação da Vila de Nossa Senhora do Carmo o povo aplaudiu com calor mais unânime. Notei aqui uma certa — como direi? — frigidez dos povos.
O militar aborrecia-se:
— Povo muito altivo! A liberdade faz-lhe mal. Não os deixo pisar em ramos verdes... E pensa Vossa Excelência que eles respeitam os Dragões?
Chegaram ao pouso. Suas Excelências calaram-se.
Espalhou-se a multidão. Mas um grupo saiu rosnando descontentamentos:
— Quer dizer que o Rei nos deu outra Padroeira, não aceita Nossa Senhora do Pilar. Mudou o nome escolhido por nós, para Nossa Senhora da Piedade...
— É como ouviu. E o Rei pode mandar até em nossa devoção!?
Depois de alertado, o povo não se conformou:
— Não queremos, não aceitamos! Nossa Padroeira será Nossa Senhora do Pilar até à consumação dos séculos!
Povo afetivo, mandou emissários zangados reclamarem do Ouvidor, que sorriu. Um Ouvidor sorrindo é o mesmo que uma fera rosnando.
— É a mesma coisa, senhores! Nossa Senhora é uma só...
— Não; o povo não quer, Excelência. Vamos reclamar do Governador da Capitania!
O magistrado procurava aplainar o assunto:
— Sua Majestade, sabendo o que sofrem os povos deste descoberto teve piedade. Daí o nome da vila.
Como os reclamantes iam ficando imprudentes, os Dragões puseram-nos para fora.
O Ouvidor enrubescia, embravecendo:
— Querem corrigir um Rei como Dom João V! Corja de ingratos! Isto começa mal...
Aquela afronta aos brios locais empanou as festas populares. O Padre Caetano Mendes de Proença, vigário da vila, estava decepcionado, medroso:

— Caso muito sério! Caso de consciência... É preciso agir com calma; não sei, mas... o povo tem razão.

No burburinho das ruas, alguns mais ardorosos reclamavam aos gritos:

— Queremos Vila de Nossa Senhora do Pilar do Pitangui!

Bebiam pelas baiúcas de ponta de rua, vociferando:

— Ninguém encomendou novo nome para a vila! Nós é que mandamos!

Os paulistas intrusos atiçavam as iras da população:

— Vamos reclamar! Querem mandar em nossas consciências de cristãos...

Um popular mais excitado falava alto, com o copo na mão:

— Fora o Ouvidor! Nós nos governamos!

O Ouvidor soube o que se passava nas ruas, carregando o sobrolho:

— Dá-se-lhes a mão, querem o corpo todo... — E resmungando feio: — Mulatos ingovernáveis!

Entretanto, as coisas não melhoraram para os montanheses.

Dom Brás em 1713 suprimira a cobrança dos Quintos, mas estabelecera a cobrança das 30 arrobas de ouro para a Coroa. Em 1715 mais uma oitava era cobrada pela carga de fazenda seca e meia pela molhada, que entrassem nas Minas, além de uma oitava por cabeça de gado vacum... Em 1717, novo imposto: 2 oitavas por escravo, macho ou fêmea, 6 por mulato ou mulata escravos e 10 oitavas por loja ou venda...

Em 1717 tomou posse de Governador, entrando na Vila do Carmo sob um pálio, o Capitão-General Dom Pedro Miguel de Almeida Portugal e Vasconcelos, Conde de Assumar, Comendador da Comenda de São Cosme e São Damião de Aseve; da Ordem de Cristo do Conselho de Sua Majestade, Sargento-Mor da Batalha dos Exércitos Reais.

O novo Governador reduziu a 25 arrobas de ouro as 30 de seu antecessor. O ouro em pó valia então um mil-réis a oitava.

Mas o Poderoso e Sereníssimo Dom João criou em 1719 as Casas de Fundição, erigidas em Vila Rica, Vila Real de Nossa Senhora da Conceição do Sabará, Vila do Príncipe e São João del-Rei... O ouro quintado valia mil e quatrocentos réis a oitava.

Todo o ouro extraído tinha de ser levado às Casas de Fundição, para ser fundido e quintado! Além das extorsivas taxas por esse serviço, cobravam-se várias contribuições misteriosas, entre elas uma de *dádivas voluntárias*, para os alfinetes da Rainha. Proibia-se, sob pena de degredo ou forca, a circulação do ouro em pó!

Se não se cumprisse à risca a Ordem Régia ameaçavam o povo com a derrama, que era a cobrança a ferro e fogo do que fosse devido ao Rei.

O povo inteiro das Minas do Ouro alarmou-se, indignado.

Faltava pouco para entrar em execução a truculenta medida, quando os mineiros da Vila do Pitangui resolveram se rebelar contra a ordem formal de Dom João V!

Mas esperem... Ali faltava alguém. Alguém que há 7 anos desaparecera atrás dos morros... Alguém que levantou os sertanejos com o Motim da Cachaça, em 1712, e os faiscadores contra os Quintos do Rei, contra as 6 arrobas em 1713... Agora todos pensavam nele: era Domingos Rodrigues do Prado! O caudilho taubateano estava muito longe, nas lavras de Goiás, ao lado de seu sogro Bartolomeu Bueno da Silva, o *Anhanguera*...

Ao assumir o Governo, o Conde de Assumar procedera severo inquérito pela morte de Valentim Pedroso, sabidamente assassinado por Domingos do Prado, na revolta de 1713. Buscara o sertão deserto, pois sabia que a forca o esperava no Largo de São Francisco, na aldeia serrana. Afundou-se nos matos goianos e, decerto por súplicas de *Anhanguera*, foi em 1718 perdoado de todos os crimes...

Repentino como um fantasma, reapareceu no Pitangui! Chegou tostado pelo sol sertanejo, mais velho e com as mãos ainda mais sujas do sangue de outras vítimas.

Para que veio Domingos do Prado, em marche-marche pelas veredas, olhos faulhando fúria? Para chefiar a Sedição de 1720!

Assombro do bugre, esfolador do negro, o ousado assassino de brancos procurava seu povo altaneiro; vinha erguer barricadas, cavar trincheiras contra o Rei, que há pouco lhe dera o generoso perdão de todos os crimes.

O Conde de Assumar perseguia então com dureza os padres, de modo tão decidido, que os mandara botar para fora das Minas do Ouro. Não bastava; prevenido contra os clérigos, chegou a escrever ao Bispo de São Sebastião do Rio de Janeiro lembrando a conveniência de cobrar, por pessoa, 6 vintenas de ouro de conhencenças, para confissões e comunhões. Queria dificultar o exercício religioso, vendendo atos litúrgicos. Reclamou ainda ao Bispo contra a usura, a avareza, trapaças e demais imoralidades eclesiásticas das 50 paróquias das Minas.

Quando se marcou o início da execução da Ordem Régia sobre as Casas de Fundição, Domingos do Prado já reencontrara a arraia-miúda do seu conhecimento, aliciava gente nos socavões da brenha. Armava seu povo: os ricos, os homens-bons, os donos de catas, os moleques, os vagabundos, os sem-nomes, vaqueanos, mulheres, meninos — todos. Escravos levavam seus furtivos recados para os patriotas de Vila Rica, pedindo apoio e contando como ia sua festa.

Assumar chamou então o Brigadeiro das Milícias Auxiliares João Lôbo de Macedo, nomeando-o Regente do Distrito, para que fosse sossegar os povos alvoroçados. Mas o Senado da Câmara de Pitangui não aceitou o Brigadeiro como Regente. O militar, que desconhecia essa recusa, pois já estava de viagem, entrou na vila debaixo de assovios da população que, ao vê-lo pimpão, nos alamares de ouro, pôs-se a escarnecê-lo, zurrou como jumento, cantou como galo, piou como pinto, ladrou como cachorro...

De repente uma voz se alteou, insolente, na multidão:
— Viva nosso chefe, Domingos Rodrigues do Prado!

Aplausos demorados foram a resposta. Repetia-se o que se dera na Sedição contra as 6 arrobas de 1713. Ninguém dormiu naquela noite porque a população válida foi para as ruas fazer barulho.

Ouviam-se tiros de bacamarte das cafuas da várzea, das arribanas dos morros. O Capitão-Mor Comandante do Regimento das Ordenanças mandou os prés cercarem a casa onde se hospedara o Regente, para garanti-lo. Os Dragões de sua escolta estavam atentos, de clavinas empunhadas, fazendo sentinela às portas e sacadas do solar. Da sala onde conferenciava com amigos, cheio de medo, o Brigadeiro ouvia o clamor do poviléu nas Cavalhadas:
— Não respeitamos nem Brigadeiro, nem Governador, nem Rei!

Seu Ajudante de Ordens repetia para ele:
— Não respeitam nem ao Brigadeiro, nem ao Governador, ao próprio Rei. Hum...

Ficaram ouvindo.
— Só respeitamos nosso chefe, Domingos Rodrigues do Prado!

Na sala, as autoridades entreolhavam-se, fazendo beiço.
— Viva Domingos do Prado!
— Vii...

O Brigadeiro apurou o ouvido, para melhor escutar e, franzindo os supercílios, indagou o Capitão-Mor:
— Esse Prado não é o assassino do Mestre-de-Campo Carlos Pedroso da Silveira?
— Só dele, não, Sr. Brigadeiro. Tem mais de 15 mortes.
— E como está solto esse facinoroso?
— Ah, Sr. Brigadeiro, ele foi perdoado de seus crimes pelo Rei, em 1718. Quem manda é o Rei, Senhor!

Um silêncio duro matou o assunto.

Não obstante a desaforada hostilidade dos povos, sempre cercado pelos Dragões e prés das Ordenanças, o Regente começou a agir, enquanto Domingos do Prado ultimava os preparativos para o levante.

Chegavam cabroeiras e armas mandadas vir das povoações de terras perdidas, longe. Índios, negros, crioulos, mamelucos, cafuzos, mazombos, caborés apareciam com riunas e pólvora. Aquilo era a mobilização geral de Domingos do Prado contra os vampiros reinóis.

Porque o Brigadeiro Regente requisitasse um mulato de Suplício Pedroso, à noite, na arruaça costumeira, o dono do cativo gritou, bem alto, diante da casa da autoridade:

— Brigadeiro ladrão! Roubou um mulato, meu escravo!

Prenunciando o rompante temerário do povo, o Regente-Geral comunicou ao Conde de Assumar, cruamente, o que se passava. O Conde rilhou os dentes:

— Bem disse o bonachão Dom Brás: Só o distrito do Pitangui me dá mais trabalho que todas as vilas das Minas!

Depois, rugiu como jaguar no fojo:

— Se minhas ordens não forem cumpridas, mandarei incendiar a Vila, para que dela não haja mais memória!

Parou um pouco, para inquerir do sargento enviado, com voz sinistra:

— E Manuel Dias da Silva, Capitão-Mor das Milícias?

— Está sempre perto do Brigadeiro.

— E não age, não delibera, não se agita, não cumpre as ordens de seu cargo?

O sargento dos Dragões não podia responder.

Naquele mesmo dia, o povo amotinado da Vila de Nossa Senhora da Piedade do Pitangui resolveu expulsar o Brigadeiro, Regente-Geral. Indignado com o gesto extremo dos seus patrícios, o Juiz Ordinário Manuel de Figueira Mascarenhas abriu os braços com a vara vermelha presa aos dentes, impedindo a porta de entrada do Senado da Câmara onde estava o militar.

Arrancaram-lhe a vara da boca. Ele berrou irado:

— Recuai, recuai, eu o defendo! Para trás, insurretos!...

A turbamulta ululava:

— Defende a quem? Ao enviado de Assumar? A esse pulha? A esse corno? A esse ladrão?!

Num zunzum formidável a multidão aglomerou-se, aos trancos, a babar insultos, cercando a porta.

— Pois toma!

— Mais esta, diabo! Toma! Toma!

— É pouco! Mais! E mais! Mais...

Estocada, zagaiada, chuçadas e pontapés no Juiz Mascarenhas, o defensor do Brigadeiro, até que tombou morto, lavado em sangue.

— Morrer só não basta! Arrastemo-lo para a rua!

— Como um trapo! Como um trapo! Arrastemos este cachorro... E agarrados nas pernas do juiz arrastaram-no para o Largo das Cavalhadas, onde ficou manando sangue ainda morno, sem mais profanação.

Na mesma noite, o Brigadeiro foi enxotado de Pitangui.

Assim que esses fatos foram sabidos pelos povos da Capitania, em missa solene, com pomposo ritual dos dias de festa litúrgica, na Matriz de Nossa Senhora do Ó da Vila Real de Nossa Senhora da Conceição de Sabará, o Vigário Colado excomungou a Vila de Nossa Senhora da Piedade de Pitangui.

Os sabarenses estavam assim proibidos, por força do Direito Canônico, a fazer comércio e até a se comunicarem com os moradores do lugar excomungado.

Ao se informar de tão tristes acontecimentos, o Governador Assumar roncou, em cólera:

— Eu não sou o Capitão-General Dom Brás da Silveira! Vou mandar consertar os caminhos, para ir pôr ordem nas coisas!

Pensando melhor, resolveu apelar para os reais vassalos da vila, o nababo paulista José Rodrigues Betim; para Francisco Gomes Camargo, José de Campos Bicudo, Antônio Rodrigues Velho, Simplício Pedroso, José Ferraz de Araújo, Miguel Farias Sodré, Manuel Dias da Silva, Bartolomeu Bueno Calhamavez, Domingos Costa Ferreira... Precisa, quer seu apoio... Pede que socorram o Brigadeiro Auxiliar, que estava entre inimigos doidos...

São mandados com urgência o Ouvidor da Comarca do Rio das Velhas, Bernardo Pereira Lôbo e o Coronel José Correia de Miranda, com uma força à disposição do Ouvidor, para dar brio aos pitanguienses.

Não satisfeito, Assumar chamou às pressas todos os mestres-de-campo, coronéis e autoridades inferiores, para seguirem na missão de salvar o Brigadeiro e desafrontar El-Rei.

Desafrontar El-Rei! Era uma guerra santa, aquela arremetida. Para reforço do exército chegaram forças de Itabira do Mato Dentro, Santa Luzia do Rio das Velhas, São João del-Rei, Guarapiranga.

Assumar passou revista às tropas, na Vila de Nossa Senhora do Carmo. Iam em marchas forçadas, e o Governador estava sinistramente alegre:

— Querem violência? Serei violento!

E ao Coronel Miranda, num desabafo:

— Ide, Coronel, ponde-vos às ordens do Ouvidor. Salvai a autoridade do Brigadeiro e não tenhais ouvidos a lamúrias. Ide com o Exército Colonial desencovar os canguçus da serra!

Mal sabia o frenético Assumar que o Brigadeiro já fora expulso da Vila e estava ferido, à espera de melhores ventos, no Quartel-Geral do Espírito Santo do Indaiá...

As forças rebeldes de Domingos do Prado eram para mais de 500 homens, armados até aos dentes com escopetas, pedreiras, clavinas, bacamartes boca--de-sino, berças, riunas e passarinheiras, além de muita pólvora. Como eram armas de carregar pela boca, havia polvarinheiros remuniciadores. Havia ainda o arsenal de armas brancas, o ferro-frio do sertanejo. Eram facões, foices, machados, lambedeiras, línguas-de-cobra, piabas, facas-cipó, zagaias, chuços, espetos, canivetões...

Eram seus aliados, além de outros, o rico fazendeiro Alexandre Afonso e irmãos, cuja propriedade, vasta e farta, estava no caminho da Onça e os queridíssimos irmãos Fraga, *gente boa*.

Alexandre Afonso enriquecera com o ouro pitanguiense, nas gruparas do Lavrado. Todo seu ouro estava na própria fazenda em arcas, malões, botijas e potes de barro. Enchia imenso quarto da casa-grande.

As tropas revoltadas estavam de prontidão e guardas vigilantes visionavam os varjões, por onde era possível chegar a força reinol.

Não tardou que os vedetas de Domingos subidos nas árvores dessem, aos gritos, o aviso nervoso:

— Tropas à vista! Tropas à vista!

Era o Exército Colonial, composto de tropas de linha tiradas das guarnições da Vila do Carmo, da Vila Real de Nossa Senhora da Conceição do Sabará, com reforços de Itabira do Mato Dentro, Congonhas e Santa Luzia do Rio das Velhas. Eram tropas da Cavalaria os Dragões Equestres, comandadas pelo Capitão Madureira; dos Dragões do Reino, recém-chegadas da Corte do Vice-Rei e Regimento das Milícias Auxiliares das Minas.

Completavam o exército o 2.º Regimento da Cavalaria Auxiliar da Vila Real de Nossa Senhora da Conceição do Sabará e o do Rio das Velhas, além de um Terço da Companhia das Ordenanças, que era tropa de elite, vinda da Vila do Carmo. Todo esse exército somava 700 homens, sob o comando do Coronel Miranda.

Domingos do Prado comandava os rebeldes.

Dado o sinal convencionado, *Inimigo à vista*, palitos de fogo alertaram a Vila e não tardaram os sinos das igrejas e capelas a badalar sem pausa. Começou a descer gente dos morros; abriam-se as casas de taipa e o poviléu enxameou dos mocambos para engrossar a reação. Saíam das bibocas, das grotas, das lavras, das catas, dos córregos de lavagem, da cascalheira, do barro. Surgiam nos arruados homens de calças arregaçadas, sujos de lama; apareciam mulheres com filhos nas cadeiras e piques nas mãos, meninos espantados pelo vozerio dos amotinados que urravam, ávidos de sangue.

— Que houve?

— As tropas do *Rei êvêm*!...

— Ninguém foge, quem fugir morre!

— Morre a chumbo, a foice, a pau e a pedra!...

— Viva Nossa Senhora do Pilar!

Aquela gente largava o trabalho para reagir contra a opressão do Reino, pegava em armas de pólvora, chuços ferrados e porretes para defenderem suas vidas contra os bandidos prepostos de Assumar.
— Tropas à vista! À vista! Êvêm!
— É Tropa Paga, bandidos pagos para matar!
De longe se conheciam os soldados da Cavalaria da Nobreza do Rio das Velhas, pelos capacetes encimados por plumas vermelhas. Logo atrás marchavam os cavalarianos do Regimento da Vila Real de Nossa Senhora da Conceição do Sabará, pois os lindos penachos amarelos de seus capacetes eram conhecidos de longe.

De pé, na frente das tropas marchavam os tambores, vestidos de vermelho, vibrando as caixas surdas de guerra, conduzidas no lombo de cavalos. Ao se aproximarem do Rio São João, a duas léguas da Vila, fizeram alto, nas trincheiras cavadas pelos amotinados. Estavam em frente da linha de defesa do Pitangui.

Era intento do Ouvidor enviar emissários, para parlamentar com os principais — da praça em revolta.

Não foi possível. As vanguardas de Domingos do Prado receberam os soldados legais com vivo fogo. Começaram a cair as araras da Cavalaria da Nobreza do Rio das Velhas, que vanguardeavam a tropa. Do lado rebelde caíam soldados do povo, paisanos de fibra, na mira apressada dos Dragões Tombavam de parte a parte homens em guerra, como folhas amarelas a um pé de vento.

Os irmãos Fraga, com alto brio, avançavam temerários, contra a muralha legalista, de espadas em punho, cabelos revoltos, magníficos.

Aglomerados na boca da mata, os insurretos abriam claros nas linhas inimigas. O urro dos bacamartes assustava as montadas da Cavalaria Auxiliar do Rio das Velhas que empinavam, a fungar, negando-se às cargas.

Uma voz se ouviu, mesmo com a zoada das pedreiras:
— O Capitão dos Dragões João Rodrigues de Oliveira está ferido!
Não tardou outro brado dos legais:
— Foi baleado o Alferes Manoel de Barros Guedes...
Viu-se então surgir, num repente bestial, o Comandante dos Dragões Equestres, Capitão Madureira, a esgoelar já rouco:
— Arrayal! Arrayal! Por El-Rei e por São Jorge! Não dou quartel a traidor! Não dou quartel a mulatos!

E, a colubrina ondeada na destra atirou-se, às cutiladas, no bolo dos nativistas maltrapilhos.

Na febre do combate violento, corria muito sangue que encharcava a terra. Uma ala da Cavalaria dos Dragões avançou de novo, mas os cavalos afocinhavam no chão, atingidos pelas pedreiras. Caíam Dragões mortos e feridos. O piquete recuava em desordem, atirando, praguejando indecências.

Um irmão de Alexandre Afonso, ao saber da aproximação das colunas do Reino mandou enterrar na fazenda, com urgência, 40 arrobas de ouro em pó e em barras do mano insurreto, obrigando os escravos a fazerem o mesmo, com o que possuíam. Empurrou para o combate esses escravos fiéis...

Na frente da luta sempre vacilante, a fumaça do tiroteio escurecia o vale, toldando a visão dos guerreiros.

Enquanto encurtava o espaço entre as vanguardas, as fileiras iam ficando mais ralas... as garras da morte apanhavam os mais bravos...

Foi então que Alexandre Afonso, com visão certa, pensou em envolver de surpresa os Dragões, sob pólvora, azagaias, facas e paus ferrados. Precisava ouvir o chefe sobre o golpe que planejava.

— Chamem Domingos do Prado!
— Chamem o Chefe!

Não sabiam onde se encontrava combatendo o líder do povo, o dirigente da refrega. Correram a procurá-lo.

— Cadê Domingos do Prado? Chamem ele!
— Chamem nosso Comandante!

Percorreram as linhas, procurando-o. Um combatente, sujo de pólvora, respondeu:

— Está combatendo! Está, acolá, na trincheira! Está onde aparece brecha mais fraca!

— Procurem Domingos! chamem Domingos, gente!

O emissário continuava com a pergunta:

— Onde está sô Domingos do Prado?

Ninguém o alcançava, para o chamado de Afonso. Onde estaria, talvez ferido, o chefe nacionalista Domingos do Prado?

Domingos Rodrigues do Prado... fugira!

Logo se soube da decepcionante defecção:

— Fugiu! Domingos do Prado fugiu! Estamos perdidos! Fugiiu!! Aquele grito na retaguarda paralisou troços de lutadores que, jogando as armas fora, desembestaram pelo caminho da Vila.

— Fugiiu!...

Os nacionalistas recuavam sem chefe e, em pânico, entraram em completa desordem diante do inimigo.

Continuavam a gritar, possessos, decepcionados:

— Fugiu!... Será possível?! Não pode! Cadê Domingos?! — Fugiu!...
— Domingos do Prado fugiu!...
— Cachorro!.. Ah, cachô...

— Ah, cobarde, ah, miserável... Ah, filho da puta!
Em minutos ele caía, de chefe valente, para medroso fujão...
A vanguarda vacilou, cedendo, sem alma para mais fogo. Um clamor uníssono estrugiu:
— Matem o traidor!! Sangrem o covarde! Covar...
— Matem o vendido ao Rei!
Enquanto o ódio dos enganados refervia e espumava, o Exército Colonial, numa carga sangrenta, abateu a patas de cavalos e coices de coronha o que restava dos voluntários com armas nas mãos. Foram esmagados, no chão áspero de beira-rio. Os fugitivos eram caçados à espada, furados por montantes, fustigados a mangoal.
Assumar vencera.
Os prisioneiros, quase todos ajuntados em cacho, no campo, foram no delírio da vitória arcabuzados à queima-roupa.
— É o que merecem! É o que merecem!
Alexandre Afonso e irmão, bem como os irmãos Fraga e Francisco Pedroso de Almeida, foram conduzidos, de corda no pescoço, atados à cauda dos cavalos dos Dragões.
Quando as tropas entraram na vila, encontraram-na deserta e silenciosa. Apenas alguns paulistas de Piratininga, com sorrisos amarelos, receberam os vencedores.
Nos cochichos dos derrotados, presos ou foragidos, havia estuporada interrogação:
— E Domingos do Prado? Que fez ele? Onde está?... Será possí...
Ninguém sabia responder. Mas o chefe da Sedição de Pitangui mandara, na véspera, pela noite velha, levar seus imensos cabedais de ouro para um ponto certo do outro lado do Rio São João.
Chegara a hora da vindita para as hienas reinóis. No outro dia, sem processo, os irmãos Afonso e os irmãos Fraga e Francisco Pedroso de Almeida foram enforcados, esquartejados e decapitados, sendo suas cabeças erguidas em piques, no morro fronteiro à fazenda dos Afonso.
Foram enforcados muitos outros, que sobraram das trabucadas depois da derrota. Dos amotinados, pouca gente escapou. O Ouvidor Gusmão determinou o confisco, para a Coroa, de todos os bens dos cabecilhas.
Queimaram casas e roças. De Domingos do Prado arrasaram tudo, "para que não ficasse vestígios das coisas do sobredito".
O mesmo fizeram a imóveis e semoventes de Pedro de Morais Cunha, Simplício Pedroso Xavier, Bento Pais da Silva, Antônio Rodrigues de Andrade, Manuel Fernandes Preto, Gaspar da Silveira, José Rodrigues Lima, Francisco Rodrigues de Almeida e Francisco Pedroso de Almeida, senhor da Ponte Alta.

Tudo foi queimado — prédios, paióis, telheiros, casas, choças. Confiscaram até porcos magros nos brejos. Isto sempre foi do estilo colonial português.

Estava terminada a vingança? Não. Faltava a salga do chão *onde estiveram as casas* de alguns valentes.

Salgar o chão... Era uso jurídico salgar a terra onde se dera crime de profanação. Não apenas jogar sal, para que o solo ficasse estéril. Não; havia cerimonial!

Na Vila do Pitangui reuniram-se nos lugares malditos, em vestes de grande gala, o Juiz de Fora empunhando a vara branca; o Vigário, paramentado; os Juízes Ordinários com suas varas vermelhas; o Presidente do Senado da Câmara; o Capitão-Mor Comandante da Companhia das Ordenanças, além de almotacés, meirinhos juramentados, os carrascos e o carcereiro da cadeia pública.

Nessa altura, o meirinho leu a sentença contra o dono da casa já arrasada e, munido de certa quantidade de sal em lata velha ou caco de telha jogou-o, com a mão esquerda, pelos quatro cantos do terreno, enquanto os tambores da Companhia das Ordenanças ruflavam, em funeral.

Depois lavou as mãos, em público.

Era ridículo, mas assim salgavam o chão dos condenados pela Justiça do Rei Magnânimo.

Nessa terra, nunca mais se ergueria outro prédio.

A cadeia pública da Vila do Pitangui se encheu de presos e também as de outras vilas, todas bem guardadas pelos Dragões.

A força das Cavalhadas mostrou para que servia, com aqueles mais audazes, cuja altivez nem ali se abateu. As feras do Reino não conseguiram enfraquecer, através dos séculos, o sangue audaz dos Canguçus da Serra.

Os esmagados ressuscitariam, ainda naquele ano de 1720, em Vila Rica, nas barricadas de Felipe dos Santos Freire, o tribuno da plebe. Cento e dois anos depois alcançariam o triunfo definitivo, ganhando a derradeira batalha em prol da liberdade, a 7 de setembro de 1822, na rampa do Ipiranga. O Comandante seria Pedro I.

II
A BOCAINA

Há muitos anos estavam pendurados os espadões e os trabucos da Sedição de 1720.

A Vila desfrutava sossego que jamais tivera, desde que chegaram ao garimpo, em 1711, os intrusos farejadores de ouro que enriquecia a humilde bandeira dos Bicudo e de Antônio Rodrigues Velho.

Um ancião veterano da refrega contra o Rei, ao pendurar seu arcabuz e a espada *rabo-de-galo* resmungou, altaneiro:

— O arcabuz pode ser estragado pela ferrugem, mas esta espada, mesmo com ferrugem, ainda pode derramar sangue de galego!

Um companheiro do valente aprovou, firme:

— Nossas armas garantiram a paz em que vão viver nossos bisnetos...

— Eles saberão que afrontamos a voragem das balas nos gargantões da Serra do Pitangui...

Bravatas de velhos guerrilheiros renitentes.

O certo é que a paz se espalhou como um luar sobre a Vila, que alvejava na cal dos primeiros prédios de adobe e telhas do Reino.

Ninguém reconheceria mais a Bocaina selvagem da Serra, onde os quilombolas lavaram o primeiro ouro de Pitangui. As lavras se espalharam pelos ribeirões do vale, o Veríssimo depois Lavagem, Brumado, São João, Onça, Guardas, São Joanico. Subiam pelos tabuleiros até as grupiaras e o chão estava escalavrado pelos almocafres dos faiscadores.

O ouro fugia para dentro da terra e não era mais agarrado com as unhas, como nas tumbas do Batatal e do Lavrado.

A mineração era feita a céu aberto, mas o ouro escasseava. O ouro fugia. Enquanto ele minguava no barro começavam a armar mundéus, cachos de pedra ou pau para onde faziam correr, com a água, a terra aluída com alavancas, picos e chaulas. Apareceram os sarilhos para tirar barro das catas fundas. Se o ouro aparecia nas rochas, os mineradores passavam adiante, não recorriam à marreta, pois só queriam o que estava fácil, à flor da terra.

Não tiravam mais pepitas gordas de buracos de tatus.

A notícia da fartura mineral atraiu *baianos*, como eram chamados os nortistas e gente de Pernambuco, enjoada da labuta canavieira. Esses nortistas não eram benquistos pelos Governadores da Capitania das Minas Gerais, que os consideravam jacobinos, imbuídos da heresia dos vinte e quatro anos da dominação holandesa.

A Vila de Nossa Senhora da Piedade do Pitangui, para crescer, foi derrubando a selva circunvizinha. Agora se viam pelados de terra e pedra, onde frondejara a floresta virgem. Foram tombando os paus-brasil, os jacarandás, os bálsamos cheirosos. As florestas como os índios recuavam do centro de civilização mais densa.

Pitangui era agora uma pacata população cosmopolita, que plantava roças e criava gado nos plainos da serrania.

Em vez do urro dos arcabuzes ouviam-se balidos de ovelhas, mugidos de bois curraleiros. Preferiam ao cavo das bateias a certeza do pastoreio. A civilização mineira teve início na beira dos rios. Os descendentes dos paulistas, nascidos nas minas, estabilizavam-se, criavam raízes na terra que enriquecera os bandeirantes.

Erguiam-se na vila e nos distritos Capelas e Igrejas estáveis. A de Nossa Senhora da Conceição, em Conceição do Pará; de Santa Ana, no Arraial de Nossa Senhora de Santa Ana da Onça; a de São Joanico do Paraopeba; de São Gonçalo, no Brumado; de Nossa Senhora do Bom Despacho, do Picão e a de Nossa Senhora da Piedade do Patafufo.

Dentro da Vila, não contando a matriz de Nossa Senhora do Pilar, havia a do Bom Jesus da Paciência, a de Nossa Senhora do Rosário, a de São Francisco, nas Cavalhadas; a Ermida na Cruz do Monte, além da primeira, a de Nossa Senhora da Penha, erguida pelo voto de Antônio Rodrigues.

A terra entrara na menopausa do fluxo do ouro.

Passado o feverão das descobertas, os que possuíam lavras ainda vivas, viciados no delírio amarelo; escorrupichavam o metal.

A vida da Vila de Nossa Senhora da Piedade do Pitangui estacionara-se na Colônia. O Senado da Câmara reunia-se com rigorosa pontualidade, sob a Presidência do Vereador mais velho. Tratavam do que lhes fora confiado, com a lealdade de cães vigiando a casa do dono.

Quando na Vila se fizeram as justiças pela segunda vez foram eleitos Juízes Ordinários e oficiais, os Homens-bons. Estava entre eles, como vereador, Francisco do Rêgo Barros. Marcada a reunião para resolver certo assunto, desmentindo a confiança dos povos, faltou a ela esse vereador. O presidente não teve dúvidas e, para não escandalizar os eleitores, multou-o em sessenta réis!

Esses patriarcas dos troncos paulistas sofriam todas as provações, resignados e serenos, quando poderosos amavam o luxo, para imitar a Corte de Lisboa ocidental. Para viagens alongadas usavam liteiras sustidas por dois burros e, para pequenas excursões não dispensavam as cadeirinhas conduzidas por dois escravos. Era comum a esses nababos voltarem da lavagem do ouro em vistosas tipoias carregadas por negros e com lenços de seda amarela protegendo a cabeça. Essas redes de viajar foram introduzidas no descoberto pelo soberbíssimo paulista José Rodrigues Betim. Usavam baixela de prata lavrada portuguesa, e, para os hóspedes tinham colchas da Índia bordadas a fio de ouro. Nas festas públicas, matronas e donzelas vestiam saias-balão de sete anáguas engomadas, usavam mantilhas andaluzas e coifas de seda de cores vivas. Apertavam a cintura com espartilho de atacar, de barbatanas de baleia e só se lhes via metade dos sapatinhos de veludo, fugindo dos babados das saias que varriam o chão. Nessas ocasiões os homens usavam calções de seda e véstias coloridas. Eram comuns e de alto estilo as casacas de baeta azul, vermelha, cor de bicho de couve. Todos os anciãos aposentados andavam pelas ruas firmando-se em compridos varapaus.

Quando montaram em Pitangui os primeiros "descaroçadores" de cana, suas moendas eram de pau e moviam-se empurradas por escravos.

Entre as fazendas de cultura e criação havia a dos Moratos, na ocasião propriedade de Miguel Farias Morato e era na margem do Rio Pará. A vida dos seus cativos bradava aos céus.

Em suas terras plantavam-se arroz, cana e algodão, além da pecuária desenvolver nos pastos nativos.

Essas terras eram sujeitas a enchentes que alagavam varjões infinitos, onde a água represada nas vazantes se aquecia, verde. Era ali que morava a maleita, arrepiada de calafrios e que devastara a negralhada na destoca para o plantio do arroz. Os negros andavam nus, compostos apenas por uma tanga estreita e assim, curvados sobre a enxada, resistiam o sinapismo do sol. Só mastigavam pela manhã uma espiga de milho cru e à noite, outra. Nada mais. É assim que viviam ou morriam aos poucos, fracos e humildemente revoltados

— Nossinhôzinho do céu, tira nóis!...

No mês das febres adoeciam, às turmas. No leito, sentiam as pernas bambearem, a cabeça crescer e os olhos arderem. No pino do dia começavam a tremer, com a gostosura dos acessos. Nus, tremiam todo o corpo; os dentes chocalhavam como os dos caititus; as mãos deixavam cair as enxadas. Negros retintos, ficavam baios, emagreciam de mostrar os ossos.

Não adiantavam os berros nem o vergalho de boi experimentados muitas vezes, como remédio. Caíam, vomitando verde. O feitor ficava à espera do acesso passar. Mal ia amainando, arrepiava o lombo:

— Êh, diabo, pega o guatambu.

O infeliz se erguia, tonto, vacilante, recomeçando a tamina interrompida. Quando a hora da febre chegava, para muitos pretos era forçoso deitar ali mesmo, morrendo de frio. Mesmo deitados na terra, a tremura não lhes permitia repouso.

Quando o primeiro negro começava a tremer, o feitor gritava:

— É a hora da mamparra! Quem cura isso é rabo de tatu.

Mal os párias melhoravam, o carrasco se ouvia:

— Na forma, raça *ruim*!

Quase ao escurecer regressavam, arrastando os pés, trôpegos, vagos, para a casa-grande. Para espertá-los, o piraí assoviava, estalando.

Certa vez um preto velho, maleitoso, recebendo uma lapada do monstro, numa explosão de revolta instintiva, na dor, parou para encará-lo e gemeu:

SINHÁ BRABA

— Ah!

O boi daria como reflexo à dor, uma cornada, o burro um coice, a onça um bote de garras. Aquele *Ah* foi um reflexo nervoso. Pois a exclamação custou caro ao veterano sofredor.

Ao chegar ao terreiro, o bárbaro mandou amarrá-lo na mesa de um carro de bois. Ficou deitado de bruço, com pernas e braços abertos, presos por sogas aos buracos dos fueiros.

— Vai aprender agora a dizer bem *Ah*!

E mandou aplicar nas nádegas do ancião 200 rebencadas de couro cru. Viu o sangue merejar, espirrar, correr. Presenciou as convulsões do padecente; ouviu-lhe com cabeça fria os gritos, os pedidos de misericórdia. O chicote abria lanhos fundos na pele, levantava vergões, bolhas de sangue pisado. O castigo se interrompia quando o escravo desmaiava, silenciando.

Por várias vezes o feitor jogou cuias de água na cabeça do preto, para despertá-lo. Ao recobrar os sentidos, o algoz berrava:

— Acocha! De novo! Com força!...

E recomeçava a contar, atento:

— 195! 196! 197!

Mas o espancado perdia de novo os sentidos. Ao se recuperar, se ouvia a voz bestial:

— 198! 199... 200!! [2]

Deu uma ordem, parecendo em paz com Deus. Veio uma gamela com vinagre.

— Esfregue por aí tudo, com um sabuco de milho!

Depois do banho ralado com o sabugo, chegando perto os olhos para ver bem, tirou uma faca de ponta e, calmo, começou furar as grandes bolhas de sangue.

— É pra não apodrecer.

Mandou desamarrar o preto, humilde lutador de sessenta anos de cativeiro. Ele se mexia. Empurrou-o com o cabo do chicote. O corpo, mole, não reagiu. Mandou virar o velho de barriga para cima. Os presentes ao suplício estavam penalizados.

— Jogue água fria na cara deste cachorro!

Jogaram a água. Os olhos entreabertos do cativo estavam vidrando.

O cativo morrera.

Daí a instantes era jogado, ainda morno, na cova sempre aberta do Cemitério dos Escravos.

---

2 200 Chibatadas era o máximo permitido por lei nas condenações judiciais, mesmo assim com a presença do médico. Esse castigo, aplicado pelos próprios senhores, já era proibido.

Chegava um vizinho para ver o feitor. E ele, como se nada acontecera, estabeleceu tranquila conversa:
— Vá sentando.
— E a destoca?
— Nos tesos, chão duro como chifre. A canalha está fraca... Creio que é sezão.
Mandou vir café:
— Vai beber café de dois mil e quatrocentos réis a arroba! É o preço na vila. Não sei onde vamos parar.
E o visitante, apanhando a tigela do café que chegava:
— Prá sezão, um porrete é chá de casca de quina, dormido no sereno. É o que eu uso.
A escravaria da fazenda dos Moratos começou, desse dia em diante, a beber, ao sair para o eito, o chá milagroso.
O Cemitério dos Escravos, enchia-se, cada vez mais depressa, dos defuntos do latifúndio.
Na beira dos ribeirões, no mês do frio, as geadas queimavam quase tudo: enquizilavam até a horta dos Nhonhôs. Era frio de 3 graus, frio de matar peixes nos lagoões da várzea. Caíam as geadas de crosta, de brotar e a terrível geada de cinza.
Em junho começavam as moagens da cana. Os negros saíam para o corte das caianas pela madrugada nova, quando os ventos gelados da serra cortavam as carnes, ardendo nos olhos.
Os negros saíam nus, tiritando de frio. Todos conheciam, nos caminhos, que por ali passaram os escravos da Fazenda dos Moratos, porque o ar fedia a bodum de corpos sujos. Esse bando de espectros hirsutos, empastados de suor azedo, fervilhava de muquiranas. Quase todos tinham as virilhas abertas em crateras purulentas de bubões sórdidos e os lombos cheios de úlceras escancaradas pelo bacalhau.
Muitos não andavam, arrastavam-se, esgotados pelo maculo que os obrigava a parar repetidas vezes para se agacharem na beira dos trilhos, exonerando os intestinos que deixavam escorrer pelas pernas diarreias fétidas, podres, incontidas.
Saíam para o corte da cana, mastigando sua espiga de milho seco.
Quando o frio aumentava ao vir da noite, o lote regressava, lambuzado de caldo dos gomos cortados e cheios de empolas da espinheira fina das folhas da cana. Eram então trancados na senzala, para dormir. Ali não havia grabatos nem jiraus. Estiravam-se nas palhas de milho, que forravam as grandes lajes úmidas, geladas pelos ventos noturnos.
Fracos, famintos, entanguidos pelas geadas e ardendo com febre das mulas supuradas, alguns cativos enlouqueciam. Gritavam, marravam, alucinados, para rachar a cabeça nas paredes. O remédio era o tronco de pés e mãos, arrochados nas furas.

O negro Filismino, que morrera ao lado da esposa, arrebentando a cabeça num portal, teve dela uma despedida heroica:

— Graça a Nossinhôzinho, Filismino morreu! Me busca, Filismino!

E, corajosa, de mãos postas para cima, não chorava, agradecia a Deus a esmola de lhe haver levado o marido sofredor.

Começavam a morrer mais negros, sem que os senhores soubessem por quê. Ficavam tristes, de olhos parados, não falavam, não comiam mais as espigas de milho.

Mesmo assim trabalhavam, autômatos, sonâmbulos, de beiças inchadas, secas, febris.

Não houve surra que curasse esses doentes. A epidemia se estendeu a outras fazendas e o único medicamento era um purgante de azeite. Morriam manadas inteiras de crioulos e peças da Guiné.

— É a friagem...

Não era a friagem: era a *melancolia*, doença dos sofredores e que devastou grande parte da escravatura de muitas fazendas.

O frio era tanto em junho, julho e agosto que muitos brancos do Reino também se foram, de pneumonia, que matava quase sempre.

Mas os escravos dos Moratos, quase todos tísicos, iam caindo nas covas como terra. Alguns mais briosos se matavam, enforcando-se ou engolindo a língua. Para aguentar as noites de geada, o pessoal da casa-grande acendia braseiros em vastas bacias forradas de cinza. E os fantasmas das senzalas, expostos aos ventos gélidos que entravam pela madrugada, batendo os dentes com o geadão.

Era tão arrepiante a vida desses miseráveis que, na opinião geral, os que fechavam para sempre os olhos, faziam milagres. O povo compadecido por eles rezava todas as noites, pelos mortos e pelos vivos.

Seus senhores que passavam temporadas na vila, recebiam sempre a visita do feitor, para dar notícias e receber ordens.

— Como vão os serviços?

— Bem, Sinhá. Já plantei o arroz. O algodão está ficando teteia.

— E os cativos?

— Tudo bem. Deu lá um desande que tem matado alguns. Aqueles mais bichados...

O rosto do flagelador estava tranquilo, resplandecia beatitude. A sinhá, afogada na gola alta de seus gorgorões, repontou, à maneira de advertência:

— Olho vivo com eles! Aquela canalha é um vulcão de ruindade. É como um antraz que dentro só tem pus.

O feitor saiu prestigiado, feliz de sua já excessiva arrogância contundente.

O tempo mudara. A neblina envolvia, apagava os morros como um esquecimento.

Sucedeu que, ainda criança, Balduíno, safra da Rua de Baixo da Vila do Pitangui, deu para roubar.

Do roubo resultou dinheiro e, do dinheiro, apareceu o jogo. No jogo corria bebida muita, rusgas, algumas porretadas. Por tudo isso cresceu logo fama de valente para o rapazinho franzino, de 17 anos.

Balduíno vivia com a mãe.

Quando apareceram as primeiras reclamações de prejudicados pelas arruaças do filho, a velha se calou.

Um dia deram com um transeunte desconhecido morto na estrada, e provavelmente roubado. Entre os suspeitos estava o rapaz. Na véspera, o filho dera dinheiro à mãe, quantia que não era para um desocupado. Mas as coisas foram se tecendo, e ninguém fez provas. Os admiráveis leguleios pitanguienses, renomados rábulas, acabaram por soltar o suspeito.

A mãe silenciou, nada disse ao filho. Cresciam, sempre aumentadas, as notícias de roubos, badernas na zona do meretrício onde se davam, não raro, intervenções das Ordenanças. O moço estava sempre entre os arruaceiros.

Um conhecido de seu pai já morto chamou-o:

— Balduíno, olha essa vida, cuidado com sua vida... A gente caminha na vida como anda em corda bamba; por qualquer descuido a gente cai... Vassuncê está cotado para o maior dos criminosos, mais terrível que os baianos... Um dia cai a casa!

A mãe nada disse, ao saber da advertência.

Acontece que Balduíno viajou, para lugar não sabido. Não disse para onde ia.

A madrinha do menino percebeu que a comadre era beneficiária das falcatruas do afilhado.

— Comadre, seu filho, meu afilhado trabalha?

— Por que pergunta?

— Por nada, comadre. Estão falando umas coisas por aí...

A mulher, amargosa:

— Ocupe-se de sua vida, o que já não é pouco.

E emburrou.

Pois bem, o jovem estava com 21 anos quando uma noite assaltaram para roubar a casa de um usurário no Morro de Mateus Leme. Mas o ancião acordou, reagiu nas armas, escancarou a riuna e gritou socorro. Acudiram alguns vizinhos.

Com o clamor de socorro, o assaltante se perturbou, sangrando o velho. Fugindo, pelos fundos, carregou o baú de ouro em pó. Os vizinhos, alertas, reconheceram o ladrão quando em fuga pulava a cerca do pomar. Era Balduíno.

Não tardou a ser preso, foi condenado à forca. Depois de várias delações de idas e vindas do processo e esgotados os recursos de apelação e graça, foi marcado o dia do enforcamento.

A forca se erguia no Largo de São Francisco.
Armou-se a parte móvel da máquina sinistra, tablado, escadaria e corda.
Ah, não era só enforcar, justiçar com rapidez, lavrando a ata, não era assim, ligeiro. O povo era obrigado a comparecer. Almotacés de opas negras percorriam as ruas, agitando matracas, a gritar, que, por sentença do Juiz de Fora, por ordem do Ouvidor-Geral e dos Juízes Ordinários, com a aprovação da Mesa do Desembargo, às 11 horas da manhã ia ser justiçado em praça pública o padecente, condenado a morrer morte natural, na forca.[3]

O padecente era Balduíno.

A muitos penalizava ver espernear na corda, de modo tão afrontoso, um moço de 22 anos, alto, simpático e de dentes maravilhosos. A masmorra não aniquilara o assassino, por todo o ano em que passou à espera do final do processo. Ficara apenas mais clara sua bela cor morena, que os ares da serra bafejaram na liberdade.

Antes de ser buscado na enxovia subterrânea para o suplício, o Oficial de Justiça encarregado das contas expôs ao Doutor Juiz de Fora:

— Estão aqui, Excelentíssimo Doutor Juiz, as contas do preciso para a execução de hoje: 10 metros de corda para o enforcamento, 620 réis; uma garrafa de vinho Lisboa, 10 tostões; sebo para a supra dita corda, 30 réis; trabalho do carrasco, dois mil-réis. Soma três mil e seiscentos e cinquenta réis, Peço a Vossa Excelência apor seu visto, para apresentar ao Senado da Câmara para pagamento. O Juiz rubricou as cifras.

Às 10 horas, já havia muita gente para assistir à execução. Ouvia-se ainda, longe, a matraca de um almotacé arrebanhando testemunhas pelo subúrbio da Rua da Palha. Outro estralejava os ferros na fila escassa das cafuas da Rua de Baixo.

Afinal, sai o condenado, envergando a alva, mãos atadas por compridas correntes. A multidão silenciou, ao ver o homem que ia morrer. Caminhava firme, pouco lhe importando as rezas em voz alta que o Pe. Capelão da Cadeia resmungava a seu lado.

O préstito de farricocos das Irmandades, no centro dos quais marchava lento, cercado pelos Dragões, erguia bem alto uns estandartes rotos. Chegavam ao pé da forca.

No meio da turba não se ouviam vozes, viam-se olhos, muitos chorando, abertos para a cena brutal.

Diante das autoridades, ao rés da escada, a um sinal do Juiz de Fora, o meirinho muito pálido perguntou ao réu sua última vontade.

— Quer comer?

---

3 Até 1834 prevalecia o Decreto de 1829, ordenando que se *executasse* logo a sentença de morte, não sendo permitido o recurso da graça.

—Não!
— Quer beber? Aqui está o vinho.
— Não quero!
Era admirável. Todos nesses transes aceitavam uma garrafa de vinho, o derradeiro da vida.
O padre então, mais intrometido que piedoso, sussurrou com indulgência:
— Filho, quer pedir perdão ao Rei e à sociedade por seus abomináveis crimes?
— Não!
— O filho não deseja mais nada, em sua última hora?
— Quero abraçar minha mãe, sem as correntes. É só o que peço.
O Juiz que presidia o cerimonial, em nome de El-Rei franziu o cenho, pensando na selva selvagem de sua mioleira: Caso sério!
Como tirar as correntes do condenado? Não está previsto nas *Ordenações do Reino*!
Mas, afinal, abrandando:
— Tirem as algemas do padecente!
Mandaram buscar a viúva, que chegou amparada em almas piedosas da Irmandade do Socorro. O Juiz, tão comovido em desagriolhar o jovem, teve voz a dizer:
— Está aí sua mãe; pode despedir-se dela como deseja.
Balduíno então abraçou com força a pobre velha soluçante e, como se lhe fosse beijar a boca, violento, com uma dentada feroz arrancou o nariz da mãe. Ante a estupefação de todos, o condenado gritou para o povo:
— Isto é para todos saberem que a senhora não me ensinou o caminho do bem. Não me ensinou a rezar e a ser bom. Não quis. Favoreceu meus crimes e aceitava o dinheiro, cheio de sangue. Nunca me abriu os olhos. O que fez foi me criar para a forca.
E altivo, para os guardas:
— Agora, vamos!
Arrocharam-lhe de novo as correntes nos pulsos. Subiu as escadas apressado e não tardou a balançar na corda.

A vila prosperava, na cadência dos anos, ficando cada vez mais pobre a colheita das bateias. Estava passada a época em que se tirava ouro com grandeza.
Cresciam as famílias estáveis e as plantações de cereais para alimentos alargavam-se, nas culturas. Surgiu porém um empecilho dos mais clamorosos: a praga de pássaros-pretos, que arrasavam as lavouras. Começaram a ficar preocupados os patriarcas e autoridades ciosas do bem-estar do povo. Os pássaros arrancavam o milho plantado, o germinado e às vezes já crescido,

de várias polegadas. Comiam o arroz amarelando e o que não devoravam sacudiam dos cachos.

O clamor dos agricultores foi geral e, dos sitiantes e fazendeiros, muitos desanimaram.

— Posso não; que é castigo, eu sei.

Um padre também prejudicado ficava doido de raiva:

— A praga dos pássaros-pretos, por si só, vale pelas sete pragas do Egito do tempo de José. São demônios negros, demônios alegres que levam tudo de arrastão.

Pediam socorro ao Senado da Câmara; falavam da fome que ameaçava os povos... era um inferno. Arrozais inteiros nas belas várzeas do oeste não chegavam a amadurecer. Roças de milho plantadas duas, três vezes eram arrancadas pelas unhas e bicos dos pássaros malditos.

Apareceram então as primeiras providências contra o perigo.

As ordens dadas não eram só do Senado da Câmara da Vila de Nossa Senhora da Piedade, mas de severos Bandos de Ordens Régias e Alvarás de El-Rei. Nomearam fiscal da matança dos pássaros-pretos o Capitão-Mor Comandante da Companhia das Ordenanças, que determinou a saída dos soldados para a guerra de extermínio ao flagelo da lavoura. Pediam ao povo que colaborasse com os milicianos, estabelecendo prêmios para quem matasse maior número de pássaros.

Assim, quem matasse algum era obrigado a levar-lhe a cabeça ao Procurador do Conselho para ser pago, ou ao próprio Senado da Câmara, reunido em sessão permanente. Se fossem muitas as cabeças, eram contadas à vista de tão nobres senhores, para pagamento à boca do cofre. Também o Regimento de Cavalaria dos Dragões das Minas que ali tinha um Terço destacado, temendo outro 1720, recebeu ordem de abrir fogo contra os pássaros diabólicos, mesmo quando viajassem a serviço da Justiça Colonial.

Na Botica de Mestre Seixas vários notáveis do lugar falavam sobre o assunto. O Doutor Sebastião Lopo, acreditado físico, era de opinião que a tiro não se livrariam de semelhantes inimigos.

— Com chumbo caro como está, muita gente já atira nos passarinhos com chumbo de ouro, que é mais barato. Imaginem, chumbo de ouro... Deve existir outro meio que não esse de comprar cabeça de pássaros-pretos. Veneno, talvez. Vamos ver como sai disso nossa pundonorosa República.

E entupindo as ventas de esturrinho:

— Frederico II, o Grande, foi informado de que suas cerejas estavam sendo derrubadas pelos pardais. Decretou então para toda a Prússia a extinção dos pardais, sendo os Municípios obrigados a pagar 60 cêntimos pela cabeça de cada bicho. Quando a praga estava extinta, o Rei soube e verificou com assombro o aparecimento de outra praga, a das lagartas, que devoravam as folhas das cerejeiras, que cessavam de dar frutos. As lagartas passaram a devorar tudo, hortas, pomares, pastagens, roças, jardins... O Rei aí começou... a importar pardais...

Riam, à socapa, do que o doutor contava. Riam de chorar, enxugando os olhos com lenços da Costa. Mestre Seixas ria, fungando, com acesso de sua tosse veterana. Pe. Caetano, sempre avoado, cruzava as pernas com delícia:

— Agora nossa tropa de linha é obrigada a caçar passarinhos... A Cavalaria cercando pássaros-pretos... Não tarda a faltar pólvora para o policiamento das estradas!

E com os olhinhos maliciosos de camundongo:

— E os espantalhos, não darão sorte?...

O boticário, que sofreava a tosse pegagenta:

— Estão sendo chamariscos, sinal de que há grãos... Fizeram também papaventos: a passarada nem viu...

O Dr. Lopo, bem humorado, pigarreou sibilino:

— Quer dizer que começou a guerra dos Dragões com os pássaros-pretos...

— Guerra de morte!...

— Pois queira Deus que as lagartas do Rei da Prússia não apareçam por aqui...

O Velho da Taipa, como chamavam a Antônio Rodrigues Velho, era de bom sangue, tinha quatro avós na alta linhagem. Foi dos entrantes de 1708, que descobriram o ouro do Batatal. Foi ele quem o viu primeiro, na terra fresca do buraco de tatu.

Fora Juiz Ordinário da vila, nas primeiras justiças que ali se fizeram. Tornou-se o padrão de austera dignidade, que não deslustrava os antigos troncos avoengos paulistas e lusitanos.

Orçava já pelos 80 anos desenferrujados e ainda morava na casa primitiva do descoberto, no Morro da Penha, ao lado da Capela mandada erguer na orla das catas por seu voto.

Não desanimou das lavras e era modelo de honradez. Cristão ortodoxo de jejuar e comungar todas as sextas-feiras, não passava por cruzes sem tirar o respeitoso chapeirão de palha crua, imitado do chapéu de Braga.

Continuava, depois de ancião, homem de poucas palavras, mas essas palavras valiam ouro.

Ora, no seu garimpo, onde labutava ombro a ombro com escravos, admitira um português andarengo, ainda moço, Antônio. Homem de bom semblante, caladão, era estimado por todos, por seus bons costumes. Nunca se metera em brigas e rebeliões costumeiras em garimpagens. O que ganhava, deixava ficar nas mãos do Velho da Taipa; vivia do mínimo, previdente que era.

Depois de trabalhar dois anos, uma tarde, ao deixar a lavagem, ele, ao erguer no ombro os instrumentos do paulista, que sempre levava para o rancho, falou com humildade:

— Sô Antônio, vosmecê me perdoe, mas eu preciso falar-lhe.

O ancião cuidou que ele quisesse receber o ouro e dinheiro que juntava em suas mãos.

— Falar o quê?

— Eu desejava, com perdão de Vossa Senhoria, casar com sua filha, Dona Domingas.

O paulista, que acomodava nos próprios ombros chibanca e almocafre, começou a caminhar para casa, seguido pelo moço com o resto da tralha. Anoitecia. Por trás do Morro Agudo a boieira fulgurava sozinha, no céu translúcido.

Foram andando. Passaram por casas de colmo onde se acendiam lamparinas de azeite, começando a subir o comprido lançante que levava ao rancho do Capitão.

No outro dia encontraram-se na lavra. Nenhuma conversa, a não ser a de rotina. Removeram terra, lavaram lama, pilaram piçarras duras. A cata enxameava de escravos e ganhadores por dia. À tarde, novo regresso a casa.

Oito dias se passaram na mesma norma. Naquela tarde o estrangeiro saía para sua cabana, pois depositara as coisas do serviço no galpão, quando Antônio Rodrigues Velho rosnou entre dentes:

— Espere aí.

O rapaz ficou na porta, aguardando ordem. O paulista gritou para dentro:

— Dona Margarida!

Ela apareceu, subserviente

— Sua filha Domingas vai casar com o sô Antônio Português, que está aqui.

A mulher olhou o noivo, calada.

Antônio Rodrigues então sentou-se no grande banco fronteiro ao rancho.

— Vassuncê jura que é solteiro?

— Juro.

O ancião para a mulher:

— Ide buscar o livro Santo.

Dona Margarida, fanada flor dos Bicudo de Itu, gente com honra de nobreza, trouxe o livro.

O Velho da Taipa ergueu-se lesto, tirando o inseparável chapeirão e estendeu ao moço um volume encourado:

— Bote a mão direita aqui em cima! Agora jure: Eu, cristão, juro, pelo Sangue do Crucificado, como sou solteiro!

O pretendente repetiu o juramento. O homem entregou o livro à esposa, resolvendo:

— O casamento será de hoje a 15 dias.
E voltando-se para a mulher:
— Agora avise a sua filha o que ficou deliberado!

Domingas era filha de criação de Antônio Rodrigues Velho. Criada como filha desde horas de nascida, tinha da família o mesmo amor com que era tratada Gertrudes, a filha legítima dos paulistas.

Os noivos casaram-se. Casados, ficaram morando com o sogro e a felicidade frutificou-lhes num filho.

Uma noite chegou a Pitangui uma senhora, acompanhada dois velhos forros. Chegou doente, pousando numa hospedaria da Rua da Paciência. Estava combalida de viagem tão grande, feita num lombo de burro.

Viera da Corte do Vice-Rei ao sertão mineiro em busca do marido, que há muitos anos não dava notícia. Mestre Seixas foi chamado para medicá-la.

— E como soube que o seu marido está aqui?

Ela gemeu, baixando os olhos:

— Por uma carta.

O boticário estava espantado.

— E como se chama seu marido?

— Antônio de Almeida Lopes.

Os presentes entreolharam-se. Seria o Antônio Português?

Era ele mesmo.

O boato escandaloso começou a correr, muito em segredo, que é a melhor maneira de boato ser conhecido de todos.

O povo estava assombrado. No outro dia, na vila, só Antônio Rodrigues Velho e sua família desconheciam o caso, porque ninguém tinha coragem de contá-lo ao respeitável cidadão.

Quando ele, à boca da noite, abandonava o serviço, curiosos espiavam-no através das janelas e portas, já medrosos de suas iras.

Mexericando em grupos, comentavam:

— Que acontecerá?!

— Decerto o velho vai defender o genro. É doido pelo neto!

— Qual... É possível que ele mande prender a intrusa. Pode ser alguma louca.

Já melhor das pisaduras com que chegara, naquele domingo claro, cheio de vozes infantis dos sinos, a viajante foi procurar o Capitão, pois a carta dizia que o *Velho da Taipa* era amigo do desaparecido.

Gente atemorizada na rua parava, para melhor vê-la.

— Que sairá dessa embrulhada toda?

— Será verdade o que ela diz?

— Pode ser alguma barregã enciumada pelo casório do amante. É talvez isso.

SINHÁ BRABA

Terminara a missa matinal e havia muita gente pelos arruados. A mulher passou pelo ribeirão da Lavagem e foi subindo a cava do Morro da Penha. Quando alcançou a casa do Capitão, ele acabava de chegar da igreja.

— É aqui que mora o Senhor Antônio Rodrigues Velho?

O veterano pôs a mão aberta no largo peito:

— É este seu criado, dona. Que deseja vosmecê?

A portuguesa disse tudo:

— Vim buscar meu marido.

— Quem é seu marido?

— É Antônio de Almeida Lopes, casado legalmente comigo; temos três filhos pequenos.

O paulista franziu as assanhadas sobrancelhas e encarou-a, pensativo.

A mulher prosseguia:

— Casamos em Vila Nova de Famalicão, meu senhor.

— Vosmecê tem prova?

Ela procurou no corpete um lenço ramado, de onde desembrulhou certo papel, com timbres do Reino.

Antônio Rodrigues leu, sereno e atento, de testa franzida. Entrou na sala de lajes, trazendo um tamborete forrado de couro peludo.

— Tenha a bondade de esperar.

Sentou-se também no banco da porta, e leu de novo o papel. Dobrou-o em seguida, guardando-o no bolso.

Ficaram os dois ali, calados, a mulher a enxugar a espaços os olhos vermelhos. Nisto surge da boca da cava, pela estrada, com a esposa e filho, Antônio Português. Voltavam da missa da Igreja de São Francisco.

A reclamante, ao avistar o moço, gritou com alma:

— Antônio!!

O ancião levantou-se, perguntando ao genro:

— Conhece esta mulher?

— Não conheço.

Instantaneamente o rosto do rapaz se tornou cadavérico. De pé, tremia. O sogro aproximou-se em silêncio, estendendo-lhe, já aberta, a certidão do casamento em Portugal.

Domingas agarrou-se à mãe que saíra de casa, abraçando-a em soluço.

A visitante, hirta, esperava.

Aí Antônio Rodrigues Velho entrou ligeiro na sala da frente, apanhando alguma coisa e, enquanto o rapaz lia, tremendo, a certidão, deu-lhe com o olho do machado bruta malhada na cabeça. Antônio tombou para diante caindo de bruços, ensanguentado. A portuguesa gritava. Antônio Rodrigues, com o pé, virou o corpo de barriga para cima, espichando-lhe as pernas, a coices, e com o homem ainda vivo, doido, bestial, com cegas machadadas começou a abrir o corpo, de entrepernas para o ventre, o machado embaraçando nas tripas. Foi subindo, até cortar os ossos do peito. Sempre apressado, virou de posição, e rachou a cabeça do moço, ligando o corte ao do resto do corpo, conseguindo separá-lo em duas partes.

Largando o machado, puxou pela perna uma parte, jogando-a aos pés da portuguesa. E, ofegante, furioso, com a sapatorra empurrou a outra metade até junto da filha, estatelada de horror.

Antônio Rodrigues, com as mãos ensanguentadas apanhou o chapéu, que tombara no esforço. Enterrou-o nas jubas alvas da cabeça.

Voltava à tranquilidade e, de fronte erguida, encarou em frente a Capela da Cruz do Monte, de onde saíam devotos. Andorinhas ariscas brincavam nos ares leves.

Reapertou o cinturão, alisando o peito da camisa e, bem senhor de si, entrou para casa. Eram 8 horas, hora do almoço da família.

O selvagem nobre foi à cozinha, carregando para a mesa tosca uma panela de carne.

— Agora, posso comer!

Depôs o chapéu de palha na mesa e derramou farinha no prato de estanho, por cima de um naco de carne. Fez o sinal da cruz e começou a comer, com gula mas pausado, satisfeito da vida.

Lá fora porcos soltos começavam a devorar os restos do português.

Nas beiças do Lavagem oleiros amassavam barro com os pés, para telhas e adobes. Secavam telhas do Reino, imensas, de dez libras de peso e com um côvado de comprido. Pesados adobes com capim amassado na terra saíam das formas para os primeiros prédios assobradados e muros das casas mais ricas.

Em quase todas as casas de gentes de algo, de origem paulista, trabalhavam nos teares negras ladinas tecendo panos para a serventia da família e roupas da escravatura. Fabricavam tabuleiros, troncos de pau, freios de pau para escravos gulosos e palmatórias de bálsamo, as Santas Luzias de Cinco Olhos, para ensinar a política e respeito aos mais velhos. Porque o pouco ensino que se dava aos rapazinhos entrava pelas palmas das mãos.

Ali se fabricavam pilões de cabiúna para paçoca. Tinham fama e eram ouvidos de longe, a pilar o café Moca. Carros de bois, mundéus para garimpos, caxambus, bateias, gamelas de banhos, eram feitos lá. Os mais hábeis carpinteiros começavam a atamancar rabecas, violas, violões. Já faziam ali vastas liteiras e palanquins de pessoas abastadas.

Essa indústria rudimentar representava economia e conforto para a população isolada no planalto sertanejo, sem caminhos nem transportes a não ser o burro e o boi.

Grande progresso foi a feitura dos pregos de forja, material que vinha até então da Inglaterra. Não valia nada? Valia muito. A capitania das Minas Gerais, criada em 1820, apontava do nada, começava a andar com os próprios pés.

As fazendas mudavam os ranchos de palha dos currais para casas de varanda de frente, mal arejadas, com alcova obrigatória sem janelas, mas feitas de adobe e telhas.

Nas olarias, ao sol, enquanto os anciãos fiscalizavam o serviço trabalhando rente aos negros, para animar a labuta uma voz dolente cantava:

> *Êtirulê, êh utirilá,*
> *Êtirulé, vamo casá...*
>
> *Minha mãe me deu*
> *Com o machucadô.*
>
> *Ai,*
> *Deu na cabeça,*
> *Mas num me matou.*
>
> *Êtirulê, êh utiriló,*
> *Se vancê num vem,*
> *Hoje eu vou lá.*

Essas toadas de músicas nostálgicas, músicas tristes, foram presentes dos quilombolas descobridores do ouro dos ribeirões da bocaina da serra, que era agora Vila de Nossa Senhora da Piedade do Pitangui.

Em terra pequena e inchada de obstinados exploradores de ouro, sem conforto, morando ao deus-dará, qualquer notícia repercutia como o estrondo das lazarinas pelas lapas da bocaina. Assim foi quando o dono de uma lavra do Caxingó matou um forro, ao roubar ouro apurado no rancho da lavagem. Movimentou-se a pesada máquina colonial para apurar o fato: como o garimpeiro fosse homem prol ficou tudo como devia ter ficado; um, morto, e o assassino protegido por seus patrícios paulistas, senhores da dura Justiça del-Rei. Diziam bocas furtivas de taubateanos despeitados, sempre em revolta:

— Será possível? E as denúncias?... Vão denunciar a El-Rei.

— É fácil escapar. Dirão que foram ladrões formigueiros que *assaltavam* os depósitos...
Sempre foi assim no mundo.
Um fato, porém, revolucionou os povos: na mina do Capão do Ouro, do Pe. Sousa, a galeria amolecida pelas chuvas desabou de repente, soterrando o padre e 40 escravos!
Corriam notícias trágicas:
— Ouvem-se gritos de socorro debaixo da terra desabada! Pedem socorro.
— Morreram debaixo da terra 150 cativos!
— 200 negros!
— E o padre, coitado, tão virtuoso, tão desprendido!
Tão desprendido, que morreu dentro da mina chicoteando os negros para arrancarem mais ouro, pois desejava viver mais rico de que o Papa. Foi quando a mina desabou. A população correu quase em peso a meia légua do Capão do ouro, para tentar salvar o sacerdote. Só conseguiram tirar alguns cadáveres já podres, muitos dias depois. Desistiram. O resto ficou lá, inclusive o reverendo, na tumba precoce que ele mesmo cavara.
Uma tarde correu a notícia, com a velocidade das más notícias, que no Morro do Fraga foram soterrados trinta e tantos cativos.
Adiantavam testemunhas de vista:
— Vi quando o barranco deslizou, manso; correu, tapando a boca do serviço. Só se ouviram gritos de "me acudam".
Apoiavam:
— Morreu muita gente! O ouro enriquece, mas o ouro mata mais do que enriquece. A prata nos traz miséria, mas o ouro a ruína.
Boatos voejavam ativos e rasteiros como bacuraus:
— O Major Bento e cinco filhos foram soterrados!
A população alarmou-se, pois as vítimas eram queridas por todos, gente de boa linha, caráter duro como um *não*.
Pois tudo era mentira. No Morro do Fraga não correra terra. Os aventureiros, com a nevrose de imprevisto, ou se alegravam com a notícia de bambúrrio na própria cata ou com a desgraça dos outros. Só houvera mesmo o desastre da mina do Capão do Ouro.

Quando setembro chega na serra, nos chãos molhados do altiplano mineiro há um estremecimento de júbilo na terra montanhesa.
A murta é a primeira a florescer nos montes. Na véspera havia umas poucas flores perdidas na folhagem verde-sépia mas ao amanhecer surge de ponto em branco, esplêndida, cheirando a noiva. E em dias seguidos, pelo morro abaixo, pelos vales, pelas colinas, as murtas desabrocham numa florada nívea, recendente.
É a primavera que chega.

SINHÁ BRABA

O ar *torna-se* mais fluido, mais doce de respirar, e os pássaros cantam mais alto ao sentirem que as árvores explodiram em flores.

— *Bunito*!

O mais carrancudo peregrino começa a assoviar, ao longo dos caminhos. Outros cantam, coisas inventadas na hora... Os corações desanuviam-se, ficam mais leves.

As abelhas silvestres zumbem na floração geral. A jataí, a mumbuca, a pé-de-pau, a uruçu flava...

A terra verde, os corações felizes. Os mais velhos acham mais graça na mulher, para a qual a convivência esfriara os afetos solitários nas choças pensam nas primas, de quem não mais se lembravam. Os bichos do mato encontram-se de dia, pelos trilhos farejando de focinho alto. Os lobos param, encarando os homens sem receio. Suçuaranas urram de dia. Os cavalos do abertão do geral disparam em galopadas, empinando na ponta dos cascos traseiros, clinas revoltas, enfeitados para as poldras.

O mais humilde dos animais, o carneiro, investe até para os marruás, fiado no choque férreo das marradas.

Chegam ao terreiro marrucos estrepados por guampas rivais, feridos em duelo, nos chapadões.

Na macega dos gerais perdizes piam tristes e jaós gargarejam nas matas cantos repetidos. Já aí todo o sertão de dentro está em festas, de tão florido. Nos rios, lagoas, ribeirões, peixes saltam para o ar num sensual frenesi que envolve as aves, homens e bichos num bem-estar genésico. As narinas dos brutos aflam, largas, aspirando os polens errantes pelo ar.

As sinhás daquele tempo vigiavam os Nhonhôs com olhos duros e doces, olhos avivados pelo ciúme.

— Está florado por aí, tudo! *Buniteza*, nos caminhos...

O clima influi nos seres e o aroma dos polens viageiros superexcita o sexo.

Pois foi em plena primavera daquele ano, no tempo do amor, na hora da espécie, que havia quem pensasse em sangue e vingança. Quando todos os seres sentiam latejar nas artérias seivas vivas em desejos novos, na aleluia da vida; naquela manhã de sol dourado, de luz tão clara, de ares azulados varridos por ventos cheirando a flor — naquela manhã alguém ia morrer no Pitangui, nas mãos da Justiça de Sua Alteza, O Rei Magnânimo Senhor Dom João V.

Ia ser enforcada uma mulher. Era escrava.

Chegara ao extremo da pena por haver assassinado, a foice, sua Sinhá, porque esta a repreendera por quebrar um prato. Talvez não a repreendesse, espancasse.

Por noite velha a escrava fora no escuro, levando a foice e na foice, a morte. Descoberta, agrilhoada, confessa, respondeu a processo na própria vila, onde devia pagar pelo delito monstruoso.

Naquela época, entre povo tão liberal, já havia reação contra a forca. No julgamento dessa negra muito se discutiu o assunto, mas a crueldade do assassínio, o sangue-frio com que a criminosa afiara, passara e repassara o fio da foice, a lâmina, a lâmina covarde, arrepiaram a população.

A condenada era ainda moça, 30 anos. Embora cativa, nascida na fazenda de sua vítima, que a criara, a infeliz tinha ainda muito tempo para a alegria de viver, mesmo escrava. Podia ter casado, criar filhos nos peitos, acariciá-los, vê-los crescer.

Era alta e esbelta, de feições delicadas como as de algumas crioulas que possuíam o perfil grego. Pois não quis; vingou-se, lambuzou-se no sangue de sua madrinha, da Sinhá-Madrinha, a quem todos os santos dias beijava a mão já velha. Sessou-lhe quase o pescoço, rachou-lhe o crânio; viu os miolos ainda quentes vazando, um olho arrancado: tudo em dilúvio de sangue e aguadias. Agora, a forca.

Às 10 horas, saiu da enxovia, acolitada pelo sacerdote e as Irmandades.

— Como está esquisita a padecente! Olhem a cabeleira assanhada!

A cabeleira negra em trunfa, intonsa, crescera aos tufos, como clinas, para cima e para os lados, tão preta que dava impressão de braçadas de crepe acomodadas na cabeça. Caminhava acorrentada mas alteneira, a fonte levantada, olhando longe.

A multidão pôs-se a rezar, quando subiu muito serena os 3 degraus da forca.

— Pobre mulher!
— Coitada, parece arrependida.

No patamar da forca, ofereceram-lhe vinho. Não quis.

O carrasco ultimava os preparativos e ela aguardava o instante, o instante! Como se esse instante não fosse um século.

O padre absolveu-a e quando o Oficial de Justiça ia ler a sentença obrigatória, dizendo por que morria, a multidão que cercava a máquina da morte rompeu num *Oh*, que encheu as Cavalhadas. Todos olhavam, abestalhados, para a plataforma da forca.

É que, instantaneamente, a cabeleira enorme da assassina ficara branca, da cor do algodão. Nem um fio preto aparecia. Ficara encanecida em poucos segundos.

Enforcaram-na.

Foi também a derradeira mulher enforcada no Pitangui.

Chegou para a vila novo Juiz Preparador, Dr. Antônio Pinto Chichorro da Gama, pernambucano, formado pelo Sol de Coimbra.

Era um caboclo retaco, de cara larga e orelhas um tanto cabanas. Usava rapé.

Logo ao chegar foi anunciando, público e raso:

— Não recebo visitas. Se as receber, mesmo assim, não as pagarei.

E fechou-se em copas, com seu torrado cheiroso, o *Código Felipino*, 8 filhos e a mulher sequinha, estatelada ao peso da impertérrita sabença do marido. Aquilo magoou a hospitalidade dos serranos, que sempre tiveram foros de cidade, desde vila ainda esquecida.

À noite filhas de famílias vizinhas iam para a rua, brincar de roda. Cantavam como as crianças cantam, dentro da inocência chegou um escravo do juiz:

— O Dotô Juiz manda dizê que não qué gritaria. Vão pra suas casa.

Aquelas boninas da noite, à vista das mães, não podiam mais brincar nas portas de seus lares... O Magistrado não queria.

Na Câmara, que servia de Forum, o primeiro oficial que entregou uns autos ouviu gritos violentos:

— Componha-se! Abotoe o casaco e apresente os autos com a mão direita!

O meirinho era estimado, ganhava 20 mil-réis por mês, feriu-se... Desejoso de penetrar na intimidade daquela rocha granítica, o rábula Tenente Antônio Barcelos Sandoval procurou no começo aplainar as arestas, lembrando que Licurgo também era ríspido.

— O Doutor Juiz é assim um tanto secarrão, mas isto não é dele, é herdança de sangue...

Sua defesa não valeu para ele, Tenente Antônio: teve de deixar humilhado a sala de audiência, porque levara ao seu Juiz umas goiabas.

— Cachorro! Vai peitar a mãe!...

Ao vê-lo sair, depois da fúnebre audiência, Pe. Zabelinha, Vigário Colado da Freguesia e muito querido de todos, parou para cumprimentá-lo, estendendo-lhe a mão.

— Excelentíssimo Doutor Juiz Preparador, bom dia!

Chichorro virou o rosto e seguiu, sem ao menos encarar o sacerdote. Era demais. O povo irritou-se.

— Viram o que nos deu o Governador ou que diabo seja?

Arregalaram-se os olhos. Houve ameaça de motim, para montar o juiz na égua mais piolhenta do geral, tocando-a para fora do termo. O Pe. Zabelinha soube do movimento e chamou seus planejadores:

— Olhem, antes de uma vingança, é bom cachimbar... Não façam isso. Deixem o homem solto, dentro de suas manias.

Raro o dia em que não contavam um episódio em que entrasse o legista, com patas e tudo. Fugiram dele.

Uns recém-chegados que ainda ignoravam o que havia perguntaram que tal o Juiz Preparador. Como única resposta viram o informante com as mãos abertas e polegares nas têmporas, abanando as palmas.

— É o que é. O resto, só com o ferrador.

Cada ofendido fez um grupo contra o homem. Sua esposa, que era mártir resignada, nas missas e numerosas ladainhas de então, olhava com simpatia os moradores do lugar. Todos torciam o nariz. Ninguém mais a cumprimentava, nem com a cabeça. Ela, humilde, calava-se, compreendendo; Queixou-se uma vez ao grosseirão.

— Não sei por que ninguém me cumprimenta. Fogem de mim como de uma leprosa.

Ele fingiu não ouvir, deu de ombros.

Foi-se criando em torno dele tão geral antipatia que os rábulas largaram as causas, à espera de melhores tempos, evitavam tratar com o bruto. A imensa cadeia pública doada à vila pelo solteirão Bernardo da Silva Xavier, obra colonial de primeira ordem, estava cheia de condenados, vadios e réus esperando julgamento. Desses infelizes havia um preto sentenciado a 20 anos que há uma década, ao anoitecer, tocava uma rabeca. Era sua única alegria, pois tinha certeza de morrer preso. Estava velho, cardíaco no fim do credo. Tocava à tardinha sua rabeca, tal o pássaro canta dia. Pois o ferrabrás soube e chamou o carcereiro:

— Diga ao preso da rabeca que eu não quero música nas masmorras. Cadeia é para punir e não para proporcionar diversões!

O carcereiro retirava-se, quando ele falou, altissonante:

— O melhor é tomar o instrumento. Tome e quebre a rabeca!

O povo aguentou o juiz um ano, contando dias, horas, minutos. Já lhe faziam desfeitas em público, falavam dele cara a cara.

Um dia, ouvindo certas palavras indagou, atrevido:

— É comigo? Falam sobre mim?

O crítico respondeu, na altura da insolência:

— Daqui já tocamos até Ouvidor-Geral... Até Regente-Geral do Ouro. Somos vassalos, mas não somos escravos!

O bicho viu que estava diante de um homem e calou-se, contra seu feitio. De nada valeu estar sufocado pelo ódio.

Pois bem, o povo estava disposto a expulsá-lo do termo, quando ele resolveu se transferir. Marcou viagem para Ouro Preto e de fato saiu, com tremenda comitiva de mulas de carga, tangerinos, camaradas, escravos e um Dragão armado. Abalou pela manhã.

Antes de montar bateu as botas uma na outra, fazendo rumor.

— Bato de meus sapatos a poeira desta terra. Nunca mais Pitangui. Abriu a marcha, em trote largo. Não se despedira de ninguém. Foi um alívio! O povo rejubilou-se, reunido no Largo de São Francisco, para o ver o homem deixar a vila.

Já saindo do lugar, ao passar pelo Morro de Santo António, ouviu palitos de fogo espocando, bem claros na manhã linda. Eram muitos, dezenas, centenas de fogos estourando.

Ele, que ia na frente, parou para ouvir melhor os estrondos festivos.

— Que será aquilo?...

Ninguém sabia. Ficou escutando.

Vinham saindo da vila uns roceiros a cavalo. Ele os deteve:

— Amigos, que querem dizer aqueles fogos, lá embaixo?

— O povo está festejando a saída de um juiz, de quem não gostava.

Foi-se embora.

— Ah, é assim?!

E rijo, para a comitiva:

— Vamos voltar! Não mato cobra só com uma porretada. Gosto de vê-la pendurada no pau.

E voltou...

— Volto para pirraçar. Não saio! Mulatos sem-vergonha...

Ainda ficou no Pitangui quase um ano mais...

Já haviam morrido todos os bandeirantes do primeiro fluxo do ouro e seus filhos estavam branqueando os cabelos.

Os assanhados mateiros de Piratininga, não mais tendo o que descobrir, enfrentavam a morte, para desvendarem o segredo do outro lado da vida.

Tudo mudara na vila. As casas de rés do chão, casinholas de beira e bica, cresceram em sobrados lindos, de doze janelas de frente. Não foi de um dia para outro que o povoado cresceu. Foi com a lenta seiva do tempo, arrastando-se em muitos anos de tristes surpresas. Foi com reação ao sangue das trabucadas à tocaia. Foi eliminando os facinorosos, que iam ali provocar contendas.

Para pacificar aquela gente, o que El-Rei não conseguiu com os Dragões bestiais de Assumar, com a alça brava da forca, foi feito por um homem humilde, o Pe. Zabelinha. Sucedendo ao revoltante cangaceiro Pe. Caetano Mendes de Proença, que em 1761 fez perder com arruaças e falcatruas a paciência do Governador Conde de Bobadela, Pe. Zabelinha era manso de coração. Pacificou as almas desassossegadas, porque era o único homem no mundo que nunca teve inimigos.

— Como fazer para ser feliz, Pe. Zabelinha?

— Perdoando. Quem perdoa não ofende.

Naquela tarde solarenta, na sala pobre de receber, conversava com seu amigo o Capitão-Mor Antônio Dias Teixeira das Neves, que já estivera preso por fuchiquice do Pe. Caetano. Começavam a cantar as zabelês nos capões grossos da vizinhança. O padre tirou o relógio de prata:

— Está certo, 6 horas. Estão cantando as zabelês. Antigamente, gritavam aqui mesmo perto; com as derrubadas da mata vão fugindo para mais longe. Não tardam a desaparecer.

O Capitão-Mor concordava:

— Os fundos da minha casa no Morro de Santo Antônio davam para a floresta. Ouviam-se as jaós às seis da manhã e a esta hora, quase na porta da cozinha.

O padre, de olhos parados, distante:

— O progresso destrói muitas coisas. Na minha opinião, o mundo está perdido. Veja vosmecê, Capitão Antônio, como as coisas vão mal. Um doido fanático de francesice, da Capitania de Pernambuco, escute bem, aconselhou as senhoras de lá a cortar as dignas cabeleiras, por ser mais consentâneo com as ideias republicanas!

Tabageou-se, deliciado:

— Elas não farão isso; seria demais!

— Não fariam? Pois fizeram. Cortaram os cabelos, deixando as nucas peladas, à Tito. Isso não é de agora, mas me horroriza. É verdade que o povo protestou: vaiaram a muitas, apedrejaram a algumas cobrindo-as de ridículo. Chamavam-lhes *suras*...

— Deus do céu, quanto horror!

— Deus só deixou no mundo tão grande meia quarta de vergonha para a cara dos homens e para as pernas das mulheres. Vemos coisas podres, compadre, pois...

Chegaram mais visitas. Depois dos cumprimentos, Pe. Zabelinha reencetou a palestra:

— Estávamos conversando sobre o *vento da loucura* que vai chegando ao nosso Brasil. Falávamos sobre o caso das cabeleiras das senhoras do Recife.

E repetiu o que já contara.

Um dos recém-chegados, João de Campos, Mestre de Ler, Escrever e Contar, tossiu feio:

— O bondoso reverendo diz mal vento da loucura. O que está soprando sobre nós é o vento da podridão, o ar maléfico vindo de Portugal, com mortíferos miasmas.

Calaram um pouco, receosos da tirania que por ali andava, representada pelos espias inquisidores do Capitão-General Governador.

Pe. Zabelinha, embora estivesse entre íntimos, levou a custo a carcaça enferma até a janela, espiando para os lados do largo.

Quando voltava à cadeira privativa e mal empalmava a boceta de rapé, gemeu com visível amargor:

— É isso mesmo. Vento de podridão, com mortíferos miasmas. Faz tremer de susto e horror. Todos conhecem o perigo das emanações cadavéricas... Na hoje Igreja de São Saturnino, em França, abriu-se uma cova para sepultar certo potentado. Quando os coveiros tocaram o fundo da sepultura, deram com o caixão onde se enterrara, há mais de anos, mulher vítima de febre podre. Um cheiro infecto obrigou os assistentes a se retirarem, precipitados. Pois de 190 pessoas presentes, 120 caíram enfermas, em estado gravíssimo, falecendo 18. Estamos respirando na Colônia a emanação venenosa, mortal, vinda do Paço de Queluz e do Paço da Ribeira.

O Capitão e o Mestre aprovaram com abafado calor:

— Isso mesmo. Diz muito bem.

— Palavras sábias, caídas como ouro da boca de um santo!

Pe. Zabelinha estava transformado. Sua mansuetude natural sacudia a juba ameaçadora de um leão.

— Refiro-me, os amigos já perceberam, à decomposição moral de certa Linhagem que apodrece no Paço de Cascais, faz repugnante o Paço de Vila Real e cheira a cães mortos no Paço das Necessidades!

Os amigos aprovavam com a cabeça, porque não havia palavras que lhes expressassem de melhor modo o sentimento. Pe. Zabelinha saía fora do sério, revelando-se nativista.

— Pústulas pegajosas!... Lembrem-se que D. Pedro II, quando ainda Príncipe, logo depois do casamento do irmão, o Rei Afonso VI, amancebou-se com a cunhada e, por intrigas e por troças da própria rainha depôs o rei, usurpando o trono e ficando doido com a mulher. E como morreu? Coberto de feridas gálicas, doido de tanta loucura...

Falava pálido, um pouco alterado:

— Um outro, Carlos V, morreu comido de piolhos, que ninguém pôde extinguir. É por sabermos de tudo que somos espionados, pendurados na forca. Foi por isso que não permitiram a estada dos padres nos Distritos do Ouro... foi por isso que expulsaram do Pitangui, a toque de caixa e numa égua velha, o Pe. Domingos Marques Cabral. Os poderosos das armas irresponsáveis venceram nossa rebelião, sem conseguir abafar nas nossas almas a silenciosa revolta! Foi de novo à janela examinar a rua, sempre cheia de adulões de El-Rei, fingindo amigos de todos.

O ímpeto que nasceu na língua do velho sacerdote aos poucos amainava:

— Graças a Deus estou velho e o serviço da freguesia ficará bem nas mãos do meu coadjutor Pe. Domingos Soares.

Respirou fundo, já controlado:

— Só espero que Deus me chame, sorrindo para seu velho amigo Pe. Zabelinha: — Vamos, Zabelinha? E eu me levantando responderei:

— Vamos; aviso que vou de mãos vazias...

Guardou, muito calmo, o lenço azul de Alcobaça com que enxugara os olhos.

— Está aí agora o Pe. Dr. Jorge de Abreu Castelo Branco, Bacharel em Cânones pela Universidade de Coimbra. É Fabriqueiro da Matriz e das mais Capelas. Dele muito esperamos. O resto, amigos meus, está nas mãos do Grande Justo!

O Capitão Antônio, olhando para a rua ergue-se, assustado:

— Uai! Já é noite... Os amigos saíram. Acompanhando-os, na porta da rua, o Pe. Zabelinha exclamou alegre:

— Olhem, que beleza!

O Morro do Lavrado, em frente, enxameava de luzes piscas de pirilambos.

III
FRUTA DO GALHO AZEDO

A Semana Santa de 1763 na Vila do Pitangui foi a mais espetacular de quantas haviam passado. De todos os Arraiais do oeste mineiro acorreram cristãos e mesmo incrédulos para acompanhá-la.

É que havia desobriga geral, determinada pelo Bispo de Mariana. Viam-se ali pessoas graduadas do Arraial de Nossa Senhora da Piedade do Patafufo, de Marmelada, Bom Despacho do Peião, Senhora das Dores da Serra da Saudade do Indaiá, Paracatu do Príncipe, fazendeiros, mineradores, funcionários da Justiça com toda a família. Enchiam as ruas, agitavam-se pelas esconsas ladeiras a abraçar os conhecidos.

Para enfeitar as festas plantaram à noite bananeiras, por onde passariam as procissões, e atapetaram as ruas de folhas de mangueira e pitanga. A vila pacata burburinhava: os vendedores de sangrias, garapas e confeitos-seixos gritavam enfadonhos sua mercadoria.

Quatro Sacerdotes trabalhavam para tornar mais brilhante a festa pascoal: o Vigário Colado Pe. Zabelinha, o Coadjutor Pe. Antônio Soares e o novo Pe. Dr. Jorge Castelo Branco, Vigário Encomendado recém-vindo de Mariana para morar, além do Pe. António Ferreira da Silva, mal saído do Seminário marianense.

As Irmandades, de opas novas, estavam prontas para suas missões. A procissão de Nossa Senhora das Dores estava prestes a sair. O povo enchia o Largo de São Francisco, derramando-se pelas ruas vizinhas.

Havia janelas forradas de colchas de seda. Os que, por doença ou idade, não desceram para as ruas, assistiam dali ao movimento.

No adro, entre o povo, três moças conversavam baixo, embora chamando atenção dos mais rigorosos. Eram Maria do Prado, Teresa Rodrigues e Maria Felisberta de Alvarenga, conhecida por Tangará.

Todas eram descendentes de paulistas e os pais de Tangará possuíam as terras da Ponte Alta, fazenda outrora confiscada a Francisco Pedroso de Almeida, rebelde apanhado com armas na mão em 1720.

Eram também da família de Maria Felisberta os terrenos auríferos da Fazenda do Saldanha e as terras de criar do Ribeirão.

Quando a gente de Piratininga, faminta de ouro, sedenta de prata, buscou as Terras do Poente, ao voltar do sertão, sem ouro e sem prata, conduzia récuas de tapuios escravizados e, entre eles, uma índia da tribo Tangará, que veio a ser, em casamento legal, avó de Maria Felizberta. Daí seu apelido, Maria Tangará, com o qual não se importava.

— Tenho honra de ser neta de Bandeirante e de avó Índia!

Cresceu analfabeta, mimada pelos duros avós paternos, pegadores de bugres e algozes desalmados de Peças da Guiné.

Ficou voluntariosa e asselvajada. Cresceu depressa, de modo que aos 16 anos parecia ter 20.

Moça de gênio violento, revelava mau caráter, pois suas ações foram provas disso.

Namorava com calor o Capitão da Companhia das Ordenanças, depois Capitão-Mor Inácio de Oliveira Campos, e parecia dominá-lo, como era de seus modos estabanados.

Conversava no adro com as amigas, antes de sair a procissão, justamente a respeito do namorado, que não fora ainda visto naquele dia.

De repente, Maria do Prado lhe aperta o braço:

— Olhe lá o Capitão, prima!

— Onde está? Não vejo.

— Olhe bem perto do arco de palmas, à esquerda.

— Ah, é ele...

— Repare como procura alguém no bolo do povo!

Ele brincava com o bigodinho louro, quando viu, sem querer, Tangará. A jovem sorria, como agradecendo o olhar.

— Agora é que me encontrou me viu! Que susto, ai!...

Inácio voltou porém a acompanhar com os olhos a fila de virgens que tomavam posição para a frente do andor, que não tardava sair. Tangará torce o leque, num repelão nervoso, carregando o cenho.

Nesse instante se ouvem cânticos elevados na igreja; o povo move-se na porta do templo, dando passagem ao andor de Nossa Senhora trespassada por Sete Espadas. Organiza-se em alas o povo respeitoso. A procissão desce, vagarosa, a Rua do Pilar, passando por várias outras, retomando à Igreja de São Francisco, no Largo de São Francisco, nas Cavalhadas. Um lento coro de vozes da Irmandade das Filhas de Maria ouve-se, grave, numa jaculatória.

Teresa Rodrigues chegou-se ao ouvido da namorada:
— Repara como ele está embebido na fila das virgens. Que será?

Quando a procissão entrava no largo uma senhora, Dona Justa Melgaço, puxou a saia-balão da amiga:
— Viu o Capitão? Namoro ferrado com Joaquina, filha do Pe. Dr. Jorge...
Tangará queria se fazer de desentendida:
— Qual! Não acredito, Dona Justa. É pra pirraçar. O Capitão é caprichoso... muita vaidade.
— Pois não tira os olhos dela...
Maria Bárbara ria-se nervosa, fingindo calma:
— Não está vendo que é impossível um capitão namorar uma boneca daquelas? Boneca de pano, com pernas fininhas?
— Prima, todos estão vendo; ele hoje nem olhou pra você!
E a jovem, repentina, encarou de olhos fuzilantes a senhora:
— E aquele trenzinho pode lá casar?

Ao regressarem, ela desceu o morro sentindo as fontes latejarem. As amigas insistiam no que acontecera e acusavam a Inácio. Maria Prado estava aborrecida:
— Se importa não, Maria. O que é seu às suas mãos virá.

E depois de caminhar um pouco em silêncio, Teresa inconformada:
— Ora, ele também embruteceu batendo quilombolas... tem lidado muito com o gentio. É uma pena, porque o capitão é lindo! Vê como voltou moreno do sol sertanejo? Tem os cabelos mais escuros...

Tangará ouvia calada, para explodir:
— Mas é homem sem palavra. Prometeu casar comigo... Teresa, assustada:
— Ah, prometeu?
— Sim, prometeu. Guardei reserva mas prometeu.
Maria Rodrigues ignorava tudo:
— Já haviam falado nisso, prima?
— Falado, não. Mas seus olhos falaram muito, aqueles olhos esverdeados mentirosos, agora fugitivos dos meus...

Mordia o leque, raivosa:

— Não entendo isso: parece feitiçaria. Essa gente do Carmo é gente que sabe muita novidade, muita coisa má. Tenho cisma com essa enxurrada da Corte de Lisboa, gente perversa!

Ah, Maria Tangará e a maior parte da população ignoravam ainda as terríveis razões pelas quais o Pe. Jorge saíra, às pressas, de Mariana...

Maria Rodrigues benzeu-se rápida:

— Credo, Deus me livre e guarde deles.

A esquecida lastimava-se:

— Largar uma pessoa como eu, moça, rica, pra namorar uma coisinha à toa daquelas, sem tipo, com pernas finas de frango d'água...

As outras riram, criticando. Tangará arranhava a rival:

— Olhem que nem seios tem.

E orgulhosa:

— Eu, não. Sou mulher de raça. Minha família é de bandeirantes, paulistas brabos. Temos nossas terras com muito gado, lavoura, muito escravo e muito ouro! Vivo rejeitando casamentos. Agora, querer me humilhar, não! Ele pode viver prá ela, namorar de lampião, de gargarejo, coitado que faz pena. Minha gente não tem medo nem do rei, nem de rainha nenhuma! Na revolução de 20 meu avô fugiu pro mato, pra não ser preso e enforcado, como os outros.

Mas revoltou, pegou em armas.

Limpou a garganta seca de ódio:

— Não vamos dar confiança a um Capitãozinho de Ordenanças, coisa que minha gente já expulsou do Pitangui com o Regente-Geral...

Atingira ao paroxismo da cólera:

— Se esse leguelhé se emproar muito, minha família manda emboscá-lo aí, um dia e pronto! Melhores e maiores já têm morrido nos trabucos da Ponte Alta!

Teresa amedrontava-se:

— Olhe essa boca, Maria...

Terminada a procissão caminhavam para a casa de Tangará. Ficaram conversando na porta, enquanto o dilúvio do povo se derramava, lento, pelas ladeiras.

A tarde aparecia, com o vento gelado de abril na serra.

Ia chegando também para casa Dona Joana Lemos, que cumprimentou as vizinhas. E ao se aproximar das moças indagou:

— Que negócio foi aquele do Capitão Inácio acompanhar procissão ao lado da fila das virgens? O Pe. Soares está furioso com ele! Um rapaz tão direito... Foi então que soube que há dias ele está firme com a Joaquina do Padre Doutor! Mas o que fez hoje foi escandaloso, isto foi.

Aconchegou-se ao xale de seda:

— Desci conversando nisso com outras senhoras e soube que é pra casar. Ora, casar como, se a coitada nem roupa tem! Vive com aquele vestidinho batido, desde que aqui chegou...

Tangará, engasgada, gemeu rouca:

— Mas o Capitão tem recursos, tem dinheiro.

Dona Joana estava irritada:

— Ora recursos — tudo feito à custa de negros fugidos, raça vil de calhambolas!

— De qualquer modo tem recursos. E é valente, isto ninguém nega.

Tangará agora defendia a Inácio da infâmia de fazer-se arranjado com negócios dos mocambeiros, o que não era verdade. Ele podendo ficar, consoante Cartas Régias, com os negros aprisionados no coito, devolvia-os a seus donos.

Tangará insistia:

— É tão valente que apenas com dois Dragões prendeu e amarrou 130 negros num mocambo![4] E como orgulhosa dele:

— Valente, homem duro! Homem pra muita coragem! Os olhos de Tangará marejavam água. Dona Joana repisava, já sem assunto:

— Gosta de coisinha bem ordinária.

Maria Rodrigues também achava:

— É uma boba. Ainda está nos cueiros.

Apareceu no alto do Morro da Cruz do Monte uma luz amarela.

Era a igrejinha iluminada. O vento sempre mais frio bufava, repiando as carnes. As amigas entraram, à espera da mãe de Tangará, que ainda não voltara da Igreja de São Francisco.

Outras luzes apareceram nas cafuas do Lavrado. Nesse momento os bronzes dos sinos graves estremeceram as almas. Era o *Angelus*.

Repentina, Tangará caiu de bruços na mesa da sala, soluçando alto.

Maria Rodrigues pôs-lhe a mão na cabeça:

— Que é isto, Maria?

Ela chorava convulsa, o rosto escondido nos braços.

— Deixe de bobagem, chore não, Maria. Ora, chorar por homem! Você moça bonita, rica, a se importar por um simples Capitão das Ordenanças, quando vivem aqui tantos rapazes doidos por você!

O pranto amainava. E ainda com soluços esparsos, gemeu com os olhos alagados, assoando-se:

— Não é por ele, é por ela, o fiapo de gente que está me humilhando.

Parecia sem ar. As amigas desapertavam-lhe o espartilho de barbatana de baleia. Ia chegando a mãe, cuja voz se ouvia lá de fora.

---

[4] Mocambo da Serra Negra. Estava desarmado e só levava um mangoal de ferro, hoje de posse de seu quinto neto Marco Antônio de Vasconcelos.

As jovens, na sala, compuseram-se para receber a dona da casa.

No outro dia, na procissão da Paixão, Tangará não viu Inácio nem Joaquina. Amanheceu pálida, de olhos pisados. Vários amigos lhe referiam os boatos do novo namoro, de que a vila estava cheia; era a novidade febricitante. Ela ficara abalada e sempre com seu rosário de ouro na mão, fazia severas promessas.

De fato comentavam por bocas mexeriqueiras que o Capitão estava encantado por Joaquininha. Incomodava a desprezada o bulício compungido da multidão que fora assistir à Semana Santa. Ficou sem assunto para as maledicências locais. Entristecera.

Maria Bárbara era de fato de família importante. Seu avô chegara às Minas do Ouro nas primeiras levas de entrantes, Alvarenga avoado, homem de bem de Piratininga, já viera poderoso e enriquecera nas minas do São João: não tardou a comprar a Ponte Alta e mais tarde a Fazenda do Saldanha, abrindo roças e escavando a piçarra.

Os Alvarenga eram de índole inquieta e intolerante. Muitos os temiam.

— Gente braba, gente de olhos rajados!

Era a opinião de todos. Mas também honestos e leais. Abraçando a revolta dos mineradores contra as casas de fundição, o velho agira com valentia. Retirando-se da vila depois da derrota, não fugira, furtou-se à opressão do Conde de Assumar, só voltando com o perdão aos rebeldes.

Quando terminou a Semana Santa, entre os comentários que iam durar muito tempo, o caso do namoro foi um deles.

Na casa do Vigário Colado muito doente, o Dr. Manuel Ferreira da Silva palestrava sobre os assuntos vicejados pela presença dos forasteiros. O fato de um bêbedo haver insultado na rua o Pe. Antônio Ferreira da Silva puxou a língua do velho Pe. Zabelinha:

— O Doutor conhece o caso de Santa Quitéria?

Não sabia.

— É um caso horroroso, que arrepia e faz tremer. Desde muitos anos o Pe. Maximiano Augusto Soares de Meneses, Vigário Colado de Bomfim do Paraopeba, ia visitar um amigo de infância, na Vila de Santa Quitéria.

Era conhecido ali e nos lugares vizinhos o moço Atanázio Nogueira da Silva, filho único do argentário Capitão Manuel Nogueira da Silva e de uma escrava. Morrendo o Capitão Manuel, Atanázio herdou-lhe toda fortuna, que somava 800 contos em dinheiro, fora terras, gados, prédios e muito ouro em pó. Ora, rapazinho, riquíssimo, ficou com o apelido de *Menino de Ouro*. Criado com todas as vontades, sempre em más companhias, deu para desgraçar meninas pobres, inquietar mulheres casadas, promover brigas nas baiúcas onde arregimentava sua camaradagem. Zombava das autoridades civis, tomando grande aversão aos padres, que aconselhavam às famílias maior cuidado com o moço. Um dia o Pe. Maximiano dormiu num sofá, com a cabeça rente ao peitoril de uma janela baixa. Quem passava pela rua via sua coroa sagrada, salientando da cabeleira grisalha. Atanázio ao passar pela porta, deu com o padre dormindo a sesta na sala de entrada da casa. Provocado pelo demônio, não teve dúvidas: Urinou na coroa do sacerdote, molhando-lhe toda a cabeça. Pe. Maximiano acordou e percebendo o que se dera pôs-se a gritar, chorando:

— "Urinaste numa coroa sagrada, bruto?! Fora preferível um tiro!" Atanázio ria, desculpando-se:

— "Estás bêbedo..." O padre inconsolável na sua dor exclamou cheio de cólera:

— "Pois hás de morrer, mijando!"

Fungou boa pitada de seu simonte, para continuar:

— Pe. Maximiano foi tomado de tamanha paixão que pouco durou. Morreu dali a um ano, inconformado com o que lhe ocorrera. Acontece que o Escrivão de Paz, Francisco de Paula Rodrigues, verberou em público o procedimento do desalmado jovem, digno de um monstro. Atanázio depois de uma solene missa dominical, esperou-o na saída do templo e deu-lhe uma surra de chicote. A população de Santa Quitéria que já repugnava o *Menino de Ouro* voltou-se contra ele, que foi processado pelo Escrivão. Dizia:

— "Ora, eu ter medo de um escrivão... Já deflorei 16 moças e ficou por isso mesmo."

Pois esse processo, colaborando com as orgias, dinheiro emprestado e outras loucuras, empobreceu Atanázio. Pobre, repelido por todos e perseguido pela Justiça, o miserável se fez capanga de outro facínora, Anselmo Franca, mudando-se para a Vila de Uberaba. Ali recomeçou as façanhas de que era vezeiro: raptos, espancamentos, arruaças de homem sem brio. Pois em certo dia, ao regressar de uma noitada, ainda bêbedo, parou para urinar. E quando urinava, um tiro, vindo do mato, varou-lhe a cabeça. Morreu mijando, como fora previsto pela praga do Pe. Maximiano.

O Dr. Manuel encarava Pe. Zabelinha, em silêncio, abismado.

O padre entusiasmava-se:

— E sabe vosmecê por que vive essa Capitania em semelhante desmantelo? Por falta de polícia que reprima os desocupados, os aventureiros sem honra, os transviados da moral. Não temos rigor para esses indômitos canalhas. Aqui, Deus louvado, estamos mais ou menos garantidos desses escândalos, porque o Capitão Inácio não dá trégua aos mariolas sem profissão.

— Em verdade, ele é exemplar. Digno do posto que ocupa.

— Não é só isso. Ele em verdade nada tem com a vadiagem desenfreada de beberrões sem rumo. E agora Capitão-Mor Comandante do Terço da

Companhia das Ordenanças e ainda vive em Rondas do Mato. Não suporta pintalegretes e dançadores de fofa no Pitangui. Digno Capitão-Mor!

— E por falar no Capitão, sabe que está arrastando asa para minha cunhada Joaquina?...

— Não sabia; mas... espere, o Capitão-Mor não pretende casar com Maria Bárbara?

— Não. Mudou de rumo. Já não pensa nisso, creio. Pelo menos é o que corre.

— Pois se assim é, o Pe. Dr. Jorge casa bem a filha. Esses Campos são um pouco alvoroçados, mas são boa gente. Dom Brás Baltasar, nosso saudoso Governador gostava muito do Inácio.

O Doutor parecia querer arranhar:

— É um pouco alvoroçado, como diz bem; ou talvez um pouco mais do que avoado — um pouco abrutalhado.

O padre atalhou:

— É militar e escalado há muitos anos para a Ronda do Mato, para proibir abuso de negros, tapuios e paulistas... que aqui chamam papudos. Os negros fugidos são sempre assassinos cruéis.

Quem foi Borba Gato senão o impassível assassino do Fidalgo? E Fernão Dias, que teve o coração de enforcar um filho? Eles não eram missionários, mas usurpadores da liberdade e das terras da bugrada. Vencia o mais forte, e, tendo armas de fogo levaram tudo no arrastão.

— Esses argumentos são invencíveis...

Fechada a caixa de rapé o padre não sabia como prosseguir:

— Pelo menos a valentia do Inácio nos limpa os caminhos da ralé sedenta de sangue humano.

O Dr. Ferreira atenuava o perigo da corja:

— Nossos bandidos mineiros são covardes... são ladrões formigueiros. Badamecos sem importância.

— Vosmecê se engana. A maior parte dessa borra veio da Bahia e de Pernambuco; largou os canaviais para tentar a sorte nos garimpos. Ainda guardam bem nítida a memória da *Sabinada*, da Revolução dos Cabanos, da Guerra dos Mascates e das batalhas contra o herege batavo. É preciso lembrar que há entre eles descendentes dos celerados vindos da Metrópole à força, desterrados por toda a vida. São incontroláveis. Aqui o Capitão Inácio nos favorece, dando rumo nessa praga.

O Doutor já cansado da visita fez menção de sair.

— Pois é, parece que o Inácio vai ou quer ser genro do Doutor.

Pe. Zabelinha, como se recordando:

— Mas venha cá, Dr. Ferreira... O Capitão-Mor pretende casar com qual das filhas do Jorge?

— Com a Joaquina.

— Mas é muito novinha. É ainda menina...
— Pois é com ela. Tem 11 anos...
— ...mas foi ainda mais nova, aos 10 anos que também se casou a Princesa Carlota Joaquina. A Infanta Beatriz, filha de El-Rei Dom Manuel também, aos 12 anos, foi pedida por Carlos III, o Bom.

E sorrindo com bondade:
— Já houve uma Cristina de Mariscis que ficou noiva com um ano de idade... desfez o noivado com dois anos e casou com Ébulo de Geneve ao completar 4 anos!

O padre ficou olhando fixamente o chão e, súbito:
— Não sei, mas... Olhe, a gente da Ponte Alta é distinta, porém... Vosmecê sabe: há por aí laranjeiras de frutos doces, polpa abençoada com mel. Pois, às vezes, um galho dessa árvore, igual aos outros, com laranjas semelhantes, só dá frutas ácidas. De toda a planta, só aquele galho dá laranjas azedas. Maria Bárbara para mim é fruta do galho azedo...

Riram. Ao sair, já na calçada, o Doutor levantou a gola do capote, enfiando as mãos nos bolsos:
— Já está frio. Como este vento vem gelado! Boa noite, padre Zabelinha.

Ao trancar por dentro a chave da porta, o reverendo comentou sozinho:
— Vê-se bem que ele não gosta do pessoal da Ponte Alta. Parece ainda que tem ciúmes do Inácio a namorar a cunhada... antigamente suas antipatias explodiam em brigas. Hoje só dão para mexericos...

Pois era verdade tudo quanto se boquejou por miúdo sobre o namoro do Capitão-Mor e Joaquina. Por algum tempo, cortejou de longe Maria Bárbara, com alegria para os Alvarengas da Ponte Alta.

Nos concílios familiares resolveram que o futuro casal fosse residir na Fazenda do Saldanha, ali perto, para facilitar ao Comandante o serviço de vigilância junto à tropa. O que aborrecia à futura noiva eram as constantes retiradas do Capitão para a Ronda do Mato, missões perigosas de que sempre voltava galhardo vencedor. Certa vez lhe manifestou receio dessas empresas mas o namorado sorriu, vaidoso:
— Perigo nenhum. Além de tudo, é meu dever. Cumpro-o de qualquer modo, pois os perigos não me assustam.

Aquela farda espaventosa, de quatro cores fortes encimada pelo penacho vermelho do capacete, encantava a sertaneja. As arrugas indagavam, talvez por inveja:
— E não tem medo de tanta arma, dos perigos a que ele se arrisca?
— Não. Minha família está acostumada com armas e guerras... Eu sei atirar.

E sorriu empafiada:
— Sempre sonhei casar com um oficial...

De repente, sem razão, Inácio muda. Fica fugidio, não passa por aquela porta, na vila. Não manda mais recado pelos alcoviteiros. Foge das missas, faz-se arredio até das ladainhas da Igreja de São Francisco, onde os moradores se viam, trocavam ligeiras palavras.

Dona Antônia França cochichava com uma vizinha:

— Eu acho que tudo isso foi por Tangará mesmo, foi sua culpa. Estava muito metida, muito assanhada, está. Agora vive triste como moça pobre que perdeu um brinco do único par que possuía.

Seu riso alegre entristecera, com o sorriso que parecia evitar que lhe vissem dentes quebrados na frente.

A vizinha achava delicioso o rompimento:

— De que valeu tanta riqueza, tanto ouro, tanto chão plantado... Joaquina é uma gracinha! Parece uma boneca de pedra. É muito menina, 12 anos, e já tem jeito de dona de casa... Viu como Tangará está magra e mudada?

— Cruzes! Parece um defunto desenterrado, Deus me perdoe...

E com um risinho sacolejado:

— Anda inquieta e sem jeito como peru trepado em cabaça...

Aquele dia amanheceu brusco. Uma névoa opaca descia do Morro Agudo, escorregava do Morro da Cruz do Monte para a bocaina da vila. A bafagem leve, leitosa, do ribeirão Lava-Pés subia para os lançantes das ruas envolvendo, em silêncio, casas e pomares. Não tardou que o sol esfriasse, desaparecesse na bruma que se enovelava muito lenta, abrangendo todo o vale. O frio irritante doía nos nervos, ardia nos olhos. Todas as janelas se fecharam, ninguém saía de casa com a repentina friagem.

No lares, tiravam das malas abrigos de baeta e os mais velhos tiritavam.

Tangará entreabriu uma janela para ver a rua. Com a mão contendo a folha da janela ficou pensativa, a olhar a neblina. Seus olhos parados perdiam-se no nevoeiro sem ver a fumaça fria coleando, a umedecer as árvores. Na névoa fluida parecia enxergar corpos de homens nus, imagens transitórias de castelos, bichos, montanhas.

A mãe acorreu, espantada:

— Que é isto, criatura? Olhe lá o defluxo! Feche essa janela.

Maria Bárbara sentia o peso do desdém humilhante, considerava-se sozinha no mundo, sem carinho, sem nenhum amor. Uma revolta surda abateu-a. Teve ímpeto de morrer nas próprias mãos, mesmo em sangue, varada de chumbo, ou por faca de ponta.

Via-se ridicularizada na boca de todos e as críticas e o sorriso de ironia sem piedade. E o Capitão que a amara com loucura, nos braços de outra, nem pensando mais nela. Estremeceu com ânsia de ferir a rival, humilhá-la, matá-la. Ao considerar Inácio, encheu-se de ódio:

— Ah, cínico!

E deitou-se de bruços na cama, abafando o choro na almofada. Depois do almoço, Dona Joana, a vizinha sempre amiga, foi à casa de Tangará.

Ia chamada pela mãe para consolar a jovem, pois a mãe não tratava desses assuntos com a filha.

Encontrou-a deitada, percebendo logo o que eram aqueles olhos vermelhos:

— Não seja tola, minha filha. Chorar por homem! Ainda mais por quem é, um bruto!

A jovem assoou-se, calada.

— Não dê confiança, sabe? Deixe pra lá esses idiotas. Quem perde é ele. Ainda se não quisesse você, para casar com outra de igual valor, bonita e moça, vá lá. Mas para ser marido de uma sirigaita daquelas, além de tudo, uma pobretona, filha do Fabriqueiro da Matriz!...

Espirrava, já resfriada.

— Eu se fosse você nem me importava. Vista no domingo muito linda, aperte bem o colete, bote umas anquinhas bem grandes e com seu vestido verde passeie por aí, à vista de todos.

Mesmo consolando, feria:

— Eu soube que ele passou pela porta do Padre Doutor, olhando muito para dentro das janelas. O tolo ficou na esquina muito tempo, namorando de estafermo.

E pondo a mão na cabeça da amiga:

— É isto mesmo. Uns gostam de essência de rosas e outros de morrão de candeia... Se importe não, Maria.

A moça acalmara-se, embrulhada nas palavras enfeitadas da vizinha.

Dona Joana levantou-se para sair. E já de pé, aconchegando o xale ao pescoço, terminou com bastante indecência:

— Homem... homem gosta é disso!

E bateu a mão aberta com força, na nádega polpuda.

O assunto que dominava as conversas maliciosas era a casa construída, numa rampa esburacada, pelo Capitão Francisco José da Silva Capanema. O Capitão resolvera levantar seu sobrado em lugar impróprio para fundamentos de pedra. Além do mais, urgia, para os alicerces, profundo muro de arrimo nos fundos do lote, coisa cara e inconcebível para os mestres-pedreiros dali.

— Capitão, vosmecê não acha que a obra aqui fica mal situada?

— Não.

— Vosmecê não acha que o sobrado fica no esconso?

— Não.

SINHÁ BRABA

Todos da vila, até meninos, consideravam a maluquice fazer uma casa no ponto escolhido pelo ricaço. Depois de amontoadas as pedras para a construção, o vencido mestre-das-obras ainda indagou, desapontado:
— Então, posso começar o serviço?
— Pode.
Começou-se o trabalho mas Capanema andava abafado com tantas sátiras. Deixou de cumprimentar a muita gente.
Os que iam pela rua paravam em frente dos andaimes, esgarçando um sorriso maldoso. Capanema danava-se.
— Idiotas! Me pagarão!
Afinal ficou pronto o sobrado, confortável solar para acolher aquela cabeça carranca.
Para inaugurá-lo em festa ofereceu jantar à glutoneria dos amigos íntimos. Não foram apenas tostadas leitoas e roupa velha com tutu, pratarrões que dilataram o estômago de seus ascendentes alentejanos: o dilúvio de vinho do Reino chegou aos gorgomilos dos convidados. Era aquela a hora da vingança. O Capitão mandou insculpir em letras de ouro, na pedra da larga portada principal, apenas isto:

Quem bom dinheiro tiver,
Dele faça o que quiser.

Na manhã seguinte apareceu escrito com piche, o complemento bem claro dos versos:

Pois eu que dinheiro tenho
Vou dormir com tua mulher.

O letreiro foi arrancado da cantaria, letra a letra, e o piche também lavado. Mas o velho ficou triste, por meses. E amaldiçoando o palhaço que, por pouco, não lhe alterou o juízo.
Aliás nem houve originalidade na ideia, do teimoso, pois já fora escrito na torre de menagem do castelo da Vila de Sabugal:

Esta fez, El-Rei Dinis,
Que acabou tudo que quis;
Que quem dinheiro tiver
Fará quanto quiser.

Esse velho Capanema era perigoso misantropo. Possuía também uma fazenda perto da vila, onde criava gado, gado escasso, e derramava a bile em berros com infelizes escravos.

Em dia em que ele estava nos azeites chegou um ambulante à sua fazenda, comprando miudezas de seus negócios. Mas o velho reparou os olhos risonhos do negociante para uma negra bonita que lhe servia o café. Puxou conversa com ela, sorriu, o que era grande desconsideração à sua suscetibilidade de neurastênico.

Levantando-se do banco da varanda interrogou, numa rebentina, o hóspede incômodo:

— O senhor veio comprar coisas ou me desrespeitar, namorando a moleca? — E de olhos verdes: — Safardana!

O rapaz que não era peixe podre topou o insulto:

— Safardana é Vossa Senhoria!

Capanema afrontado com aquilo, na epilepsia do ódio, pegou de um pau de fumo que estava a um canto e o cantou, com as duas mãos, no atrevido, às cegas, na cabeça, nos braços, nas costas, doido, fora de si, verde de cólera.

O velho esgoelava, com as duas mãos na arma, num frenesi danado:

— Eu hoje morro de estupor calango! Mas mato esse fil de cão!...

O moço defendeu-se mas caiu macetado, sangrando, a bradar por socorro, que ninguém ouvia. O pau de fumo subia e o agredido caiu; levantou-se como bode, zurrou como jumento, grunhiu como porco. Levantou-se aos ponta pés do brabo e, cambaleando, caindo e se erguendo de novo, afastou-se zonzo, a gemer de dor.

Do varandão, com o pau em punho, o valentão gritava:

— É prá aprender a respeitar homem! Se voltar cai no porrete de areia. Se não bastar, vai no ferro frio!...

Mal se ouviu o ferido gritar, fraco:

— Vou procurar justiça...

O homem, sinistro, limpando a garganta:

— Procurar justiça... Ah, bobo...

E erguendo alto o vitorioso pau de fumo resumiu tudo num gesto:

— Olha justiça! Justiça é isto aqui!...

Com aquela bravata vingara do que não pudera fazer, no dia seguinte ao da inauguração de sua casa, no despenhadeiro. Repondo a madeira num canto, ainda estava excitado:

— Vai chegar à vila mais dolorido do que um peba amarrado pelos ovos...

A família de Tangará passou para Ponte Alta, no fito de distrair a moça. Ao partir, com os íntimos, a mãe se mostrava agastada:

— Aquela sem-vergonha me paga! Mas hoje, mas amanhã, ela me paga!

Já montada, a compor o vestido, ainda tinha rosnado:

— Enxurrada do Carmo! Mulambinho dos infernos! Filha...

Injuriou a mãe de Joaquina.

Todos os derrotados são injustos.

SINHÁ BRABA

Na fazenda, onde Maria Bárbara dispunha de todas as alegrias, tudo lhe pareceu triste e vulgar. A bulha dos escravos antigos, alguns vindos moços de São Paulo, contentes de ver Nhanhazinha aborrecia-lhe, entediada. O cântico dos pássaros pareceu-lhe sinistro; o barulho da água no bicame assustava-a. Até seu papagaio, criado na mão, deixou de receber a carícia de seus dedos no topete amarelo.

Trouxeram seu cavalo predileto, para ver como estava gordo. Era cavalo fouveiro de boas juntas, canelas roxas e estrela branca na testa. Ao vê-la rinchou baixo, adivinhando ração de milho. Pois ela nada disse. Deitada estava e deitada ficou, no banco.

A saudade era o maná que a impedia de morrer da fome da presença dele. De olhos cerrados, parecia dormir.

Toda a casa também entristeceu. A moça vivia triste e recolhida no seu quarto, como bode de bicheira nos cantos escuros. A mãe, os irmãos, os escravos, estavam desapontados. A mãe andava tonta como bruxa da noite, surpreendida pelo dia e enxotada do salão onde as luzes se apagaram.

Chegou a tarde, hora em que a menina humilde de Nazarete viu, assustada, um anjo de asas abertas pousar de leve, perto dela, os pés mal roçando no chão. Desculpando dor de cabeça Maria deitou-se. Quando a casa adormeceu, fingindo dormir, sentia um peso amargo sobre o coração.

A mãe antes de se recolher foi em pontas de pés espiar se ela adormecera.

Ventos vadios do planalto buliam à noite nas casuarinas velhas da frente do sobrado. Ela ficou a ouvi-las, entendendo os sons.

Naquele instante as casuarinas gemiam. Esses gemidos, ora graves e compassados, ora violentos e sibilantes, dominavam o farfalho de outras copas aos ventos. Às vezes raivavam, zangados, enérgicos, outras vezes salmodiavam um soluço baixinho, quase humano. Pareciam amainar os tons. Serenavam. Súbito, num crescendo, gemiam furiosas pragas, em assovios, em clamores de violinos tangidos pelas mãos dos diabos. Rajadas bruscas curvavam-lhes os e num assomo adoidado pareciam delirar, histéricas, silvando. Tudo em seguida passava a suspiros de violoncelos graves. Embalavam, minavam dores, consolavam tristezas. Esses ruídos não raro despertavam nos leitos os sonos da noite velha. Revinham como lobos uivando, jaguares urrando, roncos de guaribas no cio. As coisas iam mal lá por fora; havia tropéis de almas penadas, passando num desespero. E agora? Esses barulhos se amarguravam em suspiros de pombas-rolas feridas. Eram as casuarinas e os ventos da serra.

Quando amanhecia na fazenda, as árvores dormiam exaustas. Quem as visse impassíveis, ao primeiro beijo do sol, não acreditava fossem delas as vozes da noite.

Maria chegou cedo à varanda, onde foi obrigada a beber, no seu copo de prata, o leite que tiravam no curral da frente. A claridade nova cegava seus olhos indormidos. Bebeu devagar, aos goles, com a boca amarga, o leite morno. Só então reparou que os arredores estavam em festa, com as flores do abril já começado. Trepadeiras, colheres-de-vaqueiro, jasmins, cebolas-do-campo — tudo branquinho, em flor. O sol da serra dourava as palhas do milharal já quebrado, onde pastavam as curraleiras do custeio.

— Vamos ao banho do ribeirão, Maria?

A mãe perguntava, o que era sinal de muita deferência, na mulher que sabia apenas mandar.

— Um choque frio faz bem, vamos! Você foi sempre um pé de vento alegre, repentino e agora nem sorri mais. Olhe, minha filha, amor é coisa traiçoeira; entra pelos olhos e envenena tudo. O coração é como essas caixas velhas que a gente pensa que estão fortes e um dia se esfarelam, viram pó. O amor é como cupim, rói tudo dentro e quando a gente precisa do corpo, até a alma está desabando, devorado por ele.

A filha seguiu a mãe, com a toalha no ombro. Caminhavam caladas. Naquele instante ela pensava na neblina matinal do Morro Agudo, na bafagem dos ribeirões da vila, e nos pássaros cantando nas brejaúbas do Lavrado. Revia seu leito de solteira na casa das Cavalhadas e o feio casarão do Padre Doutor, onde Joaquina errava como uma visagem. De repente sobressaltou, vendo no desvario o piquete de soldados das Ordenanças em diligência e, adiante deles, esbelto no rosilho estrelo, Inácio.

Na beira do poço, tirava a roupa. A mãe com um pé apalpava a água corrente.

— Está gelada!

Na manhã de ouro transparente, as ervas do mato cheiravam. Havia polens no ar, nos ventos, nas patas das abelhas, no élitro dos besouros, no bico dos beija-flores. Respirava polens fecundantes, sentia que eles lhe entravam pelas narinas sôfregas, impregnavam a manhã como invisível poeira dourada.

Flor apenas desabrochada para a vida, mulher sensual pela raça e criação entre escravas, Maria aflou as narinas, aspirando fundo o cheiro do mato orvalhado.

O metal das arapongas bigornava nas cimas do mato virgem, lá longe. Depois do choque frio ela, de um pulo, subiu no barranco. Batia os dentes, gelada pela água. Olhou de frente as moitas floridas e as bambas borboletas balançarem no ar. A água excitara-a; ergueu a cabeça e abrangeu com os olhos os horizontes longínquos. Parecia cheia de músicas selvagens, inúbias clangorando para a guerra. Borbulhava-lhe de novo na carne a perdida alegria de viver. Pareceu reflorir como uma árvore sem folhas no banho das primeiras chuvas.

Aí, riu, alto, riso entre histerismo e maldade satisfeita. Sentiu-se redimida de todas as tristezas; o corpo endireitava, teve desejo de gritar, morder, disparar esbarrando nas ervas florescentes da falsa primavera de abril nas Minas, fechar os olhos, correndo, até rolar pelos barrancos.

Uma valentia de saúde sacudiu-a, acordou-a, aos repelões.

Foi então que invocou Inácio, mas sem rancor. Quem não ama não perdoa, dissera o Pe. Zabelinha.

Súbito, bem viva lhe apareceu na mente flamejante — Joaquina. Rilhou os dentes brancos, num trismo de ódio:

— A ele, não quero mal: foi atraído por feitiçarias. Mas a ela, não perdoo, nunca perdoarei. — E envolvendo a toalha na cabeça:

— Ainda nos encontraremos, muitas vezes!

IV
BOTÃO DE ROSA

Joaquina Maria Bernarda da Silva de Abreu Castelo Branco Souto Maior nasceu na Cidade de Mariana, à meia-noite de 20 de agosto de 1752.

Treze dias depois foi batizada na Sé, pelo Cônego Francisco Xavier da Silva. Ao se aproximar da pia, já paramentado para ato, o Cônego sorriu vendo a pagã:

— É um botão de rosa...

Tornada cristã num domingo, depois da missa, os sinos cantavam alto nos ares montanheses.

Louvaram-na alguns que a viram no vestidinho de rendas brancas:

— Deus a proteja.

— Deus a faça feliz...

Era filha do Dr. Jorge de Abreu Castelo Branco, de Viseu, formado em Cânones pela Universidade de Coimbra, e de sua esposa Dona Jacinta Teresa da Silva, nascida na Ilha do Faial.

O Dr. Jorge destinara-se ao clero e no Mosteiro de Santa Cruz de Coimbra recebera tonsura de Ordens Menores, das mãos de Dom Frei Manuel de Jesus e Maria, Bispo de Nanquin. Arrepiando a carreira eclesiástica veio tentar o Brasil em 1747, passando a residir em Mariana, que teve Foro de cidade em 1845.

Ficando viúvo em 1762, aos 50 anos, resolveu completar sua ordenação e, em menos de seis meses, estava ordenado Presbítero.

Sendo homem de notável preparo, continuou a advogar no Foro Eclesiástico de Mariana.

Ora, em Mariana, visto com simpatia que a todos inspirava, pela conduta exemplaríssima de sua vida, começou a sofrer as picuinhas da rabulagem forense e de alguns bacharéis enciumados de sua presença. Combatiam-no sem compaixão e um nativismo idiota procurava afastar o advogado da grande clientela que ia atraindo. Essas guerrilhas desceram ao terreno pessoal, amuletadas em mentiras boas para caírem por si mesmas.

Um colega do foro, ingurgitado de ódio pelo rigor com que agia o Dr. Jorge, babava inconveniências:

— Todo morgado é tolo...

Era a inteligência inchada da rabularia provincial arremetendo contra a cultura difícil de ser entesourada. Satirizavam sua pronúncia, seu andar, sua maneira de agir em público.

Por muitas vezes a política mesquinha tentou incompatibilizá-lo com as próprias autoridades eclesiásticas, agindo com aparatosa insolência. Suas filhas mais velhas, Eufrásia e Ana foram humilhada na rua e na porta dos templos, por intermediários de poderosos da terra, que procuravam desesperar o digno profissional..

A morte da esposa e as investidas do despeito foram-lhe eliminando a saúde, desbotando a alegria.

Advogando no Foro de Mariana, correto e sem falhas, de repente esse homem começou a ficar roído por sórdida ambição, atrapaceava documentos de terras que lhe davam para legalizar.

Em alguns casos, no final da contenda, era o herdeiro maior. As partes do leão eram suas...

— Mas o Pe. Dr. Jorge fez isso?

— Isso e mais: João Faustino teve de vender as terras para pagar-lhe a conta absurda! Ficou sem mel e sem cabaça, isto é, sem as terras...

Retardava as deliberações do Juiz, nos autos. Inventava despesas.

Foi a conta. Os colegas marianenses representaram contra ele, botaram na rua o escândalo. O Padre Doutor requereu e obteve Carta de Seguro para solucionar os feios casos. Foi um acabar de mundo o seu processo.

A água fria da Carta de Seguro refrescou a panela dos comentários mais justos.

A coisa voltou ao antigo ritmo. Não tardou que um casal do Arraial do Sumidouro, no Município de Mariana, se desavisesse. A mulher malcasada procurou o Padre Doutor, para defender seus direitos. Tantas vezes a senhora procurou seu defensor que encheu o mundo de uma notícia inacreditável. Pe. Jorge tomara-se amante da bela morena brigada com o marido! Não amante ocasional mas amante doido de amor, paixão arrasante de abalar a reputação do próprio diabo...

O advogado respeitável descera do trono em que sempre viveu, fazendo gavionagem com seus clientes incautos. O homem que, ainda casado, sempre fora honesto, depois de padre dera para valdevino, para viver debaixo do tundá de mulher bonita...

O escândalo cresceu tanto que ele foi de novo processado, por procuração do marido a seus inimigos no Foro. Escapou de um processo desprimoroso, caía em outro que abalava seu crédito profissional e decepcionava os amigos de sua família.

Seus inimigos impavam de jubilosa maldade:

— Ele agora baixa o lombo!

O errado gemia, fazendo-se inocente:

— São más calúnias! Abracei completamente minha cruz e o resto não me importa.

Enganava-se. O processo seguia, acompanhado de perto pelo ódio dos colegas e pouco faltava para se ver o fim.

Um advogado de provisão inchava a papeira, esgoelava maledicência:

— Viva! Temos na Leal Cidade um novo Catão, a esperança da República, o que, em moço, foi protótipo da honradez que, velho, passou a ser o mais safado exemplar da indecência em Roma...

O Dr. Jurumenha, que pigarreava agradavelmente seu catarro, em aparte de homem sabido em Tolentino:

— O filho do Conde-Barão de Alvito foi condenado à morte no Paço de Santarém, por dormir com Dona Juliana de Morais, dama da Rainha Dona Catarina da Áustria, mulher de Dom João III. Aqui um badameco letrado com coroa de sacerdote in-æternis manda buscar uma senhora honesta para seu leito de capro tonsurado, e fica por isso mesmo...

Foi então que, indo a Mariana, um advogado da Vila do Pitangui, Dr. Manuel Ferreira da Silva, também formado em Cânones e que viria a ser seu genro, pois se casou com Eufrásia, o convidou para se mudar para aquela Vila.

Deu-se nessa ocasião um fato escandalosíssimo. Chegou a Mariana uma ordem expressa de El-Rei para o governador, determinando a expulsão do Pe. Jorge da cidade, dentro de cinco dias!

Sua saída de sendeiro, contrastando com o ar orgulhoso que afetava, assanhou as línguas satíricas do povo. Andou na boca de muita gente uma farpa sobre o errado:

> *Ele chegou a Mariana*
> *Mais cheio de ar de que um fole.*
> *Mas chegou de rabo teso*
> *E se foi de rabo mole...*

Em 1762 já estava na outra terra como Vigário Encomendado, Fabriqueiro da Matriz e outras Capelas. Naqueles tempos a mudança de lugar tomava difícil o prosseguimento de qualquer ação privada. Os colegas adversários queriam é se ver livres de concorrente. E o caso foi ficando esquecido, até que perdeu a berra.

Abatido embora pelo que sofrera, trabalhava sua vida na vila serrana com o vigor de que era capaz, quando lhe morreu a filha Eufrásia, 4 anos depois de casada. Esse novo golpe abalou-o ainda mais, embora vendo sua segunda filha, Ana, logo consorciada com o cunhado viúvo.

O clima sanatorial do Pitangui deu-lhe parte da saúde desgastada em Mariana e a compreensão com que o tratavam restabeleceu-lhe a paz já perdida. Mais do que isso. O Pe. Jorge, capacitado de que nunca errara, e envergonhado dos filhos por seus impulsos levianos, retomou à trilha antiga de homem de bem, e era sacerdote exemplar.

Joaquina era humilde, débil e graciosa.

Educada a primor pela mãe ilhoa, ensinando-lhe a ler, bordar, coser e cozinhar, conhecia na ponta da língua a rigorosa política do século XVIII, que era a polidez de receber as pessoas e tratá-las com fineza.

A bênção dos pais era tomada, beijando-lhes as mãos. Antes das refeições, todos e pé em torno da mesa, de mãos postas e olhos baixos agradeciam a Deus a fartura do pão e da concórdia da família.

Para atender visitas de cerimônia, como a família recebia em Mariana, de Dona Luísa de Sousa Oliveira, que fora viúva do Mestre-de-Campo Matias Barbosa da Silva e era agora esposa do Dr. Manuel Ribeiro de Carvalho; cônegos e sacerdotes, ela é quem as esperava na entrada, conduzindo-as à sala de receber. Ao se aproximar deles curvava o joelho esquerdo em ligeira reverência, baixando a cabeça com donaire, a segurar com os dedos, ao de leve, a meia-saia das mocinhas.

Era a etiqueta, a herança palaciana da Corte de Lisboa Ocidental, sabida pelas pessoas de bom-tom das claras famílias. Tinha um leve sorriso polido e, às vezes, esse sorriso era obrigatório com laivos de branda ironia.

Era assim que se portavam as damas de companhia das Rainhas do Palácio de Queluz, entre as quais chegou um dia a linda Inês de Castro, acompanhando a Infanta espanhola Dona Constança, ao vir se casar com Dom Pedro, filho de Felipe IV.

Era menina, com juízo de quem muito sofreu. Morta a mãe, ainda mais fechado ficou seu lar à vida. O pai era muito introspectivo e, embora não falasse e a despeito do acontecido, vivia sempre de joelhos diante da saudade da esposa.

Pouca gente o procurava na vila, por sabê-lo misantropo.

SINHÁ BRABA

Era aquartelada em Pitangui uma Companhia de Ordenanças, parte da Milícia dos Dragões das Minas Gerais. Eram tropas de elite, a tal ponto consideradas como escolhidas que os soldados e até oficiais da primeira linha não podiam entrar para suas fileiras.

Era seu Comandante em 1763 o Capitão-Mor de Ordenanças Inácio de Oliveira Campos, brioso militar de 30 anos. Era filho do baiano Inácio de Oliveira e Dona Ana Margarida de Campos, senhora de bom sangue, com linhagem paterna entroncada em um nobre das Flandres, Felipe de Vanderburg, Embaixador da Bélgica junto ao Rei de Espanha. Descendia, pelo lado materno, da fidalga família Bicudo, de São Paulo, pois Felipe de Campos Vanderburg filho do Embaixador, ali se casou com Dona Margarida Bicudo. Nessa linha veio Ana Margarida de Campos, mãe do Capitão e casada com Inácio de Oliveira.

Sua ascendência estava pois enlinhada nas ilustres famílias Bicudo, Lemes e Garcias Velho, cepas lusíadas de primeira água e da melhor nobreza de Piratininga. Podia de se gabar Quatro Quartéis de Nobreza no sangue, com Quatro Avós de Brasões legítimos.

Morto seu pai e casando-se a mãe segunda vez com José Gonçalves de Siqueira, Inácio herdou sesmarias no sertão de Paracatu. Essas sesmarias, doadas a homens de qualidade, para agremiação do clã fazendeiro, mediam 1 légua quadrada na zona agrícola de boas culturas, e 10 na região pastoril. Parece entretanto que essa regra não era geral, pois a concedida a Garcia Ávila na testada do Rio São Francisco se estendia por léguas. Uma das doadas a Inácio de Oliveira, na barra do Rio Preto com o Paracatu, até as vertentes do Urucuia, media 3 léguas de comprido para 1 de largo, terras que ele descobrira e povoara em 1719 com risco de vida, em matas de gentios.

Concedeu-lhe as sesmarias o Capitão-General Dom Lourenço de Almeida Portugal, 1.º Governador da Capitania das Minas Gerais.

Os limites das Minas com a Bahia e Pernambuco fixavam-se nos rios Carinhanha e Verde, próximos das terras doadas ao baiano, que, ao que parece, era também mateiro.

Pela valentia sem alarde, o Capitão Inácio fora desde cedo escalado para a Ronda do Mato, isto é, para fiscalizar facinorosos e combater quilombos, que infestavam o oeste mineiro. Andara já nos sertões do Novo Sul, onde estiveram à caça de ouro os pitanguienses Tomás Galassa, Manuel Torres e Antônio da Silva Cordeiro. Inácio não chegou a penetrar muito com sua gente trabuqueira no sertão já varado, de um lado a outro, por Anhanguera. Esteve até na aldeia do Catiguá e não passou da Serra Negra. De qualquer modo era o homem de confiança para limpar as estradas de ladrões e prender a negraria escapa em mocambos, muitos por ele desfeitos.

Ao entrar para as Ordenanças tinha muitos anos de praça no serviço, pois só seria capitão-mor quem servisse largo tempo na Companhia e tivesse 40 anos. Mas Inácio, por méritos, foi eleito[5] para comando, aos 30 anos. No sertão por onde zanzou em façanhosas entradas foi à Serra do Salitre, esteve na Serra Negra preando negros fugidos. Quem atacasse os mocambos para prender calhambolas, se ferisse ou matasse não cometia crime. Aos presos era permitido, sendo em primeira fuga, marcar com ferro em brasa um F[6] no rosto e, pela segunda vez, cortar uma orelha, mesmo antes de ser apresentado à autoridade legítima. Inácio nunca prevaleceu dessas regalias ao deter fugitivos. Era humano e o máximo que empregava contra os mais atrevidos, era o couro cru de seu rebenque.

Nunca empregou, pessoalmente, arma de fogo para enfrentar a escória alevantada: fazia-a com seu chicote de ferro, que era de estoque e levava um látego de lonca de couro. Os negros odiavam-no, e no termo sob suas ordens o temiam.

Naquela noite o Capitão estava com Pe. Zabelinha na casa de seu parente Manuel Rodrigues, pai de Maria Rodrigues, amiga de Tangará, quando os sinos de todas as igrejas deram o rebate de alarma. Ficaram escutando. Manuel, assustado:

— Que será, Capitão?

Inácio levantou-se, ainda a ouvir os rebates:

— É incêndio!

Nisso batem com violência na porta. Era um Dragão, afrontado da corrida.

— Capitão-Mor Comandante, pegou fogo na Rua de Baixo!

O Capitão saiu precipitado.

Passaram correndo de todos os lados da vila carpinteiros, pedreiros, bate-folhas e mestres de ofício levando ferramentas, barris, escadas, cordas, potes de água. Maria indagou espantada:

— Que houve, pai? Por que correm todos esses homens?

Manuel Rodrigues não sabia explicar mas o Pe. Zabelinha falou:

— São mestres de ofício, obrigados por alvará a socorrer os incêndios, nas vilas. São obrigados a sair correndo para o lugar do fogo, sob pena de pagar, sem perdão, a multa de 2 mil 400 réis e ficarem presos na cadeia, sem comer, por um dia. São as Leis do Reino. A esta hora devem também estar no lugar do incêndio, pois a isso são obrigados, os Cirurgiões do Partido, empregados do Senado da Câmara para serviços públicos, e outros sujeitos. Pode haver feridos e o cirurgião tem de estar lá com seus ajudantes de sangue.

---

5 O Capitão-Mor das Ordenanças era eleito pelo Senado da Câmara da vila, onde fosse acantonada à força.

6 Fujão.

SINHÁ BRABA

— Que são ajudantes de sangue?
— São os enfermeiros, também chamados Anjos da Guarda.
— Se esse cirurgião não for, paga multa e é preso?
— Pois não! Os cirurgiões são considerados mestres de ofício e nem podem ser nomeados capitães-mores, por ser considerado *indecência* dar-lhes esse título. Um cirurgião é de profissão baixa e desmerece o posto de capitão-mor.

O fogo daquela noite destruiu três casas, sem matar ninguém.

Tangará ainda não voltara mas, pelas notícias, estava magra; abatera-se muito. Aquela fuga ferira a vista de toda a gente. A própria vizinha Dona Joana falava com certa delícia adoçada em lástima:

— Coitada! Azedou a bile, deu pra má. Dizem que fala em matar
— a quem, não sei...

A filha justificava o acontecido:

— Também é muito violenta: é estabanada como um redemoinho. Dona Joana achava ótimo o que acontecera:

— É muito voluntariosa, quer ser mais que as outras. Trata as companheiras como ladinas de sua fazenda. Com a idade fica pior: homem não gosta disso, não. Falam que ela puxa aos avós paulistas. Pois eu também sou neta de bandeirante. Meu avô, Capitão das minas Antônio Rodrigues Velho era homem reto mas fez o que fez com o genro falso. Sou do tronco de José de Campos Bicudo, também brabo como as espadas, mas me contenho. Minhas filhas, a vida é que vai quebrando as quinas do nosso gênio. Maria Bárbara, com fumaças de ser nobre de Piratininga, quer levar tudo a ferro e fogo. Deu no que deu. O primo Inácio refugou de sua brabeza e agora só se engraça pela marianense. Eu sempre digo a você: Esses Alvarenga, hum... Maria Bárbara é rica, Joaquina é pobrezinha, não da graça de Deus.

E num repente bem seu:

— Tomara que ele case com Joaquina!...

Esse repente era uma gota do sangue do avô truculento que lhe passava pela cabeça, estremecendo a maldade amansada...

Serenava lá fora uma aruega fina e fazia frio.

Dona Joana voltando da janela, ainda esfiapava uns farrapos de comentário:

— Quero que vocês vivam bem com todos. Mas ao me lembrar do que está acontecendo com a Maria Bárbara, tenho medo da vida. A vida, é preciso ser levada com muito jeito, com engambelos, porque às vezes irrita o pelo e dá pra *ruim*. Castigo é coisa muito certa. Quando a mãe de Maria casou nem gostava de ouvir falar que era filha de índios, pegava a dentes de cachorro, aí no geral. Tinha vergonha da mãe. Quando para sua casa foi comprada uma escrava nova e bonita, ela se encheu de ciúmes do Major Alvarenga, seu marido e primo, e mandou arrancar a língua da mucama. Conheci essa escrava: só dava urros feios. Ficou na fazenda porque ninguém quis comprar. Maria Bárbara vai na mesma batida: *ruim* que dói. Para mim o primo Inácio é homem de juízo. Largando-a pra lá, fez foi bem.

Morava no Largo da Matriz um moço tísico. Esse rapaz chegara não fazia muito, com o pai garimpeiro. O pai foi feliz na lavra, enriquecendo.

Comprando sólida casa de barrotes de aroeira, mandou buscar a família que, ao chegar, encontrou doente o filho que ajudara ao velho na lavagem do barro.

Tratou-se com o Boticário, depois consultou a empavesada sabença do Físico, Mestre João Tavares Alves de Sousa, homem difícil de ser lidado pela insolência com que ele recebia os enfermos.

Depois do exame, consistido em perguntas, bacorejou, com estrondo, a carga de seu parecer:

— Trata-se de consunsão, também chamada chaga-de-bofe, que os tratadistas crismam de ética. É doença rara na montanha e só encontradiça em clima de chão úmido. Achaca de preferência os cômicos, tocadores de instrumentos de sopro, pedreiros, trabalhadores em gesso, sendo raríssima nos carniceiros. O remédio mais afamado é esfregar toucinho no peito e cozimento de carregaheen, infuso de flores e viola, verbasco e malva.

E brincando com a pesada corrente de ouro:

— Comer carne, leite, etc., etc., etc. Ter cuidado, pois esse mal pode passar à laringe e à mesentérica.

E receitou. O doente escutava-o, olhava-o, com olhos brancos. O velho pai arriscou uma pergunta:

— Bem, seu Físico...

O homem corrigiu, brusco:

— Diga: Mestre Físico João Tavares Alves de Sousa!

— ... essa doença pega?

— Não pergunte toleimas, senhor! Em certa época acreditaram no contágio da tísica mas o receio era quimérico e ridículo.

O doente se retirava, quando o Mestre Físico ordenou alto:

— Beba de manhã uma tigela de caldo de caramujos grandes, ferventados sem sal! Não vá se entregar a charlatões que os há por aqui; siga com rigor os meus remédios modernos!

Como o filho piorasse muito, com febre renitente, ouvindo conselhos, o pai do jovem foi procurar o célebre curador de febres Mestre Jonas, em Bom Despacho do Peião. Tinha procura nas Minas essa figura respeitavelmente popular — o curador de febres. Era em geral um velho sitiante ou meeiro próspero de latifúndio. Ganhava fama com um caso desenganado pelos Doutores,

Físicos e Boticários de bom nome. Mestre Jonas tinha frases invariáveis para diagnosticar e prognosticar: nas febres podres, quem evacua sangue está salvo; o jejum é meia cura; em chaga-de-bofe, se os pés incham, os doentes morrem daí a um mês — e outras baboseiras havidas como tabu.

Mestre Jonas morava no Arraial, em casa própria. Possuía animais para viagens e um escravo, Fabrício, que o acompanhava e era encarregado de espalhar notícias de milhares de cura do senhor.

As viagens de Mestre eram sempre conhecidas, porque ele só as fazia quando o doente estava às portas da morte. Atendia só os doentes de febre. Era intransigente especialista. Se não fosse o caso, não o procurassem pois não atendia. Com 40 anos de curar febres ganhou invejável renome. Se o enfermo era tratado por Físicos e Doutores que fracassavam, ia Jonas substituí-los. Não respeitava cara de Físico ou Doutor de Coimbra, que havia poucos no sertão.

Era de sorte incrível para cortar febres. Ele próprio preparava as drogas, reprovando sempre, sem exceção, os medicamentos seguidos até sua chegada. Fez cura de alguns doentes agônicos e por isso os diplomados o odiavam. Jonas pouco sorria, mas ia vivendo à tripa forra.

Perguntaram se no Peião havia médicos.

— Há um, o Doutor Vi, meio gira, há o Boticário Flausino e Mestre Jonas, Curador de Febres.

Foi sem dúvida o primeiro especialista nas Minas Gerais. Velho, feio, malcriado, atendia quando lhe dava na telha e cobrava caro. Era insolente diante dos colegas Doutores. Agia com fórmulas secretas e, se perdia o doente, botava a culpa nos que o trataram primeiro.

Pois Mestre Jonas foi ver o doente e, apesar de seu imenso cartaz, o moço morreu.

E naquela manhã tão linda de sol morno o Fiscal do Senado da Câmara, com assistência do Físico Cirurgião do Partido, queimava em praça pública, onde as amontoaram, todas as coisas do moço. Era preciso cumprir com rigor os Alvarás de El-Rei.

Pe. Zabelinha que morava próximo ao garimpeiro, indagou do Cirurgião oficial:

— Mas se os senhores Físicos acham que não há contágio da tísica, para que vão queimar as coisas do moço?

— Contágio não há e está provado.

— Como provado?

— No Hospital de Bicêtre, o Doutor Guillot fez a *anatomia* de cadáveres dos valetudinários ali recolhidos e, desses exames, apurou que quatro quintos deles eram de tísicos curados desde a adolescência.

O Físico olhou para o padre, com dó de tanta ignorância:
— Há mais provas: no Hospício Salpêtrière, o Dr. Dean, examinando 160 cadáveres de velhas de mais de 70 anos, provou que 157 foram éticas na mocidade.

O padre acariciava a boceta de esturrinho:
— Então, por que queimar as coisas do morto?

O Físico recuou, assombrado:
— Por quê! Vossa Reverendíssima está doido ao fazer semelhante pergunta! Queima-se porque uma Carta Régia mandou queimar!! Ninguém discute uma Carta Régia que mandou queimar em público os objetos de leprosos e tísicos, Pe. Zabelinha! Queima-se porque mandou quem pode; ninguém pergunte por que, pois o Rei manda e está liquidado o assunto!...

E pálido, voltando-se para o Fiscal que ouvia a conversa:
— Sr. Fiscal, berre fogo em tudo!

E as chamas sumiram, fumarentas, dum monte de colchões, travesseiros, lençóis, cobertores roupas de vestir, sapatões, copos, vidro de remédios, papéis, gamelas de urinar.

Tangará na Ponte Alta estava curada do desengano que a abatera com as novas inclinações do Capitão. Sabia que aquele namoro já roçava pela paixão. Não se importava; galopava pelos campos e não esquecia o banho matinal no poço.

Não era à toa que a mãe falava sempre, visando a filha, sem explicar direto:
— Não com o amor, não. Quando ele enraíza na gente, o precipício está aberto. É preciso desconfiar de homem, reparar muito. Quando o preto dos olhos cresce, é amor mesmo. O amor de verdade é triste; quando o homem ri e brinca, está bobeando, não quer casar. Falem pouco de amor em público porque o amor, afinal de contas, é uma indecência...

Às visitas e passageiros pela fazenda, Tangará indagava da vila, das amigas, das trancinhas. Naquele dia foi João Morato quem transitou pela Ponte Alta. Depois do almoço, na varanda, não estando a senhora, Morato perguntou às escondidas:
— Então, acabou a amizade com o Capitão-Mor?
— Não; somos amigos. — E olhando, para ver se a mãe chegava:
— O que acabou foi o namoro.
— E ele se casa mesmo com a Joaquina?
— Não tenho notícia de lá. Não sei, mas se quiser, casa.

O rapaz apalpava o coração da fazendeira:
— Todos acham que ele gosta de vosmecê; todos também acham que seria mais mulher pra casar com ele. Joaquina é muito nova, Muito inocente pra ser dona de casa. É o que falam por lá.

À lembrança de que Inácio amava-a explodiu de sua boca a baba do ódio contra sua rival:

— Qual inocente, qual nada. Ela é como ostra, não tem é cabeça.

O rapaz sorria, à evocação de Joaquina:

— Acho Joaquina calada, modesta, simples. É como flor do campo aberta no sertão, no silêncio da moita. Só a descobrem as abelhas do mato, os beija--flores que vão vê-la atraídos por seu perfume rasteiro, que se espalhou com o sereno da madrugada.

Aquele elogio aborreceu-lhe:

— Ela é muito é sabida, de um cinismo! Puxou ao pai que era o que era...

— Acho um modo tão singelo naquela menina... Parece ter bom coração. Na semana passada uns rapazes ficaram na casa de um companheiro doente, até 10 horas da noite. Quando se recolhiam, a ronda os prendeu. A senhora sabe que na vila quem for apanhado na rua depois de 9 horas vai preso por seis dias e paga 4 mil réis de multa. No outro dia o Capitão estava na casa do Padre Doutor a negócio e Joaquina, com pena dos moços, pediu-lhe para soltar os presos. Ele sorriu para a menina e chamou sua ordenança:

— "Vai dizer ao carcereiro que solte os vadios de ontem e não cobre carceragem." — E a carceragem era uma pataca por pessoal!

Tangará riu forçado, jogando a cabeça para trás, de onde penderam os belos cabelos negros:

— Então é assim? Ela já manda nas Ordenanças?... — E pálida e expressiva: — Não é isto, é que ela é desmiolada, é namoradeira! Dá confiança a qualquer macho.

A mãe chegava e a conversa mudou de rumo.

O rapaz não mentia. O namoro do Capitão-Mor, namoro só de vista com presenças ocasionais, ia florir em noivado.

Todos sabiam dos amores velados de Inácio e Joaquina e esperavam o noivado para breve. Havia porém um grande impedimento, que ninguém adivinhava: Joaquina já era noiva do negociante de Mariana, Manuel de Sousa e Oliveira, irmão de Dona Luísa de Sousa e Oliveira, casada com o Dr. Manuel Ribeiro de Carvalho!

O ajuste para as núpcias de Joaquina fora feito pelo Pe. Dr. Jorge com o negociante, quando a filha tinha 9 anos, ficando o noivo e oficializar o noivado quando a menina completasse 11 anos.

A irmã do futuro genro do Padre Doutor fora protetora do Dr. Jorge em Mariana, quando sofria despeitada guerra de morte de seus colegas. Podia proteger, pois por morte de seu primeiro marido, Mestre de campos Matias

Barbosa da Silva, herdara imensa fortuna. Foi por essas alturas que Manuel, secundado pela irmã rica, pediu a mão de Joaquina, o que foi aceito pelo pai. Só o Pe. Dr. Jorge conhecia o contrato, usual naqueles tempos. Quem decidia era o pai, pois a mãe pouco influía nesses negócios. Sendo órfã de mãe, Joaquina seguia a missão da obediência. Estava pelo que lhe determinasse o progenitor. Assim, os amores distantes da menina obediente e do Capitão-Mor das Ordenanças estavam fracassados pelo ajuste anterior.

Quando Joaquina completou 11 anos, Manuel Oliveira escreveu ao Padre Doutor lembrando o compromisso e foi a Pitangui para confirmação pública do noivado.

O Pe. Jorge mandou preparar um banquete, no começo do qual o contrato do casamento seria firmado, e escolhido o dia da celebração do ato.

Acontece que Manuel era amigo do Capitão-Mor Inácio, a quem muitas vezes hospedou na sua terra.

Naquela noite, ignorando o que acontecia, Manuel procurou o amigo:

— Capitão Inácio, vou ser obsequiado hoje pelo Pe. Dr Jorge com um jantar e faço questão de sua presença, a meu lado, na mesa hospitaleira.

— São mais finezas suas; pode contar comigo. Espere, vamos juntos!

Na hora exata chegaram Manuel e Inácio, recebidos com a política habitual. Manuel trajava um rodaque de sarjão preto abotoado bem alto, de onde se abria, na camisa branca, a orquídea negra da gravata de retrós em laço esvoaçante. Inácio ia fardado de Capitão-Mor Comandante, irrepreensível.

Todos ocuparam seus lugares. Na cabeceira havia uma poltrona vaga, ao lado do Pe. Jorge: era o lugar da noiva.

O cerimonial nessas ocasiões era requintado.

Antes de tudo, Ana vazou nos copos altos o vinho *Rosé* de França.

Mas na frente do lugar destinado a Joaquina não havia copo!

Esqueceram Joaquina? A noiva não bebe?

Não é isto. É que ali se obedecia a etiqueta em uso e moda: a noiva aparecia no salão, em último lugar, com seu copo de cristal da Boêmia já cheio de vinho. Todos se levantavam e ela tocava, em silêncio, com seu copo, o copo do noivo, bebendo à felicidade de ambos. Depois ia para sua cadeira, sendo servido o jantar.

Antes disso, Jorge avisou à filha seu noivado com Manuel e os parentes determinaram-lhe como devia se portar. Ela nada disse. Foi vestida a primor e, embora pálida, não tremia.

Chegara a hora do banquete. Já estavam cheios os copos de vinho rosado, e um silêncio abafou as vozes. No salão, esperavam sua chegada.

Ela apareceu da larga porta. Estava vestida de branco, afofada em rendas *valenciennes*. Entrou, vagarosa, com o copo de cristal pelo meio de vinho, na mão direita. Como está bonita! Como brilham seus grandes olhos.

Todos se ergueram de seus lugares com os copos na mão, para receber a noiva.

Caminha firme pelo vasto salão, de olhos levantados, bem senhora de si.

A família sorri, emocionada.

Mas o que é isso?! Aonde vai Joaquina?...

Passa pela cabeceira da mesa, passa pelo noivo Manuel e chega em frente do Capitão Inácio!

Para. Procura tocar o copo do militar, toca-o bem calma e bebe em três goles o vinho que destinado a firmar o ajuste dos noivos!

— Que é isto, filha? Enganou-se?!

E a menina de 11 anos volta-se para o pai:

— Não é para beber à saúde do noivo escolhido? Pois eu bebo à saúde de meu noivo, Capitão-Mor Inácio de Oliveira Campos.

Todos os presentes, íntimos que sabiam a intenção da festa, recuaram feridos pela surpresa:

— Oh!...

— Que horror!

— Não é possível!
— Houve engano?!
Joaquina então se dirigiu para o lugar que lhe estava destinado, sem nada mais dizer. Manuel de Sousa e Oliveira, já de pé, trunfou o peito para Inácio, falando quase gritado:
— Há um traidor aqui! Há um Judas, traidor covarde!
E desabotoando o rodaque empunhou enorme garrucha prenhe de balas:
— Quem me traiu — persigne-se! Vai correr sangue!
Inácio, também de pé, desembainhou rápido a espada rabo-de-galo, rasgando feio, a esgoelar:
— Não vim chamado pelo dono da casa, mas por vosmecê mesmo. Não esperava o que se deu. Ignorava tudo!
E com a espada na mão, cada vez mais roxo de ódio:
— Saibam que eu não tenho medo! Quem se arriscar a morrer caminhe, que o sangue corre!
Arregala os olhos, esperando o ataque. Escorado na espada, ainda desafivela o coldre da riuna.
Manuel bradava, fora de si:
— Fui traído! Fui traído!...
Com a garrucha em punho, sem se arriscar a correr o dedo, o desprezado deixou às pressas o salão, sem beber o vinho.
Inácio então muito descorado, repondo a espada na bainha, curvou-se aos presentes:
— Sou o noivo desta festa. Dona Joaquina é minha noiva. Pensem no que vão fazer, porque eu estou vivo!
E visado por todos que o ouvem, de olhos cheio de espanto, cortejou, para se retirar:
— Senhores, boa noite...

No outro dia domingo, depois da missa, chegou à casa de Pe. Jorge o Vigário Zabelinha.
— Grande novidade, maior ainda a honra, a visita de Vossa Reverendíssima, Senhor Pe. Zabelinha!
— Pouco saio, Pe. Jorge. Sou um prisioneiro da gota. Costumo dizer que não passo de um galé, amarrado nas pernas pela corrente da gota crônica. Além disso, a idade: sou um valetudinário. Quando aqui cheguei, há 39 anos, tinha resistência de um galego. A umidade da serra faz mal aos velhos; a altitude é nociva aos veteranos da vida.
Tabaqueou-se com cheirosa abundância:

— Passo os dias sem sair de casa e não fossem esses ares de admirável pureza não viveria mais. Hoje só saio para o serviço a que não me posso negar, como confessar doentes *in-extremis* e ministrar os últimos sacramentos. Mesmo isto, quando não há outro sacerdote!

— Fez uma pausa intencional:

— Mas hoje não saí para carregar pedras e sim para conduzir flores. Em nome do Capitão-Mor Inácio de Oliveira mandante da Companhia das Ordenanças, vim confirmar o noivado de sua filha com ele.

Um silêncio muito grave envolveu os dois padres.

— Padre Zabelinha, o senhor deve saber do que se deu ontem aqui. O que se deu me oprime o coração e enxovalha-me a dignidade. Estou desolado.

Pe. Zabelinha resolve espichar a conversa:

— O Capitão-Mor é pessoa de proa alta, ramo de alto galho, como diria o Camões. É mesmo a garantia desses sertões infestados de calhambolas e facinorosos. Descende de troncos de legítima nobreza, pois vem de linhagem limpa do belga Filipe Vanderburg e da espanhola Dona Maria Del Campo. O filho mais novo desse casal abraçou a carreira das armas e veio para o Brasil, casando-se com Dona Margarida Bicudo, filha de abastado fidalgo paulista. O que tem sido Inácio nas Minas Gerais é sabido de todos. Goza imenso prestígio perante nossos Capitães-Generais Governadores e o povo o respeita e estima.

Pe. Jorge tossiu seco, esquerdo de coisas sociais:

— Pois vou falar com a filha...

Zabelinha irritou-se:

— Falar com a filha? O Senhor está doido! Não vim pedir, vim confirmar o que ficou deliberado aqui e marcar o dia do casamento! O Manuel viajou hoje pela madrugada. Quando o fato sair em público será difícil remediá-lo com desculpas. Sua filha é a pessoa de mais personalidade que conheço. Estou bobo com o que ela fez no banquete. Marquemos o casamento e pense que a vida lhe tem sido amarga demais para estar a atrair novas derrotas. Pe. Jorge chorava. Depois, com voz sumida:

— Pois bem, estão noivos, mas há mais condição. Joaquina tem 11 anos e ficará em nossa casa até completar 12, quando então faremos o casamento.

Pe. Zabelinha deu-se por entendido:

— Muito bem. Estão noivos. Ficam iguais ao pinheiro, cujas flores são fecundadas e só um ano depois é que começam a crescer os frutos.

Esse ano de espera foi movimentado para o pega-negros. Palmilhou o vão do oeste até Paracatu, pois a audácia dos calhambolas assoberbava, com o aumento da escravaria. Assanhavam-se os ladrões de estrada, de modo que os caminheiros só se aventuravam a viagens em grupos bem armados.

Os Dragões das Ordenanças andavam estafados e a cavalhada com vento de sangue nos cascos. Só Inácio estava firme, para navegar pelo sertão bárbaro.
Quando regressava de um estirão de dois meses pelo geral, vendo-o entrar na vila, Pe. Zabelinha espantou-se quando passava por sua porta:
— Eh, Inácio, boas-vindas! Mas o que é isso?... Vosmecê está como os índios Encabelados que os espanhóis viram no Amazonas: não cortam as grenhas, parecem bichos...
— Hoje este mato grosso cai, Pe. Zabelinha...
À noite, foi ver a noiva.
Joaquina encorpara. E pela primeira vez sorriu para Inácio.

V
POMPÉU

Dom José Luís de Meneses Abranches de Castelo Branco e Noronha, Conde de Valadares e Capitão-General Governador das Minas Gerais, tomou posse na Matriz de Ouro Preto, em junho de 1766.
Atingindo essas alturas com 23 anos, vinha precedido de boa fama e era de alta prosápia, ramo da cepa de Reis Magnânimos, de sangue azul sem mescla.
Logo depois de empossado mandou chamar, com urgência, o Capitão-Mor Inácio, de quem tivera notícia.
O Comandante bateu, ruidosos, os calcanhares na mais formal continência, apresentando-se:
— Inácio de Oliveira Campos, Capitão-Mor da Companhia das Ordenanças da Fidelíssima Vila de Nossa Senhora da Piedade do Pitangui!
Muito moço, era o tipo de militar prestigiado, pela disciplina escrupulosa e uniformes cuidados a rigor. O nobre encarou-o com simpatia e, a um sinal, mostrou-lhe uma cadeira.
— Capitão, tenho informações favoráveis do senhor. Quero fazer reformas na tropa colonial da Capitania e preciso de vosmecê. — Continuou, com voz firme: — Vou criar um Regimento de Cavalaria dos Dragões das Minas Gerais e acrescer a Milícia dos Dragões das Minas de três Regimentos: dos Brancos (cavalaria), dos Mulatos, (pedestres) e dos Pretos, também pedestres, cada qual com oficiais das cores correspondentes.
Silenciou e, enquanto observava o Capitão nos olhos, ia alisando os grossos bordados de sua aparatosa túnica de Capitão-General. — Vou elevar a Companhia das Ordenanças para 240 — em cada vila. Com esse aumento pretendo acabar com os facinorosos, birbantes, papangus e valdevinos que

infestam a Capitania. Preciso do Capitão para novas batidas no Sertão do Novo Sul, com o fito de descobrir ouro. Será encarregado dessa missão. Vou fazer o mesmo no continente de Paracatu. O Capitão conhece um Oficial digno de tal empresa?
— Conheço, Excelência. *Verbi gratia*, o Capitão João de Godói Pinto de Oliveira.
Passando a particularidades, o Conde queria saber:
— O Capitão é casado?
— Sim, Excelência. Com Dona Joaquina Maria Bernarda da Silva de Abreu Castelo Branco de Oliveira Campos, filha do Pe. Dr. Jorge de Abreu Castelo Branco, português da cidade de Viseu e Doutor em Cânones pela Universidade de Coimbra.
— Já sei e folgo com isso.
O Conde teve a mais lisonjeira impressão do subordinado, que voltou à sua vila prestigiado ao máximo pelo Capitão-General.

Cresceu entre o Governador e ele amizade consistente. O Conde garantia o Capitão, consolidando-lhe o prestígio e autoridade com que resolvia as questões de seu Termo, com alçada civil e criminal.

A nobre expedição de Inácio ao Sertão do Novo Sul não teve êxito. O ouro do Rio das Abelhas já estava descoberto, no sertão rompido por Bartolomeu Anhanguera. Também os negros fugidos haviam aguentado duro trato do Sargento João Ferreira e o Quilombo do Ambrósio fora destruído em 1746 pelos Capitães da Cavalaria Auxiliar Antônio João de Oliveira e Manuel Portugal. Ainda havia quilombos menores por todo o sertão, e que ninguém logrou exterminar.

O Capitão Inácio andou pelo começo do Campo Grande e o que fez foi extinguir pela segunda vez o mocambo de fugidos na Serra Negra, onde prende 50 macamaus.

Até 1773, quando terminou o governo do Conde de Valadares, Inácio ainda morava em Pitangui, onde nasceram os seus primeiros filhos. Com a retirada de seu protetor, o Capitão requereu baixa das Ordenanças. Ganhara alguma coisa com a venda da parte de quilombolas do tempo do Conde, pois uma Carta Régia determinava que os que fossem tomar mocambos dividissem entre si os que nele encontrassem e outro Bando legislava que os legítimos donos não podiam reclamar os negros nem prejuízos que dessem quando ainda soltos, em suas propriedades.

Inácio abateu-se a partida do Governador:
— Não quero mais viver nas armas; vou cuidar de minhas terras do Paracatu, onde terei velhice de mais sossego.

As terras herdadas da Vila de Paracatu dividiam com Pitangui, bem próximo ao Arraial de Nossa Senhora das Dores da Serra da Saudade do Indaiá, pertencente a Pitangui. Em Paracatu já criava gado, nas fazendas próprias de Gado Bravo, Novilha Brava, Cotovelo, Barra do Rio Preto e Serra.

Mas o Senado da Câmara de Pitangui, que elegia o Capitão-Mor das Ordenanças, não concordou, de modo que Inácio ficou no comando das Tropas até 1774, quando deu baixa definitiva. Em 1784 comprou por 16.600 cruzados (11 contos e duzentos) a Manuel Gomes da Cruz a Fazenda de Nossa Senhora da Conceição do Pompéu, com 40 escravos, 9.000 cabeças de gado, 3.000 éguas, 40 cavalos e 16 mulas de tropa. A Fazenda do Pompéu compreendia as fazendas do Choro, Rocinha, Mato Grosso, Quati, Santa Rosa, Retiro do Mato Grosso e Diamante.

Todas essas terras pertenceram primitivamente a Manuel Pompeu Taques, sobrinho do Pe. Dr. Guilherme Pompeu de Almeida, assombroso nababo paulista. O Pe. Pompeu financiava entradas e bandeiras paulistas para descobrimento de metais nas Minas do Ouro, para o que mandava ali emissários vender Peças da Guiné e gado vindo dos Campos de Curitiba, voltando com enormes partidas de ouro.

Comprara e obtivera múltiplas sesmarias no sertão mineiro, sendo que a fazenda do seu sobrinho Manuel foi parte daquele latifúndio.

Manuel Taques esteve no Geral do Pitangui com os primeiros hostis paulistas, quando ainda vivo o seu tio, que morreu em 1713.

A sede de Pompéu era pequeno sobrado mal feito e ficava abaixo do solar erguido por Dona Joaquina. A água de servidão da fazenda era a do ribeirão do Pompéu, que movia rodas d'água, tendo perto o Corrego do Atoleiro, onde batiam os bocejantes monjolos.

O Pompéu tinha as seguintes divisas: do tope do Morro do Duma, pela Serra Mandaçaia. Daí, ao Rio Preto, por este abaixo até o Rio Pardo; por este abaixo até o Paraopeba; por este abaixo até o São Francisco e por este acima até o Rio Pará. Por este acima, até o Riacho da Areia. E por este acima até o Tope do Duna. Essa divisa foi alterada com a compra das fazendas da Ponte, Junco, Barreiro Preto e Taquara, de modo que o limite ao noroeste ficou no Paraopeba, com a fazenda dos Amaros.

Mudaram-se para o Pompéu.

Joaquina esplendia nos 32 anos de mulher saudável. Inácio estava com 50 anos, curtidos pelo sol do sertão.

O primeiro serviço de que trataram foi grande derrubada de mato para roças, ampliamento das senzalas para muita escravaria e organização da fazenda, sob bases de uma disciplina que seria modelar para o tempo.

Inácio mandou buscar dezenas de escravos escolhidos que apanhava nos mocambos, e estavam alugados a vários garimpeiros da vila a 60 réis por dia.

Joaquina revelara-se admirável administradora do lar, tanto que aos 32 anos já ganhara fama de mulher de grande brio para dirigir.

Não achara habitável, para o que sonhara realizar, o sobradinho comprado.

— Precisamos fazer outro, Capitão!

Chamou sempre ao marido, Capitão, e este sempre a chamou, Dona Joaquina.

— Ainda é cedo, ainda devemos. Quando tivermos folga de dinheiro faremos o solar que você sonha.

Quando Joaquina se casou recebeu como herança Pai José, que o Pe. Jorge trouxera de Mariana. Era escravo de inteira confiança, dos velhos senhores, sendo que Dona Jacinta, mãe de Joaquina, tinha por ele muita afeição.

Casada a filha, o Padre Doutor chamou-o:

— Pai José, você vai com Joaquina. É muito moça e o Capitão é homem de guerra, não para. Você vai fazer companhia a Dona Joaquina e, se ela vier a ter um filho, nesse dia você terá Carta de Liberdade.

Os olhos feios do cativo umedeceram-se. Padre Doutor continuou:

— A falecida Dona Jacinta estimava-o. Acompanhe a filha, como se fosse a sombra de sua saudosa Sinhá.

Pai José, a essa evocação enxugou os olhos, com os dedos.

— Eu já estou cansado e logo depois do casamento pretendo mudar-me para Nossa Senhora de Nazarete do Inficcionado, onde tenho parentes, como sabe. Sinto-me velho e, mais do que velho, desiludido de tudo.

Já chegara a transpirar em Pitangui a razão de sua saída de Mariana. Envergonhado com a boataria dos boquejadores dobrou sua desdita, multiplicando tantas desilusões.

Pai José era o cão de guarda de Joaquina. Acompanhava-a pela fazenda, não morando na senzala e sim na casa-grande.

Era negro importado, benguelense de coração de ouro, sempre humilde, insignificante. Joaquina, que nascera com juízo de velha, gostava das histórias que lhe contava à noite, desde os tempos de Mariana, quando muitas vezes adormecera em seus joelhos.

Ora, morava na Fazenda do Barreiro Branco, terreno do Pompéu, o Capitão Roberto, que arrendara a propriedade de Manuel da Cruz, o ex-senhor de Pompéu. Inácio respeitou o contrato verbal e o Capitão continuou a espancar negros e a criar filhos e gados.

Quando Inácio e Joaquina compraram as terras, para completar a quantia necessária à entrada, tomaram do Capitão 600 mil-réis que ele próprio, com empenho, oferecera. Aparecia sempre no Pompéu, onde tinha liberdade, pois Inácio fizera com ele boa camaradagem.

Quando o jovem casal resolveu fazer o sobrado colonial,[7] Joaquina se tornou logo a cabeça pensante do latifúndio.

Para a construção foi contratado o Mestre-Carapina Tomé Dias, que também fez a mesa de jantar de 70 palmos, de uma só tábua bálsamo e o imenso banco de folha-de-bolo da sala de espera da mansão.

Um dia, ao voltar do Arraial de Maravilhas e precisando ver Inácio, o Capitão Roberto, que vinha cansado, na altura da Capelinha de Nossa Senhora da Conceição da fazenda, encontrou Pai José que ia a mandado de Sinhá.

Para chegar à casa-grande precisava rodear à direita as senzalas e o curral de fora, dando grande volta. Topando o escravo, resolveu:

— Pai José, leve meu burro para a frente da fazenda, que eu vou pelo atalho do passadiço.

Esse passadiço levava por um trilho à mina doce e ia dar no pátio da senzala, cujos portões ficavam abertos de dia.

Com a ordem do Capitão, Pai José fez uma cara de enjoo e coçou a nuca, denotando má vontade. Percebendo isso o Capitão ficou furioso, tocando o burro e a gritar:

— Nego safado, você me paga!

E revoltado seguiu para o Barreiro Branco, sem tocar no Pompéu. Na tarde do mesmo dia mandou, pelo escravo Simplício, um bilhete malcriado para Joaquina: "Mande com o portador o negro Pai José, vendido seja por que preço for, pois quero matá-lo de bordoadas. Note bem que não faço questão de preço. Se não mandar o cativo mande sem demora os 600 mil-réis que me deve! (a) Capitão Roberto."

Joaquina com sua natural altivez respondeu de boca pelo portador:

— Diga ao Capitão Roberto que amanhã responderei por carta seu bilhete atrevido.

Passou a tarde triste, a suspirar.

— O diabo quando não vem, manda...

Na ceia não quis comer. Estava visivelmente preocupada, a ponto de dar na vista do carapina.

— Sinhá Joaquina está doente?

— Não, Tomé.

No outro dia a senhora amanheceu calada, sem assunto. Ao café, o carapina de novo indagou:

— Sinhá Joaquina tem qualquer novidade. Sinhá quer que mande chamar Capitão Inácio, em Paracatu?

— Não, não!

— Eu posso saber, se não é atrevimento, por que Inhanhá está diferente?

---

[7] Derrubado por ordem do Governo Federal, em 1954.

SINHÁ BRABA

A fazendeira então contou o que se dera na véspera.

— Vender Pai José é impossível, porque é forro, desde que nasceu minha filha Antônia; não recebeu ainda a Carta de Ingenuidade porque não quis. Minha mãe gostava do negro, em que confiava cegamente. Devo ao Capitão Roberto 600 mil-réis. Tenho esta quantia aqui mas é o que possuímos para começo da obra. Olhe Tomé, nossa situação ficou, de repente, embaraçosa.

O carapina pensou um pouco e, resoluto:

— Dona, preciso de um cavalo para ir agora mesmo no Arraial da Catita, onde moro.

— E o serviço, Tomé?

— Meus aprendizes vão aplainando as peças. Eu volto hoje mesmo.

Esses discípulos eram vinte, que trabalhavam apenas pela comida. O carapina sabia que os 600 mil-réis de Dona Joaquina eram o único dinheiro de que a fazendeira dispunha, na ocasião. Viajou para Catita e à tarde voltou, sem bazófia, mas seguro de si:

— Patroa, aqui estão 800 mil-réis em ouro, de minhas economias, para a Senhora pagar o Capitão, e ainda sobra dinheiro.

Na manhã seguinte Joaquina mandou pagar o devido, sem mais recado.

Não demorou muito apareceram compradores de gado, a quem Joaquina vendeu reses, que deram para terminar o serviço e pagar a Tomé. O Carapina economizou o seu pecúlio, ganhando 620 réis por dia.

Joaquina ficou para sempre inimiga do Capitão Roberto. Pai José não sairia nunca da companhia do casal, mesmo recebendo, como recebeu, a Carta de Alforria.

E Maria Bárbara?

Enquanto Joaquina em boa paz com o marido, ajudando-o na organização da fazenda, Tangará se desmandava em ciúmes tão irritantes de seu marido Inácio Joaquim da Cunha que parecia loucura. Porque ela se casara com o honrado mineiro Inácio Joaquim da Cunha, homem de grande caráter.

Moravam nesse tempo na Ponte Alta, onde ela governava o companheiro com tirania e terror. O moço equilibrado com quem casara perdera logo a personalidade, e reduzia-se a bagaço sob a vontade dominante da mulher.

Ora, em certa manhã, depois do primeiro café, na varanda do sobrado, Inácio Joaquim espichado na rede conversava com a esposa, deitada em outra. Nisto chegou perto de Sinhá Maria para um recado a mucama ladina Sebastiana, de 15 anos, com os peitos duros, redondos, furando a camisa de cabeção. Quando a mocinha se retirava, Inácio disse à esposa:

— Que seios admiráveis tem essa cabocla! Reparou como são lindos?

Tangará fazendo-se de desentendida:

— Nem reparei, Inácio.

No outro dia Inácio Joaquim saiu cedo para um negócio na vila, só voltando no outro dia, sob o mormaço do verão. Ao apear, procurou logo a esposa, para quem levara uma lembrança do comércio.

— Trouxe um presente pra você. Adivinhe o que é.

A mulher lembrou várias coisas. Não era!

— Não posso, então, adivinhar...

Ele, entregando o embrulho:

— É uma blusa, dizem que muito usada agora. Chama *Que me Importa*, por ter os ombros levantados, como quem diz num gesto:

Que me importa?

Tangará agradeceu e, por sua vez, quis agradar:

— Eu também tenho um presente para você. É um doce que aprecia muito. Vamos.

E tomou o marido pelo braço.

A mesa de jantar estava posta, para o lanche da tarde.

Inácio sentou-se à cabeceira, virando o prato para se deliciar com o doce. Tangará, de pé, esperava que ele se servisse.

Ao destampar a bela compoteira verde, Inácio recuou o braço, com a tampa na mão, a indagar, num urro:

— Que é isto?!

A esposa sorridente explicava, feliz:

— E o que você ontem elogiou, Inácio. São os peitos de minha mucama...

Tangará, ferida de ciúme, mandou cortar a faca, bem rente, os seios da mocinha.

Aquilo encheu de horror o povo pitanguiense, que evitava qualquer contacto com a jovem amalucada.

— O diabo está cuspindo vermelho na Ponte Alta!

Quando Tomé Dias começou a arrancar a cerca de aroeira do pomar do sobradinho, pois começara o novo prédio, um dia um negro gritou:

— Bicho, aqui!

— Bicho-mau?

— Não, gambá.

Acercaram-se do pobre animal os trabalhadores. O bicho ao contrário dos de sua raça, não fugiu ao enfrentar homens. Esperou, ao rosnando, rente às achas abaladas.

É que, no oco em que vivia parira três filhotes, já fora da bolsa marsupial. Mostrava, toda arrepiada, os dentes finos e agudos.

Os negros espiavam pelo oco, puxando para fora, com uma vara, os filhotes. Riam de maus, espiando a feroz resistência da gambá, que se agachou sobre os filhos.

Eram pequeninos mas já peludos e zangados. Admiravam a coragem da mãe, ameaçando céus e terras com os dentes à mostra.

SINHÁ BRABA

Aí, um dos pretos empurrou com a vara, para longe, um dos filhotes, procurando fazê-lo rosnar. Decerto a mãe percebera que a intenção do homem era matar o gambazinho, pois era isso mesmo que eles iam fazer. E arrepiada e insolente, cresceu de testa os negros, de olhos lustrosos. Encarou-os sem medo e, rápida, determinada, pegou com a boca uma das crias pela cabeça, esmagou-a, sacudindo-a nos 50 dentes afiados, furiosa, crespa, o mesmo fazendo com os dois outros, ante a estupefação dos cativos. Esmagalhadas as cabeças dos filhos, firme, esperou o resto. Não fugiu, como poderia fazê-lo, pois o mato sujo estava perto e ela era ligeira.

É que sentindo, por maravilhoso instinto o que estava a ela própria reservado, não quis deixar os filhos sem seu leite e proteção. Resolveu por si mesma uma coisa que ia ser feita por outros. Agora, esperava. Os paus estavam ali nas mãos, era fácil...

Vendo entretanto que os escravos olhavam aquilo, sem agir, ela própria, heroica, os provocou. Marchou para eles, disposta a agredir, ferir. Uma porretada não valeu tudo; quebravam-lhe a espinha mas a frente do corpo apoiada nas patas dianteiras estava erguida, com a cabeça alta. Então outra macetada a esborrachou na terra.

Nenhum dos negros compreendeu a elevação daquele ímpeto: matar para não deixar sofrer. É que o heroísmo é também dos pequeninos, que os homens chamam inferiores.

Corria o ano da mudança do casal, 1784, quando constou que o Pe. Zabelinha estava para morrer.

Entre muitas visitas que recebia, estavam seus amigos Inácio e Joaquina.

Há dez anos não era mais vigário, afastado por doença e idade que chegara a 90 anos.

Naquela tarde a única visita foi o Dr. Manuel de Abreu, grande amigo do enfermo.

Depois de demorada palestra em que passaram em revista os outros acontecimentos da Colônia, Pe. Zabelinha, que falava compassado, abriu-se com o amigo Doutor:

— Temo pelo futuro do Brasil. Todo esse dilúvio de Ordens Régias, Alvarás, Bandos, Ofícios, Decretos e Ordens Reservadas vêm das mãos de grandes pulhas, que só visam nosso ouro. O Rei Dom Pedro II acabou com o gálico na carcaça, de modo que até pedaços de ossos expelia pelas ventas. Resultado de suas escandalosas indecências com freiras, cômicas, bandarras despudoradas. Dom João V, cínico, debochado, glutão de devorar leitões inteiros, comia com as mãos nuas montes de pés de porcos e passava dias ouvindo histórias da carochinha, indo dormir as noites com as freiras dos conventos. Acabou arrebentado por uma apoplexia, pobre de não ter dinheiro para ser enterrado.

Cansando-se, tomou fôlego:

— Dom José I, pai da Rainha Maria I, o covarde amigo de Pombal, entregou o Reino ao algoz do Pe. Malagrida e dos Távoras e se divertia o dia inteiro com a boba anã Rosa e com as tolices dos Padres Bernardos. Dom Afonso VI comia no próprio leito e de modo tão prodigioso, que causava assombro aos próprios cozinheiros. Dom João IV era Rei que tremia com medo de bruxas, não dormindo por isso no escuro. Todos foram mulherengos, pervertidos, gastrônomos, jogadores, beberrões. Só podemos esperar de nosso povo uma pátria mais digna. Vamos ver com os que aí estão o que acontecerá. A arrancada de 1720 em Pitangui ainda hoje me enche de orgulho. Do resto, morro desiludido.

Uma semana depois morria o Pe. Zabelinha.

Joaquina estava em visível superioridade sobre Inácio, na administração da fazenda. Inácio habituara-se à vida nômade dos tempos de correr mocambos; não possuía o tino de mandar e ser obedecido, o que sobrava na mulher.

O Pompéu tomava forma. O sobrado estava pronto. Fora feito de aroeira, bálsamo, folha-de-bolo, canjica, vinhático, cedro e jacarandá. Depois do acréscimo que mais tarde Joaquina lhe fez, possuía 79 cômodos. Por esse tempo a fazenda já possuía mais de 200 escravos, muitos dos quais tomavam conta dos currais de gado, retiros onde criava com abundância o sadio curraleiro. Problema difícil de resolver foram as éguas alevantadas, bichos orelhudos que castigavam os campos em récuas numerosíssimas. As 3.000 que Joaquina encontrou, multiplicando-se e ligadas a outras, sem dono, além de estragar os campos (a urina da égua mata o capim) invadiam as roças, talando tudo.

Sem costeio, sem trato, tornaram-se selvagens, na vastidão dos gerais. Não iam aos cochos lamber o sal, pois viviam do sal-gema os barreiros, misturado à terra. Sendo a criação que mais anda comendo dia e noite, enfraqueciam as pastagens. O sinal de uma fumaça, ao longe, atraía-as para o salitre das cinzas e pela certeza de pasto novo no estourar das seivas.

De faro finíssimo, percebiam às vezes as queimadas novas a 8 léguas. Andavam aos bandos, flanqueadas pelos pastores rodomãos. Entre esses garanhões travavam-se sangrentas lutas a dentes, coices e patadas. Na refrega, relinchando e gemendo, atiravam-se uns contra os outros, empinavam frente a frente nas patas traseiras, como se fossem animais mitológicos.

Pois essas éguas eram *alevantadas*. Às vezes em desbocadas correrias davam cargas pelos serradões, em muxoxos de víceras, desbagualando pelos tabuleiros no desperdício de forças virgens. Vivendo à solta, sem tosa, de clinas fofas e topetes atrevidos, não conheciam vozes de campeiros, ficavam eradas nos vãos, sem a cócega dos laços. Só ao acaso, pela lua cheia, no rumo dos cheiros, apareciam pela madrugada, nas porteiras dos currais. No silêncio da noite entravam ariscas para lamber os cochos no ermo curral da casa-grande. O latido de um cão, o cântico de um galo assustava-as, e se atropelavam nos galopes firmes através das veredas. De longe ainda se lhes ouvia o barulho dos cascos jamais tocados pelos ferros, castanholando na fuga desabalada.

No Pompéu cresceram tanto essas manadas de éguas que Joaquina consentia fossem caçadas a tiro, pagando ainda um cruzado por animal morto.

Podiam pegar quantas quisessem, reservando-se somente os poldros.

A montada rumorosa dessas potrancas era difícil: nem cães, nem cavaleiros, nem armadilhas conseguiam agarrá-las. Eram assustadiças e velozes. Podiam enfrentar, com a proteção dos garanhões, onças pintadas, mas fugiam mal avistavam os vaqueiros, com o estrépito vertiginoso dos galopes pelas savanas. Tornaram-se quase invisíveis; não raro eram percebidas tão só pelo tropel dos cascos em fuga.

No imenso geral sem cercas era impossível deter-lhes a proliferação. Não eram mais riqueza, eram perigo, grande mal, prejuízo. Forçavam as roças ainda verdes, fechadas por paus roliços; chegavam como a cavalaria dos persas, avassalando.

A consanguinidade reduzia-lhes o tamanho e a liberdade punha-lhes asas nas patas. A eguada do Pompéu criara fama, era invencível cavalaria do diabo...
Inácio, cabisbaixo, falava sobre os poldros perdidos na manada:
— Não dão só para as Três Milícias, dão para toda a cavalaria do Exército Real...
E era verdade.

Para prover os escravos de roupa, a senhora mandou fazer vastas plantações de algodão-macaco.
Ela própria não só fiava e tecia o algodão como ensinava as ladinas a fiar e a tecer. Fiava em rocas giradas com o pé, segurando leve a fibra batida que enrolava em linha. As escravas cardavam a pluma, passando-a no descaroçador de mão, de onde saíam as sementes. Depois, em duas escovas de arame passadas em sentido contrário faziam a corda, como se penteassem cabelos. Enchiam balaios daquele material fofo e desbastado, de onde saíam fios que Sinhá fabricava com o giro da roda. Enrolados os novelos dos cordões, muitos novelos, chegava a vez de tecer.
O tear da Senhora era no rés-do-chão, nos fundos que abriam para a mina.
Joaquina, de pé, movendo o tosco pedal, batia as peças, jogando o fuso, no que ajudavam as escravas Natália e Inês. Tecia cobertas, entremeadas de quatro dedos, com fios tintos de anil. Teciam colchas grosseiras, todas elas trabalhadas com a lã dos carneiros ali criados.
Sinhá criava rebanhos deles em vários currais, embora os mais distantes fossem dizimados por onças, lobos e raposões.
Havia no Pompéu o Pasto das Ovelhas, só destinado a essa criação. Ficava à direita do sobrado, no começo do aclive da estrada de Papagaio.
Na fazenda teciam constantemente, sendo a negra Benvinda a tecelã mais afamada. Saíam daqueles teares panos para calça dos escravos, camisas para os cativos e toalhas para uso da família.
Os tecidos das mãos de Joaquina parecem de aprendiz mas existem colchas ramadas que deram nome à tecedeira. Ela não mandava, apenas: sabia fazer aquilo que determinava. Era, afinal de contas, a escrava mais ocupada de sua fazenda. Trabalhava no mutirão das negras, ensinando e corrigindo. Arcando com a provisão de tudo para o Pompéu, não repousava. Era a roda-viva do latifúndio.

Plantavam muito arroz para a escravaria, pois seus negros comiam arroz. Enchiam vastas tulhas do depósito do arroz-marotinho, carrapatinho, chimango, branco, rolinha, e do vermelho, para os escravos, alguns com cacho de palmo.
O engenho de água fabricava açúcar e mel de cana.

SINHÁ BRABA

Cultivava-se nos varjões a cana-caiana de 30 palmos e 32 nós, a caninha-macia e a sarangola cinzenta.

Em maio fazia-se a moagem da caninha plantada em partidos à parte, em terreno fresco, para o açúcar dos Inhonhôs da casa-grande. Chamava-se caninha à cana crioula, da grossura de um dedo polegar e tão tenra que se chupava com a casca. A unha fincada num gomo fazia-o estalar, fendendo-se de alto a baixo. De um verde aguado ficava levemente rosada quando madura. Seu caldo era doce e gostoso e seu açúcar era só para os senhores. Moíam-se poucos Carros, não nas moendas de ferro mas em banguês de pau, para evitar que as engrenagens férreas prejudicassem o sabor do açúcar.

— Purgava-se esse açúcar em formas cobertas de barro.

No fabrico do açúcar de Sinhá empregavam-se os cativos mais hábeis e era proibido fumar, mascar fumo ou mesmo usar o torrado enquanto trabalhassem. De cada safra se apuravam umas dez sacas não mais.

As canas do Pitangui eram conhecidas até na Corte como as melhores das Minas e seu açúcar adoçou mais tarde até a Mesa Real, em São Cristóvão. Mas o da caninha era o reservado para os quindins de Sinhazinha, para as babas de moça do Pompéu.

A quem Joaquina mandasse uma libra de seu açúcar, era por ser pessoa muito querida. Branquinho, cheirava e fazia correr água na boca, só de olhar.

Um negro que ia ser castigado por Inácio salvou-se, porque a Senhora gritou:

— Alto lá, Capitão! Esse é quem faz o meu açúcar.

Por isso era mimado. Tinha privilégio. Estava livre do bacalhau.

Inácio apenas gemeu, respeitando a mulher:

— Maldito açúcar!...

Ao lado das indústrias necessárias, Joaquina plantava o pomar onde havia fruteiras bem cuidadas. A chácara era imensa e por ela passava, umedecendo a terra, o ribeirão do Atoleiro.

Joaquina encontrou nos restos do pomar antigo, descuidado e sorvido por ervas-de-passarinho, um pé de jabuticaba-de-cheiro, coisa rara. Mandou fazer uma estacada em torno do tronco, adubando-o com esterco do curral.

Plantara muitas fruteiras mas a jabuticaba-de-cheiro a todos fazia inveja. Ninguém soube quem plantou nem de onde viera.

Era árvore igual às de sua espécie, mas de frutos cobertos de um buço ligeiro, menos que nos pêssegos. E cheirava, quando madura. Variedade rara, enchia de orgulho sua possuidora. Quando a maduração das jabuticabeiras comuns terminava, sentia-se em torno da árvore um perfume suave. Enxameavam em volta vespas e abelhas do mato. Era a atração do aroma e do mel das frutas de polpa branca, açucarada.

Só chupavam essas jabuticabas os queridos de Joaquina. Muitas vezes escravos saíam de noite, a pé, para levar pequenas cestas com as frutas serenadas para parentes em Pitangui.

Mas a poucos era dado o galardão daquela delícia... Dizia sempre o Major Lopes:

Conheço a jabuticaba Sabará, a João Gomes, a pontuda, a rajada, a de cabinho, a jabuticatuba, mas a de cheiro, não. Veio do céu pra comadre Joaquina...

Depois de pronto o solar e organizada a fazenda, Joaquina mandou fazer o Cemitério dos Brancos, que incluía a Capela de Nossa Senhora da Conceição.

— É o nosso cemitério. Aí quero ser enterrada.

E os escravos? Mandou fazer o Cemitério dos Cativos, grande, cercado de achas de aroeira, lá em cima, no começo do serradão.

Seu solar estava em condições de receber hóspedes, a qualquer hora.

No salão de visitas apusera, na parede fronteira, o retrato a óleo do Pe. Dr. Jorge, com a beca de Doutor em Cânones, de Coimbra, e de outro lado o retrato também a óleo do Infante Dom Henrique, *o Navegador*, que fundou no Promontório de Sagres a Escola de Navegação.

Joaquina bebia o café já plantado por ela; era o café Moca, de paladar finíssimo, servido logo depois de socado no pilão de bálsamo da cozinha grande. O pilão de Dona Joaquina se ouvia de longe e deu fama ao café do Pompéu.

O latifúndio produzia, em ordem rigorosa. Os rebanhos cresciam, as roças vicejavam e davam mais do que preciso, a ponto de extravasar nas benemerências da Senhora. Tudo ali ganhara o ritmo de vida que invejava a todos do sertão mineiro.

Joaquina já era conhecida em Vila Rica do Ouro Preto, para onde mandara boiadas para vender carnes baratas, na fome que atingiu a Capital da Capitania em 1786. Enviou um escravo de confiança para talhar o gado, notícia que satisfez ao Vice-Rei Dom Luís de Vasconcelos e Sousa, que lhe agradeceu o socorro.

Na derradeira remessa de gado para Vila Rica, seguiu um boi carreiro de nome Moreno, que ali foi abatido. No fim do mês, ao receber o saldo do negócio chegou uma carta do escravo encarregado do talho, dizendo que continuasse a dar bastante sal ao gado, pois o boi laranjo Moreno apresentara um lucro de 6 mil-réis, quando o lucro geral até então não passara de três mil e quinhentos, cada rês.

Joaquina ficou tão satisfeita com a gerência do escravo que naquele ano lhe passou Carta de Alforria. Sabia premiar seus melhores negros. O caso do boi laranjo correu mundo, como novidade.

— Apurar 6 mil-réis em um boi!

— Como a vida sobe, Santo Deus!

Mas a fazendeira ouviu o conselho do preto, mandou aumentar o sal para o gado das invernadas.

Havia porém na fazenda um caso bastante sério, que sua bondade protelava resolver. Compradas as terras e o mais, ao se apossearem de tudo, verificaram existirem Aldeias nas terras adquiridas, cujos moradores alegavam posse, embora não tivessem documentos legais.

Uma dessas Aldeias, a da Boa Vista, na margem do Rio Pará, era habitada por mais de 100 pretos, em cafuas de palha onde criavam família.

Ora, Inácio foi lá e explicou que comprara o latifúndio e só admitia plantação de roças no caso de pagarem arrendamento, pois estavam, sem sua ordem, derrubando os matos. Um dos mais velhos protestou:

— O chão é nosso!

— Nosso como, se vocês não têm documentos! Nas divisas da escritura não houve ressalva alguma, compramos o que fica dentro das divisas!

— E a posse?

— Que posse? Vocês moram em terras alheias e se ficaram aqui até hoje foi por condescendência dos proprietários anteriores, Manuel Gomes da Cruz, Estêvão Gonçalves Fraga, João Gonçalves Fraga e talvez de Lourenço Taques, o dono primitivo da fazenda! Os negros alegavam de pés juntos o usucapião, que era de 40 anos. Mas viviam em terras alheias que pagavam impostos, em dia.

Os negros emperreavam — a terra era deles.

— Pois a terra é nossa e ninguém pode com Deus.

Inácio, habituado a pegar negradas de mucambos, esquentou o sangue e, montando no seu baio, mandou com autoridade:

— Pois vocês saem de meus terrenos, por bem ou por mal!

— Não saímos do que é nosso.

— Veremos, e não demora!

Joaquina achou melhor pensar, para agir. Foi protelando. Mas os negros, além de não desocuparem as terras insultavam, ameaçavam. Joaquina sabendo daquilo mandou-lhes avisar que ia requerer o despejo dos negros, legalmente, de suas terras.

Aquela gente sabia de quanto era ela capaz. Conhecia que era disposta e tinha poder. Além disso a fazendeira ficara irritada. O caso estava sério para os negros.

Assim andavam as coisas, quando um deles vindo a Pitangui soube, por gente de Foro, que eles iam ser tocados da terra, pela Justiça.

A notícia não podia ser pior.

Uma certa manhã, Joaquina desceu imponente a escadaria, com o copo de prata na mão, para beber leite de sua curraleira craúna.

Enquanto esperava, de pé, o escravo lavar com água morna o úbere da vaca, um homem deixou o cavalo mal amarrado no capão de mato vizinho e foi agachado atrás da cerca de achas, para não ser visto, até quase a frente do ponto em que a Senhora estava no curral. Tirou a garrucha bem azeitada, meteu o cano entre duas achas e visando o coração de Joaquina, disparou.

Um estampido de muita pólvora retumbou, imprevisto, na manhã clara.

Alguns negros ouviram um grito:

— Morre, diaba!

Dado o tiro, o homem correu ainda curvo para a frente, montando e partindo a galope. O negro acertara.

Joaquina, vendo-se ensanguentada, gritou, pedindo socorro. Acorreu gente de todos os lados da casa-grande. Gritavam escravas, com grande alarma.

Carregaram Inhanhá nos braços para o solar. O sangue corria a jorros, pois o tiro quebrara-lhe o braço. Levaram-na para o quarto.

Como a hemorragia fosse grande, a própria ferida ordenou às escravas apertassem uma liga elástica de meia, acima do rombo da bala. Partiu logo a galope um próprio para buscar médico na vila, e Inácio, que estava atordoado, mandou chamar as autoridades. Estava indignado:

— Me pagarão! Pagarão com sangue!

A farmácia da fazenda foi vasculhada por Inácio que, a mandado da doente, trazia remédios. Botaram na ferida um chumaço de algodão ensopado em pronto-alívio.

Bebeu uma dose de Água dos Carmelitas e gotas de acônito. Passado o susto e a hemorragia estancada pela compressão, a dor apareceu violenta e a mão arroxeada, começava a inchar.

Botijas de água quente foram postas junto a seus pés, abafadas por papas de lã. Fecharam-se as janelas e um alcoviteiro foi aceso sobre a cômoda de jacarandá rajado.

As escravas choravam, pisando em ponta de pés.

Inácio, sentado na cama, prendia a mão sadia da esposa, sossegando a fúria prestes a estralejar em tiros. Joaquina pareceu dormir, cerrando as pálpebras.

O marido então saiu, mandando tocar o sino para a reunião geral da escravaria.

Começou o inquérito, pois não tinha a menor noção de quem fosse o bandido que atirara.

Ao ouvir a alarma do sino, Joaquina abriu os olhos:

— Que é isso?

Estava assustada.

Inês explicou que o Capitão estava reunindo o povo para começar um interrogatório.

Inácio inquiriu de todos os escravos se suspeitavam de alguém; se viram algum estranho na fazenda pela manhã, e se de algum peregrino pelo caminho. Ninguém respondia coisa com coisa. Ninguém sabia nada. O desacato fora grande demais e a repressão seria feita com muito sangue. De repente, diante da estupefação de todos, Pai José levantou importante dúvida:

— E Nhá Tangará, Nhonhô!

Inácio luziu os olhos esverdeados de gato-do-mato, encarando o forro:

— É verdade, Tangará!

E depois de uma cisma curta:

— Será possível, Pai José?!

O preto encolheu os ombros, calando-se.

Inácio estava pálido de ódio. Podia ser ela!

— Se for ela, eu arraso a Ponte Alta como se fosse um mocambo de negros fugidos! Mato todos que lá estiverem, e ainda enforco os defuntos! — E crispando os dedos: — Ah, cadela!

Os cativos, de pé diante dele, esperavam, lesos de horror.

Foi aí que, bem alto, prometeu:

— O escravo que descobrir quem deu o tiro ganha alforria e 15 oitavas de ouro!

Inês chamou Nhonhô. Ele entrou no quarto, descabelado, sem rumo. Joaquina gemia.

— Capitão, tire o vidro de láudano, no armário da esquerda. Ponha 10 gotas numa xícara de água e traga.

Passado algum tempo, adormecia, aliviada. Inácio voltou ao salão de espera, onde os negros estavam.

— Cisterna! Mande tocar a cavalhada para o curral. Estejam todos a postos, aguardando ordens!

José Cisterna era o escravo de mais confiança do Pompéu, homem para as missões secretas dos senhores.

À tarde, a dor voltou, com latejo do braço comprimido.

— Bambeie um pouco a liga, que eu não não posso mais!

O esposo vacilava;

— E se o sangue correr de novo, Dona Joaquina?

— Não sei, não sei. Não suporto mais...

Rejeitou um caldo de galinha que Felismina apurara com cuidado,

— Não quero nada; quero água da mina...

Tinha sede. Inácio apalpou-lhe a testa:

— Febre, está com febre.

A ferida, sem posição na cama, ordenou:

— Afrouxe esse laço, que não suporto. Estou com a mão dormente!
Inácio, a medo, soltou um pouco a liga.
— Bambeie mais.
O Capitão, com os dedos desajeitados, foi afrouxando o elástico.
— Que alívio!
À meia-noite chegaram os Doutores Manuel Gomes de Assis e Lataliza França, além de muitas pessoas da vila. A indagação era geral. O novo Capitão-Mor da Companhia das Ordenanças, que acudira solícito à fazenda, regougou alterado:
— É um absurdo! Que providências já tomou, Capitão?
— Ouvi meus escravos. Nada apurei. Apenas...
— O quê, Capitão?
— ... apenas uma pessoa seria capaz desse atentado.
— Quem é essa pessoa?
— Nossa inimiga nº 1, Maria Bárbara da Cunha, a Maria Tangará.
O Comandante das Ordenanças coçou o queixo:
— Será possível?
O Dr. Lataliza, que examinara a doente, voltou ao salão, muito espantado:
— Capitão Inácio. O caso é terrivelmente grave!
As declarações do doutor gelaram o sangue de todos.
— A bala esfacelou o húmero, está encravada no osso! Muito sério! É impossível operá-la aqui. É urgente levá-la hoje mesmo, agora mesmo, para a vila! Há possibilidade de uma amputação do braço!
Inácio, pálido e gago, encarou o doutor nos olhos:
— Levar como? Se está abatidíssima, não comeu nada, não dorme coisa que valha e sente dores cruciantes?
— Vou dar um pouco de láudano...
— Já tomou.
— ... e um pouco de acônito.
— Já tomou.
O doutor, espantado, encarou o fazendeiro.
— Mas é preciso transportá-la. Dá-se uma poção com morfina, ela dorme. É melhor viajar com a noite fresca.
O Comandante das Ordenanças intrometeu-se:
— Então o caso é sério assim, doutor?
Ele fechou-se, reservado, em uma só palavra:
— Grave!
O forro Pai José, Cisterna, o feitor Manuel Congo, Pai Zuza, Teobaldo, Antônio da Várzea, Antônio Maravilha, Pedro Veloso e outros escravos de

confiança aguardavam de pé as esperadas ordens. Inácio então foi falar com a esposa:

— Dona Joaquina, meu bem, o doutor quer que a senhora vá para a vila. O tratamento lá é mais garantido... Eu acho que aqui mesmo podemos curá-la, não acha?

— O doutor quer que eu vá? Pois vou. Eu preciso viver.

Inácio saiu chorando, comunicou ao doutor a resolução da esposa

— E como há de ir? Em rede? Em liteira?

— Não, num catre, carregado por escravos fortes. Seis escravos, revesando-se, podem levá-la, sem balançar. Põem-se umas réguas protetoras num catre de solteiro, sob lençol fino armado em varas...

O Capitão ia providenciar a viagem urgente, quando apareceu o escravo Romano, muito estimado pelos senhores e que fora cedo a mandado de Sinhá ao Arraial de Nossa Senhora da Piedade do Patafufo. Entregou a resposta da carta com um volume e ficou de pé em frente do Senhor. Inácio encarou-o, reprovando estar o escravo ali, depois de entregue a encomenda.

— Sinhô...

— Que é?

E o negro contou que saíra cedo por ordem de Nhanhá e ao passar pelo mato grosso do começo do campo viu um cavalo amarrado. Não reconheceu o animal. Já ia adiante quando ouviu um tiro. Parou para assuntar o que seria, quando viu um homem correndo para o cavalo. O negro abaixou-se no mato, com medo de que fosse um malfeitor. O sujeito então alcançou o animal, montando de pulo, e disparou pela estrada fora.

— Quem era o homem?

— É João, filho de sô Simplício, da Boa Vista.

— Oh!

— Horror!

Todos os presentes recuaram de fúria. Acercavam-se do informante. O Capitão-Mor das Ordenanças falou firme:

— Você viu, negro? Você sustenta o que disse?

— Uai, era ele, Nhô Capitão...

Inácio pisou duro para dentro, falando alto:

— Agora aquela récua me paga tudo junto! Negros imundos! Miseráveis assassinos!...

Os amigos de Pitangui se alvoroçaram com a notícia.

O Dr. Ferreira duvidava:

— Deve ser boato, não sei de nada.

Mas o Capitão Machado sentenciou, apreensivo:

— Notícia boa pode não ser exata, mas notícia má é sempre verdadeira.
Joaquina saiu às 4 horas da madrugada, num catre protegido por lençol, armado em tenda de bambus.

José Cisterna seguira na frente para preparar a casa da família na vila, varrer, espanar, acender o fogo. Dois carros de bois também seguiram, levando coisas necessárias.

Teobaldo, o escravo-correio, partiu também para Vila Rica do Ouro Preto, levando carta de Inácio e do Capitão-Mor das Ordenanças, pedindo reforço para a Companhia, no momento com os Dragões quase todos em diligências fora da sede.

Inácio quis atacar em pessoa, com escravos e os poucos Dragões, o pessoal da Boa Vista, fazendo uma carnificina igual às que praticara nos refúgios do Sertão do Sul. Ponderaram-lhe que esperasse os reforços e a solução no caso pessoal da esposa, pois qualquer choque lhe poderia ser fatal.

A viagem da doente se fez no maior silêncio, com enorme acompanhamento de parentes, amigos e escravaria. Joaquina dormia com a poção de morfina manipulada pelo Dr. Lataliza França.

Às 12 da manhã arriou-se o catre na porta do solar da fazendeira, em Pitangui.

O Dr. Manuel mobilizou para a operação tudo o que havia na vila. Chamaram o Dr. Domingos Braga, o Dr. Lopo, o Físico Aprovado Martins, Ajudantes de Sangue, além dos *coimbras* vindos do Pompéu.

Afinal a coisa não fora tão séria como pareceu no começo, pois exame mesmo só se fez ao serem removidos os coágulos negros da ferida. A bala de chumbo não tivera força para partir o osso, encravando-se nele.

Foi retirada facilmente com uma pinça, embora pudessem fazê-lo até com os dedos. A hemorragia venosa estancara com a liga, que fizera mais dano que a bala. O braço estava inchado e roxo.

Dona Joaquina recusou a dose dobrada da poção, com reforço de gran-copo de vinho do porto, que era segura anestesia dos cirurgiões do tempo.

— Podem operar, que suportarei todas as dores.

Lavou-se a ferida com Vinho de Málaga, ficando limpa. Vendo que o caso não era tão grave como parecera, o Dr. Lataliza, rival do Dr. Assis, estranhou tantos profissionais para a intervenção. O assistente Dr. Assis, emproado, se justificava:

— É para dividir a responsabilidade, colega: quatro olhos enxergam mais do que dois. É preciso prevenir um acidente que vosmecê esquece: a gangrena!

O outro caiu em si:

— É verdade, a gangrena! A gangrena é o tigre que devora as carnes maceradas!

— O maior remédio contra ela já foi empregado; a lavagem com Vinho de Málaga! É a última conquista da ciência.

O Dr. Braga ainda levantou novas e terríveis dúvidas:

— Colegas não é só a gangrena, cujo perigo parece afastado. Há outro rival e de igual temibilidade: o tétano!

O Dr. Lataliza recuou, arregalando os olhos:

— Sim, *o ar de espasmo!* O terribilíssimo *ar de espasmo!* Mas para essa terrível consequência de ferimentos temos o ópio e o éter.

Braga inchou a papada:

— Opio o éter? Sabe o colega o melhor remédio para o *ar de espasmo?*

— Deus!

Dr. Assis, por seguro, foi ver os queixos da doente, abrindo e fechando-lhe a boca.

— Não há cerração dos queixos, colega, que é o primeiro sintoma do mal.

— Antes isso, antes assim!

E deixando o curativo para os Ajudantes-de-Sangue, saíram para o salão, para beberem o cálice de vinho obrigatório depois de toda intervenção.

Inácio não arredava pé do leito da esposa.

Cinco dias depois do fato, chegou ao Pompéu um Brigada comandando 18 Dragões, que o Capitão-General Governador mandara para ajudar as Ordenanças na prisão dos criminosos.

Ciente da vinda da força, Inácio deixou a operada a cuidado da família e, atacado pela sanha de esfolar negros, de que era às vezes acometido, partiu com o Capitão-Mor Comandante das Ordenanças para o Pompéu.

Reunidas na fazenda as autoridades, o Brigada propôs ir, disfarçado, explorar o reduto. O Capitão-Mor aprovou, todos aprovaram. Deram ao Dragão um cavalo arreado e, vestindo roupa rasgada de escravo, partiu sozinho para a Boa Vista. Quando atravessava a Aldeia, um dos negros desconfiou do homem tão esfarrapado em belo cavalo gordo e de bons arreios.

Os negros da Boa Vista, prevenidos contra o ataque, passaram as mulheres e meninos para o outro lado do Rio Pará, ficando bem armados, à espera dos brancos.

O Brigada voltou a meio galope:

— Tem muito negro! Uns 200!

Foi engano: eram apenas perto de 100. O medo aumentara a contagem.

Inácio, que fora proibido por Joaquina de ir à Boa Vista, deu 40 negros que, somados aos 18 do Brigada e aos 6 Dragões das Ordenanças, constituíam a expedição. Inácio mascava freio no solar, impedido do comando.

A força marchou pela madrugada, para prender o bandido e mais gente dos ilegais. Deu-se um encontro de vinte minutos, em que morreram vários de Boa Vista e alguns legais do Brigada. Vendo-se perdidos, os negros atravessaram a nado o Pará, pondo-se fora da mira dos legalistas. O Brigada mandou incendiar todas as palhoças, cafuas e paióis de milho, arrasando a Aldeia.

Tangará quando soube do incêndio bufou alto:

— Aquilo é ordem de Joaquina... A bandida está com o espírito de Nero no couro, só fica feliz vendo força incendiar as casas, as ruas inteiras onde vivem tantos inocentes.

Não foram propriamente ruas as incendiadas, mas se queimaram umas 80 casas de sapé. Não ficou vivo nem o gado miúdo. Foi assim que a Boa Vista foi reintegrada ao Pompéu.

Quase todos da Vila de Pitangui e amigos de Patafufo, Marmelada, Paracatu, Abadia, Nossa Senhora das Dores da Serra da Saudade do Indaiá e outros lugares foram visitar Joaquina, impressionados com a coragem do criminoso e pelo modo da destruição da Boa Vista.

Dias depois estavam muitas visitas no salão da casa da doente quando, ao café, um Furriel das Ordenanças se referiu à alegria e mais expressões de Tangará ao saber do atentado.

A doente já estava melhor, no salão de visitas, em grande poltrona, com o braço amparado por muitos almofadões, muito calma. Embora pálida e abatida, Joaquina parecia não querer tratar do assunto:

— Minha vida sempre foi muito vasculhada pela maledicência de Maria Bárbara.

Dona Ana Maria, esposa do Furriel, parecia ignorar muita coisa da vida pitanguiense:

— E ela não foi tão amiga da senhora?

Joaquina olhou-a, complacente, para responder:

— Quem deixa de ser amiga, nunca o foi, Dona Ana.

E dentro do silêncio de todos a esposa do militar revelou um caso de Tangará, que ia horrorizar toda a Capitania.

Falou, muito calma:

— Trasantontem ela estava calma e alegre, na varanda da Ponte Alta, brincando com seu filho que está engatinhando, ensaiando os passos, amparado pela pagem, uma rapariguinha de 17 anos, que segurava o menino pela mão. A escrava levava o menino para o fim da varanda e tentava soltá-lo, para que ele desse os passos sozinho. E conseguiu. Quando o pequeno deu três passos por si mesmo, todos bateram palmas e a escrava, de nome Domingas, riu satisfeita do acontecido, mostrando os dentes alvos, perfeitos. Serenada a alegria do que se dera, Inácio Joaquim perguntou à esposa:

— Viu como a Domingas ficou alegre porque o menino andou sozinho?

— Vi.
— E que belos dentes ela tem! Certinhos, brancos. Nunca os tinha visto.
Tangará olhou-o nos olhos, sem mais responder. E pegou o filho, saindo para o interior da casa.
Inácio Joaquim então pediu:
— Maria, mande-me trazer um copo de água.
Ele ficou só na varanda, começando a fazer um cigarro, a piscar distraído o fumo. Mas a água demorava. Ele alisava a palha com o canivete, amansando-a, com volúpia. Enrolou depois o cigarro e bateu a pedra da binga para acendê-lo. Começou a fumar, de pernas cruzadas. Quando o cigarro acabou, ele ia entrar para beber a água que com a esposa esquecera, quando Domingas chegou muito esquisita, com a mão esquerda tapando a boca e com a outra estendeu-lhe a salva de prata com o copo cheio de água. Quando ele foi apanhar o copo viu na salva, ainda cheios de sangue, todos os dentes que ele elogiara há pouco. Tangará mandara arrancar a torquês todos os dentes da moça, para oferecê-los ao marido. E a própria Domingas levara-lhe, na salva de prata, os dentes arrancados.
Dona Ana Maria estava indignada:
— A senhora não sabia disso, Dona Joaquina?
A doente, de olhos espantados, nem teve língua para responder.
Todos os presentes comentavam cheios de revolta o que acabavam de ouvir.
O Dr. Manuel Ferreira da Silva até se levantou, de tão excitado:
— Ninguém sabia disso. É incrível! É bom nem acreditar nessa brutalidade, que Deus parece não ver! Cativo de Tangará é besta sem alma, está abaixo do porco e do burro.
O Furriel descruzando as pernas:
— E ela ainda se diz protetora dos cativos de Pitangui...
O Doutor acalorava-se:
— Se ela fosse tão misericordiosa como se proclama, não seria a causa da morte do José Manuel, o pobre Zé Mané. Este caso é tão espantoso ou mais que os outros.[8]

Como alguns o ignorassem, o advogado contou-o:
— O preto José Manoel era humilde escravo da família Gabriel. Bem criado, caladinho, era o negro mais simpático da fazenda da honrada família. Por ser quem era, sofredor resignado e serviçal sem defeito, os senhores lhe deram licença de agenciar, nos sábados, para si mesmo, alguns negócios, como é dos Alvarás. Anos a fio trabalhou para os senhores e, nos dias de sua folga semanal, fazia pequenas transações pessoais. Buscava e rachava lenha,

---

[8] O Prof. Manoel Bonfim, em brilhante conferencia no Rio, em 1907, sobre O *Ciume*, referiu-se ao caso dos dentes, não lhe dando porém a procedência. Disse apenas ter acontecido em Minas.

comprava ovos, galinhas e miudezas da roça, para vender na vila. E conseguiu com isso comprar uma égua. Tanto trabalhou, carregando no bicho coisa de pouca monta, que acabou comprando a própria liberdade! Como esse fato fosse raro, todos viam no forro um homem de bem, mesmo porque ninguém se queixava dele. Ouvia cedo sua missa e partia para as fazendas e sítios, arranjando sua vida. Zé Mané, como lhe chamavam, habituara sua égua a pastar na corda, na baixada, à direita da Ponte de João Luís, no caminho do Papagaio e que corre depois da Cruz do Monte. Era mesmo na boca o cerrado. Zé Mané depois de livre não ficou insolente, como era comum em tais casos. Não deixou de frequentar a fazenda dos antigos senhores, onde todos o recebiam bem. Ora, Maria Tangará tinha dois escravos, Teobaldo e Sebastião, negros que não aguentavam mais os castigos do vampiro da Ponte Alta. Vendo a vida muito ruim, como cativos de tão bárbara Sinhá, pensando muito, resolveram acabar com os sofrimentos desumanos que lhes eram infligidos. Naquela noite, no silêncio de senzala do Solar das Cavalhadas, onde ela mora, juraram matar o primeiro vivente que encontrassem na manhã seguinte, quando fossem para a fazenda. Juraram que, se na hora do assassínio um deles arrependesse, o outro mataria o arrependido. Iam agir assim, para serem condenados, na certa, a galés perpétuas, nas enxovias da Colônia. Poucos sentenciam já à pena capital e por mais duras que sejam as masmorras, hão de ser menos cruéis que a escravidão nas senzalas de Tangará.

Todos os presentes bebiam, ávidos as palavras do advogado.

— Tudo combinado, no outro dia os pretos saíram, ao alvorecer. Na manhã fria caminhavam calados a respirar o ar doce da serra. Suas expirações vaporizavam fumaça. Pois Zé Mané naquele instante pegava sua égua na vargem do córrego. Os cativos combinados pararam perto do forro, que os saudou atencioso. Um deles foi logo contando ao liberto o que haviam jurado, na noite anterior. Zé Mané caiu de joelhos e de mãos postas:

— Num me matem, pelo amor de Deus! Eu sou um coitado... Tô véio...

Eles replicaram que não podiam atender, porque o juramento fora feito.

— Qui mal eu fiz nhancês, meus nêgo?

— Nóis jurou.

E com foiçadas e porretadas mataram o pobre, que recebeu as primeiras pauladas de joelhos, e de mãos postas. Feito isso, voltaram a Pitangui, onde espalharam a notícia.

Foi até a janela, para voltar, com as mãos nos bolsos:

— Foram presos e julgados. Foram condenados, como queriam, a galés perpétuas. Com a pena das galés ficaram exultantes; não cabiam em si de alegres. Ainda moços, presos para sempre, pelo menos ficavam livres da onça pegadeira chamada Maria Bárbara Tangará.

O Dr. Manuel Ferreira esclarecia aos presentes quem era a inimiga.
— Coisa diversa é o que acaba de se dar no Pompéu.
E contou:
— Uma tarde chegou ao Pompéu um casal, ainda jovem, pedindo emprego. Dona de Joaquina recebeu-os acolhedora.
— O senhor de onde vem?
— De Santa Quitéria, sim senhora.
— E essa moça?
— É minha mulher.

Mandou acomodá-los e à noite, chamou o rapaz. Conversaram; ele sempre cortês, respondendo claro às perguntas. Dona Joaquina simpatizou com os recém-chegados. Perguntou pelas famílias de ambos; condoeu-se por terem feito a marcha a pé. E resolveu mandá-los para suas fazendas de Paracatu, o moço encarregado de uma delas. Para isso escreveu ao feitor-geral das propriedades, recomendando o novo empregado. Esse feitor indo ao Pompéu, Dona Joaquina quis saber como ia o novato. Pois ia bem. Muito trabalhador, econômico e a todos parecia boa pessoa. Passaram três meses. Todas as notícias eram do mesmo tom. Mas uma noite chegou ao Pompéu um velho e um mocinho querendo falar com a fazendeira. Estavam ali, à procura de um casal ainda moço, e que há três meses e coisa andavam procurando. Deram os sinais, coincidentes com os dos que ela empregara, havia pouco.
— O senhor o que é dele?
— Sou pai da moça. O rapaz furtou minha filha porque eu não queria o casamento. A mãe está de cama, quase morta.

O velho chorava. Joaquina mandou que eles esperassem uns dias e mandou Romano a Paracatu. O negro levava mais quatro escravos para buscarem o casal, preso. Dias depois o par chegou, a mulher já de timba cheia, sendo casados pelo Pe. Serrão, que é hoje o capelão do Pompéu. Dona Joaquina, aborrecida com o embuste, os despediu:
— Agora tomem rumo, vão para onde quiserem, pois em minhas terras não fica gente mentirosa.

Joaquina ficou sem jeito, com aquela revelação de seu cunhado.
— Qualquer pessoa de bem faria o mesmo...

O sino das 9 vibrou, muito compassado. Todos saíram.

Mais uma semana e a fazendeira regressou a seu palácio. Ao vê-la, na liteira, prestes a sair com o dia ainda escuro, o Vigário Colado Pe. Belchior Pinheiro de Oliveira, que celebrava sempre antes do sol, estranhou:
— A esta hora, Dona Joaquina?
— Padre Belchior, fazenda — que o dono te veja... O que engorda o boi é o olho do dono.
— Exato. É isto mesmo! A senhora tem razão.

Muitas famílias de Pitangui iam todos os anos passar no Pompéu o dia aniversário de Dona Joaquina, a 20 de agosto, e lá ficavam, mormente os papa-jantares, moços e moças, enquanto houvesse razão para festa. Naquele ano, mais de trinta visitas ficaram lá até fim de setembro, ao lado da amiga. Eram parentes dela e de Inácio, todas pessoas de presenças agradáveis.

Joaquina depois do tiro modificou seus hábitos, endureceu o coração. Deu ordem severas ao velho feitor Manuel Congo para vigia noturna da casa-grande, e seu escravo de confiança José Cisterna percorria inesperadamente, e fora de horas, os arredores do solar.

— Estou agora mais precavida; quero saber de qualquer conversa suspeita ouvida nos arraiais, fazendas e entre caminheiros.

Inácio aprovava tudo:

— Agora estamos precavidos. Pode vir quem tiver peito!

Um Bando Régio proibia, sob duras penas, até de força, o coito a ladrões, matadores, malfeitores e maus pagadores, bem como o uso de armas pelos negros, mulatos, bastardos ou carijós, inclusive paus agudos, porretes e machadinhas. Pois a partir do atentado, Joaquina começou a dar abrigo e proteção a assassinos, fossem negros, mulatos ou carijós.

— Eu não preciso da vida, mas meus filhos têm necessidade dela.

O Pompéu abrigava essa escumalha social, derramada dos processos draconianos da Capitania. Mas ali viviam na disciplina dos quartéis e os castigos aos transgressores passaram a ser ásperos.

Correu logo que Joaquina acolhia os fora das *Ordenações* na sua fazenda. Em Pitangui já boquejavam:

— Como dona Joaquina mudou! Não permitia nem um escravo ficar, se criminoso, nas suas terras!

— É medo. É amor à pele...

— Dizem que é medo da Ponte Alta.

Era apenas precaução.

Uma égua baia das canas pretas, bicho de estima de Joaquina, por ser presente, não se soube como, apareceu nos pastos da Ponte Alta.

O vaqueiro avisou na casa-grande de lá, causando indignação esse fato banal em todas as fazendas. Mas Tangará se encrespou:

— O quê?! Égua de Joaquina na Ponte Alta? Não é possível. É insulto!

E pegando fogo:

— Vá buscar a égua!

Era nova, esgalgada, boa cabresteira e de notável bom trato. Clinas negras, macias, penteadas de escova, cauda corrida de pentes de pau.

— É insulto! Foi ela quem mandou botar a égua em meus de pastos para me provocar.

SINHÁ BRABA

Mandou buscar um martelo e ajoujou a égua num mourão da cerca do curral, com o focinho bem rente ao esteio.
— Agora quebre todos os dentes desse bicho, a martelo.
O escravo, com o traste na mão, não vacilou a cumprir a ordem. E como ordem de Tangará cheirava a sangue e a bacalhau, o cativo pá, pá, quebrou todos os dentes do animal.
Escorreu-lhe sangue do focinho. A égua tremia, mijava-se.
— Agora leve isso e solte no Pompéu.
O negro soltou o bicho onde fora mandado.
A égua andou bestando pelos campos, faminta, sem poder apanhar o pasto. Descia à aguada, bebia, voltava às moitas de capim. Impossível. Errou zamba, pelas veredas... Tentava de novo abocanhar as ervas com os beiços sem firmeza nas gengivas. Andava, percorria a margem das lagoas onde vicejava grama fresca e tenra. Não podia comer. Quase sem conseguir andar, deitou-se na sombra de um capão, cochilando, clinas cheias de carrapichos, ruim das pernas.
Uma semana depois, dada a falta da poldra, o vaqueiro achou-a no mato, estrizilhada, magra, com os pelos em arrepio.
Apeou-se, comovido, batendo-lhe de manso com a mão aberta no pescoço, modo seu de acarinhar.
— Mimosa...
Ela olhou de lado, ensaiando um ronco de reconhecimento. Cerrou os olhos em seguida, acabada.
O vaqueiro Antônio Maravilha sentiu os olhos úmidos:
— Êh, aqui tem coisa!
Embuçalou-a com o cabresto do seu campeiro, tentando puxá-la. A égua deitou-se, para depois tentar se erguer com as patas dianteiras espichadas, sem força para se levantar.
Maravilha arrancou um punhado de capim verde, chegou-lhe na boca: ela apanhou-o, esfaimada. Não pôde mastigar, ficando com ele nos beiços.
O negro jogou o chapéu para trás da cabeça, coçando a nuca.
— É peste. Valha-me Deus, que será de mim se ela morre!
Tirou o capim os beiços da eguinha, para examinar-lhe a boca.
— Virge! Nossa Sinhor. Danou tudo!
Voltou de trote largo para a fazenda, a fim de buscar o carro de boi para levar a égua.
Levou Mimosa no carro, para o que trouxera muitos escravos. A pichorra, de pescoço mole, cabeça encostada na mesa, parecia morta.
Antes não tivesse a ideia de levá-la. Ao saber do fato, Joaquina azedou-se:
— Juro que isso é obra daquela perversa! Vou apurar e lhe darei o troco.

E de cara ruim para o vaqueiro:
— E você que está fazendo que não achou, logo, esse animal?!
Não apurou coisa nenhuma; seu ódio pela inimiga é que subiu três furos.
No outro dia Mimosa amanheceu morta.
Nos tabuleiros e rasos de colinas estavam maduros os cajuís. Rasteiros, em moitas esparramadas pelo chão, os cajuís pequeninos, rubros ou amarelos, despontavam das ramas baixas, os frutos de meia polegada.
Ácidos, travam na adstringência levemente adocicada, apertando a tanino.
É arbusto espalhado, não chega a crescer quatro palmos, mas carrega tanto que atrai de longe as vistas gulosas. Aproximam-se de seus pés cobras, caianos, sarnés, preás, jabutis dos cerrados, emas.
São amostras raquíticas dos cajueiros das praias nordestinas, exemplares nanicos do esplêndido caju do litoral pernambucano. Lá uma árvore cresce tanto que se volta nos galhos para o chão; apoia os cotovelos na areia, torna a subir, entrecruza-se, encorpa, espalha-se, é magnífico. E a farmácia dos doentes do sangue, refrigério dos sedentos, alimentação mais rica dos frutos do mundo.
Aqui, essa miniatura graciosa das árvores milagrosas deu em variedade, esse resumo de planta que o índio chamou *cajuí*.
Durante um mês perfuma os ares dos chapadões; cheiram tanto que o seu perfume enjoa.
A festa dos cajuís era a quermesse dos namorados sertanejos. Essa frutificação até marca as datas: no tempo de cajuí, para o tempo do cajuí... Todos sabem que é novembro.
Enquanto os seus irmãos gigantes, nobres e fartos, encaram os mares verdes do Nordeste e vivem perto deles, nas dunas salgadas, os do planalto mineiro são obscuros, amadurecem a medo no cerrado, quase a pedir perdão pelos seus frutos.
Moços e moças amigos de Joaquina e que estavam no Pompéu para seu aniversário, naquela tarde foram aos cajuís. Ela recomendou:
— Vão com o Capitão; sozinhos não podem ir...
O escravo Romão também seguiu, levando balainhos para a colheita das frutas.
Às 2 horas da tarde saíram em rancho bulhento, algazarrando pelo campo. Foi com eles o cachorro Japi, da estima da senhora.
Às 5 chegaram na frente algumas meninas, horrorizadas.
— Japi morreu!
Joaquina, de pé, com as mãos nas cadeiras, estava espantada:
— Morreu, como? Que houve?
As crianças não explicavam direito: achavam que foi cobra.

O cão pulava, brincando, quando, ao farejar uma touça, ganiu e voltou arrepiado.
O escravo que estava perto reparou na moita, gritando para Inácio:
— Bicho-mau, Nhonhô!
O capitão precipitou-se para o local, mas a cobra rápida já fugia pelo campo. Inácio entreviu-a:
— Peça-Nova, Romão.
O negro pegou uma vara, preparando-se para matá-la. Não conseguiu. O bicho desapareceu no capim branco.
Japi já estava bambo, caiu os quatros, a encarar o senhor, babando e de olhos vermelhos. Em vinte minutos morreu.
Inácio gritou para os mais afastados que voltassem depressa. Os que chegavam encontraram morto o cachorro.
— Que foi isso?!
— Peça-Nova. E vamos embora.
Poucos até ali conheciam a terribilíssima cobra, ainda hoje pouco vista. É curta, chata, parda cor de terra, sem sinal de pescoço e cauda terminada sem ponta. Parece um pedaço de ripa jogada no chão. Seus botes são elásticos e quase sempre mortais.
A morte do cão muito aborreceu a sua dona.
— Mais esta. Só Deus conhece bem o seu mundo.

A família de Joaquina crescia. Sua filha Antônia enfeitava para casar, Felix era um rapaz, Jorge se refazia, Joaquina, Ana. Joaquim estava mocinho...
Por outro lado, os escravos cresciam em numerosas famílias e compras. Já eram quase 700.
As primitivas fazendas ampliavam-se, com terras adquiridas. Joaquina afastava suas divisas para mais longe, para cada vez mais longe. O latifúndio era uma colmeia em que todos trabalhavam, economizavam, cresciam o bem comum.
O casal enriquecia, sob a direção de Joaquina, mulher de larga visão econômica. O Capitão alertava-a:
— Olha que compramos terras demais, Dona Joaquina!
— O cofre do futuro são as terras úmidas de Minas. Cofre que dá juros; os frutos aí estão...
Dona Joaquina era por todos respeitada como figura excepcional. Zelava pela saúde dos cativos, casava as ladinas solteiras, por não concordar com a desonestidade das mulheres.
Notando que os negros andavam cabeludos, determinou fizessem-lhes a tosa de 3 em 3 meses. Assim, em datas fixas, eram cortadas as grenhas da escravaria do Pompéu.
Em dia predeterminado (e caía sempre em domingo ou dia santo) chegavam de todos os distantes currais do latifúndio os negros de cabelos intonsos,

para a tosquia na fazenda. Não vinham só os escravos de trabalho mas as famílias inteiras, velhos, mulheres, meninos.

Ao amanhecer, os currais da casa-grande estavam pretos da escravaria.

Os homens, só de calça, nus da cintura para cima; as escravas, com filhos enganchados nas cadeiras, arrastavam toda a récua de crianças choronas, sujas, fedorentas.

À sombra desmesurada da gameleira grande do curral de fora, cujos galhos cobriam uma quarta de terra, trabalhavam os cabeleireiros.

Sentados em bancos toscos, os pretos sentiam o tesourão podando-lhes baixo as trunfas. Caíam às tesouradas rápidas, como lã de carneiro. Em minutos as cabeças ficavam cheias de caminhos de rato feitos pelos tosadores improvisados. Alguns sangravam pelo mastigo das lâminas no couro dos cocos... Tombavam massas de fucancas criadas à solta, sem pente, sem unto, sem nada. Caíam pelos ombros hercúleos, piolhos rajados e muquiranas amarelas cor de marfim, sórdidas.

O calor avivava o bodum dos sovacos, onde cabelos empastavam no óleo das peles imundas e na goma do suor ardido. O cheiro irritante desse muambá empestava o terreiro. As mulheres, depois de escabeladas atavam na cabeça um lenço de Alcobaça ou trapo velho. Com a queda das carapinhas, em todos ficaram maiores as ensebadas orelhas. Os fôlegos vivos eram sujigados pelos pais, a fim de serem tosados. Mijavam-se, borravam-se de medo, o que lhes valia tapas rápidas das mães.

Por volta do meio-dia o chão estava fofo da macega negra das quibas aparadas.

A um sinal do sino da janela, a matula negra ia tomar a bênção à Sinhá.

— Bença Inhanhazinha?

A mão estendida esperava a resposta.

— Deus abençoe.

A alguns ela indagava sobre o gado, as roças, os fechos, o açude, os canaviais.

Recebiam depois uma cuia de canjiquinha e um pedaço de fumo. De tacho imenso, uma colher de pau enchia a cuia apresentada. O negro afastava-se, comendo com a mão a generosa dádiva.

Às 3 da tarde o terreno estava livre do gado humano que ajudava se movimentar a máquina do latifúndio.

Ajuntavam em braçadas, conduzindo para longe ajuda rapados. Aquela ceifa era também festa para a negrada.

Depois disso, Joaquina comentava com o marido:

— Capitão, os cativos estão aumentando. Mas é preciso vigiar essa corja. Não deixemos que pisem além da marca. O perigo é a muita liberdade. O maior perigo do Brasil é o excesso de liberdade...

Ele nada respondeu. Pensava nos macamaus que batia na tala e no estoque, no Sertão do Novo sul, negros que quebrava no pau...
Chamaram para o almoço. Inácio ainda pensava, concordando, na frase de Joaquina:
— O maior perigo do Brasil é o excesso de liberdade...

Com escravaria de perto de 800 negros na fazenda uma polícia vigilante de informações, para evitar estouro de cativos, crimes de sangue, raptos, furtos.
Pai José era o espia minucioso que tudo levava para Sinhá. Joaquina conhecia as minúcias mais tolas de seus cativos. Para ter essa gente em ordem era necessário mão de ferro, mesmo porque os escravos fugiam às vezes, para sentirem a liberdade nos pés e nos instintos.
Manuel Congo, escravo septuagenário mas duro, curtido na senzala, era o feitor-geral e flagelador dos cativos no Pompéu. Bolos? Era ele quem os puxava, de pé-atrás. Bacalhau? Era ainda dele a missão de o aplicar.
Havia muito negro sem-vergonha.
Fechava os cadeados dos troncos, das golilhas não soldadas, porque no Pompéu não se soldavam gargalheiras. Competia ao velho negro executar as sentenças de Sinhá.
Congo era negro comprido e descanelado, de ombros altos, cabeça grande já toda branca. Usava uma barbicha escassa e maltratada.
Todos os cativos o odiavam; não tinha amigos na fazenda. Tampouco ele gostava nem de Nhanhá, de quem guardava dolorida mágoa: sendo escravo do Capitão Inácio, quando andava na Ronda do Mato, no começo do latifúndio, argolado no tronco, apanhara boa sova de correia crua, por inzona de mucamas. Espião terrível, vingativo, qualquer falta era por ele levada aos ouvidos da casa-grande. Diziam-no perseguidor, mas não mentia. Se mentisse não seria feitor de Dona Joaquina. Se Inhanhá soubesse da menor irregularidade de um escravo, mesmo em currais distantes, mandava chamá-lo, dizendo que era para ser castigado. E o negro ia, humilde. Depois do castigo voltava sangrando, roto, mas de barriga cheia.
Manuel Congo não vivia agachado nem encostado nos portais, como outros mexeriqueiros. Andava firme e estava sempre de pé, vigilante. Era cruel e gostava de castigar as negras novas, dizem que para se vingar de sua esposa, que fugiu no Arraial de Santa Luzia do Rio das Velhas, onde foi comprado em comboio.
Tinha os olhos rajados de sangue e era esperto como um gato. Preto benguelense, veio menino em brigue negreiro e, dado por pagão, foi chamado Manuel. "Congo", por falar muito em Cabinda, de onde saiu como rês a ser no Brasil. Foi carimbado na nádega, para não se misturar com peças de outros escravistas.
Gemeu em muitas senzalas e caiu nas mãos de Inácio, quando Capitão das Ordenanças. Ajudou a peiar desgraçados foragidos. Era valente mas frio

na desforra. Foi um dos dois escravos que ajudaram Inácio a amarrar 10 mocambeiros, no áspero cedenho. Era, como Cisterna, Pai José e Antônio Maravilha, escravo que entrava na cozinha da casa-grande.

Passou a feitor de senzala e seu vergalho de boi lanhava as carnes dos malungos. Aparecia, como um espectro, onde não era esperado.

Grande caminhador, ia do Pompéu à vila em 4 horas, o dobro de um burro marchador. Para essas andanças forçadas, curvava-se muito para a frente e manobrava as alavancas das pernas em passadas largas, acompanhadas de um jogo de braços que ajudava a marcha. Não sorria, nunca riu. Bom soldado do Capitão, bom feitor, mas o que ele fazia melhor era flagelar cativos. Nesse mister, punha atenção minuciosa e, ao grito dos padecentes, tinha o sangue-frio de um assassino profissional.

Pois esse bicho foi um dia mandado dar um recado avesso a Maria Tangará.

— Chegue sem tirar o chapéu, encare-a bem nos olhos, dê o recado e volte sem pedir bença. Agora repita o que vai dize!

Inácio era insolente quando queria provocar: se bem mandou, melhor o negro fez.

Tangará levantou-se, contra recado e recadeiro:

— Espere aí, safardana! Diga àquelas pestes que vão pros infernos!

O que ofendeu a Senhora foi o negro lhe falar de chapéu na cabeça e fitando seus olhos, o que era crime de morte nas velhas fazendas.

Dias depois, quando o cativo passava para a vila, dois escravos de Tangará o cercaram no caminho, pouco depois da Ponte Alta. Ante a surpresa do feitor, os outros foram lhe cantando o pau na cabeça, nos braços, nas pernas. Como levava apenas uma manguara, viu-a cair da mão a um golpe na munheca. Aí, com uma rasteira, derrubou um e numa cocada no bucho se desfez do outro. Tomou-lhes os porretes, abrindo-lhes brechas na cabeça.

E prosseguiu viagem, calmo, sem olhar para trás... nem afrontado ficou.

Em dois minutos escapuliu da tocaia. Ao voltar rodeou pelo mato, evitando ser visto da Ponte Alta.

Inácio envaideceu-se dele:

— Negro valente! Não arria nem com a idade!

Era o cativo de confiança para certos recados, pois Cisterna cansava muito e Pai José não era bom estradeiro. Inácio mesmo dizia:

— Pai José é digno mas parece marejado nos cascos... Cisterna e Maravilha, só a cavalo. Para urgência, só temos Manuel Congo e Teobaldo...

Com cartaz de honrado e valente, sua frieza era prova de que era negro curado.

Mas para a senzala, para a negraria dos currais, não passava de carrasco, homem sem alma. Odiavam-no.

Suas mãos eram duras e perversas. Pensaram muitas vezes em matá-lo, num levante geral.

Uma velha escrava que ele surrara mais do que devera, falando dele gemeu:
— Deixe ele. Nossinhôzinho tá veno tudo, lá de ribal!
Era o único protesto que podia fazer, aquele apelo a Deus, a quem entregavam o feitor, para justiça.
Porque, na terra, todos os poderes estavam surdos.

Pois Manuel Congo avisou a Sinhá que alguns negros do Curral da Passagem do Choro haviam fugido. Ela esperou, pensando que a fuga fosse para cachaçadas de forros da fazenda ou caça a mulherio da outra banda. Mas os cativos não voltaram.

Quando o feitor foi falar com a Senhora, havia visitas de Pitangui e Bom Despacho do Peião. Um de Bom Despacho pensou alto:
— Choro... Por que chamam Choro a esse curral, Dona Joaquina?
— No tempo da fartura do ouro-de-veio de Pitangui, isso para 1717 ou 18, um peregrino apareceu na grupiara do Lavrado, pedindo para batear. Os escravos se riram dele: pedir para batear sem ter chão, sem possuir bateias?... Era mesmo de fazer rir, até que apareceu razão para chorar. O dono da lavra era Garcia Rodrigues Pais, que achou graça no ingênuo pedido.
— De onde é você? — perguntou.
— De Carunhanha.
— Lá tem ouro? Vossuncê sabe batear?
— Tem não. Sei não.
— Pois vou lhe dar uma braça quadrada, com meia braça de fundura. O que achar em meio dia de serviço, é seu. Pegue aí o alvião e a bateia.

Pois em 2 horas o novato apurou nessa pouca de terra 5 libras de ouro do melhor toque. Os paulistas eram honrados e Garcia sustentou o que prometera; deixou o moço levar o ouro. O coitado não possuía um vintém furado e fizera o pedido por simplicidade. Com o ouro num baú, partiu, mas tinha que atravessar o Rio Paraopeba, em canoa de pescador. O rio estava cheio e quando o rapaz pulou na canoa que não encostara bem, o baú de ouro caiu na água. O dono mergulhou em cima. Não achou o perdido. Foi em vão a ajuda do pescador. Perdeu mesmo o que lhe chegara às mãos por tanta sorte. Aí, desabalou num choro tão grande que fazia pena. Começaram a contar o caso, do lugar do choro. O pranto do infeliz deu nome ao lugar...
— A Senhora falou em ouro do melhor toque...
— Porque o *ouro puro* é de 24 quilates. O *ouro bom* é de 23. Com 2 de ligas em 24, é o de 22 quilates.

E voltando-se para o feitor:

— Vou ver se faço acabar com essas fugas. Eles devem pensar que o dono desta fazenda é o Capitão Inácio, afamado pegador de fugidos em muitos lugares da Capitania. Eles voltarão... E fez sinal para que o feitor se retirasse.

Os visitantes do Peião estavam admirados do que Joaquina fizera da fazenda abandonada de João da Cruz.

Uma das visitas de Pitangui era o Dr. Joaquim Antônio da Silva Vieira, advogado de Joaquina, que ali estava a serviço da Senhora. O doutor que estava observado pelos outros contou com orgulho:

— Um Bando Régio proíbe sob penas severas os batuques em vilas e arraiais da Capitania. Anteontem escravos de Dona Joaquina que chegaram a Pitangui com carruagem de gêneros, depois de encostar as boiadas, foram parar na Rua de Baixo. Armaram um batuque dos mais agitados com serafinas e caxambus. Mal ouvindo os instrumentos, uma escolta das Ordenanças marchou para prender os transgressores.

— Estejam presos, em nome do Comandante. Quem são vocês?

— Do Pompéu, negros de Sinhá Dona Joaquina.

Pois a escolta voltou, deixando a negrada na dança... Até os escravos de Dona Joaquina têm regalia na vila, contra os Bandos do Rei...

Inês avisou que o almoço de Sinhá estava na mesa.

Ela ergueu-se, fidalga, convidando as visitas para a refeição.

— Vamos almoçar, amigos. Boa comida, alegria da vida. A minha não é boa mas é servida de boa vontade.

Depois do almoço mandou chamar o feitor, em particular:

— Que houve com os negros do Choro?

— Malaquias, Romualdo e João fugiu, Sinhá.

Ela parou, olhando os olhos do Congo.

— Fugiram como?

— Diz Firmino que fora ficano discuidado. Um dia passaro o rio; fugiu.

Antes da doença da fazendeira já existia na estrada a Escolta de Pegadores de Fugidos, organizada por Inácio. Ela ainda estava combalida e pensou, para resolver:

— Vou providenciar, com as autoridades. Se isso não bastar, darei jeito. Vá indagando para ver se localiza as peças.

Os negros fugiram para sesmaria abandonada, do outro lado do rio. Os primeiros habitantes furtivos desse planalto foram negros escapos do Pompéu, do tempo de Manuel Pompéu Tanques, fugidos de 1712.

Ali armaram rancho, buscaram mulheres nas fazendas esparsas do geral, foram vivendo de caça apanhada em laços e fojos. Havia peixe. O dono da sesmaria nunca foi lá; não conhecia as próprias terras. Outros quilombolas foram-se-lhes ajuntando. Os três fujões de Dona Joaquina ali ficaram, envelheceram e viram crescer os filhos.

Formou-se de pretos evadidos uma aldeia, conhecida por Chapada, que ficou sendo refúgio de negros alimentados por boas terras e águas puras.

Em 1720 foi criado em vila o Julgado do Sítio Papagaio, mas não servindo o lugar, mudou-se a vila para o Arraial da Chapada. Em 1808 a Nova Vila passou a Julgado de Santo Antônio do Curvelo, nome de seu Pároco, Padre Antônio José da Silva Curvelo.

Quando Matias Cardoso voltou de São Paulo e fez guerra sem tréguas ao gentio, muitos deles subiram pelo vale do São Francisco, escondendo-se na bacia do Rio das Velhas. Já crescia a Aldeia da Chapada quando eles se abrigaram entre os negros do planalto.

Desse rancho de rebeldes corajosos nascia a pobre Vila de Santo Antônio do Curvelo, onde o padre que lhe deu o nome plantou uma capela do milagroso orago.

Bandeirantes desertados e remanescentes da bandeira de Fernão Dias e gente de Borba Gato pararam ali, lavaram cascalho, abriram catas, que não deram diamante ou ouro. Só mais tarde foi plantado o núcleo sertanejo, com a proliferação dos primeiros moradores. As lavouras do milho, mandioca, inhame e amendoim alargaram-se para o consumo geral.

A semente humana do Pompéu germinara em povoado. Fez-se a miscigenação das raças paradas ali. Cresciam curibocas, mulatos e mazombos. Quando se criou a Freguesia, em 1808, as cafuas aumentaram, verdejaram roças maiores, criou-se gado miúdo.

Estava organizado o primeiro núcleo da cidade futura, a que chegavam aventureiros de demoradas marchas. Com a decadência do ciclo da mineração, apenas para o norte o Jequitinhonha soltava diamantes, coralinas, ametistas e águas-marinhas. Araçuaí, o barro do melhor ouro, já rendia pouco. Mas estava iniciada no descampado planalto a pecuária que ali encontrara seu *habitat* insuperável.

As roças de bandeirantes deram a semente do milho para as lavouras escondidas nos grotões e o Pompéu deu as bocas fugidas para comerem o milho. Ali eram todos por um e um por todos.

A turma da escravaria pompeana se extravasava pelos campos vizinhos, pontilhando a Serra do Espinhaço de reses para a vindoura civilização do couro. Assim nasceram várias cidades do futuro, iniciadas por negros arribados e preadores de índios, como Parada da Laje, São Domingos do Araxá, Registro de Sete Lagoas, Vila Nova do Infante.

O amálgama da sociedade porvindoura fez-se de gente das senzalas, índios amansados pelo cativeiro, aventureiros paulistas e portugueses desgarrados das entradas. O mais é burguesia.

Joaquina, absorvida com trabalhos mais graves do latifúndio, escondeu do marido o caso, senão dentro de pouco os fujões estariam no cedenho do negreiro.

— Mais tarde cuidarei disso.

Esqueceu seus negros que, ligados aos escapos de Manuel Taques, formaram, com índios, a primeira Aldeia de Santo Antônio do Curvelo.

Naquela tarde havia muitos hóspedes e, entre eles, o Dr. Joaquim Antônio, advogado de Joaquina. Enquanto muitos palestravam no salão de visitas, a Senhora chamou o Advogado na sala de espera:

— Às suas ordens, Doutor.

— Dona Joaquina, Dona Maria Bárbara Alvarenga da Cunha está propondo uma ação de perdas e danos contra Vosmecê, por ter mandado entupir um valo que ela fez nas divisas da Ponte Alta.

De supercílios repuxados para cima, Dona Joaquina ouvia, respeitosamente tranquila.

— Se a Senhora quer contestar o feito precisa me passar a procuração.

— Não desejo saber por agora as minúcias da queixa, pois tudo fica entregue ao Doutor. Estou com muitos hóspedes e qualquer referência à inimiga me excita.

E arrepanhando as saias rodadas:

— Voltemos ao salão e amanhã trataremos dos papéis. Pode fazer os traslados.

Ao reentrarem no salão, o Pe. Belchior, com aquele modo especial de dizer convencendo, contava aos presentes um fato, para ele digno da Mesa de Consciência do Santo Ofício.

— Estava falando, Dona Joaquina... Dizia sobre o que aconteceu na semana passada na Chácara do Saldanha.

A hospedeira esgalgalou-se firme e natural na poltrona de belbutina dourada.

O padre com ar expansivo, ainda com a xícara azul de café na mão:

— Dizia que Tangará não é graça, não. Ela agora resolveu fechar com muro de pedras a Chácara do Saldanha, que é uma verdadeira fazenda. Mandou buscar muitos escravos no Ribeirão, sob a vigia de duríssimo feitor. Começaram o serviço e ela implicou com quatro escravos que lhe pareciam trabalhar de corpo mole. Pois mandou botar bem sal no almoço dos pretos, sal de travar, mas ordenou ao feitor que ficasse perto deles, para que não bebessem água depois de comer. Como sobremesa mandou dar aos quatro cativos um de doce de leite bem açucarado, doce que dava para dez homem famintos. Os pretos, que jamais comeram doce de leite nas senzalas ou na vida, arregalaram os olhos de justa gula. Comeram devorando e quando estavam satisfeitos pararam, impados. O feitor ordenou:

— Comam tudo! É ordem de Sinhá.

Os homens comeram, já engulhados, sentindo as gargantas apertarem saturadas de açúcar. Depois de raparem o tacho, o feitor com a tala em punho:

— Vamos!

Saíram para o trabalho, que era arrebentar pedras com marretas. Passando por um córrego, um negro foi, leso, adoidado de sede, se abaixando para beber. O feitor gritou:

— Não beba água! Se beber — morre. Ordem é ordem!

Chegados à pedreira empunhavam as marretas e até 6 horas arrebentaram pedras, sem parar, pedindo a morte como salvação. Seus olhos faiscavam, chispavam fogo com reflexos roxos, amarelos, vermelhos. Faltava-lhes fôlego, sentiam as pernas amolecerem. Não tardou e Tangará apareceu no baio sebruno, refugador, para ver o trabalho. Chegou suada, pois o verão está de matar. Ficou a contemplar os negros cambaleantes mas emborcados na arrebentação. Deu ordem ao feitor e regressou de passo, cantando baixinho. À tarde, às 6 horas, a negrada largou o serviço. Nem saliva grossa umedecia a boca escaldante dos tais pretos. Ao passarem pelo ribeirão, o feitor deu licença:

— Agora, bebam!

Eles caíram de bruços, com as bocas na água, bebendo como os cavalos mortos de sede. Depois rolaram, sufocados, vomitando. E voltaram a beber, para ainda vomitar. Foram então tangidos, em fila para a senzala, chorando sua imensa desgraça.

Depôs a xícara na bandeja de prata.

— Correu logo notícia do castigo do doce de leite, coisa que o diabo esqueceu de fazer com os pecadores, nas profundezas do inferno. Ninguém inventou até hoje tão dura crueldade. De modo que os cativos dela ao verem areiando tachos no terreiro, ficam de orelha em pé, cheios de horror.

Tossiu, para terminar:

— Domiciano não lembrou tão cruel castigo para os primeiros cristãos. Foi pena, para ele...

O Dr. Manuel Ferreira, cunhado de Joaquina, esposo de Ana, ficou impressionado:

— Pe. Belchior, não será que ela é uma doente, com desequilíbrio nervoso que a torna irresponsável?

— Desequilíbrio nervoso? Como o de Hamlet ou como o de Otelo? Só se for como o de Torquemada... Ora, Dr. Manuel, aquilo é bestialidade, não é doença. É tara de matar um burro para cachorro comer.

Dona Joaquina ouvia, calada, em perfeita compostura. Não deu uma palavra.

Ao alvorecer, Joaquina foi dar o bom dia aos hóspedes já no salão onde bebiam o primeiro café simples. Viu então, de uma sacada, Veloso saindo com uma turma de negros, uns 20.

Gritou para ser ouvida:

— Onde vai com esses negros, Veloso?

— Pra roça, Sinhá.

— Por que vão com freios?

— Vão arrancar mendoim, Sinhá.

Os escravos que arrancavam amendoim já maduro trabalhavam com freios de pau na boca.

Joaquina estava nervosa. Amanheceu gritando com as ladinas. Cansada com o peso da fazenda, pois via tudo, ao chegar à cozinha chamou Natália.

Natália era escrava moça, cria de Sinhá Joaquina. Passava tempos sem levar castigo, o que era privilégio para qualquer escravo. Pois naquele dia Natália levantou com o diabo nas carnes e deu um muxoxo a certa ordem da Senhora, virando o rosto, num estabanamento. Nhanhá danou-se.

— Ah, mal-agradecida, você me paga!

E mandou botar a negra no tronco, na varanda dos fundos da casa-grande.

— Agora você vai saber o que é dar muxoxo!

Tanto falou em castigo que ia infligir na faltosa, que ela ficou adoidada.

— Vou chamar Pai José para conversar com você, direitinho... Depois, vem Manuel Congo...

Pai José era mestre de puxar bolos nas mucamas. Manuel Congo era para muito sangue.

— Depois de tudo bem conversado, vou vendê-la para Cantagalo[9]... Cantagalo era o pesadelo dos cativos, pois lá viviam acorrentados e apanhando em horas certas. Vender negro para Cantagalo era matá-lo antes da hora. Não havia o que comer e o trabalho era aquela desgraça.

A moça pôs-se a soluçar, gemendo arrependida:

— Mi perdoe, Sinhazinha o coração!

Joaquina prosseguia, indiferente:

— Em Cantagalo você vai ter saudade de mim... Mas se resolver, vendo você para a fazenda dos Morantos...

---

[9] Todos os escravos das Minas tinham horror de ser vendidos para Contagalo, pois ali a vida lhes era insuportável, em castigos e fome.

Aquelas terríveis ameaças azucrinavam a escrava de tal modo ela, falseando o juízo, parecia ficar louca varrida, sem razão nenhuma...

— Em Cantagalo a vida é uma beleza, vestido estampado de vermelho e branco, sandálias de veludo verde, voltas de prata no pescoço... As camas são de penugens de ganso (mal dormiam no chão limpo) e muita comida boa... Na fazenda dos Moratos a comida é também muito gostosa...

Lá os negros comiam duas espigas de milho cru, como única refeição.

Com tanta conversa fiada, Natália viu o mundo rajando diante dos olhos, sentiu o tronco de ferro de 15 libras[10] roleteando-lhe os peadores... ficou desesperada e, agarrando-se ao parapeito, conseguiu ficar de pé; debruçou-se no balaústre, pendeu o corpo para fora e caiu com estrondo na laje do pavimento térreo! O tronco, mais pesado, caiu por baixo. Natália ficou espichada, sem sentidos, sangrando nos tornozelos.

No alvoroço daquele fato inverossímil, Joaquina desceu para assistir a escrava morrer. Pois não morreu. Ferida apenas no peador pelas quinas vivas do aparelho, não teve outro acidente senão desmaiar!

Joaquina arrependeu-se do que fizera, ameaçando vender a negra. Perdoou-a. Inácio aborreceu-se:

— Vende esta peça, Dona Joaquina.

— Já perdoei, Capitão...

O Dr. Joaquim Antônio falara a verdade: Dona Maria Bárbara acionava Dona Joaquina por ter mandado entupir um valo nas divisas de ambas.

Naquela demanda, Dona Joaquina, que era estimada por todos e temida por ser justa, chegou na hora de ser citada para uma audiência, em Pitangui. Ora, até ali isto não acontecera, ser citada — e parecia-lhe terrível humilhação assinar o nome honrado no fim de um papel conduzido por Oficial de Justiça.

Muito bem, pois o Oficial de Justiça chegou ao Pompéu moído por 8 léguas num velho cavalo, que fora carregado nas esporas.

Amarrou-o na sombra da gameleira grande e subiu a escadaria de cabiúna, dando graças a Deus por haver arriado âncora. Como fosse tarde para voltar e o pedrês estivesse exausto (estado habitual de sua vida de andanças), o oficial projetou pernoitar ali, dar uma prosa com a fazendeira, contando as novidades da vila, tudo, é claro, depois do afamado jantar de 24 pratos do Pompéu. Ao chegar ao salão de espera, só encontrou um menino da casa. E para agradar ao pequeno que o recebera, começou a falar com ele. O menino era parlante, travando prosa. A certa altura o oficial tirou da capanga um biscoito e deu-o a seu novo amigo.

---

10 Esse tronco está hoje em poder do autor deste livro.

Apareceu afinal uma escrava bem posta e perguntou o que queria o viajante.

— Sou Oficial de Justiça da Vila de Pitangui e vim intimar Dona Joaquina, para uma audiência de demanda que lhe move Dona Maria Tangará.

— Espere aí.

Passada uma hora, nada de Dona Joaquina aparecer. Só o menino o entretinha, brincando com seu rabo de tatu.

Indo ao interior da casa, o rapazinho voltou penalizado:

— O senhor está doente?

— Não, meu bem; por quê?

— Porque mamãe está preparando uma ajuda de vinagre, sal e pimenta para mandar aplicar no senhor. Pai José já foi buscar o chifre para botar o clister, muito grande.

O oficial arregalou os olhos. Dava-se clister por um chifre de boi, dos bois pedreiros, cortado na ponta, que funcionava como pipo, chifre que comportava litros de líquido.

— É deveras, menino?

E sem mais, desceu as escadas de dois a dois degraus, pulou no cavalo, depois notou que estava amarrado, desceu, desatou o cabresto, montou de novo, apertou as chilenas, meteu-lhe a tala, saindo de trote largo.

Não podendo alcançar o Campo Grande, porque o cavalo estava entregue, dormiu no mato, sobressaltado.

Contou o fato em Pitangui, ainda cheio de cólicas prévias.

Dali por diante nenhum Oficial de Justiça teve mais coragem de intimar Dona Joaquina, por nada neste mundo...

Inácio vendo os negros de cabeças rapadas brincou com a esposa:

— Agora é a vez dos bichos-de-pé. A negrada não anda mais como antes. Está com mãos e pés abotoados de bichos. Para o mês veremos isso. Espero que o calor aumente.

— E que tem o calor com os bichos?

— Verá.

Num domingo de sol bem quente chegaram, a antecipado aviso de todos os currais do latifúndio, os escravos e suas famílias, atormentados pelos bichos-de-pé.

Depois da bênção de Sinhá na porta da casa-grande, iam-se aglomerando sob a gameleira sempre verde. Quando todos estavam ali e nos currais de custeio, levaram baldes de piche e broxas de capim. Ajudantes dos desbichamentos iam furando a ponta de faca os bichos entranhados na carne. O feitor rebocava os lugares vazados com broxadas de muito piche, nos dedos, entre os dedos, nas bordas dos calcanhares. Quando o piche estava bem espalhado em camadas, os escravos já curados se deitavam no chão, ao lado das senzalas, no sol. Não havia bulha; aquilo era feito em silêncio, com ritual. Às vezes o feitor se zangava porque o pé a ser pichado não estava em posição própria:

— Vire! Abra os dedos! Olhe o calcanhar!..

O piche formava um borzeguim preto, nos pés doentes. Os escravos curtiam o sol por uma hora, até que aquilo secasse. Ficavam para isso famílias inteiras deitadas no chão. Negros velhos, mães contendo filhos já curados; gente que viera de longe, nos limites da fazenda...

A voz de Congo reboava:

— Não cocem, não tirem o piche!

Secado o remédio, iam para a frente do solar, onde recebiam a cuia de canjiquinha e os mais velhos um naco de fumo.

Podiam partir. Cada um apresentava a mão humilde:

— Sôs Cristo?

— Seja louvado!

Pedida e dada a bênção, a multidão dos bichentos partia, à proporção que era abençoada por Nhanhá. Mal batia a porteira de fora, socavam com o dedo, no cachimbo de barro, o fumo migado a unha. Os mascadores começavam a viagem com uma rosca de bazé no canto da boca. Alguns enfiavam nas narinas pedaços de fumo.

Aquele desbichamento não era para os escravos apenas necessidade: era também alegria de ganhar fumo, depois da caminhada às vezes de muitas léguas. Lá iam pitando, fungando e mascando, felizes da vida.

De cabeça tosada e com as placas de bichos curadas e entupidas de piche, alguns cantavam. Quando voltariam? Talvez para nova cega nas cabeleiras e para outra safra de bicho-de-pé.

Quando não havia visitas deitavam cedo no Pompéu. Depois do toque de silêncio das 9 horas, eram fechados os portões das senzalas. A escravaria cansada procurava os grabatos de palha de milho para dormir. Um silêncio doloroso caía sobre o massame da fazenda e só latiam os cães de fila do vigia.

Era então sentado na tarimba que Pai Pedro pegava o berimbau. Ajustava-o na boca e com o indicador direito vibrava a haste de aço que produzia um som feio, soturno e sem variações.

Pai Pedro era o maior tocador de berimbau do sertão. Aquela música provocada pela vibração de uma ponta fina com o sopro, só se ouvia de perto. Monótona, sorna, entretinha porém os escravos que só a horas mortas eram levados, pela seu instrumento, às terras africanas onde alguns deixaram família. Apanhados e trazidos para o Brasil, nunca se curaram do banzo que os matava, devagar.

Como evocavam sua aldeia natal, os de seu sangue, as savanas, da lembrança para sempre perdida? Com o berimbau. O berimbau era humilde, sem valia, mas era o tapete mágico que todas as noites transportava o preto velho para seus lares perdidos na distância. Noite adentro, sob o frio do tabuleiro, quando a garra da saudade arranhava mais fundo aquele bagaço humano, estava ali o companheiro, o amparo, o amigo das horas do desterro.

Bau-bau, birimbau, piô-io...

A onomatopeia do ferrinho bobo, do mais inexpressivo dos instrumentos, deliciava a alma cativa. Tornou-se mestre de berimbau. Às vezes, quando o galo cantava a primeira vez, Pai Pedro ainda dedilhava seu encantado arame musical. Sem afetos, sem família, sem esperanças, que lhe restava no mundo? — O berimbau.
Na sua confusa lembrança havia o barulho cadenciado dos tantãs tribais, em roda das fogueiras na orla das florestas virgens. Mas eram lembranças esparsas, longínquas. Evocava raro as buzinas de chifre de búfalo sopradas pelas vedetas em cima dos boabás, anunciando caça grossa ou reproduzindo ordens do chefe que zagaiava elefantes.
Seu miolo foi ficando amolecido e a fama de mestre tocador de berimbau fez de Pai Pedro um negro de vaidade, passou a ser respondão malcriado. Não gostava porém de tocar para estranhos. Era egoísta e na solidão do quarto é que reencontrava sua vida, com o berimbau. Muitas vezes, voltando das capinas, apanhado por pés-d'água, ficava de um rancho olhando o aguaceiro. Tirava então da capanga suja seu instrumento e ficava tocando-o, com enlevo. Quantas vezes gemeu na tala do feitor, indo distrair as dores na sua tarimba, depois do silêncio geral, com seu ferrinho amigo!
Não tinha liberdade nem família nem mais forças mas tinha o berimbau. Muitos o invejavam por isso. E quando outros jovens malungos compraram um, nas idas de tropas a Vila Rica do Ouro Preto ou Vila do Carmo, não conseguiam grande coisa na sua execução. Paravam, desiludidos.
— Ah, tocá birimbau, só como Pai Pedro!
Uma vez chegou tarde ao engenho, pela madrugada de moagem.
Estava febril e atrasara uns minutos. Recebeu-o uma rajada do chiqueirador.
— Chega tarde, peça ruim! É com certeza o berimbau. Come berimbau! Toma! Toma!
A negralhada enxameava na casa do engenho. O caldo escorria aos jorros das moendas, corria pela bica de pau, despejando na tacha de cozinhar. Amontoavam braçadas de bagaços que os bois carreiros comiam com gana, a babar, tinindo as argolas de ferro dos chifres. Um cheiro bom de melaço

quente espalhava-se nas fumaças fogões. Trabalhavam em silêncio atencioso. Só se ouvia o barulho úmido da roda grande e a voz dolente dos cozinheiros da tacha:

Alumeia os caminho, estrêla,
Alumeia, alumeia, já...

O feitor passava, farejando descuidos:
— Olhe esse caldo, Severino! Olhe o ponto! Olha a fervura..
Grandes espumadeiras de crivo remexiam e levantavam, derramando garapa, a fim de apurar o ponto.

Pai Pedro, dolorido dos vergões das chicotadas, empurrava as caianas para os dentes das moendas. O torreão do engenho safrejava fumaça escura, que ia sujando a porcelana carmesim da madrugada.

Alumeia os caminho, estrêla,
Alumeia, alumeia, já...

O velho Mestre Gunga era de Vila Rica e vivia pelo sertão, ensinando meninos. Vinha de boa família, arruinada ninguém soube por que, e tivera estudos preparatórios. Sabia Humanidades, Latim, História Geral, Filosofia.

Diziam que certa paixão deixara-o gira, mormente em voltas de lua, em que regulava de fato pouco. Corajoso, falava sempre verdade, doesse em quem doesse.

Sua maior pregação era contra os castigos em escravos. Aquilo causava-lhe tanto mal-estar que, se assistisse em uma fazenda surrar um cativo, largava tudo, alunos, roupas, livros — e desaparecia. Suas palestras giravam sempre sobre o assunto.

— Não sabem tratar os irmãos cativos; são bárbaros ainda ferozes! Negam às mães a posse dos filhos e aos filhos as ternuras maternas! Julgam-se mal servidos? Vem o couro cru, o tronco, a chincha, o vergalho de boi, a palmatória. Não sabem que a palavra é tudo! Desconhecem o poder mágico da palavra:

Os fazendeiros precisavam dele e, sabendo-o desequilibrado, davam de ombros:

— É só enquanto ensina os filhos a ler por cima. Depois, pro diabo!
Diante de qualquer Ieguelhé, Mestre Gunga se extravasava:
— Quando se viu castigar homens como nós, amarrando-os pelo pescoço em golilhas, que são coleiras de ferro?! Imitam os perversos chins que castigam os infelizes com uma canga no pescoço. Ora, a lonca de couro pode lá consertar alguém? Pôde o *knut* consertar a Rússia? Pois é o mesmo aqui. Degradam os escravos, nossos irmãos pretos. Esses miseráveis senhores estão imitando os hebreus, flagelando homens e mulheres com pauladas e açoites,

expondo-os nas tábuas em uso, que são os horríveis cavaletes hebreus! Chegam ao cúmulo inacreditável de marcar os fujões com ferro em brasa, na testa. Com o F que aqui usam estão imitando os pagãos romanos, imprimindo com o tal ferro uma letra na fronte!

Ficou um tipo popular, esse primeiro abolicionista das Minas. Quando algum senhor o encontrava, ia-o provocando:

— Acabo de esfolar um negro, Mestre Gunga. Estou satisfeito...

— Faz muito bem; está reproduzindo a civilização de Cartago, sob Amílcar. Continue, que está muito bem...

Ficava, só com a notícia, trêmulo e frenético.

— O senhor está em dia com a Prússia, que estabeleceu a flagelação com a corda de nós; quer imitar os bestalhões ingleses com a chibata e os espanhóis com o garrote...

O Mestre não tinha mais roupas, andava descalço e a pé. Era evitado em muitas casas-grandes, onde a moral não admitia alterações das normas herdadas.

Chegou uma tarde ao Pompéu, fedindo emprego. Dona Joaquina desiludiu-o:

— Mestre Gunga, o senhor é homem de preparo mas é revolucionário perigoso. É jacobino; é um perigo solto no mundo! O senhor é capaz de levantar essa escravaria toda das Minas, com pregações malucas.

— Dona senhora, também Paulo foi assim considerado. Jesus também foi condenado por sedutor da mocidade. Eu prego o amor, a tolerância. Admito a escravidão mas não tolero o espancamento do homem. Senhora, a Revolução Francesa acaba de estabelecer os direitos do homem e suprime todos os suplícios. Só conservou a guilhotina, o que é inacreditável, pois foi um ataque de estupidez Robespierre. Estamos conversados.

Depois do jantar o Mestre seguiu para Santa Quitéria, levando matolotagem para a jornada. Ao vê-lo sair Joaquina brincou:

— Até a estrada de Damasco... Vá pregando às assombrações dos cativos mortos por pancadas, seu Mestre...

— Francisco de Assis pregou aos pássaros, Santo Antônio aos peixes. Foram ouvidos. Eu falando para os fantasmas dos cativos rezo para as almas, como a de Vosmecê!

— Fale menos, não vá ser esquartejado como se usa. O senhor está pregando contra a Rainha Dona Maria I.

— Também os persas esquartejaram, são povos cegos, obstinados perdidos. Todos que martirizam cativos têm seu fim bem à vista...

Foi andando e falando. Quando desapareceu, Joaquina monologou, apreensiva:

— Credo! Esse é corajoso na sua loucura mas não deve andar solto. Deus me livre e guarde dele.

E persignou-se.

SINHÁ BRABA

Naquela peregrinação rumou para Vila Rica, sem saber para que, já que também lá era tido como doido. Tomara o rumo da Capital, onde sua família fora poderosa. Pernoitando na vila de Sabará deram-lhe para dormir um pardieiro a desabar, pois todos o temiam e estavam no mais inclemente dos invernos.

Mestre Gunga dormiu e pela madrugada acordou com os ratos farejando-lhe os pés. Enxotou-os. Voltaram. Procurou um pau, levando na mão a cadeia de azeite que lhe forneceram. Não havia pau ou trava que lhe servisse. Marchou então com raiva para a cozinha e ao passar pelo corredor, uma tábua esfarelou-se a seus pés e ele caiu, com candeia e tudo, num vão de metro. E onde caiu? Em cima de um empoeirado caixote onde achou, com enorme assombro, duas garrafas de ouro em pó.

Antes de amanhecer desapareceu da vila.

Um ano depois chegava a Pitangui um aventureiro velho com duas mulas de canastras e três escravos. Era Mestre Gunga.

— Mestre Gunga, o senhor de novo por estes fundos? Como vai a campanha a favor da abolição dos suplícios?

Ele gemeu entre gengivas:

— Bem.

Desarreou no rancho de tropas, não saindo à rua. Pela madrugada uma gritaria infernal alarmou a vizinhança do pouso.

Mestre Gunga metia o pau da xincha no seu negro cozinheiro, que fugira para ver uma mulher.

— Com você, só na dureza!

O negro gemia, com sangue a escorrer da cabeça.

— Eu te mato, coisa ruim! Ninguém te aguenta, quadrumano!...

Correu a notícia e logo ao amanhecer o velhos conhecidos foram indagar que estava fazendo ali o Mestre. Ele despistava:

— Nada. Cobrando umas contas perdidas.

— Conta perdida ninguém recebe, Mestre.

— Recebe. Com certas orações a gente acaba recebendo...

O outro negro fazia café na tripeça, com as mãos perras, quase sem poder quebrar gravetos para o fogo.

Eram bolos que o Mestre dera, e tantos, no negro cambiteiro que suas mãos viraram bolas.

Quando o arrieiro chegou com os burros, mancava. Um dos visitantes indagou se era estrepe no calcanhar. Estrepe? Era uma pedrada do professor, quando o negro caminhava com preguiça para cercar uma besta.

O libertário usava o porrete como os espanhóis, os bolos como os chins e a lapidação (martírio a pedradas) como os hebreus...

Estava bastante emproado, guardando severo mistério sobre sua viagem.

Procurava roteiro de tesouro de que tivera notícia, quando mestre em Paracatu... Já varara o sertão, remexera terras, virara córregos...
Partiu depois do almoço.
Não demorou e souberam que os negros mataram Mestre Gunga a pau, na passagem do Rio do Sono.
Roubaram o que ainda levava, jogaram-no na correnteza e fugiram com as bestas, para a Bahia.

Nas noites quentes da casa-grande do Pompéu costumavam ver um fogo azulado movendo-se, lento, na Serra das Bananeiras. Ficavam em silêncio, vendo-o. Apagava-se, incendiava-se. Parecendo oscilar com o vento, ora ligeiro, ora tardo, movia-se, subia, ia descendo a serra.

— É o fogo encantado! É o fogo corredor!

Arregalavam-se olhos de escravos. Sinhá olhava-o, sem nada dizer. Na quietude da noite, com as luzes da fazenda apagadas, era sinistro contemplar ao longe aquela tocha, movendo-se. Às vezes subia, como um fuso, fino, duro, para escarrapachar-se na terra, muito rasteiro e esparramado.

— Que será aquilo, Nhenhá?...

— E o fogo dos mortos, o fogo-fátuo. Dizem que corre atrás dos caminhantes...

Pai José acreditava, mesmo porque naquela noite contou, em fala medrosa:

— Muito tempo um cativo de Ponte Alta vinha da Badia, o fogo caminhador atrás dele, embaraçando as perna, derrubou o nêgo.

Quando no outro dia o nêgo acordou do sono, nêgo veio estava leso... hum... hum...

Inácio, que chegara para o serão nas sacadas, animou a conversa:

— Eu também vi aquilo, de perto. Quando era Capitão das Ordenanças, o Comandante da Milícia dos Nobres de Ouro Preto mandou me pedir com empenho a prisão de um negro criminoso, fugindo para estas bandas. Soube da peça na Serra das Bananeiras. Ficava escondido de dia só saindo de noite, para caçar raízes e alguma frutas para comer. Resolvi ir a pé, sozinho e fiquei escondido no topo da Serra, pra ver. Saí tarde, assuntando. Fui devagarinho, parando para escutar. De repente, perto de mim, a quatro braças, foi saindo do chão uma língua de fogo azul. Foi crescendo, bulindo, ficou do tamanho da cabeça de um cristão. E foi andando, rasteiro, para meu lado, depois voltou, rodeou e ficou quieto como tremendo, numa fervura. Eu aí já todo arrepiado, me lembrei da reiuna, agarrei, berrei fogo no trem, com os dois canos! A coisa esparramou em mais de cinquenta pedaços de luzes miudinhas, umas até apagaram. Pois não digo nada, aqueles pedaços foram-se juntando de novo, foram-se procurando e o negócio ficou do mesmo tamanho, agora vermelho em vez de azul. Aí, confesso, esqueci o negro, esqueci tudo e disparei no escuro pelo morro abaixo, quebrando ramos, rasgando a roupa nas unhas-de-gato. De vivo, nunca tive medo, mas desse negócio de fogo caminhador — sou temeroso. Não voltei lá mas o negro apareceu morto na barriga do morro. Não há dúvida de que o fogo é quem o matou.

Todos ouviam calados, sendo que os escravos tremiam.

Joaquina viu que eram horas de recolher.

— Deixemos aquilo por lá. Vamos dormir.

Na noite cálida, o fogo rondava rasteiro, morro abaixo, morro arriba.

Era velho na serra. Falavam dele, como parte da fazenda. Temiam-no, evitavam-no.

Daquela noite em diante a coisa tomou rumos mais sérios:

— Nada de facilitar; aquilo já matou até um negro!

No outro dia pela madrugada Inácio viajou para Paracatu.

Foram com ele escravos de confiança, entre os quais Antônio Maravilha, Romano, Veloso e Antônio da Várzea, que sempre o pajearam nessas caminhadas onde ele fizera muitos inimigos, nos tempos de Capitão-Mor.

Aquela viagem era de rotina. Inácio fazia-a com satisfação, entediava-o ficar na fazenda, governada quase só pela esposa.

Cedera sua parte no latifúndio, em boa paz, a Dona Joaquina, agora estava livre para excursões por onde entendesse.

Quinze dias depois de sua partida, Maravilha chegou assustado no Pompéu. Dona Joaquina empalideceu com a notícia que o negro lhe trouxe.
— Quando foi que ele adoeceu?
— Tem sete dia.
Inácio corria as terras de Paracatu, quando se sentiu aflito, com mal-estar. Ficou tonto e gritou pelo escravo mais próximo:
— Maravilha! Me aco...
O escravo chegou-se perto do senhor, que estava roxo, esquisito. Agarrara à cabeça da sela, como bêbedo. O escravo percebeu alguma novidade, amparou ao senhor, enquanto os outros chegavam para descê-lo do animal. Foi deitado no chão; não sabiam como deliberar.
— Sinhô tá doente?
Isso era visível. Inácio encarava-o, estático, com um olho mal fechado e o outro maior, fixo. Babava, por um canto da boca. Queria falar e grugrunhava coisas resmungadas, ininteligíveis.
Maravilha coçou a cabeça, olhando a altura do sol. Quatro horas.
Estavam a uma légua do curral.
O braço direito de Inácio, desgovernado, parecia morto.
Os escravos conversaram e Romano disparou o cavalo para o rancho.
Trouxe gente, uma rede. Levaram o senhor. Deram-lhe um copo de azeite.
O doente só se fazia entender, em certas palavras.
— E agora? — perguntou Maravilha.
Mandou às pressas à vila de Paracatu chamar um Prático. O homem não pôde vir, mandou garrafadas. Dois dias escoaram sem recurso melhor. A cor do Capitão, de rubra do começo, empalidecia. Algumas palavras foram entendidas. Pareceu aos negros que ele falava em Joaquina. Foi aí que Maravilha se lembrou. Deixando os outros em companhia de Nhonhô, partiu com urgência, para avisar a patroa.
Depois de inquirir o escravo com minúcia, Joaquina preparou, na mesma hora, a turma para buscar o marido. Seu filho Félix, Pai José, tão velho, e escravaria estavam prestes a sair quando armou formidável tempestade, com alvoroço de trovões. Não demorava a desabar o temporal, quando Joaquina saiu para se despedir do filho.
— Ainda não estão montados? Que esperam?!
— Vamos deixar a chuva passar, mãe. Não vê que a tempestade vem aí?
— Esperar a chuva passar, se ainda não veio?! Que tem o temporal com o dever do filho? Não, Senhor! Siga logo. Não há tempestade mais dura que o dever. — E gritou alto para os cativos:— Montem, que Sinhozinho já vai sair!
Não haviam caminhado meia légua e a chuvarada desabou, sob coriscos. Inês olhando o tempo deu seu parecer:

— A viagem vai ser penosa...
— E que tem isso? Há alguma coisa fácil na vida?
Joaquina foi no outro dia esperar o marido em Pitangui. Tudo providenciou, Médicos, Físicos, Boticários, Ajudantes de sangue, dietas.
Estava serena e determinada. Seu aprumo nas horas de perigo ganhava compostura de comandante. Pouco falava e a tudo supervisionava, com atenção de menino que procura brinquedo perdido.
Os parentes procuravam saber pormenores da doença.
— Sei apenas que adoeceu. O escravo não podia explicar bem. Mas para mim é derrame cerebral. Inácio está gasto de tamanhos trabalhos. No período da administração do Conde de Valadares, trabalhou mais do que podia.
— Muitas noites mal dormidas, muita viagem forçada...
— Mas era preciso. O Conde confiava nele, eram amigos.
Um parente desfazia, sem querer, no Conde:
— Obrigou muita gente a trabalhar mais do que negro na peia...
Não me parece que isso é humano.
Joaquina não se alterou, na defesa:
— O Capitão-General Dom José Luis de Meneses Abranches de Castelo Branco e Noronha, Conde de Valadares, foi o mais equilibrado Governador da Capitania das Minas Gerais, parente. É preciso notar que assumiu o cargo aos 23 anos e, se o deixou, foi a chamado de El-Rei, por fazer falta na Corte Portuguesa. Honrou meu marido com sua amizade e o Capitão Inácio dá por bem empregado o tempo em que esteve em serviço do valido de Dom José I.
— Podia entretanto poupar seus amigos, prendendo-os mais a seu lado, no Palácio de Ouro Preto.
— Não faltam palacianos perto de um poderoso. Mas não é com palacianos que os Governadores ganham as esporas de Cavaleiros de Honra. Seus verdadeiros amigos são aqueles que ajudam a beneficiar as Minas Gerais, estabelecendo ordem para o trabalho honesto dar bons frutos. O Capitão Inácio ganhou justa fama de mateiro destemido, e se o Conde o mandou desbaratar a canalha dos quilombos é que precisava proteger os caminhos contra a malta de assassinos.
Todos ouviam, calados. Chegava Pe. Belchior, levando sua solidariedade à mágoa da família.
— Estou desolado, Dona Joaquina. Conversei com o Dr. Lataliza e ele acha o caso do Capitão muito sério e de cura problemática.
Joaquina, muito correta:
— Antes de saber dessa opinião já me havia capacitado de que meu marido ficará, pelo menos, meio inválido.
— A senhora é forte e corajosa, enfrenta as crises mais duras para o coração.

— Não estamos aqui, Pe. Belchior, para lastimar e sim para socorro e assistência a um doente. Para a situação como a de agora, o choro não vale grande coisa.

Quando o Padre saiu com outras visitas, pelo caminho o sacristão gosmou, num comentário leviano:
— É por ter esse coração de pedra que ela se aparelha com Dona Maria Tangará...

O Pe. Belchior protestou:
— Não, filho, é por ser quem é que ela se aparelha às damas romanas, que sorriam quando os filhos morriam no combate, feridos no rosto, de frente para o inimigo. Você não entende essas coisas...

Alta hora, numa reunião de boêmios, já agora possível na Rua de Baixo, contavam que o capitão ficara paralítico, cego, surdo e mudo. Um moço minerador cuspiu o resto da bebida:
— E ainda duvidam dos despachos de Tangará. Pegou, direitinho!

Chegou ao anoitecer a comitiva que foi buscar o Capitão Inácio vinha paralítico. O filho contava a viagem. O doente fizera o trajeto com febre e, tendo sede, abria a boca troncha. Não falava senão palavras pastosas, grugrunhadas, como se tivesse a boca cheia de goma.

Muito choro entre os parentes. Pe. Belchior perguntou em reserva ao Dr. Lopo se podia dar absolvição condicional.
— Se por um lado digo pode, por outro lado não sei o que diga.

A sabedoria daqueles Doutores era infusa e confusa.

O sacristão falava a meia voz com uma senhora:
— Meu pai esteve assim e salvou-se com umas bichas.

O Dr. Lopo, que dava intermináveis poções e fricções com escovadelas no braço morto, ouviu o parecer do sacristão:
— É verdade, as bichas! As bichas, nem me lembrava! Vá vosmecê, João Rodrigues, buscar o vidro de sanguessugas hamburguesas na minha Botica!

O Dr. Soares fez um gesto de quem discordava. Botaram bichas atrás das orelhas, nas fontes, na nuca. Foram inchando, ficando gordas, pendentes como brincos, como vagens de amendoim. Pendiam da pele clara do Capitão semelhantes a uvaias maduras, roxas.

O doente, ressupino, tinha um olho muito aberto e outro apenas visível sob a pálpebra caída. Vinha mais poção: ele tentava beber e o líquido escorria, já no canto dos lábios. Prima Júlia Castelo Branco enfiou-lhe pela cabeça uma fita verde, sustento medalhas.

O Físico Seixas Pinto, a um canto, protestava em refrão contra a terapêutica seguida:

— Ali só o Bálsamo de Holloway, o remédio que cura contra tudo! Para ar de estupor é porrete! O mais, é malhar em ferro frio... Não creio no óleo de minhocas, o afamado *Santo Remédio* português, que lhe prescreveu o Dr. Lataliza. Ou o Bálsamo de Holloway — ou nada mais!
Na sala de fora comentavam, em surdina:
— Está nas últimas, não custa a soltar o casco...
— Coitado! É bom homem. Mas judiou muito com os calhambolas...
— Dona Joaquina não precisa dele — é macha.
Um forro que o vira chegar resmungou para certo escravo no Pompéu:
— Não tarda é a soltar o cu do eixo.
Mas Inácio não morreu. Com o tempo melhorou a voz, falava algumas palavras; a custo se entendia o que procurava dizer. Torto, sem expressão na face, foi vivendo. Tinha o braço esquecido sempre suspenso por uma tipoia.
Joaquina, que já administrava sozinha o latifúndio que era só dela, assumiu todos os negócios da família.

VI
SUMITUMA

A doença de Inácio pouco alterou a vida do Pompéu.
A fazenda estava completamente organizada e tudo se movia sob a visão de Dona Joaquina. A ordem do latifúndio era tão impecável que em Vila Rica, Capital da Capitania, era ela admirada pelo feitio ímpar de fazendeira de comprovada nobreza. Não seria possível ser apenas boa, tendo a imensa responsabilidade de seu patrimônio, acrescido pelo dever de educar os filhos na disciplina moral que era precisa.
Por esse tempo a Capitania andava aterrada com o movimento da Inconfidência, que abalou mais o Brasil do que o terremoto de 1755 abalou Lisboa. Descoberta a Conjura, o Visconde de Barbacena agira, na repressão, como doido furioso. Aspirava cair nas graças de Dona Maria I; fora vil cortejador de Pombal, agora escorraçado pela Rainha. Movimentavam-se todas as tropas coloniais e mais leve indício, a mais tola denúncia anônima levava à desgraça quem fosse pelo menos suspeito.
Os focos da Sedição de 1720 foram vigiados com exagero e Pitangui sendo o primeiro a se rebelar, sofria infame espionagem até de alguns moradores da vila arvorados em prepostos de Barbacena. Mas em Pitangui os descendentes dos sediciosos daquele tempo, definidos pela altivez que lhes viera do sangue, viam com mágoa o fracasso do plano idealista da libertação.

Ninguém conversava sobre o gravíssimo fato, mas no Pompéu Joaquina ia para o meio do curral com o Pe. Belchior, e aí trocavam ideias a respeito. Na família tiveram certeza de sua simpatia pela Conjuração, pois no dia marcado para o suplício do Tiradentes ela chorou em austero, silêncio, acendendo uma vela aos pés da imagem do Senhor. A única expressão que se guardou desse dia foi a que deixou fugir, talvez sem querer: *Pobre Capitania!*

Mas Dona Joaquina era de liberal independência, como ia provar muito bem.

Naquele dia mandou chamar o escravo Cisterna:

— Eu preciso visitar os currais, pois quem não pode larga o boi! Vamos no mês que vem; quero ver os retiros do São Francisco, antes das águas.

Depois dos frios, aos primeiros calores de agosto, começam a subir aos ares do sertão esguias fumaças. São as queimadas, o fogo nas macegas.

Nos tabuleiros e varjões aparece um fogo brotado por maldade ou vadiação. O incêndio cresce nos bulcões da fumaça. Depois de devorar os tufos secos de capim, ganha os campos dos morros, circulando-os pela noite adentro, como um gorjal triste.

Por esse tempo os ares são nevoentos, respira-se mal e os olhos ardem. Pelos trilhos erram as codornas zambas, que podem ser mortas a varas. Também tontas, as gordas perdizes mal podem voar. Os cães embotam o faro. Para avivá-lo, os caçadores viciados dão-lhes rapé à força, que lhes excite as narinas. Sobre as labaredas crepitantes revoam gaviões procurando cobras surpreendidas pelo fogo. À noite no alto dos morros a labareda amarela do incêndio vai lambendo o capim ralo.

O sertanejo ama as queimadas. Elas já destruíram milhares de espécies de plantas, plântulas de raízes superficiais sem reserva de seiva. A devastação vem do bugre das eras pré-colombianas. O civilizado nada teve de melhor para beneficiar os pastos e preparar roçados. *Berrar fogo* é a ideia de todos, quando as ervas vão secando. *Berrar fogo* no mato, berrar fogo nas florestas, berrar fogo nas pastagens. O tapuia dirigindo o branco do Reino, o Brasil custando a firmar o corpo.

Naquela tarde, sob uma tora podre, dormia o jararacuçu. O fogo foi lambendo as vassouras, pegou no pau caído. Chamuscou-o, ateou-se nas cascas, ia-o envolvendo todo quando saiu precipitado de sua toca o ofídio feroz. Saiu furioso mas voltou, para defender a furna. Armou-se e, num bote, se atirou contra as chamas. Começou então a circular as labaredas, a cabeça alta, no corpo meio suspenso. Negaceava para o outro bote, alucinado, já erguido em S, ia e vinha como a dançar diante do fogaréu. Não queria ceder a cama ao fogo pecado. Empinado, girando, bravo, erguia-se na ponta da cauda, picava de novo o lume. Aquilo era tudo rápido. Parece que numa investida se chamuscou, pois caiu de comprido para num salto se erguer da combatendo de frente o fogo.

SINHÁ BRABA

Numa dessas investidas de dançarina maluca perdeu o prumo, caiu no braseiro, saltou, debatendo-se, enrodilhando-se, tentando fugir. Não pôde. Custou-lhe caro a quixotada. Na gana de comer fogo caiu nas brasas, inteiriçou-se, morreu, defendendo a furna mas morreu.

Uma semana depois, da cinza negra do mato, brotam rebentos verdes, alourados. A árvore que primeiro brota é o barbatimão: rebenta em folhas tenras das galhas sapecadas. Refolham-se em seguida as frutas-de-barata, os cajuís, o velame do campo.

Mas aí não são apenas essas plantas que vicejam folhas transparentes, ramos louros. É que anda já por ali, freme, lateja na terra convalescente a aura da primavera. O sertão ressuscita, a flora sorri ao sol nascido no planalto.

É a alegria da vida, a eclosão das forças potenciais que dormiam para despertar sorrindo.

Ao escurecer, Joaquina, que olhava silenciosa a queimada na cabeça dos morros, suspirou para os parentes:

— A vida chega a tal ponto que a saudade vai queimando as alegrias, como o fogo na serra. A saudade é o veneno mais sutil do coração. É preciso evitar a saudade como se evita um tufo de espinheiro. Saudade dos mortos para que, se os que partiram estão viajando... Nós iremos encontrá-los um dia, evocando a felicidade que tivemos juntos na terra... É preciso viver, não para nós mesmos, mas para os outros, os que nos cercam e precisam de nós. Não quis o leite e foi dormir enfadada.

Joaquina saiu ainda escuro, para correr os retiros de gado e conversar com os escravos sobre serviço feito e por fazer.

Pai José ficava fazendo companhia a Inácio e vigiando as ladinas, enquanto Manuel Congo recebeu ordens expressas quanto aos cativos.

Viajou no rosilho estrelo de canas brancas, presente do cunhado Dr. Manuel. Levava José Cisterna, seu negro de confiança, Antônio Maravilha, Cristino Veloso, Antônio da Várzea e mais negros tidos como leais. Iam também Felismina e Inês, crias cuidadosas da saúde de Sinhá.

Quando o dia clareou ela já reparava no chão úmido de orvalho as pegadas feitas na poeira pelos negros madrugadores.

Os negros que saíam ainda escuro para as roças deixavam na poeira dos caminhos as marcas dos seus pés. Nos passos largos as formas das chancas iam imprimindo no pó molhado das estradas o molde das plantas descalças.

Sabia-se por elas que o homem que passou por ali marchava certo para seus deveres de servidão. Lá estavam as marcas esparramadas de calcanhares firmes e dedos crescidos sem o estorvo de alpercatas. Bem calcadas no chão, sentia-se a energia das pisadas. Algumas pareciam de gigantes e eram de um negro velho, escravo franzino que caminhava para sua cruz com a determinação ovante de um legionário romano.

Cisterna sabia pelos rastros se o negro passou com vontade de trabalhar, em passadas largas, ou com preguiça, em passos miúdos... Conhecia se as pegadas eram de mulatos, com os pés convergentes para dentro, ou se eram de africano, esparramados para fora. Cisterna procurava agradar a Sinhá, apontando os rastros:

— A negrada caminha com vontade de trabalhar. Vai de passos largos, bem calcados nos calcanhar.

Gargalhavam seriemas pernalongas, embebedadas pelo sol da manhã.

Joaquina cavalgava na frente. Maravilha conduzia na cabeça da jereba a mala de roupas e os pertences da Senhora.

Paravam nos currais, onde achavam o rancho varrido e o café pilado para ser feito na hora. Era o único agrado que os escravos podiam dar, além de um favo de mel e alguma fruta do campo, que ela tanto apreciava.

No teto de sapé das cafuas, ao sol escaldante do verão, amarelavam grandes gilas, pois as ramas subiam pelos colmados onde as folhas já caíram, murchas. As enormes frutas lembravam ventres hidrópicos, barrigas-d'água de cachaceiros já dissorando aguadias.

Joaquina sabia da saúde dos retireiros e das famílias; entregava panos para vestido dos afilhados, que eram muitos. Perguntava como iam as lavouras, ia vê-las de perto, rigoroso fiscal.

Enquanto esperava o almoço num dos ranchos, percebeu que o gado ávido lambia o couro dos arreios de sua tropa. Chamou a atenção de Cisterna:

— O gado sente falta de sal. Precisamos apressar a salga geral.

— Dois dias depois, ao passarem por um brejo que vivia do São Francisco, súbito mandou com um gesto parar a comitiva e ficou escutando, de olhos bem abertos. Que é isto Cisterna?

— É sucuriu, Nhanhá. É gemido de sucuriu, Nhá-sim.

O rosilho entesourou as orelhas, agitando-se.

No pântano soturno gemiam sucurius. Esses gemidos retumbando nas águas fundas eram como vindos de outro mundo.

Ofídios machos no cio, atolados no manancial, saíam à cata de fêmeas. Aquilo era carinho, era apelo, era amor.

Quando vencido o capão de mato grosso, apareceu o São Francisco, ela respirou fundo, satisfeita:

— O nosso rio! Bonito!

Ficou parada e pensativa, contemplando a imensa caudal. Apareciam, de supetão, nas árvores, almas-de-gato pardas, não sabendo como acomodar o rabo comprido; fugiam assustadas, como perseguidas por diabos invisíveis.

Em agosto o São Francisco já chega à várzea; é a estiagem.

Quem o olha percebe, no veio da corrente, uma cor mais clara das águas verdes-azuladas. É discreta mancha amarelada, às vezes extensa, não raro apenas um sinal na bubuia. No outro dia a mancha ficou mais creme, vê-se melhor. Não tarda a aparecer rendada se dilatando, crescendo. A impressão é que as águas mudam de cor e agora, naquele trecho, tornam-se transparentes, mais puras.

São as coroas ainda submersas que emergem das águas; vão-se delineando, com a vazão da corrente. Vão subindo à medida que ela escoa e, a poucos palmos, a um palmo da superfície, mudam a monotonia do verde-azul-claro para o creme camafeu de renda fina.

O banco arenoso aflora lento, emerge ainda banhado pela água rasa. À proporção que as águas descem na diminuição da profundidade, o dorso das areias sobe, quer varar o líquido e se expor ao ar. Porque já é visível, quase palpável pelos dedos dos ventos: nasce aos poucos, está velada apenas por uma cortina de águas leves, transparentes. E um dia aparece, ainda úmida, a primeira porção de areias empapadas pela água. Depois é areia alva que respira desafogada da corrente.

E outras coroas aparecem pelo meio do rio. Expõem-se à luz os bancos, perigosos à navegação, ontem mal saídos da massa líquida. A aragem e o sol mudam-lhes a cor nívea para amarelo-claro, cintilantes. Surgem nesse chão ainda fluido, sem firmeza, as lavadeiras de pios desconsolados; pousam garças, paturis. Dilatam-se, alargam-se e não tarda que no dorso estéril do areal brote a primeira planta, verde-clara, verde-cré, verde-escura. Alastram-se ramas de melancia, de aboboreiras, de calumbis, de muçambês.

É que as sementes carregadas pelas cheias e misturadas ao lodo, agora expostas ao calor solar, germinaram, explodiram para a vida.

Aqueles bancos de areia e lama são agora ilhas faiscantes de cristais, mica e grânulos de ouro. O canalão navegável é mudado para uma das margens, pois o centro do rio, agora elevado, vai amadurecer frutos para alegria dos bichos e dos homens.

Assim devem ter surgidos as primeiras ilhas da terra, quando os mares dominavam o planeta. E os picos de cordilheira quando abaixavam as águas universais do dilúvio...

Agora o rio está pontilhado de ilhas claras e movediças mas produtivas, até as futuras enchentes grandes. Insetos revolvem a areia, cavando-a, escondendo-se para a postura. Besouros, joaninhas, cobras-d'água, furam, enterram-se na areia já firme. Ali passarão, a contemplar a lua, abismadas lontras, capivaras, pacas, jacarés.

Pode ser que ali um caboclo levante as palhas de um rancho, à espera da safra das melancias e armando laços para bichos de pelo. A fumaça de uma trempe alegrará os ares do deserto. Ali florescerá o amor, nascerão crianças. A moradia dura até a maturação dos frutos de sementes da aluvião. Que mais precisa o barranqueiro que a fruta, o peixe, o amor e uma viola?

Ah, povo feliz, o que vive confiado sobre a eternidade das areias...

Tocou o rosilho até a barranca.
— Como isto é triste, meu Deus!
O silêncio abafava árvores marginais, águas e céus.

Nas praias de areias fulvas dormiam enormes jacarés ao sol da tarde. Estirados como lajes, toscos como feitos a facão, deitavam-se de fio comprido, de olhos semicerrados na modorra preguiçosa.

Estavam talvez fazendo a demorada digestão de capivaras noturnas apanhadas em tocaia. De papo balofo na areia, o ventre inchado para as bandas, sesteavam com delícia a digestão das carnes sangrentas ou a dispepsia de ossos gordurosos.

De repente uns passarinhos encontradiços nas margens e coroas do rio, as lavadeiras, iam-se chegando aos brutos quelônios e, sem rodeios pulavam nas carcaças pétreas. Entreabriam os olhos de borrachos que acordam tarde. As lavadeiras gritando sem graça pulavam-lhes nos focinhos. Os jacarés, com lânguida preguiça, escancaravam as fauces rubras, mostrando as dentaduras carniceiras.

Iam decerto devorar também os pássaros imprevidentes, que lhes roubavam o sossego. Pois as lavadeiras entravam para a boca dos monstros, tirando-lhes de entre os dentes fibras e pedaços de ossos da última refeição!

De novo os bichos fechavam as pálpebras e, de bocarra aberta, consentiam na limpeza temerária de sua dentadura pelo bico das lavadeiras...

Do resto, da carnagem das feras faziam a refeição frugal do dia. Depois de limpas as ferragens dos jacarés, os pássaros, em carreiras rápidas, parando a espaço, pois só assim andavam, davam para piar na alegria de alimento tão fácil.

Os bichos fechavam então as bocaças e os olhos cachaceiros.

Joaquina, que se dirigia para um rancho onde ia pernoitar, viu subindo a correr, da rampa do rio, uns meninos aos gritos alarmados:

— Os piau! Os piau!

Chegaram mulheres à porta. As crianças traziam às mães notícias do aparecimento dos pacus nos pesqueiros. A chegada desses peixes só se dá no fim da vazante e é motivo de grande júbilo das famílias ribeirinhas. Era a fartura regalada que lhes chegava, para ceias gostosas do melhor peixe do rio.

Até então, é comum aparecerem nos anzóis de espera dourados novos, moleques pintados e piranhas prateadas, as mais raras. Nas vazantes as piranhas douradas estão gordas e podem pesar até dez quilos.

Os pescadores esperam silenciosos na barranca a chegada dos melhores peixes. Ferroados pelos mosquitos, têm a cabeça enfiada em sacos, apenas abertos para os olhos e a boca onde fumaceia o cigarro. Cabeceiam de sono, pela demorada espera. Tiram a linha da água; renovam as iscas dos anzóis, batendo às vezes a ponta das varas na água, para chamar os peixes. De repente despertam, agitam-se, cruzam sinais com os companheiros, concentram os sentidos na linha imergida.

É que sentiram muito ativo o cheiro do excremento humano e que denuncia a chegada dos piaus, os gordos piaus que são a delícia dos barranqueiros. Não aparecem isoladamente, mas em cardumes, bem nutridos e graciosos, da cor da prata.

Com notícia tão boa correm aos barrancos mulheres, meninos, velhos já fora do trabalho braçal. O piau não negaceia a isca; chega e engole-a, fugindo num arranco seco para o fundo. Puxado, é valente, pinoteia e luta para não sair da água.

Naquele dia os pescadores foram infelizes, porque piau só com muita penitência, e Sinhá chegava, para ver suas terras e coisas...

Ela desceu a rampa para ver os peixes já pegados. Quando chegava ao pesqueiro viu bem perto da margem as águas turbilhonadas em rodopio, afunilando-se em violento redemoinho.

Era um funil convulsionado que engolia água, espumas, folhas, troncos mortos, gravetos, ciscos. Em largo círculo em torno, a massa líquida era atraída para o sumidouro que se movia, girando na garganta escancarada das águas.

Dona Joaquina olhava aquilo, com espanto:

— Que é isto, Cisterna?

— É sumitura, Sinhá

E explicou que engolia peixes, cebolas errantes, patos bravos desprevenidos, paus de enchentes, coivara e até canoas sumiam na goela da coisa. Já soverteu ali até pescador desabado de terra caída. Cisterna resumiu bem:

— Engole tudo!

Joaquina ficou por muito tempo a ver a chupança do vulcão às avessas. Depois deu de rédeas, afastou-se.

Foi para o curral, em cujo rancho ia dormir.

Notou a pobreza limpa da casa. Ao lado, subindo pela cerca, os melões-são--caetano ostentavam os fusos das frutas amarelas, como brincos de cabacinha pendidos das orelhas dos ramos.

Era tarde e estava cansada e faminta.

Apareciam para ver Inhanhá nessas visitas escravos de currais próximos e meeiros, baios do chupão das maleitas.

Depois da ceia de sopa de cará, Dona Joaquina estendeu-se na rede de viagem, armada no cômodo da frente. Inês cobriu-a com bordada colcha e a fazendeira ficou a palestrar com os negros e plantadores a meia sobre a safra e as necessidades de seu feudo.

Um velho simpático, muito cortês, que morou na sede do Pompéu do tempo de João da Cruz, acabou por indagar de Joaquina se sabia o caso do Boi Preto.

— Não ouvi falar ou se ouvi não me lembro. Como foi o caso, Joviano?
E Joviano contou com bastante minúcia:
— Por muitos anos aparecia nas fazendas do Pitangui um marruco preto, bicho brabo e que só andava de trote e cabeça alta. Só era visto das Ave-Marias ao clarear da manhã. Ninguém se animava a viajar de noite, porque o boi surgia, repentino, bufando, de guampas finas, dando marradas até nas moitas. Não pertencia a nenhum fazendeiro do geral. Quando, noite velha, ele berrava feio num morro, fechavam-se portas e janelas das fazendas, onde apagavam as luzes. O gado do curral embolava, assustado, num canto de cerca. Chegavam às vezes aos currais pontas de gado espantadas por ele, dos malhadores. No começo organizaram caçadas para matar o alevantado. Mas os cães boiadeiros murchavam as orelhas ao farejarem seu rastro e os pinguelos, mesmo sangrando nas chilenas dos vaqueiros, não seguiam o rumo de onde se lhe ouviam os berros. O povo assombrou-se. Ninguém duvidava, porque ouviam o estrépito furioso de seus cascos e os curtos gemidos, passando de galope, pelas fazendas. Muitos vaqueiros desabusados tiveram que dormir em cima de paus altos ao ouvirem-no campear o berro do garrote.
— Trem medonho — dizia um deles alto, preto, desbarrigado, com os chifres pra cima. Bufa que dói no coração! Ficou rondando o pequizeiro em que trepei, farejava fungando, gemendo rápido, bicho maluco! Ao clarear da estrela boieira, fugiu danado! Meu cavalo desgraçou com os arreios, quando subi no pau, já de pernas doces. Apareci no curral com ar de doido, assustando o povo todo.
Quando cheguei, com o solzinho alto, parecia defunto, Deus me perdoe. Pelos rastros esparramados os vaqueiros velhos calculavam um boi de 6 anos, forte, com as pontas dos cascos bem fincadas na terra, o que quer dizer marcha apressada. Havia muita conversa:
— Não é boi deste mundo, não!
Os topadores de marruás viviam horrorizados com a rês.
— Sai fumaça das ventas, como de um fole!
Ora, por esse tempo vivia na fazenda do Rasgão, em Abadia, José Antônio Lucas, conhecido por *Pinheiro*. Era solteiro, mulherengo e amigo da boa pinga. Homem destemido, não tinha medo de nada. Bravateava, convicto:
— Nem visível, nem invisível: nem do que está no céu, em cima da terra, ou debaixo dela! Não tenho medo nem de mulher feia...
Pois uma noite velha ele voltava para Abadia quando, de supetão, lhe aparece o Boi Preto. Seu cavalo refugou, virando nos pés, derrubando-o, e disparou assombrado pelo campo. *Pinheiro* ao se levantar, já de garrucha em punho, sentiu o cheiro do animal, pertinho dele. Viu-lhe as barbelas batendo de pá a pá, no arranco com que chegava. Enfrentou-o:

— Bicho, diabo! Se não é do mundo — diga o que quer! Se é da terra — morre já!...

Aí, ouviu uma voz. Quem falava, quem estava ali era o Pe. Francisco de Assis Heracles, natural de Montevidéu. Disse que sendo pouco estudioso e pecando muito com mulheres, fez uma promessa: logo que se ordenasse construiria uma capela sem altar em lugar muito distante, dando ao inaugurá-la um jantar a 7 inocentes pobres. Uma tarde, depois do jantar, indo fazer a coroa, caiu morto. E contou que esperava por *Pinheiro* desde que este estava sendo gerado no ventre materno, para que viesse lhe tirar a punição... Cumprisse aquele voto e, como recompensa, pedisse o que quisesse que ele, padre, lhe daria tudo. A promessa devia ser cumprida à risca.

A mãe de *Pinheiro*, ao saber da proposta, aconselhou:

— Filho, pede a salvação!

A irmã casada deu seu parecer:

— Mano, pede saúde para nós e o céu para você!

Ele balançou a cabeça. Não quis. Pediu mulheres bonitas, cavalo alazão, gado gordo, dinheiro...

E começou a construir a Capela. Correndo notícia de que o Boi Preto fora desencantado, os padres moveram guerra de morte ao fazendeiro.

— Aquilo está mais perdido que a alma de Judas!

— Dinheiro não presta para nada! Pode ser arrebatado a qualquer hora em carne, para o inferno!

Quando chegou a hora de colocar a cumeeira na capela, treze oficiais não aguentaram levantá-la, pois era viga de aroeira pesada. *Pinheiro* então abraçou-a sozinho, subiu o andaime com a linha no ar, ajustando-a nos espeques...

Pe. Lourenço da Abadia benzeu-se, para falar público e raso:

— Ele quer parecer com São Francisco Xavier, que arrastou imensa tora que desafiara muitos elefantes, puxando-a com um cordãozinho...

O sacristão estava indignado:

— É muito ruim! Parece até a Justiça. Parece até o Governo.

Pe. Lourenço protestava:

— Ruim sou eu; ele é muito pior.

Mas ao saber do fato, o povo começou a dar esmolas para a construção, que levou anos a ser concluída. *Pinheiro* foi envelhecendo, farto de dinheiro, roído pelos anos e muito mais desgastado mulheres bonitas. Terminada a obra, escolheu 7 inocentes pobres, deu-lhes a ceia dentro da capelinha. Quando acabaram de comer, diante de grande multidão de fiéis, *Pinheiro* deu um grito, caindo morto.

A Capela ainda existe, mandada construir pelo dito espírito.

O caso é que nunca mais o Boi Preto berrou grosso no sertão do Pitangui...

Dormiu a custo, sem posição na rede. Acordou no meio da noite ouvindo nos matos próximos regougos de raposas, uivos de guarás, fungados de pebas e surdos gemidos de luangos de cabelo, no rio, lá embaixo.

Levantou-se nervosa: pouco repousara.

Antes de alvorecer a tropa estava arreada, nas estacas. Ela bebeu o café matinal, com poucas palavras.

Um cheiro vivo de boninas saía do pé da cerca do quintal, onde abriam as flores e entrava pelo rancho alegrando os olfatos.

Estava terminada a inspeção e Joaquina regressou, pela madrugada cheia de aromas de flores do campo.

Ainda estava escuro e caía o sereno da noite. A comitiva marchava, incomodada pelo vento, esfriado pelo orvalho noturno.

Mal saía o sol quando a Senhora, que rompia a cavalgada, gritou, em susto:

— Olhem!

Os escravos acudiram, prontos.

Atravessavam o caminho muitas cobras, para em seguida voltar, ligeiras, em grupos agressivos. Eram cascavéis.

A fêmea, perseguida por cinco machos, fugia, parecia fugir, mas negaceava. Em certo momento enrodilharam-se em bolo, de onde a fêmea escapulia, para ser de novo alcançada pelos outros. Conseguiam de novo detê-la, cercavam-na, de crótalos castanholando, soturnos mas provocantes.

Aí um dos bichos a enlaçou, procurando em vão firmá-la na terra; enrolaram-se como dois cipós escorregadios, debatendo-se erguendo-se tesos no ar, apoiados no fim das caudas. As roscas do macho abarcavam a noiva; ambos caíam, soerguiam-se apenas separados pelas cabeças de olhos vivos, vigilantes. Depois o macho amoleceu, desprendendo-se. A fêmea pareceu por instantes entorpecida: estava ali a gênese de muitas cruzes do cemitério e nas estradas. Naquele momento, em suas entranhas frias, a natureza misturava geleias que seriam amanhã partos de monstros cheios de peçonha.

Os escravos partiam varas, caminhavam com medo para os amigos da morte; algumas varadas, três cobras mortas.

— Cortem o chocalho!

Os outros fugiram pela macega úmida.

Joaquina compreendeu: eram os amores dos cascavéis, em setembro, ocasião em que os venenos sobram-lhes nas pletoras do cio.

Tocou em silêncio seu rosilho, pensando que aquele era o instante dos brutos. Como se o amor carnal em todos os seres não fosse um ato de divina brutalidade.

Ao apear na casa-grande, Joaquina recebeu notícia que estava alarmando o pessoal da fazenda. Aparecera um mão-pelada tão invisível que parecia coisa do outro mundo.

Pela manhã um escravo dera o alarme. Bicho invadira o galinheiro, matara muitas galinhas e levara o galo músico!
Todos de casa foram ao galinheiro ver o insólito estrago.
Joaquina ao saber do fato não se aborreceu, mas, ciente de que seu galo músico fora levado, ficou louca de raiva.
— Logo meu galo músico! O que me acordava de madrugada... Entristeceu.
— Não posso mais sair daqui! E que fazem vocês?...
O esquisito é que as galinhas estavam sangradas no chão, duras, frias. Que bicho seria? Gambá, raposão, raposa, gato-do-mato?
Nisto chegou um escravo dizendo que achara uns rastros na poeira molhada do caminho. Os rastros vinham da grota do mato grosso, entravam pela cerca de achas... O galinheiro era próximo.
— Mas rastros de que bichos, Semeão?
— De mão-pelada.
Foram ver no chão molhado, os rastros leves, compridos, com lugar dos calcanhares bem redondos.
Era mão-pelada. Maldito bicho!
Armaram-se com grave empenho laços, mundéus, aratacas de esteios firmes como para prender onças. Esses aparelhos infernais foram deixados com as galinhas mortas em seu fundo. Estranhava-se que os cachorros da fazenda, aquelas feras de várias proezas inúteis, não percebessem o ladrão furtivo.
Pois não perceberam. Dormiam, sonhavam. E enquanto isso, no galinheiro, o galo músico dourado...
Ficaram à noite os escravos de ouvidos atentos, vigias, os brancos. Pois o bicho não voltou. Estava farto, estava a dormir nas grotas, sonolento, a engordar...
— É bicho passageiro, Sinhá.
Era muito comum nas fazendas o *bicho passageiro*.
O mais temido era a onça pintada. Vinha de uma floresta para serra distante, e, passando, sangrava bezerros, éguas, carneiros; às vezes escravos, apanhados no caminho.
Muitos concordavam, ante a estupefação dos mais:
— Pois é bicho passageiro...
— Será da Serra das Bananeiras?
— Não; deve ser bicho vindo da Mata do Diamante, passando para o Alto Grande, nos Amaros!
Nem raciocinavam que o mão-pelada é incapaz dessas marchas: só anda de grota para capoeirões, de capoeirões para canaviais e galinheiros.

Não veio na segunda mas voltou na terceira noite. Foi escandaloso. Entrou, não se sabe como, matou uns franguinhos e levou uma franga de pescoço pelado, já enfeitando...

Era o cúmulo. Aventou-se então coisa certa para apanhá-lo. Na arataca puxaram outro cômodo de boas estacas bem unidas, onde fecharam um galo. O galo cantava, o bicho entrava pela porta aberta e, faminto como era pisava na trava, pronto. Estava preso para sempre ou esmagado.

Acontece, porém, que o mão-pelada não voltou.

— Está sem faro; sem faro até de coisas finas...

Botaram cachorros nos rastros novos do ladrão; os cães não deram batida. Mandaram vir perradas mestras de outros currais: Choro, Marruás, Vereda. Não deram sorte. A matilha veadeira nem ligou aos rastros. Convidaram fazendeiros do outro lado do Pará, do Rio de Peixe, do Paraopeba. Chegaram matilhas afamadas. Bateram mato à toa; levantaram nada. Então um velho escravo do Junco, que possuía dois paqueiros de estima, trouxe a trela.

— Agora vai... Com paqueiros é caçada garantida.

Aí a coisa esteve boa: os bichinhos pegaram o cheiro do caçado no faro e fizeram batida chorada no capão grosso da grota, no serradão de cambaúba, até nas viradas do Laranjo! Voltaram estresilhados mas de mão-pelada mesmo... Fazia raiva.

— Também com cachorrinhos que parecem dois grilos... Joaquina ridicularizava os campeões do faro:

— Também com esses cachorros movidos, equizilados... Não têm força para andar. Pernas de graveto...

O dono da trela não podia defendê-la perante a Sinhá e, de olhos baixos, concordava à força.

— In-sim...

Antônia, filha de Joaquina, também tirava seu lapo:

— Esses coitados nunca foram paqueiros, são papa angus...

— In-sim...

Humilhado pelas referências a seus cães, o cativo mal aguentava o coração disparando em ódio surdo. Lembrava, no seu silêncio, a derradeira batida de sua trela, que levantara a paca na Ponte do Córrego da Fazenda da Ponte e em carreira bonita, pega não pega a paca, foram com ela até o Mato da Aguada do Junco, onde ele zagaiou a bicha num buraco de pedra...

No outro dia regressou, desiludido, a seu rancho do Junco.

Desistiram. Aquela montaria de dezenas de cães mestres não dera com o insignificante comedor de frangos.

Em Ponte Alta, em Pitangui, no Patafufo, pilheriavam muito à custa de tão grandes caçadas. Quem mais se deliciava era Tangará. Ria de perder fôlego.

A donatária de tamanhos chãos não conseguia pegar um pobre mão-
-pelada... Isso às vezes acontece. Quando o poder é muito, coisas pequenas
passam sem que se vejam.

Inácio vagava se arrastando como uma sombra silenciosa, pelo imenso
solar. Amparado em velha bengala, embora cercado da consideração de
todos, era um homem à margem da vida. Às vezes chorava. Sua alegria se
manifestava mais pelo choro que pelo riso, de que era incapaz, em vista da
hemiplegia que lhe matara metade do corpo.

Alto, magro, de cabelos encanecidos, era testemunha muda dos serões
do Pompéu.

Joaquina era bondosa, porém de escassos carinhos. Agia como um comandante, não poupando nem aos filhos na sua disciplina. Os filhos tinham
respeito mas pouca paciência com o enfermo, coisa comum em filhos, mesmo
daquele tempo, com o pai doente sem cura.

Naquela noite estavam na fazenda o Dr. Manuel e Ana, sua segunda
esposa, irmã de Joaquina, pois a primeira, Eufrásia, morrera há bem tempo.

Havia notícias novas de Pitangui. Ana fazia o relatório geral:

— Você não imagina como Tangará está brava. De você, fala que vai pagar
mundos e fundos pelo valo que mandou entupir, o que a levará à cadeia.

Joaquina ouvia, impassível.

— Com o marido, está cada vez mais feroz. Esses dias ela fez a coisa mais horrorosa do mundo, na fazenda do Ribeirão. O povo todo está revoltado. Em dia da semana passada ela estava com a família na varanda da fazenda, quando um escravo descobriu, ao levantar um tábua velha, um cascavel com chocalhos de treze anos. Como gritasse, recuando, quase picado pelo bicho, Tangará perguntou alto, debruçando-se ao balaústre:
— Que é?
—Bicho-mau, Sinhá.
Ela desceu para ver. A cobra se enrodilhara, com a cabeça erguida no centro da trouxa, pronta para um bote. Vibrava a espaços os crótalos surdos e ouvia-se seu rápido bufo.
O negro estava espantado:
— O bicho sopra, o bicho é véio e sopra como tatu! É capaz de avoá na gente!
Tangará esteve olhando, calada, mas sem medo. E chamou o escravo:
— Busque um bambu comprido.
Na varanda, ronronando, a roçar as pernas dos familiares, uma gatinha tartaruga pateava, pisando leve.
O preto trouxe o bambu. A fazendeira prosseguiu:
— Pegue a gatinha a amarre-a com correia forte na ponta da vara.
Os presentes entreolharam-se, como se perguntassem: Para quê? Mas ninguém se animou a falar.
O cativo amarrou a gatinha no bambu. Aí ela estranhou, habituada ao afago de todos. Depois de amarrada, miava, com raiva do brinquedo. E foi a própria Maria Bárbara quem, pegando o bambu, chegou a gata bem perto do cascavel que, em três botes, picou o gerimbabo.
— Agora desamarra!
Já solta, quis correr mas o escravo a deteve com as mãos. A gatinha miava, raivosa, com os olhos bonitos, verdes, muitos abertos pelo susto. Movia a cauda nervosa, agitada. Passados alguns minutos ela mandou soltar a bichinha, que quis correr, não pôde. Tinha as cadeiras duras. Deixou-se tombar mas ficou erguida com as patas da frente. Miava, assustada. Todos se acercaram dela para ver o que acontecia, mas calados, pela presença da megera.
Pois a gata foi movendo a cabeça, como se estivesse tonta, arrepiou-se, procurando com os olhos algum amigo. Parece que era por isso que movia os olhos, já embaçados. Não demorou a se deitar, estirando as pernas perras. Paralisou-se, indiferente. Às vezes se agitava, respirando a pulso. E assim morreu.
— Agora, mate a cobra!
E como anoitecia, Tangará olhou o céu, chamando os seus:
— Agora vamos entrar, que o sereno da tarde é um perigo.

Indignaram-se todos com o que Ana contara. Seu marido, D. Manuel, deblaterava contra indignidade tamanha:

— Covardia! Uma coisa dessas não tem cabimento, atingi as raias do inacreditável ou da loucura, loucura furiosa!

Pe. Serrão, discreto e humilde, benzeu-se, cruzando depois os braços.

Muito serena, sem alterar a voz, Joaquina contestava:

— Pois não é loucura, não. Ela está com o juízo todo. É assim mesmo. Piores tem feito comigo: não lembram o caso do doce de leite? É mulher desalmada, mulher sem alma.

O Dr. Manuel estava irritado:

— Pois eu se fosse Inácio Joaquim trancava-a num hospício!

— Não adiantava. Quem nasceu torto, morre aleijado.

O advogado continuava:

— Sabe o que ela fez com os autos do processo que o Dr. Juiz lhe move, por ser por ela desrespeitado e insultado em plena audiência? Sabendo que os autos estavam no cartório foi lá, e pediu-os ao serventuário, para ver. De posse do processo, com violência rasgou-os, rasgou-os em pedacinhos, jogando-os à rua pela janela! Está ou não está maluca?

Joaquina, sempre natural:

— Não. É feitio dela. Do mesmo modo que nasceu morena, nasceu arrebatada, insolente. Quantas vezes me prometeu matar, quando fiquei noiva? Não é louca, é mal-educada, simplesmente perversa. Fez isso com a gatinha é porque, não podendo fazer o mesmo com um cristão, fez com um bicho.

E desinteressada do assunto olhou para fora das sacadas abertas:

— Viram que beleza de luar? Ainda é dia e já se vê o luar branco.

Lá fora um luar agressivo para os instintos iluminava a noite. Joaquina chegou a uma janela, aspirando com volúpia o ar frio:

— Este luar não é luz, porque cheira. Parece feito de bogaris, rosas brancas e flores de murta.

Dona Joaquina ao visitar seus distantes currais notara que o gado lambia, nos ranchos, o correame das selas embebidas pelo sal do suor dos cavalos.

Gado empastado longe, insatisfeito com o salitre dos lambedouros, começava a aparecer no curral grande, em pontas numerosas. Abalavam das pastagens e, flanqueados pelos garrotes, vinham ávidos de sal. Conheciam de longe a chegada dessas boiadas, pois os marruás berravam alto ao sentirem, da vastidão das veredas, o cheiro do curral. O boi china tinha um berro alto, curto e alarmado. Era gado numeroso no Pompéu. Predominavam nessa raça o laranjoretinto, de guampas claras, cascos negros e olhos orlados de escuro.

O berro dos touros nascidos nos vãos ermos...

O do caracu era cheio e musical, o do curraleiro, fino e agaitado; o do bruxo, grave e surdo; o do javanês, baixo e tremido; o do pedreiro, medroso e triste; o do craúna, breve e claro; o do crioulo, pastoso e lento; o do quatro-olhos, sentido e desconfiado; o do malabar, medroso e sem graça; o do mocho, apenas um curto gemido...

Quando o rebanho ansioso por salitragem se anunciava de longe, pelo berro dos marrucos, na fazenda comentavam:

— Gado de longe... gado sem sal...

Sabiam se era gado franqueiro, pedreiro, curraleiro, china, javanês. Vinha de malheiros longínquos.

Os vaqueiros iam ver de perto as reses que traziam no pelo a poeira de muitas léguas. Reviam os que há mais de ano estavam arredios do custeio. Muitas vacas de crias já desmamadas, e acompanhando-as. Algumas já prenhas e ainda amamentando. Maravilha sorria, vendo os bezerros de ano agarrados às tetas:

— Bons para o barbilho...

O barbilho é uma tábua de palmo presa às ventas do bezerro, para impedir-lhe de alcançar os peitos da vaca.

Aquela ponta de reses gordas e lustrosas demorava pouco. Lambia os cochos, o sal em pedras, e partia aos ternos, regressando aos malheiros.

Joaquina vendo as reses inquiria:

— Que gado é esse, Maravilha?

— Do Rio Preto, Sinhá. Há tempo não vem.

A fazendeira ajuntava:

— Muito gado sem marca de orelhas, sem tosa de rabo.

E resolveu mandar fazer a salga geral.

O sal era o gênero mais caro da Capitania. Vinha de Portugal e estava no estanco, para a Colônia, onde não podia ser extraído mesmo em pequena quantidade, sob pena de degredo por 10 anos para Angola e de forca, na reincidência.

Vendido, pois, pelos judeus do Privilégio Real, o transporte para as Minas encarecia tanto que seu preço era proibitivo. Nas grandes fazendas o gado vivia dos barreiros nativos, mas Dona Joaquina salitrava duas vezes por ano seu rebanho, na época de 50.000 cabeças, com o produto importado.

Seus colegas criadores reprovavam aquele desperdício:

— Dinheiro jogado pela janela! Doideira sem cura...

— Qual, é exibição. Quer mostrar que é rica...

Dona Joaquina resolvera fazer a salga geral. Seu gado não era beneficiado nos currais de seus encostos. Tinha de vir aos fechos da casa-grande, para a salitragem.

SINHÁ BRABA

O sal não era distribuído seco, nos cochos. À proporção que chegavam as levas de gado, escravos enchiam de água os grandes cochos de uma só tora inteiriça de jequitibá, onde os mestres vaqueiros derramavam sal até a saturação.

As boiadas vinham com fome e sede do sal e bebiam, ávidas, estourando as panças para os lados. Depois de beberem com violência, em imensos goles, levantavam a cabeça ainda escorrendo dos beiços a água salgada.

Havia nos currais um ar de fartura; uma repleção confortadora aquietava as reses, que se retiravam dos cochos ainda lambendo as beiças, para os lados das cercas. Vaqueiros experientes cortavam-lhes a vassoura da cauda e marcavam a faca nas orelhas as crias sem o sinal da fazendeira, que era *corte em ponta de lança*.

No fim da salga sabia-se quanto aumentara o rebanho em seis meses.

Aparecia no curral gado bravo, como o do Choro e Marruás criados à vontade, porque o mato grosso dificultava o custeio das crias novas. Também a brabeza do gado dependia da raça: os chinas, e espantadiços; os franqueiros, desconfiados; os pedreiros, ariscos; os pés-duros, bravos; os javaneses, mansos.

Pois todo esse inumerável rebanho, com muito sal, tosado e marcado, regressava a seus encostos, apenas abertas as porteiras. Voltava apressado, como estranhando as paisagens distantes das quais fora vindo.

As derradeiras pontas dos rodomãos, tangidas de dezenas de léguas, de todos os sacos do latifúndio, chegavam de cascos roídos pela marcha, acompanhando roucos berrantes. No coice do boiadão, negros tarimbados na lida impediam a fuga dos ariscos. Flanqueavam a leva. Batiam nas caronas, gritavam suavemente, cantavam. Essas vozes mansas ajudavam a empurrar o rebanho. O gado compassava a marcha com a toada do aboio triste.

E os vaqueiros da culatra animavam e sossegavam as últimas pontas:

— Êcôô, ou, ôou! Boi, booi, êh, êêh...

Ouvia-se uma paulista, em surdina:

Eu queria, ela queria,
Eu pedia, ela negava.
Eu chegava, ela fugia,
Eu fugia, ela chegava.

— Êh, êh, booi! Booi...
— Booi — vaca! Boo...

As tacas de couro cru batiam compassadas nas caronas.

Estavam no fim do trabalho estafante. A cavalhada ficara fraca, pisada, estropiada.

— A tropa sentiu. Marejou nos cascos. Caalo pra muito descanso...

— Muita sangria, senão... entregue. Tudo aguado!
— Aguaram. Só a larga vai afinar o pelo...
— Tem caalo arrebentado. Só o geral!
Dona Joaquina, satisfeita, sabia o número aproximado do seu rebanho.
— 50.560? Talvez mais, não, Maraviha?...
O vaqueiro chefe sorria, alisando o queixo.
— É, Nhi-sim; mais, Nhi-sim... muito gado arribado... Gado mucambeiro...
Não era apenas a fazendeira quem trabalhava e dirigia. A terra ajudava-a a enriquecer, criar animais e roças, trabalhar também para ela, aumentando sua fartura.

Ao ver saírem as últimas reses, estava orgulhosa de seu poderio pastoril. Ficara satisfeita.
— Acabou-se todo o sal do Pompéu...
Pe. Serrão perguntou quantas reses foram tratadas. Joaquina completava:
— Perto de 60.000, de mamando a caducando.
— Muito gado!
Depois sorriu, pausada:
— Um começo de rebanho, Pe. Serrão...
Na sala nobre de visitas onde havia sempre muita gente para o serão da aristocracia rural mais elevada de Minas, Ana começava a cantar *A Lua*, modinha muito em moda. O esposo acompanhava-a ao violão.

Sentinela doas céus avançada,
Apareces nos montes, tão nua!
Sob o eflúvio da luz encantada,
Vem banhar a minha alma cansada,
Ó Lua!

Nisso os cães de fila abalroaram lá fora. Os vigias ralharam. Bateu alto uma porteira. Ana parou, à espera.
— Tem gente chegando. É gente viageira.
Manuel emborcou o violão nos joelhos. Ao ralho dos escravos os cães se acomodaram. Dona Joaquina, de supercílios puxados para cima, chegou a uma sacada.
— Quem é?
Um escravo respondeu:
— Pe. Belchior, Sinhá.
O Reverendo subiu a bela escadaria, contente da chegada:
— Não estou de passagem, não. Vim é visitar os meus amigos!

SINHÁ BRABA

A alegria de Joaquina foi rumorosa.

Depois da ceia sempre pronta, lavaram as mãos em água de rosas e foram beber o café no salão.

— Vou esperar o café, contanto que não seja *café do São Joanico*...

O café da fazenda de São Joanico era o mais demorado do sertão. Como o fazendeiro não tivesse com quem conversar, ao aparecer um passageiro, era convidado para o café. Para reter o hóspede em prosa, o velho mandava retardar a vinda da bebida. Esperava às vezes na varanda uma, duas horas pelo café encantado...

Mas o do Pompéu não era da raça do de lá, porque chegou logo. Depondo a xícara na bandeja de prata, o padre revelou notícias más:

— Coisas sérias, em Portugal. Dona Maria I ficou louca. Assumiu a Regência o Príncipe do Brasil, Dom João. Temem que o monstruoso Pombal volte ao Ministério!

E puxando um lenço fino, perfumado a sândalo:

— A rainha ficou louca de repente, ao assistir a uma ópera, no Paço de Salvaterra. Quer isso dizer que estamos governados por um Regente, que aliás é o segundo herdeiro presuntivo da Coroa. O primeiro, Dom José, morreu.

Ninguém comentou; houve somente exclamações de pena. Tinham medo de opinar sobre aqueles assuntos.

Pe. Belchior é quem se derramava:

— Espera-se grande repercussão na Colônia dessa reviravolta no Reino.

Ninguém entendeu; apenas Dona Joaquina lastimou:

— Coitada da rainha! Tão moça...

— É o que digo. Está louca, louca varrida, doida de morder, maluca de jogar pedras...

Sorriu, maldoso.

Joaquina vendo o assunto mal governado aproou para outro rumo:

— E a vila, Pe. Belchior?

E ele, rápido:

— Ah, souberam do que Tangará fez por último?

Ana adiantou-se:

— Com a gatinha?

— Já sabem? Mas que horror. Que alma!

A fazendeira encarou-o, sem opinião. E sendo bastante tarde descartou bem dos comentários, levantando-se:

— É tarde e vosmecê viajou muito. Amanhã teremos vagar para mais conversa. Boa noite, para todos.

O padre ainda ficou de pé, diante de um grupo de visitas que falavam por paus e por pedras sobre o Brasil, sobre o ouro levado sem lucro para a Capitania. O padre tomando a palavra explicou sua opinião:

— Os três maiores males da Colônia até hoje foram o pau-de-tinta, o açúcar e o ouro. Começamos a dar tudo de uma vez, no jogo do momento, em vez de começarmos no trabalho profícuo, para o futuro. O pau-brasil expôs nosso litoral à gula de portugueses, franceses, batavos, espanhóis. O açúcar entregou o Nordeste aos holandeses, por 24 anos. O ouro...

Assoou-se, agora com o lenço de tabaco.

— O ouro... todo o ciclo bandeirante foi feito nas Minas do Ouro com a brutalidade de sangue e escravidão. A marcha paulista foi uma ardente invasão de bárbaros, em que arrasaram as famílias dos caboclos ameríndios, estendendo depois as garras para o ouro, pedras coradas e diamantes. No começo buscavam o que andava no chão: eram os bugres; depois foi o que estava na terra — o ouro, pedras coradas, diamantes. Os paulistas eram brutos, ávidos, sanguinários. Na marcha pelos Matos Gerais levavam tudo que corria na selva e que brilhava no chão, e podia ser dinheiro. Dizimaram os tapuios e só deixaram as entranhas da terra porque não podiam arrancar, e a própria terra, que não puderam levar.

Andavam tão sem calma que no final era escassa a colheita dos aventureiros. Bartolomeu *Anhanguera*, o arrancador do ouro de Cuiabá, foi enterrado com a única roupa esfarrapada que possuía... Fernão Dias morreu deixando para a família sacrificada em sua empresa, até nas joias das filhas, o que podia valer hoje uns 140 mil-réis de águas-marinhas brutas, queimadas pelo sol e pela acidez das chuvas, pois foram tiradas na superfície... E gastou 500 contos na sua arrancada... Antônio Raposo deixou 170 mil-réis... Matias Cardoso, o dono do São Francisco, deixou 40 patacas, 3 vacas velhas, 2 catres forrados de couro e uma canoa calafetada de panos... Borba Gato morreu à míngua, de uma ferida aberta por estrepe no sertão, ferida cujas dores terebrantes só aliviavam quando os seus cães a lambiam... Com o ouro do Brasil o próprio Rei Dom João V, o maluco perdulário, só para edificar o Convento de Mafra, esbanjou 120 milhões de cruzados [11] e mais de 200 milhões[12] em troca de indulgências, canonizações e bênçãos pontifícias do Papa Clemente XII. Com o número assombroso dos diamantes brasileiros, o *Magnífico* obteve até a Bula de, com as próprias mãos, poder pôr na boca a hóstia consagrada! O megalômano amante das bonitas freiras dos Conventos de Odivelas e de Santa

---

[11] Cr$ 480.000.000,00

[12] Cr$ 800.000.000,00

SINHÁ BRABA

Clara dissipou montanhas de ouro do Brasil e montões de nossos diamantes. Mas ao morrer, não teve dinheiro para ser enterrado...
Foi até a uma sacada aberta para o terreiro. Havia luar. Ouvia-se na noite branca o lamento distante da Mãe-da-Lua na Serra das Bananeiras. — *Foi, foi... Foi...* Todos pararam para escutar.
Não demoraram e foram dormir.
Como a noite já descesse, o gato-do-mato acordou de seu sono diário, sono vigilante, e deixou o ninho da macega.
Estava faminto e era hora de caçar, para não morrer de fome. Parou, no limpo do cerrado, farejando focinho alto alguma comida. E foi andando devagar, detendo-se a espaços, a lamber os beiços. O luar desabrochava em rosas brancas.
Miou baixo, como se gemesse, para experimentar a garganta. Pensava num preá, num rato do mato, num coelho gordo.
Caminhou num trote leve, trote macio de pés de lã.
Já andava à toa um bom pedaço da noite, sem ouvir bulha nas folhas, ou tropel de bicho. Mas naquela noite o felino estava sem sorte. Parou, sentou-se no chão, sondando a noite com os ouvidos.
Nisso ouviu bem distinto um fungado rápido, um barulho de caça nova. Pôs-se em guarda, espetou as orelhas, acomodando bem as pupilas em fenda.
O ruído vinha para seu lado; ouvia claro o fungar do bicho que andava aos arrancos, sem medo. Abaixou a barriga no chão, achatando-se como um político, e esperou, ansioso.
Pois a caça caminhava para alcançar o caçador... Ajeitou-se bem, já preparado para a luta. Sentiu a boca umedecida pela baba fina, de gula, que afinal lhe escorreu da boca.
Era um tatu-bola, cevado nas raízes do geral, nas frutas silvestres e nas sementes maduras do capim. Já estava perto do gato-do-mato que, de rastros, acomodava as cadeiras para firmar o pulo. Mais uns passos e o gato viu a caça. Atirou-se sobre ela com dentes e garras firmes.
Assustado pelo bote, o tatu-bola fungou alto, deu um pulo pela esquerda, tentou fugir, mas os dentes do caçador estavam fincados no casco liso e as garras procuravam se enterrar na barriga do desdentado. O tatu vendo-se perdido curvou-se em arco, fechando-se em bola e prendendo, violento, uma das mãos do gato. Fechou-se, tomou-se mesmo uma bola, de onde o seu nome.
O gato forçava com os dentes a carapaça, o que não valia. O tatu fechava, como esparrela, a munheca do inimigo. Ele sentia dor violenta e começou a miar raivoso, agitando a cauda. Rosnava, puxava, dava arrancos para se soltar. Qual! As tenazes do casco voltavam-se contra si mesmo, estavam firmes. E o tatu deixou-se ficar quieto, bem definido, à espera do mais...

Pois amanheceu naquele impasse, insolúvel como um casamento mal feito no Brasil.

Pronto. O gato, preso, o tatu, aprisionador mas sem liberdade, ambos vendo o dia amanhecer.

Ao meio-dia o embondo não tivera solução. Quando o gato se abaixava para morder o casco, a mão doía. Ficaram ali, parados, na decepção do encontro.

Com o mormaço do dia, o gato teve sede, ferido que estava na ratoeira viva. O tatu estava bem fechado, sem tugir.

Veio a noite, sem solução para o caso difícil. Pois três dias se passaram na mesma contagem — zero a zero, para os dois bichos. O gato queria deitar-se; tentava, mas a munheca doía e a mão, inchada, latejava. A febre sobreveio, com as dores e a fome e a sede.

No fim desse prazo o gato emagrecera, já miava fino, flébil, derrotado. Tinha arrochado a seu corpo carne fresca e sangue. Mas... A coisa ficava séria. Foram vãs todas as tentativas para se desprender da áspera tenaz do casco. O tatu parecia morto...mas apertava sempre.

Quando o gato estava sem forças e não reagia mais, o Maravilha deu com aquele bolo quente e desceu do cavalo para ver melhor. O gato lesado, nem se mexeu. Parecia abobado, moribundo.

O vaqueiro aí, com o facão de mato, forçou o casco, duro como chifre.

A pata do maracalhau soltou-se e ele apenas rosnou, sem sair do lugar. O tatu diante daquela intervenção fugiu logo, desapareceu do catingal.

O escravo sorriu penalizado, vendo o gato magrinho com a pata que ele lambia, fofa, no ar, morre não morre.

Desceu a uma grota e trouxe água no chapéu de couro, na obra de misericórdia para o que sofria sede. Bebeu sem constrangimento, deliciado, com a língua febril.

Contando o caso na fazenda a seus malungos, rematou:

— O bola, sei que fugiu; o gato é que não sei... ficou lá com cara de marido de quem furtaro a mulhé.

Pe. Belchior, que era madrugador, chegou à sacada quando o primeiro sol toucava, longe, a Serra das Bananeiras.

Olhou em torno e, num repente:

— Uê!

Bateu palmas, como criança:

— Bravos, pau-brasil! Muito bem, pau-de-tinta, ibirapitanga!...

E chamando para dentro da casa:

— Venham ver! Ontem era verde, hoje é verde-amarelo. Beleza!

SINHÁ BRABA

Diante dos hóspedes e da família de Joaquina, elogiava a florada como se discursasse:

— Das muitas árvores sem nome para o sertanejo, aquela cresceu na chusma das outras, igual no seu verde claro aguado. Só davam na vista as de boa madeira, peroba, aroeira, bálsamo, jacarandá. Estas eram vistas com respeito. Evitavam feri-las para descansar foices e machados. Com aquelas folhas repicadas, bem penteadas nas ramas, não passava de pau, para todos. Não dava canzil como os mulungus, não servia para formas de queijo, como os pequizeiros. Cresceu ali, aquilo, sem mais regalias que vegetar no mato comum. Mas um dia amanheceu florido como hoje, num galho alto, enfeitado em tufos amarelos. Doutores de Pitangui que estavam na fazenda para visita de amigos e eram patriotas ardentes viram as flores. Aquilo era pau-brasil... É a planta que enchera as caravelas dos holandeses e fizera a fortuna dos franceses da França Antártica. A pimenta-do-reino fez as guerras do Oriente, com o Albuquerque terríbil, encheu as naus, acompanhou as navegações grandes... o pau-de-tinta no Brasil provocou guerras com a França, Holanda, Espanha... Nos primórdios da vida colonial foi a indústria mais cobiçada, determinou demoradas travessias marítimas, sossobrou caravelas, ajudou a escravizar o bugre... Em Pernambuco, nas Alagoas, nas costas verdes do Ceará, precedeu o açúcar no fazer gente milionária. Nas Minas, apenas nas matas do Rio Doce apareceu com modéstia.

O padre ficara alegre ao saudar a árvore:

— E aqui está, na vista de todos, florido num galho, porque o pau-brasil se enflora devagar. Como é bom amar a terra!

Por muitos anos foi novidade e dodói do Pompéu. Joaquina chamava-o meu *pau-brasil*...

Pe. Belchior que chegara hético às Minas ao sair do Seminário, adorava lavar o rosto na água corrente. Jogou a toalha ao ombro e foi para o poção de banho.

A mil metros da casa-grande ficava o poço delicioso no ribeirão do Atoleiro. Ali iam para as abluções matinais, mandados pela mãe, os filhos e, em horas desencontradas, as filhas.

Joaquina era de máximo rigor moral e respeitavam-na sem discussão.

O poço era grande, rebojado do ribeirão, e estava sob a meia sombra de bambus velhos. Dava nado e tinha saída por lajes de que era revestido. Nos meios-dias de sol ficava transparente e viam-se-lhe no fundo pequenas piabas pinoteando.

Pelas redondezas do poço havia piteiras, em cujas folhas moças e moços, com grampo, arame ou ponta de prego, escreviam datas e frases, às vezes para serem lidas por quem só o escriba sabia. Passadas horas, o que foi escrito apresentava-se em letras brancas, no verde escuro das folhas. Podiam-se ler coisas tolas, feitas ao sabor dos impulsos. J. X. Ingratidão e saudade. Está provado que a mulata é a melhor mulher do mundo. Amor eterno. Cai fora, bobo. Ti esquecer, nem morta. Esquecer não, morrer. Meu corpo tem previlégio... E outras frioleiras. Enquanto durasse a folha, aqueles desabafos ficavam ali, à vista de todos. Num lugar onde uma carta era perigo às vezes sangrento, namorados se aproveitavam daquele *placard* para declarações, queixas, despedidas.

As visitas de Joaquina também iam ao banho, liam e deixavam suas impressões. Era assim essa correspondência de gente simples do sertão.

A Senhora não ia ao poço por falta de tempo e pudor de se mostrar, banhando, às próprias escravas preferidas.

Ao regressar do banho aquela manhã, Pe. Belchior contou-lhe o que vira nas piteiras. No mesmo dia mandou cortar as folhas garatujadas, proibindo aquela irregularidade.

Como bom general, velava por tudo. Certos recados voltaram a ser transmitidos por escravos alcoviteiros.

O certo é que o amor continuou a florir...

No fim da estiagem, quando as águas desciam ao máximo, havia no Pompéu a romaria dos amigos do peito de Joaquina, que iam de Pitangui para a pesca de balaio nas lagoas.

— Este ano só dá pesca a Lagoa Redonda. A do Sangradouro tem ainda muita água.

Começavam a chegar os pescadores. Os Padres Belchior e Antônio Soares já lá estavam. Uma cavalgada de gente moça desceu esfuziante na porta do solar. O Dr. Joaquim Antônio da Silva, o Sargento-Mor Manoel Veloso, Capitão Antônio Dias — todos com as famílias chegaram, alegres. Pe. Belchior, expansivo, recepcionava os recém-vindos com brincadeiras de padre:

— Pitangui veio todo ou ainda ficou alguém lá? E Tangará, não veio, gente?...

Riam das graçolas do reverendo.

— Para tanto pescador só fazendo o milagre da multiplicação dos peixes. E para Dona Joaquina:

— Onde vai Vosmecê arranjar cômodo para esse pequeno exército? Seus 79 quartos não bastam, não... Seu castelo hoje fica atrancado.

A hospedeira sorria, pouco parlante, como sempre:

— Foi para isso que acrescentei o sobrado, Pe. Belchior. Aqui as camas estão sempre feitas e a mesa posta para os amigos.

SINHÁ BRABA

— Pois os médicos ingleses dizem que as camas feitas, à espera de hóspedes, geram males incuráveis... São do mesmo parecer até os velhos cirurgiões de Portugal.

No vozerio dos visitantes falando a um só tempo, Dona Joaquina se equilibrava, bem erguida, no seu aprumo sereno.

O Capitão Antônio Dias, amigo de Inácio, perguntava por ele.

— O Capitão, na mesma, para pior. Estou providenciando a vida de essência de ouro, que está dando para seu caso grandes resultados na Espanha.

Pois até Inácio se alegrou com a chegada da caravana, que ainda não estava completa. Foi chegando mais gente de Abadia, Parafufo, Dores do Indaiá.

No domingo marcado partiram bem cedo dezenas de cavaleiros e carros de bois cobertos de couro, para as famílias. Porque havia muitas famílias inteiras convidadas para a festa.

Na véspera, pela madrugada, foram escravos fazer latadas de folhas em torno da lagoa, para que as senhoras assistissem à confusão abrigadas do sol. Abriram no chão dessas choças vastas colchas onde pousavam o farnel vindo da fazenda.

Arrancados os fundos dos balaios, todos os homens e até mulheres entraram na água, que lhes dava pelos joelhos. Enterravam os balaios no lodo e, pelo fundo aberto, tiravam com a mão os peixes encurralados ali.

Timóteo Gomes Valadares, genro de Joaquina, estava presente, sempre embezerrado na boa roupa com que estadeava, pelas povoações vizinhas, sua importância de genro. Sempre de pé, chupando canequinhas da *bicha* do garrafão levado pelos pitanguienses para prevenir resfriado, seus olhos luziam. Dona Felícia, que saía da água com a saia em lama, excitou-o:

— E você não entra, não pesca?

Consertando os cabelos sempre despenteados que lhe caíam pela testa, o genro obtemperou:

— Sempre fui fidalgo para essas coisas. Nunca peguei peso...

Dona Felícia parece que nem ouviu, sorrindo para o garrafão, com as formas reveladas pelo vestido escorrendo água.

Havia gritos por ferroadas de mandis ou bocadas de traíras. Mas tudo era festejo e vozerio. Na margem, escravas fritavam peixes em trempes de pedras, armadas ao ar livre.

Joaquina, de pé, conversava com Pe. Belchior, quando o Dr. Ferreira, seu cunhado, ao entrar na água, olhou para os lados, fazendo um pelo-sinal discreto, para os outros não verem. Joaquina aliviou:

— Viu? Faz um sinal da cruz, como envergonhado. Tem medo que os outros vejam. Não é como eu! Por isso é que o Brasil custa a firmar as pernas... Não tem coragem de se mostrar católico. Não tem coragem para nada.

Por volta das três horas da tarde só havia na lagoa lama remexida por centenas de pescadores.

A umburana velha e o calor da tarde amoleciam os foliões. A imensa caravana então se abalou em regresso à casa-grande, enquanto gaviões cruzavam os ares, à espera de seus restos.

Pelos campos, matas, serras e várzeas, o verão arrebentava favas já maduras de todas as plantas, jogando longe as sementes.

Da erva mais rasteira às árvores antigas estalavam frutas secas, vagens, cápsulas. O estio elaborava a propagação das espécies. Aquele calor era fecundante para o húmus germinal, para a terra genitriz. O amadurecimento das searas garantia a fartura do latifúndio. Era como a alegria dos hóspedes, que provocava o bem-estar dos lares. Porque a alegria sempre foi a fonte milagrosa da saúde.

Na manhã seguinte à da pescaria, alguns hóspedes lobrigaram um bando de araras que roíam cocos nos buritis vizinhos do solar. Aquele bando sempre crescente de araras azuis vinha pela manhã, na hora da fome, pousar nos cachos rubros. Os coqueiros ficavam ao longo do ribeirão do Atoleiro, num começo de vereda, não longe do sobrado. Misturavam seus bandos mais numerosos das azuis umas lindas canindés, araras vermelhas, mais ariscas e desconfiadas. Joaquina proibiu tiros nessas aves e as pedras da molecada.

Elas chegavam silenciosas, agarravam nos compridos cachos, comendo-lhes a polpa.

Certo dia a Senhora espantou:

— Que é aquilo? Uma arara branca?

Apareceu no bando multicor aquele exemplar níveo lembrando as garças. Ninguém a vira antes, ninguém. Possuía o talho das outras, as asas compridas excedendo o corpo. Nenhuma delas estranhou sua presença; estavam acamaradadas, pareciam e eram da família, trepadas calmas nos cocos.

Era linda. Os velhos escravos e moradores primitivos da fazenda não se lembravam de outra igual. Seria decerto o exemplar albino ou a variação recessiva de muitos anos, através de inumeráveis gerações.

Comiam por longo tempo e, em certo momento, se ouvia um grito rascante. Era o sinal do comando. Levantavam voo baixo, beirando a cima das árvores do cerrado.

Gente supersticiosa da família, vizinhos, parentes, não viam com bons olhos aquela singularidade. Podia ser agouro...

— A senhora não acha que esse bicho pode ser o diabo experimentando a gente?

— Não acha que pode ser castigo?

Joaquina firme e serena a todos respondia:

— Não; é arara mesmo...

Por muitos anos chegava ao amanhecer, com as irmãs coloridas. Ninguém sabe como, desapareceu. O mundo faz tanto estrago...

Quando o Pe. Belchior voltava do banho matinal, Joaquina foi esperá-lo no patamar do prédio, ao pé da vaca, para um copo de leite.

Conversavam quando a senhora soube que morrera, de repente, ao apertar um cavalo, a uma légua do Pompéu, seu rancoroso inimigo Rafael de Barros, morador em Bom Despacho do Peião. Viajava a negócio e era aparentado com Dona Maria Bárbara, da Ponte Alta.

Sempre foi violento adversário da família do Pompéu, que cobria de peçonhentas injúrias. Morrendo em viagem, seu filho menor e dois escravos não sabiam que fazer do defunto.

O filho, que seguia as ideias do pai sobre Joaquina, aconselhado, foi procurá-la. Encontrou-a no curral, com o Pe. Belchior.

— Dona Joaquina, meu pai morreu na estrada, de repente, a uma légua daqui, e não posso levá-lo para sepultá-lo em nossa terra. Venho pedir a Vosmecê a caridade de deixar que eu sepulte o pai no Cemitério dos Escravos de sua fazenda.

Joaquina olhou penalizada o rapazinho:
— No Cemitério dos Escravos? Quem é seu pai?
— Rafael de Barros, de Bom Despacho do Peião.
A senhora franziu o cenho:
— Não pode!
E depois de uma pausa:
— Seu pai não pode ser enterrado no Cemitério dos Escravos, rapaz. Vai ser sepultado no Cemitério dos Brancos, na terra que também vai me comer. Vou mandar trazer o corpo. E alto, na sua voz de comando:
— Manuel Congo!
Ele chegou, presto.
— Providencie 10 escravos e vá, levando uma rede, buscar o Rafael de Barros, que faleceu no caminho. Este rapaz é filho dele.
E, avisava:
— Tragam o corpo com todo respeito, como se fosse gente minha. Pe. Belchior vai fazer a encomendação.
Voltou-se para o mocinho:
— Aqui não lhe falta nada; disponha de minha fazenda, como se sua fosse. Quer que mande um positivo avisar a sua família?

O rapaz chorava diante de tanta grandeza de coração.

Ela afagou-lhe a cabeça, compadecida:
— Chore mesmo, jovem. As únicas estrelas dos filhos são pai e mãe.

Mandou abrir a cova no seu cemitério e assistiu ao sepultamento rezando, com o rosário nas mãos.

Ora na Ponte Alta, ora na fazenda do Ribeirão, ora na vila, Tangará crescia em riqueza, fama e temibilidade. Fechara de muros de pedras a fazendola do Saldanha e essa muralha da China foi argamassada com lágrimas e sangue do cativo sofredor.

No entanto sua preocupação era a inimiga:

— Quer ser capitoa da Vila de Nossa Senhora da Piedade do Pitangui... da Capitania toda... Idiota! Devia é cuidar do marido troncho, que vive morrendo de fome no Pompéu. Devia é cobrir a cabeça com cinza pelo que fez o pai em Mariana, furtando mulher casada, sendo padre; sedutor e trapaceiro. Assombrou todo o mundo! Ela tem proa demais é porque o povo é um punhado de ninguém.

Naquela manhã luminosa passava para a missa na vila alguém, levando pelo braço o esposo caladão.

Pe. Belchior sorriu ao vê-la comboiando Inácio Joaquim:

— Tangará passa com seu botim de guerra... Muito volume e pouco peso!

O casal passava solene: ela, alta e corpulenta, rebocava o marido, chupado e pequenino. A mulher parecia haver haurido em trinta anos toda a seiva do pobre homem, que secara, equizilara, estava murcho. E aquele bagaço ainda caminhava, tinha brilho nos olhos, ainda possuía um sanguezinho ralo alimentando vida no seu corpo de múmia!

Terminada a missa o casal foi tomar café na casa de João Capanema, parente de Inácio Joaquim.

Sem muito preâmbulo, a matrona explodiu no assunto crônico:

— A tal do Pompéu que tanto me difama inventou agora o mais horroroso dos castigos para seus desgraçados negros: a serragem da cabiúna! Se os infelizes não derem conta do serviço em dia e hora certa — morrem na roda.

E sarcástica:

— E ela é a boa...

Ao saber dessa novidade o Capitão Machado sorriu, afagando as barbaças brancas:

— Toda notícia que chega das Cavalhadas sobre Dona Joaquina é navio de *Carta Suja*, pois arriba de portos infetados por febre amarela e cólera morbus. Deve ficar em *quarentena de rigor*, e não em *quarentena de observação*...

Pois daquela vez Maria Bárbara não mentia, até certo ponto. Serrar cabiúna era castigo no Pompéu, recebido pelos cativos sem-vergonha...

A fazenda de Joaquina Bernarda nunca tivera engenho de água, de serrar. Abriam-se as toras de madeira de lei nos giraus, fincados na sombra de gameleira para cima dos currais, no começo do mato grosso do caminho do retiro do Buriti da Estrada. Levantaram esses giraus por baixo da árvore onde estavam os andaimes, para os quais levavam as toras, em rampa de pranchões e à força de pancas. Havia escravos mestres-serradores: um ficava de cima, do alto, outro no chão, para puxar a serra. Ali se desdobravam madeiras macias: cedro, bálsamo, jequitibá. Mas havia as de cerne duro — peroba-rosa, canjica, folha-de-bolo, sucupira. O máximo terror dos serradores era a cubiúna. Maneira de cerne negro, duro como ferro, e que embotava logo as serras.

Para abrir de fora a fora uma cabiúna era preciso limar-lhe os dentes, duas, três vezes, quando as mãos não resistiam mais às bolhas de calos de sangue.

A serragem da cabiúna passou a castigo dos mais temidos. Se um negro andava tretando, o feitor dizia: — Olhe lá que te mando você serrar cabiúna!

Aquilo era mais temível do que ficar no tronco uma semana. Um negro, Giló, cometeu uma falta que aborreceu a Dona. Ela chamou o feitor na vista do faltoso:

— Mande esse preto serrar duzia e meia de tábuas de cabiúna, em um mês!

Ele caindo de joelhos:

— Sinhazinha do Céu, por amor de Nhonhô, me perdoe, que não aborreço Sinhá mais não! Mande me esbagaçá no bacalhau mas serrá cabiúna por amor de Deus, não, Nhanhazinha!

Muitos purgaram tão grande pecado. Uns se corrigiam, outros procuravam fugir, fugiam.

No Pompéu, serrar cabiúna era o mesmo que ir para as Galés...

Ao terminarem o jantar, Joaquina pediu café para o salão de descanso.

Pe. Belchior, de pé, fazendo sou cigarro do fumo Joaquim Maria, do Jacuí, o melhor que havia, aviou a lembrança da hospedeira:

— A senhora que viu, o que viu, de mais interessante, no giro que deu pela fazenda?

— Pelo menos o que mais me comoveu foi um pé de laranjeira amarga, na tapera do Chico Chichi.

— Coisa tão insignificante, num latifúndio deste?...

— É isso mesmo. Chico Chichi foi rapaz que apareceu no começo, quando compramos as terras. Era franzininho, amarelo, de poucas prosas. Veio pedir trabalho em roçado. Aceitamos, e ele foi como meeiro para a beira do Paraopeba. Não demorou, fez casa de telha que ele mesmo fabricava; plantou limoeiros, laranjeiras, Casou-se e teve muitos filhos, todos bem-criados, desses que encontrando os mais velhos na estrada tiram o chapéu, pedindo a bênção. Fazia gosto ir à sua casa. Foi criando os filhos e a filha única, sendo que esta, ainda menina, casou. Os filhos também foram casando. Como fosse trabalhador e pontual nos arrendos, deixei criar um gadinho. Pois o diabo fez das suas: Chico Chichi deu para beber. Bebia só nos sábados e domingos, mas

eram carraspanas de cair. Falaram com ele, eu falei. Não adiantou e foi pior. Amanheceu muitas vezes dormindo na estrada. Só aparecia aqui quando são. Uma noite sem se esperar, pediu perdão a Deus dos seus pecados, e morreu.
A senhora atendeu a escrava Inês, prosseguindo:
— Ninguém sabia que ele estava doente de morrer. Chegou da roça, pediu luz, pediu perdão, morrendo logo. A viúva mudou-se para fora da fazenda, foi para os parentes, depois de vender madeira e telhas da casinha. A morada virou tapera. O pomarzinho acabou. Da casa só ficaram enterrados dois esteios e, de toda a plantação, só restou um pé de laranjeira amarga. Só estive lá no progresso do meeiro, e agora. Parei para ver a laranjeira. Ela deu casca para preparo de purgantes para os meninos; deu sumo para os sinapismos da mulher do Chico, sempre enferma. Sua sombra abrigou o banco de carpinteiro em que ele preparou os móveis e os acréscimos da casa, onde havia de morar vinte anos. De seus galhos foram colhidos flores e botões para a cabeça da filha, quando se casou. O caldo travante de suas frutas, adoçou, foi o refresco oferecido pela esposa aos caminheiros encalorados. As laranjas, abertas em cruz, ferventadas com cascas e tudo, foram o remédio à mão para o pobre homem depois das bebedeiras. Até quando ele morreu, suas flores escaldadas deram chá calmante para a viúva. Debaixo daqueles ramos a pobre chorou a sua triste saudade. Passando agora por lá detive-me, vendo a tapera cheia de mato e a velha laranjeira toda florida. Ela pareceu-me a última pessoa que resta da família de meu protegido. É também filha dele, pois a plantou. E parece que vai casar, já educando, pois está enfeitadinha de branco...
O Padre riu alto:
— Tudo isso mostra quanto o seu coração é grande.
— Não é isso. No mundo mau de hoje recordar o que foi bom é velharia, é caduquice. Mas eu sou dos que respeitam a nobre razão da saudade...
Chegavam escravos para acender os lampiões. Escurecera e Joaquina só interrompeu a conversa para rezar o Ângelus.
Depois de leve sinal da cruz feito por todos, a Senhora ordenou:
— Vamos beber outro café, Inês.
A escrava saiu para buscá-lo.
A noite chegava silenciosa como um fantasma.

Enquanto Ana ao cravo holandês cantava entre as moças visitantes, Joaquina e Pe. Belchior ficaram no salão de fora, em palestra sobre coisas sérias. Falavam sobre o Pe. Zabelinha.
— Coitado, tão alegre, tão direito!
Joaquina calou-se um pouco.

— Foi-se também... Depois da doença do Capitão meus trabalhos tresdobraram. A vida não me pesa, porque é preciso levá-la com dignidade até o fim. Não é uma cruz?

O padre suspirou:

— É isto mesmo; e pesada.

Joaquina que falava sempre muito alto e era ouvida de longe (hábito de dar ordem a cativos) ali discreteava a meia voz.

— O que o senhor diz sobre Maria Bárbara não me tira o sono. Não me admiro de nada neste mundo. O que ela fala agora de mim está previsto nas escrituras dos Profetas. O que faço nesta fazenda e o senhor tanto elogia, de nada vale afinal. Qualquer um faria com bom senso e muito trabalho. Eu não tenho vaidade. Sei que todas as pessoas que me cercam, todos nós de famílias bem constituídas, todos os nossos amigos e inimigos, os bons e os maus, serão devorados no fim pelos sumidouros da sepultura. Serão sugados pelas covas, do mesmo modo que o cisco, as espumas, as terras caídas, pelo sumituma do São Francisco.

Limpou, delicada, a garganta:

— Somos sombras leves demais para pensarmos na Eternidade.

O padre concordava:

— Tem razão. Vivemos num meio desorganizado, que bem reflete a opressão metropolitana. Colônia que é lembrada apenas pelo nosso ouro, Portugal jamais cuidou da educação e bem-estar do povo, sob o dilúvio de leis opressoras. Cresce um povo deseducado, cheio de defeitos morais, inchado de vícios e preconceitos. Aliás eu, em particular, sei que os orgulhos todos valem tanto quanto um punhado de cinzas. No Capitólio, nas ruínas que restam da soberania dos Imperadores, um pobre lagarto dormindo ao sol pode tapar o nome do César, gravado numa frisa de mármore, Um pobre como São Francisco, para a humanidade, vale mais que Vespaziano, Tito, Creso e Heliogábalo. Quem aspira consertar o mundo cada vez mais o complica. Estou convencido de que nascem criaturas para ser Santos, Reis e Papas, do mesmo modo que vêm ao mundo para ser pobres, morrer na forca, lutar em vão contra o destino. A luta para triunfar não tem sentido cristão em nosso tempo; é um disfarce apenas para enriquecer. Sempre haverá doentes, vencedores, mendigos, ricos, condenados, gente calçada de carpins de seda com fivela de ouro, e gente que anda de pés no chão. A igualdade das condições sociais é tão impossível como a perfeita semelhança das fisionomias.

Uma voz doce de aboio se ouviu, longe. Foi-se aproximando. Ou viam-se berros de reses farejando, a distância, os currais. Pe. Belchior parou, apurando o ouvido.

— Que será? Tão tarde!

Dona Joaquina esclareceu:

— São os vaqueiros trazendo gado de corte para venda. Vem de longe. É gado bravo da Serra da Marcela.

Naquela noite Joaquina estava nervosa, o que era visível. Calou-se, consertando no vestido o broche de safiras, que usava nos dias de visitas nobres. Parece que o padre lhe contara coisa desagradável.

Pe. Soares chegou-se ao grupo com o Pe. Serrão, humilde capelão do Pompéu. Vendo-os se aproximar, mudaram de assunto.

Pe. Soares indagou se sabiam que acabava de acontecer ao Pe. José de Brito Freire, que foi Vigário do Arraial de Nossa Senhora das Dores da Serra da Saudade do Indaiá.

Ninguém sabia.

— O Pe. aborreceu-se de seu Arraial e, pensando errado, foi ser Vigário do Arraial de Nossa Senhora da Pena do Buriti, no Urucuia. Deram-lhe boa casa paroquial e lá, como aqui, é estimado, pois Pe. José merece a confiança dos rebanhos que pastoreia com virtude. Fez em Buriti o que já fizera na sua Dores: reuniu os meninos para o catecismo dominical, a que assistem filhos de gente rica e pobre, porque ele só vê em suas ações a ordem do Grande Justo: pregar o Evangelho a toda criatura.

Acendeu o cigarro que tragou fundo, com baforada delícia.

— Ora, em Buriti como em todos os lugares de nossa Capitania, quem manda são os ricos. Mora lá o Major Rodrigues, velho de 70 e tantos anos, sujeito de muitas terras, gado, casa, dinheiro em arca encourada. Há vários anos o Major é viúvo e vive em sua imensa fazenda de muitos cativos, dizem que uns quarenta. É quem manda e desmanda no arraial. Ordem do Major, ninguém discute. Mesmo porque no terreno de sua fazenda vivem alguns cacundeiros, bichos sem coração, que executam suas ordens a ferro e fogo. Um desses jagunços dizem que tem 30 mortes. É um negro já velho, carrancudo, chamado Janjão. É o cabra de mais confiança do fazendeiro; acompanha-o para onde for. Também esse infeliz tem ajudado o protetor, em tudo quanto é barbaridade que ele imagina. Há pouco no Arraial, enquanto o Major ouvia missa, o negro teve na porta da Igreja uma nervosa doida e, puxando da faca, matou um cachorro que estava perto. Vendo o cão morto, vendo sangue, o negro sossegou, sorriu feliz. Contam que, se passar tempos sem matar ou espancar alguém, sofre daquele frenezi: sangra o que está perto, bicho, homem e até menino. Só assim passa uns tempos mais tranquilo. No mais é bem criado e tem até amigos.

Afrouxando o cigarro de palha muito apertado e quebrando a cinza na unha, Pe. Soares continuou:

— Pois um desses dias Janjão chegou à casa do Pe. José, na hora do almoço, com um cavalo arreado. Disse ao sacerdote que o Major mandava chamá-lo, com urgência. O padre, que conhece seu mundo, nem almoçou. Partiu com o negro para a fazenda, que é a uma légua do Arraial. Ali chegando, o Major desceu as escadas, firmando a caçamba de prata para o colega apear. Declarou estar às ordens do velho, que mandou ver café, bebido em silêncio. O padre notou que o amigo estava vestido de sarjão preto, de gravata e cabelos penteados, coisa que só acontecia nas grandes festas. Depois de um silêncio muito triste, o Major falou, de má cara:

— Pe. José, mandei buscar o senhor para fazer meu casamento. O padre assustou-se, encarando-o nos olhos:

— O senhor vai se casar?!

O outro balançou a cabeça, que sim.

— Mas o casamento não é possível assim, de estalo, porque não correram os banhos!

— Pois vou ser casado agora, sem banhos nem nada!

E alteando o vozeirão terrível:

— Mande buscar os paramentos, já!

— Mas... Major Rodrigues, eu tenho responsabilidade... o senhor...

Aí o ancião danou-se, arregalou os olhos, batendo os punhos fechados na mesa:

— Mande buscar os paramento!

Pe. José estava extático:

— Pois vou buscar...

O noivo protestou:

— Não vá; mande — olhe aí meu portador!

Vendo as coisas pretas, prestes a ficar vermelhas, o padre deu instruções ao jagunço, que partiu a galope. Ia buscar o preciso para o ato.

Enquanto o próprio não voltava, o velho não deu uma palavra; estava de olhos no chão, meditando. Se o padre perguntava alguma coisa, não respondia. Fumava pensativo, cigarros acesos uns nos outros.

Chegando o portador com a encomenda, o padre pediu toalha, forrou a mesa do centro, dispôs objetos, paramentou-se, chorando.

Tudo estava pronto. O Major fez um aceno e apareceram as testemunhas e a noiva. Era uma donzela de 15 anos, de olhos baixos e cabelos aloirados. Vestia-se de branco e levava uma coroa de flores de laranjeira na cabeça. Só então o noivo falou:

— A noiva é esta. É minha neta.

Pe. José quase cai:

— Suu-a ne-ta?! E como quer se casar com ela?! O Direito Canônico proíbe, e o Direito Civil do mundo todo também veda essa união, meu senhor! Não posso fazer tal casamento.

O noivo fez outro sinal com a cabeça de cabelos e barbas alvas, para o vão de uma porta. Entraram na sala 4 negros empunhando enormes bacamartes, que apontaram para o Sacerdote. O Major tão resmungou:

— Ou faz o casamento ou...

Não precisava completar: *ou morre*, porque a morte estava ali, pronta a ser despejada. E o Pe. José tremendo, soluçando, fez o casamento do Major com a neta.

Todos ficaram pávidos com a notícia. O Capitão Dias que se achegara ao grupo indignou-se:

— Que valor tem esse casamento? Nulo perante Deus e os homens!

Pe. Soares apoiou:

— Nulo, nulo. Mas foram casados.

Chamada ao interior da mansão, Joaquina retirou-se, depois de pedir licença.

Quando ela saiu o Capitão Dias comentou em sincero elogio:

— É admirável. Determina, superintende tudo.

Quando a senhora voltou o Capitão expandiu, delicado:

— Estava dizendo que a Senhora vê, supervisiona tudo, mesmo sem falar. No meu parecer, a Senhora se mata com esse imenso trabalho que os antigos chamavam *roda de Sisifo*... Pense que no começo da colonização morreram de cansaço, nos sertões mineiros, os Padres Aspilcuetas Navarro e Manuel da Nóbrega. Morreram exaustos, miseravelmente...

Dona Joaquina sorria, elevada pela comparação:

— Eu sou apenas uma pobre mulher que cumpre seus deveres... Não sei se conhecem um fato nos gerais. Quando a fome açula onças pintadas ou as jaguarunas, uma sai procurando carne, até as malhadas do gado. Vai negaceando, protegida pelas moitas, até que dá com um novilho tresmalhado. Este percebe a fera e põe-se a urrar, escarvando a terra. Seu urro é ouvido por outras reses que, também urrando, partem, de trote, para o lugar do perigo, de onde foi feito o aflitivo apelo. Os marruás bravios tomam as frentes das pontas que marcham à pressa, percebendo que o berro foi um chamado geral. Aqueles urros repetidos que de longe ouviram atingem as sangas mais retiradas, as longínquas veredas de águas boas. Não demora que outras pontas de gado se reúnam em torno do novilho ameaçado. A onça atrevida insiste em sangrar a rês, porque a fome cresce. Os marrucos apertam o gado em bolo, começam a rondar a boiada, defendendo-a com as aspas finas. Não param;

flanqueiam os que protegem contra as garras do bicho bravo. Dá-se um caso muito importante: cada garrote tem sua porção de gado que pastoreia mas, entre si, são inimigos de morte. Vivem às turras em encontros muitas vezes mortais. Odeiam-se, têm ciúmes de seus rebanhos e provocam-se de longe, mal se defrontam. Pois quando a rês foi ameaçada, como ali, confraternizam-se na defesa do gado ameaçado em um dos seus. Cruzam-se, fraternais, passam roçando-se na perigosa ronda, a urrar feio, pois as pontas de gado estão misturadas no bolo e a eles compete protegê-las. A onça raivosa dá muitas baruadas no boiadão. Os defensores, em carga de chifres, topam cara a cara o inimigo comum. De longe, aqueles berros estremecem o chão, imitam trovoadas surdas e tempestades. A fera acuada não raro fica dias à cata de uma brecha para atacar, mas os touros estão alerta, de guampas no jeito de ferir de morte, estraçalhar. Vendo afinal falhado em seus ímpetos, o canguçu se afasta, vai procurar comida mais fácil. É aí que se desfaz o rodeio... cada marruá acompanha sua manada para os encostos nativos. Passado o perigo, volta a inimizade dos touros, que continuam se odiando. Eu, senhores, sou perpetuamente como um desses marrucos que defendem a boiada contra o inimigo covarde. Vivo dia e noite rondando a família, os parentes, os amigos, os escravos, que precisam de minha vigilância para viver. Muitas vezes me reconcilio com pessoas que me odeiam para, juntos, salvarmos um que sofre...

Os que a ouviam acharam certo o que falava.

— É por isso que o senhor disse, Capitão, que superintendo tudo. É que eu sou o corpo e a alma desta fazenda. Em verdade, vejo tudo.

Ah, mas havia em seu reino de terras um fato que ela ignorava, e um homem de quem não devassara o segredo. Esse homem era o escravo africano Pai Zuza, miudinho, cabeçudo e de pernas curtas. Fora comprado por encomenda, barato, já madurão, na Capitania do Espírito Santo, chegando ao Pompéu como mestre de moendas. Bicho de olhos de boi, olhos rajados de vermelho, só tinha dois dedos de testa, pois o resto era cabelo. Chegou cabeludo, de assustar. Na primeira tosa da fazenda foi chamado para a tesoura. Reclamou e foi parar no tronco, onde lhe raparam a cabeleira e Pai José, por sua conta e risco, batizou-o com uma tunda. O feitor Congo achando pouco, por sua vez reforçou a sova com duas dúzias de bolos em cada mão. Pai Zuza nunca perdoou aquelas afrontas. Tanto tinha de servil diante dos brancos, como de altaneiro entre os de sua laia.

Mas o mestre de moendas possuía outros préstimos. Entendia de ervas, e quando um garapeiro deu uma coisa na barriga e pegou a gritar, estrebuchando na bagaceira, ele apanhou por ali algumas plantas, esmagou-as numa pedra e deu o sumo a beber ao doente. Foi só beber e sarar.

Ficou temido e, como era altanado, começou a ganhar fama de negro sabedor de coisas. Sem a grenha, ficou mais feio, de cabeça maior e olhos mais esbugalhados.

Trabalhou no bagaço vinte anos e, velho, ninguém sabe como, comprou a liberdade. Comprar a liberdade era o menos; o mais duro era provar como ganhara o dinheiro.

Pai Zuza foi deixando nas mãos de Nhanhá o que apurava de suas curas em vizinhos, empregados forros e em passageiros pela fazenda.

Quando sabia haver completado os 400 mil-réis para sua compra, falou-lhe do caso. Joaquina estranhou, dizendo haver engano dele, pois só guardara do preto 320 mil-réis. O cativo arregalou os olhos para o chão e quase cai, de susto. Por suas contas feitas tantíssimas vezes, estava apto a comprar a Carta de Ingenuidade.

— Me perdoe, Nhenhá, pensei...
— É engano, Cazuza, você só tem nas minhas mãos 320 mil-réis.
— In-sim...

Abaixou a enorme cabeça, esmagado pela imensidade da revelação.

Trabalhou 20 anos, para conseguir a liberdade, e via-a fugir, repondo nos seus pés as duras correntes do cativeiro. Sonhara com essa liberdade 20 anos, via-a lhe aparecer como leve clarão de aurora, nas primeiras barras do dia. Tinha certeza de que suas contas estavam exatas mas fora miseravelmente esbulhado, roubado por Sinhá. Aos 76 anos, quando as forças lhe fugiam e esperava ser entregue a si mesmo, aquela notícia esmigalhava a delicada flor de sua esperança como um macete esborrachador. Voltou calado para a senzala, o soluço querendo rebentar na garganta.

No outro dia Joaquina mandou chamá-lo:
— Cazuza, fui rever suas contas. Você me deu foi mesmo 400 mil-réis.
— In-sim...

E, de boca aberta, ajoelhando-se, abateu-se no chão para lhe beijar os pés.
— Que deseja fazer de tanto dinheiro, Cazuza?
— Comprá a liberdade, Sinhá!... Dunga tará sinherê!

Tremia todo, com vontade de mijar.

Assim, recebeu a Carta de Alforria, bem legal. Joaquina vendera-o porque o mestre estava velho, lerdo e fraco.

Foi-lhe concedido lugar para um rancho, perto do Curral do Buriti, da Estrada de Maravilhas, retiro administrado pelo negro casado Simpliciano. Liberto, forro, sem peias, sua furtiva freguesia de ervas cresceu logo no rancho do Buriti.

SINHÁ BRABA

A correspondência pessoal de negros das mais remotas fazendas se fazia de modo inexplicável.

Foi por essas alturas que Pai José começou a dar para trás. O liberto privilegiado foi ficando fouveiro, de olhos brancos e pernas zambas. Tremia. A língua ficava perra e já estava magrinho...

Joaquina comovia-se com a doença do velho companheiro:

— Sente dor, Pai José?

Não sentia dor; sentia — não sabia o quê.

Levava as mãos aos olhos:

— Uma librina nos olho, que vai e vem... Procuro as pernas e não acho as perna...

Inácio ao vê-lo chorava pelo olho doente. A esposa balança a cabeça;

— Muita idade... Pai José está velho, Capitão...

E começou a dar-lhe vinho de Málaga, nas refeições. Como o caso agravasse, mandou chamar Mestre Antônio, do Arraial da Marmelada.

Ao saber do estado miserável de Pai José, o forro Cazuza, sentado no pilão de seu rancho, ria feio. Sua boca nojenta, com a das mucosas roxas dos lábios, virados para fora, lembrava hemorroidas abotoadas em mamilos purulentos. Regougava risos medonhos:

— Riu, ru, ru, ru...

O mal progredia, agravou-se.

Depois do exame feito por Mestre Antônio, Joaquina comentou com o marido:

— Parece que é mesmo chaga de bofe, conforme diz o Físico de Marmelada.

Inácio olhava, ouvia, querendo falar e baralhando as palavras pastosas.

— Dizem que velho não apanha chaga de bofe...

Joaquina continuava:

— Pai José tem muito resguardo quebrado; muita noite mal dormida; muito estrago de fome, pudendagra. Tem muita praga de negro ruim...

Suspirou, leve:

— Em verdade, tanta coisa junta não é para graça, não. Deus lhe dê a recompensa de suas ações. Já sofreu muito e a dor é o maior galardão para o Céu.

Inácio calou-se, ainda chorando.

Informaram ao mandraqueiro do Buriti:

— Pai Zé nem anda mais... Perna que nem cambite... Está tão magrinho que de carne só tem a língua...

O forro arregalou os olhos bovinos, num assomo de ódio velho:

— Ói, bate ni nêgo, Pai Zuzé! Tosa cativo agora, coisa-ruim...

— E que é que ele tem, Pai Zuza?

O negro olhou para fora, cuspiu de esguicho, de novo se acomodando no pilão. Puxou fumaça do cachimbo, pensou um pouco para responder, num sussurro:

— Sei não... Diz qui é viisse... Hum, hum...

Não era isso. Pai José estava é enquizilado com pós que Cazusa mandara, por tranças da cozinha, botar no prato de seu antigo algoz. E ele continuava a beber aquilo, nos caldos e no leite que Sinhá mandava...
Pai Zuza era o perverso inquizilador de brancos e desafetos, opressores de pretos escravos. Pai Zuza era um perigo. Suas drogas prediletas, só dele sabidas, matavam gente nas fazendas do Paraopeba, Pará, Marmelada e do Sertão do Sul. Matavam devagar, amofinando. Era sinistro ministrador de venenos sutis. Falou-se muito que Eufrásia, irmã de Joaquina e esposa do Dr. Manuel, morreu enfeitiçada, do mesmo modo que Pai José.
O pó de diamante, que ele empregava, e tido como veneno sem cura, vinha do Tijuco, das Minas Novas, do Serro do Frio, onde havia clandestinas lapidações de gemas. Desse modo, sem saber, Joaquina agasalhara por muitos anos em seu latifúndio um perigoso envenenador.
Um dia Pai José amanheceu duro, frio, esticado em seu catre. Sua barba intonsa tinha manchas verdes de vômito e o defunto, borrado e mijado, fedia de longe.
Levaram-no. O Cemitério dos Brancos, para onde foi, era do lado da saída para o Papagaio. O preto mereceu caixão, ao contrário dos outros cativos, que iam até à beira da cova no Caixão das Almas, sendo despejados lá dentro.
A família do Pompéu, exceto Inácio, acompanhou-o até descer à cova fria. Nesse instante o sino do cemitério badalava alto, sem nexo, numa brincadeira de sons alegres. Pe. Serrão encomendou o corpo, que lá ficou na terra bem socada.
Sua morte abalou toda a família de Joaquina, que no regresso não cessava de suspirar:
— Coitado de Pai José! Me viu pequena. Tão bom!
Todos estavam tristes. Quem estava alegre, de coração lavado, não se encontrava ali. Morava no povoado do Curral do Buriti da Estrada de Maravilhas...

Chegou menino às senzalas da Capitania do Rio de Janeiro e, convivendo com africanos sabidos, o mestre de moendas, vindo do Espírito Santo, terminou no Pompéu seu curso de envenenador, com os cativos sabedores de feitiço. Com tal arte, ele tirava grande partido entre os malungos que o temiam.
Era incrível o modo como comerciava com parceiros dos pontos mais distantes das Minas: deles recebia plantas venenosas e encomendas de secretíssimos pós, que serviam para a vinganças a senhores desumanos.
Os maus tratos da senzala fizeram-nos fingidos e dissimulados. Havia uma solidariedade comovente entre escravos que, às vezes, nem se conheciam. Bastava um recado e pequena paga para obter-se a droga.
Quem ministrava os venenos? As aias, as amas, as mucamas e ladinas, as cozinheiras. Havia envenenadores afamados em muitas vilas mineiras.

SINHÁ BRABA

Eram, em geral, escravos importados da África, onde foram erbanários, feiticeiros das tribos. Aqui ensinavam a arte de adoecer e matar. Os ajudantes de feiticeiros, homens e mulheres, eram os que empregavam as beberagens dissimuladas, com que ganhavam dinheiro e se vingavam dos senhores cruéis.

Quem pedia o remédio, até por sinais das mãos dizia se era para matar devagar, matar logo ou fazer sofrer por muito tempo. O dedo indicador aberto, batido nas costas da outra mão, era pedido de veneno para atuar com rapidez. O mesmo dedo recurvo para cima, era pedido para adoecer lentamente. A ponta do indicador tocando de leve a ponta do dedo maior da outra mão queria dizer: coisa para gente adulta. Tocando na ponta do mínimo significava: é para menino.

Desse modo o negro podia se comunicar com o feiticeiro, sem dizer uma só palavra, à vista de qualquer pessoa.

Nunca houve subserviência sincera de nenhum escravo ao senhor. A humildade era medo do castigo. A dedicação sempre foi fingida e a deslealdade do mulato foi a herança carnal desse ódio encoberto. Sempre houve a sociedade organizada, maciça, de escravos contra senhores.

Pai Zuza, no seu rancho, empregava convicta encenação para se prestigiar quando entregava, às escondidas, a *encomenda*.

A dosagem era conhecida: uma pitada de pó ou uma unha de massa, conforme a manipulação.

Pai Zuza reforçava as suas especialidades com a peçonha espremida das bolsas maxilares das cobras, secando-a, para reforçar o que já estava feito. Ignorava que o veneno das cobras é inócuo, se engolido. Fazia o mesmo com pó do sapo torrado, no que firmavam grande confiança.

Mas o que dava resultados exatos eram o pó das frutas da erva-moura, da cicuta-malhada, a cicuta-dos-antigos, a cicuta de Sócrates; frutas da figueira-do-inferno ou estramônio; as sementes secas da trombeteira e a massa da alface esmagada, que os meninos ingeriam por muito tempo. Havia coisas graves: ferviam o fumo ordinário, tiravam-lhe o estrato, concentrado em pequeno volume. Extraíam ainda o sarro do canudo dos cachimbos, para ser misturado aos alimentos.

Jogando um pouco dessas coisas na sopa quente dos senhores, resultavam cólicas, tremuras, emagrecimento. Quando as doses variavam para mais, esses fenômenos agravavam. Se havia melhora, é que as doses foram diminuídas ou suspensas por quem as ministrava. Acontecia adoecerem muitos de uma casa-grande: estavam tomando o veneno destinado a um só. Nesse caso os escravos que comiam da cozinha fingiam as mesmas aflições, para fugirem da possível suspeita.

Assim, o sumo da cicuta misturado à dormideira matou Sócrates. Quem já estava doente passava a regime de caldos, canjas especiais. No segredo dos cativos, as doses continuavam. A doença agravando-se, exigia Físicos, Doutores. Ninguém atinava com o mal.

O estramônio, ministrado, produzia excitações, vertigens; escurecia a vista... apareciam delírios, convulsões e até paralisias.

O primeiro sinal do efeito dessas beberragens era a prostração, que os Doutores antigos chamavam *languidez*. O doente ficava aos poucos entorpecido, tinha náuseas, vômitos. A dilatação pupilar era início de caso sério, Sonolentos, só a custa de muitos excitantes dominavam mal-mal o envenenamento evidente.

Os negros se vingavam dos senhores nos filhos que pajeavam. Era fácil misturar a massa de alface nos alimentos. Umas pitadas do fruto da erva-moura aceleravam o negócio.

Raro o negro apanhado em flagrante, pois só ministravam o remédio aqueles da confiança dos amos.

Era com esses venenos que Pai Zuza fazia suas especialidades. A maçonaria, o código secreto dos escravos, não era, nunca foi revelado a branco.

O erbanário ocultava sua prática, e para manter a fama de curador favorecia curas com paratudo, caroba, cavalinha, velame e carapiá.

O perigo, a coisa fúnebre, estava reservada para as desforras de sua raça, para a solidariedade do sangue e para a vindita de quem, sofrendo, não perdoa.

Naquela noite Joaquina recolheu-se ainda cedo, magoada pela morte de Pai José. Ouvira muita coisa que estava fora de seus sentimentos, aborrecera-se com serviços caseiros e com o peso do latifúndio.

Dormia ali perto Inácio, o marido meio morto. Deitada, passou em revista os duros problemas que lhe assoberbavam as forças.

Rica, no meio de amigos, pensava nos seus mortos ainda queridos, cada vez mais. Mediu as injustiças do mundo, as violências, o sangue corrido à toa.

Para que tanta ambição e guerras e despeitos? Ambição de poder, de dinheiro, de honras vãs? Tudo isso havia de desaparecer no sorvo da morte.

Soprou a luz, acomodando-se nos linhos do seu leito. E, sem querer, pensou no sumituma que vira no São Francisco.

VII
OS BAGAÇOS

Começara o século XIX e mesmo as pessoas humildes esperavam melhoria de sorte. Todo o povo se animava, como se iniciasse uma vida nova em 1800.

Havia entretanto, por toda a Capitania, como pela Colônia, uma inquietação social das mais graves. O movimento nativista incitava a indisciplina que o Vice-Rei Conde de Resende oprimia, com mãos de ferro.

Em toda a evolução do Brasil, desde o descobrimento, a forca foi quem manteve o princípio da autoridade. João Bolés é enforcado. José Dias, enforcado em São João do Sumidouro; Calabar, enforcado; Beckman, enforcado; o Tiradentes... Ali mesmo em Pitangui de 1720, os irmãos Fraga, enforcados; Alexandre Afonso, enforcado. Plebeus anônimos, enforcados. Enforcavam até em efígie...

A sinistra sombra da forca, indispensável, cobria o Brasil mais do que a sombra da Cruz, porque o cristianismo de nossas primeiras eras sempre foi uma imposição da Fé.

Para criação das vilas na Capitania era essencial o pelourinho no largo principal e, numa elevação, para ser bem vista, era também obrigatória a forca.

Na terra descoberta, antes de haver Justiça plantaram a forca. Assim, debaixo do Cruzeiro do Sul e ao lado da Cruz de Cristo empunhada pelos jesuítas, as forcas foram se erguendo por toda a Colônia. Depois da Cruz erguida em Porto Seguro pelo Almirante Cabral, a forca foi a primeira árvore plantada pelos portugueses, na terra apenas descoberta.

Pois foi o medo da forca que levou para o Pompéu aqueles facinorosos, que Joaquina acolheu sem temor algum. Procuravam-na, por saberem de seu prestígio perante o Governador e o Vice-Rei Dom José de Castro, a quem Dom Luís de Vasconcelos e Sousa recomendou Dona Joaquina, como necessária ao abastecimento de São Sebastião do Rio de Janeiro.

Ou viver em liberdade, sob o regime da Senhora, ou de novo o opróbrio de enfrentar a forca...

Estava ali, respeitosa, trabalhando, a malta corrida pela Polícia Imperial de muitos termos, onde derramaram sangue humano.

Com a escassez do ouro e aumento da população, a indústria de mantar para roubar era de lucro imediato.

Dona Joaquina foi censurada até por autoridades, pelo crime em que incorria protegendo bandidos. Ela dava de ombros; sabia que era o sertão e precisava mesmo constasse estar em sua fazenda aquela choldra sanguinária. Ao chegar o bandido, ela fazia-lhe ver que, se não a respeitasse servilmente, denunciá-lo-ia ao Governo.

Por sua fama de prestígio oficial, bastava ameaçar para corrigir os errados. Mais de um deles gemeu sob o vergalho de boi de Manuel Congo, por se fazer de valente, ameaçando, no latifúndio.

— Antes apanhar do que ver de perto a forca.

Era exato; a razão era deles. Ali mourejavam; alguns acabaram dirigindo retiros, casavam, viviam em paz.

Dona Joaquina estava no salão explicando a pessoas passageiras de Patafufo a razão de sua atitude para com os evadidos, quando o feitor pediu licença para lhe entregar uma carta. Era do Comandante dos Dragões das Minas em Vila Rica de Ouro Preto, pedindo-lhe assistência para cinco Dragões vindos de Paracatu do Príncipe, com um preso de importância excepcional. Pedia abrigo para a força, enquanto atravessasse o imenso latifúndio.

— Vem a propósito, estão vendo?

E para o feitor:

— Abrigue a escolta no salão próprio da senzala, se não houver oficial; se houver, que suba.

O Pe. Serrão e mais alguns desceram para ver o preso que viajava com grande cerco, para não fugir. Seus vários crimes assombravam a Capitania.

Estava num tronco da senzala e levava no pescoço uma gargalheira chumbada, de onde pendia comprida namorada. Era mulato. Sua figura imunda manava antipatia, como escorre baba do corpo da lesma.

A cara mal feita, de malares expostos e queixos prognatas, ia se soldar à cabeça pequena de cérebro mesquinho. A boca repulsiva e os olhos porcinos estavam ladeados por largas orelhas cabanas. Nem bicho, nem gente: parecia uma coisa surgida na terra, despencada de outro planeta.

Seria possível que aquela boca um dia sorrisse à mãe, que a beijava cheia de amor? Seria possível que aquelas mãos houvessem um dia brincado, inocentes, com o seio materno que lhe dava amor, em forma de leite? Seria possível que aqueles olhos de javardo pelo menos uma vez encarassem as estrelas? Como acreditar que aquela boca se entreabrisse um dia, humilde, para pedir bênção a sua mãe?

Era inacreditável que aquele cérebro, duro como casco, pelo menos uma vez pensasse na bondade de Jesus? As chatas narinas, de onde saíam cabelos duros, seriam sensíveis ao perfume dos jasmins? Como acreditar que aquela massa de ossos, gorduras, vísceras e fezes, fechada em três quilos de couro de porco, sentisse, mesmo de relance, a fraternidade? Sentiria emoções a não ser do instinto, da pata que rasga e esmaga para comer? Teria sonhos? A laje de seu coração teria sentido saudade, pelo menos uma vez?

Farejador possesso do bodum das fêmeas, mostrava-se inferior ao símio e ao jumento. Parecia feito de barro, tosco, sem o sopro divino.

Mãos para esganar, sexo para os espasmos, buxo para digerir — tudo suspenso nas alavancas de ossos grosseiros, é o que ele era.

Nasceu para do mundo? Não. Aquele escarro, aquele vômito, aquele monte de trampa caiu na terra para esparramar sangue, refocilar nos charcos, bodejar virgens, engolir, defecar.

Na escala animal não constava seu nome, nem sua espécie, nem nada. Na lama da lascívia de bode, não gemia: guinchava, zurrava, urrava, ladrava. Era um descasalado pela própria monstruosidade e, para obter fêmea, só matando primeiro, como já fizera duas vezes.

Na jaula da masmorra o homicida frio não seria igual ao tigre, ao lobo, ao urso? Não era nada disso — não passava de um monte de esterco.

Entre os hóspedes de Patafufo estava o Pe. Filgueira, recebido com máximas atenções, porque era questão de honra para a Senhora receber dignamente. O padre gostava de discutir política, assunto que Joaquina evitava com polidez. Mas a insistência do hóspede era irritante, acusando a administração colonial de muita opressão, rigor dispensável.

Ela então desabafou:

— Rigor dispensável, o senhor diz, depois de ver o preso que aí está, bandalho que por muitos anos cometeu crimes vis?

— Sim, nesse caso, não. Falo de outros casos.

— Vosmecê veja como estamos. Até ouro se falsifica na Capitania, onde mesmo diminuído, o legítimo está ingurgitando as Casas de Fundição. O fastígio do ouro é tal que uma oitava vale um mil-réis e fazem de ouro utensílios caseiros, talheres, copos, xícaras e até gamelas para cozinha. O ouro corre como moeda longe do litoral, por força de alvará. A moeda divisionária é escassa, e o ouro em pó dispensa-a. Pois mesmo assim foi enviada ao Provedor da Casa da Moeda do Rio de Janeiro uma barreta de ouro para exame, Era mais falsa que Judas e rigorosíssimo inquérito se abriu em segredo, para lhe apurar a procedência. Viera das minas de Antônio Soares, no Serro do Frio. Essas minas foram lacradas com grandes movimentos de tropas, apurando-se que a barra fora fundida lá. O réu foi levado em segredo para a Corte do vice-rei, onde correu o processo, sendo Antônio condenado a galés perpétuas, em Moçambique. Apareceram outras barras falsas[13] que causaram menos transtorno nas transações com o metal. Apesar do rigor, ainda há quem se aventure a enfrentar a forca, as galés e os desterros por 10 anos para Angola.

Joaquina respirou, um pouco nervosa:

— Também eu recebi uma barreta de ouro, falsa!

O padre entregava-se:

— Confesso que há abusos que exigem severas repressões,

---

13 Uma delas está hoje no Museu do Ouro; de Sabará, Minas.

E, para mudar de assunto:
— Soube que num retiro da Senhora a terra pega fogo? E a umidade do brejo próximo também. É verdade?

E sem esperar resposta:
— Eu disse: só se for esterco ressequido do curral. Ou muita pinga na cabeça de quem viu a terra incendiada...
— Pois é verdade, Pe. Filgueira. Soube da notícia por um retireiro. Para comprovar mandei lá o José Cisterna, meu negro de confiança. Ele confirmou: o chão pega fogo. Basta ascender uma fogueira. Fica dias fumaceando, abrindo grandes buracos no chão.

O padre sorria, incrédulo. Um Licenciado que acompanhava o reverendo deu seu palpite:
— Olhem que pode ser verdade. Alexandre, o Magno, quando conquistava o mundo, parou no Irã, onde havia uma lama que também pegava fogo. Ele mandou untá-la no corpo de um dos seus e depois botou fogo, torrando o infeliz. A lama continha nafta, que é combustível.

O padre, de pé atrás:
— Qual; isto é lá.

Joaquina estava séria:
— O negro jogou o pito no chão, que pegou fogo, diz ele. Mas o Cisterna também viu.

A pilhéria cessou, como cessam as pilhérias — perdendo a graça. Mas ouvido em Vila Rica, o naturalista Dr. José Joaquim Veloso não duvidou em explanar:
— É possível que o terreno seja de algum betume ou xisto betuminoso. No Brasil, isso ainda não foi encontrado. Existe no Oriente, na Itália, perto de Parma, e no Lago Asfaltite, onde é conhecido como Betume da Judeia. É como alcatrão e, ao incendiar, desprende fumo; tem cheiro especial.

Esqueceu-se a novidade. A erosão pluvial dos morros próximos aterrou o baixio úmido donde marejava o líquido combustível. Cessou a procura divertida da *terra que fumegava*. Quando transitava pelo Pompéu algum naturalista, prometia, ao regressar, ir ver o pântano. Os que voltavam, ou era em tempo das águas ou iam apressados. E tudo se esqueceu. Joaquina continuou a criar nesse chão seu gado javanês. Apenas o curral do Cipriano, o escravo que o administrava, passou a chamar *Pega Fogo*.

Perguntaram ao capitão Comandante da Companhia das Ordenanças se não ia ver a terra, para comunicar a S. R. Majestade.

Com enojo enfadado, afastou o importuno:
— Não perco tempo com ninharias. Meu tempo é pouco para disciplinar Dragões e prender negros fugidos...

O padre estava com fome e consultava com frequência o relógio despertador de bolso.

— Dona Joaquina, e essa história da onça maneta contando que vive no Pompéu, é verdade?

— Parece que isso não é história como Vosmecê diz. Meu filho Jorge, aqui presente, é quem sabe melhor o que se deu com gente nossa.

A notícia do ataque da onça pintada ao pouso dos carreiros, no Ponto da Taguara, horrorizava o sertão.

Jorge confirmava, muito fluente, o acontecido:

— Os carros de sal voltavam do Registro de Sete Lagoas e arrancharam no Porto da Taquara, quando, noite alta, sem que houvesse latidos dos cachorros da comitiva, uma onça pintada meteu a mão pelos paus a pique do rancho, para pegar um menino, guia de bois. Suas garras apanharam uns panos e, em seguida, outra pata enorme, porém sem mão meteu-se pelos paus, como ajudando a agarrar o que parecia o vivente. Os carreiros estavam acordados e viram bem, com o fogo do rancho, a grossa pata maneta. Gritaram e os cachorros acudiram, medrosos, pelo rio acima, até que se ouviu o estrondo da bicha pulando no Paraopeba, para atravessar. Ninguém mais dormiu. Mediram o tamanho do animal, como de um bezerro de ano.

Era hora do almoço e o rapaz interrompeu a conversa. Foram para a mesa. Mas a notícia assombrou carreiros, tropeiros e positivos, viajando fora de horas. A onça era vista em lugares distantes, o que punha em cisma os caminheiros. Perguntavam:

— Como anda tanto, só com 3 patas?...

— Pra mim, ela tem parte...

Era isso mesmo. Achavam que ela possuía parte com o diabo. O medo da bicha aumentou quando, certa manhã, ao amanhecer, no curral do Salobo, uma pintada pulou a porteira e apanhou um rapazinho de 15 anos, que tirava leite, saindo com ele na boca. Saiu com ele alto, como um gato leva um passarinho. Foi para um mato lapeado e, à tarde, quando caçadores chamados às pressas deram com o defunto, tinha a barriga comida, as coxas e o pescoço.

O menino ainda agarrava nas mãos fios dos bigodes arrancados da fera. Ninguém lhe viu mais os rastros.

— Foi ela, a maneta!

Esse animal pôs o sertão em polvorosa, de Paracatu a Patafufo, do Morro de Mateus Leme à Fazenda da Lagoa Grande, do outro lado do Paraopeba. Muitos a viram ou disseram isso, pois o medo vê até de noite... especialmente de noite, se cães ladravam, uivando, era a onça... tornou-se mais um duende que um bicho. A sociedade supersticiosa das fazendas punha cores trágicas em visões entrevistas, sempre pelos cativos.

— No Valentim dos Amaros um vaqueiro, Josias, berrou fogo nela, cara a cara, com os dois canos da garrucha, na cruz dos peitos. Acertou, porque ele viu sangue, e ela nem se mexeu. Ele chegou gritando em casa e meteu-se debaixo das cobertas. Dizem que está leso!

O boato esfriava um mês, dois. Voltava, cheio de forças, violento.

— Pegou um negro no Patafufo!

— Credo.

Os escravos nunca perderam o horror de caminhar à noite, evitando a gata. Os branquinhos do Reino pilheriavam deles mas eram os mais medrosos. O caso é que ninguém conseguiu matar a onça.

Tinha parte...

Depois do almoço, quando iam esperar o café no salão principal, Jorge voltou-se para o Pe. Filgueiras:

— Padre, o senhor que se riu, incrédulo, da terra que pega fogo, vai saber de um fato muito esquisito, que se dá em nossas lagoas que secam.

E contou que a Lagoinha secara no último bafo da estiagem. Sobre o barro ainda mole brotaram grama, ervas das terras baixas, das vazantes. O que dera de beber, agora dava para comer. Era lagoa escancarada muito longe de rios, ribeirões e olhos-d'água. A Lagoinha, bastante rasa, é reservatório de águas pluviais que ali chegam, pela depressão que a formou. Aguenta-se nas águas e pouco além delas, pois o gado bebe, o calor evaporava e a terra chupa o líquido. Entretanto, nos últimos três palmos de água, presta-se a pescaria de balaios. Tem traíras, muitas traíras que chegam a crescer quatro palmos. Secando o último lençol líquido, sem peixes, com uns restos de lama, não tarda que se veja coberta de ervas e capim de lugares frescos. Nos quatro, cinco meses em que servia de pasto fica pisado pelas éguas, bois dormem nos seus chãos. Tudo seca, vira coisa passada; foi lagoa tanto que lhe chamam Lagoinha, como Vereda de Fora.

Mas acontece que desaba a primeira chuva e as enxurradas se acumulam na bacia. A lagoa torna a voltar a ser, apanha um pouco de água que baste para se chamar lagoa. Quem passar por ali, quinze dias depois, verá peixes! Trairinhas de meia polegada vão crescendo, vão engrossando em miríades, para alegria dos martins-pescadores.

Jorge encarava respeitoso o sacerdote:

— De onde vêm esses peixes?

O padre tentava explicar:

— São as ovas das traíras, conservadas no chão.

— Por tanto tempo, quatro, cinco meses na poeira?

— Deve ser isso.

— Soprando minha pergunta a um cientista passageiro por aqui, ele negou que as ovas resistissem tanto tempo: pois secavam, morriam.

— Olhe, Jorge, acreditar em cientistas ímpios é o mesmo que dormir em casa de cumeeira de pau de pita... Para falar a verdade, eu também não sei.

E levantando-se, para facilitar a digestão gordurosa:

— São mistérios de Deus.

Bebido o café, o padre foi convidado a dormir a sesta e, antes de seguir para o quarto, chegou a uma sacada:

— Que pássaros são esses, Dona Joaquina?

— São as minhas irras.

Pardas, feias, sem graça, aquelas irras moravam há muito tempo no sobrado do Pompéu. Tristes, sem vivacidade, residiam sob as enormes telhas, sob o beiral do telhado de pestana. Com seu monótono grito *irra*! encrespavam na cabeça o tope de penas assanhadas, e era só. Com voos curtos, rasteiros, não se atiravam ao sol, altas e libertas. Revoejavam ali por perto, apanhando insetos, sem pousar no chão. Seu clima era o telhado, seu reino a casa-grande. Chocavam filhotes bobos, feiosos que pareciam não vingar, pois era sempre de cinco indivíduos aquela família.

Não pousavam em árvores nem tinham outras vozes que aquela: *irra*! mais tolo do que acróstico.

São raros esses pássaros que preferem os casarões tranquilos, lugares ermos. Egoístas, sem horizonte, têm asas e não voam, revoejam. Têm garganta com cordas vocais e só fazem *irra*!

Pois havia grande prevenção nas famílias, quando as irras mudavam. Desapareciam, antes de morrerem os chefes da família. Para onde? Ninguém sabia.

Ali estavam encarangadas sobre as telhas, cada vez mais pascácias nas suas duas notas *ir-ra*!, não aborreciam a ninguém. Eram os vizinhos da casa rica. Viviam como os franciscanos, até na cor das vestes, que estariam melhor na paz dos conventos. Deus não lhes deu mais vozes por querê-las mesmo modestas. Não davam na vista, não ouviram decerto São Francisco ao pregar aos pássaros.

Não eram mais pássaros — eram sombras. Sombras pobres, de vida santa, lá estavam nos cachorros dos beirais, sem que fazer, quase sem vida.

Eram os únicos seres desocupados do Pompéu. Estavam ali como punhados de terra, jogados nas telhas. Eram tão pobres que não tinham graça, nem beleza nem vozes: só tinham mesmo a coisa enfadonha que gritavam — irra.

Ao escurecer, chegou à fazenda um senhor, pedindo hospedagem por uma noite. Era homem preparado, bom conversador e que se dirigia a Vila Rica.

Depois do jantar, no salão onde Joaquina lhe fazia as honras, o hóspede mostrou-se impressionado com a educação da fazendeira:

— A senhora, pelo que vejo, tem soluções harmoniosas para todas as dúvidas. Por que não concorda que a Regência do Reino de Portugal está em mãos péssimas? Por que defende o Vice-Rei, sujeito odiado por todos? Graças a esses monstros, o Brasil vive na maior desordem. Eu acho gravíssima a situação da Colônia! Já concordou que há terror, injustiças, etc., etc., mas desejo saber o que pensa a senhora do futuro do Brasil?

Ela entressorriu, iluminada:

— A arte de governar é difícil, meu senhor. Ter equilíbrio para conciliar as opiniões, eis o problema. O que é preciso, penso eu, é ver o Brasil na sua grandeza e compostura.

Aí o viajante, para se fazer engraçado (era talvez político), indagou sem polidez:

— Que faria a senhora, se fosse Rainha, nesse tempo de discórdia, lutas e indecisões?

— Eu, meu senhor, não faria nada.

— E quem, então, governaria?

Dona Joaquina encarou-o severa, para responder ao pé da letra!

— A Lei, o Direito, a Equidade!

Espantado, triturado, o falador silenciou, percebendo que falara com alguém que sabia, como e de que modo, agir nos grandes momentos.

Mudou de assunto e na manhã seguinte seguiu viagem.

Quando são, Inácio sempre lhe falara do Olho-d'Água da Serra das Bananeiras, que ela nunca vira. Agora, que precisava tudo fiscalizar, foi correr uma roça e, lembrando-se do Olho-d'Água, subiu o morro para vê-lo.

De repente, no topo do monte, dos pedregulhos ásperos, explodia o olho-dágua fria. Em torno, um descampado sem árvores, o chão batido pelas patas do tempo, sem cultivo, deserto. Foi ali que brotou aquele milagre de água gelada, num jorro borbulhante de grugrus bambos. Nascia do solo, vivo, alegre, para escorrer pelas fraldas, murmurando.

Que importava que o verão crestasse as pedras, amarelasse aos poucos as raras ervas? O Olho-d'água dançava, como em fervura, vindo das entranhas da rocha.

Era o único sorriso da montanha, pois ali se viam pássaros voando, aves cantando, fartos da bebida pura. À noite chegavam-se a ele as onças desconfiadas, raposas, lobos sempre magros. Iam beber,descansar das andanças à procura de sangue. Iam ali beber, inimigos de morte, os catingueiros e os leopardos, coelhos e raposões. Bebiam em horas diferentes, evitando tocaias; bebiam e fugiam sem deixar rastros na tapiocanga.

SINHÁ BRABA

Na beira da fonte de milagrosa doçura, nas noites de lua cheia, depois de beber fartamente, as suçuaranas sentavam-se calmas, de olhos fixos na lua. Ali beberam mãos secas de peregrinos. Beberam ali crianças exaustas das caminhadas. Sentada no chão, bem perto da água, muita gente viageira relembrou seus rincões nativos, longe, no sertão mais retirado.

De onde vinha a água? Não importa, dês que matava a sede de homens e bichos.

O murmúrio abafado de seus brotos a arrebentar em bolhas acalentava os corações. Era fonte sem histórias. Borbulhava, esplendia ao sol, corria para o varjão lá embaixo. Era sempre nova, oferecida a todas as bocas.

Inácio, ainda são, dela sempre se recordava nos dias de sol.

— Que bom beber no Olho-d'água do morro, deitado no chão, com a boca na água fervilhando, fresca.

Já doente, por palavras e sinais, ele fazia menção àquelas águas. Era a saudade. Não brinquem com saudade, corações do mundo. Ela não mata de uma vez, mas acaba matando devagar, como faca cega...

Ao regressar à casa-grande Joaquina recebeu de chofre uma notícia que a transtornou. Manuel Congo levou-lhe um negro ensanguentado, dizendo que seu filho Félix o espancara sem razão.

Joaquina inquiriu e examinou o preto resolvendo, muito decepcionada:

— Apure direito por que foi isso. Apure direito, porque o negro está muito ferido.

O feitor apurou que Félix bateu no escravo por fúria; não tinha mesmo razão.

— Você tem certeza do que apurou, conforme mandei?

— Tenho, Sinhá.

— Chame José Cisterna!

E mandou preparar os animais, com urgência. Deu providência também para o cativo seguir com ela.

— Vamos a Pitangui.

Nada disse ao filho sobre o assunto, pois era prevenida contra desculpas inverídicas.

Não demorou a sair, com a acostumada comitiva, levando Félix e o espancado. Viajou apressada, chegando às vila às 11 da noite. Parou na porta do Juiz Ordinário e mandou bater. Responderam de dentro, depois de muito chamado:

— Não abro. Não são horas!

— É caso urgente!

— Não abro!

Dona Joaquina apeou-se e bateu com o cabo do chicotinho:

— É Dona Joaquina Bernarda da Silva de Abreu Castelo Branco!

Uma voz indecisa regougou, através da porta fechada:
— Está brincando?
— Abra, senhor!
Reconhecendo a voz da senhora, resmungou o Juiz:
— Água de cheia é perigosa...
Aberta a larga porta Joaquina saudou respeitosa e, sem mais:
— Quero que Vosmecê mande examinar agora este negro e autue meu filho, que o espancou!
O Juiz, de pé, esfregando as mãos, não tinha palavras. Procurando uma cadeira gaguejava:
— Minha senhora Dona Joaquina, olhe uma cadeira para Vossa Senhoria!
Ela, solene, de pé, não atendia à delicadeza. O magistrado penteava os cabelos com os dedos, muito inquieto:
— Minha senhora Dona Joaquina, eu não ouvi bem!!...
Joaquina repetiu a queixa e o pedido. Ele, alimpando a garganta, sem nexo:
— Dona Joaquina, peço perdão, mas não posso atender o que pede!
A fazendeira zangou-se:
— Não pode? E por quê?!
— Senhora, sente-se por favor. Não posso, não posso!
Estava como tonto:
— Onde estão meus óculos? Ó... Ó... não sei!...
— Senhor Juiz, cumpra seu dever, como estou cumprindo o meu. Mande fazer o processo!
O velho ganhou equilíbrio:
— Vou lhe ser franco. Não cumpro as ordens de Vosmecê, porque Dona Joaquina Bernarda não pode ter filho dependendo da Justiça Colonial!
— Mas eu quero é Justiça. Quero a Lei, mesmo contra mim.
— Pois eu, francamente, não sei...
E num repente, olhando-a na cara:
— ...não faço!
Joaquina sentou-se. E mandou chamar o Capitão-Mor Comandante das Ordenanças.
O oficial chegou, afobado. Mas ao saber do que se dera, desculpou-se:
— Dona Joaquina Bernarda, eu também não posso agir no caso. Não é de minha alçada...
A reclamante acordou mais autoridades e acabou conseguindo exame de corpo de delito do negro. Félix seria processado.
Ela então foi dormir na casa do cunhado, Dr. Manuel.
A noite estava linda, de serena branquidão. Uma neblina muito fluida errava pelos altos do Morro da Cruz do Monte, do Morro Agudo; descia para o povoado ungida de luar frio, embalada no silêncio da madrugada na serra.

Depois de se trancar por dentro do quarto, Joaquina pôs-se a chorar escondida, sua dor de mãe que precisava punir o próprio filho.
Só adormeceu, cansada da viagem, depois de aliviar o coração com a água santa daquelas lágrimas.
Fazia frio. O luar caía do céu na madrugada como rosas brancas se despetalando.

Naquela hora da noite, nas suas terras, sob o luar álgido, as éguas bravas, fartas do pasto seco, entravam nas lagoas nativas cobertas de capins flutuantes, tenras gramíneas da água. Retouçavam as gramas das margens, e iam entrando com água até os joelhos, até os peitos. Quando comiam as mais próximas caminhavam pelo declive do terreno para apanhar as porções mais viçosas, do centro da lagoa. Esses capins nasciam do fundo lodoso, subindo à tona em finas hastes, verdejantes.
As potrancas redomãs chegavam até onde, na ponta dos cascos, podiam alcançar as ervas, de modo que só ficavam com a cabeça de fora, erguida, gulosas do verde. Quando ao amanhecer se retiravam para seus encostos, só restavam, no centro, no fundo das lagoas, as touceiras de capins inatingíveis.
Ali por perto, nas beiradas, também pastavam suçuaparas altivos, de cabeças enfeitadas pela selva dos chifres, em galhos perigosos. Se percebiam gente fugiam, aos largos pinotes, elásticos, elegantes, para a orla do mato de onde se voltavam para os passageiros, de cabeça erguida, desafiando.

Na ausência de Dona Joaquina, o obscuro Pe. Serrão era mais conversado. A presença da senhora inibia-lhe as palavras e o padre passava por atrasado, pois vindo de camada humilde recebera a proteção de Joaquina, que custeara seus estudos no Seminário de Mariana. Ordenado, chamou-o para capelão do Pompéu e o padre, ainda novo, ficara esmagado pela prepotência da protetora.
Naquela noite, estando ela ausente, ele se mostrava comunicativo com visitas que esperavam o regresso da latifundiária.
Falavam sobre o caso de um cão, que morrera dias depois do enterro do dono. Pe. Serrão expandia-se:
— Parece mesmo que os brutos possuem uma alma especial, deles.
Um dia eu pescava de anzol no Poção do Mato, que é cercado de árvores velhas, quando descobri um ninho de garças. Havia muitas garças por ali, creio que em estação de pesca, pois o poço estava secando. A garça fêmea carregava garranchos para seu ninho, no que era ajudada pelo companheiro.
Ela arrumava os gravetos com delicadeza, completando o ninho. Em certo momento uma garça macho, que não era do casal, pegou um cisco e deu-o à que armava a cama. Ela apanhou o auxílio com o bico e depô-lo na forquilha

em que trabalhava. Seu companheiro não gostou: cresceu as penas da crista, arrepiou-se, violento e deu várias bicadas na esposa... Nada fez ao intruso, mas o olhava com ira. O intrometido entristeceu, afastando-se. Compreendi. O macho estava com ciúme de sua parelha. Era a alma dos brutos explodindo em zelos pela que amava...

O Major Freire, do Patafufo, sorria sem acreditar naquilo.

— Pe. Serrão gosta dos bichos, perde tempo em ver seus afetos...

— Gosto, sim, dos bichos. Parecemos com eles...

E sorrindo desapontado:

— Vosmecês também parecem com eles... Quando novos, os homens parecem pintos, andam sem rumo, pisando a esmo, isto é: agindo sem medir as palavras. Quando casam, parecem com os burros, vivem carregando para casa o que os seus precisam. Quando têm filhos, são como cachorros, para guardar, vigiar a família. Ao ficarem velhos, viram macacos... pois vivem a fazer visagens para os netos rirem...

Joaquina regressou no outro dia. Voltou aborrecida, triste, de poucas palavras. Na viagem sentiu que o tempo mudava. Estava no fim da seca e, viajando, reparou que o vento áspero do nordeste era sinal das águas. O céu do norte estava escuro e o sol esfriava depois do meio-dia. Maravilha avisou-lhe que ao pegar os cavalos deu com uma porta de jataí fechada.

— Vai chuver, Sinhá.

Saíram antes de clarear a barra do dia e, já na fazenda, teve a certeza das chuvas, ao encontrar uma correição de cupins.

— Não tardam as águas-grandes. Olhe os cupins, Cisterna.

O negro concordou.

Na beira do caminho, num pelado, deu com um cupim, a casa das térmitas, de onde saíam, por vários buracos, enxames dos insetos. Mesmo em volta do forno eles se reuniam em fileiras muito compactas, de seis dedos de largura, rumo da Água do Campo. Foi acompanhando a fileira cerrada e sem espaços vazios. Sempre em ordem, em número prodigioso, deslocavam-se em fita silenciosa, em marcha militar. Flanquearam a estrada, passaram pelo cambaubal fechado, reapareceram no campo, sempre avante. Não havia um só cupim que alterasse a marcha compacta, como se essa união é o que os orientasse na caminhada.

Que representava aquela fuga bem organizada, aquela migração nunca vista? Seria a retirada, diante do inimigo mais poderoso? Seria procissão por falta de alimento, por escassez de morada para o número absolutamente incontável da população subterrânea? Seria uma viagem ligada à expansão da espécie, igual às piracemas nos rios, contra as correntezas, ou a marcha teria o fim lamarkiano de eliminar os fracos? Ou seria uma séria, uma grave expedição guerreira, punitiva, guerra de morte?

Não havia acidentados, retardados, estropiados. Aquele imenso jorro todo regular se derramava como óleo, rápido e silencioso pelo campo fora.

Para a arrancada dessa maravilhosa China em marcha foi escolhida a noite. A madrugada alcançou apenas a retaguarda do comando. A uma milha donde partiram, o chão abria uma boca estreita. Sem tatear, sem vacilação, na mesma ordem, a goela da terra engolia tudo. Ali engolfava a leva astronômica das térmitas, com a impassível disciplina de um exército japonês a cumprir ordem de pular num poço que foi necessário encher. Joaquina acompanhou aquela marcha inexplicável, como a das andorinhas e a dos gafanhotos.

Maravilha, que seguia a senhora naquelas inspeções, só teve boca para dizer:

— É chuva Nhenhá. Isso é chuveiro que êvém. Olha o nublineiro da serra...

Era mesmo o anúncio das águas-grandes, do antigo inverno mineiro. Realmente veio chuva grossa de coriscos e trovoadas, na noite em que chegaram no Pompéu. Choveu toda a noite.

Na manhã seguinte Pe. Serrão amanheceu encapotado, queixando-se de um reumatismo que o acometera no Seminário. Triste vida a do Pe. Serrão — madrugar, celebrar missa, beber café, rezar o Breviário... Tinha medo de montar a cavalo, depois da queda de um passarinheiro. O menino pobre deu o padre humilde, de virtudes ainda sem provas. Nada mais aspirava que ser Capelão. Fazia parte da família, mas se envergonhava de conversar com os ricos. Dona Joaquina brincava com ele:

— É como as irras do meu telhado. Não me incomoda, pouco lhe ouvimos as raras vozes.

Quando amanheceu, a fazendeira chegou a uma sacada do salão grande. Chovia muito. Ela encostou a cabeça no portal, espiando o aguaceiro.

— Ah, eu bem senti que não tardava o inverno, quando pela madrugada, há dias, ainda na cama, ouvi as águas-sós piando ao passarem por aqui. O sertão está sendo molhado, vai ficar todo umedecido de águas boas. Os rios, os ribeirões, não tardam a extravasar, as lagoas vão correr para os brejos. As inhumas devem estar grasnando nos pântanos; já têm passado alto, em matinadas, ariris, irerês, paturis, patos-do-mato, marrecos procurando águas mais fundas. Tardos, com dificuldade, com asas enormes e pernas desengonçadas, como um molambo que voa a custo, passam também os socós-bois. Vejam como o gado se arrepia e os cavalos saltam alegres, empinando de contentes. Ouço o gorgolejo das enxurradas nas grotas. Os ares estão esfriando e os sapos já coacham de dia. Nas poças dos caminhos já há espumas de cururus. Ouvi de noite a barulheira dos sapos-bois, antanhas de vozes bonitas, sapos-cachorros, sapos-ferreiros, sapos-martelos, gias, rãs e pererecas... tudo alegre

com a chuva. Sei que vão adoecer muitos escravos, muitos ficarão inativos com as mazelas que reaparecem com a friagem. E eu com tantos planos, tantos trabalhos!
Parou olhando, sem fito, o dia cinzento. A escrava Delminda chamou-a. Ela não ouviu. Continuou a olhar o dia brusco.
Dona Joaquina sonhava acordada.

No Pompéu, como em todas as fazendas mineiras do século XIX, a fêmea era a preocupação grave dos solteiros. Ali, sob as vistas de Dona Joaquina, mulher de grandes pudores, o problema crescia de transcendência. Ela não admitia o menor desrespeito a suas escravas e, se isso acontecia, ai da cativa e do seu amado.

Os homens de responsabilidade do latifúndio, inclusive seus filhos rapazes, tinham um código formal para evitar inzona. O rapaz que apetecesse uma das escravas livres, casadas sem senso, viúvas ou falsas virgens, dela se aproximava, botando-lhe na mão, bem disfarçado, um cobre de 40 réis. E com ligeiras palavras dizia hora e lugar do encontro, que podia ser no Poção do Banho, no fim do pomar ou no renque de bambus. Quarenta réis para uma escrava era dinheiro para abrir a boca, pois raramente via um xenxém seu.

Também Inácio, quando mais moço, muitas vezes botara o cobre de 40 na mão da mais engraçada. E assim, com a paga régia que já estava em suas mãos, no caso de suspeita, a escrava nem esbagaçada pelo bacalhau contava o que se dera.

A frase *dar um cobre de 40* queria dizer posse da mulher.

A vigilância no Pompéu era incessante, mas grande coisa era o dinheiro, mormente quando subia à cifra de 40 réis!

Seus negócios levaram-na à Capital da Capitania, onde era considerada pessoa de grande prol.

Joaquina chegou a Vila Rica com luzida comitiva de 12 cavalos de sangue, à destra, de látego de cabrestos enrolados na cabeça, clinas trançadas e caudas em nó.

Levava 30 negros montados, todos sem sapato, mas vestidos de calças, camisas, paletó e chapéu, suprassumo do requinte da escravaria de gente rica.

Seu cavalo arreado com cilhão de couro de anta com passadores de prata esplendia ao sol. Atrás da comitiva trotavam 9 mulas de canastrinhas chapeadas de prata e, à retaguarda, um escravo ajudante de sangue conduzia na cabeça da sela a mala de medicamentos de urgência, para ela e para os cativos da escola.

Entraram na Capital, às 10 horas de domingo, quando o povo saía das igrejas.

SINHÁ BRABA

Joaquina marchava na frente, no lindo cavalo sopa-de-leite, crinalvo estrelo de pernas rajadas.

Na marcha ponteira, o bicho ferrado de novo tirava faíscas de calçamento. Chegou gente às janelas; parou povo nas ruas para ver passar a matrona milionária. Um popular perguntou a um dos negros:

— Quem é essa senhora?

— É Dona Joaquina Maria Bernarda da Silva de Abreu Castelo Branco Souto Maior de Oliveira Campos, Senhora do Pompéu!

E o curioso para os outros:

— Parece a comitiva de um Bispo!

Sua figura graciosa, entre serena e expressiva, chamava a atenção de todos.

Fora a Vila Rica do Ouro Preto tratar de negócios, com o Capitão-General Governador das Minas Gerais.

Na porta do prédio em que se hospedara, casa de parentes, ela esperou que o filho Joaquim Antônio apeasse, firmando a caçamba de prata para ela descer, enquanto o escravo Cisterna segurava o baio pelas cambas também de prata.

Entrou majestosa, devagar, no salão onde a família a recebeu com todas as honras. Mandou em seguida o filho Joaquim pedir ao Senhor Governador para lhe marcar uma audiência. O Governador respondeu logo pelo Ajudante de Campo:

— As portas do Palácio estão sempre abertas para Dona Joaquina Bernarda da Silva de Abreu Castelo Branco Souto Maior e, quanto à hora de ser recebida, quem marca é Sua Senhoria!

Ela compareceu à hora combinada, indo de cadeirinha, conduzida por 4 negros da libré de sua casa, seguida pelos filhos Joaquim Antônio e Félix, além de aias de sua confiança, vestidas de seda grená. Depois de uma semana de Capital, regressou, com os negócios resolvidos.

Joaquina voltava a seus feudos.

Ao chegar a Papagaio, onde depois de lavar o rosto bebeu uma sangria de vinho branco, repousou uma hora.

Ainda com o sol alto estava chegando à fazenda. Ao atravessar o capão grosso, acima do Pasto das Ovelhas, viu um cavaleiro galopando, como se fugisse. Cerrou o cenho pensativa e, para o escravo Cisterna:

— Prenda aquele homem!

E parou, esperando.

Escravos galoparam alcançando o fugitivo, que se dirigia para a casa-grande. Cisterna cumpria ordens:

— Nhonhô, Vossa Mercê está preso!

— Preso, por quê?

— Nhanhá Joaquina é quem mandou.

— Mas vocês não sabem que sou filho dela?

Era Jorge, filho de Joaquina. O rapaz acompanhou, preso, os cativos até perto da matrona.

— Louvado seja Nosso Senhor Jesus Cristo, mãe?

— Para sempre seja louvado. Que é isto, meu filho, você foge como um malfeitor, quando me avista?

— Mãe, eu vi a Senhora e galopei para soltar palitos de fogo e dar uns tiros de bacamarte, como de costume quando Vosmecê regressa.

— Devia antes me tomar a bênção, depois fazer o que é de uso entre nós. E marcharam juntos para casa.

Na ausência da fazendeira passou pelo Pompéu, velho conhecido de Joaquina, morador nas grotas do São Francisco.

Palestrou muito tempo na sala de espera com o Pe. Serrão e Manuel Congo. O velho sertanejo estava muito desiludido com os progressos do mundo.

— Ah, tempo bom foi o que vivi neste geral, tempo fugido...

Havia paz, havia sossego para se tocar uma viola. Havia calma para se ouvir um aboio, coisa tão bonita. A gente vivia na lei da natureza, sem susto, sem ambições. Eu batia no meu mouro esse tabuleiro, até Paracatu; assistia missa, fazia meus negócios e voltava cantando. Se amasse, bem, se não amasse, era a mesma coisa, porque amor bom mesmo, é o amor passado. Hoje é o que se vê, os caminhos cheios de liteiras, trem perigoso, e já andam até de cadeirinha! A gente vai malucando coisas pela estrada, na marcha viageira da mula: de repente, ela rapa de lado. É um trambolho, é a traquitana de Nhonhô ou de Nhanhá que êvém! Apareceram feitores, casas-grandes, senzalões. Apareceram os Milicianos, gente cobra. Levantaram pelourinho nas vilas, fizeram cadeias, troncos, sapucaias nos arraiais. E a paz? Acabou-se. A gente vive de cabeça baixa... Essas terras não tinham dono eram de todos. Hoje... A gente vive tonto, pra morrer com tanta barafunda. Esperar mais o quê? A civilização tão falada está acabando com o geral. Vai acabar até com a vida! O jeito é ficar calado, fechar a boca.

Procurou no bolso a binga para acender o cigarro. E se desfez num suspiro profundo:

— Ah, meu mundo velho sem porteira! Ruim danado!...

Quando foram distribuídas as sesmarias do sertão da Capitania do Ouro, um dos beneficiários encontrou na rampa do Paraopeba, lá embaixo, à vista do rio, um morador estável.

Fora talvez bruaqueiro da bandeira de Fernão Dias, dispersada depois de sua morte, no Sumidouro. Andou com Borba Gato pelos vãos e resolveu parar. Ali ficara, amasiado com uma índia. Desertor? Criminoso fugitivo? Ninguém saberia.

SINHÁ BRABA

Era um homem baixo, de poucas pernas, cabelos vermelhos e testa estreita de ilhéu português.

Sua prole crescia no grande rancho de palha e, além de roças de milho-fava e mandioca, pescava, caçava. Caçava nas vastas matas ciliares, cheias de aves e bichos. Pescava na barranca, onde catueiros seguravam seus peixes.

Estava velho e criara numerosa família, filhos duros no topar as pintadas no chuços e capivaras e bandeiras, nas azagaias.

Uma noite, o velho foi correr os anzóis e o barranco quebrou a seus pés, jogando-o na enchente. Gritou, ninguém ouviu. Descera na corrente revolta, fora para o fundo, emergira inchado, de pança fofa, já fedendo.

Acharam-no entre os urubus numa praia, longe.

Aquela gente vivera quase no rio, para aguada, para banho, para pesca.

Desaparecido o ancião, os filhos enfrentaram a vida, pois sabiam topá-la, mas um ódio indisfarçável brotou-lhes pelo rio que matara o veterano.

Ninguém mais se aproximou do caudal, ninguém mais o cruzou nas canoas; nem água nem pesca: ficaram inimigos, cortaram relações com o rio. No silêncio das noites velhas, dos ranchos ouviam baques surdos de grandes porções de terras caídas dos barrancos solapados pela cheia. Os moradores faziam de surdos. Ninguém comentava.

Corria ao lado das cafuas um ribeirão humilde, de águas sem murmúrios, rasinho. Passaram a se utilizar dele para o serviço da família, para a bebida da criação. O rio crescia nas enchentes? Não se importavam com ele. Escasseava na vazante? Era o mesmo.

Assim envelheceram aqueles rapazes, criaram filhos no mesmo regime de inimizade com o Paraopeba. Quando a estiagem secava o seu córrego, abriam cacimbas ao longo de seu veio. Faziam poças para lavar o trem das cozinhas, limpar a caça. Nunca mais entravam naqueles ranchos os peixes do rio grande. Na seca, iam pescar de balaio nas lagoas do interior, era só. Anzoleiros afamados, deixaram tudo enferrujar, sem mais importância.

Quando Joaquina comprou o Pompéu soube desses terrícolas, inimigos do rio. Não foi difícil falar com eles, de quem ouviu a história.

— Rio assassino!

Haviam passado três gerações nas margens, sem ao menos um deles molhar as mãos nas águas desleais. Os novos recebiam a dura aversão, passando-a para os filhos.

Eram já uma aldeia de sapé. Ao saberem que moravam em terras alheias, embora com a posse mansa e pacífica, não se alteraram.

Chegaram ali por seus maiores, quando ainda o Pompéu era sertão de puris. Não fazia mal. A sesmaria era de outro. Mais de 100 anos de residência não lhes garantiam o *uti possidetis*, porque essas sutilezas nunca valeram grande coisa nas Minas. O poderoso gritava:

— A terra é minha! E era. Pouco valia o usucapião das *Ordenações Afonsinas, Manuelinas ou Filipinas*. O direito dos poderosos sempre valeu mais que o poder do Direito.

Incluída no latifúndio, essa gente obscura, mas honesta acatava as ordens de qualquer negro; obedeciam. Mas uma coisa aconteceu: nunca se cruzou com os pretos; nem com os brancos do Reino, proprietários de baraço e cutelo, nem com serviçais deles, cativos ou mulatos. Ficou sempre se degenerando entre tios e sobrinhos, primos-irmãos, sempre com parentes, misturando os sangues, em quase dois séculos. Ficaram anões, ruivos, sardentos, de ossos fracos, albinos, irritadiços, briguentos, mas sem mistura de negros, africanos ou mazombos.

Ninguém daquele clã de terrícolas desceu mais, mesmo por precisão, às praias do Paraopeba. Desprezando os inimigos, amaram sempre com paixão carnal a terra, de que sempre viveram. A terra foi-lhes sempre um pedaço da carne viva...

Perto da fartura da água, serviam-se da lágrima de seu ribeiro, mas viviam, cresciam teimosos, pirracentos — gente de opinião. Com o crescimento do Pompéu, acabaram cruzando com os descendentes de Dona Joaquina. Vivem ainda, na geração miscigenada, feios, doentes, mas sem dar o braço a torcer a adversários e às mais coisas. Carrancas, mas nobres. Pequenos, mas altivos. Ah, pigmeus danados, é assim que o Brasil devia ser. Amigos amigos. Inimigos, até a morte. 300 anos não dobraram o prez desses habitantes das rampas de seu rio assassino. Vingam em 300 anos a morte do pobre homem transviado de incerta bandeira, iniciador de uma progênie que hoje dignifica Minas Cerais.

Esses Cordeiros são gente de bom caráter, duros como ferro, mas brandos para os filhos e amorosos para as mulheres. Sabem comprar o sangue com sangue, mas também sabem chorar, quando a piedade é necessária.

Joaquina estava em Pitangui quando aconteceu na sua ausência fato triste no latifúndio.

A senzala era imenso quadrilátero fechado por filas de casas. Esse pátio era, por sua vez, trancado por altos portões de madeira.

À noite, soltavam nesse terreiro seis cães cabeçudos, raça feroz, que passavam o dia contidos em quartos escuros. Entre eles haviam dois, Lepanto e Sacalina, que diziam nunca terem visto a luz do dia.

Tia Tuta era uma velha forra, com 60 anos de serviços leais na cozinha, mas ficou ainda trabalhando na fazenda, por alimento e roupa. Era a mesma escravidão que, na sua amizade aos brancos, não sabia avaliar.

Na noite escura precisou sair ao pátio, esquecendo os cães. Houve um abalroo de latidos roucos, rápidos e mais nada. As feras avançavam na negra com tanta rapidez que os vizinhos não ouviram um só grito. Não clareava ainda o dia quando Manoel Congo foi prender os filas, dando com uns mulambos sangrentos, uns braços, umas pernas semidevoradas, mostrando grande porção de ossos. Os cães não só mataram como também devoraram grande parte da negra.

Enterraram as sobras no Cemitério dos Escravos, mas o feitor, que era mau, sorriu glorioso do feito de seus vigias.

— Fujam... fujam. O resultado está aí...

Eram quase 8 horas da noite quando os cães da fazenda abalroaram, anunciando gente.

O escravo Adriano, encarregado da portaria do solar, foi ver quem era.

Sinhá palestrava com hóspedes no salão grande iluminado. O negro elevou a mão, pedindo para falar:

— É um pilingrino, Sinhá. Pede pousada. Vem do São João del-Rei, morto de fome.

Joaquina, delicada, interrompeu a palestra:

— Acolhe-o. Dê-lhe jantar.

E recomeçou a falar com seus amigos, também passageiros. Outro escravo tomou o cavalo para desarrear, amilhar e soltar no pasto.

O viajante entrou para o salão de espera, à esquerda do primeiro pavimento, onde estavam várias pessoas e Adriano, escravo político, espia da fazendeira. O homem explicou-se, dando graças a Deus pela hospedagem:

— Parti de São João del-Rei, sem saber caminho. Vou para Vila do Pitangui, mas arreneguei viajar escoteiro. Vim errando mais do que doutor novo. Dei hoje errada de um dia inteiro e só meu cavalo, quando desanimei, atinou com os rumos. Estou é morto de fome. Cheguei a mastigar folhas do mato, para enganá-la. Bebi muita água para ver se passava; qual. Ela me roía por dentro, navalhava, de modo que desde ontem estou em jejum de comunhão. Agora, nesta fazenda afamada, sei que estou no céu. Louvado seja o Senhor.

Chamaram-lhe para o jantar.

Quando Teófilo viu a mesa farta se arrepiou. Ele era o único conviva. Ia comer sozinho, pois todos os hóspedes haviam ceado e palestravam no salão de espera e no salão grande.

Inês, de pé, ao lado da mesa, fazia as honras da casa.

— Pode servir.

Ele, atencioso, agradecia a generosa abundância da mesa patriarcal.

— Minha filha, triste coisa é a fome. Olhe que desde ontem faço cruzes na boca. Sou doente do estômago, tenho o estômago muito fraco e não posso passar muito tempo sem comer. Andei errando os caminhos... cheguei mais fraco que a desculpa de um pecador.

E diante dos pratos alourando carnes e caldos de ouro:

— Agora vejo esse banquete...

Chamaram Inês.

Teófilo pegou na colher e vendo perto uma terrina de arroz de forno, puxou para seu prato grande porção que ia devorar, como onça o cabrito novo.

Quando encheu a primeira garfada entesou para trás o corpo, cheio de horror. Na porção do quitute com que meara seu prato estava uma barata gorda, inchada, de patas tesas, nadando em farta gordura.

Sentiu os cabelos crescerem na cabeça. Estremeceu de nojo.

— Epa!

E com o estômago arfando em engulho incontrolável, cruzou os talheres, retirando-se da mesa. Não havia ninguém no salão de jantar.

Teófilo deslizou para a sala de espera, já com as mãos na boca, esperando vômito. Ao alcançar a sala correu para uma sacada, ansiando engulhos secos, dolorosos na boca do bucho.

Um hóspede admirou-se:

— Está doente, senhor?

Ele, às voltas com os vômitos repetidos, acenava com a mão, que não era doença.

Adriano, com os olhos brancos, observava o escandaloso.

Voltando da sacada, ao se arriar no banco, gemeu desconsolado:

— Fraco do estômago, sabem?

Todos da sala de espera ouviam, compadecidos.

— Fraco do estômago e, ao me servir na mesa, quase engulo uma barata nojenta, fofa, melando enxúndia...

Adriano voou para o interior; Inês veio logo parlamentar com Joaquina, que ria, despreocupada, no salão nobre. O hóspede insistia:

— Nunca vi semelhante imundície! Numa fazenda de tanto brasão...

Os presentes, retraídos, calaram-se.

— ... de tanta retumbância!

Cruzara as pernas magras e, curvado, comprimia a barriga. Ficava verde, pequenino, minguado.

Nisto Joaquina, que foi dar ordem no interior de solar, apareceu majestosa em seu vestido de gorgorão preto atacado no pescoço por broche de brilhantes.

— Seu Teófilo, jantou bem?...

Ele, que não demorara no salão de jantar nem cinco minutos, sem se levantar, murcho no assento, ergueu os olhos arregalado em branco.

— Bem, Dona Joaquina, mas estou incomodado... do estômago... Ela mostrou as cartas:

— Meu amigo, o senhor desculpe. Numa casa como esta, até essas coisas acontecem, embora seja a primeira vez, desde que me entendo por gente. O senhor me desculpe, estou decepcionada!

— Não senhora, Dona Joaquina, isso acontece. Em minha casa!...

Ela cortou duro:

— Não senhor; aqui não! Meus hóspedes são os donos da casa! E resoluta, e dominante:

— O senhor me fará o favor de esperar uma hora, pois vai ser preparado novo jantar para o amigo.

— Não, não, Dona Joaquina, sou incapaz de dar esse incômodo!

— Aqui, senhor, a regra é obedecer aos deveres da hospitalidade.

Dos presentes alguns murmuraram:

— Sim, é isso mesmo!

— Aqui a delicadeza é uma flor de Dona Sinhazinha... Deus a conserve em saúde e paz.

Adriano já estava ao lado do hóspede, consolando-o:

— Não demora, sô moço, é instantinho.

— Eu não quero nada; sei que sou incômodo e isso me dói.

— Nhor não, Nhonhô; Sinhá é aqui sabe tudo.

E mostrando-se ofendido:

— Nóis aqui é pobre mais honrado...

A senhora retirou-se para o salão, para a roda de seus velhos amigos, onde pretejavam brilhantes batinas clericais. Dera antes uma ordem e agora sorria despreocupada, ouvindo o Cônego Apolinário contar seus primeiros problemas de Coadjutor do Serro do Frio.

Não demorou que muitos escravos, com luzes acesas, revirassem colchões de palhas e panos sujos nas senzalas, procurando baratas.

Era urgente: Sinhá mandara apanhar, às pressas, quantas baratas fosse possível prender.

Já com algumas nas mãos, o preto Silvério resmungava de cara enjoada:

— Mode quê Sinhá qué tanta caroca, gente?

Ninguém sabia.

Baratas fugindo, eram esmagadas no chão pelos pés rápidos dos negros. Algumas estouravam, vazando do abdome um mingau branco. As que fugiam pelas paredes, eram estateladas por mãos de cativos, em tapas esmigalhantes. Pegavam baratas de cascorão, baratas-noivas, caronchas, baratinhas.

Afinal levaram punhados do repugnantíssimo inseto, alguns vivos, outros feridos mas bulindo, outros já mortos, manando postema.

As cozinheiras já avisadas jogaram os bichos na panela onde o arroz começava a fervura. A escrava Januária mexia às pressas com a colher de pau a panelada, pedindo fogo à ladina Getra:

— Berra fogo aí, minina!

Quando Januária destampou a panela, o arroz secara. Botou mais água. Depois de ferventar um pouco, ela, com um pano já sapecado, tirou do fogo o pitéu. Encheu do arroz uma vasta terrina verde ornada de aves-do-paraíso douradas, feitas a fogo. Levaram o prato para a mesa, onde em vez dos 24 pratos de costume só havia aquele, e arroz, feito especialmente para o hóspede reclamante.

Enquanto no salão o Côn. Apolinário se divertia na espineta em compasso de sua música predileta, os *Sinos de Corneville*, Joaquina, avisada, retirou-se com leve reverência. Fechadas todas as portas da sala imensa de jantar, Romano chamou o hóspede fraco do estômago:

— A ceia de Nhonhô está na mesa.

— Ora, tanto trabalho! Isso me vexa. Não era preciso, amigo!

Ao chegar à sala, Dona Joaquina, de pé, ao lado da mesa, apontou-lhe o banco brunido de tanto uso:

— Senhor! Nesta fazenda, desde que aqui cheguei, foi o senhor o único a reclamar, em vista de outros hóspedes, a porcaria de minha mesa.

— Oh, não, Senhora, não reclamei!

Ela, serena:

— O senhor podia chamar uma das escravas às ordens no salão e dizer que havia uma barata no arroz de forno. Havia mais 23 pratos limpos dessa pavorosa mácula. Mas que fez? Saiu para o salão de espera, vomitando de mentira, a reclamar, na presença de minhas visitas, o que lhe acontecera.

Com as mãos abertas pousadas na toalha imaculada, um pouco pendida para diante:

— Pretendeu desmoralizar a liberalidade de meu acolhimento, fazendo escândalo.

E endireitando o corpo espigado, hirta, o que lhe demonstrava ódio a explodir:

— No meu terreiro o diabo não dança, não!

E retirando-se:

— Sirva-se, e passe bem.

Fechou-se a larga porta pela qual se retirou para o salão nobre.

Teófilo viu diante de si a travessa de arroz, de onde surgiram, espetadas, pernas, barbas e asas de baratas cozidas.

Quem estava, de pé, a seu lado? Apenas dois escravos, Romano e Manuel Congo, o feitor de cabeça fria. Ambos impunhavam reiúnas pretas, de canos enferrujados, mais feias do que dor de dente.

O feitor falou baixinho:

— Ói, come tudo!

— Comer, isto?!

— E calado. Aqui olho viu, mão mandou...

— Ah, não como. Isto é insulto. É covardia!

Manuel Congo adiantou-se, tocando com o cano da pistola as costelas do faminto.

— Ou come ou...

As portas, fechadas. Só os três homens estavam ali, diante de um problema parecido com o de Hamlet: Comer ou não comer, eis a questão.

Teófilo começou a comer, com ganas de acabar o sacrifício depressa. Enchia a boca de garfadas rápidas, mal mastigava, repugnado, o que ia engolindo como quem foge da morte. Comia e chorava, embaraçado com as pernas e asas duras das baratas que encalhavam nos cantos da boca. Quis parar e não pôde. Rente, o feitor deu com o pau furado de boca-de-sino a roçar-lhe nos ossos da caixa dos peitos.

Quando pouco restava do manjar do diabo, os pretos recolheram as armas. Ele saiu cambaleando, para engulhar, a quase se desfazer em vômitos.

Os escravos o seguiam. Congo lhe avisou:

— Se troca com cigano dentro de casa, cai na tala.

Mal chegou ao salão de espera desceu, de dois em dois, os degraus da escadaria de baraúna brunida, esquecendo o chapéu na mesa da sala. Os negros o acompanhavam. Ao pisar o pátio, o cativo porteiro lhe apresentou o cavalo arreado, estendendo-lhes as esporas. Montou, largando as chilenas, e mal se viu na sela, um vômito incontrolável o sacudiu. Repôs parte da janta na clina do cavalo, nas abas do arreio, no cachonilho de carneiro. Mas tocou de trote.

Os negros riam. Ao atravessar a porteira de fora ouviu uma voz alta:

— Boa viagem, meu amo.

Estava todo vomitado, sentia dores nos peitos, na barriga. Remoía revolta, planos de vingança, jurava desmoralizar a fazendeira.

— Ah, desgraçada! Bem se diz que é ruim. Ah, peste, ah, miserável!

Novos vômitos despejaram o resto da boia.

Ouviu-se o sino tocando o silêncio das 9 horas.

O barulho da água na roda grande parada do engenho enchia a noite de um rumor de fartura desperdiçada. O Pompéu silenciava para o descanso noturno. Um vento frio emudecia os curiangos.

Ninguém mais teve notícias de Teófilo.

Apesar do Capelão privativo do Pompéu, o calado Pe. Serrão, o Vigário Pe. Belchior, de Pitangui, celebrava na fazenda a missa da primeira dominga do mês. Eram atenções à sua amiga, Dona Joaquina, e motivo para dois dedos a mais de prosa com a ilustre matrona.

Sua ida ao castelo, daquela vez, foi de seu particular agrado, pois regressando de Vila Rica do Ouro Preto, a Senhora devia trazer notícias do mundo.

Depois da missa, o almoço. Após o almoço, o café no salão nobre.

— Então que notícias traz da grande vila? Esteve com o Capitão-General Governador?

— Poucas notícias, a não ser sobre meus negócios. O Capitão-General Governador teve a bondade de mandar me visitar e paguei-lhe a cortesia.

— E novidades?

— Nenhuma, Reverendo. O Capitão-General ainda está abatido com revés sofrido por Portugal, perdendo a guerra com a Espanha.
— Foi um horror. Uma guerra tão rápida! Uma derrota tão dura, de paz onerosíssima!...
E batendo nervoso no joelho:
— Foi um erro! Aquele auxílio de 5 naus de guerra sob o comando do Marquês de Niza, que Portugal mandou cooperar com a Esquadra de Nelson do Mediterrâneo, dificultando o Exército Francês chegar ao Egito, foi outro erro!
E, muito alarmado:
— A declaração de Bonaparte sobre Portugal é séria demais. Disse ele: "Tempo há de vir em que a nação portuguesa pagará com lágrimas de sangue o ultraje que está fazendo à República Francesa!" Tira-me o sono a certeza visível de que Bonaparte será fatalmente Imperador. Isso vai ser a desgraça mais tremenda para Portugal e o Brasil.
Joaquina suspirou baixo.
— Vejo tudo muito nublado. O mundo vai de mal a pior. Nem gosto de pensar o que será o mundo muito breve. Os homens, descontrolados, a vida, sem rumo certo. Pouca fé. Quase nenhuma esperança... Parece que Deus castiga as criaturas, com justiça firme.
E alargando o colarinho:
— Porque não há mais justiça entre os homens... Reflexo da mixórdia que governa o Brasil, que nem liberdade possui. Não é País nem Nação. Sendo Vice-Reino, é ainda triste Colônia, sujeita a ferros.
Arrependeu-se, não disse o resto:
— Nosso Brasil parece a torre iniciada em Saanaar, depois do dilúvio, os que trabalhavam nos seus alicerces não se entenderam mais, pois passaram a falar, todos juntos, as 72 línguas em que Deus mudou a única existente. Todos falam, ninguém compreende o que se dizem.
Silenciou, apertando os lábios:
— A Senhora, por falar em Deus e justiça firme, soube o que aconteceu com o Bicudo, o que deu o tapa no Pe. Zabelinha?
— Não soube.
— Na hora em que recebeu o tapa, o Pe. Zabelinha, muito sentido, exclamou: "Essa mão, dentro de pouco tempo, não dará tapas em mais ninguém."
Passaram-se alguns anos, Zabelinha está no Céu e agora o Bicudo amanheceu com o braço morto, a mão para sempre esquecida.
— Dura lição, Deus não dorme.
— Eu preguei sobre o caso no último domingo. Falei por metáforas, porque a família é importante. Lembrei o caso dos assassinos do Bispo Sardinha, pois no lugar onde foi abatido secaram as águas e toda a vegetação.
Dona Joaquina, que era cristã sem dúvidas e muito caída por padres, suspirou com tristeza:

— O sacrilégio é a vaidade animal das criaturas. Nem gosto de ouvir falar em tais baixezas.

Pe. Belchior, muito eufórico, prosseguiu contra os próprios sacerdotes:

— A Senhora soube de um caso que está alarmando a Capitania da Bahia de Todos os Santos?

E sem esperar resposta, foi narrando:

— Até nos padres a heresia faz de suas doidices. O Governador Capitão-General Dom Fernando José de Portugal mandou sumariar testemunhas, para esclarecer um caso da maior gravidade. É que o Pe. Francisco Agostinho Gomes, indivíduo muito ledor do ímpio Voltaire, ofereceu aos amigos em sua chácara de Barra um grande jantar apenas de carne, na Sexta-Feira da Paixão.

Dona Joaquina ergueu os braços:

— Oh!

— Só comeram carnes, regadas por vinhaças diluvianas... A coisa foi tão escandalosa que chegou às oiças de S. R. Majestade, que ordenou à Secretaria dos Negócios da Marinha e Domínios de Ultramar que mandasse o Governador prender o padre sacrílego!

— E está preso?

— Não sei; é possível que não... O diabo tem força!

A senhora ergueu-se, como para evitar comentários sobre o assunto infamante:

— Ah, Pe. Belchior, Vosmecê esqueceu a sesta. Ainda é tempo! O padre, um pouco desapontado, foi para seu quarto.

Ao se deitar, ouviu uma voz dolente de moça cantando, a encher uma bilha, sob o limoeiro da mina doce. Aquela toada triste ressoava pelo ar da tarde morna como gemido de rola prisioneira.

Na manhã seguinte, muito cedo, o padre saiu a pé, ali pelos arredores da casa-grande. Voltou quando o primeiro café aromatizava a casa. Ao cumprimentar, mesmo de longe, foi falando muito alegre:

— O mato cheira a flor! Se isso é primavera, abençoada seja! Nas estradas, nos trilhos, nos limpos sente-se o perfume erradio das corolas abertas; veem-se ainda poucas flores, mas o aroma das abertas no mato é recendente. São laranjeiras-do-mato, murteiras, embarés, caneleiras, urubus-do-brejo, jabuticabeiras-do-mato, fedegoso, bogaris-do-campo, boninas, esponjeiras, cravos-da-serra, que estão abrindo, às pressas, em florada magnífica!

Tomou a xícara, mexendo o açúcar:

— O cravo-da-serra é uma gramínea rasteira, que floresce em amarelo-roxo e é menor que a sempre-viva. Floresce em pé solitário e é a flor mais cheirosa das montanhas. Só abre nos cabeços dos montes onde os ventos raspam as terras e vergam as plantas raquíticas. Não vigeja bem em solo fértil, mas em chão duro, pedrento, de cascalho cristalino. Cheira mais ao sol que à noite, é uma caçoila de aromas suavíssimos, evocadores e sensuais. Não é excitante como o do urubu-do-brejo ou das jabuticabeiras-do-mato. Tem uma suavidade veludosa, é o odor das mulheres finas, nascidas para a fascinação. Essa flor vulgar e feia, parecendo cravo-de-defunto, encerra e desprende uma riqueza oriental do mais precioso perfume sertanejo. Sente-se a distância, atrai e embala. Como pode aquela planta áspera tirar do chão grosseiro semelhante maravilha? Quem viaja cansado da marcha começa a perceber seus eflúvios e desperta, ganha força e alegria, sorri aspirando fundo, o ar cheiroso. E o cravo-da-serra que, ainda distante, erra pelos ares, embalsamando tudo. Ainda não estão apurados todos os graus e as gamas dos perfumes. Os do nardo, incenso, rosa, jacintos, são inferiores ao do cravo-da-serra. Os perfumes têm raça, também possuem Quatro Brasões...

Depôs a xícara na bandeja de prata:

— E, no entanto, se arrancarmos a flor, ela conserva seu aroma por umas duas horas, apenas. Não murcha as pétalas, mas deixa esvair a alma da flor. É como alguém que, arrancado de sua terra, perde a graça da alegria...

Todos que o ouviam, em silêncio, concordaram com as cabeças.

O padre sentiu-se bem:

— Ah, mocidade. Os cravos-da-serra estão floridos, por aí...

Amanheceu com sol. Depois da chuva, a terra amornada estava alegre e mais fecunda que um leito de noivos.

Pe. Belchior só esperava o almoço para regressar a sua vila.

— Sabe que está fazendo agora, Dona Maria Tangará?

Joaquina irritou-se com a pergunta:

— Nem desejo saber. Por favor não conte nada, para que sua visita seja para todos um presente sem condições.

O padre riu, bem-humorado. E para se desculpar:

— Ela é hoje a erva-de-passarinho de Inácio Joaquim; ele já está secando... Falam que ela está com macumbeiros em casa; compra até negros velhos sem valor, que são Pais de Santo. Deu 600 mil-réis por um negro da Angola de 80 anos, afamado no Serro do Frio como responsador e matador, por perigosas rezas. Um negro de 80 anos por 600 mil-réis, quando para serviço, um escravo de 60 anos não vale mais de 60 mil-réis...

Dona Joaquina, bastante fria:

— Dona Maria Bárbara sempre gostou de feitiçarias. Vamos ver se com esse negro ela fica mais feliz...

Endireitou-se, muito séria. Grande simpatia irradiava de seu rosto severo.

— Ela compra negros feiticeiros para matar inimigos. Eu peço a Deus perdão para todas as criaturas. Imagina-se mais poderosa que a Rainha de Sabá. Nós, pobres corpos frágeis da terra, somos apenas aquilo que Deus quer. Vivemos na ilusão de muito poder, mas pouco ou nada valemos. As moendas da vida nos esbagaçam, impiedosas. Todo o nosso injusto orgulho será bagaço amanhã. Seremos os bagaços, miseráveis bagaços.

Compôs a saia de gorgorão preto:

— Ela verá tanto orgulho se desfazer, através das inevitáveis moendas.

O padre que preparava o cigarro de palha silenciou para ouvir melhor os melros cantando alto nas brejaúbas da fazenda.

VIII
O INTENDENTE DO OURO

Algumas irregularidades na arrecadação do Imposto Régio do Ouro em Paracatu acarretaram a ida, àquele termo, do Dr. Diogo Pereira Ribeiro de Vasconcelos, que já fora Tesoureiro da Arrecadação dos Quintos no Quartel-Geral do Indaiá.

Para apurar as faltas, foi nomeado Intendente do Ouro e viajou em 1800 para cumprir a missão.

Levava a esposa, Dona Maria do Carmo de Sousa Barradas, filha do Conselheiro Barradas, e o filho Bernardo, que ficariam no Pompéu com a prima Dona Joaquina.

A fazendeira mandou os filhos e escravaria buscá-los no Porto da Taquara, para ajudarem a passagem na balsa do Paraopeba. Dali ao Pompéu viajaram em liteira.

A passagem do rio foi demorada e a liteira chegou muito depois do Intendente, que travou boa camaradagem com o barqueiro André. Simpatizou com o preto e por largas horas conversou com ele, na sombra das árvores do mato grosso que ia até a barranca, para quem vem de Sete Lagoas, caminho do titular. Ouvia-lhe a história dos trabalhos ásperos de escravo de Dona Joana Helena de Sá e Castro de Vasconcelos, bisneta de Dona Joaquina, e de seu esposo Cel. Francisco Gabriel da Cunha e Castro de Vasconcelos, senhores do latifúndio da Taquara.

Chegada a condução, o Dr. Diogo deu 3 cruzados ao barqueiro, a título de agrado, recomendando-lhe cautela:

— Olhe, André, tenha cuidado com os lobisomens e caboclos-d'água, que são bichos maus, seus inimigos, conforme disse. Se eles vierem, não se esqueça do facão, avance neles com valentia, não bobeie não. Cuidado que o couro ruivo dos lobisomens cega qualquer faca, se for manejada com a mão direita! Ataque com o ferro na esquerda, bem firme! Abra os olhos com as almas penadas que estão bolindo com você. Para afastá-las basta um sinal da cruz. Adeus, André.

O negro sorria agradecido, apertando na mão trêmula os 3 cruzados, coisa que ele nunca tivera.

Chegados ao Pompéu o Intendente poucos dias descansou, seguindo com escravaria de Dona Joaquina para a Vila de Paracatu. A esposa e filho ficaram com Joaquina, desde que em 30 dias a comissão do marido estaria desempenhada.

Ao partir, o Dr. Diogo abraçou Dona Joaquina, recomendando muito atento:

— Deixo com a Prima os Meus Amores, e com isso digo tudo.

E beijando o filho:

— Trate bem a Prima, Bernardo, porque ela é nossa amiga.

Bernardo não respondeu. Passou um rabo de olho feio para Dona Joaquina, retirando-se.

O tempo passado na casa-grande foi pouco para recordarem as meninices de ambas, na querida Marina.

Inácio morrera há um ano. A moléstia caminhava por seus nervos com passos lacerantes. Nos últimos tempos, querendo falar, não o conseguia: esmurrava então a cabeça com a mão sadia, chorando.

Acabou morrendo.

Joaquina movimentou doze padres para a cerimônia do sepultamento, fazendo padrão de seu prestígio.

Acorreram amigos dos lugares mais próximos. Ela julgara obrigatória a presença de todos os parentes. Mostrou-se poderosa para enterrar aquela pessoa obscura que parasitava a seu lado, inofensiva, mas querida. Deu imponência ao enterro no Cemitério dos Brancos do Pompéu, sendo que, pouco antes, os doze padres celebraram missas de corpo presente.

Estava formado no portão do Cemitério o Regimento das Ordenanças da Colônia, de que o morto fora Comandante.

Quando abriram o caixão dourado ao pé da cova, para a última aspersão de água benta, soou, muito vivo, um clarim militar. Era o toque de continência, que foi feita por um veterano. O Comandante fez a derradeira chamada:

— Capitão Comandante Inácio de Oliveira Campos!

Um Tenente respondeu por ele:

— Presente!

Uma salva de clavinas foi disparada, em funeral, para o chão. Nesse momento o clarim, compassado, tocou silêncio. O caixão foi descido à cova.

No meio da cerimônia, o Dr. Manuel, cunhado de Joaquina, segredou a medo, para o Capitão Machado:

— Artemisa, Rainha do Halicarnasso, também fez funerais suntuosos para seu esposo Mausolo, e que afinal ficou sendo uma das Sete Maravilhas do Mundo.

O Capitão pigarreou, discreto:

SINHÁ BRABA

— Não conheço o fato, mas olha que isto aqui está muito rico!
Quando voltavam para o solar, Machado perguntou:
— Dr. Ferreira, Inácio estava de baixa há muitos anos. Para que a cerimônia militar?
— Cale a boca, Machado. Quem tem dinheiro tem direito a tudo. Mas Inácio não passou pelo coração de Dona Joaquina como uma sombra que deslizara pelo Pompéu. Estava sempre presente nas suas palestras, porque no coração de pompeana virou saudade perpétua. As 600 missas que mandou rezar por sua alma valiam menos que sua presença, vivo e palpitante, no coração da viúva.

Joaquina admirou-se da educação de Bernardo, já de 5 anos, diferente da que dera a seus filhos, pois era voluntarioso e pirracento.

Naquela manhã, voltando com as amas do poção, Bernardo entrou na casa falando alto:

— Quero café e bolo, agora mesmo!

Dona Maria do Carmo, sua mãe, contava a Joaquina um caso de Mariana. A senhora prosseguia na conversa e Joaquina, notando a impaciência do menino, chamou:

— Inês, dê café a esta criança. Leve-a para a mesa!
— Não; eu quero ir é com mãe.

E chegando-se ao canto do salão onde as senhoras palestravam, Bernardo gritou para a mãe, com insolência:

— Vamos, diabo!

Dona Maria já se levantava para atender ao filho, quando Dona Joaquina, irada com aquilo, disse para a visita:

— Viu que menino malcriado, Prima?

E erguendo-se, num de seus repentes, apanhou a própria chinela, dando 4, 5, 6 boas chineladas nas nádegas do rapazinho.

— Não admito que faça isso com sua mãe!

O menino, ante o castigo, encarou Joaquina com altivez, sem chorar. Não chorou mas, encarando-a, firme, seus olhos grandes e bonitos estavam vesgos de ódio.

Dona Maria do Carmo silenciou, sem expressão para o caso.

Foi a primeira e única vez que o futuro estadista Bernardo Pereira de Vasconcelos apanhou.

Bernardo queria ser sempre o primeiro, até na mesa. Depois das refeições regalava-se a lavar as mãos com águas rosadas, como era costume no Pompéu. Não gostava de brincar, a não ser que fosse o chefe da turma, sem o que não ia.

Caiu de um cavalo na fazenda, e embora com a cabeça quebrada, também não chorou. Desamarrando o cavalo de uma visita, montou-o. O animal era espantadiço e ao sair, com um refugo, jogou fora o cavaleiro, fugindo disparado. Embora aos 5 anos soubesse as declinações latinas muito bem, obra de seu pai, era inamistoso por defeito de educação.

Sua precocidade nos estudos não impedia que crescesse com a antipática insolência que nos pobres é má educação e nos filhos dos ricos — personalidade.

Assim cresceu, para morrer, o mesmo Bernardo dos 5 anos: pirracento, algo cínico, mas aureolado por uma inteligência que lhe daria proeminência em todos os debates políticos dos dois Impérios.

Dona Maria do Carmo recolheu-se mais cedo, por estar resfriada. No silêncio de seu quarto, que abria duas janelas para o Pasto das Ovelhas, Joaquina e a prima ficaram até mais tarde falando de coisas íntimas. A certa altura a hóspede perguntou a verdade sobre assuntos que corria mundo e nunca lhe fora bem contado:

— Prima Joaquina, é certo o que dizem ter acontecido em Pitangui com a irmã de um Pe. Tavares?

— É exato. Mas foi brutalidade de Antônio Rodrigues Velho, avô do Capitão Inácio, meu marido. Eu era recém-casada, muito menina, mas me lembro bem do acontecido. Pe. Tavares, que era amigo de Antônio Rodrigues Velho, tinha uma irmã já madurona, que lhe cuidava da casa. Sacerdote severo, comprava ouro para revender e ficou muito orgulhoso; não cumprimentava qualquer pessoa. Sempre emproado, caminhava de cabeça baixa, fazendo decerto suas contas de avarento. Ora, passava por sua porta ao terminar o serviço das lavras um preto ainda moço, espadaúdo, que morava para trás da Capela da Cruz do Monte. Tanto viu a irmã do padre com simpatia, que o negro se enamorou da moça. Algumas vezes lhe falou, recebeu sorrisos. O preto morava numa aldeia da serra, onde também residiam escravos fugidos, cujos donos não apareciam. O diabo foi jogando cinza nos olhos dos namorados, cochichando coisas no ouvido do rapaz. O certo é que um dia a moça anoiteceu e não amanheceu na casa do irmão. Soube-se que o preto a furtara. Foram para o mocambo dos garimpeiros e estavam lá de mala e cuia, morando juntos. O padre danou-se com o escândalo mexericado por todo o Pitangui:

— Sabe? A irmã do Pe. Tavares fugiu com um negro!

— Fugiu nada. Foi com ele...

— E agora?

— Agora é isso mesmo... Dizem que o padre deu parte.

— Boquejam que o Sargento-Mor declarou que ela é maior; nada pode fazer.

Quando o padre soube que a fugida estava na ranchada dos pretos, resolveu ir lá. Foi e falou manso com os amigados:

— Desde que já estão juntos, resolvi casá-los, pois fica feio que vivam sem a graça do casamento. E fingindo-se alegre:

— Vou buscar os paramentos, água benta e o Livro Santo para os casar.

SINHÁ BRABA

Desceu os mil metros do Morro com as pernas trêmulas de ódio. Foi direto à casa de Antônio Rodrigues, que era Capitão-Mor.
— Sô Antônio Roiz, grande desgraça desabou sobre mim!

E contou o caso, já sabido até pelos surdos, pedindo providências. Antônio Rodrigues cofiou as barbas, em silêncio. Seus olhos cor de aço perderam-se, em cisma. Depois falou com voz pausada:
— Sô Pe. Tavares, tem certeza de que sua mana está no mato com o preto?
— Está. Vim de lá agora.

De novo passou as mãos pela barba:
— Muitos pretos?
— Uns 20. Estão armados, sô Antônio!

O patriarca pareceu rir, mostrando os dentes amarelos. Deu uma ordem e começou a chegar gente. Ele experimentou as molas do trabuco e enfiou a correia pelo pescoço, acomodando-o a tiracolo.
— Vamos!

E começaram a subir o Morro. Foram subindo. O padre resfolegava do esforço e o velho Antônio, sereno, respirava fundo os ares levianos do monte quase escalado. Apareceu a Capela do Alto. Negros com chuças, piques e chumbeiras seguiam os principais. O padre adiantou-se:
— São testemunhas. Vamos celebrar a Santa Missa, no fim da qual faremos o casamento.

E com voz macia:
— Agora guardem as armas. Vamos para a Capela.

Ele mesmo tocou o sino do adro, dando entrada para a missa. Puxava a encardida corda com pulso seguro. Os sons de bronze rolaram pelas quebradas até lá embaixo, na vila, onde saía das Igrejas o povo da missa do dia. Os negros entraram contritos para o templo. Aí, por ordem de Antônio Rodrigues, os capangas fecharam a porta principal e a da Sacristia, enquanto sua gente entrava com ele para a Ermida. Não demorou, saiu o padre dando pontapés num negro ainda moço (era o raptor), seguro por 4 bate-paus. O restante dos escravos e libertos da aldeia estava acuado perto do altar, contido pelas clavinas dos escravos do paulista. Ao chegar ao adro aquele bolo de gente, Antônio Rodrigues Velho, com a enorme serenidade com que chegara, encarou o padre:
— Então é este o barrão que roubou sua irmã?
— É este, sô Antônio!

Voltando a alisar a longa barba branca, ele então ordenou com voz rouca:
— Amarrem este bicho!

Depois de amarrado a sedenho, de pés e mãos, o auxiliar confirmou:
— Pronto, sô Antônio!

E o velho, tirando da cinta o facão de mato, cada vez mais rouco, determinou, entregando a lâmina a seu homem de confiança:
— Esquarteja o negro!

O facão molhou-se de sangue. O preto gritava, a irmã do Reverendo gritava, arrancando os cabelos. O padre agarrou-a pelos ombros, sacudindo-a:
— Cala boca aí, cadela!
A mulher berrava, desesperada:
— Padre dos infernos, padre do demônio!
Homens de Antônio Rodrigues seguraram-na, sujigando-a.
O negro, já esquartejado, ainda tinha pés e mãos arrochados no sedenho.

Depois do serviço, todos desceram o morro em silêncio, e quando chegaram na baixada os sinos da vila badalavam meio-dia, sinal de Ângelus dedicado a Nossa Senhora. Antônio Rodrigues Velho parou, rápido, tirando o chapeirão de palha. O Pe. Tavares, que ia atrás, também parou, repentino, fazendo o sinal da cruz.

Dona Maria do Carmo estava pasma:
— Parece mentira não é, Prima?
— É isso mesmo. A vida vai, porém, endurecendo nossos corações. Antônio Velho era um bruto. Já fizera o mesmo com o próprio genro português. Mas é preciso pensar na gente má, em cujo meio eles viveram. Eu mesma estou ficando com fama de brava, porque preciso ser enérgica. Numa fazenda de tantos cativos inconformados, com o ferrão perto dele. Quem não sabe castigar o escravo não é obedecido nem respeitado. Só a dor física o vence. Nenhum cativo é amigo do senhor. O que parece amigo é o mais fingido. Os que parecem bons são como o burro: acostumam com os que lidam com eles... No meio da escravaria há muito ébano vivo, que custa a amansar, como o burro com a cangalha e o cachorro com a corrente. Só os de Benguela têm bom gênio, pois o resto dos africanos é corja indomável.

No silêncio que pairou sobre as amigas, Dona Maria do Carmo considerou com rapidez que a prima era mesmo a mulher disposta, cuja fama enchera toda a Capitania. Mas Joaquina retomou o fio amigável da conversa em particular:
— Por estes sertões há muitas coisas que você desconhece, no meio civilizado em que vive. Há aqui perto a Fazenda dos Pires, do Maior Antônio Julião, que nos causa horror, a nós que estamos habituadas a essas coisas, quanto mais a vocês, da nossa Mariana. O Major Julião só vive de criar negros para vender. Nós criamos bois, porcos, cavalos, ovelhas. Ele só cuida de criar cristãos, para comerciar com eles. Em muitas fazendas do nosso geral reina imoralidade, desrespeito às escravas, mas ali a indecência é inconcebível. O fazendeiro só planta o quanto baste para comer com suas peças. Os escravos não têm deveres, podem também plantar para suas despesas. Parece liberalidade, mas não é. O Major fornece mel de cana aos cativos sadios, porque sabe que a cachaça excita os sexos. Reina ali a máxima licenciosidade e não há menina de 10 anos que não seja prostituta. A ofensa ao pudor é instigada pelo dono; há irmãs que concebem de irmãos, filhas, do próprio pai! Só fi-

cam na fazenda homens bons procriadores e mulheres parideiras, sem falha de ano. Os velhos são vendidos, por qualquer preço. Há pouco ele falou em Pitangui, naturalmente, como se referisse a porcas:

— A parição este ano em minha fazenda não foi boa. Colhi 36 crias, mas duas negras botaram fora de tempo as reses. Bárbara, a parteira, trabalhou mal. As pretas tardaram a parir e a velha, apesar de muito prevenida, deixou até duas morrerem. Demorou o parto, mandando as peças soprar garrafas e vestirem pelo avesso camisas de seus machos. Quando se lembrou de botar o joelho na barriga das tais, forçando a saída, como devia ter feito antes, foi tarde. Perdi as crias e as mães. Uma ficou com as paleas retidas, não teve jeito. Deu febre, foi-se. Perdi, além das crias 800 mil-réis das malparidas.

A promiscuidade ali aboliu o casamento. Casar para que, se não existem lares nem mulheres honestas? São bem tratados os machos assanhados por fêmeas, com apetite apressado de sátiros novos. O próprio dono ministra o afrodisíaco na penitência que fornece a esses garanhões e éguas humanas. Mulher que pare 2 crias em 19 meses, isto é, que engravida um mês depois do parto, ganha vestido novo. O bruto só se alegra ao ver as escravas prenhas. Quando teve há tempos 40 negras grávidas, alisou as barbas, satisfeito:

— Quarenta peças buchudas! Todas amojando. Buniteza! São 40 moleques, boa parição!

Vende os moleques de 1 a 3 anos, bem valorizados. Mesmo os netos, filhos de seus filhos, lhe dão também boa vendagem. Dizem que vende os próprios filhos com escravas engraçadas, o que, pela Lei, liberta as mães. Ele, libertar as mães escravas de seus filhos? Só compra molecas jeitosas e escravas amojando. Para ele, quanto mais assanhadas, melhor. As de olhos baixos, macambúzias, não valem nada. Escravas meninas — vende-as logo. Nos Pires, menino não é criado no peito materno. É aleitado em mamadeiras, para facilitar a gravidez das mães. Valem muito para o miserável mulheres de cadeiras largas, de andar balanceado. São mais provocantes. Ele mesmo diz, público e raso:

— Mulher de bunda murcha, não quero! Só compro mulheres de panelas folgadas!

Quem aborta na senzala é passada para diante.

— Não quero mulher de desmanchos!

Quiseram lhe vender mocinhas de cara inocente; ele recusou, grosseiro:

— Estas não servem. Têm cara de santa. Só compro peças com jeito de Rainha de Sabá.

Dona Maria do Carmo, de mão no rosto, ouvia, pasma.

— Há pouco uma cativa estava em trabalho de parto e quando a parteira Bárbara saiu do rancho da parturiente, o monstro indagou-lhe:

— Macho ou fêmea?

A velha respondeu de cara alegre, certa de dar boa notícia:

— Dois, Sinhô! Dois homizinho.

— O quê?! Não aguente tanto prejuízo!
E com o piraí na mão entrou no rancho em que a escrava acabara de ter os dois filhos, e a retalhou de chicotadas bestiais.
— Mas por que, Prima? Não eram mais dois escravos?
Dona Joaquina explicou:
— Eram dois filhos mas, quando nascem dois de um parto só, esses meninos, por Lei, já estão libertos. A mulher apanhou, ainda com dores do parto naquele instante, porque dera à luz a filhos gêmeos.
Joaquina estendia-se:
— Notando que uma menina de 13 anos ainda estava virgem, chamou o pai:
— Que é isso? Não há mais homens na fazenda?... Vou mandar João Benguela falar com esse trem.
João Benguela, Prima, é o raçador, o garanhão oficial da fazenda! Falando comigo sobre este fazendeiro, o Pe. Belchior, que sabe coisas, revoltou-se indignado:
— Isso não é ser homem, Dona Joaquina Bernarda. Esse tipo degrada a espécie humana. Para ele, como para Hipócrates, a mulher toda está no útero. Seria capaz de organizar em sua fazenda, como na Grécia, uma festa ao deus Falo, que é o órgão sexual dos homens.
Dona Maria do Carmo ruborizou-se, tapando os olhos com as mãos. Dona Joaquina, muito calma, comentou:
— É por vencer este meio, é por ser direita que passo por má.
Dona Joaquina mandou na frente a escravaria para arrumar a casa na vila, onde foi passar uns dias com a prima Maria do Carmo e o filho Bernardo.
Por essa época Tangará havia construído o confortável solar das Cavalhadas, réplica ao sobrado do Pompéu, que Joaninha dobrara, em acréscimo de igual feitura.
A mansão da Rua da Cachoeira é obra de mestres oficiais de grande perícia e ficou definitiva, nas suas sólidas bases coloniais.[14]
Pitangui, nos seus maiores, era no tempo uma só família, tais os parentescos entrelaçados por sangues fortes, vindos de longe.
A esposa do Intendente estava encantada com o tratamento recebido pela raça altiva da serra. Altivos, na nobreza de suas atitudes morais, acolhedores, na hospitalidade. Na estada dos hóspedes na vila e ouvindo falar do aniversário de Inácio Joaquim da Cunha marido de Tangará, Joaquina lembrou-se, ofendida no orgulho, de um presente que escandalizou Pitangui. No dia do natalício de seu esposo, Capitão Inácio Campos, Maria Bárbara, em crise de selvagem ironia, para ferir a inimiga, mandou ao Capitão um tabuleiro de

---

14 Hoje é, sem alteração arquitetônica, o "Grupo Escolar Prof. José Valadares". A rua que teve depois o nome de Rua do Patrocínio, agora se chama Rua C.el Américo Bahia.

cornos de bois. Agora, Dona Joaquina ia retribuir o presente. Mandou para Inácio Joaquim, esposo da rival, uma bandeja de rosas, com bilhete malvado: "Quem tem cornos, dá cornos; quem rosas — dá rosas."

Joaquina esperou muitos meses para agradecer o presente ao marido. Mas a intenção das duas inimigas não atingia a honra de nenhuma delas, pois Tangará e Joaquina eram mulheres honestas e ninguém no tempo ousou difamar seus nomes. Os que tentaram sofreram as consequências.

Enquanto Dona Maria do Carmo era obsequiada por todos, o sobrado das Cavalhadas crescia em comentários maliciosos, pois Tangará estava irritada com a presença da esposa do Dr. Diogo.

— Ora, Intendente do Ouro, que vale isso, digam? É funcionariozinho vasculhador de irregularidades, conferente de pesos, fiscal de papéis, está!

E volúvel, voltando-se para sua amiga Dona Raimunda Machado:

— Viram como Joaquina está velha? Credo! Está como farinha, que nem porco come. Come a panela, mas não come a farinha...

Justificava a velhice da inimiga, então no esplendor dos 48 anos:

— Também viveu muito tempo com aquele homem morto de lado... Não é para menos! Mas quem tomou a carga errada, que aguente... E a família toda metida a grande!...

Riu-se, histérica, mostrando um pedaço das gengivas acima dos dentes.

— E filhos?! Todo ano é tamba cheia! Menino que nem chuva de imbu!

Serenava o ímpeto:

— Coitada da Joaquina... está com a vida decepada. Acabou mais depressa do que pano de 2 vinténs... Seu marido foi uma porteira velha; escanchelou. Sem lugar pra remendo.

Tangará estava muito descontrolada dos nervos e tinha crises de riso, geladas por perigosas melancolias.

Levantou-se, foi à janela e fez uma cruz no ar, com a mão aberta:

— Vá com Deus. Estamos livres, por uns tempos, de uma cobra! É que Joaquina com a prima regressavam naquele dia ao Pompéu. Com o balanço da liteira, já no meio do caminho ensolarado, os viajantes cochilavam no mormaço. Nos dias quentes, todo o sertão mineiro é cheio de gemidos, que fazem tristes as viagens. Ocultas nas ramas, gemiam rolas-caldo-de-feijão; nas sombras das cavas, juritis gemiam. Ouviam-se os gemidos das emas sob as árvores copadas da savana. De asas abertas com o calor, gemiam. Ao anoitecer, vinha dos matos virgens o magoado gemido dos mutuns. Quando a tarde desceu, percebiam-se os gemidos de jacarés nos brejos e, à boca da noite, ao chegarem à fazenda, assustaram-se com o soturno gemido de sucurius nos pântanos verdes.

Estava passando tempos em Pitangui o Pe. Domingos Simões Cunha, grande latinista, poeta, orador e músico. Pe. Simões era preto e, satírico irreverentíssimo, deliciava-se com os ódios de Tangará. Sendo turberculoso, fazia uma temporada de melhora no clima da serra, mas a altitude provocou-lhe vômitos de sangue.

Quando se sentiu pior, teve medo de morrer longe de sua Vila de Paracatu, para onde voltou, numa rede, conduzida por escravos mandados de lá, para buscá-lo. Na noite que precedeu a seu regresso, conversou com o Pe. Soares sobre vários assuntos, tendo por base a inimizade das senhoras rivais.

— Que vale a Dona Maria Bárbara ser rica e não ter paz? Que vale a Dona Joaquina ser tão poderosa e não ter sossego? Olhe Pe. Soares, eu sou um revoltado contra o mundo malfeito e a vida que tanto me tormentou parece-me desprezível. A vida sabe que não lhe dou a menor importância. Para mim ela vale tanto quanto casca de olho.

Depois de um curto silêncio evocador:

— Eu sei o que foi fazer em Paracatu o Intendente do Ouro... Ah, não sermos nós, brasileiros, um Hércules, para abalarmos as colunas de certo templo!...

Tomou, fungando pelas narinas chatas, o esturrinho abaunilhado:

— Ah, Pe. Soares, não sei o que fazem esses Reis, do ouro que foi e vai para eles em surrões, às canadas. Dom João V, morto, não teve dinheiro para ser enterrado... O assecla Francisco de Sousa, Governador-Geral e Representante do Rei Fidelíssimo, não teve dinheiro para comprar uma vela em que segurasse ao morrer, agarrando uma, emprestada, ao agonizar... O maior Capitão-General destas minas, Conde de Valadares, que não tem parentesco nenhum com os Valadares que andam por aqui, por ser Valadares por título honorífico de um subúrbio do Porto, que fez, afinal? Aumentou para mais 10 anos os *Subsídios Voluntários* das Minas para reedificação de Lisboa, extorsão antes fixada também por um decênio, vencido em 1766! Com prosápias de filhote de águia da Casa de Vila Real, de onde saíram Reis geradores de bastardos, é filho de outro Conde de Valadares, o 2.º Dom Carlos de Noronha, valido de Dom João V, gentil-homem de tanta nobreza que foi apanhado de touca, embuçado por manta de mulher, a entrar altas horas, para com freiras, no Convento de Santa Clara...

Não é só isso. O nosso Conde que aqui foi Cavaleiro de Espora Dourada, pelejando pola Lei e pola Grei, logo que regressou ao Reino foi obrigado pelo Marquês de Pombal a restituir ao Erário público 90.000 cruzados que ele roubara no Brasil.

E aflito, pelo esforço que lhe fez doer o peito:

— Romanos! Sangue de Múcio Scevola! Monarquia de origem divina!...

Pe. Simões respirava mal, manando fel de seus arquejos:

— Eu estou no fim do credo. Mas outros virão ajudar os brasileiros a combater a corja que manda até Regimentos de Guerra cavar o nosso chão, para levar-lhe as riquezas. Pe. Soares interveio, levantando-se:

— É melhor repousar. Pode voltar o vômito.

SINHÁ BRABA

O doente viajou pela madrugada.

No caminho do Pompéu, Dona Maria do Carmo, que viajava de liteira, ao atravessar o cerradão de cambaúba, ouviu um som forte, metálico. Maravilha que conduzia as bestas explicou, polido:
— É pica-pau, Sinhá.
É um pássaro do porte de um canário-da-terra, todo rajado de amarelo e roxo. Trepado de banda num cupim, procurava furá-lo. Ora, a casa do cupim é de argamassa de terra, baba e substância intestinal da formiga-branca, tornando-se tão rija quanto o cimento. Um lenhador para deles fazer um forno sua com a alavanca ao lhe abrir uma brecha no rochedo da pirâmide. Pois um pássaro leve, de bico pequeno, martela esse bico na massa compacta, abre caminho para meter a cabeça, alarga-o e se farta das larvas gordas da térmita. E o bico não se gastou, não merejou sangue. Do mesmo modo que abre o oco de pau para fazer ninho, rompe a couraça de cupim para buscar alimento. Não volta ali para de novo comer. Quando tem fome, abre outro. É um pigmeu gigante que enfrenta os poderosos, com o próprio valor.

Dona Maria chegou dolorida e tonta com os abalos da liteira. Joaquina estava fresca e sorridente. Bernardo chegara dormindo.

Quando o Dr. Diogo voltou de Paracatu, remansou no Pompéu uma semana, para repouso.
Gente oficial da vila acorreu a ver, visitar e incensar o Magistrado em missão oficial.
O abastado Capitão Agostinho da Silva Campos foi, com o Pe. Soares, render homenagens ao homem público.
Diogo era cordial e modesto, embora de poucos sorrisos.
O padre procurava bajulá-lo com servilismo:
— Dr. Diogo, sua família é portuguesa?
— Originariamente veio de Espanha para Portugal, no ano de 1150, quando o Conde Eurico Cabrera e Rivera fundou a Torre dos Vasconcelos, castelo fortificado, no norte de Portugal. Do casal surgiram moços-fidalgos, entre eles, para abreviar Dom Mem Rodrigues de Vasconcelos, Comandante da Ala dos Namorados, na Batalha de Aljubarrota, ao lado de Dom João I na defesa de Portugal contra Castela.
O padre teve um clarão raro em sua mioleira:
— Será o de que fala o Camões?
— Justo. Foi atingido por uma virotão ervado. Ciente disso, Dom João I desceu do cavalo e foi vê-lo, chorando. Está nos *Lusíadas*:

Outro também famoso cavaleiro,
Que a ala direita tem dos Lusitanos,

> *Apto para mandá-los, e regê-los,*
> *Mem Rodrigues se diz de Vasconcelos.*

O Magistrado caiu em si:
— Não devo porém falar sobre minha família; não fica direito.
E mudando o veio do assunto:
— Senti não encontrar o Pe. Belchior. É um grande nome!
— Foi a São Paulo; tem parentes lá. É de fato um grande paulista!
— Paulista, não. Mineiro da gema. É do Tijuco, e de quatro costados...
— Melhor, melhor. Honra muito estas montanhas...
— Soube ainda em Paracatu que o Pe. Simões estava em Pitangui.
— Esteve em nossa casa paroquial, muito doente. Já viajou para sua terra.
— Pois se eu soubesse teria ido vê-lo. É uma celebridade!
Pe. Soares, que era curto de talentos, sorriu com ciúme:
— Tem alguma coisa aproveitável. Mas é muito satírico...
— Então o satírico não pode ser grande? Se assim fosse, Juvenal, Petrônio, do Satiricon, Cervantes e outros não seriam eternos. Pe. Simões é um Sacerdote que eu desejava conhecer. Deram-me em Paracatu uns versos dele muito interessantes.
Procura com atenção, na carteira usada. Encontra:
— Intitulam-se *O que Chamam Branquidade*.
Lê:

> *— Eu não sei em que consiste*
> *O que chamam branquidade!*
> *Se na cor, se na entidade,*
> *Ou se tem outro algum chiste!*
> *Se monarcas nunca viste*
> *Sabes que eles brancos são?*
> *Os brancos em conclusão,*
> *Levam bispotes ao mar,*
> *Por ladrões vão se enforcar...*
> *Onde está o ser branco, então?*

> *Onde está o ser branco, então?*
> *Não busques no exterior,*
> *Que o acidente da cor*
> *Não é que dá distinção:*
> *Entra no seu coração;*
> *Vê se tem uma alma nobre,*
> *Gênio ilustre, ainda que pobre,*
> *Ações de homem de bem;*

SINHÁ BRABA

Se nada disso ele tem
É negro, — por mais que obre.

Eu vejo um branco de bem
Dentro de uma carruagem;
Na traseira leva um pajem
E este é branco também.
Não me dirá, pois, alguém,
Onde está a distinção?
Ambos os dois brancos são,
O de dentro e o da traseira.
— Não se dá maior asneira!
Onde está o ser branco então?

Onde está o ser branco então?
Dentro d'alma estão os dotes.
Há reis pretos, sacerdotes,
Grandes, em toda nação.
Mostra a prata branquidão,
O ouro fusco — é o mais nobre;
A cor é um véu que encobre
Bons e maus. O sangue é igual;
Que impõe nele o especial
É negro, por mais que obre.

É branco o papa e o rei,
Fidalgo, duque, plebeu;
O mouro, o índio, o judeu,
O pastor que guarda a grei.
Tapuio é branco por lei;
Os carrascos brancos são;
Marquês, criado e vilão,
Mochilas e mariolas...
É branco tudo... Ora bolas!
Onde está o ser branco, então?...

Subitamente o sino da fazenda gemeu o Ângelus.

Todos calaram no salão, para a prece da tarde, Dona Maria do Carmo uniu as mãos do filho Bernardo, para também rezar, de mãos postas. Terminada a breve oração, Joaquina dirigiu-se a Diogo:

— Primo, vamos para as sacadas, que está chegando a hora dos vaga-lumes.

Era espetáculo novo para o hóspede, a profusão dos vaga-lumes no Pompéu.

Logo que escurecia começavam a luzir nas margens dos ribeirões, nos cerrados, no Pasto das Ovelhas. Luzes pequenas, médias, grandes riscavam o ar, acendendo-se, apagando-se, verdes, azuis, alaranjadas, vermelhas. A inquieta movimentação dessas luzes alegrava a noite ainda nova.

Alguns entravam pelo salão, saíam, piscando. À medida que escurecia, mais luzes, milhares de luzes, surgiam das moitas, luciluzindo nas cores misturadas, festivas.

O Dr. Diogo encarava-as, extasiado da novidade:

— Como é belo, Prima!

Joaquina apenas sorria.

No terreiro, meninos gritavam chamando, com as mãos agitadas no ar:

Vaga-lume vem,
Que o seu pai tá cá,
Pra ti dó viola
Pra ocê tocá.

Só o Pe. Soares se aborrecia ao ver o Intendente do Ouro ocupado com vaga-lumes, em vez de conversar política.

Antônia, no salão, tocava no velho cravo holandês umas valsas desafinadas.

Acenderam-se os lampiões. Pe. Soares forçava palestra mais estável:

— Quer dizer que a Intendência do Ouro...

SINHÁ BRABA

O Dr. Diogo nem ouvia; mostrava à esposa uma luz mais viva, esverdeada, que clareava o beiral triste da senzala.

— Parece uma estrela verde! Há uma estrela de luz verde chamada Altair. Muito belo. É uma festa veneziana no sertão.

O padre, irritado com aquela frivolidade, entupiu o nariz de esturrinho misturado ao pó de raiz de mama-cadela, fechando com estrondo a boceta de ébano.

Quando o Intendente se acomodou na poltrona, o padre um pouco ferino lhe indagou, como reprovando:

— Cansou de ver os lumieiros?

Diogo encarou-o, por não entender a pergunta. E ele, muito pernóstico e, enfadado, insinuou:

— Lumieiros, chamam em Portugal os vaga-lumes...

No outro dia, antes do almoço, conversavam no salão grande quando ouviram cantar, ao longe. Diogo apurou o ouvido. Joaquina explicou:

— É a festa do acabamento da capina das minhas lavouras. É o dia da festa dos escravos.

Os cantos foram-se percebendo mais claros. Ouvia-se um grito plangente:

Aaaah! Ô!Oôô — aaii!...

Adoçado em muitas segundas vozes mais agudas:

Aaah... aah... Aaai!...

Uma caixa surda zabumbava bem compassada, monótona, puxando um grupo de mais de cem negros que terminavam a capina de todas as roças. Aquilo vinha-se aproximando, ouviam-se mais distintas as vozes dos cativos, sempre repassadas de dolências nostálgicas.

A caixa rufava e agora era ouvida em mistura com o ronco dos puítas de couro:

U, u, — ru, ru, u, ru...

Vozes plangiam:

Ó ô ó — ôôô-iii!...

O Dr. Diogo, alto e magro, de cabeça pendida para o lado, procurava ouvir melhor.

— Que é isto, Prima?

Ela se erguendo:

— Estão chegando. Vamos ver!

Quando Sinhá chegou ao pé da escada principal com seus hóspedes, os negros já entravam, embocando no terreiro de dentro, a cantar, em bolo. Traziam nos ombros as enxadas limpas, brilhando ao sol, chegavam dançando atrás de hercúleo negro, feitor do eito e que empunhava, bem alto, um pé de milho quase apendoado. Atrás dele e antes da turba de escravos, amarrado pelo pescoço em comprida corda, caminhava, pulava, saracoteando, um homem vestido de folhas verdes, de ramos amarrados pelo corpo, ocultando um escravo, de que só se viam os pés. Era o Bicho Folheiro, vencido pela capina final das roças do latifúndio.

O Bicho Folheiro girava para todos os lados, recuava, rosnando, arremetia contra seus vencedores como um lobo bravo que se arrastasse pela gorja.

Vaiavam-no, e ele, aos pinchos, acompanhava o feitor, arrastado à força, num agitado saracoteio de *delirium-tremens*, de fúria impotente.

A multidão parou, sempre cantando, ao pé da escada onde Joaquina, entre os seus familiares, recebeu o pé de milho.

Deram-lhe a ponta da corda que arrastava o Bicho Folhe. Ela sorria, feliz, por ver derrotado o flagelo que ameaçava a fartura dos milharais. Era o mato vencido pelas ferramentas do negro: e ali estava, sob o jugo dos ferros que limparam as roças, no símbolo de um bicho devorador, arrastado até os pés da latifundiária

Negrinhos espantados agarravam-se às saias das mães, ao verem o animal perigoso levado em charola. Toda fazenda respirava ar de alívio e abundância abençoada.

Como os africanos livres traziam, aos gritos, das caçadas para o Chefe, a pele do tigre que dizimava os rebanhos ou os dentes dos elefantes perigosos, os escravos expatriados traziam para a Senhora, preso na soga, o Bicho Folheiro que venceram nos mutirões. Ele representava ali o soberano valor da cabeça de um chefe inimigo, morto em rumoroso combate pelos adversários tribais. Era a prova da luta, a bandeira de milho, que significava a lavoura vingada.

Naquele resto de dia os escravos tiveram folga e ração dupla.

O Dr. Diogo, criado em terras áridas da lavoura mineral, não conhecia a abundância farta de uma fazenda agrícola onde se honrava o trabalho da terra, em favor das generosas colheitas cerealíferas.

— Eis a felicidade. O lar respeitado, os filhos respeitosos, a fartura vinda do chão pelo labor honesto de uma família de agricultores. Aqui se unem tradição e nobreza digna. Felizes os que enriqueceram cuidando da terra! Para Dom Dinis, os lavradores são o nervo do Estado e, ele próprio, foi chamado o Rei Lavrador. Antes dele, os lavradores eram gente sem classe, nem podiam receber Ordens Militares. Ele acabou com o preconceito, lavrou e plantou a terra, com os próprios braços. O Imperador da China lavra sua terra, José II da Alemanha. Carlos I e Henrique IV, entusiasmados com a agricultura, também não desdenharam, para exemplo, de empunhar a rabiça das charruas.

Dona Joaquina fechou-se nesse Condado e cumpre sua missão na vida, com muita honra.

Joaquina ouvia, orgulhosa na sua modéstia.

— Nesta fazenda, Primo, tudo foi feito com honradez, sem espoliar ninguém. Não entrou para nosso domínio um palmo de terra *usurpada*. Tudo foi ganho com trabalho e não pouco suor. Meu pai morreu pobre no Inficcionado, como sabe, e só deixou para os filhos comovente *Homilia*, ato de humildade e seguro roteiro. Enfrentei a pobreza é, ao lado do Capitão, acabei por realizar o que está a seus olhos. Passamos pela febre do ouro aos montes sem nos atrairmos por ele. Viemos para a terra.

Parou, pensativa:

— Viemos para a terra! Ela nos deu um pouco da fartura sobra para muitos, e a pecuária foi nossa mina de pobres modestos. O ouro em pó... o vento o dissipa. As Frotas de Guerra levam o resto...

E, mais viva:

— Os currais, quando aqui cheguei, eram indústria para os pobres, os que não tinham dinheiro. Compramos esta fazenda, um pouco a prazo oneroso. Devemos ao boi, ao escravo e à terra o que sobra no mealheiro do Pompéu. Nossa família tem sido, desde o início, de guerreiros e agricultores. Os guerreiros morreram cheios de louros, mas pobres; os que confiaram na terra, os que amam o chão e aí ficaram foram bafejados pela fortuna.

O Intendente do Ouro, ilustre, mas pobre, ouvia, aprovando com a cabeça. Recebia a dura lição, tarde demais para recomeçar.

Depois, passando a mão pela cabeça do filho:

— Está ouvindo, Bernardo, o que diz a Prima?

Bernardo não ouvia nada. Diogo, já então apreensivo:

— Este é rebelde e orgulhoso. Parece que nasceu para mandar, esquecido de que é pobre. Creio que nasceu com o germe mofino da política.

Chamaram a Senhora, que saiu apressada.

Diogo ficou só no salão, com a vista perdida longe, pelas sacadas abertas, na Serra das Bananeiras. Via sem ver, evocando, o pé de milho trazido pelo escravo, padrão da terra fecunda, glória do húmus elaborando riqueza. É que aquela planta, arvorada alto, valia mais que as espadas de seus maiores que venceram, cheias de sangue, em guerras fratricidas. As lanças deram fama a seus portadores, derrubando vidas em sangrentos combates. Provocaram lágrimas, mortandades, fome. O humilde pé de milho, alçado na mão do cativo, era a paz do trabalho obscuro que enche o celeiro, promove a concórdia e a alegria entre os homens. Resumia todos os pensamentos do instante, numa só expressão bem justa: Só a terra nos dá conforto na paz, o resto é ilusória mentira.

Naquela noite, até 9 horas, o titular ouviu o ronco das puítas, o arquejo dos caxambus e o gemido dos urucungos, na dança dos cativos no terreiro da senzala, celebrando, com alegria triste, a festa do acabamento das capinas.

Dias depois viajou para Vila Rica.

As mulheres mais poderosas de Pitangui eram Dona Joaquina, Maria Tangará e Rita Maria de São José Cordeiro, esposa do português José Fernandes, da família Alves, mas que adotou o sobrenome de Valadares. Não sendo Valadares, passou a assinar assim, para se dizer parente do 3º Conde de Valadares, Governador das Minas.

Inimigas de morte, cada qual possuía grande soma de poderes, amigos, parentes e apaniguados. Tangará e Rita promoviam até escândalos para imporem seus desejos. Joaquina era a mais moderada, mas de gênio igualmente arrebatado.

O Dr. Manuel Ferreira da Silva, cunhado de Joaquina, uma vez falou em roda de amigos:

— Para mim as mulheres mais danadas de Pitangui são Tangará, Dona Rita e Joaquina...

Mesmo não se dando, um dia Dona Joaquina recebeu uma carta de Dona Rita dizendo que precisava de três moças para casarem com os seus filhos João, Joaquim e Manuel. Pedia resposta ao pé da carta, assinando com pena de pato, sem nenhuma cortesia, apenas *Dona Rita*.

Não era aquela a primeira carta que a pompeana recebia da inimiga: ela às vezes lhe escrevia atrevidos recados, que ficavam sem resposta. Joaquina temia a missivista e, dobrando o papel, que lera com muita atenção, gemeu resoluta:

— Só dando as moças para essa *Cordeirada* brava...

Para Joaquim, concedeu a filha Antônia, apelidada *Mãe Gorda*; para João destinou Ana Joaquina, e para Manuel reservou Ana Jacinta.

Manuel não concordou com a jovem que lhe destinaram, pois amava Ana Joaquina e, *malsatisfeito*, desapareceu de casa por muitos meses.

Casaram-se Joaquim e João com as noivas do Pompéu, sendo que o último foi morar na fazenda do Barreiro Branco.

A paixão de Manuel pela cunhada Ana Joaquina não esfriou, porém. Quando Ana Joaquina colheu a primeira filha, Maria Eugênia, e esta chegou aos 9 anos, Manoel, já trintão e que pouco frequentava o casal, mandou pedir ao irmão a filha em casamento.

Era comum uma donzela casar aos dez anos, tradição, aliás, da Corte Portuguesa, onde as Infantas sempre noivavam aos 9.

Foi-lhe negado o pedido. Manuel então perdeu a cabeça, embrabeceu, causando apreensão à mãe.

Aquela súbita paixão pela sobrinha era ainda resto do sol do amor por Ana Joaquina e, casando-se com a filha, receberia um pouco da mulher que amara na adolescência.

Com a negativa do irmão, tresvairou, mandando avisar a João que iria buscar a menina; iria raptá-la e casar com ela, à força. O irmão, assim prevenido, esperou, sem muita conversa.

Parentes e amigos de Manuel tentaram dissuadi-lo da prometida loucura. A mãe, a truculenta Dona Rita, depois de procurar chamá-lo à razão, caiu em melancolia.

— Meu filho, se negam a seu pedido, é porque já houve a paixão por Ana Joaquina: seu irmão ficaria mal situado, recebendo-o como genro. Além do mais a menina é sua sobrinha, parentesco muito próximo. Nem sempre dá certo a mistura de sangues.

— O que tem isto? Não há tanto casamento assim, por esse mundo fora?

— Há, não há dúvida, mas a mãe não quis; tem lá suas razões. Olhe, Manuel, há tanta donzela bonita por aí, gente linda, carinhas mimosas, de famílias de tradição...

— Não. Não quero mulher arranjada.

— Eu vi a filha única do Dr. Manuel Ferreira: é um cromo, educada, honesta, direitinha... além do mais é filha de Eufrásia, tia de Ana Joaquina...

O pai João Fernandes, agora Valadares, também reprovava a ideia do filho, com palavras a seu jeito:

— Casar à força, o rapaz? E essa cachopa não tem pai?... Não estás bom dos miolos. Estás é endemoninhado!

Manuel saiu sem ouvir o resto, a resmungar pragas.

Se bem prometeu, melhor o fez.

No outro dia, acolitado por quatro escravos de confiança, partiu para o Barreiro Branco; foi buscar a jovem sobrinha ao meio-dia, com o sol quente.

João, avisado e precavido, estava com gente armada guardando a casa.

Quando avistaram da varanda que o irmão se aproximava com escravaria armada, João apanhou o trabuco e saiu para garantir seu lar.

Quando os invasores chegaram a ponto de ouvir um grito, João esgoelou da cancela do varandão:

— Não se aproxime, que morre!

— Quem morre na véspera é leitoa, mano João! Quem tem razão é o que está com fome!

Caminhava, com seus negros, para o curral da entrada da fazenda. Ainda de longe, numa alucinação, Manuel continuava gritando:

— Vim buscar sua filha, por bem ou por mal! Prometi buscar ela e pancada dada e palavra dita — só Deus tira!

— Pense no que vai fazer, tome juízo ou recomende a alma a Deus!

Manuel caminhava decidido, adiante de sua negrada empunhando armas de fogo.

— Vim buscar a moça ou pôr o calcanhar na nuca de negro!

— Tem dó de mãe, disgraçado, senão Maria Anica hoje come um!

João desceu as escadas de pau da casa com sua gente também armada, para enfrentar os atrevidos fora da porteira, a fim de melhor convencê-los da rematada loucura. O outro caminhava, gritando:

— Mano, me entregue a donzela, pra não ficar desmoralizado!
Aperreando o trabuco, o irmão inchou as cordoveias do pescoço:
— Para, miserável, senão morre!
— Me entregue a moça, ou levo ela por cima da carniça do pai!
Os assaltantes aproximavam-se, já transpondo a pedreira de onde desciam para o curral.
João aí não vacilou. Ergueu o trabuco aos olhos e fez fogo na cabeça do irmão. Manuel cambaleou, rolando ali mesmo nas lajes da pedreira.[15]
Caiu de costas, a bufar sangue. Dos rombos do pescoço uma sanguechuva fervia aos borbotões como olho-d'água no cascalho da serra.
Os escravos do morto dispararam para trás, levando a terrível notícia.
Pitangui se horrorizou com a tragédia, embora dessem razão ao fratricida. Amigos da família e parentes foram buscar o assassinado.
Todos se apiedaram do acontecido mas nenhuma autoridade ao menos foi ver o cadáver, que chegou em esquife de madeira roliça, nos ombros da parentalha. É que temiam Dona Rita e conheciam suas soluções extralegais.
Mandaram logo ao Pompéu avisar a Dona Joaquina do que acontecera, por amor de sua neta.
Pe. Soares depois do enterro estava engasgado:
— Mulher admirável, a Dona Rita! Vestiu o filho, acompanhou-o ao cemitério, sem verter uma lágrima!
— Está muito abatida?
— Está mais triste de que a terra depois do dilúvio.
Desde que chegara o corpo, os partidários de Tangará bradavam por justiça, dizendo claro que iam cientificar o Vice-Rei Conde de Resende não ter havido nem Auto de Corpo de Delito ou exame cadavérico, segundo a lei. Pitangui viveu dias agitados mas Dona Rita, serena, aguardava o resultado de suas providências.
Comentavam por todos os grupos:
— O caso é muito sério; isto não pode ficar assim.
— É. Esconder ferimentos, estupros, ainda vá. Mas um assassínio! Ainda mais Caim matando o irmão...
Outros acalmavam:
— Dona Rita vai dar providências.
Mas sabiam também que ela não tinha influência política nem amigos poderosos na Vila Rica do Ouro Preto.
Foi um sossego quando souberam qual era a providência de Dona Rita. Ela humilhou-se e pediu a Dona Joaquina para tratar do assunto, na Capital da Capitania.

---

15 Ainda hoje lá está a cruz de madeira, que assinala o lugar em que tombou o moço.

Ao arrumar as malas, a viajante notou a admiração das mucamas, por tanta roupa fina que levava. Ela explicou:
— Não posso ir como *meu Deus, que é, isto?*, Inês. Sei andar com decência. Sei merecer a minha pessoa.
Os comentários mudavam de tom:
— Agora, vai. Com ela, a coisa muda de figura.
Havia muito orgulho em certas bocas:
— Numa hora desta é que se vê o que Dona Joaquina vale! É a única de prestígio neste sertão!
O Juiz Ordinário pigarreou, satisfeito, com o rumo das coisas:
— Dona Rita abateu bandeira diante de Dona Joaquina...
Dona Joaquina viajou, com ligeira comitiva. Muitos, porém, duvidavam de sua missão:
— Acho difícil. Crime de morte não é brinquedo, não. O criminoso pode sair livre, mas o caso é sério demais!
Tangará estava assanhada, enchia o mundo de boatos:
— Que foi fazer na Vila Rica, aquela bobona?... Será que vai reformar as *Ordenações* para salvar quem matou o irmão?... Matar é muito crime.
Pois Dona Joaquina Bernarda conseguiu do Capitão-General Governador que não se fizesse processo daquele delito. O assassino, entretanto, devia ser afastado de Pitangui, para evitar a grita.
Foi o único caso conhecido na Capitania, o que Dona Joaquina conseguiu de autoridade legítima: não haver processo em crime de morte e ser afastado para outro lugar, livre de culpa, o matador.
A viúva milionária regressou vitoriosa da espinhosíssima embaixada. Com o júbilo de seus partidários, abaixaram o facho, embora rosnando, seus inimigos inconformados.
Ao regressar para suas terras, Dona Joaquina comprou do Pe. Lobo a fazenda da Casa Branca, no que seria Município de Santa Luzia do Rio das Velhas, para onde João se mudou com a família.
Levou grande boiada; prosperou, nas terras incomparáveis do Rio das Velhas, que passa à vista do solar do Pe. Lobo, na Casa Branca.
O criminoso só voltou ao Pitangui depois da Independência.
No seu condado da Casa Branca, de que havia uma cisma de fazer infelizes seus proprietários, João ficou arredio, mudando o caráter. Tornou-se taciturno, duro nas respostas e sem sorte com a família. Naquele chão generoso, onde Deus espalhou terras de espantosa uberdade, os filhos de João foram criados analfabetos e bravos como feras.
Ao perguntarem a Dona Rita, nas conversas sociais, de que morrera o filho Manuel, respondia, evasiva:
— Morreu de infelicidade...

Alguém indagou de Tangará se era verdade o que Joaquina fizera pelo genro, e ela respondeu com desaponto, encerrando o assunto:

— Ter garras não é o mesmo que ser leão. Aquilo é tão ruim como égua de casco rachado. Mas sabe agradar os machos.

Entre os habitantes de Pitangui, onde a vocação da rabulagem está no sangue de todos, não faltou quem reprovasse a maneira fora da lei com que ela contornou o caso.

— Fez mal. A absolvição era certa, matemática. Dava um tapa em muita gente: Ela, sabendo da chocalhagem dessas opiniões; suspirou muito avisada:

— Eu conheço o coração dos homens. Tenho inimigos por aqui, Dona Rita Cordeiro também tem. Há muito julgamento que não é Justiça, mas dura vingança.

Temia decerto e com razão a covardia de alguns amigos de aparência e, no fundo, governados pela inveja da fortuna alheia.

Chegaram para Joaquina as monções de ásperos trabalhos com os filhos. Joaquim, o filho predileto, o futuro Guarda-Mor Joaquim Antônio de Oliveira Campos, naquela tarde, chegou-se à mãe bastante desapontado:

— Mãe, peço a Vosmecê consentimento para me casar.

A senhora encarou-o nos olhos, muito séria:

— E com quem, filho?

— Mãe, é moça do Morro do Mateus Leme, chamada Claudina. É filha do francês Latalin France e Dona Mariana.

Joaquina jogou a cabeça para trás e riu alto, riso nervoso, forçado. Recompondo o rosto, que se tornara pálido:

— Eu já sabia disso, meu filho! Então você quer casar com a filha de um francês debochado e de Mariana do Morro...

Foi embrabecendo:

— Então não sabe que essa Mariana do Morro é sujeita sem reputação, mulher leviana e, Deus me perdoe, cínica?

O rapaz silenciara. A raiva crescia:

— Então o senhor não sabe que essa Mariana é mulata de má fama, cabocla de baixa laia, que desrespeita o próprio marido, em sua própria casa? E que, além de mulata, é sem juízo ou, por outras, sem-vergonha?

Joaquim sentiu o excesso daquelas palavras e reagiu:

— Não é verdade isso, mãe, não cortando o seu bom propósito. Dona Mariana é morena, mas há outros por aí que se casam com moças mestiças. Depois, a senhora está sendo injusta com a mãe de Claudina.

A fazendeira tremia:

— Era o que faltava o senhor pretender trazer para esta casa uma neta de escravo de Nossa Senhora de Piedade do Patafufo! A avó de Claudina era da senzala e a filha só nasceu livre porque um português a comprou, alforriando a filha!

— A senhora me perdoe, mas está sendo injusta.

— Trazer para minha fazenda resto da tarimba do Patafufo, gente da ralé do Morro de Mateus Leme! Ainda mais o senhor, herdeiro de nosso nome, com carreira militar à vista. O senhor meu filho está doido: não consinto nesse casamento! Já escolhi para o meu filho donzela de sangue limpo em Pitangui, e desejo vê-la nesta casa como nora muito querida, sua esposa. Não seja como a água, que se tinge de todas as cores.

E aproada, impondo os seus princípios:
— Não quero ser desrespeitada e minha vontade é a consciência da razão.

Cruzou os braços, abatida.
— Minha mãe, Vosmecê me perdoe, mas eu caso é mesmo com Claudina.
— Basta! Não me diga inconveniências. Lembre-se de que sua mãe vem com o nome claro de um Doutor de Coimbra, morrendo Sacerdote de Deus! Seu Pai descende de gente nobre, dos Vanderburgos da Flandres belga, e nossos filhos não têm sangue de mestiços desavergonhados.
— Está certo, mãe, a senhora tem razão, mas resolvi me casar com essa moça e cumprirei minha palavra.

Joaquina excitou-se num frenesi:
— Pois não casa!
— Veremos.
— Veremos o quê, atrevido? Foi essa a educação que lhe dei, responder a sua mãe com ameaças?

O moço recostou-se no peitoral da varanda nos fundos, olhando com fixidez o pátio lajeado.
— A senhora tem orgulho, eu tenho amor-próprio. Quem vai viver com a moça sou eu e a senhora não querendo que eu viva em sua fazenda — vou-me embora.
— Não seja bobo, não casa porque não consinto.

O filho voltou-se, olhando-a nos olhos:
— E se eu casar contra a vontade de Vosmecê?
— Não fará isso!
— E se eu entender de casar, que pode a senhora fazer?
— Mandarei matá-lo!

E saiu quase a soluçar, para seus cômodos de dormir. Ao chegar aos quartos trancou-se por dentro, deitando-se de bruços com o rosto escondido nos travesseiros. Chorava.

Joaquim não se casou, para respeitar a mãe, porém se amasiou com a mestiça. Claudina era de beleza surpreendente. Todo o centro mineiro a conhecia pela fama de esplendorosa formosura. Moça, de 17 anos, educada, amorosa, apaixonou-se por Joaquim e agora era sua amante.

O escândalo por esse ajuntamento foi enorme. Comentava-se ocaso do filho da viúva com uma febre de minúcias que fazia o resto da família ficar humilhado.

Passado algum tempo, Joaquim apareceu no Pompéu.

— Louvado seja Nosso Senhor Jesus Cristo, mãe?
— Para sempre seja louvado, filho.
Ninguém tocou no acontecido.
À noite Joaquina chamou o filho a seus cômodos. O rapaz estremeceu.
— Filho, como vai você com a rapariga?
— Bem, mãe. Fiz o que fiz, para respeitar sua ordem de não casar. Peço perdão, de joelhos, pelo que lhe faço sofrer.
Um silêncio intolerável se interpôs entre ambos. Depois a senhora, muito baixo:
— Ela trata-o bem, meu filho?
E sem esperar resposta:
— E vivem em paz?
— Graças a Deus vivemos. Trata-me bem.
Joaquina não conhecia a amante do filho e tinha curiosidade em vê-la. A todos perguntava como era a jovem; se era simpática, se tratava o amásio com atenção.
Em uma tarde de procissão na vila, Prima Luísa procurou Joaquina:
— Prima, sabe quem está em minha casa? Joaquim e Claudina. Me procuraram, não pude negar a hospedagem.
Depois da procissão, quando todas as famílias se recolheram aos lares, Joaquina foi à casa de Luísa. Foi propositadamente para ver a mulher. Ao entrar pelo corredor, viu-a na sala cheia de visitas; fingiu procurar alguém, para examiná-la, quando ela conversava com uma senhora.
Sua cabeça distinta conduzira para aquele salão a esplêndida cabeleira negra ondeada, que polarizara todos os olhares na procissão e enchia a noite de um encanto maravilhoso. A beleza da jovem só podia ser vista com espanto. Joaquina perturbou a visão, ao encarar aquela estrela fascinante e ao chegar à sala de jantar aproximou-se do filho, que ali se achava:
— Vi-a. Conheci-a, passando. Não é que a morena é mesmo bonita? Joaquim terminou se casando com a mestiça, pouco antes de a fazendeira morrer.

Foram-se casando os moços-fidalgos do Pompéu. As meninas se casaram todas: Ana Jacinta, noiva rejeitada do infeliz Manuel, era esposa de Timóteo Gomes Valadares; Joaquina consorciara-se com Antônio Alvares da Silva, Isabel com Antônio de Campos Cordeiro Valadares.
Dois genros da viúva muito aborreciam, por suas desmedidas ambições. Um era Antônio Álvares e o outro era Timóteo, que possuía muitos defeitos de criação. Pouco dedicado ao trabalho, blasonava-se de ser genro de senhora rica, e não precisava fazer força. Antônio queria receber a herança antecipada da esposa e Timóteo, manobrado por ele, falava inconveniências contra a sogra. Boquejava com parentes dela e dele, com desconhecidos, com escravos de pés redondos... Sempre a cavalo, de fazenda às vilas, de vila a arraial, fazia muitas vezes por dia o inventário da sogra... Revelava particularidades da vida

interna da família onde se casara; comprava e mandava cobrar no Pompéu, era infernal. No balcão das vendas, de pernas cruzadas e cabelos sem corte, enquanto alisava a palha para o cigarro, extravasava-se:

— Aqui, como me veem, sou casado com filha de milionário... Mas de seu dinheiro, só tenho visto osga.

Riam.

— Pra apanhar os cobres tenho apertado ela mais do que pedra-ume...

Os ouvintes se deliciavam com aquelas bobagens do leviano.

— Tenho tido prejuízos com as sovinices dela, mas... Quando Deus tira os dentes abre mais a goela... Vivo na incolomença desse ouro, já não sei em que pé danço, mas um dia encrespo e a coisa, aí, aparece!

— E se ela tivesse morrido do tiro?

— Ah, se tivesse morrido, eu hoje estaria falando grosso, com uma cobreira danada. Casava, mas casava já muito lorde... Não andava, como ando, dentro desta pele do diabo, mas na casimira que só o Rei pode vestir...

Aquelas e outras conversas, logo sabidas, andavam azucrinando a fazendeira. Timóteo morava mesmo na fazenda, em casa modesta, perto do terreiro de fora.

Um dia em que amanheceu mais alfinetada pelas perfídias que lhe chegavam ao conhecimento, mandou chamar Manuel Congo e deu-lhe uma ordem severa:

— Chame o Cristino Veloso e Vicente Maravilha e vá, agora, passar uma surra de rabo de tatu no meu genro Timóteo.

Manuel Congo, sem olhar para Sinhá, estatalou os olhos brancos ao ouvir o mandado. Ordem dada por Joaquina era ordem cumprida.

Contudo, ficou de pé, calado, esperando mais determinações.

— Cristino e Maravilha agarrem o genro e você dê-lhe uma sova de criar bicho!

Não demorou, ouviram-se os gritos de Timóteo, na sua casa. Manuel Congo lavava-lhe o couro, com mão firme.

O homem calou um pouco, silenciou por muito tempo. Sua esposa, com quem vivia mal, falou para a mãe:

— Foi um santo remédio, aquela pisa. Coisa boa! Timóteo está bom como ouro achado...

Quando ele sentia a língua coçando pelas tabernas, a sogra ameaçava a repetição da mezinha.

Pe. Soares, sabedor do fato, indagou de Dona Joaquina se era exata a notícia.

Ela franziu o cenho:

— É certa; e foi uma relíquia aquela surra!

Antônio Álvares, o insofrido demandista, genro de Joaquina, quando se casou teve também ordem de ficar morando no terreiro do Pompéu.

Era negociante ambulante, criava e engordava capados. Além dos que sempre tinha na ceva da sogra, dava porcos a meia. Engordava suínos em cercados próprios, ali por perto. Vendia regularmente a porcada, em regime de extrema usura. A ambição fazia-lhe esquecer a própria família, baldrocava com suas tranças de negociante finório. Quando vendia os capados gordos, inclusive os da ceva da sogra, armava sempre umas pantomimas mal ensaiadas. Punha-se a gritar alto, de modo a ser ouvido da casa-grande:

— Ai, meu Deus, estou pobre e na miséria! Não tenho nem toucinho para dar de comer à família!

Joaquina ouvia as lamentações e esperava. Quando o Jeremias desconfiava não estar sendo ouvido, ia para o terreiro de gado, deitando em monte de esterco e abria a boca:

— Que sorte triste! Não tenho nem toucinho para fazer o almoço! Ainda mato mulher e filhos, dando depois um tiro na cabeça!...

A esposa, da porta, gritava furiosa:

— Que papel de bobo está fazendo! Que vergonha, Antônio!

E começavam a discutir, ela de pé, na porta, e ele de bruços, no monte de esterco ressequido.

— Não aguento nem sustentar os filhos... Que vida amaldiçoada, meu Deus do Céu... Pra que Deus não me tira do mundo...

Ouvindo o enfadonho berreiro, Joaquina indagava:

— Inês, que gritaria é essa?

— É Inhô Antônio, Sinhá...

Ele, que entrevira a sogra na sacada, redobrava os berros:

— Não tenho toucinho nem para fazer a comida! Ai... triste!

Como a farsa continuasse e o bate-boca da mulher olhando o homem lamuriento, Joaquina mandava levar uma banda de capado para a filha.

Era água na fervura. O genro calava-se. Pe. Serrão, a sombra silenciosa do solar, sorria com tristeza. Mas o filho Jorge uma vez se indignou:

— Só fazendo com Antônio o que Vosmecê fez com Timóteo: passar-lhe uma surra, para evitar a vergonheira que estamos ouvindo...

A fazendeira, enfezada com o palhaço, aprovava:

— Para isso nada melhor que uma boa sova! O remédio está aprovado. Mas tem uma coisa, meu filho. Conheço os homens e esses Alvares da Silva ou apanham e matam ou matam e não apanham. Os Alvares da Silva não são graça, não...

Pois esse Antônio Álvares da Silva ficou muito penalizado com a morte de um escravo seu amigo. Morreu por engano, inocente. Houve o furto de uma rapadura na despensa da casa-grande e a única pessoa que ali entrara naquele dia, além de Inês e Felismina, foi o escravo Catarino, para levar um saco de feijão. Joaquina mandou Manuel Congo apurar o caso, recaindo a culpa no preto amigo de Antônio Álvares. O escravo era desde pequeno amigo do branco, pois foi compra do Arraial da Marmelada, de onde era Antônio Álvares, e o ladino foi nascido na fazenda do tio do genro de Dona Joaquina. Cresceram juntos. Foi vendido para o Pompéu e nunca tivera mancha de gatuno, sendo considerado negro de preceito.

O furto envolvia também as duas escravas de confiança de Sinhá, pois elas e o cativo Catarino foram os únicos a entrar no depósito aquele dia. Pois Manuel Congo tanto esbordoou o suspeito para confessar a falta que o crioulo vomitou sangue, muito sangue, e morreu em horas.

Joaquina, entrando dias depois na despensa, deu com a rapadura caída atrás da tulha de gêneros. Talvez ao levantar a tampa a derramar o saco, ela houvesse escorregado para trás do caixão.

Joaquina espantou-se:

— Felismina, olhe aqui uma coisa!

Era a rapadura.

Joaquina entristeceu, suspirando com desaponto:

— Coitado do negro! Deus lhe dê o perdão de outros pecados, porque deste, está livre.

Aquilo abateu a senhora por muitos dias.

Quando Antônio Alvares soube, por sua mulher, da verdade decepcionante, ficou indignado e até chorou.

— Nosso Senhor vai cobrar de alguém essa morte. Ninguém joga poeira nos olhos de Deus!

E procurou na vila o ilustre Vigário Pe. Belchior. Entregou-lhe 100 mil-réis para que celebrasse 100 missas pela alma do negro amigo. O Pe. retirou-se para o interior da casa, mandando Antônio esperar. Demorou mais de hora e, ao voltar, fez entrega de 99 mil-réis, ai rapaz. Ele protestou:

— Não, Pe. Belchior, Vossa Reverendíssima se engano: eu quero é 100 missas, por alma do escravo e casa missa custa 1 mil-réis.

O padre ponderou:

— Se uma missa, que tem valor infinito, não valer para a alma de seu amigo, nem 100. Tirei os dez tostões da celebração.

E batendo no ombro do futuro herdeiro de Dona Joaquina:

— A alma dele é pura; conheço o caso.

Casaram-se todas as filhas de Joaquina. Ana Jacinta, a destinada ao infeliz Manuel, consorciou-se com Timóteo Gomes Valadares, Maria Joaquina com Luís Joaquim de Sousa Machado; Joaquina, com Antônio Álvares da Silva; Isabel Jacinta, com Martinho da Silva; Ana Joaquina, com João Cordeiro Valadares; e Antônia, com Joaquim Cordeiro Valadares.

Mas havia ainda uma filha adotiva de Dona Joaquina: Maria Severina, sobrinha do Capitão Inácio e que foi tomada pela fazendeira, por morte da mãe. Essa menina foi criada como legítima no seio da família, onde tinha os mesmos carinhos recebidos pelas primas.[16] Aos 15 anos Maria Severina casou-se com o médico Dr. Manuel de Abreu, indo morar no Rio, na Rua Mata-Cavalos.

A mãe de criação dotou-a com generosidade e, nas constantes idas das tropas do Pompéu à Corte do Vice-Rei, eram mandados gêneros e cartas para a jovem.

Maria não teve filhos. Dois anos depois de casada, Dona Joaquina recebeu dela uma carta, que a fez estremecer. Até ali vivera em paz com o marido amado, mas acontecera caso bem crítico no seu lar. O esposo infelicitara uma empregadinha de 14 anos, que ficara grávida.

A carta de Maria fora escrita sob lágrimas de paixão. "Parece, Mãe, que minha felicidade acabou. Ele jura muito amor, diz que foi leviandade de momento, pede perdão e quer ser sempre fiel para o futuro. Posso acreditar? Espero o seu conselho, mas meu coração dói sem alívio. Criada pela Senhora nas regras de moral sem tropeço, sinto que fui substituída no coração do ingrato. A coisa estourou ontem quando, indagando a razão dos seus vômitos sem remédio, ela, corajosa, tudo me contou. Depois de muitas coisas que prefiro silenciar, fui para cama com febre e, aproveitando a vinda de Teobaldo, escrevo, aflita, à espera de seu bom conselho. Pede-lhe a bênção a infeliz filha obediente, (ass.) Maria Severina. Em tempo:

Responda logo que possa. M. S."

Joaquina leu três vezes a carta, escondendo-a no seio. Guardou segredo do fato.

Na manhã seguinte mandou chamar o escravo-correio:

— Teobaldo, você parte, depois de amanhã, para a Corte. Viagem urgente.

O escravo que chegara da Corte na véspera, em viagem de 240 léguas, com descanso de um dia, voltava nos rastros para o mandado especial de Sinhá.

— Descanse amanhã, coma bem, não faça mais nada. Depois de amanhã volte à Corte, onde repousará 3 dias, em casa de minha filha.

— Nhá, sim.

Pelas 4 horas da madrugada o rapaz ganhou a poeira, levando a resposta. Joaquina estava abafada. Gritava com as ladinas, dormia urde, levantava-se ainda escuro. Quando pisava firme no andar, sem paciência, as aias da mansão adivinhavam tempestade.

— Tem coisa.

— Que será, São Judas Tadeu?...

Zé Cisterna andava macio, pisando leve.

— Tem novidade, sô Cisterna?

---
16 O velho Prof. Benedito Cordeiro de Campos Valadares conheceu-a muito bem, descrevendo-a como alta, esguia, loura. Foi o saudoso mineiro que me referiu o fato aqui narrando.

— Hum... Sei não.

Uma semana depois, a Senhora mandou Romano levar condução apropriada, para a filha e o genro doutor virem passar uns tempos na fazenda. Quando Teobaldo regressou, trouxe resposta da filha, que ia cumprir as ordens, viajando para o Pompéu.

— Ela está alegre, Teobaldo?
— Na mesma, Sinhá.
— Tratou-o bem?
— Bem, Sinhá.

Joaquina foi até uma sacada, resmungando com raiva.

— É isso mesmo. Sofrem e não demonstram. Foi o que lhes ensinei: se tristes, fingem alegres com os familiares. É preciso não se vulgarizarem, para se fazerem dignas do meu nome.

Um mês e pouco depois chegava o casal ao velho castelo do sertão. Maria Severina, mais magra, o Dr. Abreu, mais gordo. Ninguém soube das conversas particulares mas, indagada, a jovem confirmou as revelações da carta. O certo é que Dona Joaquina se mostrava contente com a visita dos filhos. Como ninguém sabia do acontecido no Rio, houve alvoroço de felicidade na família com a chegada dos parentes.

O Dr. Abreu ignorava a missiva da esposa à fazendeira. Os ares serranos, o bom alimento e a convivência dos amigos lhe aguçaram a alegria.

Gostava de caçar. A sogra se prontificou a ordenar uma caçada de veados, no chapadão.

Quando saíram em algazarra para soltar a grande matilha da fazenda, o Dr. Abreu estava comunicativo. Vendo chegar o Crispiniano, do Curral do Buriti, que levara muitas trelas, indagou, eufórico:

— Muito veado, Crispiano?
— Mateiro, assim!

As mãos magras do negro, em pinha, davam fartura de caça.

Tudo pronto, os caçadores já montados para partir, uma buzina chorou alto e compassada, anunciando estar tudo em ordem. Todos os cães, ainda atrelados, uivavam ansiosos para a largada. O Dr. Abreu embevecia-se com aquilo:

— Bonito! Que beleza!..

Nesse instante Joaquina chamou Manuel Congo e José Cisterna, entrando com eles para o Salão Grande, trancando-se a porta. Vinte minutos depois os negros de confiança saíram, montando também para acompanhar o doutor na caçada.

Os mais se espantaram, pois aqueles cativos só deixavam, juntos, o terreiro, para missões delicadas.

Abreu aí perguntou satisfeito, pois isso era obrigatório:

— Podemos partir, minha sogra?
— Podem.

Ele então levantou o chapéu com respeitosa vênia:
— Sua bênção?
— Vá e volte com Deus, meu filho.
Os escravos também pediram para ser abençoados. A cavalhada abalou-se; levavam os cachorros nas trelas, inquietos para as batidas pelos campos.

Caçaram até ali por volta das 3 horas da tarde, matando dois mateiros e um camocica.

Já regressavam, cansados das correrias, quando chegaram a um córrego. Cisterna mandou os escravos com os caçadores na frente, só ficando com dois deles, Antônio da Várzea e Juruminho, além de Maravilha e o doutor.

Não demorou e os que seguiram adiante, levando a perrada e os mateiros abatidos, ouviram gritos, gritos desesperados de socorro. Entreolharam-se, parando os cavalos. Os gritos continuavam, agudos, gritos depois mudados em urros roucos.

Meia hora depois Manuel Congo e Cisterna carregaram o doutor para a sela, de onde fora descido à força, prosseguindo viagem, a passo.

O médico gemia, sem poder mais gritar. Apertava com as mãos a barriga, e chorava, praguejando.

Sim, praguejando. Muitas pragas, muitíssimas ameaças de vingança e desforra nos negros e na fazendeira.

Ao chegarem ao pé da escada, tiraram da sela o doutor, que sangrava muito de entrepernas. O sangue escorria pelas roupas, ensopando as calças e as botas de montar, que chegavam ao meio das coxas.

Enquanto os negros subiam o ferido pela escadaria imponente, Cisterna, que chegara primeiro, já apresentara à Senhora, numa folha de inhame-bravo, duas coisas vermelhas, com sangue coagulado.
— É a encomenda de Nhanhá.

Joaquina chamou a filha, mostrando-lhe a folha com os ovos de carne sangrenta:
— Estão aqui os bagos do jumento seu marido. Agora pode viver sossegada. Ele está capado.

Maria Severina tapou os olhos com as mãos, ameaçando choro.

A mãe falou firme:
— Não chore. Mostre-se merecedora de quem é!

A própria Dona Joaquina ia levar caldos para o doente, levantando-lhe a moral.
— Beba isto, doutor. É caldo de galinha, apurado em 3 horas. Ele gemia, ao pegar a chávena azul com bolas amarelas.
— Não gema, doutor. Isto não vale nada. O homem deve ter peito para enfrentar as circunstâncias.

Quando sarou, partiu para a Corte, levando a esposa.

SINHÁ BRABA

Maria não escreveu mais cartas magoadas, para a mãe de criação. Parece que o casal não se separou, pois a moça não apareceu mais no Pompéu.

Na imensa propriedade, a despeito de fiscalização incessante, morria muito gado. Eram picadas de cobras, brigas de guampadas, pestes, bicheiras, cursos, atoleiros.

Naquele dia o campeiro do curral deu por falta de uma novilha javanesa bargada de branco e mouro.

Margeava o barranco do Paraopeba, à procura de capim mais fresco. A certa altura o chão cedeu, ela escorregou, caiu na margem lodosa do rio, com água pela barriga.

Endireitou-se para sair, pois havia praia logo acima. Foi caminhar, não pôde. Num arremesso para diante, afundou mais as mãos no barro preto, pegajoso. Tentou as patas traseiras e sentiu também que elas ficaram presas no chão.

Estava atolada.

A cada esforço para safar-se, mais se prendia. Bebeu água, cansada do trabalho. A água em torno do seu corpo ficara barrenta de seus empuxos para fugir.

Passou-se o dia e a noite chegou gelada, com os ventos.

Perdia força, descansava para de novo arremeter.

Em torno, a triste solidão dos rios sem canoeiros, sem ranchos perto, sem vizinhança de roças. Rabanava peixes grandes e capivaras chegavam perto, farejando, para ver o que era aquilo.

Quando amanheceu, a pança já estava meio submersa, a cauda mal podia aspergir lama para cima. Fugiram-lhe as forças. Veio a fome, e o capim a duas braças de sua boca faminta. Estendia o pescoço, farejava. Cansou do inútil esforço.

Três dias depois, apenas o lombo, o pescoço e a cabeça desconsolada emergiam da água.

As patas estavam bem firmes, seguras pelo vácuo que os cascos faziam no lodo.

Desceu nessa manhã esplendorosa uma canoa de pescadores, que parou bem perto do animal. O vareiro pôs-lhe a mão nos chifres, pegou na orelha para ver a marca.

— De Dona Joaquina. Mas eles acham. Os vaqueiros do Pompéu fuçam tudo.

Deixaram a canoa descer. Ao se afastarem ouviu-se um mugido fraco, cansado.

— Coitada!

Eram pescadores do outro lado do Paraopeba, gente que vivia com cisma da fazendeira. Nos olhos plácidos da atolada havia tristeza e desânimo.

Que é dos teus vaqueiros, vaquinha sertaneja? Bertoldo, o de teu curral? Onde está o velho Maravilha, vaqueiro-mestre? Por onde anda Veloso, o gigante preto, vaqueiro de estima? A estas horas o curral do Pompéu está cheio de gado lambendo os cochos do cercado de fora. Que é do vaqueiro do teu curral, ó javanesa? Não pastarás mais ao amanhecer na margem das lagoas a grama umedecida pelo orvalho da madrugada. Não ouvirás mais os berrantes roucos, chamando as pontas do geral para as salgas do fim de ano... Não sentirás os cheiros nem verás mais as fumaças das queimadas, onde a chuva fará brotar o capim de zabelê dos chapadões...

As cadeiras agora lhe tombavam para um lado e, torta, exausta, vencida, apenas mugia baixo. Como uma canoa furada presa à corrente da espera, a vaca afundava, devagar.

Pois resistiu seis dias, esquecida de seus guardas, largada à própria sorte. Um dia o escravo Bertoldo, do curral de onde era cria, chegou, correndo campo, até o barranco do rio. À sua chegada revoaram urubus, embaixo, no lameiro da praia.

— Cheguei tarde.

E voltou sem emoção, solfejando uma toada de sua mineira preferida:

A modo que o dia êvém,
No uruvaio das artura
Pois sofrê cantou no mato,
Pois so-frê can-tou no ma-to,
E no brejo a saracura.

Aconteciam no sertão muitas coisas trágicas e que hoje fazem sorrir.

Pe. Bruno era alto, espigado e de uma palidez fria de defunto da véspera. Parece que era italiano.

Passava com frequência pelo Pompéu, em viagem para angariar esmolas para um abrigo de velhos que ele dizia haver fundado em Vila Rica do Ouro Preto. Muito linguarudo, inconsequente, falava impensado. Sempre bem recebido, recolhia o donativo de Joaquina, comia à farta, dormia como um santo e passava adiante em sua caminhada.

Vivendo insatisfeito, era adversário de todas as coisas estabelecidas, falava em reformas, em revoluções.

Certa vez, conversando com o Capelão do Pompéu, o obscuro Pe. Serrão, disparatara sobre muitos assuntos quando deu para se lastimar.

— Sou, afinal, um pobre coitado. Revolto-me não raro contra o próprio Deus!

O Capelão benzeu-se, murchando seu vulto já insignificante.

— Mas... Pe. Bruno, então Vossa Reverendíssima não apoia o Príncipe Dom João?!

Brusco nos gestos rápidos, ele respondeu:

— Sim, sim... Tem muito juízo...

E aéreo, olhando o espaço:

— Grande Regente!... Egrégio Regente, Dom João, filho de Maria **Um**.
Repuxava a boca, num ríctus que era raiva e ironia.
Dona Joaquina era amiga dos padres. Em Pitangui promovia tômbolas para favorecer igrejas, rematando os rebuçados com libras esterlinas, para agradar os Sacerdotes. Sempre os acolheu em sua fazenda, com a honra que lhes era devida.
O Pe. Bruno, em suas andanças à cata de auxílios, parece que não andava muito feliz, pois vivia irritado, censurando clero, nobreza e povo.
Não tardou e em Pitangui seu ódio à Família Real transluziu por palavras indiscretas de momentos de revolta.
— Peço para mim? Não peço! *Non abbiamo bisogno*! Sim, não temos precisão pessoal, mas pedimos para pobres inválidos. Poucos dão. Quem podia fazer tudo por minha obra, esquece. Ma... Oh! Como é duro ser missionário em terra de pagãos!
Ficava excitado, os olhos endureciam, olhos maus de cachorro-do-mato.
— Os ricos daqui são assim!
Apertava as mãos com força.
— Forretas. Mais que isso, unhas-de-fome... Vivem mais agarrados a dinheiro que papagaio em arame... Muito apegados aos bens da vida, às moedas. Não conhecem a existência de São Francisco, nascido rico e que se despojou de tudo em favor dos pobres.
Aos missionários é sempre destinada a coroa do martírio, que santificou São Tomé, nas Índias, e São Paulo, em Roma.
— Eu poderia estar vestido de púrpura no Vaticano, até como Cardeal Camerlengo, se não ouvisse a voz da razão me chamando para evangelizar bugres...
Por esse tempo o padre estava muito antipatizado pelas solturas da língua. Poucas esmolas recolhia, evitavam-no por temor do resto.
Pouco se demora por onde ia, sempre mumificado na roída batina suja. Caminhava depressa, esfregando as mãos.
Ao vê-lo passar, o Dr. Lataliza, que era Cirurgião-Mor na vila, comentou para a sua roda boticário:
— Anda mais do que má notícia...
Nessa tarde, na presença do Major Dias, deblaterando contra tudo e todos, matracou seu refrão predileto:
— O mundo está às avessas. Não há jeito, só outro dilúvio acertará as coisas. Este século começa mal para o Brasil. Não se respeitam mais os Santos e os heróis... Para o Brasil seria melhor o mundo ter acabado a 18 de junho de 1815!
O Major indagou:
— E por que, padre?
— Porque seria.
— E por que essa data?
— É uma data qualquer...

O Pe. Belchior ouvido, sussurrou de olhos vivos:
— Hum... Agora acredito no que me contou o Pe. Serrão. Foi no dia 18 de junho de 1815 que Napoleão foi batido em Waterloo... Esse padre é bonapartista! Esse padre é um perigo! Pode ser espião, talvez venha sondar a alma do povo, sentir as possibilidades para ações ainda misteriosas.[17]

Já prevenidíssimos, todos o viam como inimigo do Regente, já caminhando para a forca ou para Angola. No seu derradeiro dia na vila, sempre pedinchando pelas portas, alguns habitantes realistas o provocaram.
— Padre, o senhor acha que somos avarentos, e Dona Joaquina?
— Quem? Dona Joaquina? É a mais sovina de todos. Pensa que um abrigo de velhos vai pra frente com 2, 3 patacas... Talvez pretenda levar para a Eternidade suas arcas de ouro, suas boiadas gordas.

Riu de jato, provocador.
— Mas dá esmolas.
— Não dá, pinga vinténs furados, xenxéns...

E num assomo perverso:
— Dá bons tratos é a certos escravos bonitões que ela tem na fazenda... Negros de costas largas... Gente moça, pretos mimados...

Um parente de Inácio, João Campos, se irritou:
— Alto lá com essas insinuações, seu padre! Alto lá, porque aqui, difamar mulher honesta pode ser começo de desgraça. Pode correr até sangue! Pode correr muito sangue, seu padre!

O padre danou-se, numa de suas crises repentinas:
— E que quer dizer com isso? Ameaça-me de pancadas ou de um tiro? Veja Sua Senhoria que num padre só se bate, *da coroa para cima*! Temos privilégios, somos os sacerdotes do Senhor, não seja ingênuo!

Levantou-se, andando agitado pela sala:
— Pense bem. Pense bem nisto: num padre, só se bate *da coroa para cima*!

Queria dizer que o padre é intocável, só apanha da coroa para cima, o que é impossível de acontecer.

Pois aquela conversa foi levada, com aumentos, ao Pompéu, provocando na fazendeira um ódio surdo. Joaquina sorriu, com amargor feroz:
— Deixe o infeliz falar o que quiser. Deus se apiede dele.

Passaram-se meses. Um dia Manuel Congo ao chegar de certa viagem avisou à Senhora:
— Nhenhá, o Pe. Bruno dormiu no Papagaio. Chega hoje aqui, in-sim.

Joaquina empalideceu, para enrubescer, já pisando alto. Teve com o informante uma palestra particular, que arregalou seus olhos de espanto. Ela mandou então chamar Cisterna, Veloso e Romano.

---

17 No tempo de Dom João, Regente e Rei, ser bonapartista era o mesmo que ser regicida. Mesmo porque Napoleão ainda vivia, conquanto prisioneiro em Santa Helena, onde morreu em 1824. A Família Real odiava-o, pois foi expulsa de Portugal pelo Imperador francês.

— Vão com Manuel Congo, fazer o que ele mandar. Quem não obedecer suas ordens, hoje mesmo está na salmoura!

Não demorou, o feitor saiu na frente da turma, com um laço de trança de mateiro na mão, levando como sempre sua tala de couro cru, ensebada, de dar preceito a burro bravo e a negro manhoso.

Tomaram o caminho, desaparecendo no cerrado sujo detrás do Pasto das Ovelhas.

Não tardou a aparecer o viajante, no passo curto de sua mula trotona. Congo fê-lo parar, tirando o chapéu:

— Sôs Cristo?

O padre mal respondeu, pois tinha pressa. O feitor então segurou a camba do freio da besta e pediu com humildade:

— Sô Padre desapeia, em nome de Sinhá Joaquina.

— Que querem?

Os outros negros rodearam o cavaleiro.

— Que querem, negros?!

Aí Cisterna o agarrou pela cintura, Veloso na perna esquerda, fazendo-o escorregar pela garupa. Foi apeiado nos braços dos cativos. Gritava, indignado:

— Me larguem, seus filhos de um cão! Larguem, bandidos! Me lar...

Em seguida, Manuel Congo, muito calmo, fez um nó de porco nos tornozelos do reverendo, nó bem firme, ligando os dois pés. Jogou depois a argola do laço por cima de um galho de pequizeiro e, ajudado pelos malungos, içou o falador para bem alto, de modo que ele ficou suspenso no ar. Enquanto os três mantinham o corpo, firmando o laço, o feitor fez um pelo-sinal rápido e deixou a tala cair no padre, do pescoço para cima, em golpes curtos e secos de mão calejada de espancar gente. Foi as lapadas até o alto, nos pés, descendo depois, em *banho* caprichado, até chegar de novo ao pescoço, momento em que os braços da vítima caíram, bambos em síncope. Não alteraram o serviço dos escravos, os gritos do espancado, nem o silêncio depois que desmaiou.

Depois de cumprida a ordem, deixaram correr o laço e o corpo tombou na terra, como uma trouxa. Desfizeram o nó da correia e Pe. Bruno ficou espichado no chão, sangrando nos cortes vivos do couro.

Seu camarada, assombrado, disparou em galope para Papagaio e sua mula viageira ficou retouçando o capim do cerradão, enquanto as coisas terminavam.

Chegando à fazenda, Joaquina indagou, serena:

— Pronto?

— Pronto, Sinhá.

— Tudo como determinei?

— Tudo, Nhenhá.

À tarde, ela mandou ver se o indiscreto voltara ou ainda jazia no solo. Desaparecera. A mula não estava mais lá.

Nunca mais Pe. Bruno voltou ao sertão. Uma semana depois, já corrida na vila a notícia da pisa, umas visitas, inclusive o Pe. Belchior, indagaram com medo se o que se contava era exato. Joaquina, entre sorridente e tranquila, respondeu:
— É certo. Tentou em vão babar minha honra, por aí.
Mexeu minuciosa com a colherinha de prata o açúcar de cana crioula de seu café:
— É exato, mas lhe respeitei a coroa. Mandei bater, da coroa para cima. Para isso foi preciso pendurá-lo pelos pés. A língua muitas vezes é o chicote do corpo.
Encarou com os olhos bonitos os amigos presentes.
Havia nessas pessoas um ar de regozijo pelo que ouviam. Estavam abismados com o estratagema da ofendida: sovaram o padre, respeitando-lhe a coroa...

IX
CARTA-BRANCA

Dona Joaquina olhava abobada para o Pe. Serrão, que estava chegando de Vila Rica:
— Será possível?!
Tremia, sentindo o coração disparar.
— São notícias chegadas, com urgência, para o Governador. A Corte Portuguesa chegou ao Brasil, fugindo à fúria do General Junot à frente do Grande Exército de Napoleão, que acaba de entrar em Lisboa.
Questões políticas contra a Inglaterra levaram o Imperador a riscar Portugal do mapa da Europa. Já se ouviam os tambores do Exército Francês, quando a Real Casa de Bragança embarcou na Esquadra, procurando a Colônia do Brasil.
Quando a Frota fugitiva largou do Cais da Ribeira, o General Ajudante de Campo de Napoleão ocupava a Capital do Reino.
A esquadra portuguesa era composta de 8 naus, 4 fragatas, 12 brigues, 2 charruas e 40 navios mercantes, zarpando comboiada pela divisão inglesa do comando do Almirante Sidney Smith. Para que tão numerosa Frota de Guerra? Porque além da Corte completa, vinham com a Família Real 15.000 pessoas — palacianos, Oficiais, damas de companhia, sécias, cabeleireiros, Dragões, funcionários da Justiça...
Aportaram na Bahia, a 24 de janeiro de 1808.
Estavam, nessa data, terminados os tempos coloniais no Brasil.
A chegada do Regente da Coroa, Dom João, criou para o Rio de Janeiro um problema da mais alta gravidade. A Capital do Vice-Reinado não possuía

nem acomodações nem alimentos para mais 15.000 pessoas, habituadas ao esplendor de Lisboa, dos Paços de Belém, da Ribeira e de Queluz... Para abrigar tanta gente foi preciso decretar às pressas a *Lei das Aposentadorias*, em que o Regente ficava senhor de todos os prédios particulares do Rio para uso de fidalgos, oficiais e até de criados. O Vice-Rei Dom Marques de Noronha e Brito mandou escrever a giz, no portal de cada prédio que servisse para hospedar os recém-vindos, as letras P. R. — Príncipe Real. O residente era obrigado a se mudar em horas, deixando todos os móveis! Outro problema apareceu, como dragão insaciável, a fome. Em 20 dias, estavam esgotados em São Sebastião do Rio de Janeiro os gêneros alimentícios para o *entourage* real. Apelaram até para as reservas particulares dos habitantes, mas o bucho do monstro digeria até o que era arrancado das despensas de todas as casas.

O Vice-Rei, sabendo que nas Minas Gerais havia gêneros, apelou para o Capitão-General Governador daqui, pedindo socorro.

Outro mais grave empecilho apareceu: o Governo não tinha dinheiro para comprar o que pediam com faminta urgência, nem os mineiros, desconfiados, confiavam em mandar as mercadorias a crédito.

O Governador das Minas apelou então para Dona Joaquina, por todos reconhecimento como capaz de aplacar a fome dos emigrados. A fazendeira atendeu aos aflitivos apelos do Capitão-General. Começou a suprir as goelas reinóis de carne, farinha, rapadura, milho, toucinho e feijão. Não perguntou quem pagava — mandou tropas sobre tropas sobre tropas para a *Capital do Reino*.

Os caminhos afundavam com o pesado trotear dos lotes. E o Rio tudo devorava, com a gula que viera de além-mar. O Regente Dom João, sabendo do que se dera, indagou com bonomia:

— Quem é essa senhora, que nos abastece tão regiamente?

— É uma Dona Joaquina Bernarda da Silva de Abreu Castelo Branco, rica fazendeira da hoje Província das Minas Gerais. Tudo que estamos consumindo vem de seu latifúndio do Pompéu.

O nome de Joaquina, já conhecido na Corte desde a escassez de gêneros no tempo da epidemia de bexigas pretas do Governo de Dom Luís de Vasconcelos e Sousa, 4º Vice-Rei, passou a ser boquejado como de generosa nababa.

Não faltava alimento na Corte, onde agora tudo era fácil e farto. Quando iam diminuindo as reservas, Dom João sabia: chamava o Ministro Conde de Linhares:

— Mande avisar a dona...

— Dona Joaquina...

— ... mande avisar a Dona Joaquina do Pompéu para não nos deixar em falta!

A Corte se instalou no Rio com a mesma ordem minuciosa com que governava de Lisboa, sem faltar um só papel. Veio tudo tão protocolado que no dia imediato à chegada ao Rio os negócios reais funcionavam sem a menor alteração. Nem parece que a Corte Real saiu fugida e escarreirada pelos clarins de Junot.

Quando ali se foi regularizando o comércio de gêneros, pelo fornecimento do Pompéu e que era pago pelo mercado do dia, *sem carreto*, o ávido Fisco em vigência se lembrou de impor duros impostos a Dona Joaquina, *por estar enviando muitas cargas para a Capital*... Taxavam alto as mercadorias, com a ganância dos tempos da Colônia. A ordem a respeito foi extensiva aos Registros do caminho, pois logo a Vila de Queluz embargou as tropas, exigindo taxas extorsivas pela passagem dos comboios.

Avisada do que acontecia, Dona Joaquina arrepiou-se:

— Ah, é assim? ... Pois não vai mais nada... Vou dar descanso às minhas tropas. De hoje em diante não irá mais nem um punhado de farinha para a Corte!

A roda, que girava do Pompéu para o Rio e de lá para cá, estacionou de vez. Acabou-se a colaboração.

— Arranjem-se como lhes for possível.

Joaquina voltou a seus deveres agropecuários, a discutir Direito com os advogados dos genros e a ouvir notícias de picuinhas de Tangará. Não se falou mais no transporte, que emagrecera os tropeiros e pisara as mulas nos paredões da Serra da Mantiqueira.

Mas as coisas pioraram na Capital. A loba esgruviada da fome voltara a uivar nas ruas sujas. Armavam brigas, disputas por pratos de comida. A Ucharia Real não podia desmerecer as mesas transbordantes que vinham da tradição gastronômica de Dom João I, que comia na cama e assombrava os próprios cozinheiros, devorando até os ossos de gordos leitões!

O Capitão-General Governador, nessa circunstância, mandou um próprio pedir à fazendeira que recomeçasse a enviar gêneros, pois S. A. R. o Regente ia passar fome. Seus apelos eram como aqueles aparecidos em garrafas, nas praias, em que náufragos em ilhas desertas pediam meios para não morrer de inanição. Dona Joaquina dava de ombros:

— Será possível que o Pompéu valha mais que o resto do Brasil?... Comem mais do que ferida brava...

Dois meses, três meses passaram, até que o Pompéu recebeu a visita do Alferes dos Dragões do Reino João Alves Sequeira, levando uma carta do magistrado Antônio Luis Pereira da Cunha, futuro Marquês de Inhambupe e que fora Ouvidor em Sabará, carta mandada entregar em mãos pelo Governador das Minas.

Joaquina respondeu, maneirosa, que não podia mais suprir o Rio pois, a começar de Queluz, vinham taxando seus produtos como se eles não fossem a pedido e em nome do Regente, para socorrer uma população de 45.000 almas, desprovida de tudo...

Depois de obrear a carta escrita com pena de ganso, especialmente aparada para ela, Dona Joaquina falou, decidida, para os presentes:

SINHÁ BRABA

— Na Vila de Queluz estão assaltando para roubar, com mais descaramento do que na Serra da Mantiqueira.

O baiano agora apelava para a mineira e a mineira se fazia de rogada. Retiraram-se os impostos sobre os produtos do Pompéu, exceção única nos anais do Fisco de então.

Havia naquilo um segredo; Joaquina não era apenas a favorecedora de uma situação premente. Ganhava muito dinheiro mandando vender seus gêneros, mas, nas ondas de tal benemerência, envolvia lucros mais gordos. A sertaneja enxergava longe e aproveitava os ventos favoráveis. Suprir a Corte era para Joaquina motivo para melhores negócios. Levavam cereais, traziam sal, caríssimo, pois era importado de Lisboa e estava no estanco. Utilizava esse sal para seus rebanhos e vendia o excesso ainda por altas cifras. Mandava vir novidades para Vila Rica do Ouro Preto, fazendas, armarinho e ferragens, que era proibido fabricar no tempo recente da Colônia.

A custo de muito agrado foi restabelecido o tráfego, na sombra do que Joaquina ganhou, dos portugueses, invejável fama de benemérita. Durante muito tempo a fazendeira do sertão sustentou do preciso a nova Capital do Reino do Brasil. Qualquer pedido exequível que ela fizesse ao Regente era, de pronto, satisfeito. Os genros abrandaram as exigências e era agora considerada da estima de Dom João. Quando ia a Vila Rica do ouro Preto, a visita certa que recebia era do Governador.

Na capital da Província vestia-se com a máxima compostura, como convinha a uma viúva, mas seus vestidos eram ricos e o luxo de seus adereços empolgava as próprias mulheres. Desembaraçada e espirituosa, sabia responder com justa política e apropriada ironia aos grãos-senhores da Província.

O Ministro Dom Rodrigo de Sousa Coutinho, Conde de Linhares, transmitiu a Dona Joaquina, através do Governador, o pedido do Regente — mais uma boiada para o abastecimento de sua Capital.

— Como essa gente consome carne! Vou mandar a boiada. Feio trabalha é mesmo para bonito comer...

As despesas de Dom João eram inacreditáveis. Só a cozinha real gastava 436 contos por ano. Havia 1.200 cavalos de raça nas cavalariças do Paço, que consumiam 273 contos anuais.

Como das outras vezes, ia o número pedido de bois, mil, e mais 100 que eram seu presente a Dom João, além de grande quantidade para vender a particulares que exploravam talhos de carne na Metrópole.

Daquela vez, além desse número, seguiram 100 bois com presente de Joaquina a S. R. M. Dom João.

Apartado o gado para seguir, daquela vez o total era 1.600. A novilhada chegou de vários retiros da fazenda. Vinham ávidos de sal, mas não podiam ser salitrados, porque iam fazer largas marchas. Passaram a noite lambendo os cochos vazios dos enormes currais.

Tudo foi disposto para seguirem pela madrugada. No primeiro canto dos galos, os vaqueiros já comiam carne de espeto, para seguirem.

O roteiro fora traçado por Dona Joaquina, sendo as marchas divididas em quatro léguas diárias.

Cisterna pouco dormiu. Antes das 3 horas da madrugada, chegou no curral, para ver se tudo estava em ordem. A cavalhada comia milho nos cochos do curral dos bezerros.

— Tudo pronto, Maravilha?
— Tudo em ordem!
— Revistou os cascos dos bichos?
— Vi tudo.
— Cuidado com os pinguelos! Não vai gaia na tropa? Maravilha riu, para dizer que não.
— Apartou bem o gado? Não vai chibungo na boiada? Não pode ir calombo! Vigia os churrados do Rio Preto, que são mucambeiros!

Antônio da Várzea chegava. Cisterna indagou, brincando:
— E aí, o velho?
Antônio respondeu:
— Velho é quem não tem saúde. Ainda como mingau com meus dedo...
Cisterna riu, bem-disposto.

Já selavam a cavalhada. O suprimento de boca foi levantado para o lombo das mulas e coberto de couro cru, a que a sobrecincha arroxou nos cambitos que torciam as correias.

Antônio Maravilha o capataz da criação, de chilenas rumorosas, deu por findos os preparativos.

— Tudo pronto, pessoal?

Tudo pronto. Os vaqueiros com aguilhadas de ferrão e chapéus de couro com barbicachos começaram a cavalgar.

Cisterna, que falava sempre em nome de Joaquina, apressou a partida:
— Olhe a barra do dia, gente! O galo já cantou! Toca pra diante, Maravilha!

A novilhada em bolo no curral, sem poder deitar, movia-se inquieta, farejando de focinho alto os campos molhados pelo sereno. Durante a noite o estalar das unhas dos bichos, sempre em movimento, e o choque das guampas davam um rumor de inquietação nos cercados. Algumas vezes berravam, muitos gemiam medrosos.

Já clareava mal-mal quando o vaqueiro Zé Pretinho entrou no fecho para abrir a potreira e regular, de topadeira em punho, a saída do gado.

Maravilha alertou-o, falando alto:
— Ói esse boi araçá cumbuco! Coidado com esse bicho, que tá catano gente nas guampa!

E preocupado, mais alto:
— Olha o cabreúva, Zé Pretinho! Olho vivo com o cabreúva! É barbatão de bufo!
O que governava a porteira viu de fato o bicho chegar, de estalo, bofando, para forçar a saída. Zé Pretinho bateu-lhe na testa com a topadeira de ferrão de quatro dedos:
— Pra trás, boi-vaca! Pra trás, disinfiliz!...
Achando demorada a partida, Cisterna alertava os viajantes:
— Olha a barra do dia, não tarda a barra do dia!
Súbito Maravilha, de topadeira na mão, montou no rosilho campeiro de crinas brancas, esperto cavalo criado no Chapadão do Carapa, e gritou para o berranteiro:
— Geme o berro, pra amansá, Faustino!
Cistema querendo brincar com os malungos, ainda recomendou:
— Coidado com a sapucaia!...
Ninguém mais ouviu.
Faustino já montado levou aos beiços grossos de crioulo treinado o imenso chifre, o berrante, e um som cavo, profundo, encheu a madrugada.
Os novilhos espetaram as orelhas, atentos e de olhares chamejantes.
Cisterna distribuía os lugares para os boiadeiros:
— Geraldão vai perto de Faustino, no fura-moita. Antônio da Varge com seu pessoal, na esteira; Maravilha e o resto — no coice!
Faustino amansava o gado com a plangência dominadora do gemido.
Maravilha aí gritou para os ajudantes:
— Abre as tronqueira! Solta o gado, co-om je-eito!
E em seguida, prevendo atropelo:
— Solta no meio o gado do Choro! No bolo! Esse gado é bruto, esse gado desgarra!
Já saíam das porteiras, emboladas, espremendo-se, as primeiras levas, quando se abriu o curral dos erados do Choro, que se precipitaram de roldão, num jorro de açude arrombado. Vozes de vaqueiro os acalmavam:
— Tou, tou toou!
Misturado às primeiras pontas já soltas que golfaram de outro curral, o gado temido rebojou, arisco, provocando tumulto.
Faustino seguiu na frente, a passo, chamando a boiada com o berrante triste. Aquele mar de lombos gordos espetado pela floresta dos chifres movia-se, ondulava para frente, acompanhando Faustino.
— Toou, toou, tooo-ôô...
Maravilha esperava a saída do resto:
— Devagar, gente! Não grite, gente!...
O berrante se distanciava, chamando a ponta:

Ruuu... ruuu... uuu...

Houve um começo de confusão quando os bois, já todos soltos, ameaçaram romper o flanqueio dos vaqueiros. Maravilha, no coice, acalmava, batendo com a tala na carona dura:

— Touu... Êêêii, êêê...

A onda perigosa resvalava atrás do berranteiro.

Ruuu... ruu... u...

A boiada serenava com a voz rouca da buzina e seguia, já compassada, o gemido surdo. Foram rareando os berros esparsos da manada.

O que os pinguelos não fariam; o que não ousavam as topadeiras, nem gritos, nem galopes nem nada, aquele berrante soturno o fazia com sua música. Encaminhava o boiadão, abalado para 30 dias de marcha.

Agora a novilhada deixava cair as orelhas, baixava os focinhos para o chão, vencida, humilde, escrava do gemido dolente de Faustino. Ouvia-se o cadenciado chocalhar dos cascos, no passo da rota viageira. O gado bravo do Choro estava ali, puxado pelos roncos, quando não se arreceava de dentes de cachorros, galopadas, berros e de toda a cavalaria dos campeiros.

Com três horas de caminho a boiada estava entregue, plástica, dominada pelo aboio.

A nostalgia esmagava-a. Quem reparasse podia ver uma coisa comovente.

SINHÁ BRABA

Todos os grandes olhos dos bois ficaram úmidos. A boiada caminhava, chorando!

Quando o gado passou pelo Arraial do Papagaio, Zé Tibúrcio e João Zica chegaram à porta do último para verem passar a boiada para o sul.

— Boiadão! Boiadão medonho.
— Muito gado. Gado como praga! Duas mil reses?
— Se não for, beira.

Erraram. Eram mil e seiscentas.

O dilúvio de reses passava e os viajantes comiam o gado com os olhos.

Zé Tibúrcio, encarado nele, picava fumo com a unha:

— Dona Joaquina tem nessa temeridade de terra gado de todo naipe. Repare bem o caracu de aspas cumbucas, o crioulo de olhos baixos, o pedreiro de chifres derramados, o curraleiro de leite gostoso, o china de berro fino, o mocho de cara de mulher, o pé-duro de focinho preto, o franqueiro de galhas abertas, o javanês mascarado, de vazio fundo, o quatro-olhos de cara espantada, o patuá retinto, o nilo preto-fouveiro, o laranjo, de berro triste, o capoereiro, arisco, o bruxo de barriga bargada, o turino, de barbelas pelanquentas, o malabar de cara suja, o craúno de olhos vermelhos, o alvação de chifres abertos, o colonha com caixa para 80 arrobas, o baio de topete crespo, o ondeado de pampa azul e branco, os listados, de amarelo-aguado com raios alvos, os churrados, de barriga escura, os mascarados de cara espantada, bonita... Veja por cima do gadão a galhada dos laranjos, dos colonhas. Chifres de metro e meio! A casca de cada um pega vinte litros de milho, pra riba!

E olhe que não é gado tambeiro, mas novilhada braba, de cacunda boleando de rabo!

— Buniteza!
— Coisa por demais!

O berrante puxava a boiada. Foi passando, foi passando, desapareceu na poeira vermelha da estrada de Maravilhas.

No primeiro pouso, a quatro léguas, o gado faminto foi deixado a pastar.

Na passagem do Rio do Peixe houve um começo de arribada, que a calma dos vaqueiros e o berrante detiveram a custo. Maravilha falava alto, sem gritar:

— Não gritem não, não gritem não, que a bicharada estoura! A bicharada ainda está quente. Muito coidado!

Seguia na comitiva de dezenove escravos o setentão Mestre Calisto, parente de Inácio e morador no latifúndio, vaqueiro já aposentado que vivia de criação própria. Era respeitado por todos e ouvido como conselheiro. Integrava os homens do comboio para parlamentar com os grandes, levar cartas e trazer dinheiro, pois Cisterna ficara na fazenda e o capataz Maravilha não era homem para essas alturas.

No rancho, onde pernoitaram para não emagrecer o gado pubo, diante da chaleira do café e do caldeirão feijoeiro, falavam do perigo do estouro, já passado. Mestre Calisto alimpou as goelas de velho pigarro:

— Estouro de boiada não é o que dizem, não. Não é boi espantado, não é pau caído, não é barulho na macega.

Puxou fumaça de seu cigarrinho de fumo ordinário:

— Os bichos, cachorro, cavalo e boi, enxergam as almas, enxergam como elas viveram no mundo. Quando os vaqueiros morrem, ficam vagando pelos campos de seus rodeios, caminham atrás das boiadas, como faziam quando vivos. Eles têm saudade de seus tempos na Terra e, às vezes, ficam com inveja de nós, vivos, que tocamos gado e, como falam e não são ouvidos, gritam e ninguém escuta, passam pra frente da ponta e agitam paus, jogam pedras no bolo ponteiro, agitam panos de mortalha, espantam o gado em marcha.

O gado vê essas coisas e fica medroso, espanta, dispara... dispara e os vaqueiros do outro mundo vingam de nós com essa confusão... Porque cachorro, cavalo e boi não só vêm como ouvem as almas do outro mundo.

Todos os escravos do serão no rancho, de olhos arregalados, ouviam aquilo, com assombro.

— Isso é que faz estouro de boiada. Hoje eles tentaram, mas não puderam. Deus me livre e guarde de chegar a ver esses companheiros desencarnados!

Fez com respeito o sinal-da-cruz. E com voz baixa:

— Há muitos anos, um vaqueiro velho do retiro do Marruaz, só Deus sabe por quê, enxergou essa visagem, espantando o gado viageiro... viu-o e ficou doido. Durou pouco; hoje está no sagrado dos cativos do Pompéu e dizem que tem aparecido em meias-noites de primeiras sextas-feiras do mês.

Parou para reacender o cigarro no tição:

— Trem medonho! Neste mundo tem muita coisa esquisita. Deus adiante, paz na guia...

Todos o encaravam de olhos muito abertos, esperando mais revelações. Ele, porém, ficou fumando, em cisma calada.

Pastavam na peia os cavalos campeiros de patas curadas por três luas minguantes, com azeite fervendo.

Maravilha só então chegou ao rancho para o café.

— E os caalo?

— Tudo dereito!

— Porque Sinhá avisou muito: Pouca espora e o que marejar nos cascos, vai ficando pro caminho! Tem muito macho no pelo!

Os muitos negócios de Dona Joaquina obrigavam-na a enviar positivos de confiança para ordens e correspondência que mantinha com administradores, políticos, padres e com o próprio Capitão-General Governador. Na Corte, onde fazia muitas transações, alguém lhe avisava do estado das coisas, para vender, comprar, tomar pé.

Com letra redonda, em excelente cursivo, gastava penas e penas de pato e ganso nessas cartas sucessivas. Naquele dia, mandou levar carta à Vila Rica do Ouro Preto e para a Corte.

Voltara ao salão indagando dos presentes se precisavam de alguma coisa do Rio.

— Estou mandando saber se no Rio já se compram as penas metálicas para escrever.

Pe. Serrão desconhecia a novidade.

— Penas metálicas?

— Sim, foram descobertas em França por um certo Arnaux. Lá se vendem. Vou saber se também no Brasil. Se forem práticas, evitar-se-á estar aparando penas, o que é enfadonho.

Apareceu o escravo que ia viajar.

Era Teobaldo, peça moça, musculosa, de pernas longas e finas.

O escravo gastava na viagem de 240 léguas, de ida e volta à Corte, 23 dias, notável prova de resistência e velocidade. Ficou sendo o escravo-correio para grandes distâncias, além dos pulos que dava a Pitangui, Vila Rica do Ouro Preto, Carmo, São João del-Rei.

Quando voltou daquela viagem, depois de percorrer o estirão em 23 dias, vinha coberto de poeira, sujo do amálgama de suor e pó das estradas.

Regressava sereno, seus vastos pés não estavam feridos e ele transpirava bem-estar.

Chegou ao salão, descoberto, estendendo a mão ossuda, a pedir a bênção. Desfez-se da bolsa a tiracolo, que entregou a Sinhá. Era a correspondência da Corte.

No salão estavam em visita o Capitão-Comandante das Ordenanças, Pe. Belchior, Dr. Vieira, Capitão Antônio Dias e pessoas de que a fazenda vivia sempre florida.

O Comandante perguntou ao escravo:

— Não está cansado?

— Nhor-não.

— Anda correndo?

— Nhor-não.

Teobaldo viajava a passos largos, encurvado para a frente, levando um porrete na mão. A tiracolo, a bolsa do correio e, cruzada com ela, a capanga da matula.

O Pe. Belchior comentou, quando o negro saiu:

— É admirável seu cativo, Dona Joaquina. E agora, quantos dias tem de descanso?

A fazendeira sorriu:

— Depende, Reverendo. Pode ter uma semana ou partir de novo amanhã. Depende da necessidade. A leitura destas cartas é que decidirá. Tenho outros negros para o mesmo fim, mas Teobaldo é o mais rápido, não desanima, não fere os pés e é de inteira confiança.
— E não leva armas?
— Não, apenas o porrete. E já foi cercado na Mantiqueira. Descia a Serra quando ouviu uma voz: "Pare aí, negro:" Escutou e, percebendo que era assalto, ficou atento. Três homens embuçados saíram do mato, pedindo a bolsa ou a vida. O que chegou primeiro, Teobaldo, desmunhecou com o porrete, o segundo com cacetada na cabeça, derrubando-o. O outro estava armado de mosquete e atirou no escravo. Apenas dez grãos de chumbo o atingiram e o atirador gritou para o mato: "Venham depressa!" Chamava outros do bando. Teobaldo, aí, disparou pela Serra abaixo, tão rápido, tão lesto que desapareceu num instante. Tem ainda hoje quatro grãos de chumbo pelo corpo; foi impossível arrancá-los.
— E nunca mais o assaltaram?
— Até, aqui, não. Ele é manhoso para viajar: nos pontos de maior perigo, passa pelo mato. É admirável! Padre Belchior comentou:
— Esses homens-correios eram chamados pelos romanos, *cursores* ou *viatores*, e Cornélio Nepote e César, no *De Belo Gálico*, contam que caminhavam, diariamente, de 80 a 160 milhas. Um certo Capitão Paulino, emissário de Francisco I, foi de Constantinopla a Fontainebleau em 21 dias e Bourochio levou de Paris a Madrid a notícia do morticínio de São Bartolomeu em três dias e três noites.
Joaquina sorria, graciosa:
— Isso é difícil de acreditar; meu escravo não faria essas marchas fantásticas...
— Mas é preciso considerar que aqueles corredores eram campeões olímpicos, treinados desde pequenos; tinham tratamento especial, ganhavam muito dinheiro e faziam essas corridas excepcionalmente. Eram da raça dos vencedores da cidade de Olímpia, no chão sagrado da Grécia, no Peloponeso. Era outro o sangue; as guerras dependiam do valor pessoal e muitas batalhas se decidiam às vezes em combates singulares de um homem contra outro, dos exércitos inimigos.
E tirando a preciosa boceta de prata com monograma de tartaruga, em relevo:
— E Teobaldo, que tratamento especial recebe?
— Apenas a alimentação comum da casa-grande e só é poupado de serviço da lavoura. Serve os currais, campeia, enquanto não aparece viagem.
O padre, vivo para a hospedeira:
— E no caminho, como se alimenta?
— Come, andando, a paçoca de carne da matolotagem.
Um dos presentes à conversa falou para outro, na sacada:
— Corre mais do que notícia má...

Pediu licença para ler a correspondência, o que fazia trancada em seu quarto. Quando se retirou, o Capitão-Comandante disse ao Reverendo:

— Esta senhora podia ser Governador das Minas Gerais. É excepcional na sua energia, bom senso e golpe de vista.

— Não é só isso. Tem um coração humano, que só pulsa pela Justiça. Dona Joaquina honra o Reino e é por isso que Dom João a estima tanto.

Acendiam-se as luzes da fazenda. Pe. Belchior levantou-se, indo para uma sacada. Foi naquela hora que o anjo apareceu à menina Maria, na casa humilde de Nazaré.

Joaquina chegou, para rezar com os hóspedes a Oração da Pureza. Toda a fazenda silenciou de repente, para ouvir o sino que gemia, compassado. De todos os corações brotavam como lírios as palavras angélicas: *Ave Maria, Cheia de Graça, bendita sois entre as mulheres...*

Joaquina não era vaidosa, mas tinha do melhor em sua fazenda e roupas respeitáveis, como convinha a dama de seu timbre.

Na sua última visita, a negócios, a Vila Rica do ouro Preto, assistiu a umas touradas, levando cada tarde joias diferentes. A mulher do Dr. Mateus de Brito conversava, depois da primeira tarde, com a esposa do Juiz:

— Gostei muito daquelas bichas de diamantes amarelos, bem lapidados, que ela levou anteontem.

— Mas o que achei lindo, lindo, foi o cordão pesado de ouro, aberto em filigranas, com muitas voltas no pescoço. Dizem que tem três metros e é joia portuguesa de alto valor. Sua aliança é que é simples: Em ouro de 23 quilates, duas mãos se apertando e um coraçãozinho e uma chave suspensos. A aliança do marido morto, mais grosseira, é bordada de rosas pequenas. Todas as duas são originais.

— E o broche? O broche de safiras, circuladas por pequenos brilhantes azuis? É um encanto. Vale muito...

A esposa do jurista expandia-se, excitada:

— E a senhora viu o anel de chuveiro? Tem 49 brilhantes de várias cores, lapidados em Minas. O conjunto está montado em losango de platina. Os brilhantes estão muito unidos, em placa, sobre o metal, de modo que a falange do dedo fica escondida pela joia, que é um mimo![18]

E triste:

— Quanto valerá aquele anel?...

A mulher do Dr. Mateus, ainda mais triste:

---
[18] Pertence hoje à distinta mineira Dona Judite de Abreu Castelo Branco de Campos (Saju), viúva de Francisco Gabriel de Castro Campos, de Pitangui, que foi Coletor Estadual.

— As próprias mucamas de Joaquina andam arreadas de cordões de ouro de lei. Viu a Inês, que a acompanha, como tem um, assombroso? E Felismina, com os brincos de coco e esmeraldas?
— Ela hoje saiu mesmo para mostrar que tem joias caras. Faz muito bem de andar bem vestida. Pau se conhece pela casca...
Seu grande véu roxo-pretalício é um assombro! A pulseira larga, rendada de altos relevos, imitando rosas entrelaçadas, tem no centro de cada rosa um diamante; é coisa muito boa.
— Eu conheço a pulseira, é de espavento. Mas de tudo, de tudo que Joaquina usou nas touradas, o que me enlouquece são as africanas de ouro maciço, rendadas com esmero. São imensas, pesada e abertas em estrelas de esmeraldas pequeninas. A gente até desalentada...
— Joaquina é muito simples, anda sem afetação e dizem que não possui muitas joias, não. Mas as que tem valem tudo. Fosse outra, eu, por exemplo, não andaria escondida no mato, feitorando negras, criando vacas. Eu faria tanto barulho com minha fortuna, que daqui a 200 anos ainda se lembrariam de mim...
— Pois eu, não. Com aquele anel de brilhantes e as africanas não desejava mais nada. Diria à felicidade: Agora basta... Joaquina não tira partido de sua pessoa, caminha um pouco dura, fala pouco, não sorri quase.
— Pois se eu fosse Joaquina, eu, Conceição (batia no peito), virava esta Vila Rica de pernas para o ar...
E ficando séria:
— Ontem na missa do dia na Igreja do Pilar ela rezava, bem perto de mim, num rosário de ouro maciço, e fiquei reparando. O rosário tem quinze mistérios com sete contas pequenas e quinze contas grandes cinzeladas dos padres-nossos, e um crucifixo enorme, trabalhando, tudo de ouro de ouro de lei.[19] Fico boba de ver tanta coisa boa e bonita.
Suspirou desalentada:
— Só mesmo muito dinheiro! Quando se levantou no fim da missa, percebeu meu interesse pelo rosário e bateu a cabeça, me cumprimentando com simpatia. Não é bonita, mas simpática.
Estouravam palitos de fogo lá em cima, no curro. Era a festa que se acabava.
A esposa do Juiz levantou-se:
— Vamos para a porta ver o povo passar. Catarina! Leve cadeiras para a calçada.

Apareceu nas ruas de Pitangui um velho ceguinho, puxado pela mulher também velha e doente.
Cantava pelas portas, pedindo esmolas. Enquanto ele cantava, acompanhando-se na viola, a esposa sentava no chão, calada, pitando seu cachimbinho

---

[19] Está hoje no Museu do Ouro, de Sabará.

de barro. Quando a voz do pedinte cessava, raros cobres caíam na cuia que estava nas lajes da porta, à sua frente. O cego cantava o dia todo, do centro rico às ruas pobres do subúrbio de palhoças. Provocava muita curiosidade, repetidas palavras de compaixão, mas poucas esmolas.

De onde viera aquela dupla infeliz? Ninguém sabia. Os olhos frios, brancos, do ancião, e a mulher cachimbando esperavam auxílio, que pouco aparecia.

Um domingo, depois da missa, no adro da Igreja de Nossa Senhora da Penha, mais uma vez o pobre cantou, à espera de suas moedas. Cantou com alguma ênfase e muita ironia:

> *Rancho de cavalo é milho,*
> *Mas de ceguinho é dinheiro.*
> *Quem canta de graça é galo,*
> *Pra distrair o terreiro.*
>
> *Quem faz agrado a barbado*
> *Só pode ser o barbeiro.*
> *Corre-lhe a mão pela cara,*
> *Passa o pente e bota cheiro...*

Desapareceu para sempre... Muitos não gostaram, ofenderam-se com suas cantorias.

— Mal-agradecidos! Tínhamos muita pena deles...

Quem teve razão foi o velho, pois compaixão apenas não mata a fome de cego nenhum.

Dona Joaquina se transportou para Pitangui, a fim de testemunhar o casamento de uma sobrinha de seu falecido Inácio.

Era de bom-tom nas festas de salão do século XIX o uso de bastão para senhoras da aristocracia. Josefina Beauharnais, Mme Recamier e mais de seu sangue usaram-nos, de prata, vidro, porcelana. Nas festas de Versalhes eles eram obrigatórios para aristocratas, Fidalgos, Príncipes e Cardeais. O Cardeal Richelieu usou-o com elegância graciosa.

Conquanto Joaquina fosse de simplicidade comovente, nos salões de Pitangui onde uma sociedade de incrível luxo, requintes e bons falares se exibia amiúde, ela fora muitas vezes obrigada a envergar seus vestidos de estilo, em sedas e veludos, levando na destra o bastão credenciador de gente bem-nascida.

O bastão de Dona Joaquina era de cabiúna preta, luzidio, bem envernizado, tendo encimando o castão de prata grande pedra da lua. Essa pedra passava por brilhante e era lapidada em rosa, convexo e de aspecto admirável. Com ele, pisando bem, a exibir o corpo já mais cheio, entrava nos salões atapetados para se sentar entre os grandes da escolhida sociedade. Esplêndida, olhando em torno as moças lindas, vestindo com sóbrio aparato roupagens onde havia retroses de ouro, rendas *valenciennes* e joias legítimas. Não levava seu esguio bastão de metro e meio como quem carrega um pau, mas aérea, fidalga, servindo-se dele com maneiras superfinas de mulher aristocrata. Em sua mão ele não a embaraçava, não a preocupava; era tão só um complemento de sua discreta elegância de viúva ainda moça. Sentada sem se recostar, apoiava nele as pontas dos dedos, como se fosse a haste de uma flor. De pé, com a ponteira no assoalho atapetado, afastava-o em ângulo para fora, leve, gracioso. Não se preocupava a encará-lo abobada, nem o deixava se embaraçar nas saias-balão de outras damas. Era lidado por mãos nobres.

O Dr. Joaquim Antônio Vieira comentava em sua roda:

— Como leva o bastão, com as maneiras de Infanta! Bem mostra quem é.

O Capitão das Ordenanças concordava:

— Vejam que ela apenas sorri, finíssima, um sorriso quase espiritual. Não ri nem gargalha, como vejo em outros salões das Minas.

— Perdão, Comandante, mas estamos em Pitangui. Somos o complemento da Capital da Província. Nas Minas há três lugares em que se sabe vestir e conversar — Vila Rica do Ouro Preto, Diamantina do Tijuco e Pitangui.

Ela pouco demorou no sarau das bodas. Desceu as escadas, apanhando as saias folhudas. Desceu sem se curvar em demasia, às pressas. Fê-lo com encanto, mostrando à luz dos lampiões a face onde resplendiam belos olhos garços.

Ao pisar o patamar, entregou o bastão ao escravo alinhado que seguia a cadeirinha, às suas ordens. Entrou corretíssima no seu palanquim, abaixando a cabeça para os presentes, despedindo-se. A cadeirinha afasta-se.

Na calçada grupos comentam a compostura da senhora:

— É ainda bonita e não tem cabelos brancos, o que seria mais simpático.

— Que idade tem?

— Ficou viúva com 52 anos. Está com 57 e parece ter 45. E entraram para dançar.

No outro dia, Joaquina estava na fazenda, dirigindo seus negros. Para ser ouvida, falava gritando. Nem parecia a dama superior de ontem, na festa do casamento... A idade engordara-a um pouco, apesar de dormir às pressas, viajar muito por suas terras e viver quase apenas de leite.

Era ainda bonitona e com a riqueza ímpar nas Minas atraía muitos pretendentes à sua mão. Entretanto, jamais desceu de seu trono modesto de mulher do trabalho para o ridículo de viver em namoros ou aceitando a corte de muitos candidatos.

Subiram as escadarias de sua mansão vários deles, entre os quais Luís do Couto, de Nossa Senhora da Piedade do Patafufo, que ali chegou escoteiro, ardendo de amor e ambição. Bem recebido como todos que lá chegavam, não demorou a provar sua muita coragem:

— Dona Joaquina Bernarda, sou homem de algumas posses e a minha simpatia por Vosmecê é antiga. Desejo pedir-lhe a mão para minha esposa, o que faço de viva voz para lhe dar prova de franqueza.

A resposta veio, na fumaça do tiro:

— Senhor, não me ofende o seu propósito, por saber que é pessoa digna. Mas eu sou a zeladora das cinzas de meu marido, e não posso permitir que alguém as profane.

E depois de curta pausa:

— Elas são o penhor de minha dedicação por quem foi, vivo, e ainda hoje é, morto, senhor de meu coração.

Luís limpou a garganta contrafeito. Estava pálido e não sabia onde pôr os olhos. Levantou-se; as mãos tremiam-lhe.

— Bem, assim sendo, como não esperava, a Senhora me dê licença, vou andando.

— Não senhor, não sai sem jantar!

E erguendo-se:

— Vou mandar servir a mesa.

Retirou-se para a providência.

O namorado, vendo-se só, desceu aos pulos a escadaria, montou e partiu a meio galope.

Quando Joaquina regressou à sala de espera viu apenas a poeira que o cavalo levantava, já galopando.

— Cacetada pelo rumo, tiro de pontaria ruim. Não acertou. Mas entristeceu, para o resto do dia.

Se havia população jubilosa com a mudança forçada da Corte, era a de Pitangui. Como revoltou contra o Rei, seu isolamento na montanha fê-la orgulhosa e pronta nas explosões pessoais.

A vila festejou a chegada do Regente, não porque o amasse, mas por se ver livre do absolutismo reinol, que derramou nas suas serras o sangue abençoado dos primeiros rebeldes contra a tirania.

Agradava-lhe a situação de sua fazendeira do Pompéu, solicitada pelo Capitão-General Governador, por um magistrado, futuro Marquês[20] e pelo próprio Regente do Trono a socorrer, na crise da fome, a Capital do Reino.

Quem não se conformava com o rumo das coisas era Tangará. Seu coração cheio de defeitos era a furna de morcegos da vingança e onde o remorso jamais se hospedou, pelas caladas da noite. Envelhecia depressa, estava alvejando

---

[20] Antônio Luís Pereira da Cunha, depois Marquês de Inhambupe. Era baiano. Foi Ouvidor-Geral em Sabará e era admirador entusiasta de Dona Joaquina. Futuro Ministro dos Negócios Estrangeiros, assinou em 1826 o tratado anglo-brasileiro para extinção do tráfico africano.

a cabeça e não quebrava a varonil brutalidade contra os indefesos. Perdera várias demandas contra Joaquina e, cercada de amigos premidos pelo medo, fazia praça de grã-senhora.

Com vasta escravaria, o feiticeiro que comprara ainda estava a seu lado, firme e seco, aos 90 anos! Parecia um pau sobrado de queimada, comburido, sem ramos, de galhos escassos, mas firme, sozinho no lugar da mata desaparecida. Vivia à vontade, com os mimos de Sinhá e trabalhava sempre na misteriosa ciência do mal, convencendo a matrona da eficácia dos seus despachos. Tomou-se pessoa respeitável nas fazendas e no solar de Maria Bárbara, que obedecia a suas ordens sobrenaturais como aos Alvarás do Rei.

Parece, pelos autos, que o escravo de Tangará não regulava bem. Era mentecapto ou convicto farsante, mas a Senhora estava certa de suas forças ocultas. Suas últimas proezas encheram de horror a todos da vila e depois o sertão e as Minas: não se compreende como ficaram impunes crimes de tamanha hediondez. Talvez pela situação social da família ou por medo de certíssimas desforras.

Sentindo crescer o prestígio de Joaquina, no sentido político de sua vida, pelo equilíbrio que a regulava, Tangará fazia tudo por dominar, aterrorizando, pelo menos a Vila de Pitangui. Fazia-se absorvente, intrigava, bajulava, falava como pobre na chuva.

Quanto ao marido, deprimia-o com o peso de seus complexos, tiranizando-o sem complacência. Tais preocupações a levaram à nigromancia, à cartomancia, à magia e à onizocrítica, pois em todas pelejou, cercada de charlatães ávidos de dinheiro. Mas no que se firmou com pé inabalável foi na bruxaria, que explorava de conivência com escravos fanáticos. Acreditava-se catecúmena de tratos com os demônios, para conseguir o mal contra os que odiasse.

Na tutela de africano mandado vir de longe, habituara-se, às sextas-feiras, no sobrado da Rua da Cachoeira, a invocar o Anjo das Trevas, para espalhar malefícios no mundo.

Não empregava os bruxos em sábados perigosos: segundo a baixa magia, tinha o propósito único de provocar desgraças e ganhar poderes difíceis. Assim, fechava e sobradão das Cavalhadas, apagava as luzes e, lá dentro, cercada de feiticeiros, trabalhava com o diabo num quarto cheio de fumaça.

Naquele dia, o afamado mandingueiro mandado buscar no Morro de Mateus Leme deu as caras no palácio de Tangará. Bem encachaçado da dourada cachaça da região, considerada a melhor de Minas, começou a Missa Negra dos iniciados, escravos da ricaça, que o preto velho escolheu pelos olhos. Todos beberam o suficiente para quebrar a censura em presença da Sinhá e o missionário das trevas então invocou por palavras e gestos solenes o Poderoso, o Único, o Trígono dos feitiços invencíveis.

Queimou-se olíbano, começaram a fumar charutos e a beber mais, à espera da chegada do Poderoso.

De repente, o negro de Mateus Leme, o médium, com um exoftálmicos, horroroso, pulou para o lado e, de olhos vermelhos, começou a falar em resmungos sua palavra dura. O macumbeiro a suar cachaça e com seu bodum envenenava o salão. Depois os braços compridos:

— Quem me quer? Quem me chama que não vejo, Pai Damião?

Damião era o preto nonagenário que dirigia a coisa. Humilde e de olhos baixos, respondeu, num sussurro:

— Pai das Treva, é aqui a poderosa Sinhá quem pircisa de vassuncê, meu Pai...

O diabo encarnado no negro de Mateus Leme, com um berro súbito, fez recuar os escravos presentes e riu alto, riso largo e grosso escorrendo pinga dos beiços inchados:

— Sou eu... fui chamado... pode pidi!

Nessa emergência Maria Bárbara falou, gaguejando, tremulamente crédula:

— Pai Poderoso... Sou perseguida, sou... traída por meu marido... me atacam. Quero vingança!

O furioso espírito esgoelou rouco pela boca do feiticeiro:

— É verdade. Tá pirsiguida e... e... Nhonhô tem outra! Bunita...

O médium abaixou a cabeça penalizado:

— Coitada de Nhanhá... fizero bem feita a quinzanga, ii!

Balançou negativamente a cabeça grenhuda:

— Fizero bem feita a caitana... Tá difícil de cunsertá...

Silenciou, de olhos fechados.

Tangará chorava, como vítima. Estava pronta a agradecer a grande revelação, vinda da profundidade do mistério. Um resmungo soturno osmava da boca pastosa do intermediário intrujão, que pareceu espertar:

— Uai... Qué vingá?...

Rasteira como nunca estivera para ninguém no mundo, a amparada pelo espírito gemeu, em vez de falar:

— Quero essa caridade, grande Espírito, quero muito!

— É capais de fazê o qui mando?!

— Sou; sou demais, meu Protetor!

O negro intermediário já de pé fez duas piruetas com as pernas finas e bateu palmas três vezes:

— Ah!... Tenho sede, mia fia... quero pinga! Caminhei muito pra vim socorrê a coitadinha...

Depois de chupar largas goladas, estalando a língua fofa, o médium limpou a boca nas costas da mão:

— É, é! Caso rúim... Qué vingá divera?

— Quero, meu Pai, quero vingança!

Houve um silêncio cambaleado do preto, que passou a garrafa para Pai Damião.

— Intão mande abri, no meio do quintá, uma cisterna bem funda, be-em funda! Na outra sexta-feira vai começá a disforra.

De improviso, fechando a sessão, o Vingador se agitou num frenezi:

— Voumbora, qui os galo tá cantano!

Aí ele despertou com um esperneio barulhento em ataque de fingida epilepsia. Abrindo repentino os olhos rubros pelo marufo, já servil, o médium indagou de Sinhá:

— Qui é isto, mia fia? Qui foi, guruminutum?

Tangará estava eufórica, de peitos lavados em graça, alertada que fora, pelo amigo invisível, de coisas graves em sua vida. Na outra sexta-feira estaria vingada! Pai Damião, que dirigira a assembleia, estava calado, no calor dormente da sede aplacada demais.

O preto intermediário do Além passou com o velho outra semana, à tripa forra. Comendo na mesa dos brancos, saboreando com muito exagero suas penitências, a fim de estar preparado para receber o Poderoso Trígono.

Abriu-se logo a cisterna no meio do quintal, que era largo e extenso, sem vizinhos próximos. Uma inquietação crescente agitava a senhora. Sem lugar, errava pelos salões da mansão, mais sem rumo do que pato andando de cabeça cortada.

O hóspede era cercado de conforto que merecem os que trazem a boa-nova da paz e da saúde. Lá pelo meio-dia lhe chegava uma garrafa de umburana envelhecida em parol de cedro e alourada pelo tempo em cheirosa cor de ouro. Isso era indispensável porque, a essa hora, o privilegiado se trancava no quarto com o fim de parlamentar com o Luminoso, sempre levando, para reforço, o Pai Damião.

À tarde, acordando da borracheira, com o estômago azedo a ferver arrotos, abria a porta, chamando Inhanhá.

— Tá tudo tratado... sexta-feira.

E coçando com as mãos zambas a grenha piolhenta:

— Manda falar qui qué quatro escravo valente, faca afiada, fumo e pinga!

— Terá tudo, meu Pai, tudo estará pronto.

Pai Damião, o de 90 anos, andava um pouco despeitado com a importância do macumbeiro de Mateus Leme e, ainda bastante bebido, ao ouvir o que o outro dizia, entrou no meio da conversa:

— É verdade. Na sexta-feira Pai Grande manda falá qui vem...

E atrevidamente chegou a boca ao ouvido da senhora, cochichando o nome dos que iriam lá na sexta-feira.

Que é que Pai Damião avisara a Tangará? Avisara que iam atendê-la Exu Rei, o demônio mais poderoso do inferno, cujo invencível poder a matrona compreendera, lendo e treslendo o Catecismo de Umbanda. Vinham mais seus auxiliares Exu Tranca Ruas, para protegê-la na rua e fazer grande mal a seus inimigos; Exu Quebra Galho, para os mesmos fins, no mato; Exu Pombajira, o encarregado das vinganças; Exu Sete Cruzes, que provocava a morte dos desafetos; Exu Poeira, o dono das estradas; Exu Meia-Noite o assassinos noturno; Exu Tronqueira, que fechava a porta do caminho aos adversários; Exu Capa Preta, que aparecia como viajante, para acabar com os doentes; Exu Caveira, que fazia os adversários virarem esqueletos; Exu Canga, que mata os doentes e cura os desenganados. Exu Brasa, que provoca incêndios; Exu-Tranca-Tudo, que provoca o azar em negócios de amores. A vinda de todos esses espíritos era uma distinção para Sinhá, isso Exu Rei mandara Pai Damião dizer, em segredo.

Pois na sexta-feira, à meia-noite, fechada a casa, os dois pretos fizeram juntos uma oração, aplacando a sede do espírito que chegou primeiro, com o derramar pelas próprias goelas muita aguardente.

Todos os escravos pedidos estavam ali, respeitosos. Os amigos do Além começaram então a cantar em surdina, pedindo a Exu Rei que baixasse ao quarto. Esses negros já estavam tontos, numa gata, numa piela, numa pizorga que só Tangará não via. Damião aí extremeceu, avisando que as visitas estavam presentes e iam falar pela carcaça do negro de Mateus Leme. Esse deu uns pulos bambos, agitado num *delirium tremens* que fazia horror. Depois virando para a senhora:

— Bençôo Sinhá. Mi iscuta? Mi intende?!

E mais bravo, autoritário:

— Mi is-cu-ta, ói? Mi obedece?...

— Escuto, obedeço, obedeço em tudo.

— Em tu-do?!

— Em tudo, meu Protetor.

Aí revelou a Tangará que dentro de sua casa estavam os seus inimigos e espiões dos seus inimigos de morte. Ali estavam os recadeiros da amante de Inácio Joaquim e até, supremo horror, duas escravas amantes de seu marido! Com a permanência na casa, os dois impostores conheceram nomes de muitos escravos, simpatizando e antipatizando com muitos deles.

O bruxo continuava a sussurrar, gemendo:

— Pois é como la digo, mia fia, aqui memo na casa ele tem duas. Juntou os dedos magros nos beiços:

— Lindreza...

A mulher toda arrepiada tremia, espumando cólera. E perguntou fingindo calma:

— Quais são, meu Protetor?...

O espírito silenciava.

— Quais são, meu bondoso Protetor?

O negro-aparelho babava, de olhos fixos no chão. Pai Damião, de pálpebras descidas, presidia calado o encontro do ajuste.

— Aqui memo, duas. Lindreza...

— Diga quais são, Espírito do Bem, que, tão certo como Jesus morreu na Árvore da Vera Cruz, me vingarei!
— Lindreza..
— Mas quais são essas amantes de Inácio, quais são os recadeiros, os inimigos, meu Protetor?
— Tá iscrito!
— Está escrito onde, meu Protetor?
— Tá iscrito! Tá na lista. Procure a lista...
Não se sabe como, na penumbra da sala, caiu entre eles um papel embolado. Tangará apanhou-o, trêmula, desamassou-o, leu-o:
— Oh!!
O médium chorava, soluçando, a esfregar com fúria a cabeça com as mãos secas:
— Ah, qui pirigo! Sinhá no meio de farsidade...
Pai Damião pedia calma:
— Calma, calma!
Tangará atarantada, sem juízo, pedinchava conselho:
— Que fazer com os imundos inimigos, Pai Protetor?
— Qui fazê? Sangrá tudo, agora!! Ou sangrá ou é muié disgraçada! Hum!
Tangará ergueu-se, gigantesca, chorando, cambaleando, desgrenhada. Mandou chamar os quatro escravos pedidos pelo protetor e que Pai Damião já embebedara. Os feiticeiros fizeram antes uma lista de 60 cativos, inculcando-os como inimigos da desvairada. Essa lista é a que ela acabava de ler. Ela conversou, chorando, com os quatro negros a um canto. E de pé, com a lista na mão, foi chamando pelos nomes os escravos seus traidores:
— Francisca! Juliana; Severino! Leonila!
À proporção que gritava um nome, os quatro cativos, bêbados, aos botes, iam sangrando os infelizes!
— Sebastião! Amara! Joana Benguela! Patrocínia!
E foi gritando nomes.
Os escravos trancados no quarto, em vista da matança, arrebentavam as trancas, fugiam, uns já esfaqueados, outros correndo do que lhes ia acontecer. Em bolo, alarmados, corriam pelo casarão; uns pulavam as janelas da sala de jantar indo cair no pátio de lajes do andar térreo. Gritavam, avançavam nos assassinos, caím na sangueira. O negro velho Jesualdo, ferido no vão, golfando sangue pela boca, morrendo, mas ainda de pé, encarou de frente a senhora a quem sempre respeitara com humildade:
— Ah, puta! Ah, cachorra!
Tentou avançar para ela, de olhos esbugalhados e mãos em garras para enforcá-la, mas caiu sufocado em gorgolões de sangue.
A ladina Leonila morria, de olhos abertos, recostada na parede.
Ainda pôde falar, erguendo a mão:

— Sua bênça, minha Madrinha?
Dentro de vinte minutos estavam mortos a faca, no sola das Cavalhadas, 60 escravos! Muitos negros fugiram, desapareceram dentro da noite.
Por ordem de Exu Rei, que falava pela boca de Mateus Leme, todos os cadáveres foram jogados na cisterna, logo depois entupida de terra.
Eram três horas de madrugada.
Lavaram o sangue dos assoalhos com baldes de água e vassouras.
Ao amanhecer, a casa abria as doze janelas de frente à aragem fresca da serra. Andorinhas pousavam nos beirais do solar. De dentro do quintal, na ponta de uma haste e ainda orvalhada, uma rosa da Bengala espiava a rua, por cima do muro de barro. Cantavam os sinos límpidos da igreja de São Francisco, para a primeira missa. Madrugadores devotos passavam para os templos. Um perfume leve de bogaris se espalhava das chácaras bem cuidadas, onde estavam os jardins.
As chaminés começavam a desprender leviana fumaça. Piavam pássaros-pretos nos coqueiros. A vila despertava; os filhos iam receber a bênção dos pais, beijando-lhes as mãos. — Deus o abençoe, meu filho!
Só então Maria Bárbara, ainda abatida pela tragédia, pôde cair em si. Inácio Joaquim, que estava na Ponte Alta, não tardava a chegar.
Pai Damião, com a boca amargosa, via a corda da forca sobre uma cabeça de 90 anos. O feiticeiro de Mateus Leme, melhor da bebedeira e pensando bem o que fizera, morto de sede desaparecera, enquanto jogavam os corpos na cisterna.
Os escravos que escaparam ao morticínio tremiam o corpo todo, cheios de justo pasmo. Andavam nos seus trabalhos, chorando, estatelados de assombro.
Pelo meio-dia Inácio chegou. Ao ter conhecimento da hecatombe debruçou-se na mesa de jantar, aos soluços. Para ele, a esposa tinha enlouquecido.
Embora desse providência para nada se revelar da noite de São Bartolomeu dos escravos, os que fugiram na hora da sangueira espalharam pela vila o fantástico acontecimento. A população em peso estava indignada e os próprios parentes de Tangará se revoltaram contra ela.
Na tarde daquele dia, quando o boato do sucedido se espalhara, o Capitão Machado se encontrou na rua com o Pe. Soares. Muito segregado, a olhar para os arredores, o Capitão ousou perguntar:
— Soube?!
— Horror! Horror! Patas de uma besta danada espadanaram muito sangue no solar das Cavalhadas, sangue inocente que sujou chão, móveis, escadas, paredes! Ela está possuída do espírito maligno, como o homem da Província dos Gergesenos, de que Jesus tirou o demônio que encarnou em 300 porcos! É da raça do infame Herodes, que mandou degolar os inocentes de Belém.
— Haverá processo?
— Ora, processo... Vivemos sob a justiça dos publicanos...

— E como vai ficar esse pavorosíssimo escândalo? Esse crime sem precedentes em terras do Brasil?

— Ora, Capitão, fica no mesmo, em nada. Quem matou fica dançando, quem morreu não dança mais...

E cheio de cólera:

— O sangue de Abel, o primeiro a cair na terra, não floriu em concórdia mas germinou os corações duros dos filhos de Caim. Aqui pulsa um deles. Estou pasmo e cheio de medo!

Em todos os lares choravam a desgraça dos mártires. Havia a mais indignada revolta, muita praga contra a maluca. Alguns nem acreditavam:

— Passei por lá... vi tudo tão calmo, as janelas abertas...

— Será que Deus não viu tanto horror?!

Acendiam-se velas nos altares das casas, por alma dos assassinados. A vila comentava com suprema revolta o que se dera.

Parecia sob impressão de um terremoto. Todos estavam estupefatos.[21]

O casarão de Tangará ficou para sempre mal-assombrado. Ouvem-se à noite ali gemidos tristes, por horas mortas... Descem escadas, correndo, gritam por socorro, há baques de corpos tombam no assoalho... Arrombam portas, arrastam duras correntes...

As manchas de sangue, até hoje bem visíveis nas paredes, portas e corrimãos, amanhecem úmidas de sangue... Já houve quem entrevisse ao passar pelos janelões, saindo do sobrado para a Igreja de São Francisco, as almas dos mártires... Entre o céu e a terra, Horácio, há mais coisas que a tua vã filosofia.

Hamlet tinha razão.

Regularizada a vida comercial da Corte, Dona Joaquina ficou benquista da Família Real e foi convidada a ir conhecê-la, o que agradeceu e nunca foi.

— Não sou mulher dessas alturas. Para quê? Não quero do Real Regente e Nobilíssima Família senão a complacência da amizade.

---

21 Ainda está bem viva em Pitangui a tradição desse morticínio. Suas famílias tradicionais falam dele, como acontecido na véspera. Para garantia dessa afirmação transcrevo o ilustre historiador pitanguiense Dr. Onofre Mendes Júnior, hoje Desembargador do Tribunal de Relação do Estado de Minas: "... nos últimos tempos de sua vida ela (Tangará) se dedicou de corpo e alma às iniciações da magia negra e teria aberto no quintal de seu solar uma profunda cisterna, onde eram lançados os corpos inertes das vítimas sacrificadas aos deus Moloque. E, nos porões do velho sobradão havia pelas paredes os rastros de sangue das vítimas, que o tempo não apagou, pois reapareciam, mesmo após as pinturas de cal ou óleo com que se procurava apagar as manchas." Onofre Mendes Júnior, *Lendas e Realidades de Pitangui*, in Revista "Acaiaca", n.º 72, 1955, Belo Horizonte. Quanto ao número dos escravos sangrados naquela noite, ouçam o depoimento de ilustre escritor: "E no pátio, debaixo de um pé de sapucaia, conta-se que sessenta negros, de uma só vez, pagaram com a vida o tributo prometido por Maria Tangará aos ídolos da magia negra, em que ela se iniciara. Era uma cisterna profundíssima, aberta especialmente para servir de túmulo aos sessenta negros infelizes, cujos corpos, depois de trucidados, eram despejados no abismo. Cumprindo o voto, a cisterna foi tapada e, sobre ela, plantou-se um pé de sapucaí, que hoje já não existe." Paulo de Medina Coeli — *Tangará, in Dona Joaquina do Pompéu*, (1956), de Coriolano Pinto Ribeiro e Jacinto Guimarães.

SINHÁ BRABA

Pois um dia Joaquina recebeu na sua fazenda, como presente, um mimo de Sua Alteza o Regente Dom João: um cacho de bananas de ouro. Eram 9 bananas de ouro maciço, de tamanho normal. Esse presente foi visto por testemunhas da própria família do Pompéu, o que revelaram por ciência própria a seus descendentes.

Passa hoje por lenda mas é preciso considerar que era lembrança bastante usada por pessoas importantes e o próprio Fernão Dias ofereceu um mimo igual ao Rei Afonso VI. O *Anhanguera* ao regressar de Goiás trouxe várias frutas de ouro, para patentear sua descoberta a El-Rei Felipe II. Ademais o ouro valia mil e quatrocentos réis a oitava, que eram 3 gramas e 586 centigramos, e de ouro se faziam copos, talheres, urinóis.

Muito mais rica foi a retribuição que Dona Joaquina fez a Dom João: mandou-lhe um ananás também de ouro maciço, do tamanho natural, com coroa de folhas de ouro de 23 quilates.

A História do Brasil nunca falou de presente igual, digno dos incas e de milionários da Califórnia no *rush* do ouro.

Esses dois presentes bem se equivaliam, sendo mais valioso e original o de Dona Joaquina do Pompéu.

Em Pitangui foi grande o entusiasmo que o presente real provocou.

O Comandante das Ordenanças balançava a cabeça:

— Está aí e está com a Comenda da Ordem de Cristo no peito! É merecido.

O genro Joaquim, que jamais acreditara no prestígio da sogra até que viu o cacho de bananas, concordava, desapontado:

— Ela agora está é Condessa! Daí pra cima! Está aí e está com o papo amarelo nas costas...

E ria sem graça.

Sua fazenda enchia-se de peticionário de graças, recomendações para Oficiais Superiores, para o Capitão-General, de pobres mendigando esmolas. Visitas constantes de parentes e amigos da família enchiam os quartos de hóspedes, papavam seus jantares famosos a qualquer hora que chegassem, pois sua mesa estava sempre posta

No salão principal aparecia agora, em ponto grande, um retrato a óleo de S. A. R. o Príncipe Regente.

Apesar de todas essas grandezas, Dona Joaquina não descuidava da administração do seu latifúndio, cuja engrenagem se movia perfeitamente controlada. Não inchava de vaidade ao ser considerada pessoa benquista na Corte, como na sua Província.

O Pompéu tornou-se um celeiro das vilas mineiras e a carne consumida no centro provincial era de gado gordo dos seus campos. É que a fazendeira, acordando de madrugada, sempre de luto, fazia da casa-grande um modelo de ordem, limpeza e disciplina.

Os facinorosos que ela abrigava acordeiravam-se ali; passaram a ser escravos do bom trato e ninguém ousou botar a mão em nenhum.

Vítima de muitas demandas, nunca mais foi intimada a depor, depois do clistér de pimenta que ia ser aplicado no primeiro Oficial de Justiça que subiu as escadas do seu palácio.

Quando Dom João lançou um manifesto às Nações declarando guerra à França e logo invadiu a Guiana Francesa, ordenou aos Governadores de Minas, Bahia e Pernambuco que mandassem, com urgência, quanta tropa de artilharia fosse possível.

Como os efetivos mineiros não bastassem para o que pediam, procedeu-se voluntariado, o que foi em vão. Começavam a pegar vadios, facinorosos e cusbreados, em rigoroso recrutamento. Foram muitos os colhidos em Pitangui, sendo os Capitães-do-Mato encarregados de caçá-los.

Um desses pega-negros era João Pintado, que amarrava recrutas a 6 mil-réis cada um. Um dia disse à amasia:

— Mate e frite uma galinha gorda com farofa, pois vou à fazenda do Junco amarrar um recruta e são 6 mil-réis na unha!

Basilinho, um desafeto ocasional de Pintado, sabendo da viagem, foi esperá-lo na moita, no caminho. João Pintado saindo com o saco de matalotagem nas costas e o vidro da branquinha no bolso ia cantando, feliz da vida.

Boi brabo chegou num pulo
Bufando, pra me batê
Tirei o corpo de lado,
Boi brabo me pega o quê!

Ai, ai, lê, lê,
Tirei o corpo de lado
Tirei o corpo de la-do
Boi brabo me pega, o quê...

Agachado na moita, Basilinho apontou a passarinheira bem no peito do pega-negros, e apertou o gatilho.

João Pintado emborcou em sangue, morto.

O assassino com a maior tranquilidade comeu a galinha que o viajante levava, bebeu a pinga. E voltou para a vila.

Um inimigo ostensivo de Pintado, o mais perverso, foi condenado a galés-perpétuas, pelo bárbaro homicídio na tocaia. Escapou da forca por milagre, por não haver testemunha de vista.

Muitas vezes Basilinho foi às grades da cadeia de Pitangui ver o condenado.

— Como foi que você matou o João?

O infeliz nem respondia, ruminava apenas sua amargura.

Basilinho foi bestando por ali; sumia, reaparecia, sempre despreocupado. Quando lhe dava na telha ia à cadeia ver o preso:
— Êh, como vai cunhado?
— Basta ver a desgraça pra saber o resto.

Muitos anos o galé penou na pedra o desgosto de uma sentença para toda vida. Envelheceu, murchou a mocidade atrás das grades da masmorra. Seus filhos desgraçaram pelo mundo, a mulher descabeçou, acabou morrendo.

Mas um dia a coisa ficou fina para Basilinho; uma pneumonia dupla o apanhou de jeito, agarrou-o para matar. Agonizante, pediu confissão.

— Fui eu quem matei João Pintado. Sei que morro e não quero ir com o peso desse crime.

O padre declarou que só lhe dava absolvição se fizesse a confissão pública do crime.

Basilinho repetiu a confissão, na presença de muitas testemunhas. Contou direito, sem esconder o almoço que fizera da galinha do morto. Depois morreu.

O condenado por erro saiu da cadeia, sem ter para onde ir. Não tinha mais saúde, nem família, nem nada.

Ficou uns tempos à custa de gente piedosa, até que as doenças apanhadas no cárcere o levaram também.

O recruta do Junco, escapo à custa do sangue do outro, pelas dúvidas caiu no mato. E ninguém mais o viu por aquelas cabeceiras...

Enquanto a Corte comia e intrigava, nossos generais com tropas mercenárias lutavam no Sul. O Coronel Manuel Marques batia os franceses na Guiana, tomando Caiena.

Por outro lado Dona Joaquina se tornara a mais respeitável figura da Província de Minas. Ninguém desenvolvera tanto a agropecuária no planalto sanfranciscano. Ela não obedecia muito, desde o tempo da Colônia, às determinações da Coroa. Quando todos cumpriam as cegas o Alvará que obrigava os agricultores a plantar 500 covas de mandioca por escravos possuídos, ela sozinha fartava o Rio de Janeiro, nas fomes periódicas ali aparecidas. Abrigava criminosos, contra repetidos Bandos e Ordens Régias.

Ficara tão respeitada que, na Vila Rica do Ouro Preto, os Grandes do Reino, Capitães-Generais, Ministros e Marqueses, não falavam com ela de cabeça coberta. Como era forte, com espírito de Cornélia, diante dos filhos não suspirava pelo defunto marido, mas seu jardim, que ela regava com as próprias mãos, chorava por ela em tufos de saudades roxas.

Para não lhe ficar inferior, ralada de despeitos, Tangará andava em Pitangui em cadeirinha de arruar, carregada por escravos que em geral passavam fome. A pretexto de tudo e mesmo sem pretexto, subia e descia as ladeiras da vila serrana repimpada nos coxins de sua carruagem levada pelos cativos arquejantes. Seu busto afofado em vasta gordura equilibrava-se nos paus roliços das pernas, que desciam até os calcanhares como esteios de peroba ainda em casca. Sua cara sempre fechada era suculenta e áspera, igual a certos carás que, arrancados, parecem rostos caricaturais de gente.

Não se convencera de que a pompeana subira na escada social pelo critério, consciência e trabalho honrado.

— Aquilo de ser querida na Corte é goga dela!... É papeata de namoradeira até de escravo! Sabem? Dos mais ajumentados...

E sempre mais irada:

— Puxou o pai, um padre que desfez muitos lares em Mariana...

Pe. Belchior, que tinha asco de sua paroquiana, suspirava:

— Todas essas almas bárbaras ou estão manchadas de sangue dos que mataram ou salpicadas do sangue dos que mandaram apunhalar.

Referia-se decerto ao caso ainda na berra dos que ela, a crítica, mandara sangrar.

O padre com os íntimos, vendo-a passar na cadeirinha que vergava o espinhaço dos negros, comentou com amargor:

— Não é a força bruta que vence. Veja-se o ouriço da castanheira-do-pará. É uma espécie de sapucaia, com espinhos. O homem para quebrá-lo emprega o martelo ou a marreta e sua para consegui-lo. Pois o macaquinho-prego apanha dois ouriços, e, com jeito que só ele conhece, os bate de certo modo um contra o outro e com pasmosa facilidade quebra o diabo da fruta.

Um defensor débil tentou defendê-la:

— Às vezes são repentes...

— Repentes? Mandar sangrar sessenta cristãos numa noite! Repentes? Isso no mundo é velho... Um animal do porte de Nero, poucos dias antes de morrer, bêbado de sangue, manda matar São Paulo; um sanguinário do tomo de Herodes manda degolar São João; um covarde do quilate de Pilatos manda crucificar Jesus. E Vassuncê fala em repetes! Ora, pelo amor de Deus...

O certo é que o solar das Cavalhadas ficou para todo como lugar de sangueiras infames. *Na boca aterrada da uma sapucaieira nova.* Começavam a ouvir mesmo o barulho seco das correntes arrastadas lá dentro. Havia quem jurasse ter visto as almas dos cativos subindo à meia-noite, em procissão, da casa agora assombrada para o Largo de São Francisco. Iam todas de brando, manchadas de sangue, silenciosas, andando lentas, gemendo. Gritos agudos de dor penetrante assustavam notívagos passando pela Rua da Cachoeira.

Mandavam rezar muitas missas pelas almas dos desgraçados indefesos. Nas noites de sextas-feiras ninguém passava pela frente do sobrado. Mesmo porque as pernas não iam... À meia-noite desses dias sobressaltados vizinhos ouviam pedidos de socorro, gritos engasgados de gargantas feridas, golfando sangue. Muitos reconheceram a voz do negro de Mateus Leme e de Pai Damião, pedindo calma... Ouviam-se mais ruídos de lutas dentro da mansão

SINHÁ BRABA

vazia, quando a senhora estava nas suas fazendas. E baques de gente ferida, a morrer, rolando pelas escadas. Não faltou quem visse, por sobre os muros, um fogo azul caminhando, rasteiro, da boca da cisterna tapada, até o pátio interior, onde muitos se jogaram de cima, para fugir e morrer. Era o fogo dos mortos que saía depois pelo portão largo, em ronda de penitência à porta das igrejas. Vozes aflitas de *uui! aai! soo-corre! mi acode!* eram ouvidas reboando pela rua quieta, na paz da noite velha.

Começaram a fazer promessas para graças difíceis, às almas dos escravos caídos na fúria enciumada de Tangará.

Mais outra notícia de novo abalou o povo já comovido. Apareceu morto numa grota da fazenda do Ribeirão, já meio descarnado pelos urubus, o velho Pai Damião, que alimentara o fogo sagrado na mioleira de Maria Bárbara. Perguntavam em todos os lares:

— E os crimes continuam? Ninguém toma defesa da população? Não houve porém nenhuma providência. Por que, até hoje ninguém sabe. O Capitão Machado irritava-se:

— Olhem que escravo tem amparo dos Códigos. Por lei não se pode infligir castigo bárbaro a nenhum. Até palmatoadas só se dão por motivos justos. Matar um escravo é crime nas *Ordenações*, era crime desde o Direito Romano. Aqui se espanca, aleija e mata não um escravo mas 60 escravos e fica por isso mesmo. É gravíssimo, é deprimente para nossos brios!

É estranho que esse morticínio ficasse impune, mas ficou.

Foram dizer à fera que o Pe. Soares lhe exprobava o crime, que era pecado só para Deus perdoar. Ela zangou-se:

— Ora, censura de um padre que tem amantes!...

O padre soube e respondeu, abatido:

— Ousa até difamar um pobre Sacerdote do Senhor! Esquece os exemplos dos difamadores que pagaram, cedo ou tarde, as infâmias. Até as coisas inanimadas sofrem o resultado dos sacrilégios. O primeiro Bispo do Brasil, Dom Pedro Fernandes Sardinha, assistente na Bahia, andava de arrufos com o Governador do Brasil, Dom Duarte da Costa. Chamado a Portugal pelo Rei, embarcou com 100 pessoas, inclusive Fidalgos e suas famílias, na grande nau *Nossa Senhora da Ajuda*. A nau abriu água num baixio da costa, entre os rios São Francisco e Cururipe. Presos pelos Caetés, foram todos mortos, inclusive o Bispo, que recebeu, de joelhos, uma tacapada na cabeça. Pois a colina em que o Bispo foi esmigalhado, assado e comido pelos bugres, na beira do Rio São Miguel, que era verdejante e cheia de árvores frondosas, secou a frescura; o mato morreu e os capins. Não brotou mais do chão, molhado pelo sangue do mártir, a mais humilde erva, nem musgo, nem nada. Os paus secaram e dizem que não choveu mais nesse morro...

Parou, para renovar seu desgosto:

— Conhecem o caso do fazendeiro vizinho do Pitangui? Um dia o padre desse lugar, padre velho e pobre, encontrou-se na estrada com o tal fazendeiro e a mula deste espantou-se, refugando, ao passar uma porteira, porque o padre surgiu, de repente, no seu cavalinho. O moço, irado, deu com o cabo do piraí na cabeça do cavalo do Sacerdote com tal fúria que o cavalo caiu morto. O padre não disse uma só palavra: ficou de pé, com os olhos em lágrimas. O bruto então berrou:

— Está vendo o que você me obrigou a fazer, filho da puta?

O padre apenas respondeu:

— Toma cuidado com essa língua...

Um ano depois o fazendeiro, homem rico, adoece de febre. Chamaram muitos Doutores que, como sempre, não chegaram a acordo.

Febre que não cessa. Um dia a esposa resolveu limpar, com remédio simples, a língua e garganta do marido. E com horror de todos, a língua do doente saiu inteira, na toalha da limpeza. Dona Maria Bárbara tenha cuidado com a sua... Se tenho amantes, juro que Tangará não é uma delas. A um sacerdote não se calunia.

A gente simples que o ouvia estava calada.

— Há outro caso ainda pior. A doidivana precisa saber do que se deu quando os 1.300 paulistas passavam por Taubaté, em viagem para as Minas, com o fim de vingarem dos Emboabas da derrota que infligiram aos de Piratininga. Abrindo uma sepultura para enterro, deram com um cadáver inteiramente conservado. Estava com um joelho em terra, o braço direito estendido e só com o olho direito aberto. Era de um homem que ferira à bala um Sacerdote...

Eram tantos os boatos correntes em Pitangui sobre Joaquina e Tangará, que havia pouco tempo para viver. Uns, eram que Dona Joaquina ia ser Viscondessa; que pedira ao Seleníssimo Regente para ordenar inquérito sobre os morticínios, mandando exumar os restos. Outros eram que Tangará peitara um escravo do Pompéu para envenenar sua Sinhá que, por um triz, morria.

Mas o que se dera com o envenenamento fora diferente. Um escravo, filho de um dos 60, protegido por alguém, conseguiu se alforriar. Passado algum tempo, o forro pegou um veadinho ainda filhote, criando-o no seu quintal do Arraial da onça. Quando o bicho ficou bom para ser comido, o negro arranjou arsênico e foi dando em pequenas doses ao veado.

Um dia deu-lhe uma porção bruta no fubá, matando-o. Atirou então com chumbo grosso no animal, fingindo que fora caçado naquele dia.

E levou-o como agrado a sua ex-proprietária.

Tangará mandou fazer a carne a seu gosto mas o diabo entrou no meio, a favor dela. A cozinheira comeu um pedaço da carne, de que deu também a um filho pequeno, morrendo ambos.

Tangará que chegava da missa encontrou a desgraça feita e viu que a escrava vomitara muita carne. Desconfiou e proibiu que se comesse do cozido.

SINHÁ BRABA

Guardou-se disso muito segredo. Mas o caso transpareceu, sendo boquejado por todo o sertão. Os parentes de Tangará é que espalharam ser o atentado contra Joaquina.

O Pe. Domingos Simões, quando passou a temporada de cura na vila serrana, já em Paracatu, conversava com amigos sobre Pitangui:

— Lugar para se viver, com folga, cem anos. Clima, ares, águas admiráveis; lugar na serra, sadio de ventos, gente acolhedora, muito hospitaleira.

E alegre, depois de uma de suas melhores risadas de moribundo:

— Conhecem a praga de carrapatinhos? Depois da eclosão da ninhada feita na terra, os carrapatinhos sobem pelas ervas, arbustos e árvores, guiados por um maravilhoso instinto. Procuram os ramos debruçados sobre estradas e trilhos, por onde transitem animais. Aí se acumulam em pinhas de milhões de carrapatos, tão pequenos que são quase invisíveis a vista nua. Ficam pendidos em bolas do tamanho de uma jabuticaba ou coco brejaúba, à espera do gado. Quando uma rês roça os ramos e de leve os balança, a pinha cai sobre ela, espalhando-se veloz por todo o corpo, indo-se fixar no couro por onde se farta de sangue. Sugam, chupam, crescem até que chegam a rodoleiros, isto é, a carrapatos adultos. Só há um remédio conhecido para matar a praga: é a água de fumo de rolo. Quem passou por baixo de paus onde estão os bichos sente o rosto, a cabeça, os olhos enxameados por uma coisa que comicha, coça, arde. É um prurido que passa a coceira furiosa, e só depois do banho de água de fumo a gente pode respirar e sorrir, para os que riram do infeliz.

E ferino, sarcástico:

— Vavarru em Pitangui é como praga de carrapatinho. Riu, sacudido pela tosse:

— É difícil de suportar...

Naquela manhã de nevoeiro na serra, com visão de poucas braças, toparam-se no caminho perto de Pitangui dois escravos de Joaquina, que chegavam e três de Maria Bárbara que saíam da vila.

Os do Pompéu viajaram toda a noite, vinham cansados, a mando de Sinhá; os da Ponte Alta saíam para a fazenda. Pararam a poucos passos, medindo-se, calados. Sem uma palavra, os negros de Tangará investem de foiçadas contra os de Joaquina, que aparam os golpes, também nas foices afiadas.

Os ferros tinem, às vezes cintilando fagulhas. Os golpes são medonhos, de lado a lado. Os assaltantes golpeiam para matar, os assaltados rebatem para cortar braços e cabeças. Não lutam separados mas em um bolo só, todos de foices subindo e descendo, brutos, apressados. O chão úmido pelo nevoeiro deixa subir poeira; os brigões dançam, batucam frente a frente, cara a cara, só valendo morte. Pinga sangue, esguicha sangue; a fúria das foiçadas retine para se ouvir de longe. O suor de todos brilha-lhes a pretidão. Um cheiro ativo de bodum sobe do grupo brigador. Não demorou a cair um deles: outro emborca sobre o morto. Cambaleante, o terceiro rola; uma foiçada do que cai quase decepa a cabeça do que o mata. De braços erguidos um negro larga a foice, caindo de costas. No entrevero de cinco minutos, não houve um grito, um resmungo, um gemido. No encontro bem sangrado aconteceu morrerem todos, atacantes e agredidos. Não eram inimigos, mas o veneno de suas Sinhás fez aquilo. Foram os únicos valentes no mundo que brigaram sem insultos, sem alaridos. Morreram como morriam os cavaleiros andantes, por sua Dama ou por seu Rei. Defenderam suas Senhoras, não por serem inimigos mas para manter o brio das duas adversárias... Lutaram sob dois estandartes invisíveis, mas que estavam diante deles... Negros duros! Todos se acabaram estraçalhados. Ninguém sobrou mas nenhum gemeu!

Dona Joaquina correspondia-se com o Regente Dom João, chamando-o "Caro Senhor e Pai".

Lidava com multidão de escravos, meieiros, empregados e de gente copiosa que a procurava como intermediária de graças régias. Apesar da Carta Régia de 1647 que proibia sob pena de forca ou degredo a fabricação de vinho de mel, a nossa cachaça, bebiam muito em Minas. Menos no Pompéu. Ninguém bebia álcool no latifúndio de Joaquina e na sua mesa da casa-grande só a determinadas visitas, por cerimônia, era servido vinho português. Em sua mesa eram postos normalmente muitos pratos substanciais, doces dos mais finos, menos álcool.

— Quem usa água da nossa mina doce dispensa mais bebida.

E sorrindo:

— Vinho é sangue do demônio...

Criticavam-na por isso:

— Nem parece filha de portugueses; bebe, decerto, escondida

Tangará caía-lhe na pele, por ser abstêmia:

— Ora, são papeatas dela. Foi criada com zurrapa, ilhoa, bebia vinho até em mamadeira... E o Capitão Inácio?... Vivia de meio-olho, sem saber de que freguesia era... Zanzava por aí, num veroel que fazia enojo. Nem podia carregar a clavina.

Quanto a Joaquina, mentia; quanto a Inácio — exagerava.

O caso do negro da rapadura volta e meia estava na língua calejada da inimiga.

— Fala com ela que eu não sou negro que furtou rapadura, não.

Ela está acostumada a mandar bater, mas o processo do crime do Catarino não vem.

Tantos recados mandou que um dia recebeu resposta de ponta de dedos. Um filho de Joaquina esteve na vila e bebeu com amigos, em zoada alegre. Ao sair, já montado, lembrou-se de Tangará e, numa rebentina, de tope erguido, jogou o cavalo brioso na calçada do sobradão das Cavalhadas:

— Mãe manda dizer que vai dar parte, pra o Governo abrir a cisterna e arrancar os 60 negros que estão lá, nos ossos!

Tangará não ouviu, mas, sabendo que se passara na sua porta, gritou alto, de uma janela:

— Cala boca, raça ruim, que eu não dou confiança a beijadeira de pé de Regente!

O grito idiota fazia referências à estima da Família Real pela adversária. O rapaz riu, sem linha, provocando, e a matrona tonitruou da janela para baixo:

— Fala com o resto do negro da Boa Vista que ela tem carta-branca pra fazer absurdo, é dodói de Rei mas não evita uma trabucada de negro meu!

Joaquina muito se aborreceu com o que fez o filho e proibiu-o por muito tempo de ir à vila. Por essa e outras ameaças, Dona Joaquina requereu e obteve, em 1799, ordem de andar armada. Só viajava protegida por muitos guarda-costas, cacundeiros de comprovada lealdade.

Era vista por ter carta-branca do Regente, o que era prerrogativa dos poderosos. Consistia em ordem para agir com liberdade, acima de todos os direitos. Era imunidade às censuras, processos e pernas, Com carta-branca podia-se fazer o que se entendesse, sem dar contas a ninguém.

Joaquina sorria amargo:

— Minha carta-branca é agir com critério, ser direita e pensar no dia de amanhã. Nesse amanhã estão meus filhos e o Brasil.

Na manhã dourada que alegrava os olhos, os ares transparentes, finos, enchiam os pulmões com suave doçura. O céu lavado, a terra verde, as águas borbulhantes, aligeiravam os corações.

Nos jardins as roseiras se abriam na golfada de sangue das rosas vermelhas e em frente do sobrado, na folhagem escura, os mulungus se arriavam com a hemoptise das flores rubras.

Aquele domingo chegara alegre, num veranico das águas. Cigarras zangarreavam estridentes, bêbedas de luz. O sol morno fecundava no chão molhado as sementes que seriam árvores, e raízes de árvores que dariam sementes.

No curral de fora os escravos raspavam esterco repisado, para adubar as lavouras. Na rotina, despreocupados, cantavam com vozes calmas:

Na travessia do rio,
Por orde do capataz,
Boi magro é julgado adiante,
Boiadão marguia atrás!

Joaquina escutava, ouvia. Rica, vencedora, respeitada, no íntimo ela era o boi magro jogado na travessia, para entreter as piranhas vorazes, enquanto o resto da boiada passava sem perigo...

Sorria com tristeza, revendo tudo quanto fizera. O boiadão, quem seria?

Aguando as suas plantas, no peitoril da varanda do fundo, conversava com as mucamas, cuja maior ventura era ouvi-la:

— Caminhamos para a morte, ainda cheia de ilusões. Sofri muito e sei que ainda vou enfrentar muitas desgraças.

Sentou-se, olhando até longe a terra generosa, que era sua.

— Eu, que só tenho razões de viver triste, estou hoje alegre, na manhã bonita, Inês.

A escrava riu baixo, riso cascavelado de adulação:

— É bom, Nhenhá. Porque desgraça, tanto faz sofrer como saber que tem.

X
MADEIRA NÃO SE RENDE!

Pois foi assim que o Brasil engatinhou nas Minas Gerais, até 1821.

No modorrento letargo provinciano, Dona Joaquina assistia, de seu palácio do Pompéu, ao desfile do tempo.

Subitamente, nesse mesmo ano, Dom João VI, que subira ao trono como Rei em 1816, resolveu deixar o Brasil. A atitude do coroado feriu fundo a fazendeira. A leal afeição que sempre dedicou ao caro "Senhor e Pai", durante os doze anos de seu Reinado, nunca sofrera um deslize, sempre correspondido pela consideração com que foi tratada. Correram-lhe lágrimas, ao saber da notícia.

— Esta dedicação é velha demais para ser depressa esquecida! Entristeceu. Durante muitos dias falou de sua desolação e do que perdia o País ao se ver sem seu Grande Rei.

Quem se lavava em águas de rosas era Tangará. Ficou esfuziante e ao saber da partida do Monarca, a 26 de abril de 1821, levando de regresso quatro mil vassalos e a Família Real, exceto o Príncipe Dom Pedro. Abriu, escancarou as janelas de seu magnífico solar, iluminando-o como para festa. Ela mesmo perguntava, na sua roda.

— E agora, Dona Joaquina, como vai ser?...

Abanava com leque de plumas o rosto afogueado, que as compressas de água de anjo não logravam empalidecer.

— Acabou-se o Reinado do devorador de galinhas... Portugal já teve Dom Manuel, *o Venturoso*, o Brasil foi pasto de Dom João VI, *o Comilão*...

E alto, para ser ouvida por todos:

— Sofri mais no Reinado desse gastrônomo do que sapo em pé de boi! Aguentei humilhações, curti vexames! Para ele, só havia em Minas a feroz Dona Joaquina do Pompéu. Mais ninguém. Deu-lhe Carta-Branca e a criminosa mandava aqui mais do que o Rei!

E num assomo exagerado:

SINHÁ BRABA

— Nossa Senhora da Piedade teve pena de sua Vila do Pitangui! O marido Joaquim Inácio chamou-lhe a atenção:
— Vosmecê fala do Rei, olhe lá outro Rei...
— Não seja tolo nem cobarde! Na minha pele ninguém toca.
E com um sorriso mordaz:
— Não sou escravo ladrão de rapaduras para ser surrado por ordem de um imbecil qualquer!...
Mas deixara de pensar no que acontecera:
Dom João VI, ao se retirar, nomeara o Príncipe Dom Pedro, então com 23 anos, como Regente do Reino, com poder quase ilimitado.
Dom Pedro era fogoso, era amalucado, mas também era homem. Herdara a psicose amorosa da mãe, Dona Carlota Joaquina de Bourbon e, impulsivo, já tinha nome de conquistador atrevido de mulheres casadas, ao assumir a Regência do Reino do Brasil.
Ao chegar a Lisboa a Família Real, sem o Príncipe, as Cortes se revoltaram contra Dom João VI, iniciando represálias contra a Colônia. Não queriam Dom Pedro na Regência, ordenando seu regresso imediato a Portugal, para aprimorar a educação. Essas Cortes desejavam que o Brasil desse um passo à retaguarda, voltasse à Colônia Portucalense.
Mas o povo brasileiro se levantou, bravo, apoiando o Regente, e foi para as ruas, com o Senado da Câmara, com estandartes, músicas e armas, além de muita coragem para pedir a Dom Pedro que não voltasse a Lisboa.
Foi aí que o Presidente do Senado da Câmara José Clemente Pereira à frente do povo lhe fez ardente apelo, em nome dos patriotas. Pedro decidiu-se:
— Como é para o bem de todos e a felicidade geral da Nação — diga ao povo que fico.
Os doidos da recolonização, lusos e maus brasileiros, alertaram a Divisão Auxiliadora Portuguesa, que pôs na rua 1.600 homens de guerra, sob o comando do General Avilez. Acabaram-se rendendo. Dom Pedro cumpriu a palavra, ficando no Brasil.

A reorganização do Brasil, que estava anarquizado, era problema difícil. Em Minas, por manobras do Governador Dom Manuel de Portugal, surgiu uma reação absolutista fiel às Cortes de Lisboa e que não obedecia à Regência de Dom Pedro.
José Bonifácio aconselha ao Regente a visitar Minas, a Província mais populosa onde, em Vila Rica do Ouro Preto, sob a Presidência do Governador, do Frei José da Santíssima Trindade, Bispo de Mariana, Ouvidor-Geral Dr. Cassiano Experidião e algum povo, juraram a Constituição que Portugal *ainda nos ia impor*!
Era já Deputado Brasileiro às Cortes de Lisboa, desde setembro de 1821, o Pe. Belchior Pinheiro de Oliveira, amigo e confessor de Dom Pedro. Homem

de preparo emancipado, mais político do que sacerdote, agia sob o fogo de um patriotismo inteligente e, por ser tuberculoso, pouco saía do clima serrano de Pitangui.

Conquanto Deputado, não frequentava as Cortes, como muitos dos 79 representantes da Colônia do Brasil em Portugal. Tanto aqui como em Lisboa havia brasileiros Deputados às Cortes favoráveis e contrários à separação do Brasil do Reino de Dom João VI. Entre os nacionalistas estavam Antônio Carlos, Cipriano José Barata de Almeida, José Lino Coutinho, Pe. Feijó, Costa Aguiar, Bueno e Gomes.

O mais desabusado era o baiano Cipriano Barata, que nunca teve medo de falar claro, pela emancipação do Brasil. Certo dia, conversando com alguns patrícios, ouviu a opinião de um Deputado brasileiro às Cortes, contra a Independência. Cheio de furor, pela arrogância do colega, Cipriano deu-lhe tão tremenda bofetada que o fez rolar por muitos degraus da escada do Parlamento Português...

O Regente viajando para tranquilizar Minas, foi recebido em triunfo, ao passar por Barbacena, São João del-Rei, e Queluz. Por onde transitasse era festejado com a severa alegria dos mineiros, que pensam para fazer.

Antes de entrar em Vila Rica fez uma proclamação as montanheses, manifestando-se Monarca Constitucional e amigo da liberdade. Desfez logo a Junta do Governo Provisório, apresentando-se modesto e compreensivo.

Ao constar que o Regente vinha à Capital da Província, foi Dona Joaquina esperá-lo em Vila Rica, levando comitiva numerosa em luzida cavalgada. Quando teve uma brecha, foi apresentada a Dom Pedro. Ele deu-lhe a mão a beijar indagando, contra a etiqueta:

— Quem é?
— Dona Joaquina Bernarda da Silva de Abreu Castelo Branco Senhora do Pompéu.

O Regente espantou-se:
— Dona Joaquina do Pompéu?

Ela, numa vênia corretíssima:
— Humilde vassala de S. A. R., como fui do Poderoso Dom João VI, pai de Vossa Alteza!

Dom Pedro sorriu, com o rosto desanuviado:
— Vosmecê é muita querida de minha família; meu Augusto Pai admirava-a. Folgo em conhecê-la, em pessoa. Que favor deseja do Regente?

A matrona então levantou o rosto calmo:
— Majestade, vim apenas conhecer o filho de Dom João VI; vim depor aos pés de Vossa Majestade meus pequenos recursos de fazendeira, mineira e patriota, para começo de sua Regência!

Falou claro e compassado, com a firmeza que lhe era habitual. O Regente, muito simples mas inflamado de novos ideais:

— Agradeço, Senhora, e espero que todos colaborem comigo pelo bem do Brasil. Honra-me conhecer pessoa que tanto mereceu em gratidão e amizade, de meu Augusto Pai El-Rei Dom João VI. Aliás depois que se tornou querida na Corte de meu Pai soubemos que é descendente dos Castelo Branco, de Viseu. Pois temos na Corte uma açafata da Princesa Dona Maria Leopoldina, que é sua parenta, natural também de Viseu: é Dona Francisca do Castelo Branco, a mulher mais feia do Paço...[22]

A pressa com que agia não permitiu mais palavras. Não podia demorar, viajava às carreiras, e voltou como um raio para a Capital do Reino, vencendo 80 léguas em 5 dias!

A 7 de Setembro de 1822, ao regressar a São Paulo de um passeio que fizera a Santos, a meia légua do Ipiranga, foi alcançado pelos Oficiais Paulo Beregaro e Antônio Cordeiro, que lhe entregaram cartas urgentes. Paulo Beregaro era Oficial da Secretaria do Supremo Tribunal Militar, com o posto de Capitão. Ao partir para a urgente missão, Beregaro ouviu de José Bonifácio a última ordem:

— Vá com a máxima urgência! Se não arrebentar uma dúzia de cavalos no caminho, nunca mais será correio!

Com esse aviso o Capitão galopou, para encontrar o Príncipe.

Dom Pedro, que montava uma besta baia gateada, estava no momento acompanhado apenas pelo Barão Pindamonhangaba e vestia uma simples fardeta da Polícia.

Ao alcançar a Guarda Real, mandou aproximar-se o Pe. Belchior, com quem cochichou, dando as cartas a ler.[23] Depois de ordenar a formação da Guarda Real em semicírculo, falou bonito que as Cortes Portuguesas queriam mesmo é escravizar o Brasil. E arrancando a espada, bem determinado, agigantou-se num brado, alto, claro, luminoso:

— Independência ou Morte!

Despedaçou as divisas portuguesas que atirou ao chão, no que foi imitado por todos os oficiais.

Estava o País liberto de Portugal.

Aquela resolução bendita devia ser partilhada por todos os brasileiros de todas as Províncias. Pois não foi.

---

22 Dona Francisca de Castelo Branco foi depois Viscondessa de Itaguai, e Marquesa de Itaguaí, em 1834. Três anos depois da abdicação de Dom Pedro I, ficou esquecida pela Família Bragança, morrendo na maior miséria e sendo enterrada por esmola, em vala comum.

23 O Dr. Melo Morais, Pai, escrevendo a história da Independência, ouviu, por escrito, o Barão de Pindamonhangaba, testemunha que estava com Dom Pedro na Guarda Real, quando ele recebeu oficiais que levaram as cartas. Pergunta: Se o Príncipe depois que acabou de ler carta a deu ao Pe. Belchior Pinheiro de Oliveira ou a outra pessoa, e consultou o que devia fazer? resposta: " ... e é de supor que este (Dom Pedro) consultasse o Pe. Belchior a respeito, *por isso que era seu confidente e mentor*". Melo Morais, *História da Independência do Brasil*. Aliás, no Quadro de Pedro Américo sobre o Grito do Ipiranga, Pe. Belchior é das figuras de frente, mais importantes. *Pe.* Belchior declarou que leu as cartas, e deu o conselho pedido, pela Independência.

O norte do país, notadamente Pará, Maranhão e Bahia, não cumpriram o dever de aceitar a dádiva celeste da Independência, e puseram-se em armas contra o Imperador.

A maior resistência era na Bahia, onde o General Madeira estava à frente de 17.000 homens e protegido por cinco navios da Esquadra reinol, sendo abastecido por setenta vasos mercantes. Chegavam-lhe novos reforços da Frota Portuguesa.

A doida alegria com que retumbou em Minas a notícia da Independência foi amainada com a certeza de que o Pará, Maranhão, Sergipe, Alagoas, Bahia e Ceará não reconheciam Dom Pedro e estavam fiéis a Portugal.

Já haviam seguido para a Bahia o Brigadeiro Labatut, para comandar as forças de terra, e a esquadrilha do Almirante De Lamare, para o bloqueio dos inconformados.

Abriu-se o voluntariado para o Exército Imperial, onde se alistaram até estrangeiros. A exaltação patriótica atingia as fronteiras do fanatismo.

Quando as Cortes Portuguesas deliberaram que o Brasil seria governado por uma Regência por elas nomeada, ordenando a Dom Pedro, Príncipe Herdeiro do Trono, que regressasse a Portugal, alguns mineiros, entre eles o Dr. José Teixeira da Fonseca futuro Visconde de Caeté, fundaram a "Sociedade Pedro e Carolina", com o fito de pugnar contra o velho Reino e manter Dom Pedro na Regência do Reino do Brasil. A Junta Provisória de Minas era inspirada pelo Governador e em quase totalidade os mineiros lhe eram hostis.

Comandava um Regimento das Milícias de Vila Nova da Rainha o Cel. José de Sá Bittencourt Acioli, Fidalgo Cavaleiro da Imperial Ordem do Cruzeiro, Cavaleiro da Ordem de Cristo, Bacharel em Ciências Naturais pela Universidade de Coimbra, o Cel. das Milícias das Minas Gerais.

Removido de Coronel dos Úteis da Bahia para igual posto no 2.º Regimento de Infantaria da Vila Real de Nossa Senhora da Conceição de Sabará, o oficial já andara envolvido na Conjuração Mineira. Vendo Portugal promover a recolonização do Brasil, reuniu seus colegas no Arraial de Santa Bárbara e proclamou Dom Pedro, Regente do Reino do Brasil. O 2.º Regimento de Cavalaria de Sabará adere à sua resolução. Ia marchar sobre a Capital da Província para depor a Junta Governativa, tendo já abalado a vanguarda, quando soube que o Príncipe chegara ao Capão do Holanda, a três léguas de Ouro Preto. Mandou então seu filho e homônimo, Tenente-Coronel do mesmo Regimento, levar ao Príncipe uma carta urgente:

"Senhor!
A heroica deliberação de V. A. R. da vir a esta Província agitava continuadamente nossos ardentes desejos, que flutuante ambicionava tão feliz empresa.

> *Agora, porém que temos a certeza de que V. A. R. existe conosco para ser o sempre de nossa segurança e árbitro de nossas aspirações: nada mais resta, Senhor, senão assegurar a V. A. R. o afinco em que este corpo de tropa do meu comando, a favor da boa causa, que se acha pronto para em tudo seguir as deliberações do Grande. Protetor de nossa constituição.*
> *Meu filho Tenente-Coronel do Regimento de meu Comando[24] vai por este Corpo de Tropa beijar a Mão de V. A. R., que Deus guarde, como nos é mister.*
>
> *Quartel em Vila Nova da Rainha, 9 de abril de 1822."*
>
> *(a) José de Sá Bittencourt*

O Príncipe Dom Pedro respondeu logo, moderado, pedindo que as tropas se recolhessem a seus quartéis, "até segunda ordem".

Na Devassa da Inconfidência Mineira, Bitencourt fora denunciado como conivente. Alertado por aviso secreto, o Capitão-General Governador da Bahia mandou uma Companhia de Linha prendê-lo, pois ali estava em trabalho de engenharia. Trancaram-no nas masmorras da Cadeia de Camamu. Contam que sua tia, sem saber do fato, uma tarde viu diante de si Nossa Senhora do Bom Sucesso, Padroeira de Caeté, que a chamava com a mão. Acompanhou-a e em certo ponto de sua fazenda, onde havia lavras e trabalhava sem êxito, Nossa Senhora apontou um pedaço de terra dizendo-lhe que daquele chão tirasse meia arroba de ouro para defender o sobrinho em perigo. Imediatamente começou a cavar e lavar a terra, apurando meia arroba de ouro. Ciente do que acontecia ao parente, com o dinheiro do ouro provou a inocência do sobrinho, que livrou das garras do tigre Barbacena.

Essa senhora viveu 108 anos, ainda mostrando o lugar que a Divina Visão lhe indicara.

A situação na Bahia agrava-se com a chegada de reforços de Portugal inclusive mais vasos de guerra para o General Madeira.

Em vista dos acontecimentos, foi deliberado que forças de terra marchassem com urgência, pelo sertão, até a gloriosa Bahia, cenário da resistência.

Já equipado para a marcha, o Regimento ouviu a Ordem do Dia do Comandante Acioli, palavras dignas dele:

---

24 Tenente-Coronel José de Sá Bitencourt e Camara.

"*Camaradas!*

É chegado o momento de marcharmos em socorro dos valentes Bahianos que se esforçam para alcançar a liberdade oferecida aos brasileiros pelo melhor dos Príncipes.

Minhas forças abatidas pela idade não permitem que siga à vossa frente para nos Campos de Honra firmarmos a independência de Nossa Pátria ou morrermos com glória. Se o tempo roubou-me o que hoje mais precisava para combater os inimigos de nossa liberdade, quis a Providência Divina dar-me uma parte integrante do meu coração, que saberá imitar-me. Vós o conheceis: é o vosso Tenente-Coronel, sobre quem recaiu a escolha do Governo para vos comandar.

Segui, Camaradas, na certeza de o que tendes nele o vosso Coronel e um amigo que vos conduzirá pela estrada da honra ao templo da glória."

Caeté, 3 de abril de 1823.

(a) José de Sá Bittencourt.

Com o 2.º Regimento das Milícias de Vila Nova da Rainha, com efetivo de 585 homens, seguiu o Terço dos Henriques garbosos pretos de calções, coletes, punhos, gravatas e meias amarelas, com faixa vermelha e plumas amarelas, curvadas para a frente dos quepes. Completaram a força um Regimento de Cavalaria da Nobreza de Sabará e Infantes da Comarca do Rio das Velhas, além de um Regimento de Cavalaria dos Dragões de Linha.

Além das forças em marcha aglomeravam-se por toda a Província Corpos de Voluntários, alguns já aquartelados para seguir. Minas, que foi a pioneira, não faltaria na hora da consolidação da Liberdade, *quae sera tamen*.

Regressando de Vila Rica do Ouro Preto, Joaquina tomou suas providências para cumprir o que prometera ao Príncipe Regente. Era admirável comandante.

Na Vila de Pitangui, gente liberal até à temeridade, povo cioso de sua independência, a notícia da vinda do Príncipe foi recebida com jubilosos clamores.

É que estava à frente dos acontecimentos seu Deputado-Geral, Pe. Belchior Pinheiro de Oliveira.

Apenas o grupo de Maria Bárbara ridicularizava as atitudes do *Rapazinho* no cenário político nacional. Mais ainda achincalhava a rival do Pompéu, por ter ido oferecer os préstimos a Dom Pedro.

— Bobona! Que ridículo!... Foi é adular porque o outro, o idiota, se foi... Quer-se apegar ao filho, quer estar na Corte, dizer, fingir que é nobre. Esqueceu que o pai foi expulso de Mariana, pelo Rei...

E levantando-se de braços abertos, desolada:

— Ah, fidalguia! Que fidalguia, Deus meu! Nobreza que manda matar um escravo que furtou uma rapadura... Estamos perdidos neste País, País ou coisa que o valha...

Ridicularizava até os vestidos da pompeana:

— Imaginem! Chegar perto do Príncipe com aquele vestido de lamita preta, com rendas de durante... duras como ferro. Custou 120 réis o feitio...

Ria, feliz:

— Com certeza levou as duas alianças de mãos dadas, com chaves de corações pendentes...

Ainda ria, descomposta, deliciada com a própria graça:

— Tinha no dedo o anelão de brilhantes mal lapidados, coisa feia! O que vale é que só estavam lá, homens. É do que ela mais gosta...

Parou, cansada de rir:

— E não me dirão que foi fazer em Ouro Preto essa criatura?! De certo vender carne, vender bois — porque é usurária!

O Dr. Ferreira ria-se daqueles destemperos:

— Quer ser a água régia que dissolve o ouro...

Ninguém sabia o que fora fazer em Ouro Preto a digna Senhora. Não tardou que viesse o 7 de setembro, Dom Pedro proclamado Imperador, a resistência do norte à Independência Nacional. Pitangui trepidava com as notícias da Bahia. O Capitão-Mor das Ordenanças dava más notícias:

— Madeira não se rende! Recebeu reforços. Tem mais de 30.000 homens e oitenta e tantos navios!

Joaquina soube do que espalhava o Capitão-Mor:

— Não será sempre assim! Quem tem Deus tem maioria. Vamos ver o resto.

Um portador a cavalo estrondou, alvoroçado, na calçada do Pompéu. O cavalo que arquejava suado, a bater as virilhas, afastou as pernas para mijar grosso e espumoso nas lajes do pátio. O rapaz subiu os degraus, dois a dois, entregando a Dona Joaquina uma carta urgente.

Era do Sargento das Ordenanças em Papagaio, avisando a fazendeira que uma tropa, em marcha forçada, chegara à aldeia, e o Coronel Comandante pedia hospedagem por uma noite, em nome de Dom Pedro I.

Ao meio-dia chegou a Coluna Imperial.

Joaquina desceu ao patamar da entrada para receber os Oficiais.

O Cel. Bitencourt apeou-se, renovando o pedido.

— Pois não, Coronel; Sua Majestade Imperial não pede: só faz mandar. O senhor diga o que precisa para os Oficiais, soldados e cavalhada.

E com ênfase:

— Esta casa é de S. A. R., o Sr. Dom Pedro I! As camas já estão prontas. Os Oficiais vão ser levados a seus quartos; daqui a uma hora o almoço será servido.

A casa-grande do Pompéu tinha 79 cômodos e aos 200 oficiais e suboficiais da Coluna foram destinadas duzentas roupa de linho.

A oficialidade estava abismada com a franqueza e modos naturais com que eram tratados.

O Ten. Cel. Bitencourt observou, com orgulho:

— Senhora, encheu-nos de alegria vermos um tope de fitas verdes e amarelas sobre a porta de entrada deste Palácio.

Joaquina sorriu:

— Só na porta, não, Coronel. Nos nossos corações também...

Na cabeceira dos catres de seus hóspedes também havia um laço dessas fitas, dizendo que aquele solar era pela Independência. Joaquina presidiu à mesa principal, mas foram distribuídas outras pelo vasto salão de refeições, para comportar os hóspedes. Depois do almoço, Joaquina indagou:

— Vão doentes na tropa? Os cavalos são suficientes e estão em condições de marcha?

O Comandante informou tudo:

— Os homens estão bem. Alguns cavalos chegaram estropiados, senhora.

— E quantos homens meus o Senhor precisa levar?

O oficial vacilou:

— Quer dizer de quantos guias precisamos?

— Não, Senhor Comandante. Meus homens vão seguir como soldados!

O oficial abriu a boca, de espanto. Joaquina prosseguiu:

— Não têm treino de guerra mas vão ganhando prática pelo caminho. São escravos mas vão por ordem minha. Acredito que o encontro da Bahia não seja uma guerra técnica mas uma barricada onde todos podem trabalhar e disparar mosquetes.

E olhando o militar nos olhos:

— Vou mandar cinquenta escravos, dos mais válidos, na sua tropa. Vão auxiliar os soldados na derrota necessária do General Madeira.

E vai mais gente.

Bitencourt, cada vez mais pasmo daquela firmeza, inquiriu:

— Quem mais, Dona Joaquina?

— Meu filho, Joaquim Antônio de Oliveira Campos, já agraciado por Dom João VI com o posto de Capitão das Milícias dos Dragões de Minas Gerais e que é hoje Capitão do 3.º Regimento da Comarca do Rio das Velhas! Está aqui em gozo de licença, por doença.

O Tenente-Coronel contestou:

— Ele só poderá seguir por ordem expressa de seu Comandante.

Ela pensou um pouco ante a alegação do Oficial:

— Vão também 100 bois para o rancho do Exército em marcha.
Na manhã seguinte o Exército partiu, ao dealbar do dia. O Capitão Joaquim não seguiu porque o Coronel não o quis incluir na Coluna, sem ordem superior.

Há muitos anos, desde que morava em Pitangui, Joaquina se compadecendo dos presos da Cadeia Pública socorria-os com remédios e alimentos. Havia três masmorras no casarão negro, ocupadas por detentos à espera de julgamento, com sentenciados a penas leves e os de prisão a mais de 15 anos. Havia ainda os galés perpétuos, no terceiro cárcere subterrâneo.

Penalizava a fazendeira a míngua em que viviam ou morriam aos poucos. Mandava-lhes carne, farinha, feijão. Emocionava-se:

— Quem pede um pão larga uma pedra!

O fornecedor de comidas era entretanto desalmado.

Ficava com os gêneros e só mandava aos infelizes um feijão aguado, sem tempero. Viviam famintos: trepados nas grades externas, por onde enfiavam as pernas, pediam esmolas aos transeuntes:

— Uma esmola pelo amor de Deus! Estamos com fome.

Por muitas vezes a Senhora procurou o fornecedor da Cadeia. Ele desmentia os famintos:

— Querem é panleve, Senhora Dona Joaquina. Só pedem coisas boas. Esquecem de que estão ali para purgar crimes e não para encher barriga!

— Queixam fome; estão magros, desfeitos.

— Deve ser remorso do que fizeram, do sangue que derramaram. Vinha mais carne do Pompéu. Não adiantava mandar recursos para os condenados. Joaquina procurou as autoridades mais graduadas. Prometeram consertar as irregularidades. Nada fizeram.

— Os presos da Cadeia estão passando fome!

Era público e raso aquilo que enchia de compaixão os mais duros de alma. Durante anos a ração escassa e ruim martirizava os prisioneiros. O povo sabia de tudo mas não tinha para quem apelar.

Corações piedosos combinaram pedir pelas ruas e fazendas esmolas para os desgraçados na prisão, com fome. Aos sábados saía um homem, de opa, com uma sacola, pedindo auxílios.

— Esmola para os presos da Cadeia de Pitangui...

Ia de porta em porta, estendendo o saquinho:

— Uma esmolinha para os famintos da Cadeia...

Muitos se indignavam, dando o seu xenxém:

— Prender os errados, está certo. Condenar os que merecem, é dever social, mas matar de fome os que estão atrás das grades, clama aos céus!

No entretanto iam caindo, na sacola de socorro aos famintos, xenxéns, vinténs furados, cobres. Às vezes mais, às vezes pouco ou mesmo nada. Pas-

sageiros pela Vila ao verem aquele homem de balandrau roxo percorrendo as ruas, até os subúrbios da Rua de Baixo, indagava:
— Quem é?
— É pedinte de óbulos para os presos da Cadeia...
Nas vilas mais próximas alfinetavam a gente orgulhosa da serra:
— Na Fidelíssima Comarca da Vila de Nossa senhora da Piedade de Pitangui os presos morrem de fome...
Riam, sorriam, venenosos:
— Gente carapuçuda que levantou armas contra Dom João V, o *Magnífico*... Gente que fala tanto na revolta de 1720...
As coisas iam nesse pé, quando chegou a Semana da Paixão.
Todos os fazendeiros ricos se transportaram para a vila, tinham solares. Antes de abalar para Pitangui, Dona Joaquina chamou seu mestre-ferreiro João Cumbe. O escravo aguardava ordem.
— Você vai a Pitangui levar um cargueiro de carne seca para os presos da cadeia. Leva, separado, uma arroba para o carcereiro. Entregue a encomenda e vá conversando, puxando prosa. Na parede, mesmo em frente, está suspensa nuns cordões a chave das masmorras.
Repare bem como é a chave, repare direito, chegue perto dela disfarçado, fingindo que não vê nada. Diga ao carcereiro que mandei a carne para ele comer no Sábado da Aleluia. Depois de ter a forma da chave bem gravada na cabeça, caia fora. Quando sair faça um risco da tal chave e volte logo. Olhe que você vai fazer uma chave igual.
O negro ouvia, de cabeça baixa.
— Não diga a ninguém no mundo o que estou falando! Preste atenção, não diga nada a ninguém!
O negro foi e voltou com o risco bem gravado na cabeça. Fez a chave, na tenda do Pompéu.
— Está certa, João?
Ele sorriu, satisfeito da obra:
— Parece, Sinhá. Eu estudei bem ela...
No salão de receber naquela noite estava eufórica, palestrando com visitas e familiares, quando teve uma exclamação vaidosa:
— Parece que eu sou o único homem deste sertão!
Não explicou por que se julgava assim. Talvez por ser corajosa fora dos limites, que até os homens temiam alcançar.
Viajou com toda a família para as cerimônias da Semana Santa na vila. Não foi na grande liteira[25] mas no cavalo clinalvo sopa-de-leite que abrira a boca do povo de Ouro Preto, quando ela ia entender-se com o

---

25 Ainda conheci essa liteira na fazenda da Taquara. No inventário de minha avô, Dona Joana Helena de Sá e Castro de Vasconcelos, falecida em 1895, a liteira coube à minha tia Dona Elisa Gabriela, que a abandonou no velho solar dos Vasconcelos.

SINHÁ BRABA

Capitão-General Governador. Levou o escravo José Cisterna, encarregado geral das fazendas e em quem confiava plenamente. Antes da Procissão do Enterro, feita à noite e que levava em peso para as ruas a população devota, Joaquina mandou Cisterna levar para o carcereiro 10 mil-réis e 20 mil-réis para esmola aos presos, que tanto protegia.
— Entre como visitante. Entregue primeiro a cédula do carcereiro e peça-lhe para dar a esmola aos condenados. Ele não entregará, mas é o mesmo.
Fique a palestrar com estes, vá fazendo cera até ficar sozinho nas grades, conversando sempre com os infelizes. Quando o carcereiro se afastar, entre esta chave ao Luisinho (condenado muito conhecido de todos) e lhe diga que fujam, quando a procissão passar pela cadeia. Caiam no mato e procurem afastar-se vila o mais depressa possível. Quem não puder esconder-se em outro lugar, vá para o Pompéu e procure o Maravilha, que ele já está prevenido. Não se esqueça de dizer que a chave serve para todas as fechaduras das prisões.

E de olhos mais abertos:
— Faça tudo, conforme digo. Não vá me complicar! Deus fará o resto.
A Cadeia Pública era muito vigiada pelos Dragões. Depois das 9 horas da noite ninguém passava por suas calçadas. Quando alguém se aproximava dali depois dessa hora, era obrigado a gritar:
— Quem vive?
A sentinela respondia:
— El-Rei, Nosso Senhor! Pode passar.
Se suspeitava do notívago, o Dragão gritava:
— Viva El-Rei! Passe de largo!
Mas até a hora do toque de silêncio, em certos dias, era franca a entrada para falar com os presos.
Cisterna fez tudo direito, cumpriu as ordens.
A Procissão saiu tarde e quando passava pela porta da Cadeia, enchendo a rua, em bulburinho de gente conduzindo lanternas de papel, os presos fugiram sem ser pressentidos pelos soldados da guarda e pelo carcereiro, atentos na rua, à passagem da população inteira que seguia o Senhor Morto.
Só depois que desapareceram os últimos devotos da cerimônia, que era lenta e majestosa, foi que verificaram a fuga de todos os detentos. Os sinos da Cadeia deram alarma, em repetidos repiques, e os Dragões que acompanhavam a procissão ouviram os rebates.
— Que será?
Era proibido o bimbalhar de sinos naquele dia, em que os ruídos eram evitados e até gritos e vozes altas. Afinal souberam que os presos fugiram. O Comandante da Milícia aventou, atarantado:
— É melhor fechar as ruas! Não deixar ninguém sair!
O Brigada achava difícil:

— Fechar tantas ruas com seis Dragões, comandante? Os outros seis estão em diligência. Tem milhares de pessoas nas ruas.

— Então deem uma batida! Antes porém tranquem o carcereiro na masmorra mais desgraçada que houver aí! Depois da diligência prendam também os Dragões da sentinela. Cada um levará vinte e cinco varadas da Lei, por deixar fugir preso.

E correu às prisões. Não houvera arrombamento; os fugitivos se utilizaram de chave falsa, que ainda estava na última fechadura aberta.

Só depois de procissão é que o povo soube da fuga.

— Fugiram todos!

Muita gente ficou apreensiva, pois havia entre os fugitivos assassinos perigosos, ladrões de estradas, um matricida destinado à força.

Os mais sensatos condenavam a guarda:

— E as sentinelas? Dormiam?

—Viam passar a procissão.

— Não é possível! Isso não entra na cabeça de ninguém! E nós à discrição de facinorosos habituados a cruéis sangueiras!

— E o Comandante?

— Está no rastro!

Joaquina chegava à sua mansão na vila, quando soube da notícia.

— Não é crível! Uma Cadeia tão segura!

SINHÁ BRABA

— Usaram de chaves falsas!
— Chaves falsas? Não acredito. Isso está mal contado.
O fornecedor da boia dos presos estava abatido até à estupidez. Perguntou ao Benvindo Rodrigues:
— Você que conhece os bandidos e seus crimes, por que não ajuda a procurar os fugitivos?
— Eu?! Eu sou como quati. Quando a coisa aperta finjo de morto, fico esperando o barulho acabar para dar o fora...
Amanheceu sem qualquer notícia da rafameia. Os pitanguienses estavam temerosos da ralé solta, de cabrestos a rasto, no sertão...
Às 9 horas do Sábado de Aleluia, todos os sinos vibraram, ouviram lazarinas estrondando, trabucos. Palitos de fogo espocavam. Em várias ruas queimavam Judas feios; havia festa. Só o carcereiro, murcho, penava atrás das grades seu descuido imperdoável. O Comandante da Milícia apertou-o.
— Quem esteve aqui, ontem de tarde?
— Muita gente, trazendo esmolas.
— Quais foram essas pessoas?
— Não posso lembrar de todas. O Major João, foi um. Sô Antônio Machado, a esposa de seu Manuel França, o Tenente Assunção, de Abadia, o escravo José Cisterna, do Pompéu, sô Juvêncio Morato.
— Esses são insuspeitos.
E coçando o queixo:
— Vassuncê me pregou uma boa! E os Dragões?
— Eram seis; estavam comigo na porta, vendo passar a procissão. Quando o bolo de gente encheu a rua, passando espremido nas casas, tudo se atrapalhou, perdi de vista as sentinelas. O povo custou a passar e, quando passou, voltei e não vi mais ninguém!
Quatro dias depois prenderam três fugitivos em Mateus Leme. Foram espancados, apesar de doentes, fracos, estanguidos por anos e anos de cárcere duro. Não adiantaram. Só viram Luisinho abrir a porta, eles fugiram com os outros. Misturados na onda de povo que passava.
Começaram a caçar Luisinho como quem caça agulha.
Foi comunicado o acontecido ao Dr. José Antônio da Silva Maya, Juiz de Fora da Vila Real de Nossa Senhora da Conceição de Sabará, da Comarca do Rio das Velhas, a cujo termo estava sujeita a Vila de Pitangui. O Juiz de Fora mandou abrir rigorosa devassa. Muitas pessoas viram Luisinho no Pompéu e fizeram denúncias anônimas para Sabará. A ida do escravo Cisterna à cadeia, na tarde precedente à fuga, alertou os encarregados do inquérito, que entretanto não o ouviram, o que também não tinha valor, por ser escravo, nem à sua poderosa Senhora, inacessível a tais indagações. A opinião de seus inimigos era geral:
— Foi ela! Está acostumada... Já soltou o preso que vinha de Paracatu e parou em sua fazenda para comer. Ela embebedou os Dragões, soltou o

criminoso. Nem se importou com os soldados que estão na pedra, purgando os pecados de seu protegido. Perversa!

Maria Bárbara estava frenética, esfregava as mãos de felicidade delirante. Andava mais braba do que onça parida de novo.

— Agora vai! Se correr, o bicho pega e se não correr, o bicho come. O fato é que foi lavrado o mandado de prisão contra Dona Joaquina, que requereu do Tribunal do Desembargo do Paço uma Carta de Seguro negativa, para não ser presa. Foi fácil à pompeana se precaver da prisão afrontosa, pela coragem de soltar aos 16 encarcerados. Mas a Carta de Seguro negativa garantia-lhe a liberdade só por um ano. Era humilhante para a matriarca o mandado de prisão, feito que encheu de pasmo a seus amigos.

Estava, porém, para acontecer uma revolução em todas as Justiças: três meses depois, Dom Pedro não seria mais Regente, seria Imperador, o Imperador Pedro I... Tudo passou a coisa não acontecida. Dizem que Dom Pedro sorriu, da coragem de Dona Joaquina... Por isso é que ela disse, naquele serão de seu palácio:

— Parece que sou o único homem deste sertão...

O Decreto de 22 de setembro de 1822 mandava punir os inimigos da causa nacional e os que falassem mal do Imperador.

Havia pelo Império muito entusiasmo pelo proclamado mas certa morrinha e muito mofo ainda eram cheirados e vistos pelo País.

A caturrice que chamavam juízo e o carrancismo tabaqueado, além do atrevimento conservador, confirmavam as ideias dos homens habituados a beijar o nó da peia.

— Queira Deus esta Nação! Talvez vá por águas abaixo...

— Sim; "ele" não tem compostura, é um doidivanas!

— É pouco edosado...

Do outro lado acendiam-se as luminárias do mais são patriotismo, apoiando o soberbo gesto do Príncipe no Ipiranga.

Os ânimos estavam azedos contra Portugal. Os portugueses sofriam violências em todo o Brasil, violências que nasciam de nonadas, de um gesto, de um sorriso às vezes mal interpretado. Cometia-se muita arbitrariedade acoitada pelas autoridades do novo regime. O luso vivia sem direitos; suas famílias andavam entregues a vinditas e ódios subalternos do nativismo, que responsabilizava as partes pelos erros do todo.

Havia entusiasmo. Infelizmente o Norte continuava coeso a favor do regresso à escravidão. As opiniões eram pessimistas, pois metade do Exército Imperial era de lusitamos e a indisciplina lavrara na tropa. Havia, porém, tanto fogo nos brasilianos que eles se atiravam sobre os suspeitos deletérios, matando-os, sem respeitar patente.

— Mata marinheiro! Mata marinheiro!

A pompeana ligou-se com febre a todas as iniciativas em favor dos nossos.

Alegavam os portugueses a honra de Dom João VI e que Pedro I queria o absolutismo, era déspota.

Em todas as Províncias a causa de Portugal tinha adeptos, gente rica do comércio, agraciados pelo Rei e os Sem-Nomes irresponsáveis. O que mais animava os lusos era a lentidão com que se fazia o voluntariado, pois nesse interregno podia chegar a Esquadra Portuguesa em peso, e depor Dom Pedro. De fato chegavam naus de guerra e tropas veteranas, para reforço do General Madeira.

Pe. Belchior, que foi o primeiro a aconselhar ao Príncipe, ao ler as cartas sigilosas, que proclamasse a Independência, não dava notícias aos amigos mineiros.

— E o Pe. Belchior?

Os conservadores começavam a espalhar que estava à morte.

— Teve um vomito de sangue! Não escapa...

Outros corriam a notícia:

— Foi com Labatut para a Bahia! Seguiu como soldado raso!

Aqueles mineiros que caíam na cilada do governador de Portugal, saindo pelas ruas de ouro Preto aos berros contra a ordem nacionalista, ao verem o Regente, cerraram fileiras a seu lado, para o que desse e viesse.

Os brasileiros não toleravam *os marotos* e os marotos chamavam *macacos* aos nacionais. Os marotos carregavam escondidos lenços da Costa, como símbolo, e os brasileiros flâmulas verde-amarelas, altas, ovantes, à vista dos povos.

Em Pitangui arregimentava-se gente para ajudar o Exército *Imperial* no Recôncavo. O que havia de melhor na vila corria ao Campo do Manejo, preparando-se para a guerra.

Na vila pernambucana de São Francisco das Chagas da Barra do Rio Grande do Sul, hoje cidade baiana, o povo alvoroçado clamava contra os inimigos da Imperial Independência, e tratava de organizar o Batalhão do São Francisco. Pernambuco, indomável em prol da Liberdade, aderira à causa nacional e seu glorioso Batalhão já lutara em Pirajá, onde a juba de seus leões assombrara os reinóis.

A brava Província, mal saída do ranço da Capitania, ainda estava molhada do sangue dos mártires de 1817 e abraçava a Independência por seu povo, que ali foi sempre quem mandou. Ainda se ouvia o trovão das armas nos Guararapes e nas Tabocas, onde ele batera o holandês depois de 24 anos de ocupação nunca reconhecida.

O País ainda estava estarrecido com a *morte natural*, com infâmia, na forca e nas trabucadas, dos patriotas Domingos José Martins, Pe. Miguel Joaquim de Almeida Castro, o *Miguelinho*, José Luís de Mendonça, Antônio Henrique Rebêlo, Pe. Pedro Tenório, José de Barros Lima, Pe. Roma, Domingos Teotônio Jorge, Martins Pessoa, Francisco José da Silveira, Amaro Gomes Coutinho, José Peregrino Xavier de Carvalho, Pe. Antônio Pereira, Inácio Leopoldo de Albuquerque Maranhão e outros valentes. E como morreram esses bravos!

Pois foi ali, no Julgado do Carinhanha, que vivia o português Joaquim Antônio de Magalhães. Andava muito abatido com a Independência e esperava, com fé viva, uma reação de Portugal reescravizando o Brasil, reconduzindo-o de novo à condição de caudatário de seu Reino.

Em sociedade de homens que comentavam a coragem leonina de Dom Pedro, dando uma Pátria aos brasileiros, um deles exaltado gritou:

— Viva nosso Augusto Imperador Dom Pedro, Perpétuo Defensor do Império do Brasil!

Todos rápidos secundaram o grito, e com calor. O português, em que todos os olhos estavam fitos, com visível má vontade gemeu baixo:

— Viva esse Pedro...

— O Alferes Joaquim Anastácio da Frota, indignado, renovou o caloroso grito do outro:

— Viva Nosso Imperador Dom Pedro I!

Magalhães, agastado, mas por perigosa mofa respondeu, já nervoso:

— Viva o Imperador do Divino Espírito Santo!

Aquilo a todos revoltou; verberaram o europeu, na cara. Então, para tirar a prova do desrespeito de Magalhães, o Alfares Joaquim Anastácio e o Ajudante Antônio Caetano desembainharam as espadas, gritando que todo aquele que fosse contra a causa do Brasil levantasse um dedo. Todos prontamente viraram o polegar para baixo, menos Joaquim Antônio de Magalhães. Os militares, a um tempo, berravam cheios de furor:

— Abaixe o dedo, desgraçado!

Como não foram obedecidos meteram-lhe as espadas, em tunda que o amassou, para gáudio dos presentes. Só assim, sangrando, ele virou para baixo o dedo, não como os outros fizeram, e a esgoelar:

— Ad' El-Rei! Ad' El-Rei!

Depois de boa sova os patriotas se retiraram, satisfeitos. Mas o galego era obstinado.

Dias depois estavam açoitando no pelourinho do Julgado um escravo de parentes de Magalhães. O cativo, não aguentando mais a flagelação, gritou por clemência.

— Mi socorre, Majestade Imperial!

Aquele apelo punha fim ao castigo, pois só a invocação de S. A. R. o Imperador abaixava o chicote do carrasco.

Nesse instante Magalhães, presente, não consentiu que cessassem o castigo:

— Dê mais para adiante! Dê mais para adiante!!

E fulo de cólera, não contente com a clemência e com ódio do negro que apelava para o Imperador, Magalhães sacou de uma navalha, lapeando as nádegas do cativo com repetidos golpes.

Presenciara o fato o Ouvidor-Geral Joam Carlos Leitam, que nada fez para punir o estrangeiro. Por tão grave negligência o Ouvidor foi processado e demitido, tendo os seus bens sequestrados por dívidas, que seus inimigos arranjaram para perdê-lo.

As dificuldades da chegada a Minas de informes verídicos era empecilho à unificação material dos esforços para a guerra. Nesse clima de incertezas, Tangará instilava o fel de seu gênio em sorrisos cúmplices:

— Está aí... Veio fuçar coisas que não são de sua conta... Se perde a Independência, perde o prestígio, perde para sempre a Carta de Segurança! E no ímpeto, que era uma cacetada:

— Vai para a cadeia, além de perder os cinquenta escravos e a boiada que mandou, para adular. Porque Portugal não vai perdoar a intrometida... Jacobina velhaca!...

Joaquina soube e não se aborreceu:

— Os bois, eu dei a meu Imperador, para nossas tropas, dei ao Brasil e foi pouco. Os cinquenta escravos estão defendendo o País. Se morrerem, esses escravos morrem melhor que os seus sessenta, que estão na cisterna da Rua da Cachoeira... Quanto a perder a Independência, engana-se. Quem não fala Deus não ouve, e o Brasil todo pede, nesta hora, o amparo divino.

Maria Bárbara vivia agitada naqueles transes expectantes.

— Arrasta a mala com sua fazenda... Aquilo é esconvedouro de matantes. Arrio? Não arrio! Quem manda nas Gerais é uma doida varrida!

Respirava, com ofegante despeito:

— E sabem por que tudo isso continua? Porque quero. Um dos meus dedicados escravos, à troca da alforria... ou um Sem-Nome qualquer, por meia dúzia de paus-nas-costas, limparia o sertão dessa cobra mandada...

E, mais calma.

— O pau-nas-costas é tudo; é sangue, vida, é vingança, é liberdade. O pau-nas-costas quer dizer caminhos abertos, adeus à servidão, amor, sossego...

Tossia nervosa, no lenço da Costa:

— Está viva, coitada, porque eu quero. Encontrei muitas propostas!

O Almirante Lorde Cochrane, nosso Comandante da Esquadra Imperial, forçara o porto da Bahia, sitiando-o, e Labatut, ao descer nas Alagoas, levava reforços dos valentes pernambucanos. Submeteu Sergipe, mas eram insignificantes nossas forças de terra e mar para vencer Madeira. A situação perigava. O General português estava senhor da cidade. Labatut com tropas escassas não controlava o bloqueio marítimo e esperava um ataque direto de Lorde Cochrane, para arremeter contra os lusos.

Labatut, era um disciplinador bárbaro, sistema do Conde de Lippe, o esfolador de sangrenta memória.

Labatut odiava tanto os lusitanos que, ao marchar para a Bahia, quando subjugava Sergipe, mandou passar pelas armas 51 pretos miseráveis, só por serem escravos de portugueses. Assistiu o espingardeamento do bolo humano; comandou a descarga, de braços cruzados, com tártara indiferença.

Mas em combate, em frente do inimigo, era um leão.

A chegada do Batalhão do Imperador, vindo da Corte, ainda mais incitou a arrogância dos brasileiros.

A 2 de dezembro de 1822 os exércitos adversários se defrontaram nos serros azuis de Pirajá, a poucas milhas para o norte da cidade do Salvador, na estirada península infletida para o sertão baiano.

Enquanto o Brasil inteiro se sacudia com a Guerra da Independência, os boatos sobre o poderio militar de Madeira corriam e inquietavam os corações.

No Pompéu Dona Joaquina vivia nervosa, à testa de seu movimento e à espera de uma ordem do Imperador. A confusão nacional não alterara a disciplina da fazenda, e em Pitangui alguns exaltos ameaçavam botar fogo na mansão de Tangará, caso continuasse a murmurar contra Dom Pedro.

Como em tais ocasiões, havia na vila grande despesa de palavras, boa pinga e pouca providência para auxílios da guerra na Bahia. Muita discussão e pouca pólvora, muita coragem e precária arregimentação de voluntários.

Joaquina andava irritadiça. Via-se-lhe em torno dos grandes olhos pestanudos uma sombra de amargurado lilá. Sua voz, sempre alta, abemolava-se pelo cansaço de se tresdobrar, sustentando nos ombros o latifúndio com proporções de imenso condado. Corriam as mais desencontradas versões sobre a luta, mas a Senhora não dava quartel a boatos espalhados pelos deletérios.

— Não custa esperar. Estão cotucando o diabo com varas curtas. Estando doente em Pitangui, como era sabido, o Capitão Joaquim Antônio de Oliveira Campos, da 1.ª Cia. do 3.º Regimento das Milícias Auxiliares das Minas Gerais, da Comarca dos Rios das Velhas, a mãe chamou-o:

— Meu filho, ando triste com o rumo que as coisas vão levando e temo pelos azares da guerra no Norte. Nós não devemos, não podemos perder a Independência. Pelo que vejo, sinto e ouço, Pitangui não vai mandar voluntário algum para as trincheiras de sangue. Vivem fazendo manejos intermináveis, falam, gritam, discutem, mas não saem soldados dessa balbúrdia.

Suspirou, sentida. E de olhos duros:

— Sente-se e redija uma proclamação a seus camaradas de armas, incitando-os ao dever de cerrar fileiras ao lado do Imperador. Ofereça-lhe, em meu nome, como já o fiz pessoalmente: todos os recursos de nossas terras; todos os nossos haveres, inclusive meus filhos e os escravos, para a campanha de honra. Diga-lhe mais, que está autorizado por mim a declarar que nossas energias estão dedicadas ao Brasil e ao Imperador e que arriscar voluntariamente a vida é, no meu conceito, para tão grande causa, pequeno sacrifício.

Enquanto essas coisas aconteciam na situação política, um fato abalou a economia doméstica do Pompéu: a doença de Manuel Congo, o feitor de alma gelada.

SINHÁ BRABA

O espadaúdo gigante foi ficando cada vez mais magro. Apareceu com os peadores inchados; caminhava travado das pernas
Gemia a espaços:
— Minhas perna não andam mais para os mandado de Sinhazinha...
Sua cor negra retinta ficara fula, o negro enfraquecia. Recorreu a ervas e raízes, de que sabia os efeitos. Melhora nenhuma.
Sinhá notou-lhe a diferença. Seria maleita? Não era, mas a viúva deu-lhe quinina, substância recém-descoberta. Nada. O preto murchava. A pele de seu rosto já mostrava a caveira.
Joaquina chamou Zé Cisterna:
— José Cisterna, vá buscar remédios na vila, para o doente. Informe ao Boticário sobre o caso, como está vendo.
Chegaram muitos remédios.
O escravo foi retirado do serviço. Deixava-se ficar no banco à porta da senzala, apanhando sol, até bem tarde.
Não tossia, não sentia dor. Começou a preocupar sua Sinhá. Quando vivo, o Capitão Inácio sempre dizia:
— Nunca vi essa peça doente, nem no tempo de nossas batidas pelos mocambos. Viajava a pé, com a zagaia na mão, rente à minha caçamba; passava fome, foi ferido várias vezes, sem gemer. Manuel Congo é de ferro!
Agora Sinhá mandava-lhe caldos. Bebia, mas o estômago rejeitava. Um mau sinal de sua doença era o estômago fraco. Bebia muita água, potes de águas da mina fresca de Nhenhá. Vomitava, tudo verde.
Joaquina pensou bem:
— Quem sabe é urina doce?
Aproveitando a passagem do afamado Ajudante de Cirurgia Antônio José Vieira de Meneses, que ganhava 4 mil-réis por mês na Oficial Extração dos Diamantes de Lorena, em Marmelada, e que ia a serviço em Pitangui, Dona Joaquina pediu-lhe para examinar o escravo.
Depois de fazer exame e debaixo de enorme sabença, o Metre concluiu:
— Não é urina doce, eu provei. É... como diga, uma, ou direi melhor: uma complicação de chaga de bofe com cólera. É isto!
Repetiu, inchando as barbelas do pescoço:
— Chaga-de-bofe complicada com cólera!
E depois da sentença, calado, de cabeça erguida, olhava os longes, digerindo sua formidável empáfia.
Joaquina que era prática de muita medicina caseira torceu o nariz e retirou-se, queixando-se, num resmungo insatisfeito:
— O caso ficou na mesma! Chaga de bofe não pode ser, porque o negro não tem tosse nem febre; complicação de cólera é possível, pois vomita muito.
Bebidas as imensas drogas, o doente ficou mesmo onde estava: marcando passo na beira da cova.

A negralhada senzaleira é que ferveu em alvoroço alegre. Quando sós, sorriam, sem dizer nada.

E o feitor ia minguando, ficava miudinho.

A fazendeira entristecia, com o mal de seu preto de confiança na feitoria dos cativos:

— É; parece que não tarda a dar o couro às varas... Foi um bravo companheiro do Capitão Inácio. Certos homens não deviam ficar velho. Os valentes não deviam envelhecer. Têm o direito de morrer de pé!

O mercúrio-doce do prático fez-lhe mal. Foi para a cama não cabia, em extensão, as brutas alavancas de suas pernas que rematadas pelas toscas pranchas dos pés.

Cochilava o dia inteiro, babando, em modorra. O escrevo Josefino, um de seus muitos inimigos, parou para vê-lo e seguiu, lavado nos peitos:

— Dorme mais do que São João... Está aí, está no sal...

A velha Sinforosa, muito espancada por ele, elevou as mãos compridas para o alto:

— Quem pode mais que Nossinhô Branco do Céu, gente? Quem pode?...

E sorriu banguela, dentro de sua felicidade horrorizada.

Pois a doença do negro se devia toda a Mestre Gunga. A empenhos de escravos de Joaquina, o velho cabojeiro fizera *aquilo* com o feitor, de quem também apanhara até ficar magro. Mestre Gunga andava bebendo demais, além do pango que fumava, e carregara a mão nas drogas que eram para matar devagar, e, mal dosadas as misturas, começaram a agir com violência inesperada.

Manuel Congo morreu ao meio-dia. Nhenhá foi vê-lo, chorou.

— Coitado, sofreu muito. Pagou em dor todos os pecados.

Timóteo, que não gostava do feitor desde a sova, por mandado da sogra, rejubilou-se ao vê-lo derrubado, com as pernas secas estendidas pela morte:

— Sempre ouvi dizer que se conhece boi pelo chifre, cavalo pelos dentes e homem pelas ações. Se é assim, você foi um tralha, Manuel Congo!

E cuspiu de nojo de sua fedentina.

Pe. Serrão que o ungira, vendo-o caído, teso, como um pau de roçado depois do fogo, também fez seu comentário:

— Deu baixa do serviço do cativeiro. Ganhou com a morte a liberdade que tanto desejava. Deus passou-lhe a Carta de Alforria.

Começou a escurecer, pouco depois do enterro do cativo.

O sino da janela da esquadra do Sobrado Grande plangeu nove badaladas: Era o Ângelus.

Pe. Serrão ergueu-se, em silêncio, abrindo o Breviário, que lia de pé. Todos do solar se erguiam, com o sinal da cruz, rezando com os lábios sem voz. Os escravos em serviço tiravam o chapéu de palha, orando. Cativo que não se descobrisse para a prece naquele instante sagrado recebia uma duzia de bolos. A última réstia do frio dourava o tope da Serra das Bananeiras. O pio dos pássaros-pretos ia esmorecendo nas frondes das brejaúbas.

Lentos, em bolo e de cabeças baixas, desciam os carneiros do Pasto das Ovelhas, para o curral. Aparecia, muito branca, a Boieira trêmula. Todos a contemplavam no limpo do céu.

A tristeza opressiva do sertão doía nas almas; um silêncio frio se espalhava como neblina pelas casas, sobre as montanhas, na distância rasteira dos caminhos.

Pelos trilhos voejavam os primeiros curiangos de olhos sulferinos. Seus pios abafados pareciam crescer, tomar corpo na paz da noite que ainda chegara.

Toda a fazenda ainda estava quente da labuta do dia. Nos currais de achas, vacas leiteiras pacíficas remoíam, deitadas no esterco ressequido.

Voavam, tintinando, morcegos ariscos sobre o casario ainda morno. Uma paz repousada invadia todas as coisas, como um bálsamo suave. Os trabalhadores recebiam a noite como uma bênção. Na noite ainda nova um clamor surdo gaguejava nos charcos. Eram os sapos desperundo para a vida, na treva.

Imperceptivelmente o céu se enchia de estrelas. Tanta estrela no alto, pura e distante, e a vida nos brejos dando alegria a sapos visguentos.

Já era noite, porque os pirilampos começavam a piscar luzes pelo mato.

De fato anoitecera.

Passavam por Minas outras tropas em marchas forçadas, com destino à Bahia. Já estavam nas trincheiras baianas 5.000 soldados mineiros, defendendo a Liberdade.

As notícias, no entanto, eram más. Os próprios oficiais viajavam sob grandes dúvidas. Todos marchavam em suspense; muitos duvidavam da vitória de Dom Pedro sobre o Norte convulsionado. Corriam novidades, contadas em segredo:

— Madeira está invicto na Bahia!

— As tropas nacionais se negam a Labatut!

— Labatut foi preso! Vai ser fuzilado!

— A Inglaterra mandou a Esquadra, para defender Dom João VI!

— As Cortes Portuguesas ganharam de novo a Colônia, já perdida!

— A Coluna do Coronel Bitencourt foi esmagada em combate e só escapou um soldado! E esse soldado está doido!

Os boatos fervilhavam e os deletérios estavam embandeirados em arco.

Dona Joaquina foi a Pitangui sindicar essas coisas e saber a verdade sobre a campanha.

As forças lusas eram claramente superiores aos nossos em armas e soldados, porém inferiores no entusiasmo que incendiava os nacionais.

Madeira vindo da planície carregou sobre os Imperiais, melhor situados no alto das colinas. Além de ser muito inferior, o Exército Nacional era falho em disciplina. Atacados com severidade, os nossos iam sendo divididos em dois grupos pela metralha. O Exército reinol era de veteranos da Guerra Cisplatina, com tempo de sobra de caserna.

A tática de Madeira era cortar em dois corpos as linhas brasileiras, o que ia sendo feito com sistemáticas avançadas.

Comandava a Divisão da direita dos nossos o Major José de Barros Falcão Lacerda, revolucionário de 1817 em Pernambuco.

Labatut, de seu posto, na elevação estratégica, via suas colunas recuarem, em desordem, e os lusos subirem, cerrando as tenazes, alargando as alas para nos envolver.

O Major Falcão, exposto ao fogo direto, balanceou seus efetivos, que cediam, e vendo seu Batalhão de elite desfalcado, resolveu mandar *tocar retirada*, quando as ordens chegadas de seu General eram resistir, até o último homem.

Os brasileiros resistiam fracamente em outras frentes, pois estávamos quase envolvidos e a fumaça das bombardas escurecia os vales, descendo para o mar.

Os canhões estrangeiros retumbavam, estremecendo as montanhas. Estava prestes a eclodir o pânico entre os nossos. Vendo a batalha perdida e, sem ligação com o General Comandante, o Major Barros Falcão chamou o corneta Luís Lopes, e deu ordem seca:

— Toque a retirada!

O corneta embocou o clarim e alto, claro e compassado, com todas as suas forças, deu um sinal arrepiador:

— Cavalaria, avançar!

Os veteranos de Madeira, quase vencedores, não contavam com a cavalaria adversária e foram esmorecendo o tiroteio, à espera de ordens de seus superiores. Houve um começo de confusão nas linhas lusitanas.

Mas o nosso clarim, ainda mais alto, deu a ordem que os portugueses temiam com horror:

— Cavalaria, degolar!

O Exército reinol hesitou, espantado, cessando o fogo, quase no fim da escalada. Esperavam a reação de seu comandante, quando a tropa brasileira, reanimada, caiu sobre eles. Aí, o corneta Lopes, ainda por sua conta, vibrou, transmitiu outra ordem aterradora:

— A baioneta!

Madeira, atacado de cima para baixo, via suas tropas veteranas desalojadas dos pontos críticos, que ganharam com ordem, valentia e muito sangue.

Os nacionais caíram sobre eles como um tufão de fogo. Havia debandada geral. As linhas do Imperador escorraçavam para as trincheiras os valentes que subiram as serras, com a marcha ovante quase terminada.

Era em vão que os clarins portugueses tocavam *Alto! e Resistir!* Nossos caboclos, num acelerado esplêndido, varriam as casamatas, à baioneta.

Estavam triunfantes. Venceram o derradeiro baluarte luso, em Pirajá. O Major Falcão foi, por bravura, promovido por Labatut, no próprio campo de batalha, a Tenente-Coronel. Labatut comovia-se. O novo graduado chorava de júbilo legítimo. Os oficiais brasileiros pareciam demônios doidos, na exaltação patriótica, mas o herói dessa façanha estava de lado, em silêncio, com o clarim na mão. Recuando para a cidade, Madeira só tinha saída para o mar, onde sua esquadra estava de morrões acesos.

A guerra continuou, enervante como todas as guerras. Tentada a invasão de Itaparica, Madeira foi rechaçado. Apertando o cerco da cidade, Lorde Cochrane comandava oito navios com 242 bocas de fogos. A fome ali mostrava as faces lívidas, as unhas recurvas.

Cercados por terra e mar, a situação dos inimigos era insustentável. As tropas de terra reduziam-lhes o terreno, foram acampar nas portas da Capital da Província, e eram os Voluntários do Cabrito, o Batalhão de Couraças, comandado por Frei Brayner, e o Batalhão dos Periquitos, de cabras sem medo.

Sete meses passaram-se entre fome, insultos, desânimo. A política amesquinhou os méritos de Labatut, substituíram-no pelo Major Lima e Silva...

Madeira convenceu-se de que o Brasil estava de pé e um dia novo clareava o céu da América.

A 2 de julho a esquadra portuguesa levantou as âncoras. O Exército Imperial ocupou a cidade, quando os últimos navios deixavam o ancoradouro. Fugiam. Fugiram, mas depois de saquear as igrejas, levando pratarias, objetos sagrados de ouro, móveis...

Correu a notícia, na hora do badalar das Ave Marias. O que se ouviu porém foram repiques festivos de todos os sinos dos templos coloniais, festejando a alvorada, a glória da Independência no Brasil.

O resto foi fácil: Pará e Maranhão renderam-se. Independência ou morte! Com morte ganhamos aquilo que o Regente nos prometeu povos fracos — todos aderiram... Ninguém foi deletério, todos apoiaram a arrancada de Dom Pedro...

Também para caber no Brasil independente, só um Imperador da envergadura descomunal de Pedro I.

O Regimento de Infantaria Auxiliar, da Vila Nova da Rainha, só regressou a Minas em 1829. Ninguém sabe do destino dos 50 escravos de Dona Joaquina, que seguiram na coluna de bravos.

XI
CHUVA DE SÃO ROMÃO

O céu amanheceu de luto fechado, para o Norte. Era sinal de tempestade.

Não tardou que um vento duro começasse a varrer o sertão, levantando colunas de poeira. O gado abrigou-se sob as árvores mais copadas.

Repentino, o estalo seco de trovão estremeceu a terra, parecendo rachá-la pelo meio, e rajadas de coriscos cortavam as nuvens.

Escureceu de súbito e as copas das árvores altas desnastravam as aloucadas cabeleiras. Mais trovões, tão medonhos que ensurdeciam, bombardeavam a manhã depois dos coriscos sangrentos.

Uma chuva grossa de pedras caiu de chofre, quebrando telhas nas fazendas, arrancando a caliça das paredes e sapés dos ranchos. Em pouco tempo os valos ficaram pelo meio de granizos, que entupiam as grotas.

— É o fim do mundo! — gritavam mulheres, acendendo palmas bentas.

Os homens apreensivos olhavam, calados, o temporal.

Voltavam das capinas do Pompéu muitos escravos feridos pelas pedras, algumas até de libra! Um deles teve o antebraço quebrado, outros sangravam feridos na cabeça. A água invadiu um rancho no curral do Rio Pardo, matando parturiente e filho. Descobriu-se a casa e as pedras acabaram com ambos.

Mas o assombroso, o mais trágico foi o que se deu na Serra das Bananeiras. Não longe da sede da fazenda, o morro era caçado peles filhos de Joaquina e, para eles, só havia ali bichos pequenos. Pois a granizada, ventania e a enchente desencovaram onças dos matos, lobos das macegas, caititus dos brejos, antas dos lagoões da mata, capivaras, pacas, veados, mateiros, iraras, suçuaparas das verdas, que, no pânico da tormenta, procuraram abrigo no ponto mais alto, que era a Serra das Bananeiras. Subiram aos pulos, correndo, a montanha, procurando salvação. Chegaram galopando mole as jabutiricas, suçuaranas, lombos-pretos, em trote largo, jaguares de olhos amarelos, canguçus e onças-cabeleiras de pelos arrepiados. Embolaram nas pedreiras, abobados com o frangor dos trovões.

Escravos que serravam madeira ficaram pasmos do que acontecia e subiram em paus altos, fugindo às feras. Contaram que viram canguçus, ao estalar dos raios, sentarem nos quartos traseiros, de bocas abertas, acuadas de horror. Não rosnavam, apenas escancaravam as fauces, mostrando os dentes amarelos, vencidos pelo cataclisma.

O veado mais frágil tremia ao pé das pega-cabras, a paca parava estatelada, no flanco do lobo carniceiro.

Deu-se uma espécie de confraternização de inimigos, na hora do assombro. Todas aquelas feras se tornaram inocentes, diante do perigo geral. Estava ali a onça-preta, o mais cruel dos felinos, arrepiada, inerte, sem dentes para dilacerar, sem unhas para abater.

O medo fizera irmãos aqueles bichos do mato.

Durou cinco horas o tufão. E quando serenou a chuva e as enxurradas ainda bramiam nas grotas foi que as feras desceram a serra, para suas tocas.

Nem a fome que decerto havia, nem o cheiro, a presença da presa; nem as garras cruéis tiveram ali qualquer intromissão. Isso diz em o que foi a tormenta que devastou o geral, do Patafufo a Paracatu, de Patrocínio a Matosinhos, em

SINHÁ BRABA

Santa Luzia do Rio das Velhas. Não há memória de tal soltura dos elementos nas Minas Gerais.

Durante oito dias o gelo dos granizos arrasou os valos em toda a imensa área.

O Pe. Serrão que estava em Papagaio gaguejava, ao contar o que vira:

— Parecia o Juízo Final, cuidei ouvir a trombeta de Jericó, no barulho infernal das trovoadas. Pensei no terremoto de Lisboa em 1755, e dei absolvição aos presentes. Cuidei que era outro, que nos chegava também. Nunca vi, nem verei coisa igual! Ainda estou surdo e atordoado. O que melhor exprime o fato insólito foi o horror dos bichos buscando o cume da serra, para não morrer.

E o Padre Capelão do Pompéu concluía:

— Ajuntaram-se os animais ferozes, sem se ofenderem, como nos últimos pontos ainda livres da água, no dilúvio universal! Tenho certeza de que isto foi advertência aos homens. Deus não está satisfeito com e que humanidade.

Na manhã seguinte Dona Joaquina apareceu contrariada. Os abalos da trovoada fizeram-lhe mal.

— Dormi pessimamente. Não sei o que me diz que vamos passar maus tempos.

E abatida:

— Enquanto não tiver notícias exatas da Bahia não terei sossego.

A expectativa da guerra enervava-a.

— Meu correio demora, estou zonza.

Notava-se-lhe pouca paciência e visitas amigas já haviam reparado naquilo.

Chegou Maravilha contando que um raio caíra na gameleira do Pasto das Vacas, matando cinco.

— Ora, não faz mal. Deus foi servido. Podia ser pior, porque o corisco que derrubou a brejaúba do Curral de Fora podia ter caído na casa-grande.

O vaqueiro Maravilha, muito alarmado, fazia o relatório dos estragos:

— A ponte do corgo, lá embaixo, foi embora.

— Faz-se outra.

— Morreram muitos porcos.

— Não fazem falta.

— O valo do pastinho reservado está entupido de pedras de chuva.

— Depois viram água; não demora.

— Morreram três bezerros novos.

— Nascerão outros.

— Diz que morreu gado no chapadão. Vou ver.

— Quem disse?

— Manuel Luís, que chegou agora.

-- Temos muito gado.

— A bica do engenho desmantelou, caiu.

— Mais o quê?

— Agora é que vou sair, pra ver.

Ela voltou-se para os presentes:

— Deus permita que sejam apenas esses os prejuízos da tempestade. Avalio que os currais sofreram muito. Podem ter desabado ranchos, ofendido alguém. Foram chegando escravos dos sítios mais próximos, relatando o que acontecera. Muitas árvores, cedros principalmente, foram rachados pelos raios. Regos, caminhos, aterros, bicames, foram levados pelos enxurros. Contaram que a Lagoa Redonda arrebentou a corrixa, invadindo os campos.

— Peixe que está assim, pulando na macega.

Um negro que chegava contou que o tufão arrancou a maior parte das casas do Arraial do Campo Grande. Os informantes falavam com medo, sofrendo ainda o choque do imprevisto. Os hóspedes ouviam, cheios de temor. Esses informantes chegavam sujos de barro, molhados, com o branco dos olhos mais visível.

Romano, cativo de muito crédito, subiu as escadas sem poder quase falar:

— Sinhá, a inxurrada arrancou o corpo de Manuel Congo da cova!

A surpresa foi grande; todos sofreram um repelão de susto.

— Arrancou o corpo inteirinho, seco; parece vivo! A água derrubou a cerca do cemitério!

Romano estava assombrado e tremia os dedos compridos.

— Foi só o corpo de Manuel Congo ou desenterrou outros?

De olhos para tora, o negro parecia louco:

— Não sei, Sinhá!

Depois de uma pausa breve, explicou por que não sabia:

— Não sei porque não tive coragem, Sinhá! Joaquina resoluta determinou:

— Maravilha, vá ver o que houve no Cemitério dos Escravos.

O vaqueiro coçou a nuca e ficou estatelado, sem arredar pé. Maravilha também estava com medo de ir ver os defuntos desenterrados.

Saiu de corpo mole, chamando Romano para ir com ele.

Joaquina percebeu e deu ordem:

— Vão você, Romano e Terto!

Os escravos saíram em grupo apertado, tangidos pela ordem mas com as pernas doces de medo de defunto.

Joaquina então se expandiu, ao olhar o céu de novo escurecendo:

— Tempestade quase igual a essa, porém menor, desabou em 1774. Foi horrível. Morreu gente em Marmelada, na Abadia. Em Matosinhos no Rio das Velhas morreram dois negros no eito. Já reparei que os cedros parecem atrair raios. Vejam, o do Pasto das Ovelhas foi queimado, aberto pelo meio. As notícias até agora falam de outros, por aí. Meu pai sempre dizia que Plínio escreveu ser o loureiro a única árvore poupada pelo raio.

Voltavam os escravos, quase a correr. Era verdade; o aguaceiro desenterrou muitos corpos, entre eles o do velho feitor Manuel Congo. Estavam expostas ainda muitas ossadas. Maravilha estava quase sem fala:

— Está inteirinho, Nhenhá do Céu! Foi entornado da cova. Parece vivo.

Romano mesmo assombrado completava:
— A terra não cumeu ele!
A Senhora suspirou baixo:
— Coitado do Manuel!
E insensivelmente pensou no corpo de Catarino, o escravo sacrificado pelo feitor no caso da rapadura. Pensou um pouco e:
— É só o corpo do Manuel que foi desenterrado?...
Todos os pretos esclareceram quase a um tempo:
— Não, não! Tem muita coisa pra fora das cova!
— Olhe, Maravilha, reúna uns 10 negros e vão enterrar de novo os corpos.

Entre os que foram fazer o serviço seguiu o preto Salvino, que o feitor surara de uma feita até deixá-lo manco de uma perna.

Com a enxada nas mãos, Salvino, baio de raiva, buliu com o olho da ferramenta na cabeça do morto:
— Taí. Bateu mas morreu. Qui é qui Nossinhô disse no Céu, nêgo danado?
E com os olhos vesgos:
— Ói eu vivo, ói ocê nos inferno...
E num assomo de cólera represada três anos:
— Toma, diabo!

Deu com o olho da enxada, na testa do cadáver, uma pancada seca. Maravilha ralhou e Salvino resmungando raspava a terra para cima dos restos. Depois socou a cova com os calcanhares, como se sapateasse, socou vingando e, quando ia mijar na tumba do inimigo, Maravilha ameaçou, autoritário:
— Mija que eu conto pra Sinhá! Conto agora mesmo. Aí é que vai ser bacalhau pra incarangá.

À tarde chegaram muitas visitas da vila, que iam assistir à festa do início da moagem da soca da cana no Pompéu. Chegaram horrorizadas. A tempestade as apanhara no Campo Grande, onde quase todas as casas ruíram.
— Foi tão horroroso, Dona Joaquina, que o mundo parecia acabar! Quando caía uma raça do sol eu fechava os olhos, vendo a morte!

A fazendeira foi preparar um cordial para as amigas e banhos mornos. As senhoras ainda choravam. Foram levadas para o interior.

A hospedeira não tardou voltar ao salão, onde os homens recém-chegados contavam coisas já sabidas. Era assunto para meses.

Mas Dona Joaquina cortou o assunto:
— E notícias da guerra?
— A guerra, Dona Joaquina, vai mal para nós. A notícia mais recente é que os marinheiros estão firmes e o Madeira não entrega mesmo! Parece que prenderam o General Labatut. Mataram em levante no Quartel Independente o Coronel Felisberto Caldeira, não sei — mas estou ficando desanimado.

Joaquina emproou o peito e respondeu irônica:
— E isso é caso para desanimar? São azares da guerra, meu senhor.

— É, mas contam que a Inglaterra se declarou por Portugal e está preparando a Esquadra para vir ajudar Madeira!
Dona Joaquina desdenhava boatos:
— Boatos não valem nada. Quero é notícia certa. Estou com portador na estrada e vou receber notícia de quem a pode dar. Mas estou serena: o Brasil não perderá. Quem comanda é Deus...
O informante estava pessimista.
— Corre que fuzilaram o corneta Luís Lopes, que desobedeceu o Coronel Falcão no combate de Pirajá, dando toque errado no clarim.
— Deve ser mentira. E o nosso Batalhão, o de Minas, sabem notícia?
— Ah, dizem que morreu muita praça na travessia do São Francisco. Parece que morreu na água a cavalhada toda.
— Deve ser invencionice. Se for verdade, eu mando mais cavalos. Quem espalha estas coisas prejudiciais à Independência?
— É o que falam. O que se ouve nas conversas de gente vinda do sertão baiano.
Chegou café muito quente. Dona Joaquina, vendo-o correr do bule para as xícaras, quis arejar os espíritos:
— Este é o melhor remédio para os desanimados. Doce como o amor, preto como o diabo, quente como o inferno...
Os hóspedes receberam das mãos das mucamas de avental as xícaras azuis ainda fumegantes.
O Major João Lopes, compadre de Joaquina, voltou ao assunto do dia:
— Pois se a chuva de pedras chegou a Pitangui, deve ter feito muito estrago! A comadre acredite que ainda estou um pouco zonzo dos trovões? Estou com 75 anos e nunca vi coisa semelhante!
— Em 1774 houve uma chuva assim.
— A de 74? Não, Senhora! Foi chuvisco em vista da de ontem!
Cisterna, que chegava enlameado de Patafufo, onde fora a mandado, como um pé de vento, sem pedir licença:
— Sinhá, Teobaldo morreu!
— Teobaldo?! Morreu como?!
— Morreu. Foi achado morto numa grota, perto do Rio do Peixe, com o corpo meio enterrado pela enxurrada!
Joaquina ergueu-se da poltrona, emocionada:
— Quem lhe disse isso, Cisterna?
— Soube no Papagaio. Foi recado do Nhô Luís Soares. Os negros vem aí trazendo o corpo! Um portador veio na frente avisar.
E entregando uma carta:
— Que ele trouxe.
Joaquina pediu licença e rasgou, nervosa, o envelope. Leu com atenção aflita. Cisterna, de atarantado, não estava fazendo as coisas direito.

— A mala está aqui, Sinhá. Eu trouxe.
— Que mala, homem?
— A mala do correio.

Foi buscá-la na sala de entrada. Estava enlameada e a Senhora não podia apanhá-la.

Dona Joaquina foi até uma sacada, debruçando-se de costas para o salão. Puxou um lenço fino da manga comprida e tapou com ele os olhos. Chorava.

A carta de João soares, de Maravilhas, contava que muito cedo foram-lhe dizer que um negro estava morto na margem de cedo Rio do Peixe. Ele foi ver quem era o morto. Estava caído num buraco e a terra do enxurro cobria-o até o peito. Soares chegou bem perto:

— É Teobaldo, correio da Comadre Dona Joaquina Bernarda!

E cheio de pena:

— Coitado do Teobaldo. Negro de lei, negro de confiança!

Mandou buscar seis cativos para levarem o negro; ajudou a fazer o esquife, cortando ali mesmo os paus. Na carta: "Coitadinho do negro, parece que morreu de raio, pois tem um lado do rosto e o peito sapecados. Não sei como pôde ser. A capanga do correio estava com a alça de couro tirada do pescoço e ele abraçado com a mala, morrendo com os braços trançados nela. Acredito que ele tonteou com o corisco e, sentindo-se mal, tirou do pescoço a liga da capanga, para ficar abraçado com ela. Não quis morrer sem apertar no coração o embornal de Sinhá, do que ele tanto cuidava, com ciúme bravo. Acho mesmo que morreu assustado, pois tem os olhos muito abertos, com espanto. Foi difícil tirar a capanga de seus braços, pois endureceu com o frio, apertando muito a encomenda contra o peito; um negro assim, peça leal, não pode ser enterrado no campo profano e por isso mando o corpo para a Comadre deliberar. Mando a tal mala de couro por escravo garantido."

Pelo meio-dia anunciaram que o esquife estava chegando.

Depuseram-no na calçada do Sobrado Grande.

Joaquina desceu logo para vê-lo. O defunto era um preto alto, espigado, murcho de carnes e de pernas longas e finas. Estava mesmo com os olhos arregalados, como se morresse combatendo com um canguçu. Já cheirava mal. Sinhá aproximou-se dele:

— Coitado! Você era de bem, Teobaldo. Morreu em meu serviço e foi fiel até a morte. Não deixou à toa o que lhe confiei, como coisa de valor. Morreu cumprindo um sagrado dever. Ninguém foi tão serviçal nem tão sincero e humilde. Sua boca era honrada e tinha palavra de homem de bem. Nunca o castiguei, porque nunca mereceu castigo. Perdoe alguma palavra mais dura e menos justa. A prova de minha estima é que você vai descansar de tantas viagens no Cemitério dos Brancos. Eu também vou acompanhá-lo até o sagrado, onde dormem meu marido e Pai José e onde vou ser um dia enterrada.

Tinha os olhos molhados e assoava-se com frequência, chorando.

Ao se retirar, voltou-se:

— Eu pago sua bondade é com as minhas lágrimas, Teobaldo.

Mandou iluminar a Capela do Cemitério, onde se depositou o corpo enquanto abriam a cova.

A Senhora subiu para o andar superior e, chegando a uma sacada, viu que os condutores do morto se afastavam levando o esquife embirado de cipós. Com os olhos ainda úmidos, não teve vergonha dos presentes e falou, olhando os restos do escravo nos ombros alheios:

— Pobre Teobaldo, não ouvirá mais o choro das levadas nos grotões da Serra do Curral, nem os gemidos dos mutuns nas matas do Paraibuna. Não sentirá mais, passando viageiro, o cheiro das murtas floridas pelo geral. Nem verá mais sair o sol, do topo de Mantiqueira. Não beberá com a mão a água fria das cachoeiras da Serra. Morreu cumprindo seu dever. Caiu como um soldado na trincheira, ao lado do estandarte de seu País.

O esquife dava volta no curral de fora, tomando o rumo do Cemitério. Ela explicou para os presentes:

— Soube que em Barbacena certas moças já o conheciam, vendo-o passar na sua marcha acelerada. Hão de perguntar: — Que é de Teobaldo? Teobaldo não passará mais por essas alturas, moças de Barbacena. Teobaldo fez viagem para outros rumos, Teobaldo não tem mais dono. Teobaldo hoje é de Deus.

Joaquina assistiu com respeito ao sepultamento, atirando sobre o corpo seu punhado de terra. Naquela noite só muito tarde se recolheu, não tendo tempo de ler a correspondência. Deixou para o outro dia.

— Hoje basta de sofrimento. Deixo o resto para amanhã.

As cartas eram de seu cunhado Dr. Ferreira, que estava na Corte, do Dr. Antônio Luís Pereira da Cunha, agora Marquês de Inhambupe, e de outros amigos influentes no Rio.

Soube que era exata a destituição de Labatut, o herói de Pirajá, pelo Coronel Francisco Lima e Silva, novo Comandante Provisório. Ficou sabendo que De Lamare deixara a chefia da Esquadra Brasileira e agora estava informada dos rumos da guerra. As notícias não eram otimistas mas a confiança no Imperador crescia no coração dos patriotas.

A correspondência era datada de 10 de junho e Joaquina ignorava o que acontecera na Bahia a 2 de julho, dia da tempestade no sertão...

Joaquina repisava sempre o problema da Independência.

— Devemos auxiliar o Imperador. Sem esse auxílio para nós obrigatório, é possível que entreguemos de novo os pulsos às algemas. Dom Pedro precisa de nós. Eu pus tudo que possuo nas suas mãos.

É do Brasil! Estou convencida de que todos precisamos uns dos outros. Até nos animais esse amparo é natural, quase divino.

Parou, para dar uma ordem.

— Não sei se lhes contei o caso de um periquito, acontecido quando compramos esta fazenda?

Ninguém conhecia o fato.

— Certa manhã um bando de periquitos baixou voando sobre o terreiro de frente, e meu filho Joaquim atirou com uma passarinheira no bando alegre. Caíram dois numa touceira que cerca aquele pau-de-óleo. Eu estava no terreiro e ajudei o menino a procurar na moita os pássaros caídos. Só achamos um, morto, ainda quente. O outro se perdeu. De tarde, um guia de bois achou o que faltava. Estava apenas ferido. A Inês verificou então que o periquito estava com os olhos furados pelo chumbo fino. O filho, sem pensar no que fazia, levou o ceguinho e jogou-o na moita, ao pé do pau. Pois ele foi subindo pela árvore e no dia seguinte estava gritando lá em cima. Acontece que num galho havia uma casa de joão-de-barro já abandonada. Ele entrou para ela! Dias depois os que lidavam no curral me contaram uma coisa difícil de acreditar: os companheiros do periquito estavam levando alimento para o cego! Quando ele gritava, os outros vinham. Durante muito tempo isso aconteceu; era uma curiosidade do nosso novo lar. Depois, o periquito sumiu. Talvez alguma coruja o comesse.

Começaram a ter notícia mais particulares do furacão. O granizo em tão grande volume, matou todos os peixes das lagoas e açudes do Pompéu.

Mesmo de dia, gatos-do-mato e raposas iam buscar os peixes que as maretas, com o vento, jogavam nas margens rasas. À noite e mesmo ao escurecer, as suçuranas ariscas buscavam a sua parte, puxando com as garras as traíras já fedendo, no lodo.

Aconteceu ali um fato que até hoje ninguém vira: o gelo verde.

As lagoas, dias depois do aguaceiro, amanheceram cobertas de um lençol verde-veludo. O povo ligando aquilo ao gelo da granizada chamou a novidade *gelo verde*.

Os próprios brancos se espantaram com o fato nunca visto no sertão de dentro. As lagoas do Sangradouro, Lagoinha, Redonda e da Porteira estavam com as águas cobertas por uma camada verde, viva, que espantava os animais. Era pouco densa mas homogênea.

Os cativos viam naquilo um aviso sobrenatural, talvez castigo. Visto de perto, parecia um musgo, à feição de veludo muito uniforme e cobrindo inteiramente as águas.

Os Doutores de Pitangui explicaram aquilo sem pés nem cabeça, com bobagens. Mas o gelo verde durou um mês ou mais. Foi descorando, acinzentando, até acabar. Como apareceu, desapareceu. As lagoas ficaram de novo limpas, pois o enxurro foi-se depositando.

Não saiu foi da lembrança do povo, que sofreu susto supersticioso. Quem mais penou foram os rosários, que trabalharam muito, para Deus afastar os males que viessem do ar, das águas e da terra.

Em Pitangui o temporal fizera bramuras. Correram morros soterrando duas casas pobres e cinco moradores. Destelhara muitos prédios e pusera em pânico a população. Desceram rios de levadas das escarpas, derrubando tapumes, muros de terra e cafuas.

O córrego da Lavagem dera-se importância de rio, roncou desde a Olaria, a cortar as curvas, devastador.

A enchente súbita levara animais e gente, não se sabendo ainda o que acontecera nas fazendas mais afastadas. O Cururu cresceu as clinas, empolado, levando cercas, tapumes, porcos gordos das margas marginais. Na fazenda do Saldanha caiu largo lance do muro de pedras, o tal que provocou o castigo do doce de leite. Nas fazendas do Barreiro Branco, Barreiro Preto, Choro, Pedro Nolasco e, mais longe, Ponte, Junco, Taquara, até Lagoa Grande, houve desabamentos e vítimas.

Um forro ferido na cabeça por pedras do céu gemeu com amargura:

— Chuva de São Romão!

— Chuva de São Romão, por quê?

— É chuva grossa, da qual, de cada pingo a gente faz um pirão...

É chuva de matar, com raios e o resto.

O Comandante do Regimento das Ordenanças repetia, impressionado:

— Foi tromba de água? Não resta dúvida.

O Dr. Lopo, que fora quase padre, também na Botica do Seixas, o Dr. das Febres (então descido da sela para a cangalha de Boticário) deu um aparte:

> — *Vi claramente visto o lume vivo*
> *Que a marítima gente tem por santo.*
> *Em tempo de tormenta, o vento esquivo,*
> *Da tempestade escura, e triste pranto.*
> *Não menos foi a todos excessivo*
> *Milagre, e cotou certo de alto espanto,*
> *Ver as nuvens do mar, com largo cano*
> *Sorver as altas águas do oceano.*

O Comandante irrito-se:
— Que diabo, estamos conversando coisa séria e vem Vossa Senhoria com modinhas. Isto não se faz, Doutor!
— Não é modinha que estou recitando, Comandante, é o episódio da tromba de água dos *Lusíadas*, de Camões.
— Ora bolas! Sou homem que fala coisas sensatas, e vem o amigo com charadas, com pilhérias.

O velho doutor apelou para o tabaco, enchendo as ventas

O Comandante prosseguia:
— O vento derrubou ninhos, o granizo matou pássaros aos milhares, pequenos animais.

O militar e o doutor separaram-se, embezerrados.

Só uma pessoa (era Tangará) estava calma e sorridente, no meio da multidão ainda abalada pelo fenômeno. Ria, escarninha:
— Não tenho o bafejo do Imperador de bobagens mas meus avisos chegam do mais alto! A chuva de pedras foi só amostra de coisa muito maior que vai desabar por aqui... Não custa esperar!

Quanto à morte de Teobaldo, foi clara, como vidente que julgava ser:
— Ora, o negro estava matado de tanto correr do Pompéu para a Corte, da Corte para Ouro Preto e Pompéu... Vivia até zambo. Quase não comia. O negro foi é assassinado com a faca cega da fome. Veio a enchente, ele não aguentou...

Parecia satisfeita com a morte do rapaz:
— Aquilo não era escravo, era cão de correr veado... Corria o ano inteiro... Acabou secando o fôlego...

Num grupo cordial, palestravam em casa do Capitão Lemos sobre o caso da tempestade, único assunto em dia. O Pe. Soares estava abatidíssimo:
— Quase morro. Peço a Deus que não me faça mais ver semelhante espetáculo. Voltava de uma confissão *in-extremis*, fui alcançado pela chuva.

Entrei num rancho, que desabou. Passei horas deitado no capim, até passar o perigo. Estou pasmo!

Pe. Soares era então Vigário, pois o Pe. Belchior estava na Corte como Deputado-Geral, desde 1821.

O velho português Antônio de Sousa balançava a cabeça, como que vingado:

— Nunca houve desses estrupícios no tempo de Colônia... O temporal foi novidade da tal Independência. Dizem que o Imperador quase morre de medo...

Era o cúmulo do sectarismo político, pois ninguém tivera ainda notícia da Corte e a borrasca não atingira além de Santa Luzia do Rio das Velhas. O céu continuava brusco, ameaçador.

O caso dos animais na Serra das Bananeiras espantava mas apareciam explicações.

— Vieram de longe, tangidos pelo tornado...

— Qual, vivem mesmo pelas furnas, só saem de noite.

— Ora, isso não aconteceu; foi cachaça na cabeça dos negros...

Mas em geral acreditavam, tal foi o estranho acontecimento.

O lusíada Antônio de Sousa insistia em ligar a borrasca ao novo regime:

— Têm avisos estranhos no mundo, acreditem.

E depois de uma pausa acariciada na barba:

— O certo é que esta Independência não vai... ele parece irmão de seu xará, Pedro Malazarte...

Sempre de pé, ria aos arrancos, antipático.

— Olhem, quando vim para a Colônia, isso faz bem vinte anos, fui parar no Norte, em Tremedal. Havia ali uma negra chamada Tutu. O primeiro português que chegou a Lençóis do Rio Verde foi o Ajudante de Campo Manuel Afonso de Siqueira, ilhéu. Afundou nos garimpos, atrás de diamantes. Achou alguns cor-de-rosa e um preto: era Tutu... Amasiou-se com a negra boçal e foram cavando a terra. Nasceu-lhes um filho, Carlos Afonso. Quando os garimpeiros estavam velhos, acabaram morrendo. E Carlos Afonso herdou imensa fortuna. Rapaz bonito, estudado no Tijuco. Todos os terrenos entre a Serra Gineta e o Morro do Chapéu, já na Bahia, eram dele. Apareceram moças assim, para casar com o milionário. Pois Carlos não casou mas fez um harém na sua fazenda do Brejo... Tinha ali desde a menina humilde dos empregados à filha mais linda do Major... Não respeitava caras: mandava buscar até mulher casada, que lhe caía no gosto. Para donzelas que iam à força, tinha um barracão de janelas com grades de pau, onde ficavam prisioneiras. Foram nascendo filhos brancos, mulatos, caborés... O homem ficou temido, foi envelhecendo nas terras compradas por Tutu e o ilhéu, do espólio do Conde da Ponte.

Tossiu rindo, para terminar:

— Quando já bem velho, com lápis na mão, fez a conta dos filhos, somou 80! Mas estava caducando, pois todos sabiam que ele povoara o sertão com 100 filhos.

O homem, bem disposto com a garantia do ouro do Lavrado, foi até a janela, de mãos nos bolsos, olhar a rua, E para completar a narração, feriu fundo os presentes:

— Pois esse Dom Pedro que hoje é Imperador, para mim é em tudo igual ao filho de Tutu...

Imediatos protestos, francos, vivos, violentos, cobriram as palavras do atrevido. Um fazendeiro revidou:

— Não diga besteiras; Vassuncê está ofendendo o brio nacional! Retire as expressões, porco!

O ancião resistiu:

— E quem é o senhor para se dirigir a mim nesse tom?

— Eu sou brasileiro! Eu sou livre! Eu posso falar!

Dona Maria Álvares de Lemos apoiou o moço:

— É atrevimento seu menosprezar o Imperador!

— Eu me explico!

O chefe da casa, Capitão Lemos, também pegou fogo:

— Excedeu-se, fez mal. Faça o favor de se retirar de minha casa!

E crescendo em ira, verde de raiva em face do sorriso cínico do velho:

— Saia daqui, traidor! Puça desbriado!

— Eu me explico!

Não pôde. Empurrado pela escada abaixo, parou de repente brabecido:

— O que diz Vosmecê?

— Saia daqui, traidor!

Outras pessoas presentes cresciam em cólera:

— Sim, miserável traidor! Ponha-se na rua, tocado!

— Vendido! Deletério sem compostura!

— Ordinário! Fora o deletério. Fora o sujo.

— Os senhores me pagarão!...

Vaiavam-no. Apupavam-no.

— Ninguém tem medo de maroto sem-vergonha. Fora!

A notícia do incidente correu logo e o povo indignou-se. Quiseram apedrejar a casa do insolente, na Rua João Cordeiro. O Comandante da Guarda abafou os ânimos, aconselhando o sebastianista com palavras contundentes.

No outro dia, fechando seu negócio, ao regressar a casa, um grupo de exaltados aplicou-lhe uma roda de pau que o deixou por morto. Os patriotas exultaram. Por muitos dias ninguém o viu na rua; moderou-se, calando o bico.

Dona Joaquina achou ótima a lição e mandou dizer que se precisassem de gente para calar os deletérios era só enviar um recado que ela mandava 200 escravos, para o quebra ossos...

Toda a Província vivia dias de febre. O povo pulara as cercas da Lei para justiçar os inimigos da Independência. As populações confraternizavam com as tropas: só prevalecia a opinião de quem fosse brasileiro nacionalista.

Nas vilas, arraiais e povoados desapareceram os líderes do outro regime, surgindo truculentos apologistas de Dom Pedro, Imperador e Defensor Perpétuo do Império do Brasil.

Como estivesse longe de seu povo, Dona Joaquina se transportou com muita escravaria para Pitangui, levando carruagem, gêneros e gado. Sentia necessidade de estar no meio do povo, ajudá-lo na hora duvidosa.

Sua presença influiu muito no ânimo popular. Mandara de novo à Corte portador para ir e voltar, matando cavalos, saber notícia da campanha. O escravo Romano teve ordem de sacrificar as montarias, para voltar depressa.

Sua casa na vila estava aberta aos patriotas, aos úteis da grande causa e a mesa, sempre posta, a todos atendia.

— Se Dom Pedro perder, não quero mais nada da vida. Independência ou Morte.

Estava resoluta, falando alto e bom som:

— Não admitam que se fale em fazer o Brasil de novo Colônia! Essa guerra é para nós questão vital e Dom Pedro vencerá, de qualquer maneira. Estamos comprando a liberdade com muito sangue!

Quase não se sentava, excitada, animando, aconselhando, para não deixar morrer a esperança de ninguém.

— No último como nós, mulheres, iremos para a luta. Faremos as heroínas de Tejocupapo!

E explicava, para edificar, o que fizeram as bravas senhoras pernambucanas. À noite sua casa enchia-se de gente para ouvi-la, cheia de fé no ideal comum.

O vento balançava, no alto de seus portais da entrada, as fitas verdes-amarelas mandadas adotar no Ipiranga por Dom Pedro, ao arrancar as divisas portuguesas.

Uma noite, ao saírem de sua mansão, dois amigos elogiavam a pompeana, que era o ponto máximo do patriotismo no sertão mineiro.

— E... Tangará?

— Ora, essa tarada nem liga mais a coisa que preste a não ser suas macumbas. É contra Dom Pedro, porque Joaquina é a favor. Agora está com outro Pai de Santo em casa. É um negro vindo da Província do Rio de Janeiro, com fama de grande troço. Soube que era um fenômeno raríssimo e mandou comprá-lo. É mestre de despachos de galinhas pretas e outras tolices. Tipo desprezível.

— Parece mentira. Numa hora dessas em que a Pátria joga seu destino das armas na Bahia, hora de vida ou morte, uma senhora rica, de boa família, alheia-se de tudo, ao pé de um feiticeiro invocando o caboclo Tranca Rua!

— Já é miolo mole. Maluquice da boa. Está é planejando a matança do resto da negrada...
— Já é falta de brio. Ah, feiticeira das carepas...
Era bem tarde e descia do Morro da Cruz do Monte uma neblina frígida. O vento noturno cortava as carnes. O céu azul-ferrete vivo esmaecia a delgada bruma, que subia do ribeirão da Lavagem até os morros, de onde de novo voltava, vagarosa, para o vale.
— Que frio! *Brrr.*
— Está de doer. Vamos tomar uma penitência!
E bateram numa porta, acordando o vendeiro.

No dia 30 de julho um Dragão da Milícia Montada de Vila Rica do Ouro Preto sofreou o galope de seu cavalo molhado de suor espumejante na porta do antigo Quartel das Ordenanças, gritando alto:
— E o Comandante?
A sentinela, de clavina, em forma, nas mãos:
— Está aí. Entre.
O Comandante ouvindo a conversa chegou na janela.
— Seu Comandante, vencemos na Bahia no dia 2 de julho! O General Madeira fugiu!
O militar bambeou, amparando-se nas paredes:
— Que diz?! Você não estará bêbedo, ó praça?
— Estão aqui as cartas do Capitão-General Governador. Uma pro Comandante, outra pra Dona Joaquina Bernarda.
— Então, vencemos?
— Na tábua do pescoço! Tudo nosso, viva o Brasil!
O Capitão, alucinado, começou a esgoelar como doido:
— Vencemos! Vencemos! Graças a Deus. Viva Dom Pedro, Imperador do Brasil!
Chorava e ria. Seus gritos atraíram gente. Ele deu ordem para tocarem todos os sinos da vila, soltar os palitos de fogo e fogos de vista que houvesse em Pitangui. E agitado repetia as ordens:
— Soltem um bombão de minuto a minuto!
E correu com as cartas na mão, para a casa de Dona Joaquina.
Foi gritando pelas ruas:
— Vitória! Ganhamos!
Chegou rouco ao solar da fazendeira e foi entrando. Nesse momento todos os sinos começaram a repicar, em festa. Ouviam-se estrondos dos primeiros palitos de fogo. Divulgada a notícia, nos balcões das vendas os mineiros abriam garrafas das cervejas Bass e Hall, em honra do triunfo alcançado com sangue. Erguiam-se brindes, tocando os copos de largas quinas.
— Viva o Perpétuo Defensor!

— Viva Labatut!
— Viva o Brasil!
— Abaixo a corja!
— Abaixo todos os imundos deletérios.
Ao ver o Capitão chegar gritando, Dona Joaquina apareceu, pálida e assustada. Ao vê-la, o Oficial pulava, em transporte de doida alegria:
— Dona Joaquina, vencemos! Vencemos no dia 2 de julho! Na Bahia! Madeira fugiu! Vencemos. Viva Dom Pedro Imperador!
Dona Joaquina de pé na sala de jantar, com as mãos apertando o peito, não pôde articular uma palavra. O Comandante agarrou-a pelo braço, sacudiu-a:
— Dona Joaquina, vencemos! Na Bahia!
Ela olhava-o estática, alheia, sem nada dizer. Foi empalidecendo mais, abriu os braços, procurando se firmar em alguma coisa; ficou de repente vermelha, de olhos fixos no ar, sonâmbula.
Inês trouxe uma cadeira, sentando-a à força, e ela, muda, tremia os beiços, de rosto aparvalhado.
— Que é que Sinhá tem? Tonteira?
Ela não respondia.
Chegou muita gente para abraçá-la, ciente da vitória.
O Oficial saiu, sem raciocínio, saltando apalhaçado, a espalhar a máxima notícia. Os sinos cantavam, fogos espocavam no ar, muitos fogos, centenas, todos os fogos que havia no comércio. Um bombão estourou, sacudindo a terra.
A população em peso saía para as ruas, mulheres gritando, em alvoroçados "Vivas". Escravos davam nos quintais "graças a Deus, Nosso Sinhô". Tiros de trabuco reboavam, mais estrondos de arcabuzes, clavinas, bacamartes, polveiras. Ouviam-se ao longe pedreiras roncando, a retumbar pelas bocainas. O povo se abraçava, desperto do sonho negro da servidão.
Os numerosos amigos que correram a abraçar Joaquina paravam, estupefatos:
— Que houve? Dona Joaquina tem qualquer coisa!
Ela estava na mesma posição, calada, de olhos perdidos no vácuo.
Dona Maria Lopes, que lhe fora dar parabéns, pareceu compreender:
— Ela está é doente, coitada. Foi o choque. A notícia repentina que tanto esperava!
Foram chegando amigos para os abraços de alegria. A casa estava repleta de parentes, admiradores e partidários. Levaram-na carregada, para a cama. Ao suspendê-la, a cabeça tombou para o peito.
Babava, por um canto da boca. Tentando falar, apenas enrolava as palavras, que ninguém entendia.
Mandaram chamar com urgência o Dr. Lopo, Físicos, Boticários.
O Dr. Lopo balançou a cabeça com desânimo:
— Ar de estupor. É o que se chama *ramo de ar*. Se escapar, vai ficar defeituosa. Vai ficar troncha.

SINHÁ BRABA

Os Físicos e os Práticos estavam de acordo, coisa rara.
— É *ramo de estupor* mesmo.
— Aqui só o Lataliza. Médico às direitas!
— É verdade, o Dr. Lataliza!
Veio o Mestre. Levou a mão ao queixo:
— Não há dúvida. É *vento mau*. Não foi fulminante; veio leve, mas deixará sinais das unhas na doente.

Dona Joaquina sofrera, com a violenta, a súbita alegria da vitória de Dom Pedro no 2 de julho, uma apoplexia cerebral. É doença das paixões vivas, cóleras violentas, alegrias excessivas, pesares profundos.

O júbilo da grande conquista foi atenuado com o acidente da doença de quem fora, em Minas, a corajosa paladina da causa pública.

Alguns parentes não se convenciam, quiseram ouvir o Dr. Lataliza França.

Todos queriam ver, abatida no leito, desgovernada, a lidadora corajosa que subira pelo trabalho, de menina humilde a poderosa aristocrata rural. Chegavam filhos e genros; o casarão era pequeno para os que acorriam a ver o guerreiro derrubado no campo da luta, de frente para o inimigo. As mais graduadas senhoras da Vila disputavam a honra de ser Ajudantes de Sangue da indomável batalhadora.

Só muitos dias depois começou a falar, a custo. Moralmente, não se abateu.

E ficou paralítica do braço esquerdo, o mesmo que levara o tiro a traição, do negro da Boa Vista. Mancava um pouco da perna correspondente, mas estava apta para viver mais algum tempo.

Enfraquecida pelos jejuns, sangrias, purgativos e baboseiras medicamentosas, as velhas grandes novidades do tempo, convalesceu um mês, para regressar a seu feudo, abandonado no ardor da campanha pela nobre ideia.

Cumprida a sua missão de patriota desinteressada, Joaquina regressava aos deveres de que é capaz uma paralítica.

Ela mesma revelou mais tarde, depois que brotavam flores no campo de batalha:

— Foi tão grande a alegria que tive ao ouvir a notícia do 2 de julho, mas tão grande, que não consegui dar uma só palavra. Fui ficando dormente, um fogo subiu-me ao rosto, senti tudo ficar escuro, com rajas vermelhas em torno de mim. Só acordei, no outro dia, ferida para sempre. Não faz mal. O que importava era sermos livres. Se tivesse morrido, morria feliz.

Todos a ouviam, emocionados.

— Agora espero que haja paz, a fim de pagarmos a felicidade de sermos nós mesmos.

Havia na sua voz a serenidade de quem cumprira o dever. Descansaria, agora, doente? Ela própria respondeu:

— Vamos trabalhar. Temos ainda a vida pela frente.

E como Cincinato, o guerreiro lavrador, que depois dos combates voltava à rabiça grosseira de sua charrua, Dona Joaquina voltou a cuidar de suas terras, de onde levantara a fortuna que promove a concórdia e dignifica a vida.

XII
MUNDURUNGA

Ainda celebravam e discutiam na Província o fim da Guerra da Independência, quando apareceu sem aviso em Pitangui o Pe. Belchior.

Ex-Deputado às Cortes de Lisboa, era agora Deputado-Geral à Assembleia Constituinte instalada a 3 de maio de 1823.

Passando pelo Pompéu, aí demorou muitos dias, penalizado com a doença de sua amiga de tantos anos. Fez-lhe relatório completo de tudo que a ambos interessava, e foi repousar em Pitangui de suas canseiras e desilusões.

A um grupo de velhos amigos companheiros de luta na Província, gemia com desconsolo:

— Vim morrer na Serra. Creio que já fiz o bastante para pagar ao Brasil o amor que lhe devoto. Ainda me resta a flama do entusiasmo pelas ideias que comungo mas estou doente e sinto as forças fugirem-se-me. Por muito tempo acompanhei o Príncipe Regente Provisório, fazendo esforços que acabaram extenuando-me. Não há quem resista acompanhar o delírio ambulatório do Imperador. Nasceu cavaleiro. Imaginem que fez o trajeto de oitenta léguas entre Ouro Preto e a Corte em cinco dias, quase matando seu Ajudante de Cavalaria. Seus passeios eram de dez léguas...

O Comandante da Milícia Provincial quer saber se ele, de fato, fora quem aconselhou o Príncipe a proclamar a Independência, no Ipiranga.

— Nós vínhamos de Santos e ao chegarmos perto do riacho, o Príncipe que estava com disenteria, apeiando-se a miúdo, ordenou que sua Guarda o esperasse mais adiante e ficou na retaguarda apenas com o Barão de Pindamonhangaba a certa distância. Aí o encontram os emissários, com cartas da Imperatriz e de José Bonifácio. Dom Pedro leu-as e montando na sua mula baia gateada, chamou-me com a mão para perto dele e estendeu-me as cartas, para que também as lesse. Na de José Bonifácio estava que Portugal chamava o Príncipe, com urgência, para Lisboa, e na da Esposa, muito aflita, dizia que Portugal não mais reconhecia os tribunais do Brasil. O doente parou, para mudar de poltrona, evitando uma corrente de vento frio.

— Eu devolvi-lhe as missivas, quando Dom Pedro me perguntou: 'O Senhor, no meu lugar, que faria?' Respondi, pronto: 'Eu se fosse Vossa Alteza proclamava, logo, a Independência.' O Príncipe, que vestia uma fardeta cinzenta da Polícia, tocou a mula e foi-se reunir à sua Guarda. Depois de explicar o assunto das cartas mandou formar os Oficiais em semicírculo e, sem vacilação, arrancou a espada, com um gesto lindo, para gritar com enorme dignidade: 'Independência ou Morte!' O resto é sabido.

O Comandante repisava o assunto, até hoje duvidoso:

— Foi mesmo José Bonifácio quem deu no Brasil o primeiro grito de Independência?

— Ele não deu grito nenhum. Aconselhou muito aquilo que eu soprei no ouvido do Bragança, emocionado pela diminuição que estávamos sofrendo das Cortes de Lisboa. Quem deu antes dele esse grito público foi um pernambucano, a 6 de março de 1817. Chamava-se Coronel Pedro da Silva Pedroso. Muitos falaram no assunto e aqui mesmo em Pitangui, esse grito foi repetido por muitos rebeldes em 1720, quando houve a Sedição contra o Quinto Real.

Parou cansado, sacudido por um dos acessos de tosse:

— Dar o grito foi fácil. Difícil foi arcar com as consequências.

As visitas sorviam as novidades como quem bebe água, com sede.

— E em Pirajá, foi fato o que aconteceu como o corneta Lopes desrespeitando o Major Falcão e dando, por sua conta e risco, diversos toques, como *Cavalaria, avançar! Cavalaria, degolar*?

— Exato. O Major Barros Falcão Lacerda comandava o Batalhão dos Pernambucanos quando o perigoso fato aconteceu. Esse brioso oficial já estivera nas trincheiras sangrentas de 1817, sendo preso e condenado à morte. Foi depois perdoado. Chegou à Bahia comandando a Legião Pernambucana e de tal modo procedeu que foi promovido por Labatut, no próprio Campo de Batalha, a Tenente-Coronel.

Pe. Belchior exaltava-se:

— O 2 de julho é data pouco menos importante que o 7 de Setembro.

Silenciou, pensativo:

— Mas foram ingratos com Labatut. Ele não era oficial de carreira no nosso Exército mas apenas contratado. Mas foi um bravo, é soldado valente!

— E o Almirante Cochrane?

— Ah, esse é detestável. É um cigano dos mares. Era Conde de Dunsneld e fez brilhante carreira naval na Inglaterra; aos 30 anos era Comandante de Fragata. Foi eleito Deputado à Câmara dos Comuns, sendo considerado temível argumentador. Quando parlamentar, fez um jogo na Bolsa e, para ganhar, provocando a subida dos títulos ingleses, espalhou por modo diabólico a notícia da morte de Napoleão. Apurado o caso, como fazem sempre os ingleses, foi expulso dos Comuns e da Marinha de Guerra de Sua Majestade, sendo ainda punido com prisão e multa. Saindo da Inglaterra, andou pelo mundo pedinchando comando de Esquadras. Comandava a do Chile, quando foi contratado para chefiar nossos barcos. Ganhava 11 contos e 521 mil-réis por mês. Extorquia dinheiro, era avareza sórdida. Negociava como Comandante da Esquadra, metalizava a honra! Hoje está na Grécia.

— Pe. Belchior, foi verdade a morte dos 556 prisioneiros nos porões do navio *Diligente*, no Pará?
— Infelizmente foi. A Junta Provisória de Belém pediu ao Capitão Greenfell para receber 256 presos, rebeldes à Independência. Greenfell entregou esses prisioneiros ao capitão do navio, que os meteu em porão, em cômodos de 10 metros de comprido para 7 de largo e 4 de altura. Não tardou que a sede chegasse, pois a prisão era contígua à sala das caldeiras. Sem ar, loucos na escuridão, os infelizes se dilaceraram sufocados, subindo uns aos outros à procura de ar. Quando mais tarde abriram o quarto, só havia um homem vivo. Foi execrável. Reproduziu-se o acontecido depois da batalha de Austerlitz, quando 300 austríacos foram trancados em cômodo semelhante. Em oito horas morreram 260, pelas mesmas razões do sucedido aos nossos patrícios.

O Comandante, apesar do entusiasmo pelo Império, apenas nascido, achava os fatos aflorados muito graves para o cômputo da vitória. Mas o padre estava em serena tolerância, conhecedor que era da história dos povos.

— É assim mesmo, Comandante. Aos vencidos é preciso tratar com dureza, senão as vitórias futuras serão frustras. Mas a truculência contra as ideias nativistas vinha de longe. O modo pelo qual Dom João VI esmagou a Revolução Pernambucana de 1817 lembrava Pombal contra os pretensos conspiradores envolvidos no atentado a Dom José I. Vencido o levante, as tropas fugiram do Recife para o Engenho Paulista. Um dos chefes do movimento foi o Pe. João Ribeiro Pessoa, que acabou sofrendo uma vingança digna de Amílcar Barca ou de Aníbal, o Africano. O padre era então nacionalista, que no dia em que estourou a revolução, de que era graduada figura, foi dar notícia do fato a um amigo que, pagando a alvissara, buscou uma garrafa de vinho do porto. O padre porém deteve-o:

— Prefiro beber água a beber vinho de Portugal! Celebrava-se *Te Deum* pelo acontecimento e todos os chefes foram assisti-lo. Ao chegarem à Igreja, o Vigário, para adular, mandou sair o pálio para conduzi-los à nave, mas o Pe. João Ribeiro se opôs: — Mande guardar o pálio, Sr. Vigário, pois debaixo dele só pode ficar o Santíssimo Sacramento! Quando derrotados os rebeldes, afastavam-se para o Engenho Paulista; o Pe. Ribeiro, a pé, descalço e roto, levava nas costas o arquivo dos amotinados. Ali se dispersaram, tendo o Pe. Ribeiro queimado o saco de documentos, depois do que bebeu veneno. Mas o veneno falhou e o bravo sacerdote, abrindo a coxa com um canivete, encheu a ferida com o mesmo veneno. Ajoelhou-se diante do altar de Nossa Senhora, aí sendo encontrado de joelhos, morto.

Pe. Belchior falava, sentindo as palavras:

— Até aí, muito bem. O padre foi enterrado na igreja onde morrera. Mas os vencedores souberam, muitos dias depois, do suicídio, e a ralé vitoriosa invadiu o templo e desenterrou o cadáver putrefato. Cortou-lhe a cabeça e as mãos, levando-as, em charola, para o Recife, onde a entregaram ao Coronel vencedor dos rebeldes.

Fez outra pausa, e, muito lento:

— E esse coronel mandou pregar no pelourinho a cabeça e as mãos do humilde Pe. João Ribeiro... As carnes caíram-lhes, foram dessorando. A caveira ficou lá por muito tempo, sempre vigiada por beleguins reinóis. Outros chefes foram enforcados.

Tomou uma colher da poção que freiava a tosse hética:

— Mas não foi só. Há um fato dessa época, tão comovente que fez mal aos nervos: o enforcamento, com infâmia, de José Peregrino Xavier de Carvalho, criança de 18 anos, apanhada com armas nas mãos entre os sediciosos. Também teve a cabeça decepada, as mãos cortadas, pregadas em postes. Mãos infantis, ainda pingando sangue dos vasos. Seu corpo foi depois arrastado por corcel sem doma... Vejo a cabeça num pique, pálida, as pálpebras caídas, já arroxeando...

O oficial, sufocado pela emoção, difícil num soldado daquelas eras, explodiu, agitando:

— O senhor conhece bem essas coisas descarnadas de fantasia!

— A verdade é nua, meu filho. Mas a fantasia é a festa da realidade. Nas horas trágicas apenas a dureza da verdade aparece, porque a fantasia é um começo de sonho e na dor, quando surgem palavras supérfluas, é que o delírio já apareceu. O que revelei sobre o Rei e o Imperador são coisas cruas, pois só apresentam a verdade. Ambos agiram com as cordas soltas, com o sangue do Rei Dom Afonso, Primeiro Duque de Bragança, fundador da Casa e filho de Dom João I, o Mestre de Avis, vencedor dos castelhanos em 1385. Todos foram impulsivos, só governam a bel-prazer de seus repentes, não sabem respeitar direitos de ninguém. Bons, antes de servidos: servidos, esquecem muito depressa. A honra para eles está nas armas, não nas almas. Tenho a prova dessa verdade nas feridas que trago ainda abertas...

O capitão, que era útil incondicional e consentiu em muito absurdo na vila contra os deletérios, mesmo com aquele relatório de quem foi nobre parte na hora da salvação nacional, procurava defender o Imperador:

— Sei que houve erros, mas quanto à Independência, foi preciso...

— Sim! Não há vitória alguma sem muitos erros. Nas convulsões armadas da vida de qualquer nação estouram sempre tumores, cujo pus escorre pela história. Na Revolução Francesa foi até pior. Na febre da arrancada, no instante da clarinada de avançar em carga, os brutos que vencem são heróis, os que perdem são bandidos.

Consultou seu relógio despertador de bolso, demorando com ele na mão:

— Apesar de tudo o Brasil será o primeiro País do mundo, em futuro não muito remoto. Não será por seus homens, que são pequenos, mas por suas riquezas — que são grandes. Uma terra que é vigiada pelo Cruzeiro do

Sul só pode ser abençoada de Deus. Lembre-se que Nossa Senhora apareceu bem visível para os patriotas nos montes Guararapes, decidindo a vitória, praticamente perdida. Quando acabara a pólvora, ela, a Gloriosa, mandou lançar mão até de pedras para expulsar os holandeses do Brasil.

Pe. Belchior parecia cansado, na sua espreguiçadeira. O comandante então resolveu tirar a prova do que era muito boquejado nas Minas:

— Pe. Belchior, é verdade que Dona Joaquina é querida do Imperador?

— Se é verdade? É pura verdade. Dom Pedro voltou de Minas impressionado com o caráter da mineira. Disse-me que ouvia falar nela desde a chegada da Família Real, quando prestara o maior serviço a Dom João, Regente, na ameaça da fome de 1808. Dom João VI, no fim, comparava-a a uma romana e fez-lhe até um presente que só os Reis podem fazer uns aos outros. Atendia a todos os seus pedidos sem pensar primeiro, ao contrário de seu costume.

Foi-se entusiasmando:

— O auxílio que afinal prestou à causa nacional pode lá ser esquecido por alguém? Foi a primeira e a única Senhora de Minas a oferecer ao Imperador todos os seus bens e até os filhos para a guerra na Bahia. Se ela fosse uma cortesã teria tudo do Império.

Só pede pequenos favores, coisas ridículas, e para os outros. Muitas vezes o Capitão-General Governador visitou-a em suas estadas em Ouro Preto. Dona Joaquina é como boi, não sabe a força que tem. A prova de seu patriotismo foi a embolia que sofreu, de chofre, ao saber da nossa vitória a 2 de julho. O senhor mesmo foi quem lhe deu a notícia, vendo tudo. Não é mulher para honrar uma esquecida Comuna ou Província, uma Nação.

— Pois... ela aqui tem inimigos.

— É evidente que os tenha. Já disse o meu Virgílio que os ventos castigam com mais dureza as árvores mais altas. Quem é o inimigo da nobre matrona? Um ratinho que a montanha pariu, depois de grande gemido. O sapinho que queria ser rei e inchou tanto de orgulho que estourou... Essas coisas estão em Horácio Flacco e La Fontaine, pessoas que o senhor não conhece a não ser de nome. No meio bárbaro em que vivemos, para uns, Dona Joaquina é pura como Ló em Sodoma, para outros é o próprio diabo de saias no meio do beatério. É que o fio do prumo da opinião varia com a mão que o segura.

E com indignação:

— Olhe, Comandante, a palavra só é bela quando dirigida pelo cérebro. Quando sai sem comando é reflexo, é um urro, um grito, um guincho que exprimem apenas estados de sofrimentos físicos.

O que dizem contra Joaquina são destemperos a que pessoa de bem não dá ouvidos.

Como a tarde neblinasse, fria, voltava-lhe a tosse seca.

— O que ela possui foi ganho com trabalho honesto visão de negócios. Não entrou no seu latifúndio um palmo de terra usurpada aos fracos. Inácio teve uma herança de sesmarias legítimas. O resto foi comprado com economia de xenxém em cima de xenxém, tudo havido com o suor de rosto de ambos. Estabeleceu o matriarcado mais extenso e profundo do sertão mineiro e sua força moral atingiu os Capitães-Generais Governadores, impressionando o Rei e o Imperador da Independência. Só duas mulheres tiveram até aqui matriarcado rural, englobando poderes morais indiscutíveis: Dona Maria da Cruz, no médio São Francisco, e Dona Joaquina, em seu assombroso latifúndio do Pompéu. É bem verdade que seu matriarcado envolvia irregularidades, pois ela desrespeitou muitos Alvarás, muita Carta Régia, vários Bandos e Decretos, pois sendo eles executados por gente rude, ambiciosa e vingativa, não se aventuravam a cumpri-los, sabendo quem era a transgressora. Quando Maria I proibia por Alvará a plantação de arroz, sob pena de prisão e calceta; quando proibia a plantação de algodão; quando proibia a tecelagem de lã; quando proibia que os escravos se vestissem com luxo, Dona Joaquina plantava arroz, algodão, tecia lã de seus carneiros, e apresentava-se no Palácio do Governador das Minas seguida de escravas vestindo sedas caras. Ordem Régia mandava fiscalizar os impostos de passagem de rios, coisa que era do Fisco Real desde o tempo das Capitanias; Joaquina cobrava para si as passagens dos rios que limitavam suas fazendas. Foi alvo de dois processos por motivos graves. Em que deram? Em nada. O próprio Imperador fez deles letra morta. Até Reis de Portugal estiveram presos: Dom Afonso VI esteve encarcerado no Castelo de São João Batista, na Ilha Terceira, morrendo preso no Paço de Cintra. A própria mãe de Dom Pedro I, Dona Carlota Joaquina, esteve presa, como exilada, na Quinta do Ramalhão e no Paço de Queluz. Mas Dona Joaquina, que Dom João VI chamou, ainda Regente, Dona Joaquina do Pompéu, não pôde ser presa, apesar de ajuizada sua prisão preventiva... O Imperador opôs-se. É ou não é respeitada?...

O Capitão já estava enfronhado das coisas que nunca haviam passado por suas orelhas:

— Entendo agora que o que falam dela...

O padre cortou, irritado:

— ... falam pelos cotovelos! A que mais boqueja é de boa família, de linhagem clara, mas acumula as brutalidades de toda a geração. Dona Maria Bárbara vive sob o signo maléfico da mandraca, da insona, da macumbagem. Está obnubilada, sufocada pelo sangue dos sessenta mortos, cujos ossos alvejam no chão das Cavalhadas. Calculando que cada escravo tivesse cinco litros de sangue, esse vampiro, na noite trágica do São Bartolomeu dos pretos, morticínio que ela ordenou, tem o acervo de trezentos litros de sangue inocente para sua volúpia de doida varrida, solta no mundo. Essa megera sinistra foi degradada em vampiro.

E procurando o belo lenço da Costa perfumado a benjoim:

— Tangará e seus comparsas macumbeiros são bandos de vampiros que caem sobre alguém, bebendo-lhe todo o sangue. Assim os sessenta, assim se esforçam para fazer a Dona Joaquina. Não podendo morder, sugar, lançam insultos, calúnias infamantes, como o sapo esguicha a peçonha e a jaratataca o mijo...

Estava cansado e falava mais do que podia:

— Pois eu considero a violência contra os adversários da Independência, como o que fizeram os Reis ditos Magnânimos, a outra Colônia, e o que certos ingratos fazem com ela, com Joaquina — o bajerê do poder desvairado. O senhor sabe que bajerê é a escumalha, o rebotalho, o cisco das lavras no garimpo. O próprio Dom Pedro, tão grande merecedor da gratidão brasileira, vai ver esse lixo cair sobre sua cabeça de homem predestinado.

E olhando a noite ainda nova:

— Sente como esfria? Este frio é um tormento da carne, sendo a redenção dos héticos.

E chamou a velha escrava para fechar as janelas.

O Pe. Belchior, sendo parente dos Andradas, os turbulentos líderes das sessões parlamentares, acabou irritando seu amo e amigo Dom Pedro I, Imperador Constitucional e Defensor Perpétuo do Brasil.

O confidente e conselheiro do Regente Provisório na rampa do Ipiranga, apoiando Martim Francisco e Antônio Carlos, que arremetiam contra os lusos em rajadas de eloquência jacobina, estremecia de ódio o Rei Cavaleiro. No Paço de São Cristóvão passaram a temê-lo como a peste, ali que ele tantas vezes entrara com a continência das sentinelas, como humilde confessor.

Mal se refazia das jornadas patrióticas e da viagem a Minas, José Bonifácio o chamou com urgência, pois precisava dele para reforçar a oposição.

Joaquina mandou levá-lo de liteira até Ouro Preto.

— Está visivelmente enfermo; não deveria ir. Mas Pe. Belchior tem compromisso com o Brasil.

Nunca mais veria a amiga fazendeira.

Os Andradas clamavam da tribuna da Câmara contra os portugueses e contra o próprio Imperador, escrevendo ainda na *Sentinela* e no *Tamoio* muitas inconveniências agressivas ao brio de Dom Pedro. Na Câmara, que abrigava dezenove Sacerdotes-Deputados, nenhum com autoridade moral do Pe. Belchior, corajoso, brilhante argumentador parlamentar.

As coisas chegaram a tal ponto que, a 12 de novembro de 1823, o Imperador dissolveu a Assembleia Geral Legislativa Constituinte.

Mandou o General José Manuel de Meneses cercar o edifício, postando ali canhões e soldadesca, para dar autoridade ao ato. Expulso com os mais ao sair da Assembleia, Antônio Carlos se espantou com os quarteirões cercados pelo Exército Imperial, com canhões e copiosa munição. Ao passar por uma peça de goela aberta para o ar Antônio Carlos tirou a cartola de feltro, cortejando-a numa barretada:

— Saúdo a soberana do mundo...

Reunido o Ministério, fez-se uma lista dos Deputados que o Imperador resolvera deportar. Ao ouvir os nomes de José Joaquim da Rocha, Francisco Montezuma, Martin Francisco, Antônio Carlos e José Bonifácio, o Imperador interrompeu o Ministro Carneiro de Campos, que a lia:

— Acrescentai aí o nome do Pe. Belchior Pinheiro de Oliveira.[26]

Tudo pouco habitual no sertão avivava a ideia supersticiosa de seus habitantes.

O morticínio dos sessenta negros, a Guerra na Bahia e a tempestade devastadora eram considerados graves castigos, aviso de Deus.

Novo fato engrossou a lista de coisas misteriosas. Nunca puderam por nenhum meio extinguir ou evitar a proliferação das éguas crioulas no latifúndio do Pompéu. Ficaram ariscas mas o lote cresceu até atingir, no cálculo geral, a cifra de treze mil.

Pois naquela manhã luminosa essa récua de animais alevantados se achou reunida no baixão do retiro da Vereda.

De repente, sem motivo visto, sem causa, a tropa orelhuda foi tomada de pânico, fungando alto, e, num estouro, à maneira de furacão desembestou pelo cerrado. O atrôo de seus cascos encheu, sacudiu a manhã calma, turvando o ar de muita poeira.

A eguada estourou num jato, desaparecendo no geral. O barulho surdo de sua arrancada custou a se abafar; por muito tempo ainda se ouviu e só com demora foi-se apagando.

Não corriam, voavam na tropeada louca. Seguiam no bolo garanhões virgens de laço, raçadores de última muda, pastores velhos de dentes cerrados, pais de éguas a de topetes em tufo, poldros colhudos, potros enfeitados para a procriação.

Iam naquela arrancada fantástica pichorras pampas, clinudas baias, facas alazãs, tabacudas mouras, caçambas pelo de rato, mijonas pedreses, brivanas pretas, pranchas queimadas, cumbucas ruças, matracas raposas, escadas castanhas, piguanchas pombas, peidorreiras olho de fogo, peludas azulegas, tramelas ruanas, cupinheiras rajadas, canoas cor de macaco, pinguelas ferreiras, suvancas tordilhas, guinchas azulegas, cacos melosas, piorras alvaças,

---

[26] Deportado para a França, velho, pobre, doente, lá viveu sete anos à custa de José Bonifácio, vindo morrer em Pitangui, para ser enterrado sob a arcada da Igreja do Pilar, como pedira, para ser pisado por todos. Ele mesmo suplicou aos amigos aquele favor: "Quero ser enterrado na Igreja Matriz, por baixo dos arcos da entrada, por onde todos passem. Faço questão de ser pisado por todos." Aquele ato de humildade foi satisfeito. Ali foi enterrado.

frichas brancas, bruacas churriadas, catarinas malacaras, cornichas rosilhas, forquilhas sopa-de-leite, todas furiosas no desbocado avanço.

Na vertigem do disparo saltavam moitas, quebravam arbustos, pulavam valos, subiam barrancos, transpunham grotas, avançavam ribeirões, chatas no solo, clinas ao vento, caudas no ar, perdidas na carreira desbagualada.

Relampeavam numa barruada, numa carga de cavalaria, em investida como as dos pôneis de Gengis Cã, aos choques dos corcéis dos citas ou dos ginetes dos veteranos de Átila, nas planícies das Gálias.

A onda espantada devastava tudo por onde seguia, cercas deitadas, roças, tapumes, ranchos de beira-chão e currais de vara. Não tinham rumo nem procuravam atalhos. No upa alucinado, subiam morros, desciam escarpas, velozes, sarapantadas, nos cascos firmes. Iam ficando estripados os bichos do mato de seu encontro, lobos, rapozões, cobras, tatus, coelhos e vacas com bezerros topados pela avalancha diabólica à beira da água, na primeira sede. Fugiam aves espavoridas ao passar a rajada viva. Os escravos que no eito ouviam o estrépito pararam, escutando:

— Truvão?!

A terra estremecia. Alguns animais rolavam por terra com o pescoço partido, as patas quebradas. Mas o grosso do lote avançava com as crinas rentes, já treinadas para as fugas imprevistas.

Ainda não era meio-dia quando, assombrando senhores e cativos, o pelotão esbarrou, embolado, nas cercas de achas dos currais do Pompéu.

Um medonho fungar de pânico, uns bufidos rápidos de bichos pagãos, assustou a Casa Grande.

Detida a correria, trotando nervosos, espantadas, batiam as virilhas, pingando suor, como tangidas por demônios naquela estralada. Não conhecendo, pelo cheiro, o Curral Grande, voltaram sem demora, a meio galope e, ainda bufando, sumiram no cerradão.

Pela hora da súbita explosão na Vereda, fizeram seis léguas em duas horas. Esbagaçaram, passando, três escravos, suas mulheres e uma criança. Ficaram mortas e feridas nesse estirão 23 potrancas, sem contar cabras, porcos e cavalos de custeio.

Os velhos daquele vão nunca ouviram falar naquilo. Por muitos anos o povo comentou o acontecido, como fato sobrenatural. Pelo menos foi o único. Ninguém mais ouviu contar outro...

Dona Joaquina agora claudicava duma perna e tinha o braço esquerdo em tipoia de lenço. A hemiplegia não lhe alterara a voz, e o timbre alto de comando. Ali na casa-grande já vira o esposo contido nas travas de igual enfermidade.

— Pouco espero mais da vida. Mas enquanto falar serei a mesma ao dirigir meus bens.

SINHÁ BRABA

Depois de dia trabalhado, Antônio Veloso,[27] o escravo que substituiu Manuel Congo como feitor, foi prestar contas no Salão:

— Nhenhá, os vaga-lume tão stragano as maçã do algodão; tem muito vaga-lume.

O feitor lembrou caça geral, em que se empregasse a escravaria toda, mulheres, meninos, velhos. Seria feita à noite, um cerco em conjunto, na sede, em currais, nos varjões.

Dona Joaquina pensou um bocado para dizer:

— Tem muito algodão... deixe os vaga-lumes. Não posso ficar sem eles, iluminando o meu Sobrado. São muitos, milhares, eu sei...

Deixe que comam as maçãs do algodoal, Veloso. Eu planto mais...

O feitor, sem coragem de encará-la, olhava o chão. Era obrigado a concordar:

— In-sim...

Chegavam hóspedes. Eram de Ouro Preto, viajando para Pitangui. Um deles, o Dr. João de Sales Pontes, sentia-se honrado em pernoitar na mansão acolhedora. Depois do jantar dos 24 pratos obrigatórios, o Dr. João estava eufórico:

— Dona Joaquina, tive há dias uma boa palestra com seu parente Dr. Bernardo Pereira de Vasconcelos, agora escolhido para o Conselho do Governo Provincial. Contou-me episódios de sua vida em Coimbra, de sua infância. Disse-me que apanhou boas chineladas da Senhora e essas chineladas valeram muito para lhe abater o orgulho...

Joaquina sorriu, com dificuldade, mas satisfeita.

— Disse com razão que a Senhora é o tipo completo da matriarca patriota, a quem o País deve muitas homenagens.

Ela continuava a sorrir, com ligeiro ríctus de enferma:

— Bernardo... Ainda ouvirão falar seu nome com respeito, no futuro. Foi, é e será sempre um rebelde de corajoso talento. Esteve aqui com a mãe, enquanto o primo Dr. Diogo foi fazer correição em Paracatu.

— Ele escreve nas gazetas, no Ouro Preto...

— Leio o *Compilador* e o *Universal*. Esses meus parentes gostam de política.

E irônica:

— Não me puxaram...

Aproximou-se dela um rapazinho feio, de cabeça pequena, cabelos vermelhos, pescoço comprido e boca de sapo.

— Olhe aqui, este. É o meu neto Martinho.[28] Está com 6 anos e quer ser médico e político. Já faz discursos para as vacas do curral do custeio... O diabo é que todos eles querem é ser chefes...

Maravilha saiu cedo para procurar um bezerro amoitado.

---

27 Morreu na Cidade do Pompéu, ex-curral de Joaquina, de nome Buriti da Estrada, com 115 anos.
28 Martinho Alvares da Silva Campos, futuro conselheiro de Estado, Senador e Presidente do Conselho de Ministros. Era médico.

A vaca parira no campo, escondendo a cria. O vaqueiro dando com ela parida, em vão tentou descobrir o bezerro. Levou-a para o curral, onde dormiu, para bem cedo, com o úbere cheio, ser solta para mostrar o filho. Solta a vaca, ele acompanhou-a, pois ela estava inquieta, com o leite vazando em esguichos ainda ralos.

Quando entraram no cerradão de cambaúba, o homem berrava, apertando o nariz com dois dedos, para imitar a cria nova. A vaca, depois de várias fintas, negaceios e voltas erradas, deu com o bichinho na moita, já faminto. Depois da apojadura, o vaqueiro foi devagar tocando os dois, quando deu com uma coisa que o assustou.

Ali se dera luta feia, encontro de morte.

Aquilo aconteceu decerto tarde da noite, por lua cheia, pois a lua assanha os bichos. A suçuarana viera, na sua ronda campestre, errando pelos cabeços.

Andava enfezada, faminta, descendo à bebida ao pôr do sol, para surpreender alguma caça à beira da água.

Fora infeliz e subia o lançante, a espiar para os lados, de olhos acesos. Farejava os trilhos de bicho, espreitava, parando, a piscar as pálpebras ruivas.

O bandeira dormira o dia todo, gozando o calor nas folhas secas da moita. Mal vira a noite, dispôs-se a sair do capoeirão para surpreender os formigueiros. Era enorme, cinza e negro, a fofa cauda erguida no ar. Caminhava vagaroso, a tremer os flancos gordos, empurrado para o campo pela fome urgente. Seus olhos redondos moviam-se, quebrados, lembrando contas azuis.

Na orla da mata, a um susto breve, toparam-se de frente. A onça ouvira-lhe o andar, e faiscara os olhos. O tamanduá arrepiou-se, parando... Mas a onça vinha faminta, sentia o cheiro da comida quente. De um salto atirou-se em cima do bandeira.

Houve um devassar de ramos, estalidos de galhos quebrados... O barulho desceu aos arrastões pelo geral abaixo; a cabreira abocanhara na dentuça firme o dorso do inimigo, este a recebera nos braços e fincara-lhe as unhas no pescoço. O lerdo eletrizara-se. Aos rosnados e os guinchos, alteraram-se nas vantagens: as presas bem firmes e os braços cerrados tornavam difícil a vitória de um deles. Se um vergava o lombo abocanhando a espinha, a outra sentia latejar-lhe a caraça num ofego de inchado pescoço exprimido, no duro. Depois, os dois corpos rolaram num desespero, num arrastar as unhas pela terra, num desarticular de ossadas, espumejando ódio e dor. A um certo impulso, a suçuarana, em trismo sacudido, fraturou as costelas do bandeira que num cambaleio pendeu para trás, mal se contendo nas patas da anca. Sua cauda baixou crespa sob as unhas da bicha. Ia terminar a refrega. Encorajada, a gata sacudiu o ferido nos queixais. Soube-o quebrado nas suas ferragens.

Mas o bandeira arroxou as munhecas no pescoço da onça, que respirava aos silvos, em cerco apertado. Forçavam agora por se furtarem às raivas um do outro... e aos espemeios, e aos arrancos, caíram sem se aguentarem, zambos, vencidos mas sempre juntos, até que morreram atracados.

A amarela quebrara muitos ossos do abraçador que, por sua vez, a sufocara. Tombaram embirrados no calundu.

Apodreceram no cerrado. O vaqueiro deu com os esqueletos das feras, já em parte descarnados. Lá estavam as presas da onça no costado do tamanduá. Mas as garras do mole abraçavam-lhe a nuca. Abalados os ossos, as algemas estavam firmes...

Maravilha acendeu o pito na binga de corda e viu o mato partido, o capim acamado, com em macega em que dorme vaca... Os ossos estavam ainda segurando pedaços do couro... O escravo então se riu, orgulhoso do tamanduá. Não tinha a destreza da outra nem viajava toda a noite para os mata-jejuns no planalto... A lombo-preto estava ali, na soga do apertão do formigueiro...

Morreram com maus bofes. Na verdade, foi um cabulho de se ver... Trançaram, aos baques, rolaram estrepados em presas e garras, no fuzuê de birrentos. Se se odiavam, ficaram pagos de uma vez. Esmigalharam-se, aos urros. A bocada sangrou fundo mas aquele abraço... não deixou saudade.

As primeiras vilas criadas já eram cidades: Imperial Cidade de Ouro Preto, Cidade de Mariana, Cidade de São João del-Rei, Cidade de Sabará, Cidade do Serro, Cidade de Caeté...

Só a ex-Vila Nova do Infante, a Vila de Nossa Senhora da Piedade do Pitangui, não recebera ainda as armas de Cidade, estava ainda encarangada em vila.[29] Não porque fosse pobre, ao lado de Vila Rica, o lugar mais rico do mundo, pois o Barão de Eschwege, que ali estivera, disse que Pitangui "foi a imagem da própria riqueza. Do leito do Rio São João foram extraídos milhões". A má vontade dos Reis Portugueses e dos Capitães-Generais Governadores da Capitania antipatizara com seu povo rebelde, que Assumar chamou de "mulatos atrevidos". Com a míngua da mineração prosperavam latifúndios e, como prova, ali estavam as fazendas dos Afonsos, dos Maratos, da Ponte Alta, do Ribeirão, da Ponte, do Junco, da Taquara e, sobre todas, a do Pompéu. No espantoso feudo de Dona Joaquina nasciam povoados de forros e meeiros, como Papagaio, Maravilhas, Buriti da Estrada, São Joanico, Guardas, Boa Vista.

Escravos fugidos fundaram, fora das terras senhoriais, aldeias como a do Chapadão, depois Santo Antônio do Curvelo, do outro lado do Paraopeba.

Quando depois de um descanso de três dias, tratados a vela de libra, os viajantes prosseguiam para Pitangui, em companhia do Capitão Machado, parente de Joaquina, o Dr. Pontes saíra satisfeito com o que vira e ouvira.

---

29 Só foi cidade em 1855.

— Parecia lenda o que eu sabia a respeito da Senhora. Felizmente é verdade. Grande pessoa! Conheci-a tarde; do corpo não resta muita coisa, entretanto o espírito parece o mesmo que impressionou Dom Pedro.

Um ouro-pretano, seu companheiro, achou brecha para se mostrar tolo:
— Está mais feia do que o lugar do crime... Bácora de assustar menino...

O Dr. Pontes o repeliu:
— Respeite ao menos o bom trato que recebeu. Com esta expressão você revela que o não merecia. Fomos hospedados regiamente por uma enferma que desvelou em nos tratar como gente educada. Pode não ser mais bela, mas é merecedora de respeito, pelo que fez e pelo que é. Feia... só a mocidade dá beleza e graça. Mocidade é saúde. Vamo-nos gastando nos pesares, vamos sendo ralados pela vida e quando damos conta de nós — estamos velhos. A idade mata menos que os aborrecimentos. Dona Joaquina perdeu o marido, o genro assassinou um irmão desvairado, seu filho Joaquim desobedeceu-a, furtando uma jovem. Além de outros reveses familiares, lutou e sofreu muito com a guerra na Bahia. Foi sentindo na carne viva as quinas vivas de tantos desgostos. Não está feia porque está velha; está velha por haver lutado contra a corrente, mas sempre vencedora. A justiça precária do nosso tempo fez dela um régulo, pois a Leis do Reino, Extravagantes ou Ordenadas, só atingiam as Minas do Ouro para oprimir e conspurcar. Não variavam muito dos tempos absolutos, pois no século XIII faziam justiça com as próprias mãos. O adultério naqueles tempos era punido pelo próprio prejudicado em sua honra, com penas, às vezes, capitais. Os ladrões, os maus pagadores, os assassinos, sofriam castigos dos poderosos no próprio lugar dos crimes. Os ricos, portanto poderosos, em casos de maus pagadores, com um pau faziam um círculo no chão, em torno do devedor, círculo que ele não podia transpor sem satisfazer o prejuízo que acarretara. A sentença era breve e só:
— Ou paga ou é surrado. Em caso de confissão difícil, a coisa era mais séria:
— Ou fala a verdade, ou morre!

Esse privilégio de resolver questões prevalecia na Colônia, chegou no tempo de Dona Joaquina moça, quando agia não raro, também como juiz. Acresce que o prestígio moral da Senhora foi sempre grande. Daí alguma providência, que hoje passa por sua arbitrariedade e mandonismo.

Chegaram à porteira de um valo e o Capitão Machado, com a mão na tábua de cima, antes de abri-la, falou sério para os outros:
— Aqui começa a mandraca, vamos pisar em terras de mundurunga... Esta porteira limita os terrenos do Pompéu com os chãos de Tangará. Quem tiver rezas de fechar corpo vá debulhando, porque os vindos do Pompéu aqui arriscam mundurungas para enquizilar e morrer... Já dizia minha avó: Quando for visitar o lobo, leve o cão contigo...

E cerrando o cenho:

— Não creio muito nessas coisas mas não facilito. Às vezes pegam. Tenho visto exemplos. Ela própria diz que a doença da prima Joaquina foi preparada por suas ordens. Acredito em parte. O demônio é poderoso. Pode haver certas forças ainda desconhecidas que influam no destino das criaturas. Essa mulher, dizem que conversa com gente morta, emissários do diabo, de quem recebe poderes para todo mal. Há casos sabidos aqui. O certo é que ela fere, esfola, mata, mesmo sessenta, como já fez, e ninguém age, a coisa fica do mesmo tamanho...

Abriu a tronqueira e apressou a mula com as esporas de prata:

— Eu quando passo por aqui é com uma jaculatória a Deus, para que me defenda. Não se ria, há muito mistério no mundo.

O Dr. Pontes parecia também temeroso:

— Há muito mistério no mundo, Machado. César não foi avisado de que morreria nos idos de março? Não morreu?... Vamos apressar a marcha. Quem dorme em cama alheia, não estira a canela...

Dona Joaquina mandava celebrar todos os anos, no Cemitério dos Escravos, no Dia de Finados, missa por alma de seus cativos. Armava-se um altar grosseiro na entrada do Campo Santo, cercado de achas altas de aroeira. Todos da fazenda, brancos e negros, assistiam à missa pelos que tanto sofreram e estavam agora integrados na paz do Senhor.

Também naquele 2 de novembro a fazendeira homenageava suas peças mortas. Estava muito doente, pior cada dia, sem perder aquele aprumo que tanto impressionava os Fidalgos do Império, na agora Imperial Cidade de Ouro Preto.

Enquanto o Pe. Serrão dispunha os objetos no tosco altar ao ar livre, o pequeno sino do cemitério, abrigado a um canto sob coberta de telhas, plangia aflito, chamando assistentes. Todos reunidos, parte no cemitério, parte do lado de fora, em silêncio aguardavam o começo da missa.

Naquele instante Dona Joaquina desceu amparada pelos filhos, da cadeirinha em que fora conduzida. Entrou vagarosa no cemitério de cruzes de paus roliços, sem datas nem nomes, fincadas no chão duro. Em algumas havia uma flor do campo, depositada por mãos de filhos ou mães.

Foi até o meio do vasto cercado, parando a rezar, com o rosário na mão boa. Depois pervagou os olhos pelas tumbas anônimas, falando alto:

— Sinhá veio hoje visitar seus cativos todos! Dou a todos a missa, é a lembrança minha. Deus a todos ampare, na sua Graça Infinita.

Fez uma pausa:

— Miquelina! Agora sabe que fui boa para você. Se apanhou algumas vezes é porque mereceu. Criei sua filha que está casada e é respeitadora.

Parou, imponente, de cabeça erguida:

— Meroveu! Por que foi que você deixou tombar o carro cheio de sal no caminho a Abadia? Se foi para o tronco foi para saber que tangia os bois, distraído! Você, chorou, porque era brioso; mas o castigo foi bom porque meus carros não tombaram mais.

Outra pausa:

— Manuel Congo! Você foi sempre obediente e humilde mas me fez sofrer muito, pois foi você quem matou Catarino, sem minha ordem. Mandei apurar o furto mas não mandei matar. Você levou as correiadas, por não fazer direito as coisas. Você era velho mas aqui não tem isso, não. Apanha quem precisa. Viu o castigo do céu? Você foi desenterrado pela tempestade, para pagar sua culpa.

Todos abaixaram a cabeça, comovidos.

Rosa! Criei você como filha. Você foi boa. Se apanhou naquele dia foi por ter deixado meu filho rolar pela escada. Aquelas lágrimas foram benéficas, porque nunca mais mereceu castigo.

Nova pausa:

— Cipriana! Você hoje sabe que roubar cordão de prata de filha de Sinhá é coisa muito grave!

Elevou mais a cabeça, nervosa:

— Manuel Curiango! A cachaça que você roubou acabou inchando suas mãos... E hoje a cachaça que você bebe é roubada, negro ruim?

— Felisberto! Morreu dando marradas na parede. Foi para culpar sua Sinhá, mas o feitor é que te batia. Queixava muito a dureza de seu grabato. E agora, velho manhoso, você dorme em colchão de penas?

— Vitalina! você fez falta, mas conversava sozinha. Desconfiei de você estar com treta de macumbagem. Apanhou, mas foi por isso...

Deu um passo à frente.

— Desidéria! Quem mandou você arranjar filho, solteira? Você me desrespeitou. Seu filho nasceu morto. Desconfiei que tivesse bebido coisa amarga, para botar fora. Mas quem esfregou vinagre nas suas costas foi Manuel Congo. As feridas arruinaram, não foi por minha culpa.

Parou um pouco para prosseguir:

— Justino! Moendeiro velho, negro bom, negro político, nunca levou surra e me pediu perdão por morrer, por me dar prejuízo com sua morte. Benguela de seu brio nunca mais pisou no meu terreiro. Morreu por ser correto, por levantar de madrugada para moer cana: a friagem matou-o na pneumonia.

Levantou o braço que sustinha o rosário de ouro:

— Manuelão! Peste de negro, eu soube que era feiticeiro por ter os olhos vermelhos... Eu não devia ter comprado você e, por sua causa, negro de pé redondo, canela grossa e olhos vermelhos não entrou mais nas minhas senzalas... São preguiçosos e falsos. E agora, mentiroso!

Sua voz ganhava eloquência:

SINHÁ BRABA

— Miquelina! Você morreu inocente. Contaram candongas de você com seu Senhor, mandei surrar. Vomitou sangue, amanheceu morta. Apurei tudo, depois... Sei que agi mal, não merecia. Miquelina, você perdoe sua Sinhá...

Os presentes ouviam com medo aquelas vozes. Ela alimpou a garganta.

— Pai Pedro! Até que você era bem criado. Chegava tarde na bagaceira, porque tinha o vício de tocar berimbau. Só por isso apanhava bolos. O berimbau acabou virando sua mioleira. Vivia triste no seu banzo. Mas o que mexe muito com a saudade é assim mesmo: morre logo.

O padre já aprontara tudo e esperava com calma, de cabeça baixa e já paramentado, a ordem da Senhora para iniciar a celebração. E Joaquina foi chamando chão na manhã clara dezenas de ex-cativos já enterrados ali, no chão frio. A todos que chamava pelo nome, dizia uma palavra, recordando fatos da vida de escravidão. Parecia cansada mas falava firme:

— Ângela! Por que foi que você se lembrou, teve a doideira de mandar um botão de rosa para meu filho mais novo, seu senhor? As disciplinas por essas faltas gravíssimas trouxeram o mal-do-bofe, que a levou. Seu atrevimento custou-lhe a vida. Podia estar sobre a terra, ladina simpática, e está debaixo dela, soltando as carnes dos ossos.

Agora sua voz se abrandava:

— Catarino! Eu não falei que você fosse ladrão de rapadura. Mandei apurar o caso e Manuel Congo carregou a mão, machucou-o muito e você morreu. Não mandei tirar sua vida e sim apertá-lo para sabermos a verdade. A procura da verdade tem dessas coisas. Mas você não morreu sem vingança, não. O feitor Manuel Congo também gemeu no bacalhau. Se você tivesse resistido veria que ele escarrou sangue por ser mau com você, pois era seu inimigo, e eu não sabia.

O sol da manhã aborrecia-lhe os olhos.

— Teobaldo! Obrigado, meu correio de confiança! Chorei ao saber que você morreu no Rio do Peixe, agarrado na mala de minha correspondência reservada! Um preto como você, ninguém mais encontra. Você não está enterrado aqui mas no Cemitério dos Brancos, onde também dormem em paz seu Senhor Capitão Inácio e Pai José. Negro de bem, preto de caráter, seu nome para mim já é saudade, porque você foi digno, foi negro branco, de boa água. Agora todos estão mortos, eu rezo por todos, tenho saudade de todos que estão virando terra. Minha lembrança é a missa que todos os anos mando rezar para meus cativos. Para descanso de suas almas.

Pe. Serrão, de pé, braços cruzados, parecia cochilar, mas estava atento às palavras de sua protetora.

O que se dava naquele momento era uma chamada geral de escravos mortos, aos quais, em poucas palavras, a Senhora lembrava principalmente a vida do cativeiro. Era um Dia de Juízo no latifúndio em que, ela, Senhora absoluta dos pretos, justificava suas sentenças, perdoava e ainda acusava os que foram seus escravos. Não seria também remorso? Talvez, porque ao mesmo tempo que elogiava o moendeiro Justino, procurava se inocentar pela matança do inocente Catarino, o que não roubou na despensa.

Todas as barbaridades ali foram atribuídas a Manuel Congo e ele deve ter ouvido, na cara, a cerrada acusação.

Depois da trágica sabatina aos espíritos dos que já eram poeira no massapê do cerrado, Joaquina se postou diante do altar, para ouvir a missa. Desfiava na mão sadia o rosário de ouro maciço. Com o sinal da cruz encarou a imagem de Nossa Senhora da Conceição, padroeira de sua fazenda.

Pelo que dissera aos mortos considerava-se ainda senhora das almas dos que foram seus cativos... Chamava às contas os espíritos já libertos da servidão e da vida, como se ainda tivesse poder sobre aqueles que já eram, para a eternidade, do Senhor de todos, vivos e mortos...

XIII
OS PIRILAMPOS

Pe. Antônio Soares já estava há dias no Pompéu, assistido pelos Reverendos Vicente Ferreira Guimarães e João Guimarães, além do Capelão da Fazenda, Pe. Serrão.

Dona Joaquina gostava da presença dos Sacerdotes, pelos quais tinha grandes respeitos e todas as atenções.

Além dos Sacerdotes estava na fazenda grande número de parentes, amigos e afeiçoados de lugares vizinhos, mormente de Pitangui, Abadia, Patafufo e Marmelada. Gente humilde, agregados e forros passavam os dias à espera de serem ocupados para pequenos serviços à enferma.

Pe. Soares, que era vivo, notou-o:

— Veem? Muitos forros. Por que estão aqui os forros, gente que foi das senzalas, sofreu na disciplina do lugar e hoje é livre, como os outros? Porque estimam a amiga, a protetora que foi sua Senhora. Reconhecem as virtudes, o valor da doente. Fosse uma perversa e estariam se vangloriando. Estão todos tristes. Isto é a prova da grandeza desta que aos poucos se desprende da vida.

Dona Joaquina piorava. Somaram-se outros males àquela paralisia dolorosa. Vendo-lhe a face contraída, que a obrigava a silêncios grandes, Pe. Soares perguntava se sofria.

— Sofro mas não gemo. Na sombra de Deus ninguém desanima. O gemido é o amparo contra a dor e eu só conto com a misericórdia divina para me ajudar.

As visitas a preocupavam:

— Não lhes deixe faltar nada, filhos.

SINHÁ BRABA

A casa-grande entristecera. Quando ela passava por ligeiras madornas, andavam todos nas pontas dos pés. Nevralgias apareceram.

— São os cravos que pregaram o Senhor na Cruz infamante. São os espinhos da Coroa, que não mereço!

Emagrecera e estava pálida.

No salão, Pe. Soares, resfriado, tossia. Culpava as chuvaradas que apanhara em viagens para confissão urgente.

— Chuvas muito frias. De então para cá, esta maldita tosse, dores articulares.

Chegou na fazenda, pela frente, o velho Maravilha, respeitado vaqueiro-mestre de Dona Joaquina. Esteve por ali calado, sem se encostar nos portais da entrada. Quando pôde, levou a mão groseira, Pe. Soares, que andava pelo salão disfarçado o seu reumatismo revindo.

— Deus o abençoe, Maravilha.

Chamado para a ceia, recusou. Só beberia um copo de leite quente com canela e uma xícara de café forte.

Quando os brancos entraram para a sala de jantar, o vaqueiro contou a Jorge, filho de Joaquina, que descobrira um reino de garças.

Quando serviam a sobremesa, depois da ceia abundante, o rapaz revelou aos presentes a descoberta.

O velho médico Dr. Furtado, que era novo no sertão, espantou-se:

— Reino de garças? Que é isso?

Pe. Soares que tomava calmo seu copo de leite foi quem explicou:

— Quando no fim das secas vão descendo as águas dos rios, as garças começam a mudar de plumas. Emigram aos pares para um lado na margem, no interior de um capoeirão, onde, cortado o sangradouro para o rio, rabanam peixes presos no lago. Dir-se-á que aquela concentração foi combinada. Vão chegando os serenos pernaltas que se empoleiram nas árvores à beira da água, nas pedreiras, nas ervas úmidas. Quando está ali reunida a maior parte das garças da região, começam a cair as penas. É a *muda*. Não é apenas a queda das penas: caem com beleza.

Todos o ouviam, atentos:

— É uma chuva de arminho, neve ao sol, espuma nívea que flui do alto das ramas, numa orvalhada lirial. Caem plumas do alto... despetalam-se dos voos. Libertam das asas abertas num espreguiçamento. Ao menor bulício fluem penas. É como a florada de uma laranjeira-do-mato caída de uma vez, sacudida dos galhos. As águas verdes se enevoam de um *duvet* tenuíssimo, tal se uma neblina mal roçasse a flor da água morta. Se o luar desabrocha sobre a solidão do mato, é um luar que cai sobre outro luar de penas alvas, rodoiando à toa, ao bafo do cafufo. O céu é branco, a terra alveja em flor; é noite de noivado na selva... Devem ser assim os sonhos das crianças nas madrugadas tranquilas. Mas essa brancura não será de asas dos anjos de Deus que tombam do Céu, onde estão mudando as penas? Ou serão paineiras-do-paraíso deixando cair os casulos abertos, na terra molhada? Ou serão ainda lírios, rosas brancas do Senhor despetalando-se, para perfumarem os planetas miseráveis? Não; é mesmo o que se chama Reino das Garças. Assombra até os brutos escravos, que vendem braçadas dessas penas por garantidas patacas. Mas esse reino dura pouco. Um mês, quando as plumas jovens permitem às garças voar de novo. Custa a crer, entretanto, que um reino de tanta pureza tenha tamanha duração. Riu, malicioso, piscando um olho:

— Por mais um pouco esse reino seria governado por leis humanas e por certo acabaria não na lama do brejo mas empapado de sangue...

Correu na vila que Dona Joaquina estava mal. Notícia quando é boa pode ser mentira, mas quando é má, sempre é verdade.

Maria Tangará alegrou-se, misteriosa:
— Ah, demorou mas veio...
O marido indagava:
— Quem?
— Ora, não pode saber... São as promessas dos Sete Cablocos que vão sendo cumpridas, tintim por tintim...
E olhando de certo modo para Raquel, sua escrava predileta:
— Está ouvindo, Raquel? Temos novidade...
A escrava ficou impassível, pela presença de mais gente, e apenas boliu maliciosa os olhos brancos de negra malvada.
A velha, grande e balofa, ia ficando expansiva:
— Depois de morrer é que vamos ver como fica o Pompéu...
Joaquina não soube criar os filhos. Criou os filhos como Deus cria batata.
E corando, de súbito:
— Eu só quero dali é comprar, para quem sair, o cativo Juliano, pra mandá-lo quebrar de pau no mesmo dia, mas de-va-ga-ri-nho...
Tomara ódio de Juliano por uma resposta que lhe dera, a propósito de um balaio de milho que o preto lhe vendera, nos seus sábados.
— Quero ver o velho atrevido, cara a cara!
Seu marido Inácio Joaquim era homem de bem. Ouvia e não dava opinião. Via o raio e esperava a trovoada. Por esse tempo, além de rico, Inácio era serventuário vitalício do 1.º Tabelionato de Pitangui.
Tangará era a única pessoa que não sentia a doença da matrona fazendeira.
— Quando Inácio Campos morreu eu disse: "Assim irá ela." E não vai? Ficou troncha, igual a ele; lá se vai na enchente...
Pela manhã bem cedo, ainda no alvorecer, Pe. Soares celebrou missa na Capela interior da casa-grande da fazenda.
Depois da missa procurou o Dr. Lopo:
— Como passou nossa doentinha?
— Passou melhor; dormiu um pouco. Não teve febre, que vi pelo pulso. É evidente que o susto que sofreu precipitou a circulação do sangue, desordenou as funções vitais. Isso acarreta muitas vezes morte repentina. A alegria foi nociva a seus nervos débeis. O repentino da notícia é que...

— Isto já sei. Quero saber só o estado atual do incômodo.

— Ela teve estupor forte que alterou muito os seus nervos. Salvei-a no Pitangui com compressas de vinagre na testa e repouso.

Pe. Soares perdeu a paciência e foi ao Dr. Ferreira de Abreu, que também cuidava da doente. O doutor coçou a pera grisalha:

— Podia ter caído morta, como por um raio! Salvei-a com uma sangria de doze onças, chá de erva-cidreira e ajuda de sulfato de magnésia. Está melhor mas na minha opinião está ingerindo remédios demais. O colega Dr. Lopo receita em excesso...

Pe. Soares depois do café chamou à parte Joaquim, filho da enferma:

— Joaquim, venha cá. Por que não mandam buscar um doutor mais esclarecido na Imperial Cidade do Ouro Preto?

— Já pensei nisso. Mãe amanheceu melhor, bem disposta. Vou ver como passa o dia e vou seguir seu conselho.

— Por que...

Chegava o Dr. Lopo:

— Chegou o correio do Ouro Preto. Vamos ter notícias frescas!

Romano apeara e subia as escadas com a mala postal. Só a fazendeira abria aquela mala, namorada pelos olhos gulosos do Dr. Lopo. Mais tarde Joaquina mandou jornais ao Pe. Soares, mostrando-lhe ainda uma carta. O padre ficou triste e pensativo.

— Pobre Imperador! Está cercado de falsos amigos, gente ambiciosa, e nenhum cirineu.
Levantou-se rápido, a procurar o lenço no bolso da batina:
— Canalhas!
Foi até uma sacada, voltando-se logo para os presentes:
— Ao dar-nos a Independência era o Ídolo, o maior dos imperantes. Agora para a mesma gente é o tirano absoluto, que é preciso combater. Passou de Marco Aurélio a Caracala, de Tito a Nero, em pouco tempo... Não demoram muito e botam para fora da barra Dom Pedro I!
O sacristão que era político exaltado, como todos em Pitangui, aparteou sem consciência:
— Também já chega de tantos Reis. Mais um, menos um, dá no mesmo.
Pe. Soares corou de raiva da opinião idiota:
— Ora, sua opinião é perfeitamente imbecil. Vassuncê é homem que não é capaz de dizer quem é o pai do filho de Zebedeu.
O intruso sorriu sem linha, cínico, silenciando. O padre retirou-se para seu quarto e debruçado numa janela ficou pensativo. No pomar ao lado, bem perto da casa, com as chuvas de dezembro, amarelavam os jaracatiás e os pessegueiros deixavam cair no chão molhado leves pétalas cor-de-rosa.
Pe. Soares depois de lamber todas as notícias do *Universal* provocou sua amiga:
— Dona Joaquina, parece que o Imperador vem a Minas.
A doente, sonolenta pelo láudano:
— O Imperador...
— Pe. Belchior sempre me disse que ele deseja vê-la de novo, estagiar em sua fazenda por uns dias. Ele admira-a, é-lhe grato.
— O Imperador... Não posso mais me encontrar com S. A. R. em Ouro Preto... mas se vier aqui será honrado como o maior homem que o Brasil já viu.
E, como despertando:
— Vocês, meus filhos...
O padre se arrependera da notícia meio inventada:
— Sossegue, Dona Joaquina; há tempo para falarmos sobre esses assuntos.
— Não, Pe. Soares, preciso hospedar os duzentos oficiais que partem para a Bahia! Inês! Felismina! E as camas? E a mesa? Tudo limpo e bom, para os guerreiros que vão para a Bahia!
Agitava-se:
— Ora, Madeira não se rende!... Como não se rende se nós todos estaremos lá para desalojá-lo?... Venceremos sim, nós, os úteis independentes.
Gaguejava:
— Inês, que falta? Pôs talheres de prata para a oficialidade? Oh, negra, cumpra minhas ordens!
Parecia adormecer, despertava:
— Duzentos oficiais... Marcham para a Bahia!

Era o láudano agindo sobre a dor e o subconsciente da pompeana
— Cisterna! Manuel Congo! Chamem Teobaldo, cartas para a Corte!
Cochilava, adormecendo:
— Fechem as senzalas!
Adormeceu. Pe. Soares cerrou mais as janelas e saiu em ponta de pés, com dedos nos lábios, pedindo silêncio.
Voltou para seu quarto, trancando-se por dentro. Deitou-se sobre a colcha de seda, mesmo vestido. Abaixou as pálpebras. Via o Pe. Belchior no meio da luzida Guarda Imperial, ao lado do Príncipe Regente, cercado pela brilhante oficialidade que escoltava o filho de Dom João VI, chegando no Pompéu... Estaria com o Pe. Belchior, no Ipiranga... Via Dom Pedro, dando a seu amigo uma carta e pedindo conselho:
— No meu lugar, que fazia o senhor?
— Eu se fosse Vossa Alteza proclamava, logo, a Independência!
Foi quando Dom Pedro com um gesto firme puxou da espada, tanto para ser ouvido por todas as Nações:
— Independência ou Morte!
Suspirou, levantando-se de súbito. No íntimo estava ralado de inveja do Pe. Belchior, que também fora conselheiro do Brigadeiro Pedro Labatut, brioso Oficial de Napoleão, antes de assumir o Comando das tropas na Bahia. E ele, Pe. Soares, ali, a ouvir asneiras das bochechas do Dr. Lopo...
Suspirou com doloroso desconsolo:
— Li as cartas a Dona Joaquina. Como são ingratos os brasileiros! Os rasteiros áulicos de ontem querem destronar quem lhes deu a liberdade!

Chegavam mais amigos da vila, para visitas. Vinham penalizados com as más notícias.
A mesa sempre posta recebia novos convivas, famintos da caminhada.
— Melhor? Está melhor?
Os familiares respondiam. Até alta hora ficaram nos amplos salões de espera e de visitas velando as dores da Senhora.
Pe. Soares, no meio de todos e superior, isolado, chegou-se ao mais, educado como era. Muitos se levantaram das poltronas todas ocupadas.
— Venha se assentar, Pe. Soares.
— Obrigado, prefiro ficar mesmo de pé.
O sacristão, que também se levantara, aproximou-se do Vigário, a quem parecia não respeitar:
— Pois é, padre, já chega de tantos reis...
O padre, vendo-lhe as fuças entupidas de rolão, irritou-se, deu meia-volta, virando-lhe as costas, sem lhe dar confiança. Voltou para o seu quarto, com dor de cabeça.

Os do salão grande, familiarizados, conversavam sobre assuntos os mais impróprios:
— Bela fazenda! Fazendão! Quantos alqueires?
Os cálculos variavam mas Antônio Álvares, genro da enferma, com papo de dono, roncava grosso:
— De noventa e oito a cem mil alqueires.
— É terral
— E gado?
— Ah, o gado é muito. Cinquenta e cinco a sessenta mil cabeças!
— Muito gado! E... dinheiro?...
— Dizem que tem um arraso. Não sei...
E num rompante, com orgulho de herdeiro certo:
— Deve ter muito dinheiro!...
Um amigo da família arriscou, medindo as funduras:
— Dizem que tem muito ouro no sótão, na Imperial Cidade do Ouro Preto... na Corte!
Antônio Álvares não sabia explicar bem:
— Sei que deu a Dona Bernarda, sua neta da Ponte, dez barras de ouro, num total de cinco libras e tanto! E mais nove prata, com o mesmo peso![30]
Falava, chamando a sogra de *A Velha*:
— A Velha não conta as coisas direito. Não conta seus s nem aos genros...
E já desarvorado:
— Não sei, não, gente. Mas ninguém me logra!... Tenho o canto dos olhos limpos... sou homem sem nota de falta mas sei aperrar o gatilho de um bacamarte!
Diante dos conversadores aproava-se de papo inchado:
— Tenho sangue no olho! Tenho sangue no pé da goela!
Timóteo entrava solene, já de paletó de sarja preta. Ao se aproximar, Antônio Álvares o recebeu, com reserva de concorrente. Um amigo da Marmelada o saudou, com respeito devido aos novos-ricos:
— Chegou o dono do dinheiro...
Ele se fez esquerdo:
— Dinheirinho, pessoal. Trocados pra comprar biscoitos...
Não quis sentar, pondo a mão no ombro de um conhecido. Fazia-se penalizado:
— Coitada da velha... Sinto demais suas pioras. É minha segunda mãe.
E, repentino, alarmado, de olhos vivos:
— Agora, se alguém quiser me prejudicar, a cantiga é outra. Tive muita aflição pra nascer; pra morrer, não... Eu, saltando em cruz, em cima do meu

---

30 Total: 4 quilos, 590 gramas e 50 centigramas.

SINHÁ BRABA

direito, mato até o diabo! Não sou São Pedro, que dorme na hora do perigo... Todo mundo sabe que sou nêgo dunga numa califórnia!

Timóteo estava mais expansivo que um glutão, ao sentar diante de mesa de banquete.

Uma visita que, à parte, ouvia o arreganho do genro, cochichou no ouvido de outra:

— Homem que ameaça, gabando-se de valente, é puro covarde. Perigoso é o que não fala e dá suspiros, olhando o chão...

Timóteo particularizava:

— Tem coisas que quero pra mim! O burro ruço, por exemplo, o burro Mimoso, da montaria da Comadre... Antônio Álvares afetava calma:

— Isso depende do inventário. São coisas pra depois.

Timóteo, agitado:

— Aviso desde já, o burro é meu... Só sei que o burro é meu.

Falava aos arrancos, como os perus grugrulham.

Antônio espinhava-se:

— Como pode ser seu, se há herdeiros com igual direito?

— Reivindico pra mim o que me é devido!

Falavam alto, de modo a ser ouvido nos outros cômodos vizinhos.

— Reivindico pra mim, e dou por ele até 50 mil-réis!...

Até ali Timóteo nem outro genro, nem filho algum tivera privilégio de montar no burro de Dona Joaquina...

Pe. Soares, saindo para a sala de espera, evitando o salão, deu de frente com José Cisterna, o escravo preferido.

— Que falatório é esse, no salão?

— Padre, Nhô Timóteo arranjou uma garrafa de cachaça e discute com Nhô Antônio Álvares. Todos tão meio leso, Pe. Soares...

O velho Vigário, revoltado, voltou-se para o interior da mansão, a resmungar com tristeza:

— Nesta casa, onde nunca vi, a não ser nos grandes dias, uma garrafa de vinho de cerimônia, enfrento agora dois insensatos bêbedos, deblaterando sobre a herança de uma pessoa ainda viva!

Nesse momento Antônio Álvares, muito parlante, com liberdade que jamais tivera, vendo-o passar, chamou-o:

— Pe. Soares! Pe. Soares, venha pra cá...

Nem respondeu, dirigindo-se para seu quarto. Ao passar pela sala de jantar, com um aceno chamou Inês:

— Se precisar, me chame. Se estiver dormindo, acorde-me.

A escrava, delicada, esclareceu:

— O leite para Vosmecê, seu Vigário, já está no quarto.

— Obrigado, Inês. Não quero leite, quero dormir, esquecer.

E trancou-se por dentro, correndo a grande chave que lhe enchia a mão.

Ficaram pelos salões pessoas sonolentas conversando, para espantar os cochilos. O Capitão Machado, Pe. Serrão e o velho Benvindo Rodrigues, de Pitangui, que estava em visita, voltando da Capital. O Capitão Machado falava sobre coisas esquisitas que estavam acontecendo pelas encruzilhadas: vozes, gemidos, paus quebrados com estalos secos.
— Eu não creio mas não duvido. Contam muita coisa...
O Padre ouvia, caladão.
Benvindo estava bastante preocupado:
— Pois eu ando com medo de caminhar de noite. Tenho visto coisas estranhas. Há tempos ouvi gemidos muito feios no Chapadão Comprido. Arrepiei-me todo, e ao fazer o Sinal da Cruz, meu cavalo espantou-se, fungando, espetou as orelhas e pisava na ponta dos cascos. Na semana passada, quando atravessava, no lusco-fusco, a ponte do Rio Pará, ouvi um grito angustioso: *Também vou!* Parei, não vi ninguém; ia dar de rédeas quando sacudiu no chão uma gargalhada balofa... Ontem, ao chegar aqui, já tarde da noite, numa curva do caminho dei com um cupim coberto de luzes azuladas morteiras. Parei para assuntar, fiquei espiando, desapontado. Era uma luz rala, mas dei volta pelo mato, para não passar perto da coisa. Quebrei um ramo e marquei o lugar. Como é aqui perto, hoje muito cedo fui ver o cupim. Está lá, igual aos outros, apenas terra.
O assombrado Benvindo silenciou, de olhos sérios:
— Não brinco com essas coisas, não. Almas penadas, há muitas. São almas esquecidas, que não têm mais parentes no mundo para rezarem por elas. Eu já vi a de um negro, no Porto da Bernarda...
Cale aí, minha boca. Não quero mexer com os mortos. Fiquem onde estão, com Deus.
Durante toda a noite Joaquina delirou:
— Inês, que é de Manuel Congo?
— Sinhá, está aí.
— E Pai José?
— Está lá fora, Sinhá.
— E o Capitão?
A escrava quase se desfazia em choro:
— Tudo aí, Sinhá. Dorme... Nhenhá.
Com voz mais forte:
— Teobaldo já chegou?
— Não, Sinhá. Não tarda.
Todos se sentiram contrafeitos ao saberem que a doente falava coisas descompassadas. Quase imediatamente baixou as pálpebras, serenada num começo de madorna medicamentosa. Fez-se um silêncio doloroso.
A todos que estavam no quarto incomodava lá fora o pio pungente de um peixe-frito, ampliado pela solidão da noite.

SINHÁ BRABA

O Pe. José Rodrigues Braga, da Capela de Nossa Senhora da Penha, chegou a chamado do Vigário. Enquanto pessoas mais graduadas palestravam num angulo do salão de visitas, do outro lado alguns fazendeiros falavam sobre o latifúndio em que estavam.
— Fazenda de ponta de dedo!
— Fazenda de primeiro berro!
— Os currais de Dona Joaquina são verdadeiras fazendas. Já estão formados 40! Em quanto andará, tudo junto?
— É difícil calcular...
— E a escravaria?
— Deve somar, de mamando a caducando, a mais de mil! Dona Joaquina só manda tomar conta dos retiros, negros casados.
— E não vende?
— Um ou outro. Os insubordinados. É verdade que tem muita peça velha, de mais de sessenta anos, que vale, a estourar, 60 mil-réis. Mas tem negrada destorcida. Tudo político; todo negro do Pompéu é negro que sabe ler, quando criado aqui.
— E... que tal o estado da velha, escapa?
— Creio que não. Vassuncê fala "velha", mas Dona Joaquina não é tão velha. Está com 72 anos, creio.
— É isto mesmo. Regula comigo, mas está forte. Não fosse o ar ia longe. Ficou viúva com 56, que pareciam 35. Não quis casar...
— Não quis. Apareceu muito pretendente, veio gente de longe lhe arrastar asa, à toa... Queria mamar leite grosso. Dizem que coco velho é que dá bom azeite...
— Galinha velha é que dá bom caldo...
— Pra quem teve a trabalhadeira que teve, está conservada. Dona Maria Tangará é mais velha 3 anos e parece avó dela.
Todos sorriram, com maldade.
— São as macumbagens, a mandraca... Dizem que ainda usa arrebique...
— Tangará, Deus me perdoe, está uma suvanca velha, mas ainda pinga peçonha...
— E sangue...
Todos riram, desapontando em seguida. Tinham medo de feitiço.
Estava ali perto, aguardando ordens, o velho escravo Antônio Veloso. Um dos conversadores apontou-o, com os beiços:
— Repare como são os daqui. Não se agacha, não se encosta. Parece uma sentinela, firme e atenta, no seu posto!
— Tudo polido.
Um deles chamou o negro com os dedos:
— Veloso, se Dona Joaquina morrer, com quem você quer ficar?
— Nossinhô é quem sabe de tudo, Nhonhô.

— Você gosta da vida, Veloso?
— Não acho vantage nenhuma nela, não.
— E Sinhá, é boa pra você?
— É nossa mãe. Só falo bem de quem é bom. Se não é, fico calado.
— O que daria você pra ela sarar, Veloso?
Ele sem pensar gemeu, com amargura:
— Não tenho nada pra dá, Nhonhô. Eu já sou dela. Só tenho mesmo a alma pra dá a Nossinhô.
Os abelhudos entreolharam-se. O escravo já tinha dono, mas era tão pobre que sua alma era tudo quanto possuía e estava guardada para Deus.

No serão da madrugada, pois a doente passava mal, os politiqueiros de Pitangui trocavam ideias no salão de espera. Foi quando apareceu o Pe. Soares, incomodado com a situação da enferma:
— Não pude mais dormir. Sinto-me nervoso.
Foi servido um café fumegante, comentando a palestra que encontrara acesa e bebendo, aos goles, a infusão:
— Essa, amigos, que aí está morrendo aos poucos sob pajelança de nossos Físicos e Doutores, é mulher forte que acumulou bens, criou filhos e arregimentou o maior latifúndio das Minas Gerais. Não é apenas a fazendeira sertaneja, com os defeitos de nossa organização ainda confusa. É um espírito reto, ambicioso, que dentro da fartura promovida por trabalho exaustivo, viu passar a mocidade, sedimentando os alicerces de sua progênie. Aferrada à terra desconhecendo a aventura do ouro procurando, viu claro o futuro sabendo que as coisas espaventosas passam depressa. O que é bom passa logo. Cuidou da cultura e da pecuária, convencida de que a fortuna de sua pátria estava no chão e nos currais. Desdenhou o luxo oriental de vilas e cidades crescidas sob o *rush* do ouro e dos diamantes. Com mão segura dirigiu os escravos, igual a Capitão experimentado conduz seus exércitos a combates bem sucedidos. Éramos Colônia. Apareceu a oportunidade da Independência. Ela se esfalfou em palavras e atos, pela libertação do Brasil.
    Estava rouco, podia falar menos que os outros.
    Olhem, Pizarro, o Conquistador do Império dos Incas, estava no seu Palácio de Lima, despido da armadura, conversando despreocupado, quando entraram inimigos e, a estocadas, o feriram. Ao cair ensanguentado e agonizante, fez no chão, com o dedo molhado no próprio sangue, uma cruz, que representava seu ideal, e quando a beijava, morreu. Estou certo de que Dona Joaquina, se caísse em combate vivo em prol da Independência de nossa Pátria, tombaria marcando com seu sangue a vontade de morrer pelo Brasil livre. Parou um pouco, de cabeça baixa. Parecia desanimado:
— Temo que este infinito latifúndio por sua morte se desagregue como o Império de Alexandre Magno, depois de seu falecimento em Babilônia. Não

vejo entre seus descendentes e genros, quem mantenha a homogeneidade de uma obra realizada sob os postulados de trabalho e inteligência. O que noto é que estão aflitos que ela feche os olhos, para se tornarem donos...

Levantou-se, foi até a uma sacada próxima, olhando a noite escura.

— Já estão brigando pela posse de muitas coisas... uns querem a sede da fazenda, outros o ouro que ninguém sabe onde está. Enquanto uns querem os escravos mais úteis, outros falam em ficar com o gado todo. Ontem houve discussões sobre quem ficará com seu macho de sela. Não chegarão a acordo.

Muitas visitas entravam.

— E Dona Joaquina?

— Muito mal.

— Era indispensável nossa visita. Amigos de tantos anos...

Escravos diligentes tomavam, lá embaixo, conta da tropa; os animais bufavam, molhados de suor. Depois de raspados, amilhados e soltos, quase todos espojavam na terra, virando de um lado para outro pelo lombo marcado de cicatrizes.

O letrado pitanguiense Capitão Soares estava doido por dar más notícias que trazia da vila, más notícias disfarçadas por fingidas penas.

— E a vila, Capitão?

Sua mão direita aberta, balanceada no ar, dizia que tudo estava equilibrado.

— Muita tristeza pela doença da nossa Dona Joaquina... As coisas na Corte é que não vão bem, ao que parece. Muita oposição a Dom Pedro I, oposição com pancada de criar bicho... Falam em revolta, em levante do Exército.

E misterioso, num rompante:

— Falam até em abdicação! Corre que o Pe. Belchior ao passar por Lisboa, para o exílio na França, foi arrancado do navio e metido nos segredos do Limoeiro, com algemas em pés e mãos.

A revelação do rábula foi recebida com geral frieza. Um silêncio gelou as conversas e a própria voz do boateiro.

Para sair do embaraço causado por suas palavras, ele se dirigiu ao Pe. Soares:

— O reverendo sabe o que aconteceu ao Pe. José de Brito Freire? A cara expectante do padre respondeu que não.

— Pois há dias ele foi celebrar na Capela do Amparo, em Buriti. Ao entrar no templo encontrou muitas pessoas que foram assistir à missa. Alegrou-se com aquela prova de cristianismo de seu povo, que ele levava para Deus. Enquanto se paramentava para o ato, falou jubiloso ao sacristão, que o povo estava atendendo a seu brando chamado. Ao subir para o altar deu, porém, com insólito espetáculo. O fazendeiro Tristão Dias Bicalho acendia um cigarro de palha na lâmpada do Santíssimo Sacramento. O padre revoltou-se:

— Ó amigo, que horroroso sacrilégio é esse?! O senhor desrespeita o Santíssimo Sacramento, com um gesto imundo! Ajoelhe-se e peça perdão a Deus pelo que fez. Ande, ajoelhe!

O fazendeiro apenas se afastou, fumando, para a porta da capela. Finda a missa o padre retirou-se para a sacristia, onde despiu os paramentos, chorando. Todos sabem aqui que o Pe. José estava velhinho. Ao se retirar da capela, o tal fazendeiro esperava-o na porta, e, rápido, tirou a reiúna e descarregou os dois canos de uma vez, à queima-roupa, no peito do padre!

— Ah, matou o Pe. José?!
— Na buxa. O padre já caiu morto. Caiu com os pinguelos.
— O assassino está preso?
— Não, continua lá, como se nada houvesse!

Todos ficaram estatelados, comovidos. Alguns até duvidaram do que ouviam. Mas o fato era verídico. Foi assim que morreu o Pe. José de Brito Freire, o mesmo que casou o avô e a neta, sob a mira de quatro bacamartes.

O terreiro de dentro estava cheio de liteiras de amigos, dos lugares próximos. Escravos dos retiros, com as famílias, enxameavam nos caminhos do Pompéu. Mulheres choravam, levando os filhos para serem abençoados por Sinhá-Madrinha.

Os pastos de reserva estavam repletos de tropa viageira, cavalhada dos amigos, parentes e favorecidos, em vista.

Os que entravam calados no quarto espiavam-na, de mão no rosto, voltando a chorar. Muitos soluçavam na cozinha grande.

— Ah, gente, será possível que Nhenhá morra?

Antônia, a filha mais velha, sempre sentada aos pés da cama, compunha as papas, onde estavam enrolados tijolos aquecidos no forno.

Em certo momento, Joaquina se queixou de zoeira na cabeça.

— Uma cachoeira que me aperta as fontes.

O Dr. Gomes enterrou-lhe em vão na cabeça uma cucufa medicamentosa.

O Dr. Lopo já ministrara vários untos, sem resultado. Por fim preparou um cigarro de fumo de rolo forte e, pitando-o, encheu a boca de fumaça, para soprá-lo com força nos ouvidos da cliente.

— É remédio infalível para zoeira nos ouvidos. Isto é sangue mau que ataca a cabeça.

O remédio infalível não valeu de nada. Serviu para provocar tosse, baforado em muitas bochechadas perto do nariz.

O Dr. Gomes pingou então, nos ouvidos, leite de peito de mulher, Nada. Ensopou então urina de vaca em algodão, que empurrou pelos ouvidos adentro. A enferma acabou por pedir que a deixassem em paz.

Dr. Lopo ia amiúde tomar a fresca na calçada do solar, caminhando de mãos para trás, a pensar talvez na sua ciência, para ele infalível.

Antônia, sempre presente, notou que a mãe ficara rouca.

— Já notou isto, doutor?

O Dr. Lopo não notara coisa alguma e confirmou circunspecto:

— Já havia percebido. É inflamação ligeira das favas da garganta.
Só o então mandou buscar uma colher de prata, para examinar a boca de sua enferma. Segurando a vela para focalizar a garganta, com o cabo de colher abaixava a língua, Repetia, confirmando:
— E Eu já percebera uma esquinência, natural no ar de espasmo.
Três vezes por dia espalhava bichas pela fonte, por trás das orelhas, na nuca.
O Dr. Gomes ria muito a propósito de tudo, riso banguelo de gengivas roxas. O comandante da guarda chegou-se a ele:
— Doutor, quanto vejo o senhor triste é mau sinal.
O homem respondeu, com os dedos no queixo e olhos pregados no chão:
— Quando a gente está triste, o riso é como dentadura; quando a gente está triste ela não para na boca.
À meia-noite serviram a ceia, que correu silenciosa mas bem defendida. Houve mesmo alegria nos olhares, ao chegarem as travessas com assados. O panelão de canja de galinha foi esvaziado logo.
Foi servida só duas vezes a mesa de 70 palmos, porque muitos, os mais íntimos, cearam mesmo na cozinha grande. Os doutores e os dois boticários pareciam reconciliados, diante da leitoa assada. Comiam com pressa, como se tivessem de sair com urgência, para tirar os pais da forca. Era a gula, contra a qual tanto pregava o Dr. Lopo e que provocava, segundo suas expressões, "a relaxação dos nervos, o ajuntamento de ar nas tripas e a podridão dos humores".
Os Ajudantes de Sangue, de cabeça baixa, também baldeavam montanhas de carnes para as goelas abismais.
Enquanto na sala de jantar serviam a segunda mesa, a um canto do salão de visitas, Pe. Soares palestrava em reserva, sempre em voz baixa, com o Dr. Manuel Ferreira da Silva, cunhado da doente.
— Quando Pe. Belchior passou por aqui, já Deputado-Geral, Dona Joaquina beijou-lhe as mãos e ele beijou as dela, pelo que fez pelas Tropas Imperiais que marchavam para o Norte. Quando se recolheu ao quarto, na bandeja com leite e biscoitos, havia uma tigela tampada com salva de prata. Depois de tomar o leite descobriu a vasilha. Ao lhe dar boa-noite ela recomendou-lhe: — Não se esqueça de comer a canjica... Estavam lá dentro 500 oitavas de ouro de 24 quilates. Ele compreendeu que aquilo era um presente da patriota ao padre pobre, que dera um conselho útil em hora decisiva, ao Príncipe Regente, que instante depois já era o Imperador Dom Pedro I.
Parou, espiando a treva nos campos molhados de chuva:
— Dom Pedro voltou de Minas satisfeito com ela, depois de vê-la em Ouro Preto. Pe. Belchior falou-me várias vezes que S. A. R. impressionou-se de sua compostura moral e presença respeitável. Descobriu até que a Viscondessa de Itaguí, Dona Maria Castelo Branco, açafata da Imperatriz, é aparentada com Dona Joaquina. De fato é gente de Viseu, que passou para Vila de Itaguí, na Província do Rio de Janeiro.

Pe. Soares suspirou, compondo a batina:

— Agora... ela se apaga, vai se dar um vazio imenso no sertão e no coração de seus verdadeiros amigos.

Enxugou discreto os olhos, no lenço perfumado. O Dr. Ferreira sondava:

— E que tal acha o tratamento que fazem esses Doutores?

O Pe. alisava a coxa sem encarar o amigo:

— Ora, que pergunta! Para mim as opiniões desses Doutores a respeito de nossa doente estão mais desencontradas que os destinos. O Dr. Gomes é como a nossa sensitiva, essa planta que há por aí, muito pundonorosa: as folhas envenenam e a raiz é contraveneno das folhas... Ele dá um remédio, envenena; já trás na bolsa o contraveneno. Assim, ninguém pode escapar. Nesse faz-desfaz lá se vai o padecente. O Dr. Lopo sempre às voltas com o seu Camões e o simonte, cada qual mais usado, acha que absorveu toda sabedoria universal, a começar de Aristóteles. Não admite que possa errar. É cem por cem infalível. É preciso ficar bem definitivo que doutor nenhum do mundo acerta mais de trinta por cento. Esse aí, não. Diz sempre, inchado em sabença:

— Nunca errei, não erro, não errarei. *Ecce homo*. Mal sabe ele que aí está sua desgraça. É superior ao próprio Deus. Não lembra que Ambrósio Paré ao atender um ferido exclamava com modéstia: "Eu o pensei, Deus o cure." Do Dr. Ferreira de Abreu, nem sei o que diga... Médico é o Dr. Lataliza França, mas está doente; talvez não se levante mais. Os Ajudantes de Sangue vivem em clara oposição aos Doutores e a si próprios. São alquimistas do diabo, misturando coisas sem valor medicamentoso. São todos dados à política, são politiqueiros, maldosos, desleais. Um deles foi retrógrado de coração, deletério até a raiz dos cabelos. Hoje é *útil*, histórico. Impa de importância e até funga, ao elogiar o Imperador.

— O que diz o senhor do estado de nossa amiga?

— Está visivelmente agonizante, embora aí a ciência diga que não.

Ou modorra, ou palavras desconexas. Sugeri mandar vir um médico decente da Imperial ou de Sabará. Houve quem discordasse. O fim está à vista.

E súplice, com os olhos pregados no céu chuvoso:

— Quando eu estiver para morrer, Deus meu, livrai-me dos médicos que curam com fumaça e dos que prolongam a agonia com ópio. Livrai-me desses doidos morais!

Silenciou, de olhos abertos para a escuridão:

— Algumas doenças curam sem remédio nenhum e outras matam, porque os remédios atrapalham a ação da natureza.

O Dr. Manuel Ferreira estava de acordo com o padre:

— Eu também concordei com sua proposta de chamarmos médico de Ouro Preto. O Timóteo protestou, que era desconsideração aos velhos amigos Doutores, aqui presentes.

SINHÁ BRABA

— O Timóteo fez bem; está em condições de desatar até o nó górdio... Seu parecer sobrepõe-se a todos. Ele tem razão: quanto mais depressa chegar a herança, melhor...

Aproximou-se dos amigos o Capitão Baía, que chegara à noite, amaldiçoando os caminhos lamacentos.

— Vou lhes contar o que Tangará fez, ontem...

O padre levantou-se, irritado:

— Não, por favor não conte nada! Não quero saber. Deve ser uma das tantas loucuras de que ela é vezeira. Um dia ainda saio pelas ruas com a âmbula sagrada suspensa, a gritar: — Caridade para o Corpo de Deus! Não falem comigo o que fez Dona Maria Tangará!

Baía riu amarelo, desapontando, certo de que melhor partido era o do Pe. Soares.

O Dr. Gomes aproximou-se, fungando alto como era seu hábito, ao ficar nervoso. Chegou abrindo os braços numa desolação:

— Parece que o caso vai para pior. O láudano dá-lhe alívio mas adormenta. Para despertá-la, dou poções de espírito-de-vinho.

O Dr. Manuel olhou para o Vigário, lembrando o caso da sensitiva.

E perguntou:

— Ela tem se alimentado, Doutor?

— Sim! Água panada com caldo de limão. Alguma sopa de ervagens.

O padre então se abriu, corajoso:

— Ouça, Doutor: Dona Joaquina está terminando as horas. É inútil essa medicação que adormenta e acorda. Eu se fosse a família entregava a pobre senhora à misericórdia divina! Parava com essas tisanas, com essas baforadas de fumaça no ouvido, leite de mulher e urina de vaca!

O doutor encrespou-se, com o respeito devido ao padre:

— Quer dizer que andamos errados no tratamento! Reprova o que a ciência determina, com mão segura!

O padre voltou a cara, enojado, não respondeu.

O doutor caiu em si, abemolando a voz:

— Mas... ela tem resistido, Reverendo.

— Não sou médico, Deus louvado, mas para mim ela não verá o dia de amanhã. Os doentes morrem mais pela madrugada. Vou lhe dar é a extrema-unção.

Antônia chamou apressada o doutor. Todos do grupo foram com ele pensando em desenlace imediato.

A doente serenava aflitiva fadiga e pedia para se recostar. Estava lúcida, calma, porém com os olhos papudos embaçados e frios. Ao ver o padre tentou sorrir, não pôde. Ele pegou-lhe a mão gelado, que pousou na sua.

Ela então gemeu para os filhos:

— Tratem bem ao Vigário, não lhe deixem faltar nada.

— Não se incomode, fique tranquila, não me falta nada.
A doente baixou as pálpebras e, como despertando:
— Não quero questões depois da minha morte. Sejam amigos uns dos outros... Digam ao Pe. Belchior que...
Não terminou, esqueceu o recado. E a custo, já aflita:
— Perdoem as ofensas. Minhas faltas.
Um aperto amargo chegou à garganta do padre que, não resistindo, saiu. No salão, falou claro a todos:
— É a visita da saúde; é o fim.
Foi a uma das sacadas, olhando a noite molhada. O telhado ainda gotejava a água da chuva, serenada depois do escurecer. Retirou-se em seguida para seu quarto. Lá dentro a doente abria, cerrava os olhos:
— Pai José, mande acender as luzes. Não... Não acendam. Quero ver meus vaga-lumes.
Antônia ao lado dos irmãos, com os olhos inchados de chorar, ajeitava os travesseiros:
— É o delírio, outra vez. Ela chama os mortos.
— Quero ver meus vaga-lumes... Muitos, muitos.
Eram 3 horas da manhã. A noite clareava e os ventos desabridos varriam as nuvens do céu. Quando de novo saiu do seu quarto, Pe. Soares já estava paramentado para ministrar a extrema-unção. Rodeavam-no todos os padres presentes no solar.
Antônia com as mãos trêmulas riscou na parede um pavio de acender lume, dando luz à vela benta. Acenderam outros círios, na chama do primeiro. Todos ajoelharam e ele começou a cerimônia.
A doente, ainda de olhos abertos, encarava alguma coisa, perdida no ar. Não respondia aos chamados dos filhos. Não ouvia mais. A respiração mal vencia a barreira asmática dos pulmões. Abaixava as pálpebras devagar, devagar.
Não tardou e dos salões de fora ouviram choros altos, exclamações gritadas no quarto de Joaquina.
Sopraram os círios. Acabara de expirar.
Lá fora, depois da chuva, entre a noite e a manhã frígida, luziam ainda os vaga-lumes errantes de Joaquina. Muitos subiam bem alto porque no azul--ferrete da madrugada brilhavam alguns, sob forma de estrelas.

XIV
BENS DO VENTO

Foi sepultada como pedira, na capela de Nossa Senhora da Conceição, do Cemitério de sua fazenda.

Deixara para os herdeiros um milhão de alqueires de terra, inclusive as de Paracatu.

Em medida do tempo isso significava 1.345 léguas quadradas, aproximadamente; 48.400 quilômetros em quadro, correspondentes a 4840.000.000 de hectares quadrados de hoje. Deixou mais de 1.000 escravos,[31] 53.932 reses de criar, 9.000 éguas e 2.411 juntas de bois, grande parte dos quais emprestados aos amansadores e envelhecidos em poder deles.

Os escravos foram avaliados a 250 mil-réis cada um e a boiada, em lotes de mil, a 4 mil-réis à cabeça. A avaliação total de seu espólio atingiu o montante de 263 contos, o que assombrou toda a Província.[32]

Seus retiros organizados com casas, rancharias e pastos, já eram mais de 40.

Dinheiro amoedado, joias, ouro em barras e em pó, prata de 11 dinheiros, baixelas de prata lavrada portuguesa, urinóis de prata e a coleção quase completa de moedas lusitanas desde o tempo de Dom João I, colecionadas por seu pai, desapareceram, de certo por acordo dos herdeiros, que sonegaram esse tesouro à partilha amigável. O macho ruço da sela de Dona Joaquina, cobiçado, quando ainda viva, pelo genro Timóteo, foi afinal partilhado a seu filho Joaquim, pois Timóteo quis recorrer às armas para separá-lo para si, no que foi contrariado por todos os filhos da morta. Aliás, ninguém cumpriu o que elas sempre pretendera: forrar por sua morte o animal, deixando-o na fazenda, sem que mais ninguém o montasse.

Seu latifúndio, exceto as terras de Paracatu, está hoje dividido em cerca de 200 fazendas importantes,[33] todas elas valendo mais de um milhão de

---

31 ... "neste falanstério, onde residiam mais de 1.000 escravos..." — Lindolfo Xavier (descendente de Dona Joaquina) — *Em Torno da Vida e dos Feitos de Dona Joaquina do Pompéu*, Rio, 1944.
32 O Ilustre Desembargador Onofre Mendes Junior atualizou esse montante, em 1955, para 1.000.000.000 de cruzeiros. (Onofre Mendes Junior — *Dona Joaquina do Pompéu*, in Revista "Acaiaca". Belo Horizonte, 1956). Em 1960 por valorização das terras e preço atual do gado, aquela quantia atinge a 2 bilhões de cruzeiros.
33 Entre as mais valiosas na subdivisão total, estão as fazendas Açude da Serra, Amorim, Água Doce, Aterrado, Atoleiro, Açude do Rogaciano, Bocaina (1.a), Bocaina (2.a), Bocaina (3.a), Buritizinho, Buritizal, Buriti Comprido, Buriti oco, Buriti do Poço, Botelho, Brejão (vertente do Rio do Peixe), Brejão (vertente do Buriti do Cordovil), Buriti do Barbosa, Barra do Rio Preto, Brejo do Vigário da Vara, Buriti do Veado, Buriti Torto, Buriti do Açude, Busil, Bau, Bálsamo, Batateira, Capoeira (1.a), Capoeira (2.a), Cacique, Caiçara, Campo Alegre (1.a), Campo Alegre (2.a), Campo Alegre (3.a), Cipó de Chumbo, Córrego do Ouro, Cana Brava, Capão da Madeira, Choro, Cachoeirinha, Cristo, Cachoeira do Rio Pardo, Cordovil,Córrego do Ouro Baixo, Capão do Café, Cachoeira, Cachoeira da Serra, Capão da Espora (hoje Pindorama), Diamante, Empoeira, Esperança, Forquilha (1.a), Forquilha (2.a) Fundão, Fortuna, Floresta, Curado, Gado Bravo, Industão, Ingazetra, Invejosa, Jabuticaba, Jataí, Junco, Jenipapeiro, Laranjo, Laje, Lájea, Maria, Maria de Almeida, Marruás, Mandaçaia, Mocambo (perto de Buriti), Mocambo (beira do Rio Pardo), Macacos, Mocambinho, Novilha Brava, Olhos d'Água, Palmital, Paulista, Poço, Pindaíba, Pari, Pompéu (hoje chamado Pompéu Velho, sede do latifúndio), Penedo, Pedro Moreira, Passagem, Palestina, Poções, (1.0), poções (2.0), Peroba, Padre, Porteiras, Porto, Pontaria, Ponte, Pará, Porto da Soledade, Quati, Queima-Fogo, Retiro, Retirão, Rancharia, Rio Pardo, Porto do Barreiro, Salto, São Miguel, Santa Rosa, Serra, Santa Maria, Salôbo, Salôbo de Baixo, Saudade (1.a), Saudade (2.a), Três Barras, Taquara, Tijuqueiro do Aterrado, Usina, Veloso, Veados, Vereda... Nesta lista incompleta não se nomeiam sítios e fazendolas, nem Vilas, Arraiais e Povoados crescidos no perímetro do Pompéu.

cruzeiros. A fazenda do Pompéu abrangia vastas extensões (alguns a totalidade) dos hoje municípios de Abaeté, Dores do Indaiá, Paracatu,[34] Pitangui, Pompéu, Pequi, Papagaio, Maravilhas e Martinho Campos, ex-Abadia do Pitangui. Era territorialmente maior que a Bélgica, Suíça e Holanda, Dinamarca e El Salvador, superando, em quilômetros quadrados, a cada um dos atuais Estados de Alagoas, Sergipe e Espírito Santo. Seu latifúndio era igual em léguas quadradas à 11.ª Capitania, de Fernando Álvares, que incluía 75 léguas das costas dos hoje Estados do Piauí e Maranhão. Às terras do primitivo Pompéu, Dona Joaquina adicionou, com legítima compra, mais terrenos limítrofes, alargando em proporções babilônicas seu feudo rural, bem organizado, sem gente ociosa, e funcionando como abundante celeiro até para fora da Província.

Logo depois do óbito, no dia 14 de dezembro de 1824, e no do enterro, no dia seguinte, elevou-se um choro geral tão grande, um clamor tão comovente de seus escravos, que abalou os corações mais frios. Levantou-se desespero tão contagiante nas suas senzalas e nos terreiros do Sobrado Grande, que foi preciso acalmar os negros à força. Muitos, com bastonadas e bolos.

Bastou correr a notícia de que ela morrera, para todos os cativos caírem de joelhos, rezando em soluços desesperados pela que fora, Senhora, Mãe, Madrinha, Comadre, e Anjo do Céu de todos eles. Inês, de rastros, abraçava-se às pernas da Sinhá ainda morna, pedindo alto:

— Nhenhá, me leva também pro Céu!...

Felismina, também de joelhos, apertava a mão da morta no rosto lacrimoso:

— Me deixa não, Nhenhá-Madrinha!

Domiciana soluçava:

— Que será de suas negrinha, Nhenhá!

O velho José Cisterna, o negro de maior confiança da Senhora, chorava com exclamações comoventes:

— Acabou-se o Pompéu! Que será de nós cativo, Nosso Pai Eterno? Antônio Maravilha estava calado, na sua dor assombrada, Romano chorava de pé, velando o cadáver, que esfriava devagar. Havia pelos caminhos rosários de pretos que acorriam a fim de ver pela última vez sua benfeitora. A exclamação de Cisterna se repetia pelos grupos de negros, num refrão plangente:

— Cabou-se o Pompéu! Que será de nós cativo, Nosso Pai Eterno?

Pe. Soares chamava a atenção dos presentes para aquela dor geral:

— É o elogio maior de quem acabava de fechar os olhos. É justiça que tantos corações lhe devem. É legítima essa paixão dos cativos, na liberdade dos

---

34 O Município de Paracatu dividia com o Arraial de Nossa Senhora das Dores da Serra da Saudade do Indaiá, hoje Mun. de Dores do Indaiá.

seus sentimentos. A voz dos humildes desgraçados na hora de suas paixões vale mais, pelo que tem de sincera, que a história de quem não viu os fatos.

Quase toda a sociedade honesta de Pitangui se deslocou para o Pompéu, a se despedir de sua amiga. Quando pressentiu que o caso era perdido, Pe. Soares mandou ordem para que todos os sinos dos templos da vila dobrassem, de hora em hora, em funeral. Era o toque da agonia das grandes personagens. A consternação de todos era muito visível.

— Dona Joaquina do Pompéu está agonizando!

Sepultaram-na, afinal, na Capela dos Brancos. O sinozinho triste da ermida plangeu repetido, também se despedindo. O frio vento da tarde sem sol vergava as copas úmidas. Os negros que chegavam de longe trouxeram braçadas de flores do campo, que depositaram na tumba ainda fofa.

Ao saírem do cemitério, todos, brancos e escravos, sentiram que lhes faltava alguma coisa indispensável às suas vidas. É que o terremoto da morte derrubara as casas em que viviam, e o chão se esgoelara em boeiros que arrasaram seus caminhos. Seu ar de espanto era o de toda a sociedade mineira do século da Independência.

Só uma pessoa na Província de Minas se regozijou: Dona Maria Felisberta Alvarenga da Cunha, a Tangará.

Ao saber da notícia da agonia, iluminou a mansão das Cavalhadas e, no dia do enterro, deu um banquete a seus raros amigos.

Pe. Soares chegando à vila soube do jantar festivo, e não se alterou:

— O mundo feito de poucos. Para mim essa mulher veio ao mundo à revelia de Deus. Espere pelo fim...

Não tendo mais com quem brigar, ela começou com desconfiança de que seus cativos procuravam envenená-la. Só bebia e comia se a escrava Raquel bebesse ou comesse primeiro... Ficou desconfiada como Nero, Luís XIV, Mitridates, Rei do Ponto.

Começando amalucada, ficara maníaca e terminava mística a invocar, cada vez mais, fantasmas, espíritos de caboclos sangrados e degolados... Era justo que tivesse medo.

Falando em sua casa a alguns amigos Pe. Soares filosofava numa de suas crises de franqueza:

— Faz tanto mal, não fez nenhum bem! Até hoje apenas plantou espinheiros, distribuiu luto e derramou sangue inocente, esquece o destino de todos, que é o regresso ao pó de onde viemos. Nossas vidas são bens do vento, como as folhas secas, os flocos de paina, a poeira do chão. O cabrestante da morte vai nos puxando, um por um, vamos tombando nas covas que têm, para todos, os mesmos sete palmos.

Passou-se o tempo. Deus chamou também Tangará.

Sua morte foi misericordiosíssimo alívio para seus escravos; via-se-lhes a clara alegria nos olhos cansados.

Tangará não admitia que os escravos falassem com ela, encarando-a.

— Olho de nenhum cativo pode ver meus olhos!

Pois certa vez seu escravo Justo, esquecido daquele preceito, ousou encará-la, ao atender seu chamado.

— Abaixe os olhos, negro imundo!

Foi humildemente obedecida, com um gemido rasteiro:

— Me perdoi, Sinhá. Foi sem querê qui olhei Sinhá...

Não perdoou, não sabia perdoar. Mandou surrar o negro a duas mãos e pé atrás. Foi tão grave a sova que o cativo ficou para sempre arriado das cadeiras. Andava com dificuldade. Ela então começou a temê-lo; vigiava-o, sempre receosa de uma desforra, à traição.

— Desconfio de negro de nádega estufada e pés chatos! Prefiro negro de ferrete e até negro desorelhado...

Vendeu a peça, desvalorizada pelo aleijão. Esse negro mais tarde se alforriou, ficando mesmo em Pitangui.

Pois bem, Tangará fechou os olhos para sempre...

Até hoje se se boqueja que os amigos, condutores de seu caixão, ao descerem as escadas, notaram-no leve de mais para defunto grande e pesado... Entreolharam-se com medo, os que pegavam nas alças... Os escravos começaram a se benzer, pois tinham certeza de que o diabo levara logo o que lhe pertencia muito bem.

O forro Justo acompanhou o enterro; assistiu ao sepultamento e esperou que os acompanhantes saíssem do cemitério.

Chegou-se depois a passos lentos, ao pé da tumba recém-fechada. Enterrou o chapéu na cabeça, em sinal de desrespeito e, rouco de ódio:

— Tá aí; chegou seu dia... E agora?!... Manda surrá cativo, manda quebrá perna de Justo, no pau... manda quebrá dente de égua com martelo... manda gatinha na ponta de bambu pra cobra picá. Manda dá doce de leite a nêgo no eito, sem água... Manda sangrá cativo e jogá na cisterna... Manda cortá os peito de Bastiana, manda rancá os dente de Duminga...

E rindo, desdentado riso nervoso:

— Cadê suas mão, cadê sua boca, cadê sua ruindade pra fazê rimueta e mandraca, trem dos inferno?!

Bateu, atrevido, a ponta do cajado na terra mal socada:

— Ocê pensa qui tá na Ponte Arta, no Sardanha, no Ribeirão?...

Cadê seu coração de onça pegadera?... Cuida que agora tem ouro? Tem nêgo de Mateus Leme pra despacho, pra trapaiá Sinhá Joaquina? Ela era braba, mas Nhenhá do Pompéu era gente! Tinha isto!

Passou a ponta do dedo indicador no rosto, fazendo sinal de vergonha.

— Cadê suas vingança, hein, sua cachorra!...

Foi ficando furioso, com os olhos doidos:

— Ôcê agora é fidintina, num tem mais nada no mundo, ôcê agora é barro, ocê agora é bosta!

Tremia de cólera, ao se vingar de quem há tantos anos o aleijara, escadeirando-o.

Tirou depois o chapéu, respeitoso, e olhou para cima, com os olhos parados:

— Nossinhôzinho do Céu, dá recompensa de tudo que ela fez com os cativo! Vinga o sangue dos seus pobre, tem dó de nóis.

Ficou parado, de chapéu na mão, encarando o céu.

O coveiro chamou; ia fechar o cemitério.

Pessoas ainda presentes ouviram o doloroso discurso da vítima. Em silêncio, deram razão ao negro.

Saíram, ainda calados.

Os coqueiros do cemitério e, lá embaixo, o coqueiro novo do Lavrado, tinham as palmas vergadas pelo vento da serra. Olhando o rumo dos ventos, pelas folhas das palmeiras, um deles palpitou:

— Não demora a chover. Os coqueiros estão bandeados para o Sul.

— Chuva certa, não tarda.

No horizonte, ao Norte, o céu enegrecia.

Começaram então a descer mais ligeiros a colina, pensando nas palavras do forro.

É que na boca dos sofredores sem justiça, embora inútil, a verdade tem mais força.

ELUCIDÁRIO DE TERMOS, EXPRESSÕES E TOPÔNIMOS EM USO NA ÉPOCA DO ACONTECIDO NESTE LIVRO

OS CANGUÇUS DA SERRA

Almotacés — fiscais dos pesos, do Senado da Câmera.
Anhanguera — (O 1.°), Bartolomeu Bueno da Silva, sertanista.
Aqui de Viana! — chamado de socorro, pois os maiorais de vários lugares eram de Viana de Castelo, Portugal.
Arraial de Nossa Senhora da Conceição de Congonhas do Campo — hoje cidade de Congonhas.
Arraial de Sabará-Boçu — hoje cidade de Sabará.
Arraial do Ribeirão do Carmo — hoje cidade de Mariana.
Arraial do Tripuí — nome primitivo da hoje cidade de Ouro Preto.
As minas são do Rei! — expressão que confirmava a posse das minas pela Coroa.
Alviões de pau — os de ferro eram raros, só vinham da Espanha e da Inglaterra.
Bateia — gamela rasa de pau, para apurar ouro.
Berça — arma curta de fogo.
Bicho-mau — cobra.
Boca-de-serviço — lugar onde se começa a escavar, para tirar ouro.
Buzina de chifre — ainda hoje usada (berrantes) para chamar as pontas de gado. Era a mesma usada pelos celtas.
Cabo-de-tropa — comandante militar de entradas e bandeiras.
Cafuas de sopapo — feitas de pau a pique e barro jogado nos entremeios.
Canada — 2.662 litros.
Canguçus da serra — onças pintadas de negro, com o fundo amarelado.
Capitania de São Paulo e das Minas do Ouro — Separaram-se São Paulo e as Minas do Ouro, em 1720.
Capitão-Mor — entre outros atributos, Comandante das Ordenanças da Colônia.
Carta-de-prego — ordem secreta para ser cumprida de qualquer maneira, mesmo contra as Leis.
Carta-de-seguro — habeas-corpus preventivo.
Caruru (Amarantus viridis, Lin.) — caruru amargo.
Conhecença — direito paroquial.
Continente — território, região.
Coronheiro — comandante de armas.
Crime-de-cabeça — crime capital, capaz de levar à forca.
Cristães velhos — católicos sem mácula.
Currais — ranchos de palhas, com cercado para costeio do gado. Retiros.
Curraleiros baianos — bandeirantes baianos que formaram os primeiros currais no vale do São Francisco, até a Barra do Rio das Velhas.
Dragões — soldados imperiais.
Dragões do Reino — Milícia de Linha.
Derrama — impostos atrasados, cobrados a ferro e fogo.
Descoberto — não obstante outras interpretações até jurídicas, descoberto era o lugar onde se encontro o ouro.
Dízimos da Coroa — impostos sobre a décima parte do rendimento.
Entrando a terra — arrostando-a, penetrando por ela.
Escravos vermelhos — os índios.
Estender um lençol de baeta — ainda em uso nos rios auríferos.
Falar aos povos — povo era sempre expresso no plural.
Gerais — as Minas Gerais.
Gerais dos Emboabas — entre paulistas e portugueses. 1700-1709.
Hábito de Cristo — ordem honorífica criada em 1310 pelo Papa João XIII, a pedido do Rei Dom Dinis.
Homens bons — principais, de haveres, dignos de estima.
Hostis — intrusos, os que vieram depois da descoberta.
Imposto de capitação — por pessoa, cabeça.
Itabira do Mato Dentro — hoje cidade de Itabira.
Itaverava — hoje região e Vila de Itaverava.
Justiças — eleições.
Lavoura mineral — extração do ouro, mineração.
Lazarina — grande espingarda pederneira, com boca de trombeta.
Língua (masculino) — intérprete.
Malhadas de barro — cafuas de paus e barro.
Mangual — Pirai de cabo de ferro, com estoque e tranças de couro ou arame.

Mata-homens — surrões pesados, carga levada às costas.
Matos Gerais — primitiva denominação das Minas Gerais.
Mestre-de-Campo — que hoje corresponde a General. Era título de carreira e honorífico.
Metal dos veios — o ouro.
Minas do Ouro — Nome das Minas Gerais, quando ligadas a São Paulo e Rio de Janeiro, na Capitania de São Vicente.
Minas do Pitangui — nome primitivo da hoje cidade do Pitangui.
Mocambeiros — quilombolas.
Montante — grande espada antiga.
Morro Agudo — elevação que domina a região de Pitangui.
Navegar — atravessar o sertão, andar pelo desconhecido.
Nossa Senhora da Conceição da Onça — hoje Vila da Onça.
Oitava — 3 gramas e 58 centigramas.
Ordem Régia — Decreto Real, em que se faziam concessões.
Ordenanças da Colônia — tropas de policiamento, acampadas nas vilas as Minas.
Ouro de grupiara — do seco, das margens mais distantes dos cursos de água.
Ouro de tabuleiro — do seco, podendo ser fraldas de morro.
Ouro de veio — ouro em pó ou palhetas, de areias ou barro.
Ouro preto de 24 quilates — ouro puro, sem liga.
Palitos de fogo — foguetes.
Parece que estamos em montanha — onde se respiram ares mais leves e há ventos constantes.
Patuá — breve de pano, em que se costuram orações e relíquias.
Paulistas — bandeirantes de São Vicente, de São Paulo ou Piratininga.
Paus ferrados — chuços, com ponta de ferro.
Pedreiras — espingardas antigas com boca-de-sino.
Pitangui — rio raso, água de menino.
Pracatu — nome popular da hoje cidade de Paracatu. Também diziam Piracatu.
Provar a lama — batear, para saber se existe ouro.
Quartel General do Espírito Santo do Indaiá — hoje Vila de Quartel Geral.
Que a corda não vos sapeque as barbas! — que se lembrem de forca.
Quilombolas — negros fugidos, reunidos em grupos, na selva.
Quilombos — redutos de negros fugidos.
Quinto Real — a quinta parte do apurado e que era do Rei. Vinte por cento cobrados às minas.
Regente do Distrito — Administrador Geral dos Distritos do Ouro em nome de El-Rei.
Regulamento das Minas — pelo qual se as Leis, nas distribuições das datas.
Remuniciadores — polvarinheiros auxiliares que carregavam as armas, pela boca.
República — o Senado da Câmara.
Rio Casca — caudaloso rio do leste mineiro, afluente do Rio Doce.
Rio das Velhas — o antigo Guaicuí.
Santa Ana da Onça — hoje Vila da Onça, do Município de Pequi.
São Francisco das Chagas do Taubaté — hoje cidade paulista de Taubaté. São Gonçalo do Brumado — hoje Brumado, arraial e centro fabril.
São Joanico do Paraopeba — hoje São Joanico de Pitangui.
São João (o Rio) — importante, na história do Município de Pitangui.
Senado da Câmara — Conselho Municipal, hoje Câmara Municipal.
Serra-Acima — as Minas Gerais.
Serra da Marcela — hoje Serra da Saudade.
Serra do Curral — contraforte do Espinhaço. Passa por Belo Horizonte.
Sertão do Paraopeba — o vale do rio Paraopeba.
Sertão Novo — o sertão do vale do Rio das Velhas, no oeste mineiro.
Terras do Poente — do Vale do São Francisco.
Terra Goitacá — nome da região que seria as Minas Gerais.
Tropa Paga — tropa de linha.
Urutu (Lachesis mutus, Baun.) — cobra de veneno violento.
Vão — geral, terras sem fecho, livres.
Vara Branca — símbolo da autoridade dos Juízes-de-Fora.
Vara Vermelha — símbolo da autoridade dos Juízes Ordinários.
Vassuncê — tratamento para escravos e pessoas de pouca importância.
Vigário Encomendado — pároco removível, não colado.
Vila de Nossa Senhora da Piedade do Pitangui — hoje cidade de Pitangui.
Vila do Príncipe — hoje cidade do Serro.
Vila do Ribeirão de Nossa Senhora do Carmo — hoje cidade de Mariana.
Vila Nova da Rainha — hoje cidade de Caeté.
Vila Real de Nossa Senhora da Conceição — hoje cidade de Sabará.

SINHÁ BRABA

Vila Rica de Albuquerque — hoje cidade de Ouro Preto.
Vintenas — arrecadação da 20ª parte do fôro.
Virgens das Candeias — Santa Luzia, a protetora dos olhos.
Vosmecê — Vossa Mercê, tratamento para os graduados.

A BOCAINA

Almocafre — espécie de picareta.
Apotestado — rico, importante e poderoso.
Arcabuz — espingarda antiga, de municiar pela boca.
Arraial e Nossa Senhora da Piedade do Patafufo — hoje cidade do Pará de Minas.
Arraial de Nossa Senhora de Santa Ana da Onça — hoje Vila da Onça.
Arraial de Nossa Senhora do Bom Despacho do Picão — hoje cidade de Bom Despacho.
Baianos — nortistas.
Brancos do Reino — portugueses, como os nacionais ricos.
Carumbeseiro — que carrega os carumbés.
Catas — escavação de onde se tira terra para lavar o ouro.
Chá de casca de quina — cascas de Strychos pseudoquina, St. Hil. Usava-se para febres intermitentes, em infusão de 10 gramas de casca para 500 de água.
Código Felipino — Ordenações Felipinas a que se sucederam as Manuelinas; Código Português.
Conceição do Pará — hoje Vila do mesmo nome; Município de Pitangui.
De beira e bica — de beiral aberto, para correr chuva.
Desande — disenteria.
"Descaroçadores" — engenho de moer cana.
Dez metros de corda — era a medida regulamentar do Ouro para a forca.
Distritos do Ouro — as Gerais. Em particular as zonas auríferas.
Engolindo a língua — suicidando-se.
Espada rabo-de-galo — espada curva, usada pela cavalaria.
Esturrinho — rapé de cheiro.
Febre podre — tifo.
Feridas gálicas — sifilíticas.
Feverão — febre alta.
Galego — estrangeiro.
Gamelas de banho — as banheiras antigas eram de pau.
Geada de brotar — em agulhas, saindo da terra.
Geada de cinza — que polvilha árvores e coisas.
Geada de crosta — que congela a água parada.
Guatambu — enxada velha.
Herdança (ant.) — herança.
Ladrões formigueiros — ladrões vagabundos.
Ladainha — terço noturno, rezado nas igrejas.
Lenços da Costa — grandes lenços antigos, ramados.
Lisboa Ocidental — hoje cidade de Lisboa.
Livro Santo — Bíblia.
Machucador — pequena mão de pilão, para esmagar alimentos.
Mamparra — corpo mole, preguiça.
Mês das febres — fevereiro.
Mês do frio — junho.
Miasmas — emanações de charcos e lodos pestilentos.
Mineração a céu aberto — com cavas, sem galeria.
Morro de Mateus Leme — hoje cidade de Mateus Leme.
Mundéus — caixões de pedra ou pau para onde a água escorria, com terra e cascalho, para a lavagem.
Murta (Mirtus comunis, Lin.) — murteira; arbusto de flores alvas, muito cheirosas.
Palanquins — cadeirinhas de arruar e viajar, para perto.
Prova das bateias — bateada, para ver se havia ouro.
Quando fizeram justiças — eleições.
Quatro Avós na Linhagem — prova de nobreza. Sinal de grande dignidade.
Rabo de tatu — rebenque de tranças de couro.
Sarilho — engenho manual que enrolava corda, para tirar barro numa lata.
Sertão das Perdizes — no oeste, onde está hoje o Município de Perdizes.
Sertão de Dentro — sertão do interior.
Sol do Coimbra — a Universidade de Coimbra.
Suicidaram-se engolindo a língua — voltando a língua contra a garganta, sufocando-se.
Suras — sem rabo.
Tamina — determinada porção, previamente marcada.
Tipoias — redes para carregar gente, levadas por dois escravos.
Torrado — rapé.
Trabucos — espingardas antigas, de municiar pela boca.
Vergalho de boi — vergalho de boi dessecado, que servia de rebenque.
Vinho Lisboa — o pior vinho português.
Zabelê — o mesmo que jaó. Ave da mata.

AGRIPA VASCONCELOS

FRUTA DO GALHO AZEDO

Anquinhas — armação de arame ou panos, para aumentar as cadeiras.
Badamecos — desocupados, gente ociosa.
Bom Despacho do Peião — hoje cidade de Bom Despacho.
Bonfim do Paraopeba — hoje cidade de Bonfim.
Calhambolas — o mesmo que quilombolas.
Confeitos seixos — amêndoas ou amendoins açucarados.
Desobriga Geral — confissão e comunhão massa. Só comungavam os que apresentassem bilhetes de desobriga, que eram confissões nas igrejas. Quem não os tivesse era excomungado em público, por não estar bem com Deus.
Dançadores de fofa — fofa, dança lasciva, proibida pela Metrópole.
Emboscar — matar de emboscada, em tocaia.
Espartilho de barbatana — para adelgaçar cinturas.
Estupor calango — estupor repentino, que paralisa a vítima e a obriga a viver oscilando a cabeça.
Lava-Pés — o mesmo ribeirão da Lavagem, que desce da Olaria, em Pitangui.
Marmelada — hoje cidade do Abaeté.

Nossa Senhora da Piedade do Patafufo — hoje cidade de Pará de Minas.
Nossa Senhora das Dores da Serra da Saudade do Indaiá — hoje cidade de Dores do Indaiá.
Namorar de estafermo — parado nas esquinas.
Namorar de gargarejo — de rosto para cima, como quem gargareja. Olhavam para o andar de cima.
Namorar de lampião — em pé, parado.
Ovos — testículos.
Paracatu do Príncipe — hoje cidade de Paracatu.
Pau de fumo — pau em torno do qual se enrolam as cordas de fumo; porrete.
Peba — tatu-peba.
Peças da Guiné — escravos africanos.
Pintalegretes — escravos africanos.
Porrete de areia — saco em forma de pau, cheio de areia.
Ronda do Mato — Terço volante das Ordenanças, sediadas nas vilas, para policiar o interior.
Sangrias — emissões de sangue.
Vila de Santa Quitéria — hoje cidade de Esmeraldas.
Vila de Nossa senhora do Carmo — hoje cidade de Mariana.
Vila do Carmo — idem.
Zamparina — gripe nervosa.

BOTÃO DE ROSA

Ajudantes de Sangue — enfermeiros.
Anatomia — autópsia.
Anjo da Guarda — enfermeiro.
Arruega — chuva muito fina, comum nas montanhas.
Bate-folhas — ourives.
Caldo de caramujo — remédio preconizado para a tuberculose.
Carregaheen (Ficus Cristus, Lin.) — Usada para tratamento da tísica.
Catiguá — hoje cidade de Patrocínio.
Cinco Quartéis de Nobreza — de nobreza sem mancha.
Cirurgião de Partido — contratado Senado da Câmara, para atender à população. Era também fiscal sanitário.
Consunção — tuberculose pulmonar.
Entrar no Oratório — preparar para morrer.
F — fujão. Sinal na testa dos escravos fujões. Impresso com ferro em brasa.

Fabriqueiro — o que toma conta dos negócios e alfaias das igrejas.
Físico — médico licenciado.
Flores de viola (Viola Odorata, Lin.) — Violeta, usada como peitoral.
Gamelas de urinar — urinóis de pau.
Gota — inflamação crônica das articulações.
Ladina — escrava jovem que sabia ofício, ou de costura ou de outras prendas.
Mês das primeiras ramas — setembro.
Mês de queimar roças — agosto.
Pega-negros — o que prendia quilombolas.
Política — bons modos, polidez social.
Quatro Avós de Brasões — prova de indiscutível nobreza.
Quilombo do Canalho — no oeste, Sertão dos Araxás.
Sertão do Novo Sul — hoje Triângulo Mineiro.
Trem — coisa ou pessoa desprezível.
Vento de sangue — aguamento.

SINHÁ BRABA

POMPÉU

Alcoviteiro — discreta lâmpada de óleo, para quarto de doente ou parida.
Algodão-macaco — algodão de fibra vermelha.
Água dos Carmelitas — calmante.
Aguado nos cascos — doente dos cascos, por largas caminhadas. Aguamento.
Ar de espasmo — embolia. Era também o tétano.
Arraial da Catita — hoje Arraial da Catita de Baixo.
Baio cebruno — baio escuro.
Baio das canelas pretas — de pernas rajadas, escuras.
Bálsamo de Holloway — panaceia muitíssimo preconizada nas paralisias.
Banzo — nostalgia, saudade.
Barreiro — terra salitrada; lambendouro de animais.
Bazé — fumo ordinário.
Birbante — patife, tratante.
Brigada — cargo militar hoje correspondente a sargento.
Cabra curado — brigador curtido em barulhos. Valente, experimentado.
Caninha — cana fina, era a cana-crioula. Chupava-se com a casca.
Caianos — ratos grandes de campo.
Campos de Curitiba — hoje o Estado do Paraná.
Capitão-do-Campo — designação primitiva dos pegadores de negros fugidos, depois Capitães-do-Mato.
Carta de Ingenuidade — o mesmo que Carta de Liberdade.
Carta de Liberdade — documento público de alforria.
Chifre para clister — dava-se por imensa guampa de bois pedreiros. Eram aparados nas pontas.
Chimango — variedade de arroz.
Chiqueirador — Piraí de látego comprido.
Clareza — documento de dívida, particular, sem estampilha.
Cocada — cabeçada, na capoeiragem. Muito prestigiada pelos cativos.
Coimbras — médicos formados em Coimbra.
Comboios — grupos de escravos ligados em correntes, que eram vendidos no sertão.
Campanhia de Dragões — de soldados do Reino, em serviço da Colônia.
Curiboca — mestiço.
Correr o dedo — atirar.

Corunhanha — Carinhanha, hoje cidade do Estado da Bahia. V. Caronhanha.
Craúna — preta.
Cruzado — 400 réis, quarenta centavos.
Éguas alevantadas — orelhudas, sem costeiro.
Fucancas — cabelos crescidos e assanhados.
Fogo corredor — fogo-fátuo.
Fôlegos vivos — meninos pequenos. Pagãos.
Gargalheiras — coleiras de ferro.
Colhinha — coleira de ferro.
Inficcionado — antigo Arraial de Nossa Senhora de Nazaré do Inficcionado, hoje Vila de Santa Rita Durão, Município de Mariana.
Insona — intriga.
Lambedouros — barro salitrado que aves bicavam e animais lambiam.
Lavar ferida com vinho da Málaga — processo usado para limpar ferida.
Libra (peso) — comum, 459 gramas.
Macamaus — quilombolas.
Malungos — patrícios, irmãos.
Mazombo — brasileiro, filho de estrangeiros.
Mel de cana — açúcar, cachaça.
Mesa da Consciência do Santo Ofício — que deliberava sobre os crimes religiosos.
Muambá — catinga de sovaco. de 1701.
Oitava de ouro — 3 gramas e 58 centigramas.
Óleo de minhoca — remédio para as paralisias, chamado Remédio Santo pelos portugueses.
Orelhudos — rodomões.
Papangus — desocupados.
Papas — cobertores.
Parada da Laje — hoje cidade de Uberaba.
Peador — tronco; também articulação dos tornozelos, onde se peavam.
Pega-fugidos — pegador de negros fugidos.
Pena capital — de morte.
Prego de tenda — pregos toscos, feitos na forja.
Pichorra — égua.
Quiba — grenha.
Rabo-de-galo — espada curva, da Cavalaria.
Registro de Sete Lagoas — hoje cidade de Sete Lagoas.
Reuma — reumatismo, artritismo.
Rio das Abelhas — hoje Rio das Velhas, no Triângulo Mineiro.
Rio Pará — no oeste de Minas.
Rolinha — variedade de arroz.
Sarangola — variedade de cana primitiva

São Domingos do Araxá — hoje cidade do Araxá.
Sarné — rato vermelho do cerrado.
Serafina — sanfona.
Soltar o casco — morrer.
Terço da Milícia das Ordenanças da Coroa — corresponde hoje a um regimento.
Timba cheia — grávida

Urina doce — diabete.
Vender para Cantagalo —lugar onde os escravos mais sofriam. Hoje cidade do Estado do Rio de Janeiro.
Vinho de Málaga (lavar com) — o antisséptico mais usado.
Vila Nova do Infante — hoje cidade de Pitangui.

SUMITUMA

Alma-de-gato (Piaya Cayana, Lin.) — a ave parda de grande cauda e que passa por agoureira.
Arataca — armadilha para apanhar bichos.
Arca encourada — mala coberta de couro: lugar seguro para guarda valores:
Arraial dos Carijós — hoje cidade de Lafaiete.
Barbilho — aparelho de pau preso às ventas de bezerro erado, para desmama. Impede de apanhar as tetas.
Berrantes — businas de chifre de bois.
Bicha — cachaça.
Boi-vaca — expressão que, no parecer dos boiadeiros, amansa os novilhos bravos.
Bubuia — à flor d'água, na correnteza, no veio da corrente.
Caalo — cavalo. Pronúncia comum no sertão mineiro.
Caixão das almas — caixão de Irmandade, para levar defunto até a sepultura. Durava anos.
Cacundeiro — guarda-costa, capanga.
Calumbis — arbusto espinhoso, de beira-rio.
Carniceiras — presas dentárias.
Caronas — manta de couro que fica entre o arreio e o baixeiro.
Chancas — pés grandes.
Chilenas — esporas de grandes rosetas.
Cicuta malhada (Conium maculatum, Lin.) — cicuta venenosa.
Colorgiões — cirurgiões. (... physicos e colorgyões podem ir para as colonias, se forem sem má sospeyta. Dom João III, Carta ao Conde de Castanheira, 1537.)
Cravo holandês — piano primitivo, muito pequeno. Espineta.
Crias — escravos nascidos na fazenda.
Curral grande — da casa-grande.
Dodói — coisa querida, bem tratada.
Dinheiro emalado — o dinheiro era guardado em mala, por maior que fosse a quantia.
Dunga tará Sinherê — Sinhá (ou Sinhô, Deus lhe acrescente o que tem.
Enquizilado — amofinado.

Erva-moura (Solanum nigrum, Lin.) — arbusto cujas bagas são narcóticos.
Essência de ouro — panaceia para curar casos perdidos. Inventada pelos alquimistas.
Estramônio (Datura stramonium, Lin.) — mamoninha-brava. Narcótico.
Fumo Joaquim Maria — o mais afamado da Capitania. Era do Município de Jacuí.
Fruta de barata — fruta rasteira de cheiro ativo e agradável, mas venenosa.
Gilas — grandes abóboras muito aquosas, parecendo melancias.
Hora boba — meia-noite.
Ibirapitanga — pau-brasil (Coenalpinia echinata, Lamark).
In-sim — sim senhor, sim senhora.
Lanquidez — prostração, desânimo; era moléstia e não sintoma.
Lavadeira — pequena ave ribeirinha, malhada de preto e branco.
Lenço de tabaco — lenço da Costa.
Luango de cabelos — surubim velho.
Mandraqueiro — feiticeiro.
Mão-pelada — mamífero noturno, espécie de raposa.
Maracalhau — gato-do-mato.
Marejar nos cascos — aguar.
Marruco — boi errado, não castrado.
Massa — mistura de suco de alface e farinha.
Massa de alface — o mesmo que massas. Lactucário, suco lácteo do pé de alface, ao qual misturavam farinha.
Mestre de moendas — escravo encarregado de botar canas nas moendas e apurar o ponto da garapa.
Movido — raquítico, franzino.
Mucambeiro (gado) — que vive escondido no mato, nas moitas.
Muleques — surubins novos.
Muçambê — capim gigante, que floresce em grandes pendões brancos.
Paulista — toada, cantiga de amor.
Papa-angu — cachorro sem raça.

SINHÁ BRABA

Pau-de-tinta — pau-brasil.
Penitência — cachaça.
Pinguelo— cavalo de campo, sem raça.
Pó de diamante — veneno de grande fama entre os escravos. Muitos físicos e até cientistas acreditavam isso.
Positivo— próprio, portador especial.
Próprio — portador, enviado.
Pudendagra — sífilis ulcerosa.
Roda (de bacalhau) — correia fixada no eixo externo da roda grande do engenho que, girando, atingia o escravos amarrado a seu alcance.
Sacos — encostos de gado, no fim das fazendas.
Sanga — terreno inclinado de mato ralo.
Sementes de trombeteiras (atura arborea, Lin.) — copo-de-leite.
Serro do frio — hoje cidade do Serro.
Tartaruga — de três cores: preto, marrom e branco.
Tosa de rabo — corte na vassoura do rabo, para saber que foi contado.
Uma nervosa doida — crise de nervos, ataque nervoso.
Umburana — cachaça guardada em parol de umburana-de-cheiro.
Velame-do-campo (Croton campestris, St. Hil.) — planta de raízes purgativas, também usada nas moléstias da pele.

OS BAGAÇOS

Água-só — ave noturna que aparece no começo das águas grandes. Narcejão.
Anzoleiros — pescadores de anzol.
Barata-noiva — barata descascada.
Betume-da-índia — petróleo, xisto betuminoso.
Caroca — barata.
Caroncha — barata velha.
Cavalo sopa-de-leite — baio marfim, de crinas brancas.
Catueiro — anzol de espera.
Cedenho — ancaroças; mantos feitos de capim--sapé, contra a chuva.
Encostos — malhadores habituais de um rebanho.
Inhumas (Anhima cornuta, Lin.) — ave da beira dos brejos, hoje muito rara.
Irra— pássaro parado, de voo curto; vive sob as telhas.
Licenciado — Médico ou Físico com licença para clinicar.
Martim-pescador (Ceyle Torquata, Lin.) — pássaro que vive de peixes. Mergulha para apanhá-los na água.
Namorada — corrente para aprender criminosos. Era o terror dos escravos.
Passarinheiros — cavalo refugador.
Puri — índio.
Relógio despertador de bolso — muito usado por pessoas de posses.
São João do Sumidouro — hoje Arraial do Sumidouro.
São Sebastião — Rio de Janeiro.
Sapucaia — casa sem janela; de porta gradeada; prisão.
SR Majestade — o Rei. Sua Real Majestade.
Tem parte... (... com o diabo) — agir como se fosse ele.
Tingui — cipó cujo sumo tonteia e mata os peixes.
Trocar com cigano — jogar fora, vomitar.
Vãos — gerais, o aberto despovoado.
Vinho Lisboa — o mais ordinário.
Xenxém — moeda de cobre de 10 e 20 réis. Era falsa e corria como boa.

O INTENDENTE DO OURO

Abater bandeira — declarar-se vencido. Prestar vassalagem.
Águas rosadas — água de rosas.
Bufar sangue — golfar sangue aos borbotões.
Cabreiras — suçuaranas de lombo preto; onças amarelas.
Camisa do marido pelo avesso (vestir) — maneira da parturiente parir depressa.
Camocica — pequeno veado de enorme bolsa escrotal.
Capim-de-zabelê — capim-agulha, capim ralo dos campos.
Cavaleiro de Espora Dourada — o que era armado Cavaleiro, por se distinguir na guerra.
Desmancho — o aborto.
Ébano vivo — os escravos africanos.
Escravos de pés redondos — os piores.
Espera — presilha de amarrar canoa.
Forno — fazem-no abrindo um cupim, de que tiram o miolo.
Incolomença — dúvida, incerteza.
Jafa — quem morreu; defunto (língua bunda)
Jaracatiá (Jaracatiá do decaphylla.) — mamãozinho do mato.
Javanesa — rês com os flancos pintados de cores diferentes do resto. Raça peninsular, degenerada.

Macanha — fumo de rolo (língua da Costa).
Mama-cadela — raiz cuja raspa muito cheirosa se mistura ao rapé e ao fumo de rolo.
Maninas — estéreis.
Maria-angica — verme da terra, comedor de defunto.
Maria Um — assim chamavam a Dona Maria I seus inimigos brasileiros.
Meus Amores — a esposa.
Meu Deus, que é isto? — figura exótica, ridícula.
Mineira — cantiga sertaneja, de toada triste.
Nó de porco — nó de marinheiro, muito forte.
Oração de Frei Clemente — usada contra picadas de cobras.
Páleas — placentas.
Panelas — cadeiras, ancas.
Pele do diabo — brim ordinário, mas forte.
Pola Lei e pola Crei — pelo povo e pela nação.
Puíta — instrumento de couro cru, usado pelos cativos. Cuíca.
Rainha de Sabá — meretriz.
Rapariga — em Minas, é moça desonesta ou leviana.
Roiz (arcaico) — Rodrigues.
Sanguechuva — borbotão de sangue.
Sofrê ou sofrer — pássaro malhado de amarelo e preto.
Soprar garrafa — modo de apressar o parto na parturiente sem forças.
Tamba — barriga, prenhez.
Tiapureca — bebedeira (língua bunda).
Ufeca — cemitério. Por extensão, o que já morreu (língua bunda).
Undaro — fogo, braseiro (língua bunda).

CARTA-BRANCA

Alvação — gado branco encardido.
Baio — boi amarelo aguado.
Barbatão de bufo — marruco bravo que avança, bufando.
Barruada — investida.
Berranteiro — o que sopra o berrante de chifre.
Bruxo — boi crioulo.
Cadeirinha de arruar — de andar na rua, de passeiar.
Caitana — coisa-feita, feitiço.
Calombo — boi magro.
Cambitos — pau que aperta, torcendo a sobrecincha.
Capoeireiro — pé-duro degenerado que vive quase só nas capoeiras. Gado pequeno.
Capitão-do-Mato — mateiro pega-negros, para prender negros fugidos.
Cara-preta — curraleiro amarelo, de cara mais escura.
Chibungo — boi velho.
China — cruzado de gado africano com raças espanholas e portuguesas.
Churrado — boi crioulo, de pelagem vermelha escura na pança e nas pernas.
Coice (no) os boiadeiros que marcham na retaguarda.
Colonha — gado igual ao pedreiro.
Graúno — curraleiro preto, de leite muito doce.
Curraleiro — gado pé-duro.
Cusbreados — vagabundos.
Diamantina do Tijuco — hoje cidade de Diamantina.
Espineta — cravo, piano primitivo.
Esteiva (na) — os boiadeiros que vão nos flancos do gado em marcha.
Esturro — estouro repentino.
Fura-moita — o boiadeiro que marcha na frente da boiada.
Gaia — cavalo fraco e velho.
Gata — bebedeira.
Gado laranjo — resultado do cruzamento do pedreiro com caracu.
Gado tambeiro — manso, criado no curral.
Gonga — prosa, vantagem.
Guruminutum — pessoa poderosa (língua da Costa).
Listrados — gado amarelo com listras brancas transversais ao longo do corpo.
Margúia — mergulha.
Malabar — gado mestiço com o *Bos. Taurus Asiaticus*, trazido pelos lusos.
Mascarados — gado crioulo, de cara branca.
Marufo — cachaça (língua bunda).
Mocho — gado sem cornos, oriundo de Goiás.
Meio-olho — tonto.
Nilos — gado preto do pescoço fino, originário do vale do Rio Nilo.
Olíbano — incenso.
Ondeados — curraleiros amarelos com manchas de outra cor pelo corpo.
Oração da Pureza — Ave Maria.
Papo-amarelo — manto de nobreza, debruado de penas do papo de tucano.
Passarinheira — espingarda leve, para caça de passarinhos.
Patuá — mestiço do gado anão da raça Algarvia, do Cabo de São Vicente.
Pedreiro — gado mais tarde aperfeiçoado no junqueiro, pelo Barão de Alfenas (Gabriel Francisco Junqueira), no Sul de Minas. Era gado de grande porte com guampas imensas.

SINHÁ BRABA

Pelo (no) — de sobra, sem arreio, à destra.
Penitência — cachaça.
Piela — bebedeira.
Pinguelo — cavalo crioulo, forte.
Pizorga — bebedeira.
Positivo — portador especial.
Pubo — gordo no máximo.
Quatro-olhos — gado amarelo que tem, sobre as órbitas, duas manchas pretas.
Quizanga — feitiço, feitiçaria (língua da Costa).
Rosa de Bengala — rosa antiga, de muitas pétalas.
S A R — Sua Alteza Real.
Sagrado — cemitério bento.
Sertanejo — gado nacional, comum, adaptado às regiões secas. Pé duro.
Talhos de carne — açougues.
Topadeira — vara curta e forte, com ferrão grande.
Trigono — deus poderoso da Alta Magia.
Turino (ou taurino) — gado mestiço do crioulo com o Bos. *Taurus Britanicus*, introduzido no nordeste brasileiro pelos flamengos.
Vavarru — intriga, diz-que-disse.
Veroel — bebedeira.
Vila Nova do Príncipe — hoje cidade do Serro.
Vinho de mel — cachaça.

MADEIRA NÃO SE RENDE!

Ad'El-Rei! Ad'El-Rei! — Aqui Del-Rei: grito de socorro.
Água-de-anjo — infusão de flores pele e folhas de murta, para clarear pele irritada.
Ajudante de Cirurgia — enfermeiro. Também médico prático.
Arrastar mala — jactanciar-se, mostrar-se grande.
Arrebique — maquilagem. Cosméticos e pós para o rosto.
Caborjeiro — Feiticeiro.
Campo de Manejo — lugar onde se exercitavam os voluntários para a Guerra da Independência.
Caronhanha — Vila da Província de Pernambuco, até 1824. Desta data até 1827 pertenceu a Minas Gerais, passando a limite da Bahia com as Minas Gerais. Cidade baiana.
Carta de Segurança — Carta de Seguro.
Cólera — bile.
Escondedouro — refúgio.
Idadoso — idade; de pouca idade; moço. ("... queriam iludir ao Príncipe, por ser pouco idadoso e que seu mestre tinha sido um Frade libertino." Sumário, no Juízo Ordinário da Vila de Sam Francisco das Chagas da Barra do Rio Grande do Sul. Pernambuco, 1823.)
Lamita — fazenda grosseira.
Macacos — os brasileiros partidários da Independência, na voz dos lusos.
Marinheiro — português.
Marotos — os portugueses favoráveis a Portugal, depois da Independência. "... não consintamos por covardes que os marotos venham a triunfar dos nossos exércitos." Ofício da Câmara da Vila de São Francisco das Chagas da Barra do Rio Grande do Sul à Junta do Governo da Província de Pernambuco, 1823.)
Mata — marinheiro! grito nacionalista contra os portugueses.
Matantes — assassinos.
Mercúrio doce — calomelanos.
Moratos — partidários da colonização portuguesa, contra a Independência.
Pango — maconha (língua bunda).
Pau-nas-costas — patacas de 180 réis, 320 réis, 640 réis e 917 réis. Por extensão, dinheiro.
Rendas de durante — tecido lustroso, de lã.
Sem-nome — emigrantes que tomaram o sobrenome no Brasil. V. g. Aroeira, Oiticica, Pita, etc. Fig. Desclassificado.
Tribunal do Desembargo do Paço — era o que é hoje o Supremo Tribunal Federal.
Vila de São Francisco das Chagas da Barra do Rio Grande do Sul — hoje cidade baiana da Barra.

CHUVA DE SÃO ROMÃO

Ar de estupor — congestão cerebral.
Bombão — dinamite.
Cerveja Bass — fabricação inglesa. Custava 8 mil e 400 réis a dúzia.
Cerveja Hall — cerveja norueguesa, Custava 6 mil-réis a dúzia.
Cordial — beberagem tônica.
Corixa — sangradouro.
Lençóis do Rio Verde — hoje cidade de Espinosa.
Pega-cabra — suçuarana do vazio branco.
Quebra ossos — briga de pau, agressão com fraturas e sangue. Raça do sol — corisco, raio.
Ramo de ar — congestão cerebral.

AGRIPA VASCONCELOS

Ramo de estupor — derrame cerebral.
Úteis — favoráveis à Independência.

Vento mau — apoplexia.
Zanabo — abobado.

MUNDURUNGA

Abraçador — tamanduá-bandeira.
Amarela — suçuarana.
Bajerê — cisco, éguas.escória, lixo.
Brivanas — éguas.
Bacora — coisa velha e feia.
Bruacas — éguas.
Caçambas — éguas.
Cacos — éguas.
Calundu — barulho, entrevêro.
Catarinas — éguas.
Cornichas — éguas.
Clinudas — éguas.
Cumbucas — éguas.
Cupinhiras — éguas.
Disciplina — Castigo
Facas — éguas.
Ferreira — pelo de rato.
Formigueiro — tamanduá
Forquilhas — éguas.
Frichas — éguas.

Guinchas — éguas.
Leis Extravagantes — as que não eram codificadas.
Leis Ordenadas — as que eram do Código.
Lombo-preto — onça suçuarana.
Mandraca — feitiço.
Metracas — éguas.
Mijonas — éguas.
Mundurunga — feitiço (língua da Costa).
Peidorreiras — éguas.
Peludas — éguas.
Piguanchas — éguas.
Pinguelas — éguas.
Piorras — éguas.
Polacas — éguas.
Potrancas — éguas.
Pranchas — éguas.
Suvancas — éguas.
Tabacudas — éguas.
Tramelas — éguas.

OS PIRILAMPOS

Ar — congestão cerebral.
Aguardente de vinho — álcool.
Cucufa — touca com remédios, para dor de cabeça.
Cafufo — vento que sopra do rio.
Califórnia — briga de morte.
Criar filho como Deus cria batata — à toa.
Dungo — valentão.
Enchendo a boca de fumaça e soprando no ouvido — medicação de boa fama para limpar ouvidos.
Esquinência — amigdalite.
Ensopar de urina de vaca o algodão — medicação muito preconizada para a otalgia, otite.

Ervagem — verduras.
Favas da garganta — amígdalas.
Imperial — a Imperial Cidade de Ouro Preto.
Nota de falta — processo criminal. Queixa na polícia.
Onça (uma) — 360 gramas.
Pavios de acender lume — pavio em bebido em fósforo, para fazer fogo.
Pingar nos ouvidos leite de mulher — terapêutica de ótima fama, nas otites.
Retrógrado — contrário à Independência.
Suvanca — coisa feia e usada.

BIBLIOGRAFIA

ARAÚJO MAIA, ARISTIDES DE — História da Província de Minas Gerais, publicada no "Liberal Mineiro", de Ouro Preto, de 1885 a 1886.

ABREU, CAPISTRANO DE — Capítulos de História Colonial (1500-1800), 4.ª ed., 1954.

CANÇADO FILHO, AGENOR — O Pe. Belchior Pinheiro de Oliveira, in "Município de Pitangui", 31-7-55.

DORNAS FILHO, JOÃO — O Ouro das Gerais e a Civilização da Capitania, Coleção Brasileira, Companhia Editora Nacional, São Paulo.

ESCHWEGE — Pluto Brasiliensis, 2 vols., Coleção Brasiliana.

GOMES DA SILVA, JOAQUIM Antônio — Escavações ou Apontamentos Históricos da Cidade de Pitangui, 1893.

GUISARD FILHO, FÉLIX — Achegas para a História de Taubaté, S. Paulo, 1931.

LIMA JÚNIOR, AUGUSTO DE — Vila Rica do Ouro Preto, 1957.

LIMA SOBRINHO, BARBOSA — Documentos do Arquivo (de Pernambuco), vols. IV e V, Recife, 1950.

LOPES CANGADO, JOSÉ MARIA — Personagens e Lugares da Sublevação de Pitangui em 1720, na Revista "Acaiaca", n.º 72, 1955.

LACERDA MACHADO, TASSO — Dona Joaquina "versus" Maria Tangará, in "Município de Pitangui", 31-7-55.

MENDES JÚNIOR, ONOFRE — Lendas e Realidades de Pitangui, na Revista "Acaiaca", n.º 72, 1955.

MORATO JOSÉ — Alguma História de Pitangui, Revista "Acaiaca", n.º 72, 1955.

MACHADO, BERNADO — Novas Escavações Históricas de Pitangui, inédito.

MOREIRA, WANDER — A Maior Matriz de Homens Cultos do Brasil, "Correio da Manhã", 10-VII-1957.

PIZARRO — Memórias Históricas do Rio de Janeiro, Edição do Instituto Nacional do Livro.

PENA, GUSTAVO — Dama Antiga, crônica.

PINTO RIBEIRO, CORIOLANO

GUIMARÃES, JACINTO — Dona Joaquina do Pompéu, Belo Horizonte, 1956.

QUERINO, MANUEL — A Bahia de Outrora, 1923.

RIBEIRO, JOÃO — História do Brasil, 15.ª ed., 1955.

SANTOS, LÚCIO JOSÉ DOS — História de Minas Gerais, 1926.

SILVA, ÁLVARES DA — O solar de Dona Joaquina do Pompéu, crônica.

TAUNAY — História das Bandeiras Paulistas, 2 vols., Edições Melhoramentos.

TEIXEIRA COELHO, Desembargador JOSÉ JOÃO — Instrução para o Governo da Capitania de Minas Gerais, porto, 1780.

TRINDADE, CÔNEGO RAIMUNDO — Garcias, Velhos, Campos, Lemes, Castelos Brancos em Pitangui, (Minas) Mariana, Tipografia da Folhinha, 1962.

VASCONCELOS, DIOGO DE — História Antiga das Minas Gerais, Edição do Instituto Nacional do Livro, 1948.

VASCONCELOS, SALOMÃO DE — Verdades Históricas, Belo Horizonte, 1944.

WASHINGTON LUIS — Capitania de São Pedro — Governo de Rodrigo César de Meneses.

XAVIER, LINDOLFO — Pompéu velho, Rio, 1943.

**ENCONTRE MAIS
LIVROS COMO ESTE**

ITATIAIA